笃行大地

吴德刚 著

山东人民出版社·济南

国家一级出版社 全国百佳图书出版单位

图书在版编目（CIP）数据

笃行大地 / 吴德刚著 . —济南 : 山东人民出版社，
2021.12（2022.2 重印）
ISBN 978－7－209－13346－3

Ⅰ.①笃… Ⅱ.①吴… Ⅲ.①长篇小说—中国—当代
Ⅳ.① I247.5

中国版本图书馆CIP数据核字(2021)第117746号

责任编辑：魏德鹏
封面设计：张　晋

笃行大地

DUXING DADI

吴德刚 著

主管单位　山东出版传媒股份有限公司
出版发行　山东人民出版社
出 版 人　胡长青
社　　址　济南市市中区舜耕路517号
邮　　编　250003
电　　话　总编室（0531）82098914
　　　　　市场部（0531）82098027
网　　址　http://www.sd-book.com.cn
印　　装　青岛国彩印刷股份有限公司
经　　销　新华书店
规　　格　16开（180mm×255mm）
印　　张　32
插　　页　2
字　　数　503千字
版　　次　2021年12月第1版
印　　次　2022年2月第2次
印　　数　3001-5000
ISBN 978－7－209－13346－3
定　　价　68.00 元
　　　　　　如有印装质量问题，请与出版社总编室联系调换。

也许，你是一片飘零的落叶

　也许，你是一丝过耳的秋风

　　但正是众多的你

　　　夯实了农村这块庞大而又沉重的基石

　　　　　　　　——谨献给扎根农村的广大基层干部

笃行大地

黄亚洲2000题

中国作家协会原副主席黄亚洲题

序

华夏文明庞大的政治、经济、文化基础是农民的汗水、血水拌和着尸骨叠造和巩固起来的。从秦帝国的初建和完成统一到汉唐帝国的强盛和播誉四海，以及宋元王朝的交流碰撞，直到明清短暂的回光返照式的辉煌，数千年来，无不是靠一代又一代的农民用他们的赋税、劳役以及其间少有间断的血水的流淌来实现的。

农民，是中华民族的主体和中坚。如同春秋战国时期中国社会的变革一样，一百多年来的中国社会发生了翻天覆地的变迁，历史变革加剧、科技发展迅速、外来文化与思想冲击加强。然而，这一切并没有改变农民问题是中国社会"第一问题"的地位，并没有彻底改变农民问题还是中国社会变动、变迁、变革的决定性问题的性质。农民在中国社会的根太深、太长、太广，任何问题只要刨根究底，必定会延伸到农村去，延伸到农民那儿去；任何一项政策的正确与否，农民都是最后的裁判者；中国社会的发展或停滞，农民都是最后的决定力量。就是在实行改革开放四十余年后的今天，农村的面貌仍然决定着中国的面貌，农业的现代化仍然决定着中国的现代化，农民的状况仍然决定着中国的状况。

在对中国社会"第一问题"的艺术求索上，七十余年来，许多优秀作家以他们杰出的智慧才华，奉献出艺术思考，做过艺术概括，给过艺术答案。周立波的《暴风骤雨》《山乡巨变》，柳青的《创业史》，浩然的《艳阳天》《金光大道》……作为反映时代的艺术作品，它们堪称可供研究的辉煌的标本化石。而对"第一问题"的意义，却是让我们看到"三农"在政治恶浪中的翻滚，在无尽折腾中的奄奄一息，最终在路的尽头看到了"此路不通"的四字里程碑！是凤阳县小岗村农民用他们鲜红的手印将这一页残酷的历史掀过，"第一问题"迎来了正确解决的时代机遇。

面对这个时代的"三农"，中国作家首先有的是翻身道情，譬如高晓声的《陈奂生进城》；接着有的是反思和批判，譬如张炜的《古船》等。更有思想冲击力也更有社会影响力的则是最贴近时代的报告文学作品，譬如李延国的《中国农民大趋势》，陈桂棣、春桃的《中国农民调查》等。

对这个时代的"三农"进行艺术概括、典型化处理，现实主义——不是革命的现实主义与革命的浪漫主义相结合那种，而且往往总是革命的浪漫主义大于革命的现实主义，结果"假、大、空"大行其道，脱离中国现实，成为乌托邦里的神影——描绘整体风貌，并指向理想未来的长篇小说非常罕见。因为，太难了！

四十多年来，"三农"处在中国社会最为急剧而深刻的变革中，奔腾向前，浩荡汹涌，没有稍微的停息。典型化的概括需要沉淀，艺术化的总结需要思考，这些都需要时间。来了，现在来了——它就是吴德刚的《笃行大地》。

《笃行大地》以中国农村普普通通的"埠岭乡"为舞台，浓墨重彩地描绘了以乡长（书记）赵云瑞和村支部书记陈柱子等人为代表的乡、村两级基层干部带领广大群众为新农村建设、奔小康而呕心沥血的创业史，一点一点抠掉穷根不惜血汗的探索史。他们背负着传统的沉重、因袭着世俗的惯性，每一步前行都显得那么步履蹒跚。然而，不断觉醒的埠岭乡群众为改变千百年来未曾真正改变过的命运焕发出的强大力量势不可挡，创造着全新的人与土地的关系、人与人的关系、人与社会的关系、人与自然的关系，艰辛地甚至是痛苦地刷新着新的生产、生活方式，创造着真正属于自己的美好生活。

我推崇《笃行大地》有如此精湛的笔力和精神耐力，描绘出关于"三农"如此巨幅的工笔长卷。它以当代文学史未曾见过的宽度、广度和深度，浓缩了一个时代真实的"三农"的境况，真实得令人惊叹。如果说关注"三农"就是讲政治，那么，《笃行大地》是政治的。除此，它走出过往农村题材作品成为某种政治正确的代码的泥淖，所有人物不是某种政治的符号，不是某种路线的木偶，不是某种方针政策的傀儡。不，它掘至人性，叩问命运，在改天换地中散发出生命的气息。所有的故事、所有的情节，不再是与天斗、与地斗、与人斗，创新、创造成为"三农"的底色，充满着生命的体温，澎湃着生活的激情。

谱写一个时代的"三农"风貌，贡献出元气浑成的人物长廊，对"三农"理想之未来的艺术探索，这些注定会使《笃行大地》在中国当代文学史上留下它的印记！

蔡桂林

（著名作家、评论家）

2021 年 2 月 2 日

一

　　从西伯利亚吹来的一股股冷空气，掠过华北平原，恣睢无忌地闯进半岛地区。凛冽的寒风挟裹着黢黑翻滚的乌云恶魔般地扑向埠岭乡的沟沟坎坎。

　　2005年，在中国农业史上必定是载入史册的一年。这一年，在农村实行了两千年的"赋税"——"农业税"，终于不留尾巴地"寿终正寝"，成为历史了。

　　正月初八，年后上班的第一天。

　　埠岭乡党委书记耿春义和刚刚调任埠岭乡乡长的赵云瑞，一起坐着那辆掉漆掉皮的桑塔纳沿着崎岖不平的山路，匆匆地往单位赶。

　　车子时而在光秃秃的丘陵间上崖下坡慢慢迂回，时而在平坦些的田野中前行。

　　透过路旁匆匆退去的山林远远望去，农户的门楼上悠荡着的大红灯笼格外显眼。噢！山里的人还沉浸在年味里呢。

　　埠岭乡离县城一百多公里，全是山路、沙石路。全乡六七十个村、七万多人，老百姓大部分居住在九曲十八弯的沟坳里和凸凹不平的山坡上，还有一部分移民村坐落在栾山湖周边。这里平整的耕地很少，就是有些稍好些的平坦地也是板岩地块，浇上水、施上肥很快就会流失。土地不肥沃，粮食产量低，种一葫芦收两瓢——也多赚不着。每家每户除了守着那几亩山岭薄地填饱肚子，没有什么挣钱的门路。山林、果园多的村日子还稍好些，但也谈不上什么富裕生活。一说到埠岭乡，凡是了解情况的，都会耷拉下眼皮不愿搭腔接话，心里就像吞下了个秤砣——堵着个心口窝沉甸甸的。

年前的腊月二十四，赵云瑞正与县里有关部门走访老党员、老干部，忽然被县领导叫去谈话。原埠岭乡乡长因工作需要调回县城工作了，要他去埠岭乡接任乡长。

县里的这一决定，着实有点突然。三天前，县里召开年度总结会，埠岭乡在全县年度考核中垫了底，而赵云瑞工作的太平镇比埠岭乡强了不知多少倍。太平镇紧靠县城，前些年乡镇合并后，太平镇由小镇变成了大镇，全镇有七十多个村、近十万口人。基层班子、工农业生产、城镇建设那是没得说，商贸服务业在全县更是顶呱呱的。这样一个一流乡镇，不但出政绩、出经验，而且也是出干部的地方。

赵云瑞年龄三十六七岁，正是干工作出成绩的时候。再加上有学历、农村工作熟，特别是对农村政策吃得又透，方方面面得心应手。照理，当几年镇长，再接任党委书记该是顺理成章的事。可事情往往就是让人琢磨不透，本来工作好好的，一纸调令，把赵云瑞的脑子全搅乱了。事先未征求他本人意见，外界更没有半点儿风声，忽然这么安排，难道是自己工作没干好？还是领导不赏识？还是得罪哪个部门、哪位领导了？自己提出了好多假设，又都一一否定了……

但也有格外关注此事、看得更深的"明眼人"：党委书记耿春义已年近五十，在乡镇也干了快三十年了，是有名的"老乡镇"了。提拔也好，平调也好，年底进城恐怕是铁板钉钉的事了，让赵云瑞提前到位熟悉熟悉情况，年底换届的时候接任党委书记，岂不也是顺理成章的事？细细一分析，伙计们恍然大悟。那些担任乡镇长的同事，本来还有些"幸灾乐祸"地坐在城门楼上观山景，此时却添了些许酸溜溜的嫉妒……

既然干到这"一人之下、万人之上"的乡长位置上了，必要的素质还是要有的。外界怎么议论是他们的事，服从组织分配是第一位的。越是在敏感的时候，越不能有任何的牢骚、怨言。针眼大的窟窿透过斗大的风，丁点儿情绪也会影响到面上的工作。服从分配、尽快进入角色，把该干的工作想法干好才是最重要的。不是有句老话：我是革命一块砖，哪里需要哪里搬；我是发展一枝花，哪里能开哪里插！这样一想，赵云瑞也就坦然多了。

春节一过，转眼就到了上班的日子。两人坐在一辆车上，一路走，一路交谈。一个是资深望重的党委书记，一个是刚刚走马上任的乡长。工作态度、工作热情自不必说，寻求加快埠岭乡发展的路子才是当下的重中之重。思路决定出路，魄力决定速度。两人的思路和魄力对埠岭乡的发展至关重要。

假日里的交流和沟通，一路颠簸中的思考，新的一年工作思路、发展重点在俩人的脑海里逐渐清晰起来。又是一阵颠簸之后，远远望去，乡里那不高的几栋建筑慢慢进入了视线……

"耿书记，您看……"突然，司机小刘踩了踩刹车，放慢了速度。耿春义、赵云瑞一齐探了探身子，从前窗玻璃望去，前面路中央有两三个人晃晃悠悠地堵着路，大冷的天，还有剥了外套露出胳膊的……

耿春义没有示意停车。他想，再怎么着也不至于明目张胆地抢劫吧，况且还是在这埠岭乡的地盘上。他倒要看看这是些什么人，又为什么这么嚣张？

此时，小刘心里却咚咚跳个不停，表情一下子紧张起来。他缓慢地往前驶着，默默念叨，今天是头一天上班，赵乡长又是第一天来埠岭乡，千万别碰上些"二杆子""愣头青"的在这里耍横。

小刘倒不是害怕这几个醉汉，车上坐着的人在这方圆几十平方千米的地盘上可是一言九鼎。

再退一步说，在这韩岭村旁，醉汉也好，"二不愣子"也好，再怎么闹腾也成不了气候。不行就把这村的支部书记陈柱子喊来，他提溜着一双大巴掌，往他们面前随便地转一圈，天上下刀子的事也能立马摆平。想到这些，小刘的脸上又有了些轻松。

"停……车，停下。哪来的，到哪……里去？"一个家伙做了个停车的手势。

"看……看，过来看看，路压坏了，你说怎么办……吧？"另一个借着醉醺醺的酒意夸张地诈唬，先声夺人地亮出了底牌。

"是几个乱收费的！"小刘侧下身悄悄地对赵云瑞说。

大清早不可能喝酒？可细一端详，一个个袒胸露腹，东张西歪，嘴里还喷出一股股变了味的酒糟气，分明就是几个醉汉。真是十里不同天，五里不同俗，早就听说这地方酗酒成风，中午连着晚上，一喝就是一天。可没听说大清早就喝的，难道这山里还兴喝卯时酒？而且个个喝得酩酊大醉……

看着这帮家伙就是借着醉意蹿路上来的。耿春义和赵云瑞以静制动地揣摩着。捉贼捉赃，看他们到底要咋地……

"下来！下来！听到了没有？坐那儿装什么大爷？"这时，外号叫"光头"的汉子一抡胳膊挡在了车前。

"光头这伙计有……种，这么高级的小轿车他都敢……拦，佩服！佩……服！"外号叫"疤瘌眼"的伙计流着鼻涕，结结巴巴地边说边伸出了大拇指。

"哑巴了？怎么不搭话？哪里来的车？坐着哪路神仙？下来让咱也见

识见识！"几个张嘴歪脖、醉眼蒙眬的家伙看不搭他们的话茬。往前挪动了几步，堵在路中央指着车辆摇唇鼓舌一阵咋呼，一派天高皇帝远老子说了算的架势。

耿春义一看，对赵云瑞说："打蛇打七寸，看火色再说也不迟。"赵云瑞点点头。他们不露声色地坐在车里。

"下来，下来！塞驴毛了是咋地！东西耳朵南北听。路压坏了知道不？快快，拿钱走路！"他们一边诈唬一边往车前蹭。

小刘拉下手刹，推开车门，一个箭步跳了下去，吼道："干什么？让开！"

"让开？谁让开？你知道这是哪里？这是在韩岭村地盘上，有你吹胡子瞪眼瞎诈唬的？来来来，废话少说，道压坏了，收点儿过路费，大车五十，小车三十。大正月里，照顾下情绪，点上二十块钱立马走人！"

看着他们污秽的神态，赵云瑞有些气愤。光听说这块地段经常有乱收费的，头一天来上班就眼睁睁地被截住了。看看这风气，收费都收到自己头上来了，要是让老百姓碰上，他们还不踩着鼻子上墙嚣张狠了！

"你看准了呀，这可是咱乡上的车，你要收费也行，就一块跟着到乡上去！我再给你加上十块钱。"小刘用讽刺的口吻说。

"乡上的车？哼！少来这一套。你说得鸭子呱呱叫我也不信。乡上的书记、乡长我都认得，是铁哥们。嘿嘿！大清早就颠这儿苍蝇放屁，吓唬谁呢！""光头"一点儿也不示弱。

"谁在上边？怎么还蹲车上？快点下来让咱见识见识！怕人不下车，下车不怕人！有种就下来理论理论，蹲车上憋蛆还是抱窝！"借着酒劲，"光头"毫无顾忌地越说越放肆。

"对，对……对，下车不怕……怕人，怕人不下……下……车！"说随话不挨打，"疤瘌眼"赶紧地又跟着溜。

耿春义和赵云瑞本不想跟他们一般见识，看小刘下去说不服他们，便从车上下来。俩人往他们面前一站，一股不怒自威的目光直逼他们，"怎么回事儿？为什么拦车？"耿春义眉宇间透出一股威严。

"这是咱乡的耿春义书记，这是新来的赵乡长，你不是说老铁吗？怎么着？认识认识吧！"司机小刘连讽带刺地又挖苦了几句。

看着高大威严又一脸冷峻的耿春义，几个醉汉半信半疑地有点儿懵。真要是乡上的车，那不是耗子给猫捋胡——没事找事吗？可要不是乡上的车，被他们唬住，眼看到口的肉掉到地上？几个人怔怔地站在那里木偶似的有些发呆，气焰也像霜打的茄子有些蔫蔫。

小刘在乡里开车好些个年头了，什么样的事没遇到过，可乡下也有乡下的道道！解铃还须系铃人。对付这些老天不要命、小鬼也难缠的"痞子"，轻也轻不得，狠也狠不上。知道耿书记和赵乡长还要赶回乡上开会，便瞅个空儿给韩岭村支部书记陈柱子打了个电话。

陈柱子一听，先是不信，后是着急。谁吃饱了撑得慌，大清早跑到路口上截车乱收费，这不是瞎闹腾吗？要是在这大正月被派出所逮走，他们的老婆孩子还不堵门上哭天抹泪？到时还得自个儿去求请，哪头子合算？可当问明白就在村口附近把耿书记的车给拦下了时，他那火爆的脾气就像点了个急芯爆竹，噌地蹿上了脑门。这还了得，有眼不识泰山，竟敢明目张胆拦截乡委的车，这不是没事找事戳老虎屁股吗？嘻！年底有个好事可千万别被他们的乱来给搅黄了！

陈柱子气不打一处来，边穿衣服边思忖着，拖着个肥胖的罗圈腿一溜颠跑地往村口前的大路上赶去……

"我是乡委耿春义，你们为什么拦车？要收费？收什么费？谁给你们的权力在这收费？"耿春义横眉冷对，步步紧逼。

别看他的模样是"光头"形象，可性体却是"滚刀肉"的水平。看到耿春义和赵云瑞直视着自己，心虚的眼珠骨碌碌地转了起来。黑白眼珠轮番地猛转了几圈后，竟又憋出了个堂而皇之的理由："哎哟！您就是耿书记？哈哈！可是堵着您了！看看这条路吧，俺骑个自行车都觉着难走，您坐着车觉不出颠腚来，又是挨又是靠。一届一届吃喝这么些年了，修条路怎么这么难？嗨！我就是想再问……问，你们整天忙些啥？忙开会？忙检查？还是忙着人来客去？这条路到底还修不修？什么时候修？都是腚沟里长蛋……蛋子的男爷们儿，给个痛快话好不好？""光头"觉着抓着理了，口齿反而越说越麻利起来。

"疤瘌眼"一听话风，知道碰上硬茬子了。要是继续咬着收费，别真歪打正着撞枪口上，便也顺着"光头"意思，往前挤挤，胸脯一拍，顺风使舵地干号起来："要……是不修！来，从……这儿压过去，死活不就是那么回……回事儿吗？"

此时，四周黑蒙蒙的乌云压了下来，凛冽的西北风夹杂着越来越急的雪片生生地横切了过来，砸到身上、脸上。

"有事说事，你们凭什么拦车收费？你知道这是什么行为？只要打个电话，派出所马上就会过来让你们进去蹲几天，信不信？"赵云瑞冲上前大声训斥着。

赵云瑞还想训斥他们几句，耿春义接过了话。他知道当地老百姓住在山沟沟里，素质有待提高，觉得还是多教育一下为好，就说："你们反映路不好走，要求修路，我觉得意见很好，但这种方式不对！"耿春义顿了顿，又缓和了一下语气，"你们的心情是可以理解的，但你们又是收费，又是堵路，是解决不了问题的，而且性质也变了。你们这是违法，是犯罪，知道吗？"

"哼？要求修个路犯什么法？三言两语就打发了？哪里也不去，就在这儿，不给个答复哪里也不去！"此时，"光头"觉得抓住修路这事再怎么缠磨也犯不着什么，就拍打着沾满了灰土的棉袄，脖子一歪。

耿春义心里既好气又好笑，转身说："我先给大家介绍一下，这就是刚调来的赵乡长，赵云瑞同志。这条路肯定要修，我们正在抓紧研究这条路的施工方案。至于什么时候开工，投资多少，还得开会研究。这大家该放心了吧！"

"全村人还骑不住个驴，少来这一套。我们要求修……修路错了咋地？"放肆的越说越离谱。

"既然你们不听劝，小刘，马上给派出所打电话！"

"耿书记，耿书记，对不起，大过年的，惹您生气了！"这时，陈柱子大老远就打着招呼气喘吁吁地跑了过来。

"没事没事，几个村民要求修修这条路，意见很好嘛！哎，你怎么来了？"耿春义有意把火气降低。

陈柱子没搭耿书记问话，扭过头去，瞪起眼瞅了瞅"光头"和"疤瘌眼"他们，说："咋啦，乡上的车走你家道、碍你事了？说呀'疤瘌眼'，好人不拦路，好狗不挡道，快说，怎么回事儿？"他边说边往前靠去。

"疤瘌眼"一看陈柱子来回搓着熊掌般的大手，知道大事不好，没准会挨上几掌。这些年来，他曾多次领教过陈柱子的厉害，稍不顺眼，就会抢过一巴掌。嘻！他那一巴掌，可真是一巴掌，一般人挨上，不疼个三五天是消不了肿的。也真是，他抢了一辈子巴掌，揍过不少人，可从没摊上过事。这多亏了他有打人的绝技。打你一扒棍，给你个甜枣吃，是他打人的策略。让你哑巴吃料豆——啊啊不出来。

陈柱子一质问，"疤瘌眼"和"光头"他们喝的那点酒早被吓醒了，一个个都急着撇清。

"老陈，你来了正好。也没什么事，几个群众要求修修路，我觉得他们提的建议也不为过，只是方式方法不大对头。明天不是要开'叫套会'[1]吗？

---

[1] 叫套会：动员会。

在会上先吹吹风，我们欠账很多呀！哎！忘了介绍一下，这就是新来的赵云瑞乡长……"

"赵乡长好，久仰久仰！陈柱子，复退军人，韩岭村支部书记。实在对不住赵乡长，在这大正月里，一不小心就惹您生了个气。"陈柱子虔诚又风趣、性格外露地说笑着跟赵云瑞握了握手。

"碰上了些古奇人、丧门星，回头我再修理他们。"陈柱子边自我介绍着，边瞅瞅站在一旁的"光头"等人，白眼珠一转不转地盯着他们，熊掌般的大手发痒似的胡抡搭。几个惹事的家伙一看这架势，一个个拥挤着猥琐地往后挪动，躲到了路旁的灌木丛里。

"年轻人嘛，做事欠考虑，做法也有些过分。回去批评教育下就行了，一定不要难为他们！对群众嘛，就得宽容一些！"临上车，赵云瑞又嘱咐了一下陈柱子。

车子继续在坑坑洼洼的土路上吃力地前行。"云瑞呀，他们虽然是拦车收费，但也提了修路的事。这条路早就该修了，可工程太大，钱不凑手，一直没敢下手。今天碰上这事，倒给我们提了个醒，你考虑考虑，咱今年的'叫套工程'是不是就从修这条路开始呢？"耿春义带着内疚的表情征求赵云瑞的意见。

赵云瑞点了点头，没说什么。他透过车窗，仔细地观察着这条坑洼不平的土路……

二

一年之计在于春。

每年的春节后上班要召开由村支部书记、村委会主任参加的干部大会，俗称"两委"会。会议的主要议题是将一年的工作蓝图描绘一下，把工作安排下去，最主要的是把乡、村两级干部的心从"过年"的氛围中拉回来，叫叫套，因此，也叫"叫套会"。

乡委大礼堂。确切地讲，就是乡委大院南墙边几间打通的大屋，俗称大礼堂。大礼堂门外，有棵千年古槐，粗几抱，高数丈，根深叶茂，苍劲挺拔，一枝一叶透出它经历了千百年风霜雪雨的印痕。

屋里，黑黝黝的梁架和檩条上，布满了一坨一坨的多角形的蜘蛛网，互不影响地交织在各个角落。从透风漏气的门缝、窗缝里钻进的一缕缕阳光，斑斑点点地照射在挂着蜘蛛网的墙上和坑坑洼洼的地上。屋内，不知道有多少根点燃的烟卷从各个角落里喷云吐雾。劣质烟散发出来的辣味弥漫在夹杂着尘埃的空气中……

离开会还有点时间，村干部们就又利用这难得的机会"杠"上了……

"姓苗的，你听明白啦，还没屙屎就放屁，选不着你快嘴子！今天召开的可是隆重会议，少在这里瞎嚼嚼。别忘了你姥姥家可是俺村的。再在这里胡说八道的话，我哪天喝醉了酒骂街不要紧，叫你躲过初一躲不过十五，吃完汤圆立马去你舅家清欠款。去年还欠着三百多块的集资款没缴！在这样的场合，还有你在这里发烧打摆子穷哆嗦的份儿？不信就等着瞧……"陈柱子一下子站起来直指前排的苗大庆。

苗大庆是牛埠岭村的支部书记,陈柱子是韩岭村的一把手,两村相隔不远,平时你来我往走动比较勤,也挺投缘。闲来无事,便凑一块儿乐和乐和。也不知这个苗大庆说了什么,还是做了什么,一下子激怒了陈柱子,被他劈头盖脸地嚷了一顿。

苗大庆看真戳着陈柱子的肺管子了,怕再引火烧身,回头做了个鬼脸后,一下子缩到前排的座位上默不作声了。

这个苗大庆也真有故事,明知不是陈柱子的对手,可就好干些摸老虎屁股的事,但好戳事又担不起事,就是所谓的"敢惹不敢当"。

陈柱子是谁?他人高马大,两只手又宽又厚,就像一对熊掌。别说是他要真打人,就是把那双大手往脸前一抢,掀起的那股贼凉贼凉的瘆人旋风,一般人都会被吓趴下。因此,一见他发火,那些癞蛤蟆垫床腿——硬撑的家伙也会立马告饶、甘拜下风。他自己常辩解,别看揍个人手到擒来,这么多年来却从没揍过人,只是抢拳瞪眼地吓唬吓唬。但知根知底的人都清楚,前些年他就是靠打人出名的,谁不听嚷嚷,不管三七二十一,上去就是三巴掌,再外捎上一个"扫蹚腿"。他一边打人,还一边批评人家哪里做得不对,征求人家该不该打。挨打的人不明就里,忍气吞声地点头称是。一般情况下,在云里雾里的说教声中,再加上这套组合拳下来,也都服服帖帖的了。因此,在本村和周围十里八疃,落下个"惹不起"的绰号。

这些年,他当了村干部,逐渐成熟些了,打人也少了。"惹不起"没人叫了,"讲政治"这个绰号却叫开了。为什么呢?只因为他大事小事都上纲上线地跟政治联系起来。于是,伙计们背后就叫他"讲政治"了。这个绰号与他很匹配,又是不褒不贬,他一笑了之也就默认了。

陈柱子心里很清楚,随着人们法律意识的提高,村干部原来惯用的高压政策显然是行不通了。尤其是实行村干部"海选"以来,平时不能赢得人心,三年一次的换届选举就有可能大权旁落。每人一票,一揭两瞪眼,你就是本事再大、关系再硬也是白搭。性格刚烈是陈柱子的个性,也是他的短板,但能屈能伸又是他的长处。他审时度势,及时调整工作思路。平时,老少爷们来村委办事,差一不差二地就将就过去,对那些村里的"愣头青""死牛筋",他一般也是捏着性子装温柔,像是吃了几副败火中药那样,不愠不火。虽然为工作有时唉声叹气,但办法总比困难多,笑到最后的总是他。慢慢地,村里老少爷们也都认可了他。担任村干部这么多年来,他是越干越欢,越干越稳。在村里,既要让群众满意又得让乡上认可,这可是相当不容易。可陈柱子就是陈柱子,思路一变,觉悟提升。只要是牵扯到工作,就属于政治范畴。

遇到难缠的村民，他有事没事地一拍屁股，口若悬河地开始嚷嚷："你听明白啦！咱得要讲政治！"慢慢地，"你听明白啦！咱得要讲政治！"就成了他的口头禅，也成了这方圆十里八疃的"名人名言"。

大正月里，又是在全乡"两委"会的会场上，什么事让陈柱子大发雷霆呢？苗大庆的舅家不是韩岭村吗！平时在一起乐和喝两盅时，苗大庆总是处在下风，被他灌得爬不起来。每年过年走舅家，陈柱子理所当然地要出面陪酒。苗大庆也都是被陈柱子用酒打发得站着来、抬着走。家里人看着他那摇摇晃晃难受的样子，总是哭不得、笑不得，一脸的无奈……

这年正月初二，苗大庆又来到舅家走亲。表哥表弟暗下决心，帮着他跟陈柱子来个一拼，算是报个一箭之仇，也算扬眉吐气一把。

这天，日头快到头顶上了，陈柱子稳操胜券地溜达过来，寒暄客套了几句后，"惹不起"的脾性和"讲政治"的特点又开始慢慢显露出来。苗大庆也受够了他的欺负，也想一心出他个洋相，报报平时"欺人太甚"之仇。这样，他跟表哥表弟挤了挤眼，一切按事先研究的"战术"有条不紊地进行。

又是过年，又是走亲，还又是两个村的"一把手"相聚，那个气氛是没比的。热菜一上，小酒一斟，就像是戏台上的鼓点，一阵紧似一阵地开场了。一开始，你来我往的客气、寒暄是必不可少的。这也正是苗大庆与表兄弟酝酿好的计谋。先是礼节性地"敬天敬地敬长辈"，后是"你好我好敬客人"，再来上几句听到浑身起鸡皮疙瘩的阿谀奉承。几个回合下来之后，陈柱子喝得快到脖根了。酒一喝多，就有些飘飘然地拿捏不住了。酒桌上，陈柱子有个"各亲各论""一码归一码"的谬论，就是不管在什么场合，为了占个上风、赚个便宜，在辈分上宁愿让爹娘吃亏，自己也不能跌份子，大小事儿总是压着别人。凡是高一辈的，一律平辈；凡是平辈的，铁定比他矮一辈。理由就是村干部必须向上浮动一辈，千方百计地赚人家便宜。这次，苗大庆也是铆足了劲，使出攒了多少日子的勇气来对付他。看他又开始大讲特讲当年在部队上那是多么威风，知道他酒劲发作快要攻到脑门上了。趁此机会，苗大庆便又肉麻地赞美他村干部的旗帜啦，埠岭乡的领袖范儿啦什么的，专拣他从心底里愿意听的说，恨不得一下子把他捧到喜马拉雅山顶上去。这个苗大庆还不死心，又扑到陈柱子身边，趴他耳朵垂子边，窃窃私语一番。当然还是奉承加恭维，好像韩岭村、埠岭乡离开了他，天就有掉下来、地球就有不转的可能！又是一阵精神食粮填充，意志再坚强的人，恐怕也招架不住这逢迎谄媚的连番猛攻。当他臀部上的两坨肉走起路来一颠一颠、嗷嗷的嘴巴两撇中山胡一翘一翘的时候，苗大庆知道这次是灌得熟透了。他小心翼翼地过来搀扶有些捏不成块的陈柱子。然而，争强好胜的陈柱子哪曾有过这丢人的表现，"起来，蚯蚓放屁，土里土气。少给我来些虚情……假意！"他嘟嘟囔囔又下意识地胡乱抢了几下胳膊后，熊掌大的手一挥，歪歪斜斜地走出门去。

可能是真的喝"熟透"了，也可能是哪根神经兴奋起来，他艰难地挪到家门口后，竟鬼使神差地来了工作热情，一转身，拖着个肥嘟嘟的罗圈腿稀里糊涂地跑麦田"看大势[2]"去了。因为酒精作祟，他七扭八拐地来到村西的麦田里想看看麦苗开始返青了没有。麦苗没看到，却看到一片大田菜和几个蔬菜大棚。疲惫的大脑，思维有些僵硬。哎？这是谁家建的大棚？这么大的工程我怎么不知道？让村会计查查？这户人家早就在这里种大田菜，也早就建了个蔬菜大棚。因为他喝多了的缘故，稀里糊涂地自说自道。大棚蔬菜要求标准高，不让施化肥，这户人家便在大田菜地头上拢起一圈土来，堆起个大粪池，中间倒进大粪汤，再在大粪汤上面撒上一层薄薄的干土面子。经过一冬一春的晾晒风干后，再捣碎撒到菜地里当有机肥料用。俗话说，种地不施粪，等于瞎胡混。凡是庄稼人都明白这个理。所以，在地里看到个粪池、粪堆的也是再正常不过的事了。谁料想，陈柱子趁着酒兴，既不慌不忙，也不偏不倚，急中带稳地径直走到了这臭气熏天的粪池边沿上，着了魔似的不挪脚了。他左顾右盼，又屏气凝神，看看天，看看地，仿佛做法事那样闭眼睁眼，伸腿抢胳膊地表现出一副天地在我心中的样子。略做沉思状后，他不但不绕过这臭气熏天的大粪汤池，反而赴汤蹈火、决一死战的气势，一个大跨步，迈进了大粪汤池里。当双脚踏进足有半米多深黏糊糊、软绵绵的大粪汤里时，再加上熏天的恶臭味，肚里的酒反上劲来快漾到脖根了。刹那间，他猛地醒了过来，意识到踏进粪池了！这里怎么会有臭烘烘的大粪汤呢？谁家还在用这几十年前就消失了的古老积肥法？我堂堂的大明白人怎么一抬脚挪进了这恶心的粪汤里来了？

一瞬间，死硬的犟脑筋开始清醒了。然而，这一切都晚了。酒精燃烧促使躯体前移形成的惯性，把他直挺挺地扭倒在大粪汤里……

好事没人知，丑事顶风臭十里。背着陈柱子，苗大庆绘声绘色地描述，把个陈柱子气得一会儿翻白眼珠子，一会儿又嘴歪眼斜。眼看就要开会了，陈柱子两只熊掌痒痒得磨来擦去，恨不得一把抓过苗大庆来撕碎了……

这个苗大庆不知从哪里捡来的一股野气，竟敢在众人面前把陈柱子这丢人丢到家的糗事给抖搂了个底朝天。还有个迷糊眼的魏石桥，也是个唯恐天下不乱、不怕事儿多的主儿，好不容易逮住这能撑破肚子的笑料，在

11

[2] 看大势：看生产形势。

一旁帮着添油加醋、大肆渲染，唯恐伙计们不知道陈柱子在这大正月里干了让人笑掉牙的糗事。就是这件几天来令苗大庆他们洋洋得意的故事，直接是戳伤了陈柱子的肺管子。火暴脾气的陈柱子咬着牙根憋住窝在肚里的恶气。哼，他岂能善罢甘休！

坐在一旁的"张打油"，神经分兮地瞪巴着眼觉着有故事，便伸头探脑地打听到底是啥事把陈柱子给惹着了。还没等他伸舌头，陈柱子就把话扔了过来，"'张打油'，你坐这里稳当些算了呀，千万别人家骑驴你拔橛瞎掺和。出头的椽子先烂。这场合还轮不着你狗咬耗子多管闲事。嫁个王八爬着走，一边闪着去！"

"张打油"一看陈柱子吊丧的模样，咧了咧嘴没敢吱声。

"张打油"是打油村负责人，本名叫张树平。因为这个村榨油的历史比较悠久，十里八乡的都去村里打油。慢慢地，原来的村名被人们遗忘了，"打油村"这个名字却被叫开了。张树平的长相，怎么说呢，先说体形吧，他是麻秆腿，麻秆梢，螳螂脖子水狼腰。说他的模样还真不好描述，消瘦的夹骨脸，说是贼眉鼠眼，似乎有点侮辱人，但与周正端庄却半点不沾边。皱皱的眉毛下，是一双永远睁不大的三角眼。倒是那"一边倒"的发型和出口成章的"七言绝句"，或多或少有点新潮。学问不咋地，却顺嘴就能诌出几句顺口溜来。逢人就酸溜溜地"赋诗"一首。时间一长，竟歪打正着，得了个"诗人"的雅号。有人这样评论他：既没有优点也没有缺点，倒是很有特点。

那他为什么叫"张打油"呢？这就说来话长了。有一年教师节，他代表打油村也大出血地送了200块钱赞助了一下教育。校长留住他们吃饭时，他趁着酒兴，又"赋诗"一首，诌出了几句顺口溜。校长盯了他一下说，唐朝有个叫张打油的诗人，不但是张口就来，出口成诗，而且他的诗独出心裁，别有情趣。借着兴奋劲，校长就来了首唐朝诗人张打油的杰作："什么东西天上飞，东一堆来西一堆；莫非玉皇盖金殿，筛石灰啊筛石灰。"校长引经据典地对张树平说，"'张打油'自成一体的顺口溜诗问世以来，漫漫一千多年，没有能超过他风格的，后人就把他的诗归类为'打油诗'。我看你比张打油的诗强多了，你就是张打油再世。正好你们村叫打油村，以后就叫你'张打油'算了！"

校长是谁？校长是当地最有学问的人！他的话可谓言重九鼎，就是因为这有根有据的诠释，"张打油"这个名字一下子给传开了，并且也彻头彻尾地摁到了张树平身上。四六不分的他也听不出这"张打油"里面包含着的是褒还是贬，反正时间一长，叫的人多了，他也就一笑了之认了。

因为这个村没有合适的支部书记人选，村主任也没选出来。乡上只好临时指定他负责村里的工作。慢慢地，他俨然成了打油村名正言顺的村干部。村子穷，积攒的矛盾多，没啥好贪恋的，也就没人跟他抢这个位子。当个村干部自己说了算，又认识乡上的人，不正合他心意？几年下来，村里也都认可了他这个实际负责人。

风传他跟村里一个叫张翠的寡妇"有一腿"，反正也没人看见。都到这"开放"的年代了，谁还愿意去管这闲事？这倒让他得了劲儿，有事没事就往寡妇家里蹿。本来他脑瓜灵活，还是有点工作能力，就为这，村里的老少爷们都瞧不起他。这也是他每次选举都落选的主要原因。

他那吊吊的三角眼一转，啥鬼点子也能想出来。看起来挺明白的人，有时也会马失前蹄，被人撸一下。有一回，从外地来了个头顶贼亮、满脸络腮胡须的南方人盯上了他。此人操着一口蹩脚的方言："这位仁兄，本人是从峨眉山上下来的，我看你的面相很有特点，不客气地讲，眼眉长得很特别，有过人之处，不是凡人。给你算一卦怎么样？算好了保你能活过九十九岁，算不好分文不收。想算就算，不算请便，不勉强，不收钱！"

"张打油"知道中国有座峨眉山，却不知道峨眉山人的功夫如何。一看这头皮贼亮、满腮胡须的来头，又长衫披身，脚蹬布鞋，还有那似搭理不搭理的眼神，再加上出口不凡、一语中的的表情，立时就给蒙住了。这不是在埠岭乡吗？哎哟，除去乡上的干部敢这样对我说话，这十里八疃的还没见对我这样大不敬的呢！我是谁？当地赫赫有名的"诗人"，唐朝诗人张打油再世！从哪个土洞里钻出了这么个灰不溜丢的秃顶家伙，跑街上吱吱乱叫？哼！真是岂有此理！他不服气地揣摩着此人的不恭。不过，眼珠子骨碌碌一转，又多出了些心思。现在社会上复杂得很，牛骥同槽，鱼龙混杂，什么样的人都有，千万别被人涮了。可又一想，事情总要一分为二呀。要是一不小心遇上了功夫过人的高手呢？对他来个大不敬的话，装神弄鬼念个咒语、使个法术把你套住、拴住，不就叫天天不应、叫地地不灵了？光说大话可救不了命，怎么着也得出点血、破费下吧。

想到这里，他一个野兔子调头急转身，"什么要钱不要钱？你当我是谁？你当这是哪？不就是算一卦嘛，多少钱一卦？说！算升官还是发财？准不准？灵不灵？""张打油"踟弛不羁，一脸满不在乎且又不耐烦的样子连连发问。

"阿弥陀佛！"他双手一合，做了个虔诚动作，"一看就是爽快人！咱胡同里赶猪——直来直去好了。""峨眉山"人专干这行，当贼的忘不了月黑天。他知道买卖来了，心里一阵窃喜。此时，他故作镇静，先是神经质地挓挓衫子，自言自语念念有词一番，然后嗓门一提，两只胳膊又在空中"忽啦忽啦"地胡乱抡了几圈，"你肯定是个文化人，可以说是才华横溢，文采飞扬，学富五车，才高八斗。"他故弄玄虚地抻了抻，"从面上看也有遗憾之处，你生活在封闭的没有文化的氛围里，身边的人早把你的文化精髓给抽走了大半，成为影响你当诗人、当名人的绊马索，就像一块比金子还贵重的宝石埋在个臭烘烘的大粪堆里没被人发掘出来！可惜，真是可惜啊！"

"张打油"一听，真是一语中的，戳到他的伤心处，一下子恍然大悟，找着怀才不遇的症结了。不愧是峨眉山上下来的，算得真准！周围这旮旯里有文采、敢称诗人的有几个？连识文断字的老师搭一块也没个放在眼里的呀！张口就来、出口成诗的不就是咱自个儿吗？唐朝大诗人"张打油"在历史上是大名鼎鼎，不一千多年才出这么一个？这事不是说有就有的，得有才华，肚里有货！想到这里，他三角眼一骨碌，主意立马涌上脑门，"师傅，这辈子我从没服过谁，让您一句话撩起我的伤心事来了。九言劝醒迷途仕，一语惊醒梦中人。您就是我的再生父母，您就是我人生路上的救命恩人。今天，我是心服口服，对您一百个敬了。师傅，受徒儿一拜。您说如何是好？下步路怎么走，我听您的！"他趿拉着不合脚的鞋子，一下子跪倒在地上……

"如果你愿意，我举毕生功力，为你好好批个八字，把你的前世今生，理得顺风顺水，保你有权有钱、富贵满堂……如果想交个桃花运嘛，嗨嗨！不瞒你说，那也是师傅我的独门绝技，能保你手到擒来，百无一失。至于你刚才提到的钱嘛，哎哟，太俗，太俗啦！出家人以和为贵，以善为本，为你消病除灾、祈福求运是我们出家人的本分，不谈钱，不谈钱！当然啦，出门在外，衣食住行也需要些盘缠。如有善心接济老僧，也未尝不可。算准了随便给点，算不准是分文不收的！""峨眉山"人摇头晃脑，一板一眼地念念有词，把个"张打油"摆弄得脑子早飞到爪哇国去了。

也不知道过了多少时辰，"张打油"被这位自称峨眉山下来的人，连说带算、连哄带骗地把从银行刚提出来的和几个邻居凑的1300元化肥钱分文不剩地硬塞给了人家……

当"张打油"迷迷糊糊转了一圈来到供销社准备买化肥时，像是少了点什么。哎！钱呢？噢！塞给师傅了。可化肥得买呀，不买化肥回去怎么交代。这样闷着不行，找熟人说说又怕漏了兜也不行，蹲个犄角旮旯里憋屈一阵后，脑子开始有些清醒。他托人支支吾吾打听一番后，懊悔得后脑勺子快要流出浆来了。

不说不知道，一说吓一跳。那个所谓的"峨眉山人"其实是邻县一个好吃懒做的骗子，曾经在峨眉山待过几个月。当初是奔着修行的目的去的，但受不了寺庙的清规戒律。寺里的方丈看他不是真心修行，就劝他下山回家。临走前，他要了身僧袍说是留个纪念。回来后，就留起胡须，隔三岔五地削刮个光头，四处招摇撞骗。怕被熟人看到，他都是早出晚归去外县、外乡转悠。每天回来快到家时，就在村外的荒草野沟里换下僧袍。在乡上做买卖的一个生意人与邻县有业务往来，两地虽然隔着几个山头，时间一长，也知道了些底细。

"张打油"被捧为"文化人"后，有些轻飘飘起来，没想到在自己家门口上竟被涮了一把……

蹲在后排坐山观虎斗的"程老大"，今天来了个"观棋不语"，他到底要看看这帮家伙搞些什么花样。再说，陈柱子不是三言两语就可以对付了的，接着就要开会了，懒得理他们，省下点力气酒桌上说去。

话说"程老大"，名叫程国平，因在家排行老大，人长得也五大三粗，就被冠了这个绰号。他干村支部书记也有些年头了，有疾恶如仇、仗义执言的秉性，乐于在大事小事上帮人，在方圆十多里算得上是个有些影响力的人物。他很有个性，处处事事争强好胜，都要做得比别人好。胜了、赢了，喜形于色；输了、败了，沮丧之极，脸羞得没个地方搁。应该说，他跟陈柱子有许多相似之处，个性、能力方面也有一拼。平时，他有事没事地喊几个人凑一起喝茶聊天，上说天文、下聊地理，南山一拳、北海一腿地胡侃，以显示他的豪放不羁、知识渊博。尤其对时事政治，他格外关注，也因此有埠岭乡的"政治家""社会贤达""领袖范""乡绅""军事迷""会长"众多名号。最让人们认可的是"政治家"和"会长"这两个称谓，因为"政治家"跟陈柱子"讲政治"可以说是旗鼓相当、平起平坐。另外，这个"会长"有些褒义，又是他自己争取的，打心里喜欢。他争强好胜的性格比较明显，土话就是"好说了算"，用官方语言来讲就是权力欲极强。过年时找人下了几盘棋后，马上就成立了埠岭乡平屯象棋协会，并自封为会长。他能言善辩，在周围这一块儿是当之无愧的"精神领袖"与"核心人物"。

程老大的人生格言就是"好汉常提当年勇"。他对新生事物接受很快，善于穿越时空，跟你探讨八竿子也戳不着的前沿课题，弄得些伙计们云里雾里地找不着北。

为了抗衡陈柱子，他自我加压，在军事知识领域下了功夫，弥补军事知识的不足。从世界军力部署、各国军事力量对比到当今的军事科技和军事动态，他是死记硬背，慢慢倒也成了军事方面的"专家"，至少说在埠岭乡这地方没人敢跟他抗衡。那他跟陈柱子为什么纠缠不休呢？其实，他也是有苦难言。风传今年要推举两名优秀村干部当副乡长，这可是石破天惊的大好事。当了这么多年村干部，不就是等这么个机会吗？能力、工作自不必说，不说是第一名，也是名列前茅。万事俱备，只欠东风。这样的好事摆在面前岂能错过？为了从各方面超过陈柱子，这不逼着自我加压，硬生生地学成了个"军事迷"。有时两人抬起杠来，胡侃海侃互不相让。这时候，"张打油"、苗大庆和魏石桥夹在中间净受些窝囊气……

耿春义看看台下熟悉的面孔，习惯性地清了清嗓子，说："同志们，现在开会。首先向各位介绍一下刚调来的赵乡长，赵云瑞同志。"会场立刻鸦雀无声，一个个伸长脖子，睁大眼睛望着清秀俊健的赵云瑞。

年逾五十的耿春义，在乡镇干了三十多年，从一般干部一步步干到党委书记这个位置，是个地地道道的"老乡镇"了。宽阔的额头，四方脸盘，两道浓眉下的双眼给人一种厚重、慈善的感觉。耿春义熟悉农村工作，了解实情，不管啥任务他都是细中求稳、稳中求胜，赢得了县领导对他的肯定。

"同志们，赵云瑞同志是从太平镇调来咱乡工作的。太平镇的基础和经济状况在这里不用介绍大家也早有耳闻，县里能把一个经济强镇的镇长调到我们这欠发达的乡里来，说明了什么呢？说明了县委对我们的关心，对我们的厚爱，我们没有理由不把工作干好，希望我们振作起来，把今年的工作好好筹划筹划，记在心上，抓在手上，扑下身子，大干一番。具体工作和具体要求，由赵乡长安排。下面请赵乡长讲话。"

赵云瑞望了望台下陌生的面孔，精干又带有腼腆的脸上略有少许紧张，但他很快平静了下来。

"同志们，组织上调我来这里工作，我很高兴，也很惭愧。高兴的是得到上级的信任，通过工作又会结识一些新同事和朋友；惭愧的是我的能力和水平有限，担心干不好，辜负了县委和同志们的信任。如果有什么话要说的，那就是需要同志们多多帮助，特别是那些'老乡镇'们，帮着多出些点子，多提些建议。同时，也希望一线岗位的同志多出点力，多跑些腿。通过咱们的共同努力，把工作干上去，争取有个大的变化！"赵云瑞顿了顿后，直接切入了正题，"今年牵扯咱乡的工程挺多，国家工程有铁路拓宽工程、高速路绿化工程，省级工程有途经埠岭乡的省道拓宽延伸工程，还有咱们进出埠岭乡的县埠路拓宽硬化工程、乡驻地开发工程和计生服务站改造。根据县里招商引资工作会议安排，今年咱乡计划招一至两个过亿元的项目，招二十个过千万元的工业项目，建一处水、电、路配套齐全的乡级工业园区，建一处科技含量高的生态园区，选一些有工业基础、班子有战斗力的重点村，建一部分村级工业小区；同时，计划发展粮菜间作和大田菜四千亩，种植瓜果三千亩，植树两千七百亩，发展桑园三千亩。这是县里下达的指令性计划，我们要不折不扣地完成。另外，各村还要采取多种措施，因地制宜，大力发展'一村一品'农业经济，想尽一切办法帮助群众走致富的路子，尽快让老百姓脱贫致富奔小康。"

　　这时，下面听到这么多工作，而且不是调地就是收钱，窃窃私语地骚动起来。赵云瑞顿了顿，往会场扫了一眼，继续说："同志们，在干好国家、省、县安排的各项工程和工作的同时，我们还要把今年该收的农业税和春灌集资、公路集资、植树造林集资、报刊集资收上来。大家知道，虽然前几年"三提五统"取消了，但有些尾巴要理顺好。大家都知道，巧妇难为无米之炊。没有钱，什么也是纸上谈兵。只有手里有了钱，才有底气，才能安排我们需要干的工作。为了加快埠岭乡的发展，彻底改变我们埠岭乡的落后面貌，党委决定把进出埠岭乡的县埠路拓宽硬化工程作为今年开春的'叫套工程'。这条连接县乡路的工程既是我们埠岭乡的形象工程，也是一项实实在在的惠民工程。这项工程完成得快慢，直接影响到咱埠岭乡的形象。因此，沿途的村要积极做好民事工作。今年"一事一议"的集资要提前下手收上来，其他的各项集资款也要早做打算。只有收好收齐，工程才能按时开工，绿化才能进行，乡驻地建设才能铺开，教师工资、联防队员工资、村干部工资才能按时发放。应当说，今年的形势不同于往年，项目多、任务重，牵扯的面又广，需要我们凝心聚力才能完成。大家知道，需拓宽硬化的县埠路，全乡六七万人都走了好几十年了。这条又窄又难走的土路，给群众生产生活带来极大的不便，是到了下决心拓宽硬化的时候啦！再说，如果仅靠这条土路进出埠岭乡，怎么能吸引外商来投资呢？各包村干部要全程靠在第一线上，各村支部书记作为工程的第一责任人，要负责到底，把工程集资一次性收齐缴齐，争取雨季来临之前完成道路的硬化拓宽……"

　　赵云瑞对全年的工作如数家珍般地梳理了一遍，对上级安排的各项工程和全乡的工作也按照轻重缓急，娓娓道来。讲得全面，讲得透彻，穿透力强，字字句句都透出沉甸甸的责任，掷地有声地砸进每一个与会人员的心窝子里。偌大个会场鸦雀无声，掉根头发仿佛都能听得到。最后，他把提高群众素质、促进乡村文明建设的事又强调了一番。

　　农村工作是老套路，没有什么新鲜内容。坐在台下的村干部对新来的乡长倒是上了眼，琢磨开了……

三

"叫套会"后的聚餐是必不可少的，这也是历年形成的一个惯例。

正月十五还没过，开了一上午的会，离家远的有好几十里山路，回是回不去了。再说，忙活了一年，说什么也该凑热闹聚一聚，慰劳慰劳吧。

按照以往的习惯，来参加开会的村干部都是按工作片分到机关干部家里去吃，既解决了聚餐难的问题，又显得很有人情味。但不同的是，今年"叫套会"后，以往说笑打闹的场面不见了，看似兴高采烈的情绪里隐约地透着沉甸甸的压力。

"去年欠款没收全，低声下气看人脸。动员会上又叫套，你说这活怎么干？"住在乡机关家属院的农技站站长齐奎升一听，就知道是"张打油"来了，他正抱着冒着煳味的铁锅放葱姜物料，没顾上招呼。齐奎升的爱人刘敏是乡小学校长，知道今天招待客人，也正在屋里忙活着饭菜。

"张打油"一进院门，看没人迎接，接着又赋诗一首，"嫂子美貌胜天仙，只是进门没给脸；紧跑慢跑快点跑，赶在饭前拜个年！"

"快别要些嘴皮子了，整天嘟噜着些不是曲不是调的东西，怎么才来？"刘敏边解围裙边是埋怨地说。

"嫂子，过年好，给您拜年啦！刚才散会跟新来的乡长打了个招呼，认识了一下。哎呀，人家那双手可真是个当官的手，热乎乎、软绵绵，紧紧握住咱这双又粗又硬、青筋露骨的老茧手，哎呀，有热血沸腾之感哟！""张打油"一进屋就先显摆了一通。

不一会儿，程老大大步流星地赶来了。接着，模范村的"莫老憨"、果园村的方承平、栾山村的范寿亭，还有移民村的陈川等簇拥着小步快跑地来了。他们在家属区一条长长的胡同里说笑着、拥挤着缓缓地向前移动。

"来了？过年好？"

"来了！过年好！"

刘敏跟"程老大"他们热情地打着招呼。

"天太冷，快屋里吧，饭菜都忙活好了，就等大驾光临了。"齐奎升一身厨师行头站在院子里热情地招呼着。

"程书记，过年好！"后脚跟还没进屋，也没看清屋里的摆设，就听到屋里"张打油"那酸溜溜还带有娘娘腔的声音。一阵寒暄后，就围着饭桌坐了下来。

"你知道航空母舰最多的是哪个国家？"程老大窝了窝嘴唇，还没暖和过气来就咄咄逼人地问移民村的陈川和对面的范寿亭。

"美国！美国的航空母舰最多、战斗力最强，能放好几十架战斗机。哼！连这个都不知道还闯什么江湖！"程老大虽然急得抓耳挠腮，恨不得把你一口吞了，但大家还是面无表情、无动于衷地坐在那里。看看没人回应，便叹了口气，像是气球扎破了个眼，"龇龇"地把气泄了，软绵绵地坐了下来。

"一堆老庄户，就知道吃饱了不饥困，大千世界一无所知，跟你们在一起共事，哼！真是没有情趣，促寿掉价！"程老大心里窝着一肚子发不出的火，嘟嘟噜噜地发着牢骚。

"张打油"想趁着过年的兴致也凑上来哑巴几句，还没开口就被副乡长王秀清给摁到座上。

"哎，别跑题，别跑题！什么航母不航母的，今天离题万里了。今儿个中午咱把齐奎升家的醉皇帝酒喝空了才是正题。哎？听说你村那个酒厂用有机肥培育的赤霞珠、美乐葡萄酿造的福安龙干红、干白还有什么冰红、冰白一大串名字的喝着挺顺嘴，齐奎升家里肯定有，待会拖出来咱也品尝品尝！穷山沟里也能酿酒，还真神了！是不是，方承平？"王秀清一问，方承平笑笑点了点头。

"方承平，别老母猪拱地全凭个嘴呀，提溜两瓶来尝尝也不是不行，光笑不语算个啥事！听说你这干红、干白要卖到全国去，可别瞎逞能呀！""张打油"紧追不舍地嘲讽。

"你干别的不行，赋诗一首行！"陈川道他。

"来来来，伙计们，大过年的，人齐了咱们就开始。今天这场酒要敞开使劲喝，鸡不叫就算今日！"王秀清一下子把话题拦过来，这桌酒席他职务最高，理所当然的是主陪。八九个村干部你靠我、我挨你地挤在不大的饭桌子一圈。

王秀清和齐奎升包靠着这几个村。他心里明白，在座的这些人的酒量，有一个算一个，都不好惹。先别说低度的，就是高度的，哪个站起来也都半斤八两。伺候这帮伙计，可要千万小心，喝不利索就会阴沟里翻船。因此，王秀清一上来就板起脸，装出一本正经的样子说："伙计们，上午，书记和乡长都讲了，讲得很好，又实在，又到位。中午又安排这么丰盛的饭菜招待我们，过会儿他们还要过来给大家敬酒，咱得自觉呀……从今天开始，这活可又搭上套了。今年的工作挺多、挺难，各位的压力可想而知。要想干好工作，那得需要咱们玩点真的、来点实的，扑下身子狠狠地豁上一年才行。如果再像去年个别村那样抓猫钓老鼠的，咱们可就一块抓瞎了。我觉得，今天这个'叫套会'可真是个叫套会，一下子就把咱们给套住了。县埠路拓宽硬化，这不就是手打鼻子眼前过，一环扣一环，稍一拖沓就都落在后面赶不上来了。农村工作就是这个样，三百六十天，天天有活干；三百六十行，行行不重样。当然啦，至于怎么干，我相信大伙都有谱路，在这大正月里，具体工作咱就来个琵琶上墙——不谈（弹）了吧！没看程老大蹲在那里一言不发地生闷气？还是多说点喜庆的事。再说人家刘校长忙活了一上午，准备了这么一桌子饭菜，不吃它个底朝天还行？来！我看还是先来个乱吃五分钟怎么样？"王秀清看程老大咕嘟着个嘴，一脸闷闷不乐，就边夹菜，边借题发挥地刺激了他一下，"正式开席咱可就不客气了，丑话讲在前头，别死牛蹄子不分丫。今天是个大拜年的日子，我喝多少你们就喝多少，一个也不能落下当孬种？来，先喝第一杯！"

众人咂着嘴，面面相觑，心想，这刚叫上套就碰上了块硬骨头。

王秀清心里明白，今天这酒可以喝透彻，但不能恋战，说不定啥时候书记、乡长过来敬酒，到时别出了洋相。想到这儿，他也不管伙计们菜吃得如何，站起来说："来，再敬第二杯，这一杯酒不是敬各位的，是让各位给家里老人捎个好、拜个晚年的！"王秀清平时讲话办事挺认真，少言寡语，在这场合，忽然来这么一套战术，把爹娘抬出来，大家还能说什么！大家还是没吭声，一闭眼，二两高度老烧酒在喉结的蠕动下，又"吱溜"地滑进胃里。这才刚刚开始，菜还没夹几下，小半斤白酒就让王秀清三说两卖地给灌了下去，火辣辣的胃里开始产生了剧烈反应。这大过年的，又是在乡上，好酒好菜款待着，既有乡领导在这里率先垂范，又把爹娘搬出来施压。唉！题目起得好，没办法呀！再说啦，跟领导喝酒哪有不醉的？这样的场合一年能有几回？就是醉了也心甘情愿呀！

"来，伙计们，这第三杯，是我敬大家的。今年工作的孬好全靠各位了，干好了没得说，干不好的话可都要去喝西北风了。大伙儿也知道我在这儿工作快五年了，工作上得去，领导满意了说不准还能挪动挪动，提拔一下。说句到家的话，为了我和奎升的进步，也为了咱伙计们的年终奖金，俺兄弟俩一块敬这第三杯。我觉得这杯酒不是酒，是纯粹的感情，喝也得喝，不喝也得喝，谁不喝谁不够意思，就不是亲弟兄、好哥们儿。"说完，他又是一仰脖子，杯子在他手里忽隐忽现，就像埠岭乡大集上玩杂耍的那样，都还没看明白是咋回事，二两老烧就又下了肚。王秀清把感情、兄弟都搬到这酒桌上来了，把自己的政治生命这张牌也亮出来押到这杯酒上了，一句一句的大实话像块大铁砧子硬生生地砸下来，你说喝不喝？人家没有把自己当领导，都以兄弟相称，话说到这个份上了，谁还好意思违拗？把该干的活想办法干好，把该收的集资收好，不就等于帮了人家一把！虽说农业税年年吃过头粮，是挺闹心挺头疼的事，可话又说回来，这些年哪年不吃过头粮？车到山前必有路，真熬到了尽终尽，也就逼出办法来了。不就是一杯酒吗？醉了、吐了，难受几天又咋的？伤了感情却是一辈子的事，也反映出人品不咋地。干！干掉这杯！看着这无色透明又温柔似水的液体，真是又可爱又可恨，一个个不是龇牙咧嘴，就是眉头紧皱，流露出难受的痛苦状。这是酒吗？是纯粹的弟兄们的一番情谊！干！就是毒药也干！想到这些，大家不约而同地大嘴一张，"咕咚"一下，二两白酒就又下了肚。菜还没上齐，就这样三下五除二地灌下去了大半斤白酒。程老大、"张打油"、陈川几个，酒后的各种症状都开始显露出来。另外几个人表面上不露声色，私下里也净是玩些小动作，瞅准别人不注意的时候，不是偷偷地把酒倒在茶碗里，就是吐在毛巾上。即使这样，也躲不掉喝一回醉一场的劫难。唉，也真难为了他们！别看是天天这样云里雾里喝得一塌糊涂，这些年来，这些群体，哪个不是靠着这劣质酒精的强烈刺激来支撑着神经枢纽，支撑着疲惫的身体，没白没黑地工作。

"陈川，今天这场合你这黄段子手是捞不着发挥了，出了正月再展开吧！"程老大闷声闷气地嘟囔。

这时，大门一响，秘书李亚明小跑进来："王乡长，耿书记和赵乡长过来敬杯酒！"话语未落，耿春义与赵云瑞前后脚地走了进来。

上午开会的时候，天空虽然时阴时晴，但没有下雪，天气预报也没说今天有雪，但此时书记和乡长头上、身上都沾满了片片雪花。啊，瑞雪兆丰年！在暖和的屋子里，他们头上、睫毛上的雪花瞬间融化，变成了晶莹剔透的小水珠，给这低矮昏暗的屋里添了些许亮光。借着酒兴，大家兴奋异常，争先恐后地跟书记、乡长敬酒。

"什么天气预报，你看看这百年一遇的大雪都报不准，开春的雨就报准了？下雨报不准这浇地钱又咋收？"程老大看到伙计们有意把他扔在一边，借着酒劲，话里有话地嘟囔了几句。意思是在提醒大家，他是这帮人的头目，他对春灌格外关心。

"同志们好，我跟赵乡长一块来给大家拜个年。借齐奎升这个酒席，敬在座的各位一杯酒。一是感谢各位去年对乡委工作的支持，二是希望大家在今年的工作中一如既往。同时，要解放思想、广开思路，既要不折不扣地完成党委、政府安排的任务，又要带领群众尽快脱贫致富。借这个机会，我俩一块给大家拜个晚年，敬大家一杯酒！"耿春义边说边自己主动端起酒杯，又让人往杯里添了添，礼貌性地挨个碰杯后，一口喝了下去。

李秘书悄悄地告诉王秀清："耿书记和赵乡长在其他桌上都是象征性地抿了一口，在这里可是一口干了满满的一杯，你们挺有面子呀！"

王秀清一听，马上转身对伙计们说："大家听见了吗？耿书记和赵乡长在咱们这桌上可是一口干了一大杯呀？这说明了什么？说明领导们很重视咱，伙计们说怎么办？"

进屋之前，党委副书记鲁祥生跟赵云瑞汇报过工业园区的选址和牵扯到的村庄。赵云瑞觉得这几个村是在下一步建设工业园区时的重点村，需要多沟通沟通，决定再敬杯酒培养一下感情。他看了看快要顶不住的"张打油"和程老大说："你叫'张打油'？你是'领袖范'？"俩人先是一愣，继而红里发紫的脸上露出些尴尬的表情，脖子上的青筋没鼓起来，沾着菜叶的大黄牙却暴露无遗。

"没什么，没什么，只是随便开个玩笑。"赵云瑞有意地喊了一下他们的绰号，以活跃下眼生的气氛。

"我初来乍到，人生地不熟，以后咱们可绑在一块了，就像一根绳拴在一块的蚂蚱，蹦不了你，也跑不了我！以后的工作还得靠大家。刚才跟耿书记敬了一杯，我再单独敬大家一杯，下一步工业园区建设全靠在座的各位了。因为是咱乡里的园区，补偿是没有的，但地还要必须调出来。至于怎么办，你们都是些老干家，会知道怎么做的！有困难吗？有困难的就别喝了，没困难就干了这杯？"赵云瑞单刀直入地直奔主题，把工作挑明了。刚接上火，谁会在这样的场合上提困难！大家纷纷表示没有问题，端起酒杯又一饮而尽。

"具体操作，可以从机动田中调剂，也可以跟群众置换，还可以根据你们村的实际情况处理。目标只有一个，就是尽快调出地来，建设工业园区。怎么样伙计们？不管怎么样，咱齐心协力一定要啃下这块硬骨头，打赢这场硬仗！"赵云瑞话不多，却具体又实在，句句扣主题。

程老大本想展开畅想赞叹一番，无奈酒劲一个劲地往上涌，什么"领袖范""社会贤达"全部淹没到痛苦的世界里了。

借着酒兴，大伙也都纷纷表态，尽快把集资收齐，把地调出来。耿春义跟赵云瑞看达到目的了，会意地笑了笑。他们知道，这些憨厚朴实的庄稼汉子，你敬他一尺，他就会拿着性命来回敬你一丈。半岛地区的酒文化就这么神奇，酒喝好了，任务就等于完成了一大半，工业园区调地肯定有戏了。

栾山村的范寿亭，也在这个工作片。他平时不跟伙计们开玩笑，难得一颦一笑，总是装出极其斯文的样子。平时待人接物，好像心事重重，让人难以接近。骨碌碌的眼珠子看似慢了半拍，但却是一刻不停地来回瞅，直勾勾地钻进你心里，仿佛能穿透你的一切……

齐奎升的隔壁是武装部部长陈来电的家，他家也安排了一桌酒席。他与民政助理王博平和妇联干事刘秋珊包靠着韩岭村、牛埠岭村、田横村、长街村和沟埠岭村。这几个村地处交通要道，铁路、高速公路都有可能占用他们的土地，有几个大的项目也牵扯到他们的房屋、树木。陈来电自知能力有限，从心底里觉得压力挺大。年一过，他就跟爱人划算着怎么办好这桌饭。在这个饭桌上，既要有感情投入，还得施加些压力，起到四两拨千斤的作用。陈来电包靠这几个村好几年了，深知这些村干部的秉性、品质都没得说。不管什么工作，一旦来了情绪，那是狗撵鸭子呱呱叫。但庄户人也有庄户人的特点，各人的脾气、性格不一样，工作安排也需要揣摩揣摩。好在都是同事，都在一起摔跌好多年了，彼此都体谅理解。刚才一散会，他就跟王博平打了招呼，提前回家忙活饭菜。

一到家，陈来电就看到刘秋珊提前过来了，正帮着忙里忙外地收拾。"秋珊呀，今天中午这顿饭你可得当主力呀，这帮伙计的酒量可是有一个算一个，不大好对付，喝不足肯定不行，喝过了又容易出事。你心细，到时提醒着点，前提是一定要让他们喝足才行。哎呀，今年咱这就又搭上套了，工作还得靠他们呀！"

刘秋珊瞪着双乌黑的杏眼点点头："陈部长，我觉得他们都听陈柱子吆喝，你酒量不是很大，我跟王博平年轻，又不能喝酒，要是让陈柱子替你当主陪是不是喝得更好？再说，陈柱子又善于当什么酒长、席长，他要是能冲上去，估摸着就能喝好！"

陈来电抬头看了看刘秋珊，觉得这个主意挺好，点了点头说，"对！这个主意好，先让他们自个儿窝里斗上一阵子，咱们几个再分别敬上两杯也就差不多了。对！对！就这样安排！"他在屋里转了一圈后又琢磨，这事还得做好陈柱子的工作，他也不是省油的灯，得愿意才行。如果他不愿意扛这个活，那也没法子。他的性格是都知道的，除去怕老婆，就算是老天爷来了他也不带眨巴眼的。

金无足赤，人无完人。陈柱子再厉害也有他的软肋。他好吃饺子不是一般地好吃，在方圆十几里是出了名的。结婚前，他娘包给他吃；结婚后，是媳妇包给他吃。俩人吵架时，他火暴脾气一上来，媳妇肯定不占上风，整天挨些气生。小鸡不撒尿，各有各的道。他媳妇再不行，也有对付他的办法。一旦吵起架来，她不但不让他靠身，而且还多日不包饺子伺候。他媳妇一招制敌，盘得他老老实实、服服帖帖的。别看陈柱子出了家门耀武扬威，风光无限，要是半道上接到老婆要他回家吃饺子的电话，知道又有大事要发生，就像老鼠见了猫那样，吓得打着别腿一溜小跑地往家蹿。

客人陆续到了。陈来电在门口把陈柱子拖到一边，再三恳求要他当主陪，提的理由也很充分：自己还要在厨房里忙活一阵子，另外就是自己的酒量不行，驾驭不了这么大的场合。在家里设宴，大家要是喝不足，不怪丢人的？陈柱子一听，就明白了啥意思。表面上故意推辞了一番后，装出不情愿的样子答应了。可他心里却暗暗窃喜，这不正合我意吗？真是紫气东来，老天有眼！借当主陪这个机会，略施小计，顺手整治整治臭嘴子苗大庆跟碎嘴子魏石桥，让他俩脑子长点记性，免得到处胡咧咧，败坏他在埠岭乡的名声。

"王博平，陈部长让我当主陪，真的还是假的？"陈柱子看人到得差不多了，故意提高嗓子问。

"当然是真的了！"

"秋珊，你说呢？"

"是真的，真的。主陪这个位子没有个三拳两脚是坐不了的，让您当主陪，是因为您能压住场子，也是众望所归。"

"哎哟，不光年轻漂亮，还真会说话，让人心里美滋滋的。"陈柱子故意问王博平和刘秋珊，是想先声夺人，让伙计们听听他这个主陪不是争来抢来的，是陈部长再三恳切地请来的。一开始就想从气势上压住他们。

说着，陈柱子拖着臃肿的身子，夸张地扭着腰，往主陪位子那儿挪动："秋珊，去年咱们是忙活了一年，工作干得孬好就不说啦，没功劳也有苦劳，没有苦劳还有疲劳，总算是连滚带爬地熬了过来。今天这个'叫套会'一开，等于是锣鼓一敲再登台，抹抹桌子又上菜了，对不对？唉！我们是一年三百六十五天为你们服务，今天几位乡领导也服务服务我们吧，让我们这些'懒汉子干不了，好汉子不稀罕'的村干部也享受一下乡干部服务的待遇，把埋在心底的委屈也向你们倾诉一番，起码也找找心理上的平衡！"

白皙的脸上托起两朵红晕的刘秋珊，羞涩地接过陈柱子的话，说："陈书记，我们不是一直在为您服务吗？"

"哎，少来少来！你们哪回打电话、发文件，哪次到村里来，不都是要钱、安排活？谁为谁服务，这事还得找时间理论理论！"陈柱子话来得快，跟谁说话也不会卡壳。你想想，他都能把死的说成活的，无理都能占上三分！看没人接他的话茬，知道说得重了些，便不再搭理，一屁股坐到主陪位置上，煞有介事地"上任"了。看有些冷场，他大眼一骨碌，中山胡一翘，又没话找话地胡扯起来："王博平，你给我听好喽，今天中午一定给我把副陪当好！让伙计们喝足了，我就给你俩当个……媒人，怎么样？"陈柱子看刘秋珊在外屋忙活，特意提高嗓门说给她听。他看刘秋珊没有反应，又起哄地提了提声调，"王博平，你说这事怎么样？愿意不愿意？我看是八九不离十！过几天我再给你撮合撮合？"

刚才，陈柱子还在含沙射影对乡上的工作评头论足，这冷不丁又冒出续姻缘的话来。虽说是好事，可把没有半点思想准备的刘秋珊羞得满脸通红。

25

王博平站在那里，也是尴尬得不知所措。陈柱子平时就是靠这东一榔头西一镢，扔些半头砖式的语言支撑着他的生活方式。时间一长，大家也都习惯了他的风格，见怪不怪了。

"愣什么愣，王博平，你可要像电视里唱的那样，该出手时就出手，风风火火闯九州！你也是要思想有思想、要模样有模样，还犹豫个啥？别到时让人先下手抢走了，那时鼻涕淌下三尺、悔青了肠子也白搭！"口无遮拦的陈柱子，也不管人家愿听不愿听，一个劲地说。

人还没进来，鱼香味就扑鼻而来。陈来电小步快走地端上了热腾腾、香喷喷的葱花红烧鲤鱼。半岛地区特有的待客方式，凡是贵客，定要上红烧鲤鱼这道菜。陈来电媳妇搓着双手，面带潮红羞涩地说："好了好了，让领导们等急了，菜上来了！别见笑呀，家里就这个条件，也没有什么好吃的，好在都是自家人，将就着吃呗！"

饭前这段空，陈柱子是有意把苗大庆晾在一边不理他，怕他的臭嘴不把门，再在这儿瞎嚷嚷。人要脸，树要皮，年初二掉到大粪池里的事，再怎么解释也是个不光彩的事。所以，他就想大事化小、小事化了，慢悠悠地忘掉算了。转眼间，人也齐了，菜也上了，陈柱子的兴奋点也升到脖颈儿上了。

"都听明白了，咱得要讲政治！伙计们，陈部长有点忙，安排我当主陪，那我就责无旁贷了。谁有意见，今天这场合是没空伺候了，个别不服气的，也可以酒上找齐，不行就先干上一杯。再说了，今天的酒席，意义非常不一般，新乡长走马上任，你得掂量掂量怎么干吧？上午安排的那些活，我看是打锣听音、说话听韵，恐怕是一根绳拴的蚂蚱，蹦不了我，也跑不了你，与咱们在座的都有牵扯。乌龟爬山，难上加难啊。今年这些活可净是戳老百姓肺管子的事，谁摊上谁倒霉，反正都得有个准备。好啦，大过年不吉利的话不说了。既然来了，咱就喝个痛快、喝它个透。一口一杯，全都干掉，谁剩下谁孬种。滴酒罚三杯，一言为定。我先来第一杯，给伙计们拜年了！"陈柱子倚仗着酒量大，口气楞冲，话音未落，端起酒杯一饮而尽。

"够意思，够哥儿们，一会儿说不定耿书记和赵乡长过来敬酒，时间紧、任务重，咱抓紧时间再来第二杯。这杯酒咱感谢陈部长家嫂子吧，文化人伺候咱这些大老粗，别不知道个好歹。人家忙活了一上午，好酒好菜又这么热情地招待咱，没有理由不干呀！再说咱陈部长吧，这两年，光会低头拉车，不会抬头看路，这把年纪连个副乡长都不是，为他着急呀！来，咱什么也不说了，为了咱陈部长，干！"

"陈柱子平时是以噼里啪啦著称，哪里啦过这么细的家长里短，真不善！"孙向前一改往日对他的轻视，感慨道。

"伙计们，咱得要讲政治。今年的活不管有多难，咱们可都得给陈部长长长脸、争口气啊。为了陈部长和王博平、刘秋珊他们的进步，让领导放心，咱喝个表态酒吧。工作不管有多苦、有多难，就是抽血割肉也保证把活干好、把钱收上来。来，干了这第三杯。"陈柱子也不管大伙的反应如何，上来又把这第三杯酒喝了下去。大家苦皱着个痛苦的表情，不情愿地端起杯子。

陈柱子看刘秋珊到外屋去了，借着酒劲对王博平嚷起来："大学生，不是瞧不起你，给你出个谜语猜猜，猜着猜不着的也活跃活跃气氛。你说什么是'四大白'？"

王博平摇摇头，用好奇的目光紧盯着陈柱子。

"咦咦咦？年小毛嫩！头遍面，雪里站，大闺女的肚皮，剥皮的蛋。听明白了？教你一招，谈恋爱时别忘了用这提提情绪！"凡事陈柱子不弄点动静出来他是不算完。

此时，不声不响的雪花悄无声息地落满了院子，厚厚的一层。挂在墙上的木叉呀，竖在地上的铁锹、镢柄呀，还有那早就不用了可一直舍不得扔掉的耧呀，耙呀，一些不起眼的家什，都被晶莹剔透棉絮般的雪花严严实实地包裹住了，温柔的旋风轻轻地掠过后，像大师手里的刻刀，什么浅雕、深雕、浮雕、镂雕，一个个削得活灵活现，令人眼花缭乱、赏心悦目。

茅厕在南屋一侧，陈柱子拖着个笨拙的身子，踏着厚厚的雪，艰难地往前挪窝儿。冷风一吹，酒劲直往脑门上顶。突然，陈柱子脚下一滑，踩了个空，壮硕的身子顷刻歪倒地上，疼得龇牙咧嘴。

苗大庆他们看到这一幕，想笑又不敢笑，虚情假意的表情里添上些幸灾乐祸，“怎么啦？怎么啦？这是怎么啦？刚才还在屋里海阔天空，这一眨眼怎么就匍匐上了！”

“你嘴里怎么嘟噜嘟噜尽放零碎屁！”陈柱子不依不饶吼他。

“大雪天练潜伏，苦练杀敌本领！”魏石桥也凑上来好不高兴地跟上一句。

“放你娘的狗臭屁，老子练潜伏的时候，你他娘的说不定还在你爹腿肚子里打转呢，跑这里赚便宜，嫩了不少！”

“快起来，这大冷的天是人待的地方？”孙向前上前扶他。

“能起来，还用着喊你了。快点，扶我进屋！”

大伙一阵手忙脚乱，把他扶进屋，又手忙脚乱地帮他扑打沾了浑身的泥雪。

“都听明白啦，咱得要讲政治。刚才的事一定打住，半个字也不能泄露，别总想摘了帽子钻天，弄些高口味的。这可不是闹着玩的，谁说漏了嘴，谁吃不了兜着走。”说话间，他有意扬了扬让人起鸡皮疙瘩的熊掌手。

“就是就是，一定要‘听明白了，要讲政治’。”苗大庆用他的话嘲讽他。

“苗大庆，你也别噘噘着个嘴不服气。别看都是支部书记，你姥爷姓陈，对不起，那我就得上浮一辈，你该叫好听的就得叫好听的。行政上陈部长负责，酒桌上我说了算，要是不服就单挑喝一杯。”陈柱子怕乡上的领导来敬酒时，苗大庆再出他的洋相，便先声夺人，试图把他唬住。

此时，他把苗大庆的情绪是压住了，但扭伤的脚踝又疼了起来，坐也不是，站也不是。正在心烦的时候，秘书小李推门进来了。“耿书记、赵乡长来给大家敬酒了。”小李还没有说完，耿春义和赵云瑞一步跨了进来。

陈柱子立马来了个 180 度大转弯，疼痛难忍的痛苦状眨眼换上了心花怒放的表情，笑得那个甜，笑得那个自然，简直无人能比！

“怎么样？喝得还可以吧？天不好，路途又远，大家不要喝得太多！”耿春义关心地说。

“耿书记，我们喝得非常好，气氛也很热烈。会上听了您的讲话，我们深受鼓舞，都表态了，一定不辜负领导的期望，把工作干好。”

“很好，很好，谢谢大家了！刚才多串了几个门，在老齐家又多待了一会儿。今年，他们那几个村的工作量挺大，给他们鼓了鼓劲。过来晚了点，对不起大家了。怎么样？今年工作有信心吗？相信大家的觉悟，也相信大家肯定有信心！来，敬大家一杯酒！"耿春义说着端起了酒杯。

"听明白啦？咱得讲政治，伙计们快站起来，把酒都倒满。"陈柱子忍着疼痛，大吆小喝地把胸脯一拍，"耿书记，我们什么也不说，心里有团火，领导指向哪里，我们就打向哪里。赵乡长，农村这活也没什么三篇文章，只要别蜻蜓点水、走马观花地玩花架子，靠上、缠上，用不了几天，什么事办不好？中国几千年都顺顺当当地过来了，咱干个三年五载的还能有什么事？不就是修几条路，收几块钱吗？有'一事一议'这把尚方宝剑，还用得着吓趴下了？有事就得干，关键时刻就得冲，要讲政治、顾大局，要不还要我们村干部干什么！再说，当干部就得上对党委负责，下对群众负责。伙计们，对不对呀？"

"陈柱子同志，你就是咱乡的'讲政治'吧？前几天在你村前公路上咱们见过，下一步咱们就捆绑一块儿工作了。我很欣赏你的直爽脾气，也感谢你的态度，关键还是要看动作快慢，看效果，对吧？还有，不仅仅是你刚才说的这些，招商引资、城镇建设、农村稳定特别是帮助群众脱贫致富是我们今年的重头戏，都需要抓在手上。建设新农村是中央提的，更不用多说。刚才，耿书记敬了大家一杯，我也敬大家一杯吧。希望咱们共同努力，争取各项工作都干在全乡的前头。"

"嘿嘿，赵乡长，什么'政治家''讲政治'的，别听他们胡扯扯。赵乡长，今天上午的'叫套会'开得真叫鼓舞人心，我们在下面听着是热血沸腾，恨不得明天就下手。党委、政府大手笔、谋长远、办实事的决策非常好，我们坚决拥护。刚才，我们都说了，保证圆满完成党委政府安排的任务！"快要吼破屋顶子的陈柱子，嗷嗷地狂喊，就怕引不起领导对他的重视，倾尽所能地表现了一把。

"嘿！理论上真有一套，就是雷声大雨点小，不行就走两步让我们看看？"苗大庆见缝插针递上句，狠狠地戳了陈柱子一下。守着众人，陈柱子又不好发作，只是拿白眼瞪了他几下。

这时，陈来电上前靠了靠，说："耿书记，赵乡长，今年铁路、公路，还有植树，都让这些村摊上了，最难办的就是调地和集资。虽然困难挺多，但也请领导放心，我们一定尽心尽力把活干好。"

时紧时慢的雪花又漫天飞舞起来。赵云瑞看看外面越来越暗的天气，就嘱咐他们早些结束，并要他们路上注意安全。

领导一走，酒桌上可炸开锅了。陈柱子火冒三丈地朝着苗大庆开了火，说他在关键时候揪辫子，指责他不讲政治。苗大庆平时是谨小慎微，尤其是和陈柱子在一起时，水平根本不在一个层次上。然而，今天从上午到下午，苗大庆就像是吃错了药，逮着陈柱子的糗事，添油加醋地开涮。借着酒劲，在众人面前挑逗、取笑，让他颜面尽失。一瞬间，苗大庆是占了上风，也挺开心。但他知道这场人祸是躲不过去了，陈柱子早晚得使法把面子捞回来。这不，书记、乡长刚一出门，陈柱子就像火山喷发一样："姓苗的，吃错药了是不是？想出点风头弄点好事，好肉剜疮，还是想在领导面前出老子洋相？你算哪块墙上的泥皮？哼，玩这个你还嫩了点！老鼠窝里窜出了个你，不知是啥动物了？来跟我玩些片汤！好，蝎虎子掀门窗，先给你一小巴掌，尝尝是咸的还是淡的！"借着上来的一股酒劲，他胳膊一伸就抢了过去。苗大庆虽说早有防备，往后一闪，但还是被手指划拉了一下，脸上立刻出现了几道红里带紫的血印。真应了蚊子挨扇打，只因嘴伤人那句话。

人在屋檐下，怎敢不低头："啊呀，老兄，重了重了，大过年的不就是开个玩笑嘛，别当真，别当真，千万别当真！你绝对是我们的偶像，绝对是有权威的，什么事不都是见你的眼色行事，谁敢越过你定的红线啊？今天不是高兴过头了嘛，别见怪，千万别见怪！"苗大庆躲在餐桌另一边，一个劲地道歉。

"今儿叫你福大命大造化大，让你先尝一小手，如果痒痒大了就给你两巴掌咋样？想当年在部队，军区首长见了都礼让三分，你却在这里狗眼看人低，拿着豆包不当干粮。"陈柱子边嘟囔边想往前挪几步，准备再出手教训他几下，忽然又眉头紧皱，龇牙咧嘴的一脸痛苦状，原来是脚踝肿起来了。也该着这个苗大庆不挨揍，要不按陈柱子的脾气非上去踹他几脚不可。陈柱子平时咋呼这几十年来从没有打过人，其实哪年他也得在酒桌上砸趴三个五个的。打得多了，也就不以为然了，也就想不起打过人了。

陈来电看到眼前有些动真格的了，就拉下脸来劝解、批评了几句。因为是过年聚餐，又是在自己家里，当然是轻声慢语的。因为过不了几天，还得靠他们干工作。

农村座席，都是中午扯着晚上，晚上扯到半夜。晚饭往家赶的还是知道好歹的。当他们陆陆续续地出门往家走时，外面的雪越下越大，路都看不清了。西北风打着旋，漫天飞雪，遮天蔽日，根本没有停歇的迹象，把灰蒙蒙的山区遮挡得更加阴暗。

陈柱子的脚踝肿得红红的，一动就痛。摩托车是不能骑了。陈柱子跟苗大庆顺路，陈来电只得安排苗大庆把陈柱子送回家。

这时，刘秋珊走上前轻轻跟苗大庆嘱咐："天快黑了，还有老远的山路，都是伙计，低头不见抬头见的别使性子了。你俩是谁跟谁呀，天天见面不嘎拉舌头吵上顿还行？再说，他就是这么个脾气，你还摸不透？"

这时，又一阵狂风卷着雪花打着旋刮了过来，吹得他们把脖子缩了缩。苗大庆摸摸脸上火辣辣的手印子，待在一旁就是不吭声，故意晾晾杀杀陈柱子的威风。

陈柱子知道苗大庆一条道走到黑，犟牛一头，便一拐一拐地往前挪挪。嗓门一提，"属骡子的没有辈了？苗大庆，送我回家是玉堂春嫁给王金龙，名正言顺。别给你脸不要脸。走，送我回家！"苗大庆看陈柱子瘸着腿过来，表面上像是训斥，知道是求到门下了，心里窃喜，一步三晃，慢腾腾地发动起摩托车来。

上午还是荒凉一片的旷野，眨眼之间就变成了银色的世界。漫天的大雪在气流的作用下，上下翻滚，一个劲地往脖子、眼睛里钻。有些雪花就像是长了眼睛、瞄准了目标似的，顺着袖口、裤筒、纽扣的缝隙，使劲地往身体里钻。

苗大庆眯着眼睛，凭着感觉，摸索着往前开。荒野里的雪，下得好像更大了，沟满壕平，与山路连接成了茫茫一片，看不出哪是沟，哪是路。陈柱子和苗大庆闷着脸，谁也不理谁，闷闷不乐地前行，只是从嘴里有节奏地喷出的一口一口的酒气，才感觉到对方的存在。

人欺不算欺，天欺治不得。可能是酒劲又上来了，烧得大脑僵硬、迟钝；也可能是漫天大雪挡住了行进的视线，随着一股股夹杂着雪花的强旋风，摩托车突然失控，连人带车一下子扎进路边的雪窝里，埋了个严严实实。

身体被压在车下，加上塌下来的雪堆，两人只露出两个脑袋在雪窝里摇来转去。

俩人先是试探着抽动了下四肢，然后又扭了扭身子，感觉人还在，脑子也还行，就铆足了劲从车底下、雪堆里往外挪动。感觉没有大碍之后，扭过身子，脸对脸地瞅了瞅，"嘿嘿嘿"不好意思地笑了起来。

"你看我干啥？"陈柱子苦笑着瞟苗大庆一眼。

"你不看我，怎么知道我看你？"苗大庆躺在雪窝里回敬他一句。

本来就是争强好胜话赶话的些小冲突，这下好了，一块埋在这雪窝里，一对难兄难弟，一笑泯恩仇。

陈柱子人高马大，忍着脚踝的疼痛，一咬牙，硬是将摩托车生生地推开，好一阵手忙脚乱后，从一侧勉强爬了出来。而苗大庆瘦小，压得又实，靠自身的力量根本起不来。"快扶起来呀！"苗大庆急切地喘着粗气说。

"扶？扶什么扶！你说扶就扶？"俩人虽然暗地里都不再有啥芥蒂，为争个子丑寅卯，还是嘴官司不断。

"别开玩笑了，老兄，天都快黑透彻了，快扶我起来赶路！"

"赶什么路！掉大粪池的事，是不是你多嘴多舌传出去的？脚扭伤了是不是你惹的祸？跌到沟里是不是你故意熊我？"

此时，压在车底下的苗大庆真的是有些求饶了，"柱子哥，这雪窝里是怪凉怪凉的，先把摩托车拖一边，让我爬起来再说！啥事都怨我还不行？这雪是越下越大，别光嚓嚓些嘴官司，连家也回不了了。我看到此为止，下不为例，坚决听从你的安排。你说往东，俺决不往西；你说逮狗，咱决不抓鸡，不就行了。哎哎哎……俺后街李兰香家有只七八斤重的芦花鸡，自己喂的，明天一定搞定，咱炖炖吃该行了吧？"

"少来这一套，是你大幅度降低了我的威信，严重地损害了我的声誉，吃只芦花鸡就完事了吗？再说，我就值三十二十的鸡钱？"

"那我也是顶风冒雪驮你回家，请你吃只芦花鸡也差不哪里去呀！"

"是芦花鸡，还是肉食鸡？"

"当然是正宗的芦花鸡了！"

"哎，你说的那个李兰香就是你村那个一走一扭腰的白脸、俊模样女人吗？"

"是呀，还有哪个？就是她，她家养了好几只，我早就想弄只炖炖吃了，只是没有机会。"

"你跟她好像是同学吧？"

"她比我小，上学的时候差个一两年级。"

"我看你俩很不正常！"真佛面前不烧假香，俩人又开始捣饬故事。

"哎哟！哪有不吃腥的猫！你不是比我还疯癫？谁不知道谁？"苗大庆像是抓住了把柄。

"别闲扯了，雪这么大，千万小心呀。前面可是路窄沟深，再摔下去，恐怕这芦花鸡就吃不上了。明天叫上陈部长、王博平，还有秋珊上你家吃芦花鸡。真他娘的，今天有点倒霉，让你气得肚子疼不算，还把脚又崴了，早晚得找机会收拾你。"说到风花雪月，陈柱子立马打住，不敢多说。

俩人拉扯着从雪窝里爬起来，边使劲往上拖摩托车，边又胡咽巴起来。唉！牵着个母鳖打场——净弄些团团景。

如果说农村是个大舞台的话，那农民就是这个舞台上的演员。像陈柱子、程老大他们这些兵头将尾的村干部，就是这些众多演员中的主要角色……

四

野火烧不尽，春风吹又生。

初春的埠岭乡，景致别样。漫山遍野的白山黑水，仿佛镶嵌在悠悠白云间。虽然阳光灿烂，撒下一片温暖，但严冬留下的淫威还不时袭来。

春打六九头，都过了七九、八九，河边看柳了，没想到忽然来了这么场罕见的大雪。对庄户人来说，还是喜得合不拢嘴。瑞雪兆丰年。干裂的土地得以滋润，他们能不高兴吗？

地温不知不觉地上来了。细瞄瞄那些熟知的彩叶草、孔雀草、荠菜、熏衣草、狗尾巴草、蒲公英，还有那不太多的三叶草、风铃草、扫帚草，凡是扎在地下的植物，都像是触了电似的，脚前脚后地铆足了劲地钻出来了。不多日子，一簇簇绿叶上鲜嫩鲜嫩的花蕊，便羞答答地开满了山坡，在温暖的阳光下妩媚可人。

季节不等人，该是调度一下植树造林的时候了。按照赵云瑞的安排，王秀清和陈来电、刘秋珊下村摸摸造林调地的进度。

看到王秀清、陈来电进来，陈柱子拖着个半瘸的腿，跨前一步，"欢迎欢迎，热烈欢迎。陈部长，你这个急刹车有点太猛，差点让刘干事骑到你脖子上，可不能利用工作之便吃人家豆腐！"陈柱子口无遮拦，中山胡一翘，什么话也得变些味。

陈来电知道说不过他，也不跟他硬争个什么子丑寅卯，只是微微一笑进了屋。

"大家好，都早来了呀！"王秀清和陈来电跟来开会的村干部招了招手，算是打过招呼。

"王乡长，是不是还没开会？"陈柱子秉性不改地咧着个大嗓门，咄咄逼人地问。

"是呀！"陈来电替王秀清答道。

"是不是还没过完年？"他又跟上一句。

"怎么了？"陈来电反问道。

"陈部长，咱乡下人过年，可是有风俗的，需要各亲各论。在咱这块地盘上，没过二月二，就是没过完年，没过完年就得喝两盅，对不对陈部长？不就是栽几十亩树嘛，还用得着兴师动众的。开会，您说了算，安排的工作，我也坚决完成。中午喝酒的事嘛，我看就我说了算，这不算越权吧？"

王秀清不置可否地笑笑。

"陈部长，你听明白啦？你今天是不是来安排工作的？是不是想让我们把工作干好？我有一个把活干好的办法，你信不信？不信咱就赌一把！不敢是吧？告诉你，只要酒喝好了，什么活也是腚沟里抓家伙——手拿把攥的，信不信呢？"他忽然想起刘秋珊还是个姑娘，不好意思地龇拉了下嘴。

王秀清、陈来电他们在乡镇摸爬滚打也有些年头了，什么酸甜苦辣没尝过？可以说，凡是农村里发生过的，他都经历过。村干部的脾性，他摸得再透不过了，都是些好人，都想着把工作干好。在关键的时候，也都能冲上去。可农村的现实情况和他们现有的能力也很难一下子干好。像今年安排的工作，一听见心里就嗖嗖的、凉凉的。真金白银的东西硬摊到村里、摁到老百姓身上，不吓趴下才怪呢！

前几天"叫套会"后，有些村就流露出了畏难发愁的情绪。用什么法子"对付"他们，如何调动他们的积极性，陈来电心里亮堂堂的。像陈柱子性格的人，无需跟他激辩、较劲、比嗓门，只要把他的软肋戳一下，就相当于四两拨千斤了。在村干部中，他确实有一些号召力，只要他思想通了把任务接下了，其他村也会见风使舵跟上来了。想到这里，他微微一笑，故意慢条斯理地问："老陈，社会上风言风语地传说你年初二闹出了点笑话。什么笑话弄得神神秘秘的？依你的水平不至于捣鼓出些笑死人的事吧！"陈来电板着脸，一本正经地问。

哪壶不开提哪壶。陈来电守着这么多人，一下子把他这臭得不能再臭的糗事又提起来。陈柱子又气又急，脸上红一阵白一阵的。这是他人生当中最黑暗的一段历史，也是喝了几十年酒最丢人的一次。唉！马尾拴豆腐——提不起来，比在陈来电家崴着脚踝子趴在雪窝里还热闹。

"别看今天闹得欢，小心将来拉清单！"陈柱子嘟嘟囔囔地瞅瞅苗大庆，没了刚才得意扬扬的兴奋劲。看来真让陈来电卡着他的腮了。

"好啦，伙计们，闲话少说，书归正传吧。咱今天一块儿开个座谈会，也可以说叫调度会，对'叫套会'上耿书记、赵乡长的讲话和安排的工作咱一块讨论讨论，把精神吃透了，认识到位了，要下手干的活也就捋顺了。人误地一时，地误人一年。工作安排妥当了，咱才有心喝酒，对不对？"

"不就是些三十几度的烧酒嘛，谁怕谁啊，再怎么喝也肯定不会喝得趴在地上让人撸几棍子吧！"田横村的魏石桥也不知道哪根神经作祟，也鹦鹉学舌地挑衅陈柱子。

魏石桥谝能，一句东挨西撞的双关语，引得大伙哧哧直笑。陈柱子还没憋回去的气又让魏石桥给戳了上来，"魏石桥，你贱得非常有出息，骚得也够有水平，别看你在咱伙计们当中稍微渺小，可在你家老母猪圈里显得智商很高，看看你那罗锅背伸直也就高起地皮矮起肚脐一拃有余的个头，怎么敢在这里嗷嗷。"本来就憋了口气，一提撸棍子的事，他更是气不打一处来，再加上魏石桥有"趁火打劫"之嫌，他岂能善罢甘休咽下这口气？对着魏石桥劈头盖脸的就是一顿臭骂，真是蚂蚱斗公鸡——想死也不找个好日子！

王秀清知道，他们几个凑一块儿，净是喝凉水就盐花——咸扯淡。不适时闸住他们的话匣子，连着"杠"上几天也不会停。

"好啦好啦，玩笑咱就打住。根据赵乡长安排，今天咱开个座谈会。因为有几项大的工程牵扯到咱们几个村，需要咱们坐下来好好讨论讨论。大家可以畅所欲言，有啥说啥。一个是认识到不到位的问题。修建高铁需要占地；连接县乡公路的县埠路，是今年的叫套工程，也需要占地；有一条省道要从咱这里通过，好像是跟这条铁路正好相交，需要高架，占着龙湾村的一些农地和沿路的拆迁，需要咱好好研究；县里要各乡镇必须建立一个工业园区、一个生态种植园区，还要求各村也都根据产业建立村级工业小区、养殖区、种植区，需要调出地来。再就是眼下的植树造林。工作都挤成块了，又都集中在咱们这些村。希望同志们引起重视，率先垂范，给他们做出榜样来。"众人一阵咧嘴，眉头也堆到一块儿了。一看这表情，知道又碰上难题了。

"调地也好，集资也好，你们自己把握，最好是慢牛早套车，提前下手，尽量做到要先易后难，靠上做工作。下一步，赵乡长要领着跑铁路项目部，争取给村里多淘换点补偿。需要乡上解决的事就报给秋珊同志。昨天，赵乡长还告诉我，这铁路是国家工程，国家工程资金足、补偿多还好说。公路部门是爷爷辈的，他们占地是不给钱的。就是给，那也是三百五百不够塞牙缝，具体方案还没下来。大家心里先有个数。天马上就转暖了，一转暖县埠路马上下手。前期是调地筑路基，牵扯到占地、占树林、占菜园子什么的。因为是咱自己的工程，统统没有补偿。乡里都揭不开锅了，哪有钱再给咱村里补？有矛盾咱自己想法解决。这项工程是赵乡长亲自抓的，干得好坏、快慢，大伙心里掂量着就是了，反正我觉得压力是够大的。"

王秀清越说，伙计们的眉毛越往一起凑。巧妇难为无米之炊。手里没钱，可该干的活却一样也不能落下。这就是农村的特点。

"咱把丑话说在前头，谁觉得压力大，谁就自个儿先下手忙活着。拖着不如干着。别等人家分的地段掀起高潮、下手干开了，你再去老牛拉破车地挨家挨户、一分一厘地抠集资。那时，恐怕是晚了三秋了。听明白了，伙计们？还有就是今年要求全面促进农村经济发展，千方百计地帮助群众广开致富门路，增加收入。最后提醒大家，这一切离不开钱。各人心里得有个小九九，千万别拾了芝麻掉西瓜。清理以前的欠款，是关系到村级收入和稳定的问题，得引起足够重视。植树这项工作季节性强，转眼就该到下手时间了，地怎么调、能不能调、什么时候调，这可需要好好地研究研究。听说，模范村植树造林的地调得差不多了。人家也是一把子年纪，同一个乡镇、同样的政策，人家怎么就能把地调好、把事办了呢？你们不妨去学习学习。对待工作咱只要来个瞎汉放驴不松手，就没有迈不过去的坎。同志们，时间紧，任务重。咱一定未雨绸缪，提前做好应对方案，保证各项工作走在全乡的前头。"王秀清不厌其烦，把今年的工作细细地又捋了一遍。

王秀清看各人脸上表情僵硬，知道压力不小。可每项工作都是实妥妥地砸下来的，推都推不动，谁还敢想三想四地躲。他顿了顿后，又转身对陈柱子说："老陈，你村前那个大湾塘，乡上用了好多年了，也没个正式手续。有个生态项目需要把湾塘的产权办到他们名下。这样，你先跟经委联系，先办到政府名下。与投资商洽谈合作时，作为招商的条件。如果这个招商项目谈成了，在埠岭乡历史上可是石破天惊的大事，不但给埠岭乡增光不少，你韩岭村也跟着赚大发了。在这穷乡僻壤里，忽然建起这样一个高科技含量的生态种植园，一片片的玻璃温室，一台台现代化的保温、保湿设备，处处北国江南的景象。到时候县领导来参观，那是什么感觉，不一下子提升了我们埠岭乡的档次？希望你抓紧时间配合乡上把手续办好。"

"哎哟哟！越听脑袋越痛，就跟炸开了一样难受！今年活怎么这么多？不是赵乡长从外面带来的吧？你看看，不是占地就是收钱，这可都是些触碰高压线的活！谁敢保准顺当当？"

沟埠岭村孙向前眨巴眨巴眼，又是诧然又是怪异地瞅瞅有些消气的陈柱子，想从他脸上观察出点端倪。因为陈柱子在外闯荡多年，经得多，见得广，他的情绪、观点就是他们的风向标。这些年来，周围几个村都以他为标杆，跟着他的感觉走。

"听政府的，那是必须的，可有些事也得搞个小磋商吧，也得让人讲讲实际困难吧？否则，这活怎么干？"魏石桥在陈柱子面前彻底败下阵来了，用蚊子嗡嗡声小心地反驳了几句。

龙湾村朱明国看明白这次修铁路也好，修公路也好，占自己村的地不少，头痛不已，也就跟着"是啊，是啊"地随声附和着。

长街村孙成松长长地叹口气："哎！今年是二拇指头抠鼻子——一点儿闲空也没了！"

魏石桥被陈柱子骂了个狗血喷头后，乖乖了许多。此时，又用贼溜溜的目光瞟闪着陈柱子。

"瞟什么瞟？都是说话算数的爷们儿，有啥好瞟的？你跟苗大庆不是半斤就是八两，政府安排的工作闷头干就是了，还有什么贰言？你当这是在你村里，王乡长和陈部长一到，就是正规场所了；王博平和刘秋珊一出面，就相当于半个乡政府会议。你扛着个罗锅腰在这里唧唧啥熊话！都听明白啦，咱可要讲政治，乡上说的就是党的声音。你还有什么意见不成？有意见去茅房里提，别净在这儿东扯葫芦西扯瓢地故意找碴！"陈柱子借题发挥，不依不饶地训斥着魏石桥。

陈柱子看王乡长把工作安排了，便主动接过他的话，又上纲上线地一番说教，三下五除二把座谈会给结束了。

陈柱子的强势发言，正合王秀清和陈来电的心意，既达到了摸摸底的目的，又把要干的工作捋了一遍，也就顺水推舟，让陈柱子尽情发挥去吧。

因为没过二月二，还多少有些年味；又因为在韩岭村，陈柱子有借花献佛之意，席面的气氛是没有说的。

这刚刚端上个菜来，"张打油"不知从哪里冒了出来。陈柱子思忖，反正是"一个也是牵着，一群也是赶着"，都是伙计，就不分里外了。

陈柱子一反常态地正襟危坐，不苟言笑地发表开席前的主旨发言："同志们，按照会议日程，现在进行第二个议题，也就是今天中午的酒席。当然啦，这第二个议题肯定是由我来主持。因为上午安排工作比较多，伙计们的压力比较大，按陈部长的要求和同志们的再三恳求，今天中午这顿酒席就不展开了，但不展开不等于不喝，只是'删繁就简三秋树，标新立异二月花'……"

刘秋珊瞪大眼睛好奇地望着陈柱子，心想，别看他文化不高，可时不时地蹦出几个名言警句来，有些耐人寻味。有人说他东一榔头西一镢，就是指这事吗？

受几千年孔孟之道的影响，半岛地区的好客是远近闻名的。酒场上的礼数是一个接着一个，劝酒敬酒的程序也是一环紧扣一环。没经历过这种场面的王博平和刘秋珊，有时也在劫难逃，勉为其难地应酬着。你要滴酒不沾，板起严肃的面孔安排工作时，恐怕十之八九是安排不下去的。批评轻了，他们跟你嘻嘻哈哈；批评重了，他们就给你撂挑子。临阵换将是兵家大忌。这在"叫套工程"即将下手的关键时刻，如何调动村干部们的积极性，也有些诀窍。陈柱子所讲的"以酒交友"，就是这么个意思。

"同志们，开席之前先打个招呼，今天这个战前动员会，是重中之重的会，是乡委对咱这几个村重视的会。会开好了，认识就到位了，办法也就有了，任务也就能完成了。是骡子是马要牵出来遛遛，出水才看两腿泥呢！平时鼻子上挂炊帚——净耍嘴皮的伙计们，这回可千万要注意了，别赶集忘了买东西，丢了西瓜拾芝麻！"听话听音，苗大庆知道他是在含沙射影，摸了摸脸上的手印子后白了他一眼。

"同志们，陈部长这么体恤咱们，咱也不能胡诌，工作上必须少玩小技巧，下点实工夫，拿出真本事，争取满堂彩！开工之日争取来个急芯子爆仗——一点就响，怎么样？"

"好！好！痛快！痛快！"大家被陈柱子一套一套的小幽默惹得大笑了之后，一块齐声叫好。

此刻，陈柱子一扫上午的消极、沮丧，又恢复了平时的自信。乘着酒兴，他的脑子又开始信马由缰起来。他扫了一圈，把目光抛向王博平："王博平，你知道世界上有哪四大痛快吗？"王博平又怕被挖坑，抿嘴一笑，摇了摇头说"不知道"。

"别看你俩受过高等教育，一肚子墨水，农村？哈哈，农村？嗨！'农村是所大学校，活到老来学到老，庄户文化也不少，千万不能小瞧了。'传授你点儿农村文化怎么样，大学肯定是没学过的。一定记住，别忘了呀！"陈柱子看到伙计们都围了过来，就更加难以自持，得意地逍遥起来。他努努嘴，"知道什么叫四大痛快吗？不知道是吧？打喷嚏、放响屁、茅厕拉稀、擤鼻涕！知道不？"众人东倒西歪地又是一阵咿咿大笑。

"今天又是唱响各项工程开工的前奏，菜肴咱就来四热四凉八个菜，凑个八发吉利数怎么样？伙计们也别龇牙咧嘴的，别看菜少，每道菜可都有含义，渤海湾的海鲜打头阵，栾山湖的四孔鲤鱼压轴，醇香的'醉皇帝'和韩岭村的'贵妃鸡'伺候。五里不同肴，十里不同味。尝尝韩岭村的厨艺，保证美味可口，别具特色，非让你吃得'腔大肚子圆，脸上堆个大腮盘'！"陈柱子顺口又诌了一套，引得众人心里一阵阵快活。

王秀清跟陈来电喜不自禁，有陈柱子的鼓动，有这样善解人意的同事，难道还有解决不了的困难？

模范村在乡驻地以东十几里靠山脚的地方，20世纪五六十年代之前叫"莫范村"。相传在几百年前，从山西大槐树底下来了两户人家，一户姓莫的，一户姓范的。看到这里山清水秀、人烟稀少，便住了下来。这一住就是几百年。日出日落，天荒地老，慢慢地发展成了一个几百口人的大村。新中国成立初期，这个村的各项工作都一直走在前头，大事小事都很先进。有一年，老支部书记被评上了县劳动模范。这一下子引起了轰动，时间一长，"莫范村"就变成了"模范村"。也不知哪一年，好像是"文革"结束后不久，公社通知各村统计填表，大队革委会改党支部时，会计顺手把"莫范村"写成"模范村"了。后来，发现村名写错了，会计想到公社去改过来，书记却觉得叫"模范村"不但不碍事，而且还挺光荣。再说，表已经报到县里了，就是改也来不及了。

模范村的支部书记叫莫老憨。其实，他的真名叫莫老汉。这个地方有个风俗，就是大人和小孩的小名都是"老"字开头。莫老汉是他上了些年纪才叫这个名字的，但"莫老憨"却是当了支部书记后别人给起的绰号。他为人憨厚，不愠不火，办事从来都是慢条斯理、和风细雨。几十年来，从没跟谁红过脸，做什么事都是宁肯自己吃点亏、受点屈，也从来不跟人计较。他常挂在嘴上的口头语，就是清代潍县县令郑板桥的"吃亏是福"。时间一长，村里的大人、小孩都在背后叫他"莫老憨"。再后来，前村后村的也都跟着叫，这一叫就是几十年。他听到后不但不生气，反而一笑了之。有时，村里需要签字什么的，他也经常写这个憨字。这些年来不管是上级"内定"还是"海选"支部书记，他每次都是高票当选。这可能与他的"憨"有关系吧！

这天，老憨跟会计老范蹲在村委办公室，"吧嗒吧嗒"地吞云吐雾，闷闷地长吁短叹。好像这样憨一阵子就能憨出今年分配的三十亩造林任务的办法来。

俩人都带着个老花镜，叼着三块钱一包的烟卷，一支接一支地抽，一团一团的烟雾把又矮又暗的屋子熏得乌烟瘴气。别看俩人一待老半天无言无语，可都心照不宣，为调这几十亩地大伤脑筋呢。

俩人是同学，打小是耍伴，这几十年又是老搭档，眼睁睁地调不出地来，心里能不着急！

　　莫老憨皱着眉头，"吧嗒吧嗒"地狠吞了几口烟后，说："'叫套会'上安排的活可真是不算少，往年没觉出压力，今年心里觉得死沉死沉的。这植树造林还真让人头疼！"

　　"就是呀！我也觉得难办哩！"老范搭上句腔。

　　"看起来比修路容易，可要求成片地植树，问题就来了。老百姓的地，都是一包三十年，白纸黑字的合同，怎么收回来？老的老，小的小，全靠着这些地吃饭。今年几十亩，明年几十亩，年年植树，还得成片成片的，唉……哪来那么多的地呀！去年栽那个树种，今年换这个树种，栽了拔，拔了栽，干了这好几十年，怎么都晕乎乎地不会干了！看看全乡，植了多少树？花了多少钱？咱也知道这是在搞生态、搞绿化，也是挺好的事。可是得讲点实际呀，不能为了生态绿化把口粮田也占了！成天这样翻来覆去，哪架得住这么折腾啊？"老憨平时寡言少语，对上级安排的工作是一百个服从。这次看来是真被逼急了，竟一下子冒出这么多不合拍的牢骚。

　　老范惊讶地看了他一眼，说："哎，你这老先进、老模范怎么也说起落后的话来了？不怕被人抓住话柄？"

　　"唉！也就是咱俩关起门来发泄几句，敞开门还得瞅人脸色换个模样，该干什么干什么。咱俩这水平，嗐，比起人家陈柱子那不是树梢上够月亮——差得远去了！"

　　"理是这么个理，事也是这么个事，可我觉着上头比咱更清楚。嘿！栽树这个经是好经，就是怕被下面的一些人给念歪了，是不是？都知道栽树是好事，可哪还有地呀！再强压着老百姓把口粮田拿出来栽树，生态绿化是上去了，可群众的吃饭不成问题了？"老范边说边又点上支烟，狠抽了几口。

　　"就是！不过你看看，今年的工作才搭上头。赵乡长又刚刚调来，能撒手甩了？唉！再难也还得干呀！谁叫咱是党员哩。咱老哥俩再蓄上一年身子骨，将就着把今年的活弄个差不离，年底不是正好换届嘛，让给那些年轻的干吧！腿脚不利索，脑子也跟不上喽！"

　　"你先别把话题扯远了，眼下植树的事，是手打鼻子眼前过，该打个谱了，再不抓紧想个办法，非落在后面不可。你没见乡上办事，总是按程序来，上午开了会，下午保证有人来催进度、要数字，根本没个喘气的空。调地八字还没有一撇呢，哪来的进度？哪来的数字？"老范也跟着嘟囔着。

　　俩人又大口地吸着，似乎在苦思冥想。屋里很静，静得掉块烟灰似乎都能听到……不知过了多长时间，当脚下堆起了好多好多的烟蒂时，莫老憨开腔了："老范啊，我琢磨了一个办法，这个办法跟群众不扯边，也能完成乡上安排的任务。但是呢，有些风险，是捆着、吊着还是提溜着，你帮着琢磨琢磨。看看这个法子行不行。要是行，你就去把事办了，出了事我顶着；要是不行呢，唉！权当我没说！"莫老憨故意顿了顿。

老实巴交的老范怔怔地盯着莫老憨，不知他葫芦里又卖啥药。

"你还记不记得咱村北那块植树的地？"莫老憨提醒他。

"村里就几块屁大的地，怎么不记得！"

莫老憨接着说："就是这块地，我琢磨了个法子，你看行不行？这块地栽的树死得不少，有些是干死的，有些是周边群众怕树长大遮挡庄稼偷偷拔掉的。我想，反正这块地去年已调好了，咱是不是再在这块地上琢磨点事……"他故意拖长了腔调，就是想让老范也往这事上琢磨。

"把死的拔掉，栽上新的？"老范用询问的目光望着他。

"再在这块地周边栽上圈大苗。猛一看，面积只多不少，也成片。外人一看就是新植的树。原来的乡长知道这片树林，可他调走了。赵乡长刚来不了解情况，这不正好嘛！当然啦，这得把王秀清的嘴堵住了才行，因为他了解这块地的来龙去脉。只要把他的工作做通了，谁来检查也不怕。你说这个办法行不行？"他盯着窗棂，像是自言自语，可又是说给老范听。

老范左手掐捏着右手的虎口，揉过来揉过去，揣摩了几分钟，说："行，我看行。这样不但不多花钱栽树，又能完成乡上安排的植树任务。"老范一高兴，恨不得说出一大堆的"行"来。爬满了脸的皱纹纷纷蠕动起来，舒展了许多。

"不过，这可是个堵心口窝儿的事。上有天，下有地，良心不能欺。咱俩搭帮干了这几十年，从没做过对不起自己良心的事。这么做是不是在弄虚作假、欺骗组织？嘻！赵乡长刚来埠岭乡工作，咱就这样做，心里不踏实啊！"莫老憨有些忐忑。

"这也是没有办法的办法。乡上硬生生地把任务压下来了，孬里找好，眼下只能这样将就了！咋地也比'张打油'甩大鞋强！"老范帮着鼓劲。

"也是，也是。"莫老憨带着一脸愧疚，无奈地点点头。

这个法子固然不错，可一旦有啥闪失，俩人全年的工资被扣掉不说，厚道的口碑也会随之灰飞烟灭。那可就是光着腚推磨——转着圈丢人了。所以，老哥俩又反反复复地权衡了一阵后咬咬牙，下决心这样做了。为了把事办利索，老憨让老范悄悄地告诉妇女主任范秀花一声，也算是村委开会定的。商定后，俩人紧锁的眉头才有了些舒展。

正当莫老憨和老范又点上颗烟再嚓咕^[3]阵子时，裂着宽缝的屋门突然被一把推开。积攒了一屋子的团团烟雾，翻滚着从漆黑低矮的屋里往外涌。推门的是一位妇女，吃惊地喊叫："屋里有没有活人，怎么冒烟了，是不是着火啦？"

"嚷嚷什么！活蹦乱跳的怎么会没有人？哪里着火啦？大正月里不在家伺候客人，跑这儿来一惊一乍地嘟噜些不吉利的？"俩人一听，知道是范秀花来了。真巧，说曹操曹操到，想谁谁来。

老范一边应答着，一边与莫老憨叼着呛人的烟卷从黑洞洞的烟雾里走出来。年黑夜磕头，老习惯。就是火上了屋脊，俩人也是烟不离嘴。

"哎哟，俺娘来，这烟又抽狠了呀！你俩也不怕被呛死！看看自个儿的脸，就像是发了霉的地瓜干子脸，还有个人样？"范秀花张口就数落上了。

老范回头看看从屋里还一个劲地往外涌着的烟雾，嘴上没说什么，慢慢转到范秀花身后，冷不防地朝着她狠狠地喷了一口烟，然后露出挑逗样的诡笑。只有这时，莫老憨和老范才露出些年轻人的活泼劲。

一股烟味呛得范秀花连着打了好几个喷嚏，"两个找死的，人家村都开始忙春了，调地的调地，看树苗的看树苗，去水库要水的要水，事不多的也开始忙活着'一事一议'收集资了。你俩倒好，憋在这个又矮又黑的趴趴屋里，孵蛋呢？还是在捂蛆？"

41

俩人就像亲娘打儿子那样，没有半点记恨的表情，任凭她吵吵。

莫老憨跟老范的烟瘾是出了名的。每天从睁开眼睛到晚上睡觉，一直是烟不离手、手不离烟。为这，范秀花没少吵他们。有时，俩人也搞点小情趣，故意气气她，寻找、回味些当年的影子。

范秀花跟莫老憨、老范打小一块长大，也是从小学到初中的同学。后来，他们都被选进了班子，在一起共事有几十年了。莫老憨性格内向，厚道老实；老范更是少言寡语，实实在在。范秀花跟他们却迥然不同，性格外向，大大咧咧有些男人脾气。正因为他们这阴盛阳衰的性格互补，几十年来，这个村的班子一直是埠岭乡的一面旗帜，被称为"标杆班子"。他仨也被誉为"铁三角"。所以，不管范秀花怎么骂咧咧地喊叫，他俩都是一笑了之。搭档多年，知根知底，更知道她从心底里疼惜俩老爷们。当然，里头也有个几十年来说不清的心结……

荆条棵里出牡丹，母鸡窝里长凤凰。穷不拉唧的村里出落了个大美女。

---

[3] 嚓咕：方言，商量、商议。

那时，范秀花真是飒爽英姿，不但体形绿柳弯腰，模样俊俏靓丽，而且大胆泼辣，敢说能干，上得台面说出口。回村被选为村"铁姑娘队"队长后，带领着一群巾帼战天斗地，不让须眉。因为人长得漂亮，又有能力，追她的人一帮接着一帮。用莫老憨的话说那是"排队提亲，取号见人"。媒人挺妥的都冲上去了，不挺妥的都刹后了。

那时，莫老憨和老范家里吃饭都得接济着，就别说家底硬实不硬实了。其实，这还不算些什么大不了的事儿，让范秀花看不中的"硬伤"是嫌他俩有些太"娘们"。一推一个跟跄，老实得磕倒都爬不起来，她这脾气能看上他们？肩膀不齐，难成夫妻。莫老憨家里找的媒人倒挺妥，两人也见了面了，眼看范秀花快点头认下这门婚事了，不知哪炷香没烧好，还是戳着那根不合音的弦了。媒人黏黏糊糊，三拖两拖，这段差点成了的缘分给生生地拖黄了。莫老憨好一阵痛苦。老范嫉妒地笑话莫老憨，嘿！见个面就差不多了，还想些高口味的？让倒是一礼，锅里就没下着你的米。气得莫老憨直吭吭地生闷气。反正两人忙活了几年，最后弄了个狗咬尿泡——空喜欢一场。

后来，范秀花"独具慧眼"，也是她自作主张，斗气似的在本村找了个意中人嫁了。当时，这门亲事在村里引起了极大的轰动。男方彩礼丰厚，郎君如意。范秀花一时心满意足，整天笑灿灿的。出嫁时，铺摆的场面也是远近村子难得一见，一时满足了她那颗心比天高的虚荣心。莫老憨和老范自知哪一方面也不如人家，只有垂头丧气地咽下了命不济的窝囊气。

但事与愿违，范秀花倾尽招数精挑细选的这个男人在村里风光了几年后，像是昙花一现，就窝在家里大门不出、二门不进了，说是"抑郁"了。咬着石头才知道牙痛。家人又是烧香算卦，又是求神拜佛，怎么捣弄也不见起色。而当年被她"落选"的两个前男友却稳稳当当、一步一步地努力工作，慢慢地变成了自己的上级。虽然心里曾有过那么多的懊悔、怨恨，可生米已烧成熟饭，咬着石头才知道牙痛。只好恨糠不成米，将就过了。

每当两人逗她时，范秀花时常感慨道，谁也没长前后眼，谁知道这俩"窝囊废"还能当上村干部，而且一当就是好几十年。人生本是一台戏，无非是运气不济罢了。

"嚷嚷什么？正想找你说植树的事。走，屋里说！"一向沉稳的老范，此时脸上带着自恃的表情，转身又钻进还呛人的办公室。

"年年栽树不见树，今年栽树咋应付。模范村里转一圈，看到姐夫叫姨夫。""张打油"骑着他那辆灰头土脸的"电驴子"不知从哪里钻了出来，他人还没从摩托车上下来，便诗兴大发，顺嘴诌了一首。

"'张打油'来了？"莫老憨在看不见人影的屋里传出问话。

"来了。看看你今年栽树有什么高招！怎么，屋里黑咕隆咚的还藏着女人不成？这把子年纪了还想老牛吃嫩草是咋着？""张打油"口无遮拦地瞎龇拉上一通。

"是放你娘的狗臭屁，还是在满嘴喷粪？真是个欠骂的浪荡货，堂堂的'模范村'党支部光明正大地在工作，藏什么藏？你倒不用藏，连个正儿八经办公的地方都没有，有间屋子还是借的，漏风漏雨的丢人不？整天夹拉着个破摩托车晃来荡去的，找地方消化食？一大把子年纪了，三天两头闯老婆门子，要不要脸？丢不丢人？真是个扒了皮的癞蛤蟆——活着讨厌，死了也恶心！这大白天的，用着你在这儿臭嘴！"

范秀花从黑暗的屋里"腾"地站起来，不管三七二十一连吵带骂地一阵猛轰，并且连他闯老婆门子的事也稀里哗啦地给抖了出来。人还没照上个正面儿，就碰上个顶门闩。屋里屋外地开了战，当场给"张打油"弄了个花公鸡脸。正是狗串门子挨棒槌，人串门子惹是非。

"哎呀，哎呀呀！这还烧香引出鬼来了呢？谁寻思屋里还真有女人！嘿嘿！今天来得好像时辰不对，范主任，我可没招你惹你，火药味咋这么浓？不是他俩又惹你生气了吧！唉！人这一辈子谁还没有过后悔的事？都这把年纪了，也别整天窝在心里难受！趁身子骨还能挪动几下，何不找找感觉！""张打油"也不含糊，话里有话地讥笑她。

有事就快说，没事就快走，我们在开支部会！"范秀花还是不依不饶地连吵带撵。

紧拾的庄稼，耍笑的买卖。"张打油"吊吊着三角眼，不看火色地又胡言乱语。"哎呀呀，真不愧是'铁姑娘队'的队长，都几十年了还是这火暴性子。服了，服了！"瞅着范秀花那怒气冲冲的表情，知道戳着痛处了。不争不讲不算买卖，赶紧点头哈腰地赔不是。

当看到范秀花懒得理他时，又转身朝着莫老憨神气起来，"老莫，开啥子会呀，不就是种几棵树嘛，还弄得这么紧张兮兮的！再说姐夫姨夫不在，就你俩开的哪门子支部会！"

"胡说些啥呢？"老范从黑暗处递过来一句话。

"张打油"借着微弱的光亮定睛一看，嗨！黑影里还真坐着个人。人家真在开支部会，难怪范秀花发那么大的火。他自觉理亏，便硬闷住惹祸的舌头，不再搅嘴。

　　"打油村"跟"模范村"就隔着个山梁，绕着山脚走也就三五里路，直线距离就更近了。老范是"张打油"表嫂子的姐夫，他就跟着表嫂子也叫姐夫。后来，他姨家的表妹跟老范他姨子的儿子成了亲，他又跟着表妹叫老范姨夫。因为关系复杂叫什么也不合适，"张打油"每回见面都是打哈哈。

　　平时，莫老憨没有碎话，范秀花在场，就更没有他说的了。这时，他瞅准了个空隙，慢腾腾地插上一句："半晌不夜的，你怎么来了？"

　　"还不是叫植树给逼的。一早王乡长就打电话说是赵乡长安排的，这几天要下来看看，我知道肯定是来了解植树调地的事。大正月里谁不是一天一顿酒，天天都得有，哪里顾得上调地？再说，正月里干活不让人笑话？这不，王乡长一个电话过来后，有些慌神。在韩岭村又给上了上紧箍咒后，这不就上你这儿来了。你是老标兵、老先进了，过来看看你这里有没有什么调地的好招数！"。

　　莫老憨笑了笑，怕言多必失，就没接他的话茬。

　　"其实呀，我倒不怕这个那个的，俺村本来就是个瘫痪班子，干多干少一个熊样儿。不过话又说回来，人要脸，树要皮，既然蹲这个位上了，还是得干点活，也好有个交代。你没看程老大风风火火的什么都有了，可还是闷着股劲干，他恨不得把全乡的活都揽怀里。"

　　"张打油"还在一个劲地絮叨，看不出范秀花还在翻翻着眼烦他，并不时用白眼珠子瞅他一顿："哼！品行不好的人，最好是撒泡尿照照，别不知好歹地评头这个、论足那个！"她转身跟莫老憨打招呼，"没事了吧？没事回家了，看着有些人就头疼，眼不见心不乱！"说完，她不拿正眼地又狠狠地瞅了"张打油"一眼后，抬脚出门走了。

　　"哎呀呀，真是个好厉害的娘们，还越老越辣起来了！""张打油"被呛了阵儿后，怔怔地看着像是吃了枪药似的范秀花，"这把子年纪了，咋还这么楞冲。说的这些话跟油锅里炒的干辣椒一样，越煳越辣！老莫，你看看，今天上你这地儿来，倒霉不倒霉？算了，算了，今儿个我想问问今年植树，调地了没有？你有什么法子？"

　　"哼！你倒是一斧子砍到底，横了心打听事？我能有什么法子，生靠硬捱呗。"敏感问题莫老憨一点儿也不憨。他知道，好不容易想了个"换汤不换药"的办法，再心底一软露了馅，岂不是自找麻烦。再说"张打油"又不是个省油的灯，外号"小灵通""小喇叭"的他，用不了半个时辰还不什么都给嘟嘟出去，好事办砸了。

　　"俺村也分了二十多亩的植树造林任务，又是统一树种、统一大苗，又是成方连片。唉！咋办呀！这些年该种的都种了，不能种的就是不能种，也不能从天上弄块地栽树吧！咱也知道这县里分配的任务挡不住，可这么大块地又上哪里去弄呀？"

"你没问问程老大？他脑袋瓜活，说不准他有些办法。"莫老憨有意无意地想岔开话题。

"对，问问他去，三个臭皮匠还顶个诸葛亮呢，况且人家还是个大明白。哎？听说新来的乡长对工作抓得又狠又紧，说不定哪天就调度调度植树造林情况，别到时候抓瞎了。"

"不是听说从咱这儿走的高速路两侧的林带还要重新植吗？还听说要加宽面积。咳！这几十亩植树的地还没有着落，又要准备高速路植树的地，那得需要多少地啊？再说，你高速路能跑汽车就行了呗！与两边的地有啥关系，与植树有啥关系。难道是为了好看？真是的……"莫老憨跟着说。

"你说高速路两侧植树的事，我也风言风语听说了。去年不是都已经植完了吗？我还去补种了几十米呢，你不也去了吗？怎么又要植？不是拔了另栽吧？""张打油"瞪大睁不开的三角眼问道。

多时没搭腔的老范忍不住了，他把吸了大半截的烟蒂使劲往地下一扔，穿着棉布鞋的左脚又踏上去狠狠地拧了一下，气不打一处来地说："听说这条林带很宽，原先种的树要全部刨掉换上新的，统一树种，还要求大沟、大苗、大水。为确保成活率，肯定还要打头、去梢、涂白吧？"

"要求标准这么高，谁出钱？不会又是村里吧！""张打油"有些后怕，两眼直勾勾地盯着他问。

"哎！不愧是从峨眉山上拜的师父，还真叫你掐算着了！县里没有钱，乡里没有钱，你不出谁出呀！"

莫老憨皱起眉头略一沉思，说："中央是不会这样办的，就是省里县里也不一定会这样做，不知又是哪个部门的爷爷起的馊主意。嗐！成习惯了，想想这些年，不都是这样走过来的？哎！瘸子穿花鞋——走着看吧！"

"哎呀，俺的亲娘，这不是劳民伤财是什么？栽了拔，拔了栽，当是小孩过家家，捣鼓着玩吗？窗户改门瞎折腾？""张打油"心里嘟囔着，像是想起了什么，顾不上闲磕牙，骑上摩托车一溜烟跑没了……

五

"叫套会"后，赵云瑞立即进入了角色。

巧妇难为无米之炊。规划再好，手里没有钱，也是纸上谈兵，啥事也干不成。全乡六七万群众都眼巴巴地看着他这三把火怎么烧呢！

春风习习，是文人笔下的想象和意境，有时这温润舒展的春风发起怒来，不亚于从荒漠扑来的沙尘暴。这不，丝丝回暖的春风与凛冽的冷空气流相交形成的旋风，扭着个劲地迎面砸来。

赵云瑞领着副书记鲁祥生、副乡长王秀清、武装部部长陈来电、妇联主席李晓静他们，迎着天昏地暗的阵阵狂风，在即将下手的"叫套工程"县埠路工地上边走，边看，边问。

土管所所长郭大生拿着埠岭乡的规划图，水利站站长孙成清拿着拓宽硬化县埠路的施工图，一块跟在后边，随时介绍着情况。工程就要下手了，他们再一次实地踏勘一下现场，落实一下占地、土方量、沿途房屋、坟地以及树木的民事处理情况。

"同志们，刚才我们顺着这条就要开工的土路走了一段，大家也看到了这条路的现状。我们都知道，这条路是全乡通往外面唯一的一条道路。怎么花最少的钱、修最好的路和处理好沿途村庄的民事问题，是今天这个现场会的重点。开弓没有回头箭。在这里，我郑重表态，就是拉着饥荒也得想办法把路修起来！"赵云瑞坚定地说。

阴沉沉的天，灰蒙蒙的路。烦心的沙尘又被讨厌的旋风给搅了起来，眼前一片天昏地暗。

赵云瑞跟鲁祥生他们依照施工图纸标注着县埠路两旁的桥涵、房屋、菜园、树木及机井等。走了一段路后，赵云瑞的脸上有些凝重。"今天请你们来现场，就是让你们知道，占地没有补偿，机井、树木、房屋等等也没有补偿，但还必需要把民事处理好，保证工程不受影响。知道压力肯定很大。这就需要你们自己去克服，去想办法解决，我认为办法总比困难多！"

　　孙成清跟郭大生紧皱着眉头，压力山大地对视了一下。路旁，几个人在往地里齐刷刷地插着树苗不像树苗、干柴也不像干柴的枝条。看到有人走过来，几个人有些慌张起来。

　　"祥生、秀清，这是怎么回事？"赵云瑞问。

　　鲁祥生东西张望了一下，说："这好像是沟埠岭的地块。肯定是这些人听说要拓宽路面了，就赶紧往地里插些枝条，想要补偿呗！"

　　"像他们这种做法，补还是不补？干工作得提前考虑到可能出现的问题。"鲁祥生等露出了愧疚的表情。

　　他们沿着土路继续往前走。赵云瑞在一个三通涵洞前说："修这条路加上这些桥涵得花不少钱，可为了方便群众，就是花再多的钱也得下决心修！至于资金怎么筹集，还得按规定进行"一事一议"收取。全乡两万多劳力，每人需要四个水利工四十元左右，能集上八十多万来。耿书记专门找了县领导，答应帮忙解决五十万元。有了这一百多万元启动资金先干着，再想法从企业要一点、借一点，不管哪个单位施工，再想法欠着点，这样差也差不多少了。今天现场会后，各工作片马上行动，把集资尽快地收上来。冷空气一过，立马开工。你们看看还有什么问题？"

　　鲁祥生说："赵乡长，这条路比较长，沿途牵扯到9个村，其中有两个村比较特殊，占地、拆屋，损失比较大，是否对这两个村适当照顾一下？"

　　赵云瑞沉默了一下后，说道："老百姓看的就是平等不平等的问题。如果这两个村给补偿的话，其他的村也必须得补。没有不透风的墙，捂也捂不住，要补就都补，不补就都不补，不能也不允许搞特殊。刚才算账给你们听的原因，就是想让你们知道咱的家底，锅里还有几粒米，还能吃几天！你们比我都清楚，就是这样，资金都差着一半，要是开了补偿这个口子，把钱用在补偿上，那工程资金自然而然就更少了。羊毛出在羊身上，饭多饭少都在一个锅里，对不对？再说，如果一旦开了补偿这个口子，肯定不是原来估计的数字，占地面积也大了，树也粗了，坟头也多了，补偿就会冒出更大的数字。我觉得还是按原先定的政策执行，公益性工程乡里没有补偿，各村可根据实际，让经管站适当把握，灵活处置一下倒可以。如果没有大的问题了，马上召开县埠路硬化工程动员会，不能再拖了。"

他们沿着工地继续前走时，有些心急的村开始三三两两地来打探认领工段了。陈柱子一瘸一瘸地领着村里的几个人迎面走来，"赵乡长，我们韩岭村的班子成员全来了，您给我们下任务吧！"陈柱子逮住机会就想表现一下自己。

"他可不是班子成员，我认识他！"魏石桥指着陈柱子身边一个个子矮矮的、脸面不算平整、表情却过于深沉的人说。

来工地上看工段的魏石桥也像苗大庆一样，善于干些狗不咬使棍捣的勾当。他是好了疮疤忘了痛，前几天刚被陈柱子又吵又骂了顿，这不是嘴又闲着痒痒了，生生地搅了一棍。

苗大庆笑魏石桥又要戳事。

"魏石桥，你给我听明白了，咱可得讲政治，这是在跟乡领导汇报工作。你跟在乡领导后面干什么？不是来走后门的吧！我看你不是来挑个好地段，也是想来偷工减料的，屁大个村，在领导面前嘚瑟什么？"陈柱子盛气凌人地训斥。

"骑马不骑骡，交友不交锉。"魏石桥又刺挠了一下陈柱子。

"唉！碰上你这样四六不上线的，算是倒了八辈子血霉！跟乡长汇报工作，你先闪一边去！"陈柱子把脸一拉，狠狠地镇住魏石桥后，一转身又立马心花怒放起来，"赵乡长，他们说的就是他。他叫韩平，因为个头矮，长得敦实，大家都喊他'坐地炮'，也是我们村的风云人物。别看他长得矮，坟地扔骰子——净些鬼点子。全村人的心眼子摞一块不如他一人多。说实在的，模样长得是一般，可他活好。这不是好钢用在刀刃上嘛，带他过来就是想看看工地，认识认识管施工的领导，一旦动工，我们就来个什么'笨鸟先飞'，夺面标杆旗、得个先进村怎么样？你看，本来是领着几个人来看看工地，准备下手，可碰上这么个闭眼听见乌鸦叫、睁眼看见扫帚星的家伙在这里胡嘟嘟。泄气的话咱先不说了，请您把心稳稳地放在肚子里，不管分多大的工程、摊多少钱，咱老陈保证不会眨巴下眼珠子。如果有人出来闹腾，赵乡长，瞧好了，三下五除二，咱立马摆平。"他边说边抢了抢瘆人的熊掌手。

"好！好！有这样的态度，有这样的干部，还愁工程干不好？哎，要尊重同志，要礼貌些，都这把年纪了就不要再叫人家什么外号了吧。"赵云瑞仔细端详了下这个人如其名的"坐地炮"。

叫"坐地炮"的矮个黑汉子就站在陈柱子旁。细细端详，看似憨厚的眼睛里好像还有双难以揣测的目光在窥测着。他撸了下鼻子，瓮声瓮气地冒了句："没事的，没事的，起个名字就是叫的，不叫外名也是叫小名，反正这里不时兴叫大名，无所谓，无所谓。嘿嘿，愿叫啥叫啥呗！"拖着那挺有特点的鼻音回话，态度显得很是虔诚。

"好！好！我问你，群众对修这条路有什么意见？你是怎么看的？"赵云瑞认真地问这个叫"坐地炮"的黑汉子。还没等"坐地炮"回话，站在陈柱子另一边叫陈大凤的妇女主任急巴巴地抢上了话，"俺提个意见中不中？"

"好呀！有什么意见提出来，现在还有时间调整施工方案。大生，成清，你们最熟悉情况，往前靠靠，好好地听听群众的意见，看哪里有需要改动的地方。"

"俺是些庄户娘们儿的代表，俺也识不几个字，嘴拙不会说话，俺就想说说这条路的事。从俺嫁到韩岭村来时，就听说要修这条路。这不是，一晃多少年过去了，没见动一锨土。今天，乡上的领导在这里说要开工了，俺陈书记领着俺来认工地了，俺才觉得那个词叫……叫什么'大梦初醒'，才知道这事是过年贴对子——清清楚楚的事了。别看俺在这里不着调地胡扯扯，拉庄户呱，可俺也会讲政治。俺要提个意见的话，就觉得这条路是早也修不成，晚也修不成，现在修正是火色。俺也代表韩岭村的广大妇女，感谢党委、政府给埠岭乡办了件几十年也没办成的大好事。再掏句心窝子里的实话吧，这回闺女出嫁，不加上个万儿八千的彩礼俺是不让走！为什么？道好走了呗！"外号叫"韩岭一枝花"的陈大凤"意见"提得又是时候，又非常卖力。说完后，用眼角瞟了下陈柱子，看他有什么反应。

"嘿嘿！托儿！托儿！耍魔术的托。演得就跟舞台上的小品差不离儿。你听听，她这是在提意见？这不是明明白白地在给陈柱子那大腮帮子上抹粉？说不定就是陈柱子安排的托儿哩！哼！啥人也有，啥法子也使！"魏石桥堆起皮笑肉不笑的表情，趴在妇联主席李晓静耳朵旁嫉妒地发着牢骚。

李晓静微微一笑，心里倒挺知足，不管怎么说，陈大凤也是在这大庭广众之下替妇女表了个态，宣传了一下妇女工作。

"赵乡长，这是俺村的妇女主任，叫陈大凤，是苗大庆的表嫂子。她有个外号叫'韩岭一枝花'，也没啥意思？就是漂亮呗！当然了，别看她的牙长得偏些，工作上那可是大铁锤砸砧子——钢钢的。刚才，她的态度就是全村人的态度，她提的意见就是全村人的意见。俺韩岭村全体村民都摩拳擦掌盼着这条路早日开工、早日修好，彻底改变咱乡的落后形象。我们强烈要求赶快下手，同志们说是不是呀！"陈柱子站在人群中间朝着一块来的伙计们振臂一呼，仿佛是他在做动员报告。

为了把工作抓细抓实，赵云瑞与大家一路走一路看，碰到问题现场解决。

鲁祥生和王秀清心里稍微松了口气，对工程开工也有了信心。

随着刺耳的摩托车声，"张打油"驮着程老大从漫天飞扬的尘土中冒了出来。

"赵乡长，听说县埠路要开工了，俺就赶来了。俺村是几十年的老先进了，可不能在这'叫套工程'上落后头！"说者有意，听者也有心。这是程老大在跟陈柱子较劲。因为赵云瑞刚调来埠岭乡，他俩都想表现一番。

"好，好。这几天正在处理民事工作和调整施工方案，天一转暖就开工。哎，群众对修这条路没什么意见吧？"赵云瑞也是企盼着早日开工。

"这么振奋人心的事，高兴还来不及呢，哪有意见？"程老大咧嘴大笑着说。

他们边走边看，一直走到县埠路与乡驻地接壤的地方。赵云瑞看着狭窄的道路，坑坑洼洼；两旁一片连着一片低矮的平房，又破又旧，不忍心去瞅它；死气沉沉的摊点，杂乱无绪地摆在那里，没有半点儿人气。这哪里像乡镇机关驻地，倒像是经历了几百年风雨的无人居住的村子。满眼破烂烂的一切，与奔小康、新农村建设的目标相去甚远，真该好好地规划规划，下点力气了。

赵云瑞指着一处堆得小山似的垃圾场问孙成清："这是谁的地方？这些垃圾是哪里来的？"

陈来电插话道："闲置了好多年的一块空闲地，别处没有堆放垃圾的地方，乡驻地的机关单位、企业和商户就一直往这倒垃圾，时间一长就堆成了这么个垃圾山。"

"有几亩地？"赵云瑞很关切地问道。

"八亩多一点儿，以前是乡运输车队的地方，再以前是龙湾村的地。后来，车队倒闭了，这个地方也就闲下来了。这几年有些空闲地开始值钱了，原先扔掉闲地的村都在嘟嘟囔囔发牢骚，其实也没什么事，就是想跟着赚点小便宜。龙湾村就是这个样子，这块地扔在这儿二十几年了没人管、没人问的。现在乡上想干点事，还没有开始的时候，村里就放出风来说是他们的地，还找了几个老党员到乡上来问，实际上就是来上访。你看看，这里就是这么个样子，越是落后的地方，稀奇古怪的事越多。其实，这块地归乡上有二十几年了，早已经形成事实了，村里收也收不回去，干也没法干，就一直这样荒着，怪可惜的。"孙成清详细地汇报说。

"对面那些堆着砖瓦的住户是怎么回事？看起来像堆了一些年头了吧！你看那些红砖都长青苔了，怎么不用呢？"赵云瑞紧皱着眉头问。

"是这样，原先乡里出台了一个乡镇规划，要求沿街必须盖三层以上的沿街房，墙面必须贴瓷砖，又要统一规划、统一图纸，谁盖谁可以到土管所申请办手续。可能是原先的土管所也有收费任务，每处房收测量费、定点费，还有什么押金，加起来得两三万元。这些沿街住户其实并不富裕，本来拆了平房盖楼就有些不愿意，还规定必须盖三层以上，还要再收这费那费的，一下子把他们吓住了。他们不愿交费，乡上就不让开工，买进的材料堆放在露天，这一放就十几年，拖成现在这个样子。"郭大生解释着。

"十多年过去了，条件也好了，肚子里的气也该消了吧！现在如果让他们盖，他们还盖吗？"赵云瑞问。

"差不多，谁家里不存着几个钱，再稍借点、欠点，也就盖起来了！"郭大生肯定地说。

"如果把盖楼的手续全免了呢？愿意盖吗？能马上下手吗？"赵云瑞又跟上一句。

"行，保证行，求之不得呢！当时是因为赌气停下来的。现在是咱主动降低条件，他们不马上下手才怪呢！还有个最大的有利条件，不是把路也修过来、硬化了吗！他们能不盖？鬼才信哩！如果再出台个政策，在规定时间内盖楼的享受减免政策，超过时间的就不享受，效果或许更好。过了这个村可就没有那个店了，谁不想占点便宜！"郭大生补充说。

赵云瑞沉思了一下，"先这样定着，晚上我跟耿书记汇报一下，祥生你和大生负责这一块，一分钱不准收，半年的时间把这一片的沿街房全盖起来。那个垃圾场和垃圾场前面靠学校的地方稍缓缓，说不定另有用处。不过，这些垃圾要抓紧清理干净，半年城镇建设点评就看这儿，行不行？有什么困难？"

"好，马上安排人落实！"鲁祥生跟郭大生点点头说。

"适当收取一些费用看起来是件很平常的事，可就是因为这万儿八千的收费，影响了一个乡的规划，影响了十多年的城镇建设，多划不来。"赵云瑞若有所思地说着。

"好，就这样抓紧准备吧。再就是身边这个垃圾场，晚上你把龙湾村的朱明国找来，你俩也一块过来，把垃圾场的事情再研究一下，争取同步下手，明白吗？还有，利用十天八天的时间，把前几天咱研究的乡驻地规划搞出来，一旦定下就抓紧实施。稍一邋遢，半年就过去了！"赵云瑞看了看站在一旁的鲁祥生、陈来电和孙成清，又说，"今年的工程特别多，除了抓好城镇的规划和建设，你们还要牵头抓好今年的'叫套工程'，要速度快、质量好，雨季之前一定完工，怎么样？"

"好！请领导放心！"大家信心十足地答应。

六

兵马未动，粮草先行。

不管干什么事，不管干多大的事，都离不开钱。但乡镇来钱的渠道只有一个，那就是向老百姓收钱。上溯几千年，历朝历代都是这么做的，现在呢？也还是在延续着历史形成的这种方式向老百姓收钱。那个时候，黎庶向官府缴纳粮款叫"皇粮国税"。现在政策允许收取的款项，官方的口径是"三提五统"[4]，下边老百姓的叫法是"集资提留"。前些年，"三提五统"取消了。取而代之的农业税和收取工程款的"一事一议"。但万变不离其宗，就是硬生生地从老百姓手里收钱。

养马打差，种地拿粮。几千年留传下来的习俗，老百姓也都适应认头了。让他们不满意的是从地里抠搜的几个钱，根本就不够缴这名目繁多的"集资提留"。怨恨就积攒起来了，干群之间的矛盾就增多了。这就是目前农村不稳定的根本原因。

礼堂里，黑压压地坐满了开集资提留会的村支部书记、村主任和会计。低矮灰暗的会议室里，烟气升腾，难以看清楚每个人的脸。因为是集资会议，大家心里沉甸甸的，显得有些消极、无奈，完全没了节后"叫套会"那时的心情。

会前的嘴官司仿佛成了惯例，也好像是必不可少的项目。

"陈书记，脚好得差不多了吧？要是利索了就请你去'再回首'唱歌！多日不见该乐和下子了！"。

狗不咬使棍捣。三两天没见，苗大庆和魏石桥好像是挨骂有瘾，又招惹开他了。

---

[4] "三提五统"：是指村级提留和五项统筹，2000 年取消。

"闭着眼聊天，净嚼些瞎话。都领着村干部去工地认领工段了，你说脚好了没有？哼！拉什么屎，一翘尾巴就知道。少跟我来些假慈悲好不好！"陈柱子知道苗大庆他们又要变着法耍弄他，就先声夺人，试图从气势上压住他们。

"哈哈……其实也没什么，就是去点首歌唱呗……"苗大庆往题目上引。

"哼！少来这一套！别成天鹦鹉学舌地跟着瞎喳喳？要是再给我制造负面影响的话，我可要重拳出击，收拾你了！"

魏石桥跟陈柱子是无话不谈的铁杆盟友。因为韩岭村将近三百户，在全乡也是个大村，而田横村是个仅有十多户的小村，从气场上来讲，强弱分明。麻雀虽小，五脏俱全，田横村再小，也是一个自然村，魏石桥大小也是一个村的支部书记。私下里，他跟陈柱子还有苗大庆走动得比较勤快。闲来无事时，就凑一块儿，摆个"龙门阵"，砸砸牛骨头。一时兴奋，就惹个祸，戳几下陈柱子，孬里找好地讨个开心。

"以后到哪里都可以去唱，就是不能到'再回首'歌厅了！"魏石桥这看似不经意的一句话，不轻不重，竟惹得伙计们捂着嘴"嘿嘿嘿"地窃笑了起来。

"我去不去唱歌碍着你了？咋地？早上没吃饭饿着了，还是吃多撑着了？看你俩幸灾乐祸的龌龊样，我有一种想吐的冲动，羊群里蹦出个驴来，显着你个大啦？"

苗大庆看还没引到正题上，帮着魏石桥又烧了把火："怎么不能去？隔天我就请陈书记专门去'再回首'唱歌，大爷有钱！凭钱消费，犯着啥了？"他话里有话地一说完，伙计们又捂着嘴偷偷地笑。

如果不是在这个场合，苗大庆和魏石桥非遭遇泥石流那样的灾难不可。可话又说回来了，如果不是掐准这个时间点来抓他个哑巴，平时也只有忍气吞声、受他欺负的份。

王博平看到大伙神秘兮兮地开心，不明就里，就问紧靠着的魏石桥，陈柱子做了啥事惹得大伙这样得意。魏石桥扭过身子，把大伙哑然失笑的原因，不但原原本本而且还夸大其词、故意渲染地描述了一番。王博平听后，也捂着嘴忍俊不禁起来。

昨天，陈柱子领着村班子在工地上碰见赵乡长后，心里那个兴奋劲简直是难以言喻。全乡几十个村，就他们到了施工现场并与赵乡长"不期而遇"，不但让乡长看到了韩岭村班子的亲密无间，而且也看到了他们的工作态度。特别是陈大凤站在赵乡长面前恰到好处提的"意见"，把现场的气氛一下子给掀了起来，让陈柱子暗暗叫好。外号叫"坐地炮"的韩平，整天跟在陈柱子屁股后转悠，头一次见到这么大的官，而且还互动了一下，心里甭提有多开心啦！

赵云瑞他们走后，"坐地炮"一高兴，掏出五十块钱来，请陈柱子去歌厅亮亮嗓子。都在兴头上，又是去那"只可意会，不可言传"的地方，哪有不去之理？陈柱子一挤眼，几个骑上摩托车一溜烟来到"再回首"歌厅。陈柱子的性格和职务决定了他的主角身份。从明晃晃的亮处，一头扎进黑幽幽的包房，眼睛一下子还顺不过劲来。借着闪烁又微弱的灯光，陈柱子瘸着腿不管三七二十一地迈到前台光区，抄起话筒，熟练地"扑扑"吹了两下后，就催促小姐点歌，"小姐，先来首《折寿》开场镇镇他们！"

灯光旋转闪烁，音乐时快时慢。陈柱子拖着个肥胖的躯体，尽量保持着身体的平衡，粗壮的中指和食指夹着个话筒来回旋转，以此表现出特别娴熟。此时，小姐正弯着腰，手忙脚乱地翻找《折寿》曲目。

"你是不是刚来的？前几天来唱歌的时候还有这个曲子，今天怎么就找不到了？要不把那个叫什么雪月的领班喊过来！"陈柱子耐着性子，尽量表现出沉稳的样子。

"雪月姐回家了，你点的《折寿》没找着，曲库里好像没有这首歌！"小姐自知业务不熟，心里感到忐忑。

"哎！怪了！前几天还有，怎么今天就没了？连首《折寿》的歌曲都没有，还开什么歌厅？走，换家歌厅去！"陈柱子强压着急脾气，开始有些不冷静了。

正当他急芯子脾气就要爆发的瞬间，小姐回过头来温柔地说："你是不是想点这首歌？"陈柱子一看，"对呀，就是这首《折寿》，怎么说没有呢？业务不熟练，得注意熟悉业务啊！"陈柱子以长者的口吻教导她。

"先生，这首歌名叫《祈祷》，不叫《折寿》！"

"什么，你说什么？叫《祈祷》？"陈柱子尴尬地站在那里，瞬间懵了，旋转的话筒也戛然停下。

"原唱是旅日歌手翁倩玉，是首流行歌曲。我们都很喜欢听！"小姑娘不懂也解不开此时陈柱子尴尬难堪的窘态，仍天真地用甜甜的声音给他解释！

"嘿嘿……臭臭，谁他妈写的这歌，用了这么两个又生又僻的字当歌名？坏了，坏事了，这不又让这帮家伙给逮住笑料了？"他用余光瞄了眼伙计们。

在五颜六色、忽明忽暗彩灯的照射下，他身后的魏石桥和"坐地炮"等人趴在散发着霉味的破沙发上，捂着个嘴笑得前仰后翻……

魏石桥趴在王博平的耳朵旁悄悄说的就是这个事，只不过他把这个故事又夸张地渲染了一番。刚才，他们几个抓住开会前这短短的几分钟，众目睽睽之下，演双簧似的把事情一抖搂，他能不窝着一肚子火？可接着就开会了，把陈柱子气得鼻子不是鼻子、脸不是脸的，带着情绪一言未发。

"同志们，现在开会，今天这个会议是根据党委、政府研究的意见召开的，耿书记去县里开会了，由我来安排党委研究的意见。在这之前，大家也都知道了会议的内容。这样更好，心里早有数，思想也早做好准备，行动上可争取主动。今天这个会是一个专题会，就是安排县埠路硬化'一事一议'的事。为什么要专门召开这个会呢？这正是我想在这里讲的，大家知道，咱乡经济等各方面比较落后，收入不多，仅有的一些山岭地，粮食产量又不高，哪里又有那么多余钱干这干那呢？党委、政府非常了解群众的苦楚，但是大家也知道，改革开放几十年了，也横跨两个世纪了，我们走的还是几十年前铺就的土路，晴天走一身土，雨天走一身泥，谁走谁烦，谁看到谁生气。是啊，大伙儿会问，县里干部上哪去了？乡委干部上哪去了？村干部上哪去了？广大群众对我们不是没有意见，所以我们不能一等二靠，而是要办实事、办好事。前几天，我和耿书记去县委书记、县长那里汇报了修这条路的事，也拜访了几位曾在我们这里工作过的老领导，还有县直主管部门，都了解我们这里的情况，也都很同情我们，答应在政策上倾斜倾斜，尽量地支持我们。分管财政的，分管交通的，还有几个农口的领导也答应帮助争取几个项目，缓解一下我们的财政压力。有这么多的领导和部门关心支持，我们没有理由不去干好，这就是我们下决心修这条路的原因。"赵云瑞顿了顿，又看了看集资表，"这次集资，仍然按'一事一议'的政策实施，跟去年的做法一样，按每个劳动力的标准收取。该收的一定要想法收上来，不该收的一分也不能多收。在这里再重申一条纪律，那就是坚决不准搭车收费，更不准挪作他用。还有，从群众手里收钱，虽然是上级规定的、允许的，但也要尽量尊重征求群众的意见。咱提倡以资代劳，尽量把集资收齐收好。如果群众就是不愿意缴集资，而是愿意用水利工抵顶，那也得尽量照顾他们的情绪，答应他们。水利站的同志要提前有这个准备，专门划出一段工地来组织他们上工。有些户因这样那样的原因日子过得挺紧巴，生活确实困难。十个指头不一样齐，什么时候也有穷有富的。村里也不能一刀切。不收恐怕是不行，造成攀比心理，影响收取的进度。收，因为确实困难，不忍心去让他们过不下去，这就需你们深下去，了解真实情况，做好思想工作，尽量让他们自己主动把集资缴村里来。像以前牵牛、扒屋、卸门板的做法坚决不允许，不能这么做了。现在是法治社会，从中央到地方都极力地保护弱势群体、保护农民的切身利益。在这么个大环境下，我们仍然使用原先的工作方法是不行了，弄不好就会触碰乱收费这根'高压线'。这是今天这个会特别强调的，希望参加会议的同志引起重视。对确有困难缴不上集资的户，还是要求村里自己想办法，先借钱垫上，然后再回过头来慢慢清收，缓和、化解因为集资造成的矛盾。好啦！我就讲这些，具体的集资任务和奖励政策，由鲁祥生同志安排！"

鲁祥生也是个"老乡镇"了，平时不愠不火，不善言语，说话声音也不大，一旦讲起话来，也是丁是丁卯是卯，落地有声。

"今年集资政策跟去年一个样，在这里就不重复了，跟去年不同的是奖励档次提升了，完成任务第一名的奖励大彩电一台，价值一千四百块。以缴款顺序确定名次，奖励前十名。同时呢，也加大了惩罚力度，完不成任务的，与年底的绩效工资挂钩，由财政所统一核定绩效工资，年底一块扣除。目的非常明确，就是干多干少不一样，干好干孬也不一样……"鲁祥生清了清嗓子，逐一宣读各村的集资数额。

也许早上没吃好，也许刚才笑岔了气，坐在会场靠后迷瞪瞪的魏石桥听到奖彩电，忽地睁开眼睛。他摸摸兜里鼓囊囊的化肥钱，又四下瞅了一下，鬼眼珠子滑溜溜地转了几圈后，想了个鬼点子。哼！有这等好事，为何不趁早下手？眼珠一转，捂着个肚子便起身急匆匆地挤了出去。

一出会场，他看似快走实则小跑，连着拐了两个弯后，深一脚浅一脚地来到财政所。会计叶红正在电脑前忙着，扭头看到魏石桥急忽忽地跑了进来，忙问："哎！魏书记，散会了？"

"还没，马上就散了，忙吗？我想把集资缴上！"

"哦？不是本周缴齐吗？还用得着这么急了？"

"早晚二十五个坏，早缴早利索，省得成天挂着块心事，缴上不就踏实了？"

"也是！"叶红微微一笑。

魏石桥说着，从油渍渍的棉袄口袋里掏出一叠钱。

"你们这些老书记就是认真！有些村的集资欠款年年都留个尾巴。你们不但没有往年的尾巴，这不，集资又早早地完成了！水平就是不一样呀！"

"嘿嘿！困难是不小，但也得干！给！这是老婆给的一千块钱，不是马上要春灌了嘛，让我到农技站买几袋化肥，尿素就不买了，先垫上集资，把任务完成再说！"

"不买尿素了，回家怎么交代？嫂子能愿意？"叶红问他。

"交代什么？跟老婆有啥好交代的，先把乡上的集资完成，省得成天下去催钱，不更心烦？"

"也是，早晚是个缴，缴就缴吧，你村的集资是多少？"叶红接着他的话，自言自语地说着。

魏石桥知道不多，也就没有搭她话茬。

"哎哟！才七百块搭零呀？对吗？怪不得这么麻利就缴上了呢！我估摸着你跟最大的村，恐怕得差好几十倍吧？"

说者无意，听者有心。叶红随便问了一句，魏石桥心里可"扑通扑通"直跳。她料想不到这是他猛生一计的鬼点子，他更怕叶红看穿他的把戏后，再节外生枝地引出些岔子，他答非所问地支吾了几下。

叶红在开收据的当儿，跟他有一搭无一搭地闲啦。可魏石桥有"做贼心虚"的感觉，生怕被人看穿这小把戏，弄个大红脸。可他转而又想，自己不偷不摸，靠爹娘给的"智慧"和自己的"造化"，正大光明地来缴集资怎么啦？怕这怕那的犯着啥法了？身正不怕影子歪！哼！嘴巴长在别人脸上，爱说啥说啥去呗！想到这里，他不但释然开怀，而且还为自己的计谋暗自得意。

不一会儿，叶红把开好了的收款收据递给魏石桥。

"前面没有来缴款的吧？"魏石桥非常关心缴款的名次，便装出漫不经心的样子问道。

"没有没有，你是第一个。这不，专门收集资的收款收据在这儿呢，有编号的，哎？第一名奖什么？是不是跟往年一样又要奖暖瓶、奖毛毯的？"叶红不清楚也不关心奖励的事，只是顺嘴问问。

"谁知道奖什么，干工作也不是为了奖个什么。再说啦，党员嘛，也得有点觉悟才行！好了，你忙！再见！"魏石桥把收据小心翼翼地折叠好，打过招呼后，迈着轻颠颠的步子溜回会场。

为了假戏真演，一进会议室门，魏石桥又捂起肚子，一脸痛苦状地扭着身子找座位。当他刚好挤到座位坐好后，鲁祥生也安排完了集资工作，"同志们，今年的开场大戏正式开场了，老套路，老办法，早完成早歇着，谁完成谁歇着。今年的奖励，乡上可是出了血的，在埠岭乡的历史上也是绝无仅有的，在咱县里也是大手笔，党委说话算数，掷地有声。希望同志们坐下来好好地研究下收缴的办法，既要把'一事一议'的集资足额地收上来，又要保持村里的稳定。好啦，你们都是老干家，就不多说了，散会！"

魏石桥此时既兴奋又忐忑，不知他这急中生智的方法灵验不灵验，能不能得到乡上的认可。他也曾反复地动过脑子琢磨过，就集资数额来讲，确实不多，跟那些大村的集资数额无法比拟，甚至不如人家集资的零头。乡上出台的政策是哪个村先缴齐哪个村就得奖励，而村大村小是老天爷给的，集资数额也是根据劳力多少定的，跟多缴少缴不搭边，不能因为村子大、缴得多，就高人一等，就该享受优惠政策！咱村子虽然不大，那也是麻雀虽小，五脏俱全。人口少，按比例一分也没少缴。哼，集资第一名这事，谁也改变不了这白纸黑字的事实。至于奖不奖电视机，当众红口白牙说的，那是你们的事，全乡都在看着哩。想到这里，魏石桥多虑的脸上立马变得神气起来。

一散会，他紧走慢走，故意跟鲁祥生在财政所门前"不期而遇"。

"鲁书记，响应您的号召，集资款缴上了。"在财政所门口，魏石桥掩饰不住内心的兴奋，一见面就汇报上了。

"哦？什么时候？"鲁祥生惊奇地问。

"刚才呀！"

"全部缴上了？不可能吧？"鲁祥生用怀疑的目光看着魏石桥。

"你来我往的都挤在那儿缴，反正是缴上了。"魏石桥怕被看穿把戏，极力表现出镇定的神态。

"走，财政所看看，按规定办事，该奖奖，该罚罚，谁也不能两样。咱这是头一回奖电视机，积极性肯定差不了！"说着，鲁祥生头里领着，一起进了财政所办公室。

此时，财政所的屋里屋外，人头攒动，熙熙攘攘。借钱的，凑钱的，缴钱的，蜂拥而至，围堵在一起。没缴上的，心急火燎地往前挤着缴钱；缴完了的，忙着核实缴款的名次。有几个没带钱和凑不齐钱的，皱着个眉头懊恼不已，对着财政所所长姜恒春大吵大闹，埋怨他嘴太严实。嘻！都是电视机惹的祸。

"会都开了还不快回去收钱？蹲在这里干什么？这么多人我可管不起饭！有这闲空，快去鼓捣点儿钱先缴上，不就搬块电视机了？就是挣不到电视机，起码也得挣个热水壶、电热毯的吧！嘿！提溜着把铮明瓦亮的热水壶，回家往老婆怀里一扔……"

"有开始缴钱的了？"鲁祥生问姜恒春。

"有，田横村缴了！"

"噢！第几名？"

"第一个缴的，当然是第一名了！"姜恒春不明就里。

"哦！还有哪些村？"

"叶红，把收款收据拿过来让鲁书记看看！"

"有几个村正在凑钱，还有几个村正在银行提钱，估计能有十个八个的。"姜恒春解释。

"好，好！不用拿过来看了。老姜，田横村缴齐了？"

"缴齐了，第一个缴上的。没错！"叶红帮姜恒春回答。

鲁祥生皱了皱眉头，纳闷地问："哎？缴了多少？啥时缴的？"

"七百多块钱。村小，收集资容易些，不过他可是先垫上的。咱不都是这样做吗？"叶红也是不明就里地说。

"第一个缴的，理所当然是第一名，可缴了七百块钱的集资，就完成了集资任务？嗨！从理论上讲也没有问题，可转身就得了台一千四百块钱的电视机。那些集资款多的村是怎么想的？面上的积极性会不会受到影响？"鲁祥生怕影响面上的积极性，考虑得更多些，"老姜，这个政策是不是有失偏颇？"

鲁祥生一点拨，姜恒春如梦方醒，也觉着这个奖励政策定得不够合理。按照名次奖励，并无不妥，但忽视了集资任务过重的村，难以调动面上的积极性。

"田横村是有些鼻子大起头。十天八天收上来还好，说明这个政策还有一定作用。如果收得不好，达不到预期的目的，那就说明这个激励政策不激励了，对不对？收完这茬集资，马上又要收小麦春灌的水费，得再详细研究一下调动面上积极性的办法才行！"鲁祥生说。

魏石桥站在一旁不敢言声，生怕鲁祥生一句气话，砸了到手的好"买卖"。

"好啦！怎么定的怎么执行，也只好这样。不过，魏石桥这家伙肯定是动了脑子、玩了个计谋，钻了政策的空子，捡了台电视机！要不哪里能轮到他得着这样的好事。嘻！栾山湖里的藕——心眼子真多！"鲁祥生苦笑着摇摇头。

魏石桥忙不迭地在会计那儿办好了手续，又咧个大嘴从仓库里往外搬电视机。一家人围在他身边看着，不大的个子，扛着个比他还大的彩电，弓着腰、外张着腿，架势一点儿也不受看。但人逢喜事精神爽，他一脸春风得意的样子，又让人从心底里羡慕、嫉妒、恨。

"魏石桥，你伙计人小鬼大，擅长钻政策的空子。这回可是赚大发了呀！嘱咐你句不爱听的，可别赚了便宜还卖乖。这回不好好地请陈柱子撮一顿，是迈不过这个坎的！他可是咬人的狗不露齿，惹急了，他给你来个歪嘴拉呱——斜（邪）着说，也够你喝一壶的！"多日不见的程老大忽然从人群里挤上前，不失时机地展示了一下自己的巧嘴。

果然不出程老大所料。第二天，以韩岭村为圆点，辐射周围十几个村子谣言四起。陈柱子信誓旦旦地四处放风说，魏石桥因奖了台彩电而兴奋过度，导致得了什么"前列腺萎缩症"，并且病得不轻。伙计们不知是计，一脸疑惑，昨天还好好的，驮着台大彩电还棒棒的，怎么一夜之间就病倒了呢？

七

雨水一过，本来是春回大地、春色满园的季节。可暖烘烘的南风一刮，竟把人吹得越发懒洋洋地睁不开眼，心绪也跟着懒惰起来。

灯里没油渐渐昏，手里没钱愁煞人。

赵云瑞刚调来，情况还不十分熟悉。时间又像白驹过隙，里里外外、千头万绪、百端待举。

"巧妇难为无米之炊"，最让他闹心的是财政上不但没有钱，而且还有外欠，更让人头痛的是全乡没有半点来钱门路。"一事一议"的集资是一个萝卜一个坑，不能也不敢挪用。

连日来，他在办公室处理着令人头痛而又不得不面对的陈谷子烂芝麻的事。这么大个摊子，大到公益事业，小到吃喝拉撒都得管，哪个方面考虑不到都不行。虽然工程集资开始了，可"僧多粥少"，需要花钱的地方太多太多。这不，他正在琢磨从哪里挪用些钱，当作县埠路的启动资金呢。

这时，鲁祥生敲了敲门："赵乡长，您安排的垃圾场开发的事差不多了。村里那边通过做工作，也没什么大的要求。知道这块地也要不回来，就是村里太穷，想弄俩钱堵堵窟窿什么的，这事……"

"这块地沿街的长度是多少？"

"大概有八十多米，宽也将近七十米。"

"如果盖沿街楼能盖多少间？"

"平均三米半一间，除去两个走道减去八米，能盖二十间一拖二的沿街楼房。"

"噢，是这样。现在形势跟以前大不一样了。这些地既没有手续，村情也不是太好，现在地值钱了，有人脑子里就装着这事，所以必须跟村里把事弄利索，再下手也不迟。到时村里有什么想法，是要房子还是要钱？弄得清清楚楚，免得施工了再产生纠纷就被动了！"

　　"咱都不明白些房地产开发的行情，他们就更不懂里面有什么道道了。就是想让咱看着帮一把。这样，他们在老少爷们面前也有话说，也好交代。"

　　赵云瑞沉思了一会儿，说："你看这样行不行，二十套房子的成本就需要一百五十多万，再加上他们还要挣块儿利润，按百分之二十计算的话，得三十多万，加上前期投入的，没有十套八套的房子是顶不掉的。再说啦，咱找个开发商，人家拿着现金来开发，全都顶给人家房子，卖掉了还好，要是卖不掉不就砸手里了？所以咱要多让利给人家，人家才会对这块地感兴趣。对不对呀？再就是咱上次会上定的乡驻地开发的规划，如果这块地开发得好的话，对下一步乡驻地开发将会起到很大的带动作用，不是两全其美的事吗！再好好地算算账，该赚就赚，该让就让。刚才讲的还剩下十套房子，这就是咱开发赚的利润了。你看这样安排好不好，给龙湾村两套，一套卖掉，处理处理村里的债务，堵堵窟窿；另一套只允许出租，不允许买卖。为什么呢？咱们还要对村里负责，有个长远打算。一是村里的资产不致流失；二是每年租出去，村里还能有点儿收入。剩下的几套留着，下一步需要用钱的地方多着呢，到时候自有用处。有些工程可以用这些沿街商铺抵顶。都有账算，哪有不愿意的！"赵云瑞把自己考虑了好几天的方案一下子端出来，征求鲁祥生的意见。

　　"肯定行，想不到您这么大方。原先，他们就是想要几万块钱顶顶集资款，没想到您一下子给了两套沿街店铺，又帮着考虑得这么全面。他们会高兴死的！"鲁祥生一阵激动，眉飞色舞地说。

　　"都是为了工作，他们长年累月的也不容易。再说沿街店铺里面还有六七亩地的地方呢，还可以盖一部分住宅对外出售，那不是白赚吗？起码还能缓解一下乡驻地住房紧张的矛盾。当然，这个事我得跟耿书记汇报汇报再说。"

　　鲁祥生点点头说，"赵乡长，我明白您的意思，既要解放思想，敢想敢干，又要灵活处置，稳妥前行！"

　　"对，就是这么个意思！埠岭乡有几十年没动了，该到了改变改变落后面貌的时候了。"

　　"赵乡长，乡驻地那几条街开发的事？"

　　"正在寻找个合适的投资商，谈了几个，不是驴不走就是磨不转，先以这块开发为重点，循序渐进，摊子铺大了也没那么些钱。我有个预感，在咱这里搞开发，别赔了就很不错了。因为咱这里地处偏僻，卖不上价去呀！"

"是呀是呀，私下里伙计们也是这么议论的。"

"关于乡驻地开发就这么定下，先把规划拿出来，牵扯到乡驻地的两个村子，为避免拆迁造成不稳定，成熟一片开发一片吧。咱家底子薄，外面欠账太多，先把资金用在急需办的事上。"

"赵乡长，还有一个事，就是前几天咱招的建生态科技园那个项目，不是想把项目落在韩岭村前吗？根据党委安排，先把韩岭村前湾塘的手续办到乡经委，这样就可以带着完备的手续跟外商谈项目了。不过找陈柱子谈了几次，效果都不算太好。表面上好好好，可就是没有动作，不是今天脚痛，就是明天感冒。水利站找上门堵着他去实地丈量面积时，还是讲些八竿子戳不着的事。他呀，牵扯到自己的利益是嘴上呼呼隆隆，脚跟一动不动。嘻！挺明白的人，怎么关键时候掉链子？看来还是您出面找他谈谈比较好。"

"村里的财产一下子拿出来，这个弯扭不过来也很正常。我早就听说他的行事风格了，豪放、仗义，但牵扯到自己，说的跟做的就有出入了。年前，耿书记就谈到，咱正在招的这个项目最大的难点在村里，上百亩的湾塘加上四周部分土地，一下子划给乡上，村里是挺难接受的。乡上使用这个湾塘不是好多年了？事实上已经是乡上的资产了。前些年，好像在一些工程项目和缴集资提留方面，也变相给了他些优惠政策。现在要办真事了，他又这又那的，是不是不太合适？你今天晚上再去找他做做工作，代表我跟他再严肃地谈一次话。如果就是不配合、不服从的话，就跟他讲有可能给予组织处理。好不好！还有，就是县埠路陆续开工了，资金缺口还没有着落。我这段时间跑跑钱，工程进度、质量你一定抓好。植树造林调地的事你也多调度调度，争取早下手、早完成！好啦，就这样吧！"

"哎！祥生，新农村建设这事可千万别大意！说不定啥时候县里就调度。按文件要求，先抓几个重点村往前推推，然后再面上开花。不干不行呀！"赵云瑞又回头叮嘱他。

鲁祥生频频点头，钦佩赵云瑞的工作细致和大刀阔斧敢作敢为的魄力。

财政所所长姜恒春端着一摞文件悄悄地走到赵云瑞办公桌对面。

"坐下，坐下。老姜，集资款收得怎么样了？"赵云瑞非常关心集资的进度情况。

"还行，赵乡长，我刚才还在隔壁屋里说过这事，比想象的好很多。这不，刚过三天，就有三十多个村缴齐了。另有几个村今天差不多也能缴齐，靠到最后顶多也就十个八个的完不成任务。真没想到啊，没想到！"姜恒春高兴地讲着。

"你们宣传发动得好，政策制定得也好，才有这个结果。这样就不愁按时开工了。"

"是呀！我看该收的这部分资金是没啥问题啦，开工也不成问题了。不过，新年伊始，急需用钱的地方不少，可千万别挪用呀！"姜恒春提醒说。

"你看，我找你就是想问问账上还有多少钱。一开春，方方面面都需要钱，总不能空着手开工吧！"

"赵乡长，怎么着也不能挪用这部分集资。咱本来收得就不宽裕，最后肯定得有三分之一的村的集资收不上来，再挪着用点儿的话，工程就更算不着账了。工程干到一半，因为没钱干不下去了。咱还不更得挨骂？真要如此，还不如不开工呢！"

"说得也在理，尽量省着吧。哎，你再把外欠的账捋一捋？"

"账上不但没钱，而且还有欠款，是负数！"

"哦？欠多少？"赵云瑞眉宇一皱。

"去年，高速路两侧植树拨了五万块钱的预付款后，就再也没拨。林业站报了个表来，共外欠树苗款十七万元；挖沟、浇水、涂白还有打梢的钱也一分没付。两项加起来三十多万。财政上可支配的资金就是去年底卖掉的那个小企业，应收十二万元。可企业才缴上了四万块钱，其余的也没给。硬追了几次，态度是挺好，可就是缴不上来。据说，企业也挺难的。年前税收不达进度，财政上又没钱，没办法，就先把机关干部和教师的工资挪用垫上了，欠了两个月的工资。过年的时候，从计划生育罚款那里抠出一块来，补上机关干部和教师的工资。哎！补也是补的必发的那部分，什么绩效工资，就没发过。这也是跟其他乡镇相比咱工资少的原因。还有几块工程款也没付清，留着个挺大的尾巴。赵乡长，如果真揭不开锅、需用资金的话，计生站那里还存着块儿计划生育罚款可以支配。去年的计生罚款还有二十多万没收上来，加上今年的超生罚款，怎么着也得进个五十万、六十万的！哎，卢洪霞就在外屋，有些具体情况她可能会更清楚。还有，年前县里开了会。今年咱们的税收任务，在原来的基础上又增了八个百分点。屋漏偏遇连阴雨。去年垫的税款还没堵上，您看这一季度的税收进度……嘻！真难为您了！"姜恒春汇报得简明扼要，一听就明白。

赵云瑞把计生站站长卢洪霞喊来，"卢站长，我正想问问你去年的计生罚款情况。"

卢洪霞说："是这样的，赵乡长，去年全乡应收罚款三十七万，收上来十五万，还有二十多万没有收上来。主要原因是有些超生户家里太穷了，你就是给他扒了屋，绑到计生站来办学习班也不管用。今年，我们准备采取更强硬的措施，一边把去年的欠款收上来，一边把今年的罚款收好。我们正在研究今年的罚款措施，确保老账新账一块割清。"

"好，好，你知道乡财政的困难，不是捉襟见肘的困难，而是一屁股饥荒，非常困难。目前，咱乡财政就是这么个情况，你们要多想些法子，千方百计地先把欠款收上来，已经收上来的也准备好。今年需要用钱的地方很多，打点不过来。知道你们的压力不小，可也得使劲往前干，但还不能蛮干。既要让这些违反计划生育的住户生活下去，又要把该罚的收上来，这才达到了咱的目的。总而言之，咱还得维护计划生育工作的严肃性！再告诉同志们，现在的形势跟以往不同了，收缴罚款的方式、方法也需要改改了。一旦哪个环节出了纰漏，踩着哪根红线，干得再好也等于白干了，是不是？在干好工作的同时，保护好自己，也是很重要的！"

"明白啦，赵乡长，您放心，我们也知道形势严峻，工作上尽量不给您惹乱子，努力把工作干好。"卢洪霞收拾起材料边表着态。

"计生服务站大楼还是按去年耿书记的安排往前推进，本着少花钱、多办事的原则就行！"

卢洪霞点点头，不过眉宇间流露出些愁容。

"卢站长，计划生育可是一票否决呀！孬好就看你们的了！"一出门，赵云瑞还没忘了提醒提醒她。

卢洪霞矜持羞涩的脸上里透出一股坚定不服输的表情。

赵云瑞听说过，卢洪霞工作大胆泼辣，敢冲敢干，是个不可多得的人才。是呀，乡镇干部，尤其是女的，小心翼翼、畏畏缩缩的，很难独当一面；而像她这性格，正适合农村工作，要说就说，要干就干，喝酒喝个半斤八两也不会眨眨眼。

好不容易盼着赵云瑞在办公室，一些部门负责人都排着队来汇报。卢洪霞一出门，陈来电和派出所所长马力胜又急匆匆地推开了赵云瑞办公室的门。

马力胜拿着张申请拨款的报告，说："赵乡长，请您给签个字吧？"

"签什么字？"赵云瑞知道对方又是来要钱，便拉下脸来明知故问。

"是联防队队员的工资，一月需要两万多块，已有三个月没拨了，年前都是跟企业借的。十八九岁的青年当个联防队员也不容易，一个月连千儿八百的也挣不到手，心里也有情绪！赵乡长，连找了您好几天了，知道您天天陪着上面的人来检查，也没好意思打扰。所里也挺困难的，您就签字给拨了吧！"

"你先别说签字的事，我正想找你俩问问，近期发生的多起盗伐树木的案件，是什么原因造成的？怎么都集中在刚开春的这个季节？能不能迅速破几个大案、抓一批盗伐树木的犯罪分子，威慑、打击一下他们的嚣张气焰！陈部长，你分管治安工作，你俩说说是怎么一回事！"赵云瑞一脸不高兴的样子，对着陈来电和马力胜说。

"赵乡长，事情是这样，最近咱乡确实发生了一些树木被盗伐的事件。有几个村的出村路、林地还有林带的大片成材树，被一段段伐掉了，看了怪疼人的。我们一方面加大了巡防力度，抓获了几个外地的盗伐团伙，一方面又深入当地农村走访了一些村干部和木材商贩，发现情况有些不正常，与盗伐作案还有些区别。"

"噢？有什么区别？"赵云瑞跟上问。

"赵乡长，咱这地方的经济条件您也知道。有些村，一年到头根本就没有一分钱的收入，穷得都不敢想象。前些天，不是要县埠路工程集资嘛，就是因为没钱，工程款眼睁睁地凑不齐。说实在的，他们也是些党员，也是干了好多年的基层干部，心里比咱还着急啊。怎么办？乡上的任务还要在规定的时间内完成。虽然村民议事会通过了'一事一议'，可真要挨家挨户地收开了，也不敢像前几年那样动粗了。使些硬法、邪法子，不仅解决不了问题，还容易引起干群矛盾、引起上访。憋屈了几天后，有几个村干部就打起了这片树的主意。人家是靠山吃山，他们就靠树吃树。时间紧，压力大，要干就快干，一旦超过乡上规定的时间，就算是完成了任务也挣不着个好脸。他们先是找到树贩子商谈好价格，然后趁着夜黑人稀，悄悄将这片树林子伐掉运走了。"马力胜看着赵云瑞说。

"后来呢？"赵云瑞紧盯马力胜。

"后来，他们就用这卖树的钱垫付了修路的集资款。因为工程款有时间性，来不及办理砍伐手续。退一步讲，就是来得及，也不可能一下子批这么一大片树林。他们做得确实是不对，属于乱砍滥伐。如果说违法的话也够杠子，可细说起来，他们也是为了工作，也是没有办法的办法。如果因为这个事抓人的话，能抓好多，村班子也就一个一个都瘫痪了。可不抓也不行，既起不到震慑作用，也刹不住这股邪风。用不了多长时间，全乡的树木也就消失殆尽了。昨天晚上，我们抓了几个伐树的，正在突击审查，跟陈部长准备把全部底子摸清楚后，再跟您汇报。正好您问这事，就把了解到的这些情况先汇报一下！"

赵云瑞手里捏着笔，在纸上随便划拉着，看似挺悠闲，实际上脑子也在深深地思考。这些伐树的，合情合理，但不合法，主观上是为了工作，但行为已触犯了法律，而且牵扯好多个村。自己调来的时间不长，各项工作又刚刚铺开，特别是全乡老百姓翘首以盼的县埠路已经开工。在这关键环节上，因为这项工作一下子拿下几个村干部来，那肯定会动摇军心，搞得人心惶惶的，说不影响工作是假的。随后的小麦返青水集资还如何进行？植树造林怎么干？想到这里，赵云瑞以征询的口气问陈来电，"你说怎么处理？"

"赵乡长，您看这样行不行？这些伐树的村干部也是为了工作，而且这些钱也都交到乡财政上了。如果要追究责任的话，我们也有责任。还有，这事一追究起来，牵扯面就大了，就都牵连一块了。刚开春，村里的工作千头万绪，摊上这事，村班子不都得瘫痪？接着就要开始植树、修路、计划生育和招商引资等等，工作怎么进行？还有准备建设的工业园区、生态园区，占的也是这些村的土地……我看还是网开一面好，大事化小，小事化了。不过，为了刹住这股邪风，让他们记住点教训，可以在全乡点名批评，年底绩效考核扣除些分数。另外，让他们把卖树多余的款全部交到乡上来，谁不交就给谁立上案。他们明白这事的轻重，会知道怎么办的，您看这样……"陈来电看着赵云瑞的表情，试探着说。

"好吧，这样进退还有些余地。等我汇报耿书记后，你俩全权处理就好，不要让别人插手。知道的人多了，说我们视法律为儿戏。一定想法把卖树的钱收上来交财政，对他们的违法行为，当然要狠狠通报一下，让他们知道这么做的严重后果。至于你刚才讲的联防队员的工资，我看再稍微等等吧。工程款不能动，刚才问了一下财政，这么大个摊子，账上还有三万五万的，等着花钱的地方还很多呢！抓紧时间把这件事处理好，把钱收上来。到时说不定给你的钱比你要的还多呢！说话算数，放心就是了。还有，就是去年植树造林的钱还欠着好几十万呢。这不，今年的植树节马上又要到了，还得集资，外加上高速路两侧的植树。总之，今年的植树造林集资比去年要多几倍。过些日子小麦一拔节，还要收春灌的水费。我们这里条件比较差，困难村、困难户太多。收集资肯定会出现一些这样那样的过激行为。你们要把稳定工作放在第一位，坚决不能出现越级和群体性上访事件。发现任何有上访倾向的苗头，千方百计要控制住，防止事态扩大。好不好，马所长？"赵云瑞看了看表，一边起身往外走，一边说，"罗县长快来了，咱就先谈到这里吧。"

赵云瑞还没开门，就听到门口传来急促的嘈杂声。开门一看，李秘书正拉扯一个人不让他进屋。

"进来吧，进来吧，什么事？"赵云瑞冲外面说着。

"您就是赵乡长？我是县程坤建设公司的宋程坤。我今天可是带着行李卷来的。去年，乡上植树造林的工程是我干的。当时，你们找我干的时候，说好了县里检查验收后把账一块结清。一年多了，加起来就给了五万块钱，还差三十多万就都扔下不管了？我一年来了十几趟。别说要钱，连个人影也见不着，一点儿信誉也没有。你们政府怎么这么不讲理呀！当初，可是你们先找的我，说是时间紧、任务重，为了乡上的工作，让我垫付了好几十万块钱。你们在会上得到表扬，成了植树造林先进单位了，可我连个年都没有过好。这些年做生意，我也见到过、碰到过不讲理的，可也没见过你们这么不讲理的。我们大小也是个企业，也养着几十号人。你们就这样一拖二靠没个准头，我的日子没法过了不说，您看看，外面全是些员工的老婆孩子，带着吃的喝的，还有炉具、帐篷，是我用车把他们拉来的。从今天开始，就住在这里不走了！您也别埋怨他们在这里吃喝拉撒，是叫你们不讲理给逼的。我答应他们了，什么时候给钱了，什么时候就回去。要是这样还不给的话，那咱可是先礼后兵了。我就让他们到上边上访去了！我可知道到省里、到北京上访，是去一回登一回记，对您也没有什么好处。我也不愿意这么做，但这也是没有办法的办法！我熬了一个多月了，好不容易熬出正月了。今天来要账也算是对得起您。原来的乡长走了，我就得找您这新来的。赵乡长，咱一无怨、二无仇，您要是抬抬手，我就能过去；您要是就这样哼哼哈哈着打发不给钱，老婆孩子要么去上吊，要么到省里、北京去上访，谁占理谁不占理，一目了然，坦坦荡荡的一把明牌，您看着办吧！"

宋程坤从门口一扭身子挤了进来，不容你解释，就像放机枪似的，"突突突"地一阵扫射。

李秘书因为没有把宋程坤拦在外面，有些愧疚地站在那里，搓着双手不知如何是好。赵云瑞看他火发得差不多了，对李秘书说："告诉鲁祥生，让他从工地去边界，接上罗县长后到工业园区那里。我在这里处理点事后，就赶过去。"

李秘书看着屋里的紧张场面，又不理解赵乡长的用意，不放心地走了出去。

赵云瑞转回身来看着宋程坤，然后倒了杯水放在宋程坤面前，慢条斯理地说："你就是宋程坤？你就是老宋？有烟没？给支烟抽！你是不是有个诨号叫'老婆腔'？"

这次宋程坤来，满脑子是准备大打出手的，至少也得吵个人仰马翻。外面车上坐着一大堆家属，说不定真有老婆孩子齐上阵的可能。

临来之前，各种可能出现的情况都预料到了，正面冲突是不可避免的，面对面吵一通是肯定的了。万万没想到，这个赵云瑞避其锋芒，把手一伸竟向他要烟抽；还有一搭无一搭地叫他"老婆腔"的诨号，积攒了好些日子的怨气一下子泄了。冒着白沫子的嘴角，刚才气得不停地颤抖，这时又夹杂着些无奈。

屋里有些静，静得让人感到尴尬。给他烟吧，占上风的气势立时变为下风；不给烟吧，近在咫尺，又是来要钱，没有不给的道理。少顷，宋程坤像是败下阵来的公鸡耷拉下了脑袋，不情愿地连烟带火推到赵云瑞跟前。

寒从脚起，火自头生，赵云瑞看他满嘴的燎泡，心生怜悯。慢慢地点上，"吧嗒吧嗒"地抽了几口后，和风细雨地说："什么牌子的，怎么这么呛人？恐怕不是什么好烟吧，好烟哪有这么呛人的？"宋程坤抬头看看赵云瑞，也点上一支狠狠地抽了起来。

这个宋程坤也是从农村出来的。前些年，在外地搞工程挣了些钱，就有了小富即满的思想，慢慢收手辗转回到了本县干工程。他人品好，口碑不错。刚回来时，在县城待了几个月四处转转看看，觉得人生地不熟有点施展不开。只要是一些利润大的工程，总是那么几个公司中标，怎么琢磨也百思不得其解。后来，他就另辟蹊径，转移到乡下承揽一些工程。乡镇的工程，有它的优点，也有它的缺点。优点是什么活也有，领导脑子一热，说下手就下手，没什么规划计划的，钱好挣。缺点是手里有十万块钱敢干一百万元的工程，有一百万元敢干一千万元甚至几千万元的工程。开工前答应得升满斗满，工程干完后就见不到那种洋溢的热情了，工程款莫名其妙地一拖再拖，让你仰天长叹，没有半点招数应对。工程是垫资干了，但该赚的却一分钱也赚不到。其实，这也没有不可理解的，都是穷惹的祸。宋程坤在一些乡镇干了些合适的项目，也赚了不少钱，却没想到，在去年的植树工程上栽了个跟头。

据说，去年乡上植树造林的集资款，已经准备好了。因为有个项目需用钱，半路上给挪用了。计划到年底用计划生育罚款给他兑付一部分。谁知快到年底时，县里召开财税调度会，在原基数上又增加了八个百分点。这一增加不要紧，本来就捉襟见肘的乡财政一下子犯了难。县里下达的税收任务是必须要完成的，如果拖了后腿影响全县财政收入，这个责任谁能担得起？因此，就把该付给宋程坤的工程款和教师的一部分工资总共几十万元抽走，先垫付完成了全年的税收任务。快到年底的时候，在许多教职员工的强烈要求下，又从计生罚款中拨了一部分资金解决了欠发的教师工资。可植树造林的工程款就没了着落，从去年到现在，一直也没个说法。欠着好几十万元，也确实不是个小事。可乡上真是没钱，这种拖欠现象也不是一年两年、一个地方两个地方存在。在许多乡镇，都是"拆了东墙补西墙，年年要吃过头粮"来维持这糟糕的窘况。私下里，有些好事者对乡镇体制进行过这样的总结：凡是有权的、有钱的部门都上划"条条"管理了；凡是没权的、花钱的都下放到乡镇这一级"块块"管理。细细琢磨一下，却也不无道理。乡镇干的工作是无所不包，但来钱的门路却没有，像老母鸡趴在土堆里翻来覆去地刨着吃那样……

宋程坤的事，赵云瑞其实年前就知道了。一是自己调来时间不长，没顾上管；二来呢，也正赶上过年，年后他也没来找。可话又说回来，来找来要了又能怎样？不这样慢慢拖着，又能怎样？这不，今年这又快到植树节了，这事还没理出个头绪来，人家又找门上了。欠人家钱是不争的事实，即使没有钱，就没有几句好听的话？政府部门总不能当个欠钱的大爷吧！赵云瑞想尽快打破这尴尬的场面，他打量着宋程坤的罗圈腿和不成比例的"老婆腚"，没话找话跟他闲扯。

这个宋程坤本来是窝着一肚子火来的，此时他闷着也不是，发作也不是，只粗一声细一声地长叹。终于，他忍耐不住了，腾地一下子从沙发上弹起来："赵乡长，咱先不开玩笑了，行不行？您欠我的钱让我没法生活了，跟着我干的几十号人过年都是在我家里过的。去年的工钱付不上，今年我还怎么拉队伍出来干活。为了让家里人活命，您就行行好把钱给我吧。再不付工钱，真的要出人命了。"

"好，给，你说准备怎么个给法？"赵云瑞斩钉截铁的一句话，让宋程坤大吃一惊。不是听错了吧，呆呆的目光直勾勾地盯着赵云瑞，仿佛在求证他的话是真是假。

"没听清楚？给！请你放心，一定给。但乡里的实情你也知道，你说打算怎么个给法？"

"谢谢您，赵乡长，有您这句话，我就感激一辈子！我庄户人家出身，也不会绕什么弯子。我想您就先给我一半十五万吧，拿出八九万先付去年欠人家的工钱，剩下的几万作为今年的启动资金。我还得找活干。剩下的年底付清，够意思吧！这样就拖了两年了，您看行不行？"宋程坤嗓门一下子降了下来，小心翼翼地说。

"行，十天之内付你十五万！剩下的年底给你。不过，我们马上要下手，准备搞乡驻地开发，到时用部分沿街房顶顶账，价格随行就市，行不行？"

"真的？行行行！赵乡长，咱可是嘴上长胡子的男爷们儿，说出来的可别再咽下去！"

赵云瑞也是立说立行，腾地站起来，一把抓起了电话，"姜所长吗？我是赵云瑞，准备好十六万块钱，十天之内付给程坤建设公司，一定落实好！"赵云瑞守着宋程坤，给财政所姜恒春打电话，安排拨付资金的事，并且多给了一万块钱。

宋程坤惊呆了，不相信眼前发生的一切。一阵慌乱之后，才定定神回到现实中来，"赵乡长，您救了我们几十口啊。这次真是来想拼个鱼死网破的，没想到您这么痛快，这么够意思，我使劲要也没敢要这么多。我一扒口，您却一口答应下来，真的感谢了！"

"老宋呀，乡里欠你的钱，去年就该给你，拖到这第二年了还付不上，是我们做得不好。如果要说感谢的话，感谢你才对呀！"

"谁说乡镇办事不玩真的，我就不信。赵乡长，我先给您磕个头了！"说着，就要跪下。

"程坤，这是干啥？再这样就不好了？"

"恩人，谢了！我代表老少爷们谢谢啦！"宋程坤说着，又起身双手合拢，连连鞠了几个躬。

"别开玩笑了，别看你长了个老婆腔，可没有老婆脾气，也是直来直去、快言快语的。怎么样？还愿意继续干工程吗？如果愿意的话，过几天就过来看看。今年的工程可不少，虽然是钱不足，但运作好了还是有钱赚的！"

"谢谢赵乡长，谁不想挣钱？去年在您这里干活，别看没挣着钱，可也赚了个买卖人。说什么活吧。凭您这为人，就是垫钱干我也乐意。人活着不就图个痛快、图交个朋友嘛。当然了，您是一乡之长，俺可不敢硬攀！"

"说哪里去了，一回生，二回熟。去年乡里最困难的时候，你帮助过我们，今年的工程只要你愿意就尽管大胆干。咱这地方生态环境好、旅游资源非常丰富，搞点房地产开发还是有钱赚的。我还有接待任务，过几天你找鲁祥生书记吧，我会安排他跟你联系。再就是跟财政上把账弄明白，走好账，好不好？"

"谢谢赵乡长！"宋程坤感激地望着匆匆远去的赵云瑞。

赵云瑞虽然咬着牙答应了宋程坤，可他心里比谁都清楚这笔钱的来路。他心里划算过，固然说修路很重要，但欠老百姓的钱更重要。他们是弱势群体，是衣食父母。不管遇到多大困难，首先想到的应该是他们。帮助他们解决困难也好、温饱也好，是政府责无旁贷的，况且还是真金白银地欠着人家的钱，没有理由不办好呀！想到这里，他郁闷的心情，又稍微舒坦了些……

八

倒了向的南风一刮，暖风习习，春回大地。

铆足了劲的麦苗借着上来的地温，抻开虚弱的身子，顽强地钻出地面，直挺挺地往上蹿高。一片片干裂的土地，像是张开饥渴的大口要水喝。真该浇返青水了。

老百姓都知道，春灌一场水，每亩多二百。可真要他们从布袋往外掏钱了，就是不一样的心情。水费难收是可想而知的事情。

赵云瑞领着王秀清、王博平和刘秋珊一块到麦田转了一圈后，觉得旱情非常严重，到了下决心要春灌水的时候了。他顶着一开春就连收了县埠路和植树造林两茬集资的压力，又果断地把收春灌水费的任务强硬地摁了下去。他想，既然允许"一事一议"，那就打个擦边球，多搞几次"一事一议"，缓解下财政吃紧的困境。

"老姜，今年水费怎么这么难收，戏眼到底在哪里？"集资会开过之后，赵云瑞看到进账不快，便找到财政所了解情况。

姜恒春苦笑了笑，就把连收了两次集资的现实又捋了一遍。

赵云瑞皱皱眉头说："这可不行，别说收不上来，就是伙计们稍一松懈收慢、收少了，乡上就得垫付几十万块钱。现在别说几十万，就是几万块钱也拿不出来！"

"是，是，这我知道，账上根本抓纳不着钱！唉！不当家不知道柴米贵！"老姜同情地叹口气。

"你是老乡镇了，钱收不动该用什么法子呢？"赵云瑞向他讨计。

"以前打打杀杀的法子是坚决不能使了，可眼下也没有啥好法子。唉！从老百姓手里掏钱是越来越难了。依我看，还是猴子玩把戏——老一套。抓住包村干部和村干部摁下去，缠上缠、黏上黏，来个瞎汉放驴不松手，早晚把钱抠上来。"姜恒春往前凑凑小声地说，"千抢网万抢网，网网有鱼。不行就把奖励政策再提提，有些村还是能抠上来的。"

赵云瑞皱了皱眉，重重地点点头，"哪些村收得不好？"

"村子不少，让我说最典型的是沟埠岭村。"

"有什么好办法？谁能把这块骨头啃下来？"赵云瑞也是求贤若渴。

"我看还是王乡长，他是老乡镇了，对这些村熟悉。这个村收好了，能影响带动周围一些村。"

姜恒春不愧是老乡镇，三言两语就把事点透了。

赵云瑞心里有了底，亲自安排王秀清领着民政助理王博平和妇联干事刘秋珊来来到沟埠岭村，帮着催收水费。

沟埠岭村地处埠岭乡的西部，除了村西有截子地跟邻乡镇接壤，周围多是许多不起眼的小村。这一片除了韩岭村属一类村，大都属于三类村子，沟埠岭村也就成了这些小村的"大部落"，孙向前自然而然地成了这些部落的"首领"。就像陈柱子调侃他是"山中无老虎，猴子称霸王"。这些村不但小，居住分散，三十户、四十户的一个村，而且还偏远，又特别穷。日子就是这么一年年地往前挨。说白了，也就是能维持生活，根本谈不上什么幸福地生活。在这样一种状况下，强行地从老百姓手里收这收那的不费劲就怪了！难怪姜恒春说只要把沟埠岭的水费收齐了，其他村的水钱才能收上来。

王秀清领着王博平和刘秋珊风尘仆仆地来到沟埠岭，催促收缴水费。

孙向前整天就知道喝蹭酒、瞎咋呼，却不知道火烧屋脊，啥时候了还有心问这问那关心别人的事。

风不来，树不响。孙向前刚听到个小道消息，就带着一丝幸灾乐祸的心情求证来了。"哎！王乡长，听说陈柱子不干了？是辞职了还是被撤职了？真事假事啊？动静可是不小。"

大庭广众之下，王博平不便多言，摇摇头说："不清楚，光听说有点小动静，具体事就不知道了！"他转而一想，何不来个沙窝里拄拐杖——点他一下，让僵硬、木讷的脑子也发发热呢？"也没啥事，好像是工作上不大配合。唉！整天挂嘴上讲政治，牵扯到自己了就有些不讲政治了，真的！"

"这小子综合素质是有点问题，成天嚷嚷着我们讲政治、顾大局，他却是阴一套阳一套的。他最大的特点就是对人家马列主义，对己自由主义。这回是不是真把弦拧断了？要不老虎拉车——谁赶（敢）难为他？"孙向前也是假装个大明白，口无遮拦地对陈柱子议论起来。

王秀清看孙向前还是跟以前似的，磨唧唧的，便拖到一边不轻不重地扒数了几句。因为工作不赶进度，他把赵乡长的意思婉转地透给了他。敲锣听音，说话听声。他这才觉得今天王乡长来沟埠岭不比以往，立时心里沉甸甸的。

孙向前麻利地拧开扩音器，对着个话筒"噗噗"了两遍后，便提高嗓门一遍又一遍地喊着缴款户的名字。

也许是真感到有压力了，他涨着个通红的脸，伸长脖子就像个打鸣的笨公鸡对着话筒嗷嗷地尖叫，嗓子也哑了，嘴唇上也起泡了。王秀清看他歇斯底里地吼叫，心里也生出了些怜悯之心。

王博平听到孙向前在喇叭里讲的话有些刺心，就打住说："老孙，跟群众怎么能这样讲话呢？净戳人家的肺管子，是不是不合适？"

"哎！你刚出校门，不懂庄户地的事，往外掏钱的事，谁也不愿意。别说这么讲话不好听，就是给几个耳刮子也不一定管用！你信不信？我这么使劲嚷嚷还算脾气好的呢，就这样都还有不听的，你看着我把话说头里，最后非得有几户倒霉的不可！"

"不管怎么说也都是乡里乡亲，慢慢地做工作，他们生活也不容易呀！"

孙向前摇头苦笑了笑说："好，听你的。嗨！你们这些大学生呀，真需要蹲村里磨几年，这么几句话就听不进去了，那骂爹娘的话不更难听！"

"听着真是刺耳，都是老实巴交的群众，咱可不能这样对待他们。我看还是先别这么喊了，让会计直接去村东头把田林叫来做做工作多好。"

"也行，这样一天到晚地喊，他就是堵着耳朵装聋子，你不也是没法子！"孙向前沮丧地说。

不一会儿，田林颤巍巍地走了进来。王博平让他坐下，问："你叫田林？"

"是，领导，俺叫田林！"

"这几天村里下的收春灌水费的通知收到了吗？"

"收到了，收到了！"田林嘴唇微微一动。

"喇叭吆喝的也听见了？"

"听见了。"他还是小声地回答。

"知道了，怎么还不来缴？"王博平温和地问道。

"领导，不是不想缴，家里实在是没有钱呀。"

"没有钱就不缴了？这是上级安排的任务，你说不缴就不缴了。如果都像你这个样子，那路还修不修了，小麦还浇不浇了？"

"领导，俺家五口人，老娘躺在炕上住不起院，老婆也有病下不了地，两个孩子张着嘴要钱。就靠这三四亩山地，没白没黑地忙活，饭都快吃不上了，哪有钱缴啊？"

"村里也反映了你家的实际情况，像你这样的还有几户，可都像你们这样不缴，全村、全乡的工作还做不做？如果影响全乡的工作进度，你能担得起这个责任吗？你知道这个问题的严重性吗？"

"担不起，担不起。领导，俺知道做得不对，可就是掏不出钱来。这不口袋里还有十几块钱，准备去卫生室买点止痛药。老娘八十多岁了，在炕上也躺了好几年了。您就抬抬手，照顾照顾俺吧，领导……要不俺不浇地了……家里是实在没有钱！"

"十几块钱连个零头都不够，你打发要饭的？"孙向前心中不满地嘲他。

"谁不缴就照顾谁，最后谁还缴？不行，老孙，你们村委还得想办法把春灌的水费足额收上来，不能影响水库按时开闸放水。至于这个老田，咱也知道他家庭确实困难，村里可以帮着想办法克服。如果不这样，怎么向领导交差？趁还有几天工夫，你们村干部再想想办法，好不好？"

孙向前点头答应着。

"要是上边不集资就好了，老百姓也就翻了大身了！"孙向前孬里找好地企盼说。

"说梦话吧，皇粮国税是几千年留下来的做法，你说改就给改了？哎！也别说，这阵子还真刮过这风，听我大学的一个同学说，前些年因为集资，农民的收入减少，造成的干群矛盾也越来越多，成为农村工作中的一个毒瘤、老百姓的一块心病。这几年的'一事一议'其实也是变相地从老百姓手里扣钱。这事已经引起省里、中央的注意了。说不定啥时就可能要改改！不过这都是些谣传，可千万别当真！"刘秋珊说。

"干一天挨一天吧，总不能活人让尿憋死呀！"孙向前情绪低落地嘟囔着说。

"还有哪个户欠得多？"多时没吱声的王秀清问刘秋珊。刘秋珊麻利翻捡着一摞表格。

"不用扒拉了，村西孙大脚家欠得最多！"孙向前不加思索地说！

"欠多少？什么原因？"王秀清直逼孙向前。

孙向前一抬眼皮，"两三年没缴了，叠巴叠巴得有三千多了吧。"

"老孙，到底是什么原因？为什么欠这么多？你得说出个子丑寅卯来呀！"

孙向前脸涨得通红，吭吭哧哧憋不出话来。

"老孙，乡上这么忙，好几十个村也都在忙着收水费、调地，赵乡长专门安排俺仨来帮你赶赶进度，你倒好，半天不搭腔，'憋煞牛'了。"

孙向前越发涨得脸红，连黝黑的脖子都紫红紫红的，只是耷拉的眼皮偶尔抬起一下。

王博平板起脸，严肃地说："老孙，王乡长在问你话呢，你倒是说呀，平时怪精灵的，怎么这阵子哑巴了！"

"村里吃饭欠了他亲戚的钱，让他们把账给顶了！"孙向前又是一阵长闷，说话的声音跟蚊子嗡嗡一样。

"说到这里，我还正要找你呢！经管站告诉我说，你一年到头'吃沙子'，光去年就吃了一万多块钱的沙子。老孙，咱不能一天到晚光有个吃心眼，得先把工作干上去才行呀！"

王博平跟刘秋珊不知道"吃沙子"是怎么回事，一会儿望望王秀清，一会儿又瞅瞅孙向前，百思不解。

为了规范村级财务管理，县、乡经管部门发文明确规定，招待费一律不准下账，违者必究。乡经管站还隔三岔五地到村里检查，发现村账上有招待费的，一律作为违反财经纪律处理。应当说这些年来各村从账面上看，确实是堵住了大吃大喝这个口子。然而，自上而下的吃喝风是屡禁不止，愈吃愈多。纵然有严格的规章制度，也挡不住吃喝的千条妙计。你想想，成天在地里一身水一身泥地滚爬，没白没黑地跟老百姓缠磨，没个三拳两脚的也不行。有的村包山、包地，也叫吃山、吃地；有的村包果园、包湾塘，也叫吃果园、吃湾塘。有些村早早地把这些吃净了后，又返回头来"吃沙子"。什么叫"吃沙子"呢？就是有些村吃喝费太多，并且多得没法处理，就把饭费单子开成沙子的发票下账。因为每个村都有出村路，而且都是土路，刮风下雨就得撒上遍沙子，撒多撒少也没个准数。买沙子的发票一摞，怪晕人的。村村都有把吃喝发票开成沙子发票的现象，因此，一说"吃沙子"，村干部心知肚明，一笑了之，从不对外张扬。

难怪王博平和刘秋珊吃不透内情。王秀清一解释，俩人恍然大悟，嗨！农村真是个大课堂……

"老孙，今天不是谈'吃沙子'的事，是在帮你收水费。你不能有情绪呀，遇到困难就发愁哪行？就像刚才这样，一户户地割尾巴好了。等靠不是办法，也没人替你分担。欠款户多，就来个慢牛早套车，慢慢往前赶，多忙几天不就有了？关键是别怕得罪人。再就是欠款最多的这户，我看谁也不用找，你自己就能解决，关键是看你工作态度怎样。"关键时候，王博平也是毫不留情。

王博平是前年分来的大学生，清瘦、白皙的脸上戴副白边眼镜。他平时寡言少语，沉稳老实，但关键时候不犹豫、不退缩，对待工作是满腔热情。他老家在外地，一年回不去几趟，因此基本上是天天待在乡里、村里。刘秋珊是去年分来的大学生，领导有意把她安排到工作量比较大的工作片去锻炼。原来下村开会检查工作，都是陈来电骑着摩托车带着刘秋珊一块下去。后来，他看出王博平对刘秋珊有那么一点点意思，为了促成这段姻缘，陈来电尽量让他们俩一起下村，有事没事给他们创造机会。有时到县里开会，他也会替他俩请个假，让他们悄悄地逛逛县城。王博平和刘秋珊嘴上虽然都没说什么，但可以看出两人都挺感激善解人意的陈部长。有时刘秋珊不在时，陈来电就和程老大他们开王博平的玩笑，希望他该出手时就出手，千万别让别人抢了去，说得王博平又是激动又是害羞。

王秀清和王博平、刘秋珊又跑了几户，分析了下村里的状况，总的情形不算太好。刚才王博平话里有话地说陈柱子地位不保的事，吓得孙向前出了一身冷汗。是啊！新乡长刚调来，今年的集资任务又这么重。要是完不成任务，不找个倒霉鬼出出气才怪呢！当好村干部，工作就得干好。这集资任务就得按时完成。他望着窗外沉沉的夜幕，辗转反侧，一夜没睡。

屋漏偏遭连夜雨。本来沟埠岭收水费就难，可在放水浇麦子时，又阴错阳差地碰上了一件头疼事，差点闹出人命。

农田灌溉大体分为干渠、支渠、斗渠、农渠、毛渠五级灌溉。包括一分干、二分干、南干、北干以及明渠、暗渠等诸多系统。从栾山湖买的水，通过两级提水后，浩浩荡荡地进入了主干渠，又阡陌纵横，九曲十八弯地流进支渠。然后，再按着人们的意愿从斗渠、农渠、毛渠流进麦田。

涓涓细流，按着人们意愿，滋润着干渴的土地。不几天工夫，返青的麦苗也善解人意似的一个劲地疯长，散发着清香的麦田一片墨绿，让人喜不自禁。

人要不走济，打个喷嚏也能闪着腰。

沟埠岭等几个村因为地处偏远，浇地比较困难。有些地块属插花田，要想灌溉上，必须通过相邻老庙村的一段农渠才能将水灌进地里。栾山湖开闸放水是按流量计算的，时间一到就关闸停水。水利部门也贼精得很。他们不会少给水，但也不会多放水。作为一个正规的水管部门，这样做很正常，无可非议。但这些花钱买来的水，经过几十里、上百里的奔流，渗漏损耗非常大。上游沿途的村庄，因为流量大、水位高，浇地还说得过去，然而到了下游，特别是灌溉的末端，水流量明显减少。在毛渠里流淌的那点可怜蠕动的尾水，等上半天也往前挪不了几米，看着就像奄奄一息的生命，没了生存的气力，没了对它的期盼。

花钱买的"救命水"不能如愿以偿地浇灌到麦田里，农民心里能高兴舒服了？一到放水的时候，他们就窝着股火，憋着口气！眼睁睁地浇不上麦子，再有耐心、再好的脾气也会抻不住劲，上火、上大火是必然的，矛盾就这样产生了。

天旱、拔节的麦田急需灌溉。可当不大的尾水快要流得差不多了时，地处沟埠岭上游邻乡镇的老庙村一个外号叫"鬼六指"的家伙贼眼珠一转，又想出了歪点子。人老了奸，马老了滑，兔子老了不好拿。"鬼六指"就属这类型的。

"鬼六指"姓栾，叫栾思云。因左手畸形，多长了根没发育全的指头，人称"六指"。又因为他鬼心眼多，有时多得村里人都烦他，就给他起了个"鬼六指"的外号。周围一些村，一提到"鬼六指"，虽不认识他，可都知道他。可见，他也有些小名气。这人不常在家，也不大干农活，依仗着外面有几个熟人，经常揽个小活干干，孬好地扒层皮。有时赔本赚吆喝，挣了个买卖人。

他承包着村前的湾塘。山沟里的湾塘不同于平原上的些湾塘，深不见底，蓄水特别多。他见湾塘因干旱水位下降得很快，又看到湾塘岸边不远处的水渠里往沟埠岭方向淌着涓涓细流，就垂涎三尺，一眨巴眼，歪歪点子就出来了。

反正是流向沟埠岭的水，又花不着自个儿的钱，何不挖个豁口放些水灌灌湾塘呢？老少爷们知道了又怎样，又碍不着他们的事，睁只眼闭只眼懒得搭理。就是村干部发现了估计也是胳膊肘儿朝里拐，稀里糊涂装不知道罢了。再说啦，就是发现了偷水又能咋地？偷水也算偷？不都是发展农业浇地用水？再退一步说，半夜三更，谁扒开的豁口又没人看见，淌进了湾塘多少水，也是澡堂尿尿——没法查！一年难得有这么个机会，山高皇帝远的沟埠岭还管着外乡镇的事儿了？真到了那一步，反映上去再查下来，嘻！八月十五糈豆子，早晚三秋了。他那发育不全的"六指"一颤抖，有感应似的触动了下膨胀的大脑。对，就这么干。于是，他打起了偷水的馊主意。

说他鬼心眼多，也真是鬼心眼多。他先是骨碌着眼珠算下细账，扒个豁口子不过抽支烟的工夫。如果再卖给浇地浇树的老少爷们，还能剥层皮，合算。他眼珠子又一骨碌，想到了派出所可能会例行公事来走趟，也想到了沟埠岭会来嚷嚷一阵。往自个儿承包的湾塘里灌水，明眼人一看就知道谁干的，再怎么解释恐怕也解释不清。倒不如找个人去挖开豁口顺便顶个锅。庄户人好打发，百儿八十的就能雇个人搞定。可灌满湾塘不得省下好几千块钱哩！

没事正好，有事也怨不到他身上。反正农渠里的水是"公家"的，而湾塘是个人承包的。公家哪有跟个人计较的！想到这些，那根多余的"六指"，又感应似的一颤抖，意思是万事俱备，只等下手了。

对，说干就干。"重赏之下必有勇夫"，他用一瓶"醉皇帝"外加一个"贵妃鸡"，不但把个叫大傻子的懒汉打发得酒足饭饱，而且忽悠着他找不着北了。

这天晚上，"鬼六指"在家里点上香，横着放到卧香炉里，喻义"发横财"。他看香烧得非常旺，立马催促大傻子赶紧行动。这个记吃不记打的大傻子，一声磕磕巴巴"看我的"，拖着张铁锨消失在夜色中，借着"醉皇帝"给的劲头，三下五除二地掘开了个豁口子，把沟埠岭几百亩地的"救命水"灌进了"鬼六指"承包的大湾塘里。

满脑子自私贪欲的"鬼六指"压根不想沟埠岭还有几百口子人的麦田在眼巴巴地等着这块"救命水"。一个人的劣根性在他身上暴露得淋漓尽致。

沟埠岭村的群众一等不来水，二等不来水，便觉着事情有诈，怀揣忐忑和焦躁的心情，沿着水渠往上逐段查看。当走到老庙村西一处不扎眼的地方时，忽然看到了一个新挖开的豁口。在水渠一侧拐个弯，"哗哗哗"地流进不远处的湾塘。众人一看这情景，一下子明白了个大半，不禁火冒三丈。这不是明目张胆地踩着肩膀往头上拉屎吗？一时怒气冲天，脑门上的血管爆得老粗老粗，嚷嚷着把豁口堵死填实之后，从栾山湖买的春灌水也稀稀啦啦地结束了。

眼睁睁地看着自己花钱买的水流到人家的湾塘里，谁咽得下这口恶气！当沟埠岭村打听到了这是老庙村"鬼六指"承包的湾塘后，老百姓的血性子脾气一下爆发出来，直冲脑门。三个脾气火爆的村民，在孙向前的带领下，领着二十几个群众手持棍子、铁锨，还有拿着绳套的，不管三七二十一地冲向老庙村。他们一路狂奔，"杀进老庙村，活捉'鬼六指'"的呐喊不绝于耳。

凡事都有因果报应，只是来得迟早。几天来，"鬼六指"自认为办的事神不知鬼不觉，天衣无缝，哼着曲子自斟自饮地暗自得意。但那根有些泛白萎缩、发育不全的手指忽然血脉不畅，不时隐隐作痛还夹杂着颤抖，让他一时觉得有些气门不足，精神恍惚。

他知道自己做了一件被人唾骂的事，也知道沟埠岭村早晚会找上门来闹事。越想越后怕，就整日猫在西屋里装神弄鬼的念念有词……

该当河里死，不能湾里生。二十多个壮劳力手持长短不一的棍棒、铁锨，怒气冲天地跃过几截子插花地，直奔"鬼六指"老宅。

孙向前虽然也在其中，但为了安全起见，几个干将说不能群龙无首。不就是对付个残疾人嘛，杀鸡还用得着宰牛刀了？一商量，由他仁打头阵冲在前面，让孙向前暗中指挥，需要谈条件时他再出面。

孙向前知道收水费得罪了群众。此时，只有把"救命水"要回来，才能提高自己在村里的威信。

他们越过插花田，堵在了"鬼六指"的老宅子。

"六指子，你个死不要脸的家伙，给我滚出来！"

"六指子，你个王八蛋滚出来，听见了没有！"

"六指子，你不出来是不是？砸门了呀！"

沟埠岭三个领头的一人一句地咒骂。跟在后边的人也乱哄哄地抡棍子挥棒，跟着吼叫。眨眼间，"鬼六指"门前杀声一片。

"鬼六指"一开始不知道门外是谁在吵闹，仔细一听，好像是在自家门口，并且是朝着自己来的。做贼心虚嘛！此时，他心里嘭嘭嘭地直打鼓，像个煮半熟的大虾，弓着身子打开屋门窥探，透过门缝往外瞧瞧，黑压压、怒冲冲一大片人堵在门外，心里一下子明白了大半。刹那间，脸色变得煞白煞白的，浑身哆嗦，手脚也不听使唤了。

这么多人，手里又都拿着家伙，真要撞开门，谁还管个乱箭穿心，不被揍个头破血流、皮开肉绽才怪呢。随便哪个失手，一棍子撸到头上，小命就是呜呼不了，也变成个植物人！来者不善，善者不来。他们既然敢往这老庙村里闯，肯定是有备而来，就是想找上门来厮杀一番。要是不给个说法，恐怕真就棍棒伺候了。院里就会一片狼藉，屋里就会血流满地。想到这恐怖场景，他吓得头上、脸上、脖子上大汗淋漓，浑身颤抖，蹲在角落里，缩成了个团团球。

此时多余的六指子又颤抖哆嗦起来了。他念叨过，每当六指哆嗦，总是凶多吉少！怎么办？怎么办？"鬼六指"虽然瘫在地上捏不成块儿了，但脑子还得使劲转……与其这样束手待毙地被揍一顿，还不如赶紧找人说说情。退一步讲，就是丢个老脸，也比这要死要活的场面强好多。

"六指子，你当沟埠岭是个软柿子，愿咋捏就咋捏？""咔嚓"一声，一个伙计说着就用力把门前一棵小树折断了。

"六指子，你这咬人的狗跳进猪槽子吃混食的家伙，听见没？丑话说在前头了，再不开门砸了！""哐哐哐！"另一个伙计朝着大门踹了三脚。

"六指子，你这大祸临头了知不知道？自个儿不去赚钱专干些偷鸡摸狗的事，今日叫你脑瓜开裂信不信！""嘭！"一块石头砸到大门上，又一个领头的越说越气，动作也越来越狠。

"鬼六指"不愧是"鬼六指"。他想，怎么才不吃这眼前亏呢？怎么着也得先把眼下的场面压住、摆脱皮肉之苦才是。想来想去，唯一的办法还是找村长，求他救自己一命。

他颤巍巍地爬上后窗，让邻居递话给村主任，赶快来救命。多亏村主任在村里，让他赶巧了。正当众人就要破门而入的时候，老庙村的村主任过来了。

"哎，哎！干什么，干什么？哪里的，哪里的？带着家伙来打仗吗？这可是在老庙村，真打起来不一定谁沾光。停下，停下，有事村委说去！"村主任一脸严肃。

"你是谁？碍你手脚啦！我们是找欠揍的'六指子'，他偷了我们的水，来找他算账！上村委？上村委你给放水？"一个村民嚷嚷着。

"我是这村负责的。群众的事就是村里的事，偷水不偷水的怎么着也得弄个清楚再说吧！"

"沟埠岭的水被'六指子'放村湾塘去了，明睁眼漏的事，还有啥弄清不清楚的！"

"噢，是这事，那也得先上村委喝杯水，消消气，不管什么事，咱慢慢解决，都在气头上伤着谁也不好。有事到村委解决，村委解决不了的到乡里、县里解决，再不行就去法院。现在是法治社会，可别一时冲动，把事做过了。在这里，我也承诺，事情能调解咱就调解，调解不了就走法律程序，该起诉就起诉，该谁的责任就是谁的责任。伙计们，还是冷静下消消气吧！对不对？"

"花好几万买的水被你们偷灌湾塘了，几百亩麦子还干巴巴地等着，这气你能消得了？告诉你，俺们来的这些人消了气，村里几百口子老少爷们也不会消！"

"这不是孙书记吗？你也来了？这不正好，正要坐车来个捎脚的。走，走，去村委坐坐，看看怎么着把事解决了！"

本想藏在后头暗中指挥，不想被老庙村村主任一下子给认了出来，孙向前只好走出人群打个招呼。

两个村在行政上虽然分属两个乡镇，可从栾山湖搬出来前就是邻村，搬出来后也还是邻村。说起来渊源也颇深，原本就沾亲带故的有些老亲，没这档子事前就跟亲戚似的走动着。谁想让"鬼六指"把这几十年的亲情一下子给破坏了。

两个村的村干部在一旁嘀咕了一阵后，孙向前又跟三个领头的商量了一下。最后提出必须让"鬼六指"来村里，让他把事说清楚，关键是给个什么说法。

村主任接到"鬼六指"的求救信后,知道他闯下大祸了。自己的能力有限,怕压不住茬,便拨打了110。正当村主任苦口婆心地劝说他们的时候,派出所的警察也赶过来了……

他们一时性起,不计后果地组织起人就跑老庙村来了。可假如闹大了,老庙村全村几百号人往前一围,别说跑,就是钻也钻不出去。孙向前也觉得有些后怕。假如闹大了,肯定收不了场。村主任刚才心平气和地啦了一通家长里短后,伙计们一时失控的情绪也冷静了许多。

孙向前跟三个人对了对眼神,便不再争执,一块往村委走去。

在派出所协调下,"鬼六指"被叫来村委当面承认了错误,当着大伙道了歉;沟埠岭村跟老庙村达成协议,由老庙村负责,马上将水渠恢复原状,将大湾塘的水抽回到水渠,直到沟埠岭浇完麦田为止。虽然沟埠岭的麦田晚浇了几天,但孬里找好也算是比较可以了。

在这事上,因为理亏,老庙村及"鬼六指"既没占着上风,又没赚到便宜,碍于工作,碍于稳定,他们不情愿地咽下这口窝囊气。尤其是"鬼六指",看似假惺惺的道歉里,隐藏下一股杀气……

九

窗外，嫩生生毛茸茸的白杨树叶像一张张笑脸似的摇曳生姿，仿佛在跟人们打着招呼。

"耿书记，王秀清到林业局开会，又领回了个任务，让他汇报一下。"赵云瑞说。

耿春义点点头，示意一块听听王秀清的汇报。

"耿书记，赵乡长，今天上午县林业局召开植树造林调度会，一是要求抓好春季植树造林，按年初下达的任务迅速掀起造林高潮；二是重点安排了高速路两侧植树的事……"王秀清有些弱弱地说。

"怕什么来什么，这'墨菲定律'可真灵验！沸沸扬扬了一春的谣言，终于成为现实。下午，俺们几个人还在议论这事，准备明天挤个空去现场看看。这不，说来就来了！"赵云瑞一听是高速路两侧植树，皱了皱眉头。他不是不理解植树，而是因为植树占去好多口粮田，这矛盾怎么解决。

"不是植了吗？两侧从五米增加到二十米的林带，不是全都栽上了吗？去年还是我上台领的奖，怎么啦？又植什么树？"耿春义不解地问。

"是这样，今年在岛城有个国际会议。从首都到岛城安排走这条高速，到时候世界各国得有上万的外宾从这里经过。上级开会说，现在的林带太窄，树种档次偏低，达不到绿化美化的效果。要求沿途的县、乡、村，按照省里的规划和要求，把去年栽的二十米林带全部除掉，栽种统一的绿化苗木，而且要求全线连接，不能有断带现象。林带由原来的二十米增加到一百米。为了确保成活率，要求很严，必须大沟、大苗、大水，还要求树梢打头，树腰涂白，左看成趟，右看成行。一句话，上面定的高标准，不能降低走了样，更不准打擦边球糊弄，必须在规定的时间内完成。最后还强调说，这是一项政治任务，务必引起重视。林业局明天就派技术员下来一块去现场实地勘察，把面积落实好。"王秀清有些怨气地把上级要求一股脑地抖了出来。

足足有十多分钟，大家一言未发。耿春义两道浓眉很快地蹙到一起，为了克制不满的情绪，他伸手从孙成清那里要了颗烟点上，然后又狠狠地抽了一口。"形式主义！面子工程！劳民伤财！这不是要老百姓的命是什么？这些部门还有没有人性？还让老百姓活不活了？"

"都知道这事安排得不太合理，可上指下派，必须得无条件服从呀！"王秀清抬起头，长长地叹了口气又说。

"嘻！这可是活生生地从老百姓手里抢地回来，难道就没有个说法？还跟以前那样一分钱补偿也没有？"赵云瑞关心地问道。

"没有，什么也没有。为了确保成活率，还要求植树季节完成，要求我们抓紧下手，提前腾出地来。照会上的说法，这可是政治任务，是省有关部门直接调度的工程。"王秀清一脸无奈地说。

"又是有关部门！省里？省里哪个有关部门？总得有个部门吧。"赵云瑞情绪有些失控，愤愤地发着牢骚。

"他们蹲在上边，不知道下边老百姓的日子有多难啊！头脑一热，就是一个政策；随便说句话，就是一条规定。吃饭都是问题，哪里去弄那么多钱栽了拔、拔了栽！花钱还好说，占地呢？那可是老百姓的饭碗！"耿春义气不打一处来。

"咱们乡的大部分口粮田都在高速公路两侧，植树占地两千多亩，牵扯到二十多个村，面挺大！"王秀清又解释道。

"这都是老百姓的口粮田，种上树让他们吃什么？还活不活了？形式主义害死人！明天我去林业局摸个实底后，再找王县长反映反映，植树！植树！也不能打着植树的幌子把老百姓逼死！"耿春义提高嗓门嚷了几句气话。他边说边气呼呼地把手里的铅笔一下子掰断……

夜深了，他们还在反复研究着任务怎么接，这树到底怎么栽。成片植树分了两千七百亩，这高速路两侧又一个两千多亩，都是一家一户的口粮田，都栽上树，让他们吃什么？绿化也好，生态也好，前提是得实事求是、讲实际才对呀！作为父母官，他们能不着急？

第二天一早，耿春义抛下所有工作，急匆匆地赶往林业局。他了解林业局姜局长的性格，也是个工作狂，干起工作来不要命，对每件事情都特认真。

要是来晚了就找不到人了，必须赶个大早，把他堵在办公室，跟他倒倒苦水哭哭穷，才有可能把造林计划减减，哪怕是减上一百亩也还减轻一百亩的压力呢。昨天晚上，他冷静下来之后，也替林业部门考虑了好多。人家也是上指下派，也是在工作，凭什么用些脏话骂咧咧地埋汰人家呢？分配的面积是上面部门安排的，肯定是有根有据。再说，他又说了不算，对他有意见也不应该，骂些脏话就更不合适了。想想这些，鼓囊囊的一肚子气也就撒了不少。当然啦，不生气归不生气，牵扯到老百姓的利益，牵扯到农村的稳定，找还必须要找的。

"姜局长，上班挺早呀！"

"哎！耿书记，这么早就来了？无事不登三宝殿，啥风把你刮来了？"

"最近脑子进水，老是做梦。这不是昨晚做了个梦，连你也打了，起早来给你道个歉！"

"哈哈！你是县里的大红人，大老远跑这里来道歉？不是关帝庙求子——踏错了门？有事说事！"姜局长边说边拖着耿春义进了屋。

"姜局长，日子没法过了，求求你高抬贵手，拉老兄一把吧！"

"你这一大早堵上门来，我这小庙可放不下你这尊大神，有事尽管说！不是植树造林的事吧？"

"姜局长呀，你可真是神人，一语中的，我就为这事来找你。昨天愁了一晚上，骂了一晚上，你说怎么办呀？"

"怎么，造林面积出错了？"姜局长担心科室搞错了，有些诧愕地问。

"错没错，分配的面积吃不消，你帮帮吧！"

姜局长怔怔地看着耿春义，努力地回忆昨天会上新增加面积的单位和面积亩数。

"知道高速路植树有你乡镇，增加多少面积忘了。"他边说边扒拉着表。

"不用找了，姜局长，又一个两千多亩，加上网格、成片植树将近五千亩，你说这活怎么干？吃不消呀，姜局长！埠岭乡本来经济条件就差，又山多地少，呼啦一下子分配了这么多的任务，真承受不了呀！"

"噢！就为这事大老远地跑来？县长找了没有？没有县长的话，我可不敢随便减！"

"先找你帮着出个主意、想个办法，你同意了，我再去找县长也不晚！"

"你可真会逼人。你是什么意思，你说怎么办才好？"

"姜局长，植树造林的任务咱明白，干也得干，不干也得干。可埠岭乡的状况你比我都清楚，大小事稍有不满就跑去上访。造林面积大，占用老百姓的地就多，干群矛盾就会增多，一旦闹起事来，对我对你都不好呀！退一步讲，我年龄大了无所谓，可别影响你进步呀！"

"哎呀呀！你也别用些以守为攻的法子来软刀子杀人，你打算怎么着吧？"

"咱山顶上滚碌碡——实（石）打实（石）地说吧，我想把造林面积减减，你费心帮帮！"

"你一大早跑这里来，我知道肯定有事。不过文件都发了，可真不好办呀！"姜局长面露难色。

"没有多还没有少吗！怎么着你也得想想办法，老百姓的日子难呀！"求到人家面前，耿春义也是一脸愁容。

一阵沉默，又是一阵沉默；喝了一壶水，又烧开了一壶。

"姜局长，你不答应我就不走了。明天我再让赵云瑞领着几个人来蹲这儿！回去没法干活，还不如在你这儿清闲！"

又待了好大一会后，姜局长试探地跟耿春义商量："耿书记，你看这样行不行，你以乡政府的名义写个报告，把减少面积的理由写得充分些，至少让人看了能理解、同情，然后报局林业站。这期间，你一定找县长做通工作，他同意了就好办了。我也帮着做做工作，咱俩一块忙活忙活，也许能行！"

85

"嘿嘿！你还是把球踢给我，好吧！也只好这样了。姜局长，我这就去找县长，明天我安排云瑞过来找你，孬好地你得给办办！"

一出林业局大门，耿春义就给赵云瑞打电话，把姜局长的意思告诉了他，让他按姜局长的意思写报告。

林业部门经过分析测算，认为埠岭乡的造林面积有些过多，按比例适当调减了一千一百亩，但高速路两侧的造林面积谁也不敢降低标准，并且带有附加条件地砸结实了，就是造林标准只能提高，不许降低。怕啥来啥！作为基层，又有什么话可说呢？就像陈柱子调侃的那样，咱是磨屋里的驴——听吆喝呗！

高速路植树的方案还没安排下去，可话比腿快，早早地传播开来。消息一传出，不亚于点燃了颗大当量的炸弹，在全乡掀起一股股气浪，冲向每一个角落。关心植树的伙计们立马云集到了平屯村委，看看程老大的态度。

"听说去年在高速路两侧新栽的树要拔掉重栽，是真的？""张打油"埋怨的脸上带着疑问，愈发不男不女的娘娘腔，让人听了起些鸡皮疙瘩。

"我也听乡上的干部这样说，可觉得不可能，都什么时候了，还在搞劳民伤财的形式主义。中央知道了，不抓个典型才怪呢！"一向争强好胜的程老大此时也失去了分辨对错的能力，"难道是真的？要是真这么做的话，政府的威信可就要打折扣了。"

"唉，风不刮，树不响。上边已经开会了，这还能假。你们想想，前几年这高速路两旁不是五米的林带吗？也不知是谁说的二十米的林带效果最好，于是就将原来的五米增加到二十米。也没有征求专家的意见，也没进行什么专题研究。一个文件下来，县里、乡里、村里跟着忙活开了。说实在的，都是些庄户人，习惯了，累些忙些倒没什么，哪怕是累趴下，睡上一觉，醒来不又是一个壮劳力？难就难在这栽了拔、拔了栽上，钱从哪里来？翻来覆去地折腾，怎么跟老少爷们解释？这不，去年栽的树还没扎好根、缓过劲来，又要求从二十米的宽度增加到五十米；还没顺过眼来看看这五十米林带是啥样子呢，这又要增加到一百米！嘚瑟着玩吗？就是嘚瑟着玩，也得有钱才行。照这么个做法，用不了几年，不把个家底弄个底朝天才怪呢！退一步说，就算是有钱栽，可地又从哪里来？三十年土地承包，都分到户里去了，都是些口粮田，总不能为了绿化，勒紧裤腰带喝西北风吧！嘻！啥事也遇到过，这事倒挺新鲜！"平时说话不多的方承平也跟着发起了牢骚。

"不过，牢骚归牢骚，还得回到现实中来。政府让你干啥就干啥得了，说些没用的又能解决什么问题？想得再多也是喝凉水就盐花——咸（闲）操心。想想不就是这么回事？"莫老憨慢条斯理地分析着一提起来就闹心的事。

"上午，我去乡林业站联系果树嫁接的事，也听乡上说正在研究这个事。唉！咱都是磨屋里的驴——听吆喝，叫干什么就干什么呗，对不对？"方承平顺着莫老憨的话赘上了句，息事宁人地劝说，"可胳膊扭不过大腿，又有什么好法子呢？恐怕乡上也是执行上级的精神。"

"站着说话不腰疼。你村按劳力集资就行了，俺村呢？摊上了好几百亩口粮田咋弄？让他们不种麦子去种树，吃树喝树呀？恐怕打死也不干。你看看，土地延包三十年，是中央要求的，目的也是让咱们放心种地。村里把地全都分下去了，一分一厘也没剩下。这又是栽树又是建园区的，上哪里再讨地去？没有多余的地可调，你说这树咋种？把口粮田改成林地，当年地里就不见收成，就没吃的，总不能拿树去填肚子吧！这些树得长十年以上才能成材，等到十年后这些树能砍伐了，人不早就干成木乃伊了！你说是不是这个理？唉！走一步看一步，挨挨再说吧。"别看莫老憨干什么也是慢腾腾的寡言少语。乍一接触，也有与世无争、不显山不露水的憨样，可心眼一点儿都不比别人少。其实，这正是他的高明之处。处在兵头将尾这个角色的他，庄户地里的事什么没经历过？人家是哑巴吃料豆，心里有数。

事情琢磨得透，问题看得准，能说到要害处。在座的都觉得莫老憨说得贴题，问题分析得透彻，都认同他的说法。

这时，酸溜溜的"张打油"也没了赋诗的心情，拖着个贼细的娘娘腔说："都听到了吧！这事传得可是有鼻子有眼，看来这是麦田里砸楔子——针（真）地了！真事就得真办。拿陈柱子的话说，咱得讲政治，只要思想不滑坡，办法总比困难多。跟着程老大走，保准没问题。"说完，一扬头，又把耷拉下的头发往上甩了甩！

"你是五个集赶六趟，有的忙。有张翠在后头鼓着劲，啥任务完不成？"陈川不轻不重地讽刺了句。

"屋里不烧火，屋外难冒烟。说跟张翠没有事，鬼也不信。"程老大翘了翘嘴。

"张打油"有短攥在人家手里，瞪眼歪脖地直扒嘴，可就是啊啊不出声来。

"不就说了说张翠嘛，用得着打马骠子惊了？"陈川不服气地反驳。

"别看你这会儿三斤鸭子两斤嘴的挺厉害，俗话说得好，小人发狂，必有祸当。就你这德性，早晚也是逢吉化凶，不信咱走着瞧！嘴硬怎么啦，嘴硬是咬牙！别马失前蹄让人给掀了椅子就行！""张打油"也不甘拜下风，一语双关地咒骂陈川。

"闲话少说。陈川，你们啥样？地好调吗？不行就慢牛早套车。"程老大从不放过任何一个表现自己领袖范儿的机会。

"俺村是癞蛤蟆垫床腿——硬撑，什么时候撑不住就趴下蹬蹬腿算了。巧妇难为无米之炊。没地栽啥树，拿个瘦腔让人踹，人家还嫌硌脚呢！唉！爱咋地咋地吧！"陈川一脸破罐子破摔的模样。

"我是蟹子过河随大流。你能缴上我也缴，大钱没有，小钱凑凑，收不上集资，鸡窝矿上挤。"栾山村范寿亭阴沉着个脸，满不在乎地嘟噜了几句。

虽然是普普通通的栽树，可是一项很严肃的工作。各村都非常重视，倾尽一切力量把地调了出来。

在林带调地问题上，虽然"张打油"信誓旦旦，但还是出现了问题。唉！农村工作就是这样，说不定啥时候就惹出乱子。

根据赵云瑞的安排，齐奎升第五次来打油村了。

路左边，绿油油的麦子又拔高了一节。右边山坡上开满了各种形状、各种颜色的花卉。春的气息毫不掩饰地撒向丘陵、田野。齐奎升被这美好的景致所感染，心情也格外舒畅。然而，打油村的调地迟迟不见动静，又让他有些烦躁，心里一沉，预感到有可能遇上麻烦事。

打油村处在个半山坡上。村委办公室是借群众的，在村西头靠张家胡同的两间青砖土坯垒的房子。房子矮窄，光线又昏暗，平时也没个人进来。

这几天，乡上安排的植树造林已进入"攻坚战"阶段。八仙过海，各显神通。各村都依着各村的情况，调地的调地，收钱的收钱，忙得不亦乐乎。

别人忙，"张打油"可不忙，整天骑着个摩托车像是不着窝的兔子，东跑西颠地蹭饭局。

几天过去了。当他掰着手指一算账后有些慌神。眼看着全线就要上工了，他钱也没收齐，地也没调好，一旦影响施工……他忽然想起了传言说因为工作不力，陈柱子可能要受处分的事，后怕地叹了口气，额头上冒出一阵阵虚汗，着急开了。

一大早，他敞开办公室的门，先透了透潮乎乎的霉烂气儿，又捣鼓了半天扩音器，把收钱的表子看了两遍后，对着话筒嚷了起来。土得掉渣渣的吆喝声，随着屋山上的大喇叭在不大的村子里回响：

"这几天植树造林集资可吆喝好几回了，早晚脱不了的事，别假装听不见。昨儿个好脸，今儿个好脸，明天可别埋怨脾气大了……再说一遍啦……"

不大一会儿，前街后道、张家胡同、李家巷子的大媳妇小娘们来了，有来交钱的，也有来打听事的，还有来探探风向找碴的。

打油村在高速路一侧有一百多亩口粮田，牵扯到三十多户。可有几户怎么做工作，就是榆木疙瘩不开窍，任凭你怎么说，他就是属驴的，东西耳朵南北听。村东老周家就是这样的"犟猢狲"。

老周名叫周大壮，年轻时可真是名副其实，壮实得像头牛。有一年跟拖拉机干活时，不小心被拖拉头伤着了，至今拖拉着一条残腿。在田地里除除草、间间苗，家里养猪喂鸡还行，大活是指望不上了。老婆倒是没病没灾，但一个人拉扯三个孩子，还能腾出手来干什么呢？也就是跟在男人后面收拾那三五亩地。难就难在老周的爹娘，扔下七十数八十岁了，还都有病，药是一把一把地吃，紧挣也不够慢花的。一家七口人的吃喝拉撒全靠这几亩地的微薄收入支撑着。这几年，多亏老周还有个心眼，算计着口粮够一年吃的，就把多余的地种上能见钱的时令蔬菜，磕磕绊绊一年下来也勉强能应付。碰上孩子升学、老人生病，老周就去左邻右舍借点，等养的猪卖了再还人家。日子过得虽然勉强，但总算还能过得去。不过，这几天可真是闹心透了，乡上、村里反反复复来过好几趟了，要求他家把高速路下的口粮田改成林地。这可把他给惹恼气疯了。一家老小七口人就指着这几亩地生存，这一帮帮的人下来光游说植树造林的好处，就不说改成林带后吃什么、喝什么！就像前几天齐奎升来做工作时说的，要他把眼光放远，等十年以后这些树长大了、长粗了，就能卖个好价钱、大价钱，多好呀。可是，这十年里我吃什么？喝西北风吗？周大壮一句话堵得齐奎升哑口无言。村里有些条件稍好些的户，有挣钱门路的，能够理解村里、乡上的难处，工作做个一遍两遍也就做通了。就是这个周大壮，加上这一次已经是第五趟了。来一次，吵一次，恼一次，一直谈不到一块儿，找不到个突破点。乡上、村里的干部一走进这个家门，心里就不是个滋味。刚来时鼓起的那点信心和劲头，被周大壮家里的境况一下子就给泄了气。一场大雨就能冲垮的三间茅草屋，破旧、低矮，屋里是又黑又暗，东屋里的炕上躺着身患重病的两位老人，连大声哼哼的力气都没有，就甭说从炕上下来了。

齐奎升领着乡、村干部也不下几回到周大壮家做工作。每次都信心十足地来，带着沉沉的心情回去。在满是羊粪鸡屎的院子里，站没地方站，坐没地方坐，只有圈里的那头拱拱不停的猪，给这个家还算是增添了点动静。看到老周家的境况，实在不忍心再谈腾地建林带的事。老周出来进去都拖着条残腿，你能说什么？来一次，大壮老婆就哭一次，让这些来做工作的人心里也是隐隐作痛，怜悯之心油然而生。谁不是农村出来的？谁的爹娘不是在农村？谁不知道这一分一厘的地都是他们赖以生存的命根子？失去了这几亩地，不就是等于要了他们的命吗？今天地没了，明天就没得吃喝了。不就是这么个浅显的道理！难啊，农民的日子过得难啊！唉……可话又说回来，省、县、乡三级政府通知一个接着一个，电话会议一阵紧似一阵，要求植树节期间，必须落实好林带建设，统一树种，统一规格。时间之紧、要求之严、标准之高是这些年来少有的。不干，干不好，不能按上级的标准要求来完成，是不讲政治或政治上不成熟的表现。这些在乡镇九滚十八跌的干部，啥事没遇到过。虽然没有能力去改变这种局面，但却看得透透的。面对像周大壮这样的家庭，真让这些乡、村干部为他操碎了心。为这，耿春义、赵云瑞都为此绞尽脑汁，努力寻找个两全其美的办法。

因为集资收得不好，两千多亩的林带标准要求又高，赵云瑞权衡后，又找到宋程坤，让他临时帮帮忙，把高速路两侧的林带清了场。如果愿意，可以接着干，老账新账一块算。宋程坤知道乡上没钱，收的造林集资不足不说，还又挪用了些。碍于情面，他答应帮着把地块清了。工程到底怎么个干法，到时算算细账再说。

因为宋程坤的人、车和机械都已经到了现场。他正组织几个施工队有条不紊地从大拖盘车上往下卸机械工具。第一步是先将整个工地的四边挖上深沟，明确地界，避免引起争议，影响植树。

齐奎升、王博平，还有刘秋珊及打油村的几个村干部在工地准备施工。

正当他们刚刚开始干的时候，周大壮拖着残腿，老婆手里拿着菜刀一路小跑赶来了。他们一屁股坐在自己的地里，怒目圆睁，连骂带吵，企图拼个你死我活。

这时，一阵巨大轰鸣声传了过来。不用看就知道这些施工的挖掘机"轰隆隆"地开到了眼前，准备开挖周大壮家的这几亩口粮田。

开挖掘机的是拿钱干活，看老板眼色行事，他们不管什么"民生""稳定"与他们八竿子够不着的事！只要老板一个眼神，一个手势，这群天不怕、地不怕的庄户汉子，用不了半个时辰，定会让这片麦田变成大沟树坑。这不，随着一阵紧似一阵的轰鸣声，开过来的挖掘机在周大壮身旁，轻轻地一铲下去，眨眼就是一个一米见方的大坑。当阴森森好似张着血盆大口的大铲又把一米多立方的土挖上来的时候，坐在一旁试图阻拦施工的周大壮被大铲轻轻一扒拉，一下子掀进刚挖的大坑里了，掉落下去的土渣将周大壮半埋在坑里。虽然坑很浅，也没有什么危险，但他老婆看到挖掘机真的将她男人掀进坑里又有"活埋"的迹象时，好像要出人命了，随即发出一阵撕心裂肺的嚎叫，举起菜刀直接朝着站在旁边的"张打油"扑了过去。

"张打油"躲闪不及，胳膊猛地被砍了一刀，殷红的鲜血一下子"咕嘟咕嘟"地往外冒，眨眼间地上就流了一大摊血。脸上、胳膊上、前胸和腿上也全都血淋淋的了。

周大壮他老婆处在疯头上，完全失去了理智。披头散发，裤腰带缠绕在腿上，上衣扣子也不知啥时撕开了。她蹦跳着、小跑着、嘶吼着，追撵靠她身边的人。嚎叫声一声压过一声，手里的菜刀，闪着血淋淋的寒光上下飞舞。稍有不慎，就有发生更大伤亡的可能，形势万分危急。大家一看不好，为避其锋芒，减少伤亡，先是尽量地往后退，躲闪着。

齐奎升被这突如其来的血腥场面一下子吓蒙了。待他冷静后，觉得出现这样的状态有些被动，再不采取果断措施加以制止，说不定还会发生更大、更多的流血事件。请示已经来不及了，齐奎升使了个眼色后和刘秋珊从正面上来分散她的注意力，王博平他们几个人从背后一个箭步冲了上来，将周大壮和他老婆强行按在地上。刘秋珊也不知从哪里来的那么大的胆，毫不犹豫借势冲上去，趁双方搏斗之机，愣是硬生生地把带着血腥味的菜刀夺了过来……

派出所的民警一直在维护施工秩序。正常的民事纠纷他们一般不介入。此时，他们看到真的出现流血，演变成刑事案件了，也就有了充分的介入理由。危急关头，他们也毫不迟疑地冲上去，将周大壮和他老婆摁住戴上手铐。

在七手八脚地捆绑周大壮和他老婆的时候，几台挖掘机跟着前面打头阵的那辆挖掘机轰隆隆地开进了麦田。由于提前做好了周密安排，带有"政治色彩"的挖土机得到指令后，加大马力，齐头并进地开了过来。

转眼工夫，刚刚拔节返青的麦苗被挖掘机用力一拱，嫩生生的根须和鲜绿鲜绿的麦叶扬散了一片。散发着清香的绿油油的麦苗，还没享受到春雨的滋润就这样被"扼杀"掉了。

"张打油"的胳膊被砍得挺深，皮肉往外翻着，好像露出了白茬子。他使劲摁住伤口附近的血管，但作用不是太大，还是一个劲地往外冒。齐奎升赶紧安排人送他去医院包扎。

机器轰鸣，警灯闪烁，再加上刚才跟周大壮两口子纠缠、搏斗，现场一片混乱。大家平时也难遇到这样的事，一时手忙脚乱，不知如何处理。刚刚拖进警车里的周大壮又是破口大骂，又是老泪纵横。他老婆可能体力透支了，此时躺在座位旁伤心地抽泣。

不知道内情的，对周大壮的狂妄行为是怒火中烧，义愤填膺，恨不得立即抓起来，判他几年，以解心头之恨。

现场的乡、村干部也恨不得马上把他们送进监狱关几年。可此时此刻，他们无不感到痛心、无奈，难过的眼泪在眼眶里打转转……

这就是工作，这就是农村工作，这就是支撑着农村这片天地的乡、村干部。此时，又有谁来能替他们说句话，来体谅他们此时的心情呢？

晚上，耿春义、赵云瑞，还有鲁祥生、王秀清和派出所所长马力胜一块来到耿春义办公室。平时不抽烟的赵云瑞和马力胜也各自点上了一根烟，吞云吐雾般把不大的办公室里弄得烟熏火燎。

大家已经在这里坐了很久了，也都没想出什么好办法来。家有千口，主事一人。最后，还是耿春义打破沉闷，对这件事进行了总结，给这件事定了性。他说："今天打油村发生的这件事看起来是刑事案件，但是有前因后果的，与我们的工作作风，与我们的工作方式也是有很大关系的。上级要求我们植树，但没要求我们使用些过激行为将矛盾激化，是我们工作不到位，才引发了这起伤人事件。这里面固然有上级强制性的原因，也有土地延包三十年不能动的情由。组织上安排我们在农村一线工作，我们就没有理由不干好，没有理由将责任、矛盾等问题上交。如果真有那种想法的话，还要我们这一级政府干什么？还要我们在座的这些人干什么？所以说，我们不能老是感到委屈，感到憋气。如果农村工作永远顺风顺水，也就不会发生这样那样的事了。我想，这件事不能简单地把责任推给周大壮，没有眼下的占地植树，也不会有拼死相争。是不是呀，马所长？"

"是，是有这个原因。"马力胜点着头说。

"所以讲，我们也有责任。再就是真的抓了周大壮两口子，社会舆论就倾向我们了吗？强占土地断了他们的生活来源，我们能讲得过去吗？不但不能，而且一些舆论也好，事态也好，会向不利于我们的方向发展，会直接损害我们党在群众中的形象！我想这样好不好，马上将周大壮两口子放了，用车送回去！云瑞，你带上几个人一起去，看望一下周大壮的爹娘，把来龙去脉解释清楚，让老人家放下心来，睡个安稳觉。因为儿子被抓、口粮田被占，这些七老八十的人一时想不开，什么样的事都能干出来。还有秀清，周大壮家的口粮田被栽上树也是没有办法的事，你明天抓紧去县民政局从残疾人这个方面帮助解决点补助，再从乡民政这块救济一下，尽可能地帮他们一把。"

"耿书记，我也一直在寻思，是不是让祥生跟'张打油'联系一下，让周大壮在村里先打扫着卫生，瞅机会再帮他就近联系个企业上班，起码有点收入。"赵云瑞补充道。

"凡是上班的，怎么干也比种地强。真要出来上班，矛盾有可能一下子就化解了。"鲁祥生眉毛一挑，沉沉的脸上有了些松弛。

"对，不单单是上班，并且还要签个用工协议，不能半路上把人给辞退了。这样，他的心里也许会平衡一些。"耿春义又补充道。

"耿书记，为了稳妥，这事就交给我来办吧。我找个企业让他们照顾照顾，也算是帮了乡上、村里的忙吧。"赵云瑞主动把这求人的事揽了过来。

这时，"张打油"包扎好伤口从医院回来了。耿春义迎上前，赞许地点点头，"老张呀，你今天伤得不轻，听说缝了二十多针，受屈了。你今天的表现很好，尤其在现场，非常冷静。在这里对你提出表扬。当干部嘛？就得能吃能咽、能屈能伸，是不是？"

"是，是，耿书记。"别看"张打油"平时一股"眼精神"，可今天这事也是大姑娘拜天地——头一回碰上，脑子早懵懵地傻在那里了，哪里有什么冷静不冷静。自己心里明明白白，这是耿书记在安慰他。

"老张呀，固然是周大壮他老婆犯了事，可咱们是不是也有责任？"

"有，有，村里有责任，我有责任。""张打油"在耿春义面前一改往日巧舌如簧的风格，显得畏畏缩缩。

"周大壮他老婆这事你准备……"耿春义故意留下话尾，让"张打油"表明态度。

"耿书记，赵乡长，咱是多年的村干部了，这算是什么事，请领导放心。在这里我郑重表态，一不打击报复，二不给政府添乱。回去后，我也立马到周大壮家一趟，千方百计帮他找块荒地种种。要是找不到荒地，我把俺家的地给他。这样行不行？"来了精神的"张打油"像是打了鸡血似的，似跳非跳地蹦跶起来。

"好，好！同志们，看看这样安排好不好？还有什么事情再一块儿提出来研究。"耿春义继续征求大家的意见。

大家都点点头表示赞同，赵云瑞心里也清楚，还是耿书记考虑得全面，处理方法更妥当。毕竟还有那么多村、那么多户在眼睁睁地看着这事，一旦处理不当，影响工程进度不说，还会引起不稳定。

陈来电在乡镇工作多年，类似的事司空见惯。植树的大沟一旦挑开，工程就意味着完成百分之八九十了，因为栽树、浇水，还有那些打梢、涂白等碎杂活是后面的事了。王博平和方承平顺树畦边跟在陈来电后头走着。王博平不理解地问："陈部长，有些事可真有意思，你看这土地延包三十年是上级要求的，不错吧？你再看看修的这高速路，包括两侧林带占的地不也是上级让占的？这不问题就来了，口粮田不能随便动不错，干工程需要用地也不错，都是上边定的，这不是自相矛盾吗？到底谁对谁错？"

方承平一语中的："我看就是上级对！"

"唉，这活难就难在这个地方。说你对你就对，不对也对；说你错你就错，不错也错。没有什么可怀疑的。不干不行，干也不行。唉！干了这么多年的乡镇工作，倒是越干越不知道怎么干了，嘻！真有意思！"陈来电不无感慨。

"陈柱子不是有句话叫讲政治吗？你只要讲政治就会干，不讲政治就不会干，信不信？这么通俗的道理都解不透是不行的。没事找陈柱子，让他批讲批讲，什么事也会恍然大悟！"王博平说。

"那今天这事算不算讲政治呢？"方承平反问他。

"哎呀，怎么说呢？一句话扯不透的事也真难拉些细呱。"

乡镇工作就是这样，看似一件惊心动魄的事情，一旦处理好了后，就跟没发生似的。因为类似的事情，在乡镇司空见惯，不足为奇。

打油村的调地让周大壮一闹腾，算是"因祸得福"地把地调好了。可一波未平，一波又起。伙计们刚松了口气，果园村又惹出了个乱子……

十

高速路清障、调地、栽树几乎同步进行，如果不出意外，再有几天就拿下了。

这些乡镇干部的可爱之处就是没有半点奢求，完成任务能让他们安安稳稳歇个班就求之不得了。看来他们这个班是歇定了，因为一会儿就能丈量核实完。宋程坤也安排他的工人来对接上了，到时候挖掘机一轰隆，用不了半天工夫就把树坑挖好了。回家先歇它个一天两天，舒舒服服地睡个懒觉，把紧张的情绪好好放松放松！想到这些，伙计们心里美滋滋的。

这天，陈来电领着王博平和刘秋珊在林带上帮助清理林地，丈量边界，核实面积。因为他们包靠的这项工作快干完了，都很开心。尤其是刘秋珊，又漂亮又有学识，说话、办事落落大方。几个男同志跟在她旁边转来转去，净拣些好听的话说，并不时地把王博平拖出来开几句玩笑。

王博平和刘秋珊表面上看似平平淡淡，可内心深处却像是一团火焰。是呀，处于青春期的青年男女谁不渴望爱情？但在众人面前，总是害羞地相处。

工地上，各村也都陆续地来人认工段了。

程老大跟朱明国迎面碰上，"这次植树的钱从哪里来？还是咱自个儿掏？"朱明国最关心的是钱，问程老大。

"你不掏谁掏？不是正在收集资嘛！"程老大堵上一句。

"可实在是不好收呀！"

"这事是依不得山西骡子不驮锅，愿咋地咋地！"跟在后面的方承平难得吐句俗话。

"老百姓的口粮田都种了树，当年还能熬一熬，那第二年吃什么？这十年怎么过？如果成不了材怎么办？你看这五米、二十米的林带不就是个活生生的例子吗？这不才长了三年，树头都还没甩开，就拔掉了。光长树了，让他们吃西北风、喝西北风去？退一万步讲，就是这些树成材了，林业部门能让采伐吗？这么一大片的政治树，谁能伐，谁又敢伐呀！哎哟，俺的老娘，你就是敢伐，可谁敢批呀！种了一辈子树，遇到了这么个挠头的事。嘻！这可怎么办呀！"朱明国此时也变了声调。

"唉！不怨天，不怨地，就怨自己没福气！"方承平情绪低落地嘟哝。

"栽了这么多树，再说这荒郊野外的好几千亩林地怎么管？总不能这样拽着吧？在这前不靠村后不靠店的野坡里，用不了多少日子还不被破坏了？"朱明国关心这么大片树如何管好。

"就是就是，以前栽的用不了几年就被拔了，这荒草野坡谁管，是个大问题。"方承平应声说。

赵云瑞在县里开完会后，惦记着高速路林地的一大摊子事，便急匆匆地往回赶。

一阵喜煞人的春雨，把个埠岭乡打扮得花红柳绿，格外娇艳。由麦香、花香和山林间的松香汇聚成的一股股清香扑面而来，沁人肺腑。路两旁新植的树苗，齐刷刷，一行行，就像值勤的哨兵，更像出操的队列，直挺挺地站在那儿纹丝不动。偶尔几片小小的、毛茸茸的绿叶，被风一吹，显得嫩生生地，妩媚动人。地上开着的一簇簇红的、白的，还有黄的花朵，迎风摇曳。

"赵乡长，根据您的指示，我们近段时间加大了林木管护的巡逻力度，尤其是对今年新栽植的林地进行白天晚上轮流巡逻。不过还是发现了一些破坏树苗的现象！"忽然，马力胜打来电话，报告发现的情况。

赵云瑞一惊，几天来担心的事还是发生了。从县里召开了植树造林会后，他就一直担心造林后的成活问题。为什么年年植树不见树，虽说有种植方面的原因，其实更有人为的因素。有些老百姓为了种地，逮空就想法将地边、地头甚至地里的树苗不是拔了，就是折断，出现了一种轰轰烈烈地栽树、冷冷清清地管理、稀稀拉拉地生长的不合谐音符。

"哪些地方问题严重？"赵云瑞急切地问。

"各村成片植的树，发现有树苗被人拔了。高速路植树不是正在进行着吗，那里路远人稀，更容易出现问题！"

"好，我知道了。你们继续加强巡逻，发现问题从严处理。"赵云瑞放下了电话。

车子仍然在山林间急驶。怎么办？怎么办？赵云瑞眉宇间积成了个疙瘩。他沉默不语，大脑却像计算机在高速运转，一时陷入深深的思考中。

回到办公室，赵云瑞立马叫上孙成清和林业站站长王贵海，一刻不停地来到高速路林地。

高速路林地不同于其他林地。前几年栽的白杨树都长得碗口粗、十几米高了，这几天正在翻江倒海般地清场、挖坑。看着一片片露出白茬子的杨树被连根拔起，人们的心里在流泪、流血，仿佛在割自己身上的肉。但这就是工作，必须干好的工作。

稀疏的林中，不时有几只鸟儿拖着平时难以听到凄凉的鸣叫，围着就要消失的树林旋转，仿佛在做最后的告别。

下车后，赵云瑞在前头，孙成清和王贵海在身后，在林地里慢慢地走着。他俩不知赵乡长急匆匆来这里的用意。看他冷峻严肃的表情，也不好多问，只是带着迟疑的目光跟着走。

造林集资收得不好，财政上又没有钱，好几千亩的林带又必须得赶在季节前。俩人理解赵乡长此时闷闷不乐的心情。

清完场的林地横七竖八地堆起一垛垛截断了的树干、树根和树头，满眼一片狼藉。今年新栽上的树苗，过上两年，是不是也要遭遇这样的厄运呢？赵云瑞摇摇头，长长地叹了口气。

二十米的林带旁边，是马上要拓宽一百米林地的口粮田。

突然，赵云瑞看出异样，便紧走几步，站在一块新翻的地块旁停下。"你们看，这块地是不是被人翻过？是不是要种什么？这块地属新建林带地块，如果种上庄稼，不又产生新的矛盾吗？"赵云瑞冷峻的脸上露出一丝不快。

"是有人动了。虽说是强行收回来了，可群众心里是一百个不愿意呀！"王贵海上前看了看后说。

"哎，这地方就是果园村的。"孙成清确定地说。

地是老百姓的地，为了完成上级任务，不管老百姓愿意不愿意，强行把属于他们的口粮田给栽上树。上级的任务是完成了，可老百姓呢？他们心里愿意吗？他们的生存又如何解决？这不是人为地增加干群矛盾？赵云瑞想着，继续在林地慢慢地前行。他们少有对话，这叫孙成清和王贵海更加纳闷儿。

"栽树容易管树难。这还没开始栽，就发生了毁林现象。过几年，这些树长大后更得需要管理，能不能管住？谁来管理？怎么管？下一步的管理你们想过没有？"赵云瑞想起马力胜的电话，转回身来，猛不丁地向他俩一连串地提出了几个问题。

孙成清和王贵海有些猝不及防，面面相觑，不知道如何回答。

"在这前不靠村、后不靠店的荒郊野外，如果放任不管，用不了几个月，我们投进来的这一百多万块钱，不声不响地就打水漂了。如果成立个专门的管护队伍，常年蹲在这里巡逻看护，无形中又会增加额外的开支。你们说怎么办才好呢？"赵云瑞的眉头皱得更深更紧了……顿了顿后，用征求的口吻说，"我们将这片树林从施工到管护对外包出去怎么样？能不能行？你俩在埠岭乡工作这么些年，都是老乡镇了，都说说自己的看法。一是包出去的这种模式行不行，二是用什么样的方式对外承包，三是承包的价格怎么个算法。这些问题以前没碰到过，需要提出来好好琢磨琢磨！再说了，就是往外承包，咱还包得有理有据才是。凡事都要弄个明明白白的，好事一定要想法办好。是不是这样呀？"赵云瑞启发性地说。

孙成清说："赵乡长，俺明白，承包不是什么新鲜事。倒是这还没建好的林带，加起来也足有百十来万，这么个模式往外发包，倒是头一回听说。包给谁？包多少？怎么个包法？确实是没想过，也没遇到过，一下子也说不出个子丑寅卯来。不过，我倒觉得是个好主意，不管怎么说，这事靠谱。可以好好地琢磨一下，弄好了，能省下块心事。"

"好，这事不急，琢磨好了再说。天晚了，到水利站吃个饭吧。唉，好些天没见着宋程坤了，把他喊来，一块儿喝几杯怎样？"

"好呀，就是伙房条件太差！"孙成清说着就跟宋程坤联系上了，约好到水利站小伙房一块吃饭。

今天，赵云瑞一直皱着眉头，不可能有什么好心情。然而，他却安排约宋程坤一块喝几杯。这把孙成清和土贵海弄得云里雾里的，吃不准是什么馅的。

掌灯时分，乡委大院附近，已是冷冷清清。几盏昏暗的路灯，有气无力地映照着乍暖还寒的夜晚。几十米之外就开始人影模糊，沿街的店铺因为没有生意也早早关门了。

古槐旁边的大礼堂后院，就是水利站小伙房。赵云瑞把鲁祥生叫来，孙成清和王贵海作陪，让宋程坤当客，几个人围着个吱吱响的桌子随便一坐，吸溜起来。

因为在自个儿伙房里，缺三少四，菜肴不算丰盛。但正是因为在这个伙房里，就像在自己家里吃饭一样，气氛格外融洽。

酒品见人品。一阵互敬之后，各人就掏肝掏肺地表达开感情了。尤其是宋程坤，更是动了感情，"赵乡长，多亏您给了我那十几万块钱，把工人的老婆孩子们安抚下，要不他们还让你安稳了？在这里，我敬您一杯，感谢您的关照。"宋程坤诚心诚意地端起酒杯说。

"应该的。是我们做得不好，早就该付，没能及时给你，感谢你的理解。来来，敬你一杯，祝你今年发财。"赵云瑞不失礼地也回敬了一杯。

"谢谢您，赵乡长。"宋程坤又转身敬了鲁祥生、孙成清和王贵海各一杯，一来二去就有了些醉意。酒过三巡，菜过五味。酒桌上的气氛越发热闹起来。

赵云瑞说："程坤，农技站腾出来的那个地方怎么样，满意吗？"

宋程坤说："赵乡长，太好了。到年底完工，卖一套留一套。虽然没给现金，可细细算算比现金还合算呢。"

"也不能这么说，乡上没钱，只能这样处理，只要你认为合适就行。"赵云瑞此时表现得无比大度。

"合适合适，真的挺合适，都说给乡里干活要钱最难。你看我，不但不难，而且还有便宜赚。赵乡长，再敬您一杯。您随意，我干了这杯！"说完，宋程坤端起酒杯就往嘴里倒。

赵云瑞看他又要喝，连忙说："程坤，你先别喝，喝醉了没法聊天了，想跟你再商量个事，你看看有没有兴趣。高速路植树这块工程，有兴趣吗，愿不愿意干？"

"干，我是冲着您人来的，我先不问多少钱，我也不问付款方式，就凭您这样关心我，还有什么可商量的。只要是您安排的，我就干！"

"不能这么说，是冲着埠岭乡的工作干的才对。"

"赵乡长，我不懂政治，只知道朋友之间的感情。您没看我拉来的设备，都是冲着干工程来的。您快说怎么干吧！"宋程坤借着酒劲，一改平时少言寡语的脾气，升满斗满地应了下来。

"你知道高速公路两侧需要植多少树吗？"

"听说了，怎么不知道！"

"你知道怎么栽吗？"

"在老家农村，从懂事就跟着家人栽树，都快栽了一辈子了。小工程自己干，工程大了就转包出去干，有啥大不了的！干！我干！"

"你知道栽一棵树多少钱吗？你知道准备栽种多少亩吗？什么都不知道，怎么就一下子答应了干呢？"赵云瑞一步一步试探着问。

"赵乡长，我知道乡财政上没有钱。您能把农技站的院子卖了，和我把账结清，就凭这一点，我就感激不尽了，就觉得您真是为人着想。您说的这事，挣钱不挣钱的就先放在后头，只要不赔钱就干。老人说一辈一辈又一辈，辈辈留了个土塃堆[5]。细想想，说的一点儿也不差。人活着不就是这么回事儿吗，钱多钱少的，到最后不都是留下个坟头堆那儿。够哥们儿才是最重要的。"借着喝高了的酒劲，宋程坤也是有板有眼地大方起来。

"王贵海，你说说具体情况吧。"赵云瑞说。

"宋老板，是这样，你光知道栽树，可这次栽树的标准与以往不同，占地面积又多，两千多亩。按照上级要求的大树苗、挖深沟、浇足水，还得培土、涂白、打梢，我们估算了一下，平均需要五块钱一棵，两千亩地，加起来总共得一百多万块钱，关键……关键是……"王贵海知道乡上没有钱，又不便于戳破窘态，吞吞吐吐，欲言又止。

宋程坤看了看赵云瑞和鲁祥生，接上王贵海的话说："关键什么？关键又没有钱是吧？栽这么大面积的树，投资又这么多，没有钱可怎么干？这几天，你们不是全下到村里收植树造林的集资去了吗？收的钱呢？"赵云瑞和鲁祥生对视后苦笑了笑。

"明白了。恐怕是又去堵陈账了吧！嘻，乡镇都是一个路子，收了新账堵旧账，年年都吃过头粮。直说吧，您能让我干，是看得起我，这心意我领了。刚才，贵海站长也把账算明白了，咱一码归一码，您准备给多少吧？"宋程坤把态度亮明了。

"你说得很对，我在想，把这活给你，要是再欠着一笔工程款，一时半会儿的又还不上了，可怎么办？"赵云瑞替他担忧似的盯着宋程坤说。

"准备给多少？怎么着也得半子数吧？工程投资太大，我手里也没多少。不挣钱就算了，总不能再赘上钱吧。退一步讲，如果把工程揽过来了，完不成、干不好，也对不起您和弟兄们是吧？"宋程坤来了急性子

"说得也挺在理。想法给个十万二十万的先启动着，欠下的钱咱再琢磨个办法呗。"赵云瑞试探着。

"赵乡长，我也去林地走了趟，这块活咋干也得百十来万，您张口就给个十万二十万的，给的可真不多，就不能再挤挤，怎么着也得给一半吧。"

"老宋，不是不给你，确实是挤不出来。集资收得不理想，又挪用了块儿，还有块儿应应急，要是都给你，别的工程就得停摆，真是这样。再说植树投资少点儿，紧紧手也就过去了。"赵云瑞和颜悦色地说。

"打墙也是动土，少一分钱人家也不赊。唉，不管咋地，摁着葫芦画瓢，弄个准成的吧。"

"这阵子花钱的地方挺多。熬过上半年后，情形会好转的。到时欠你的

---

[5] 塃堆：方言，指坟头。

钱老账新账一块割清怎么样？"赵云瑞认真地说。

"人呀，就是个感情动物，就凭您这句话，我认了。人不死账不烂呗。大活人还能让尿憋死！剩下的年内付清怎么样？还是那句话，我这是冲着您这个人来的，您敬我一尺，我回您一丈。现在您是领导，早晚也有退下来的时候，您这个朋友我交定了！"此时，宋程坤真有些豪情万丈的架势。

"好，一言为定。老宋，谢谢你帮了我们个大忙。我想借着这个话题，再请教你个事。你刚才讲对栽树很内行，对树木的管理了解吗？怎么管理才有效益？"赵云瑞慢慢地启发他。

"嗨！怎么不了解？前些年，我就包过树林子，现在还有上百亩。不是吹的。我回来的这几年，干了好些工程，包括苗木，都说不行，我倒没觉出什么来。狗有狗道，猫有猫道。玩苗木是长效的买卖，时间越长，树越成材，不也就越值钱？比种地不能说强百倍吧，只要管好了，强个十倍二十倍的那可是不在话下。赵乡长，他们算的是短线账，我算的是长线账，账头子不一样，是两相情愿的买卖。不信是吧，是鹰是鸡赶出来斗斗不就明白了？"宋程坤内行地介绍说。

赵云瑞心里一阵窃喜，"噢，尝到过玩苗木的甜头！是这样，那如果把这两千亩的苗木，一竿子戳到底打包给你管理行不行？愿意不愿意接手？"

此时，孙成清和王贵海恍然大悟，一下子明白了赵乡长拖着他们转悠了一下午，又喊宋程坤来水利站伙房喝酒的目的。

乡长就是乡长，处的位置不同，考虑的问题也不一样呀。未雨绸缪。这树还没栽，他就开始考虑成林后的管理了。当然啦，还有一个难以启齿的原因，就是乡财政实在是拿不出钱来办些计划外的事情。正在催收的植树造林集资，是县里开会统一安排的面上的工作。收上来的钱，一部分用来统一购买树苗，这钱是非花不行的。其余款项，一部分堵上历年欠的陈账，一部分用来垫付县埠路工程款。怎么掐算着用承包费来抵顶一下工程款的问题，能不能顶？能顶多少？人家愿不愿意这种模式，等等，都还是个未知数。只能慢慢沟通，寻找个最佳的方式。

"我负责管护，连树带地都归我？"

"就是想这样，包了！"赵云瑞终于露出憋了好长时间的想法。

"行，怎么不行，承包费是多少？"

"你说呢？"赵云瑞把球踢给宋程坤，让他表态。

"这么大个面积得再算算。可不管怎么算，不能让我栽树垫钱，包树也掏钱吧？"宋程坤较起真了。

"是呀，是呀，你说怎么办才好呢？"赵云瑞引导他说。

"赵乡长，您别跟挤牙膏似的一点一点地往外挤啊，有什么您就直说吧，只要账头差不离，我会给您个满意回话。"一向沉稳的宋程坤竟埋怨起赵云瑞的吞吞吐吐来了。

赵云瑞看火候差不多了，也就无所顾忌了，"老宋，这两千多亩林地离乡驻地足有二十几里路，并且远离村庄。投进去一百多万，如果不好好管理，用不了几年，就会被破坏掉。如果找人看管，每天怎么着也得三四个人吧，还得白天晚上轮流值班。一项项加起来，费用也是不轻，长年累月也不是个办法。我就琢磨着，能不能承包出去。如果包出去的话，既能省下费用，又能得到很好的管理，更重要的是还能收回一笔承包费，缓解一下乡财政窘促的现状。挤出一笔钱来偿还拖欠教师的两个月的工资，这是最最迫切的事。"

宋程坤把眼一闭，假装睡着了一样，心里在默默地盘算着。

赵云瑞慢慢地喝口水，故意给宋程坤点考虑的时间，"老宋呀，你算算，两千亩地，二十多万棵树苗，管好长好的话，十年以后你该挣多少？恐怕不是个小数目吧！如果说有些顾虑的话，那就是土地的使用年限和树木成材后的审批采伐问题。这些我都考虑了，也有了应对办法。因为你曾给乡上干过几项工程，耿书记也都比较满意，因此想先征求你的意见。有意的话，就跟鲁祥生他们谈谈有关承包的具体内容，正式签订个承包合同。为了慎重，你们可以请个律师对合同条文再把把关，把责、权、利分清。咱可不能让老实人吃亏呀。"赵云瑞看火候到了，便把思考好了的一些细节也全盘端了出来。

"赵乡长，您是不是想把工程款折成承包费？"宋程坤瞪大眼望着赵云瑞。

看他基本明白了自己的意思，也就直截了当地说："你看呢？"

"赵乡长，您把骨头算肉里去了。一百多万，工程量这么大，工程款一点儿不给也启动不起来啊。连进场开工的钱都没有，还谈什么保栽保活、保质保量的。朋友是朋友，生意是生意。我想，您还是按刚才讲的先付我二十万块钱，我手里还有十几万的周转资金，我再拖欠他们一些，这样也就八八九九差不多了。这样既能完成植树任务，又没花什么钱，您还赚了个有能力、有魄力的好名声。说不定，县里还会推广您的做法，为这事还提拔您呢！"

"老宋，你这话题扯远去了。十万二十万的在你手里可能不起眼，但在我的手里可能办好多事呀！起码能应付三五个来要账的！"赵云瑞皱着眉头解释着。

"赵乡长，就算我借您的行了吧，刚开春花钱的地方多着哩。过阵子稍微宽裕些了，再还给您不行吗？"

他们看宋程坤着急的样子，不禁一齐哈哈大笑起来。赵云瑞说："好，够意思，不愧是做大生意的，不拘小节，一点儿也不像第一次来要账时的样子。这事明天我汇报耿书记后，再最后敲定。来，为了咱们合作顺利，再干一杯？老宋，乡上是没有什么变化的了。至于你还有什么想法，可以跟他们沟通，尽量合作成功，好不好？我想再问你一个问题，就是你刚才讲的管理的事，这钱怎么个赚法？有些不明白，你再说说。"

宋程坤嘿嘿笑了笑，说："这不秃子头上的虱子明摆着吗？渴了就喝、憋了就尿，凭感觉呗。谁提供树苗就把栽树这活包给谁，连树苗钱都不用付。我看中的是林子里那两千亩地，至少说十年、二十年之内归我所管吧。这期间干什么不行？在空闲地多少种点药材，搞点养殖，再偷偷摸摸地种点绿化苗木，不但有利润，而且收入还……哈哈，就看怎么运作了！哎，赵乡长，我跟您签承包合同也是有条件的，年限少了我可不干，起码要十五年以上才能有利润。这您得给协调协调才成！"

"好，只要你答应了这个模式，不让我掏现钱，其他的事我包了！"此时的赵云瑞脸上像开了花，高兴得合不拢嘴。一场小酒把憋了好多天的心事一下子给烧没了，谁不高兴？

"程坤，再顺便说个事，林带不是需要人管护吗？让打油村那个老周来看护树林子吧，这事就算求你了。"赵云瑞念念不忘装着的心事。

夜，很深很深了。可水利站小伙房里却是灯火通明，不时传出一阵阵开心的笑声。

人逢喜事精神爽。赵云瑞也高兴得有点沾酒，他醉眼蒙眬地望着宋程坤。第六感观告诉他，宋程坤这伙计有肉，运作好了还能从他手上抠块吃。眼下农业上的几项工作安排差不多了，他脑子又转到了园区调地和乡驻地开发上……

十一

　　"赵乡长，跟您汇报一下工业园区占地的事……"赵云瑞刚在办公室坐定，陈来电和郭大生一脸愁容走进来。

　　"进展怎么样？不顺利吗？什么原因？"赵云瑞眉峰一挑连连发问。

　　"几个村嚷嚷补偿太低，调地有些困难。"

　　"没个别沟通摸摸底？"赵云瑞眉心一动。

　　"私下了解了一下，都说群众工作难做，进展不大。"

　　赵云瑞双眉紧紧地蹙在一起。他们了解到的情况，也是预料之中的。是呀，让有些村一下子拿出好几百亩地来建工业园区，说没有阻力是不现实的。工业园区选址在这里，已是铁板钉钉的事。怎么做好他们的工作把地调出来，是当下最重要的事。

　　"听说县土管局最近要进行土地普查？什么内容？跟咱工业园区占地有没有关系？"赵云瑞又岔开话题。

　　"最近，县局又开了个土地管理工作会议，中心意思就是要进行农田普查。对占用了农田的，一律恢复基本农田的功能；违法多占、抢建和私建的企业要强制拆除。以前说的那种先开工、后跑手续的模式好像不行了。以后，凡是查出是谁批准的，谁就承担责任、就处理谁。会上讲得挺严肃的。赵乡长，我觉得下一步乱圈乱占土地，不像以前那样随便了。"

　　"哦？我也听说这事了，可你看看，哪项工作不与土地有关呀！"

　　"您安排建工业园区几个村调地摸底的事……"郭大生试探地问。

　　"当然是要强力推进了。你看哪个会上强调的不重要？哪个领导讲的不重要？工业说工业重要，土地说土地重要，环保说环保重要，安全说安全重要，计划生育说计划生育重要，还有说稳定压倒一切重要……你说哪个重要，哪个不重要？凡是开会说的，没有一个不重要的！是不是？"

郭大生有点为难地点了点头。

"我看还得按照县委的要求，坚定不移地抓经济，抓招商引资、抓园区建设。你看，全省、全县的招商引资势头这么强劲，这不都是各级党委抓的？只要是招商引资，哪有不占地的？所以还要解放思想，全力以赴地调地、圈地、跑手续！在这种大的形势下，老郭呀，你说我们怎么办？是配合大气候、大环境和党委的中心工作呢，还是听你们业务部门的？当然啦，各有各的责任，各有各的难处。"

陈来电跟郭大生静静地听着。

"你们管土地的责任重大，但上级党委、政府关于招商的文件像树上的叶子，一个劲地往下刮，一刮一大片。在这种情况下，没有地拿什么招商啊，靠两片嘴吗？显然是不行。土地是最基本的条件，如果连土地问题都解决不了，还谈什么招商？业务部门的指示咱得听，党委的中心工作更重要。要学会弹钢琴才行呀！大生，我看就不要犹豫什么了，只要没有明确文件，就坚定不移地按照县委的指示，加大力度，加快工业园区、生态园区的建设。听明白了吗？现在不要求你说什么，只要求你做什么，出了事政府担着。你就大胆地干吧！当然在干的过程当中，不要与政策正面相撞，多打几个擦边球，既达到了我们的目的，还让他们说不出什么来。这就是工作方法。明白我的意思吗？"赵云瑞也理解部门的苦楚，故意顿了下，放低声音对他说，"你不要为难，出了问题由我顶着，你们只管把地调好就行。走，一块去接罗县长，听听他怎么说！"

赵云瑞给他鼓了鼓劲后，便拖着一块去了平屯村西准备建园区的地方。

罗县长在赵云瑞和陈来电、郭大生的陪同下，来到平屯村西的一片空地。

"罗县长，耿书记到县里开会去了，让我跟您解释一下。"赵云瑞歉意地说。

"没事没事，就是过来看看！"

"我们计划将埠岭乡工业园区建在这个地方，一是这个地方距乡驻地不是很远，二是这块土地还算平整。几个村的地块加起来有一千多亩，方方正正地正好利用。"

"不错呀，地方选得好，动作比较快，值得表扬！"

"我们规划了'二纵二横'的工业园区道路，水电路网等配套跟进。我们招商的优惠政策也和其他乡镇一样，零地价出让，税收五年内三免二减半，安检、环评手续全都由乡经委负责办理。忙过植树造林后就出去招商，争取招几个好项目、大项目来，彻底改变一下埠岭乡的落后面貌。"

"规划很好，再招几个好项目就更好了！天气转暖了，计划什么时候开工？"罗县长问。

"如果您没有意见，我们马上调地。"赵云瑞解释道。

"占地的几个村的班子情况怎么样？群众的工作好做吗？还有这一千多亩地采取什么模式？怎么个补偿法？这些问题都需要引起重视，都需要考虑周到。从目前来看，你们的动作还是挺快的，但也要注意抓好稳定工作。"

"好的，我们一定把稳定工作抓在手里！"

"什么时候开工给我个电话，我一定来参加开工典礼！不过，我这副县长手里可没有钱，只能利用我掌握的人脉资源帮着介绍几个项目。年前介绍的那个苑老板，你们谈得怎么样啦？他可是有意在这里建个生态科技园，多对接沟通一下，争取把项目落实。对了，还有个事，这个地下埋着铁矿的村，叫什么村？"

"栾山村。"赵云瑞说。

"对对对，叫栾山村。这就是你们的资源优势，要是真的在这里建个铁矿，知道什么结果吗？"赵云瑞虚心地聆听着，罗县长停顿了一会儿，继续说："光缴的税就会超过你们全乡的收入，在县里也是个纳税大户。日子不就好过了？"

从陈来电和郭大生汇报的情况来看，工业园区调地并不是想象的那么顺利。如果调不出地来，园区也就无从说起，还谈什么工作、大局？赵云瑞知道这事的轻重缓急。送走罗县长后，他们一块去了平屯村，召集调地的几个村干部开个座谈会。

"你说，萨达姆被抓是谁提供的情报？"人一多，程老大就兴奋，一兴奋就要提出个世界级的课题。此时，程老大屏气凝神，肥大的脑袋左右晃着，双手掐腰，一脸严肃地问莫老憨。莫老憨吧嗒着烟，看不出是想说还是不想说。

"萨达姆是谁？是不是山姆大叔的儿子？"范寿亭阴沉着脸，冷冰冰地蹦出一句。

程老大眉头一皱，"老范，别胡说了，要学点路线方针政策，了解点国际国家大事，跟不上形势不行！连萨达姆是谁都不知道，哼，可悲呀！"程老大大声地训斥着。

这时，"张打油"一步迈了进来。他用手撮了撮头顶上零乱的发型，一惊一乍地："程书记，你是我们这片的精神领袖，不是说要在咱这里建工业园区吗？是真是假？划着哪村的地啦？什么补偿标准？老少爷们可关心呢！""张打油"边问边又往上捋了捋隐隐作痛的胳膊。

"这事咱也憋煞了，赵乡长不是来开座谈会吗，听听他怎么说呗。"因为实在拿不准，老程就含糊地应付了一下。

这时，果园村的方承平说："听乡上李秘书说，县上有个什么县长，帮助咱招了个果品加工项目。我想问问是不是真事。如果是真的，就把厂子建在俺村旁。俺把村里一千多亩果园拿出来跟他们合作。人家吃肉，咱跟着喝汤呗，人家从指头缝里漏点儿也够咱吃的。如果再加上附近几个村的几千亩果园，那就更是前景广（阔）了。"

程老大接着跟上一句："那你可就财源滚（滚）了，牛气十（足）了，趾高气（扬）了，目中无（人）了，是不是？"

方承平嘿嘿笑了笑。

方承平是属于那种老实巴交又颇有心计的人，他不愠不火，瞅准什么就使劲往里钻。虽然年龄不大，但看事准，办事稳。这些年来，他带领群众在山坡、沟沿和村子周围的空闲地块种了不下几百亩的果树，加上原来的，总共有一千多亩。大钱虽然挣不到，但收入在埠岭乡还是可观的，比种地强多了。这次如果能跟外商合资的话，不要说村里，就是果农自个儿也会跟着沾大光的。

"看把你美的。全国上下都在搞招商引资，咱这兔子不拉屎的地方能来个企业就不错了，乡上还能让它建到你那穷旮旯里？说不准就在俺村附近的工业园区里呢。"

说笑间，赵云瑞、陈来电还有郭大生一块迈步进来。

齐奎升跟王博平、刘秋珊也脚前脚后地到了。

"欢迎欢迎，热烈欢迎！"程老大一步跨出门槛，先自我表现了一番。

"都到齐了吗？"陈来电急切地问。

"都来了，早就在这里候着了。"程老大大嘴一咧，半点也不掉梢。

赵云瑞跟几个村干部一一握手后，为缓和一下气氛，也故意用些半截语问："你是不是果园村的后起之（秀）呀！"赵云瑞指着方承平明知故问。

方承平性格有点内向，有时碰到对脾气的，也会文绉绉地调侃几句。乡下的文化生活贫乏，为了找乐，他编造出把一个成语读成三个字的形式，俗称"半截子话"。就是在说一个成语时，刻意省略最后一个字，既能理解这个成语的含义，又幽默诙谐，增添情趣。有时省略了最后一个字而意思全变了时，更能得到意想不到的效果。听到新来的乡长问，方承平的脸一下子红到了脖根底。

"听说你们果树面积发展得不少，好呀！大力发展'一村一品'前景广阔，如果再往深加工上使把劲，效益会更好！"

赵云瑞转过头指着范寿亭说："噢！想起来了。刚才，罗县长还跟我说过你村的铁矿项目。你思想上要有个准备，县里正在跟一个姓丁的投资商洽谈，争取他们过来投资。一旦达成投资意向，你们可要全力支持，争取让项目早日落地。只要项目投产了，我们的税收就没问题了，再也不用东借西凑垫税了。"赵云瑞深有感触地说。

赵云瑞转身问陈川："你们这个村是20世纪五六十年代迁出来的吗？"

"是。"陈川答道。

"全部都是库区移民吗？"

"是，在库区时就是一个自然村，还有好几十户迁到他们那里去了。"陈川指指莫老憨说。

赵云瑞有些不解："为什么迁到模范村？"

"当时，公社给我们调了二百多亩地就再也调不动了，还有五十多户一百三十多口没地种。正好模范村调出将近百十亩来，就把那五十多户迁到模范村了，还有几户迁到有亲戚的村去了。"

"你们一共从库区迁出多少个村？"

"早忘记了，我记得大约有几十个吧。我们那个公社大部分都迁到邻县、邻乡镇去了，一部分迁到这里。俺村名字也没法叫了，一来二去，就叫开'移民村'了，一直叫到现在。"

"噢！听上级开会说，今年可能对库区移民有点倾斜政策，但具体方案还不知道，看来你们又有好事喽！"

"谢谢赵乡长，政府早就该管管俺们了，都什么年代了，住的房子有一半还是刚迁过来时盖的，透风撒气不说，又黑又矮又潮湿，没法再住了；分的地呢，更是没法说，种啥啥不长，草长得倒是挺旺势。老百姓的日子苦哇！"

"知道！知道！就是因为多次反映你们这些库区移民村的实际困难，才引起上级重视的。省里正在研究出台具体的倾斜政策，等着吧，一定要相信政府！"赵云瑞安慰道。

陈来电憨厚朴实，性情温和，工作上从不摆花架子，对领导安排的工作不多言、不走样，不声不响地就把工作干了，并且不留尾巴。他平时寡言少语，更不好开玩笑。他知道今天这个座谈会不同以往，怕伙计们把话说溜了，

107

就把刚想嚷嚷的程老大赶紧拦下。

赵云瑞把来时的担心藏了起来，微微一笑没说啥，心想，他们一年到头没白没黑地干，上面压，下面挤，出力难讨好。晴天一身土，雨天一身泥，到年底真的拿不了多少钱回家。除去挣了一肚子酒，就靠这些拌嘴呀，取笑呀来支撑着躯体。他爱怜地望着这些付出远远大于回报的庄稼汉子。

"参加会议的村都到齐了，是不是开始？"陈来电用征询的目光望着赵云瑞。

"好，待会儿我还有事，抓紧时间开始吧。先说明一点，今天不是什么会，是抽个时间找大家座谈座谈，了解一下咱们的看法、想法。有什么意见提出来，咱再一块研究解决。情况是这样的，县里要求每个乡镇必须建一个乡级工业园区。乡委经过反复研究，决定建在平屯村以西这个地方。罗县长也来这里看过，同意乡里的方案。咱规划的这个项目区占地需要一千亩左右，包括'两纵两横'的硬化路面，可能要占着你们几个村的地，难度不小是吧。我也知道难度是不小，可为了咱埠岭乡的发展，困难再多、再大咱也不能退缩，要克服一切困难调出地来。为什么选在这儿呢？一是这里的地势比较平坦，到乡驻地也不是很远。二是你们这几个村有一部分小企业，可以迁进园区，一块纳入园区的统一规划和管理，可以扩大规模，也可以新上项目。总之，怎么有利于园区建设、有利于企业发展，我们就怎么办。三是你们这几个村的班子能力比较强，调地、民事工作肯定做得很好，对加快园区建设能起到很大的作用。乡委综合考虑了以上几个方面，决定把园区建在这里。如果说没有困难，那肯定不现实。老百姓的口粮田本来就少，这一占地不就更少了？但为了全乡的工作，需要你们顾全大局，做出牺牲，尽快把地调出来，剩下的由乡上统一安排规划建设。项目区的规划建设，由鲁祥生、陈来电和齐奎升同志负责。至于群众的补偿问题，乡上的财政状况你们也知道，还是老样子，民事问题、补偿问题自己解决。再强调一下，后面的困难肯定会很多。我刚调来时间不长，也希望多多支持我的工作。"

怕啥来啥。一瞬间，屋里的空气凝固了一般，弱弱地喘口气都能听得到。每个人除去心脏咚咚咚地跳动，都像尊泥塑一样蹲那里一动不动。偶尔闪动下眼皮，才想到这是在开会。

时间在一分一分地耗下去。程老大、方承平、"张打油"和龙湾村的朱明国面面相觑。程老大"领袖范"的精气神也不知蹦哪去了。范寿亭本就没有表情的脸上仍然是死沉沉的，没有表情。移民村地少，也隔着远，没有调地任务，陈川一脸轻松，用卖乖的目光傻傻地瞅着他们。

原先听说准备在这里建个园区。凑起这么一大片地来，怎么也得给三两个月的空，吹吹风准备准备吧？这刚出正月还没找着感觉就要下手，给的那点儿补偿又张不开口，谁心里能不发毛？

怎么办？就这样尴尬地挨吗？这也不是办法。程老大就是程老大。他嘟嘟会儿嘴，眼珠子又转了两圈后定下神来，什么时候也得表现出"领袖范"的水准。"赵乡长，你不是说开个座谈会吗？那我说两句中不？"

"都说说，畅所欲言嘛。有啥想法都说出来，只要是能推进项目，都可以说！"

"那我就先说两句。这不才开春嘛，县埠路集资、春灌集资、植树造林集资三茬子了。这些集资多少，咱不去管它，群众手里是真没有钱。在这种情况下，补个仨瓜俩枣地跟占地户张不开口呀！赵乡长，老少爷们儿家里生个病都不敢去医院，为什么，住一茬子院，一年的收入都搭进去了，有时候还不够呀！合作医疗说起来挺好，可动真的了根本没多大用。乡上、村里没有钱，就是天王老子也报销不了。您在乡镇这么多年，您还不了解实情？"众人跟着程老大一块唧歪歪起来。

赵云瑞在屋里来回走着，脸上挂着冷峻的表情。园区是非建不行，程老大说的也都是实情。作为一乡之长，如何弹好园区、调地、招商这个曲子，是有无工作思路、能否驾驭全局的真正考验。问题的症结到底出在哪儿呢？乡政府决策不对？不是，全县都在建园区。基层班子软弱？也不是，他们还是有能力的！是不是出台的政策偏激，村里也好，群众也好，接受不了呢？

"老程，咱们是在开座谈会，敞开心扉，你就说怎样能把地调出来，群众还没有意见！"

"唉！赵乡长，老百姓啥时候对咱没有意见过？一口吃不着，不是闹腾就是上访。这一开口就上百亩、上千亩地调，靠地生存的老少爷们儿能愿意？唉！难呀！"程老大说完，他们几个又跟着嚷起来。

"难，肯定是难，不难还需要咱在这里开会吗？如果不难还要我们党支部、村委会干什么！我觉得事情有些变化，你们现在的态度也不是'叫套会'上的态度了。咱们老是这样开座谈会，开到年底也解决不了。今天咱就都表表态吧，园区能干不能干？干的话怎么干？老程，你先说！"赵云瑞一改平时温和的脾气，板起了面孔，愀然不悦。

程老大一下子没有反应过来，吭哧吭哧地憋了一阵后，说："赵乡长，乡上的家底我知道，不但没有钱，恐怕是还拉着饥荒。老百姓咋想的呢，我们几个人也摸个八九不离十。庄户人，见识少，也没有啥弯弯肠子，就是觉得这补偿太低了，想多要点儿承包费。其实呢，乡上松松口，稍微一让，这步棋也就活了。"

"你说怎么让吧！"

"陈部长，咱乡上不是给三百块钱一亩吗？其实呢，老百姓也没敢多想，再加上一百块就能拿下来。别看咱乡上多拿十几万块钱，可疙瘩一下子就解开了。您想想，早调好地，就能早建园子，早建园子就能早把厂子招进来，早招进一个厂子来，不就能早缴税了？让厂子多生产几天，不也就把这十万承包地钱找回来了？要是整天跟老百姓打咔哧，地调不安稳不说，别再戳出些上访的事来。去年，咱乡不是因为上访名次才末尾子的？"为了老少爷们，也为了园区调地，程老大涨闷着脸，带有豁出去的架势据理力争。

赵云瑞故意拉下脸来后，逼出了他想要的结果，心里亮堂了许多。他在屋里来回走了几步后，又对其他几个村干部问："你们是怎么想的，对这个补偿有什么看法？"

"赵乡长，一亩给三百块钱确实太少了。刚才程书记说的那个数，巴巴结结差不离。老百姓的日子过得很紧巴呀！"

"好吧，咱就初步确定这个方案，但还需要跟耿书记汇报一下。来电，奎升，你跟他们再好好地研究一下就准备下手。至于一把掏出这几十万块钱来嘛，我想办法解决，别忘了，修这'二纵二横'和院墙，还有水、电，没几百万下不来。你们难，我比你们更难！"一说到钱，赵云瑞也是一肚子苦水倒不出来。

赵云瑞表态干净利落，又掷地有声，他们也没有再拒绝的理由。虽然答应每亩多上一百块钱，可把这一千亩地从老百姓手里硬生生地抠出来，也不是个简简单单的事。十个指头不一般齐，说不准哪个村、哪个户就惹出点事来……

赵云瑞刚刚讲完，陈来电悄悄告诉他，乡委李秘书来电话说，明天县里有个关于铁路建复线征地和省道拓宽延伸的专题会议，让乡长参加。赵云瑞点了点头说："毁了毁了！成天喊狼来了，狼来了，这回狼可真的来了！命里让你碰上的事，你就得要碰上，想躲也躲不掉！来电，安排的几项工作要抓紧抓好，快些落实下去。明天我开会回来，肯定又是一大堆头痛的活儿。唉！这些工程呀……"

赵云瑞看气氛有点压抑，知道几个村干部的心里沉甸甸的，就想着怎么轻松一下，调动下情绪。他瞄了眼方承平后，想起他"半截子话"的故事。

"哎，后起之（秀），你是从什么时候开始冒出这'半截子话'来的？人家都说是从埠岭乡传出去的，也说是从果园村传出去的。是真是假，说说呗！"赵云瑞故意缓和一下气氛，刨根问底地问。

方承平不好意思地搓搓手，说："没有的事，是他们瞎诌诌！"

方承平创造了说"半截子话"的形式，但大力推广的却是程老大他们。从此，四邻八村，尤其是些村干部凑堆、打牙祭时，都喜欢对搭些"半截子话"，但有时意思反了，也会弄出笑话来。

一次，方承平上中学时的班主任骑着个自行车来找他办事。吃饭时，方承平便找了几个同学、朋友陪老师。酒桌上，程老大跟方承平的老师说："您德高望（重），您教的方承平非常优秀，前途无（量）"时，大家哄堂大笑。一句"前途无（量）"，弄得老师坐也不是，站也不是，尴尬极了。

"哎，赵乡长问你呢，聋了还是哑了？到底是咋来的？"程老大怕冷了场，迫不及待地追问。

方承平不愠不火地微微一笑，"是这样，好多年前有个刊物，上面登了一篇革命老区的一个老农对改革开放取得的成就的感慨。有个老大爷没文化，不管意思对不对，也不管押韵不押韵。凭着自己的感受编了一首顺口溜。这么些年了，内容又挺长，都忘得差不多了，只记得其中几句叫什么'一手拿着人民日（报），一手拿着煎饼吃，家家户户喜笑颜（开），感谢十一（届）三中全（会）！'别看这个老大爷不识字，细琢磨琢磨，编的这首顺口溜还挺有韵味，讲给谁听谁就笑。这么些年了，砸在脑子里一直没忘掉。"方承平用食指和中指优雅地往上推了推眼镜慢腾腾地说。

程老大就是程老大，在什么时候也不掉链子。他接着方承平的话茬说："你这'半截子话'一说不要紧，把俺村的妇女主任可坑坏了，成天拿人家开涮。她个子又矮又粗，再说啦，庄户人成天蹲在地里干活，哪里能有个俊模样？你们就成天说人家什么'美丽动（人）''闭月羞（花）'，净拿人家的短处来刺激人家。有一回，让你们气得都撂挑子不干了。我还得跟在这婆娘后面屁颠屁颠地安抚人家。俺村可是计划生育先进村，全凭着她在忙活，以后少给我惹些事！"程老大一席话，引得大家狂笑了一阵。

"赵乡长，关键时候还是程老大行。有一回在歌厅点《梅花三弄》时，他张口嚷着点'梅花三（弄）'，人家以为他要打扑克牌呢！程老大，是不是有这回事？""张打油"吊吊着的胳膊上还缠个绷带，但也没碍着他哑巴。

"'张打油'，你怎么那么多话呢？赵乡长可是第一次来平屯村开会，你别在这里给我乱放一通，还不如说说你的诗有滋味呢。嘿！你那些诗也叫诗？我看还不如那个老农民写的。你听听人家是多么朴实，多么押韵！你那些诗词，哼！"程老大逮住"张打油"软肋，一个劲地咬。

"农民嘛，能写、喜欢写就不错了。至于平平仄仄，那是专业问题，咱们写着开心就好，是不是，'张打油'？"赵云瑞打着圆场。

"可找着知音了。跟他们简直是对牛弹琴，根本不懂什么平平仄仄平平仄。还是您有文化，赵乡长，不行就一块炖个'三野'？"

赵云瑞一笑："什么叫'炖三野'？"

"就是炖野鸡、野兔、野生鱼！""张打油"对这事再熟悉不过了，麻利地把话递上。

"哦，'炖三野'，挺会起名字！是不是来吃饭的都是奔着这'三野'来的？哈哈……"

"他还有'拌三生'呢！"陈来电也饶有兴趣地提醒。

"'拌三生'就是拌山椒、山姜和山野菜。""张打油"不假思索地又跟上回答。

"你真是个大吃才。"陈川堵上了他一句。

"张打油"来了情绪，"赵乡长，'炖三野'和'拌三生'都是俺村的拿手菜。愿意吃肉也有，愿意吃素也行，都是地地道道的家传秘方。吃起来香喷喷地可口，越吃越爱吃。"

"张打油"得意地嘴唇一咧，又露出平时不太外露的几颗黄黄的大板牙来。

程老大看"张打油"疯癫开刹不住车，又开始翻他的糗事，"张打油"的脸上立时一阵通红，哧哧吭吭地递不上话来。他们常年在一块，相互糟蹋倒没什么，未料这个程老大当着刚刚调来的赵乡长的面冷不丁地把他那些见不得人的事一下子给掀了个底朝天，立刻羞得满脸通红。他咬着牙根狠狠地对程老大说："你他娘的净胡扯！赵乡长，早上没吃好，有点儿闹肚子！"他急吼吼地站起来，"哧溜"一下跑了出去。

赵云瑞看到"张打油"窘迫的样子，"好啦，好啦！大家的情绪还是挺乐观的，谢谢各位的理解和支持！你们再进一步讨论一下，定出方案后就下手。来电，奎升，如果伙计们来情绪的话，可以来个开怀畅（饮）、一醉方（休）嘛！"临走，赵云瑞也学着方承平发明的"半截子话"幽默了一下。

程老大和几个村的听到赵乡长放话每亩给加上一百块钱，心里有了底数，一高兴，还不使劲喝点儿……

十二

赵云瑞在县里开了一天会，会上安排了铁路拓宽和省级道路延伸占地的任务。他咧了下嘴没说什么……

散会后，他忙里偷闲地回家看了看年逾八十的老母亲。他握着老娘骨瘦如柴的双手，看着就像油灯将要耗尽的枯萎面容，不觉悲从中来，长长地叹了口气。因为心里还装着许多事，陪着老娘坐了会儿后，不得不依依惜别。

他坐在车里想着安排的一件件事，不知不觉眯了个盹儿。山路又开始坑坑洼洼，就知道快进埠岭乡的地界了。

生态科技园选址调地、县埠路施工、铁路拓宽和省道延伸，还有刚刚有了眉目的工业园区建设和正在规划的乡驻地改造等，像是饿急了的婴儿一声比一声尖地嗷嗷待哺；又像是扭成一团的乱麻齐忽拉地塞进脑子，满满当当的，让人有些头痛。不过，开春才两个多月，各项工作都启动起来、铺开摊子了，进展还算顺利。想到这些，一丝慰藉不经意地在脸上流露出来……

车子又一阵颠簸后，把刚刚塞进脑子里那一丝慰藉又拖回到现实中来。各项工作固然是启动了，摊子也铺开了，可以往的教训也是记忆犹新，摊子铺得越大，出现的问题就越多，不是吗？哪些工作不得需要钱来支撑，而钱从哪里来呢？水费也好，造林集资也好，一个萝卜一个坑，甚至入不敷出；县埠路收的那点儿钱，又是付去年欠款，又是付联防队员工资，早三下五除二地挪用了一大半了。钱，钱，要想干事，必须得有钱才行……脑海里不觉又冒出了正在进行的一项项工程需要的资金，把个心搅得烦躁不安。

一想到钱，就联想到了税。脑海里忽地蹦出了税收这要命的事来，心里猛然打个冷战。税收可不是一般的工作，是响当当的硬任务。到了月末、季末，必须缴上，一天也不能拖。千理由，万理由，完成入库才是唯一的理由。想到这里，他准备找姜恒春，把有可能抠到税源的企业再细细地捋一遍。

"赵乡长，方便不，我想汇报个事。"鲁祥生有些着急的样子。

"啥事？是不是生态园的事。"

"就是。去找了几趟陈柱子，见着面了，一提大湾塘他就是跟你胡打岔，根本不上正题。"

赵云瑞没接鲁祥生的话，而是在细细地琢磨着陈柱子和招来的生态科技园项目……

韩岭村距栾山湖不是太远，两座丘陵之间有道宽阔的山涧，冬暖夏凉的山风夹杂着栾山湖水中淡淡的草腥味飘荡过来。随风追逐觅食的水鸟，在山涧中一会儿俯冲谷底，一会儿直插云霄，自由翱翔，追逐嬉戏，间或听到"咻咻"的鸣叫，仿佛在唤醒附近村子因劳作而沉睡的人们。

村子依山而建，层层叠叠，错落有致，拐过山道远眺，好似是令人向往的世外桃源一般：在晨曦中眺望，一股山泉形成的小瀑布，从村后丘陵高处飘若浮云般地落下，又给人另外一种梦幻般的景致……

撇开经济，就生态来说，韩岭村的景致确实美不胜收。难怪苑向伟老板一眼相中了这个风水宝地。

因处在县埠路一侧的一个半山坡上，位置也开始优越起来。这一下手拾掇，最沾光的就数他们村了。难怪开工的时候他们那么积极。

村前大片的农田，土地虽然不是很肥沃，比起其他村来还算好的。但更好的却不是这些，而是有个名声大噪的陈柱子。大到什么程度呢，用程老大的话说，就是从古至今几千年带"子"的名人也就三人，谁呢？那就是孔子、孟子和柱子。他这一调侃，把个陈柱子的精气神又一下子给推到了天上。

这是鲁祥生第三次来找陈柱子了。前两次都因为他"有事"没见上……

韩岭村前有个大湾塘，光水面就有一百多亩，加上周边的闲置荒地、水沟，足有一百六七十亩。这个大湾塘是人民公社时建设的，周边全用山石垒砌，至今仍完好如初。当年为了解决群众吃水难的问题，公社水利站利用村西长年不断的泉水，在村前的湾塘建了个蓄水池，将山泉水蓄起来，解决了韩岭村及周边几个村的吃水问题。当时是公社建的，也一直管理使用着。后来，随着全乡水利配套设施的完善，湾塘也就慢慢地失去它的功能而荒废了。

年前，县里召开全县招商引资工作会议，给各乡镇下达了必须建一处工业园区和一处生态科技园区的任务。乡委再三权衡，觉得这个地方可利用：

一是里外将近二百亩的湾塘没有任何争议，可以直接利用；二是湾塘岸边还有好多荒地、荒沟，可以扩大规模；三是湾塘有水，常年不干，适合建温室大棚，可养殖、种植。

为了把项目包装好招个大商，乡委计划先把湾塘的手续办到乡经委名下。手续完善了，招商的力度也大了，投资商也就会放心地来这里建生态科技园了。

年前，罗县长帮着介绍了个南方的投资商。耿春义和赵云瑞都对接过，谈得挺好，投资规模可大可小。人家提的唯一要求就是必须把土地手续办利索。

随着土地越来越炙手可热，陈柱子早就瞅着想把湾塘捣鼓回来。可碍于归属乡上几十年了，没个正当理由也张不开口。正在一筹莫展时，鲁祥生来找他谈这事，他也不知是福是祸，心里窃喜呢。

两人沿村西山岭下的山溪，慢慢走向村前的大湾塘。

"陈书记，湾塘的事考虑得怎么样了？书记、乡长等信呢！"

"急什么急，心急吃不了热豆腐！"陈柱子故作镇定的样子。

"连着来了几次了，都找不到你，找到你了又不急。这可不是你的风格呀！"

"庄户人就这样，急茬子又能怎么样？"

"乡上可是急呀！好不容易招个生态项目，正符合县里的要求，可别今日不急明日不急地给耽误了。有些地方眼珠子瞪得老大老大的想来挖这个项目呢！"

"鲁书记，张翠的事听说了没有？"陈柱子答非所问。

"张翠是谁？啥事？没听说呀。"

"哎呀呀！这么大的事没听说？牵扯到村干部的事，别影响乡上的威信！"

"什么事一惊一乍地！"鲁祥生怕陈柱子有诈，便问他。

"嘻！你们这些乡镇干部整天忙些啥来？整天忙着催粮逼款、牵羊流产，怎么连这么大个事都没听说？难怪去年工作垫了底，上访却拿了个第一名。唉！掉了西瓜捡了芝麻，算差账了。"

"你快别巧嘴巧舌地卖乖了，到底发生了啥事？"鲁祥生陌生地瞅瞅陈柱子。

"嘻！这个张翠呀，是打油村的一个寡妇，也就三十出头的年纪，人长得还算标致。浓眼眉，大眼睛，走起路来一扭一扭的，把个'张打油'馋得直咽唾沫。论辈分，她该叫'张打油'表舅。前年，她男人跟车拉石头连人带车摔坑里砸死了，事情就变得蹊跷了。一开始那阵子，'张打油'摸不透她对自己有什么感觉，就有事没事地去她家里今日收水费，明日收电费，要不就说是去北坡地里干活路过顺道进去坐坐。张翠也是过来人，'张打油'心里想什么，她能不知道？男人死了，一个人在家，这出出进进的不正合心意？俩人有一搭无一搭地接上了戏言。没话找话……嘿，哪有不吃腥的猫？男女之间的事，自古以来谁也没说清过。俗话说，你情我愿，法院不判。自己愿意，别人懒得去管。尤其是'张打油'，孬好也算是村负责人，脑子转得快，人又猴精猴精的，要是说坏话传到他耳朵里，给些暗亏吃就划不来了。因此，人们即使看见，也睁只眼闭只眼，权当不知。前几天，他又去张翠家，被他老婆逮住了，发紫的夹骨脸比霜冻后的茄子还难看。但狗改不了吃屎。鲁书记，再这样下去，是不是给乡上丢脸？是不是应该管管？"陈柱子为了转移话题，把"张打油"的艳史抖搂了个底朝天。

"你把话打住，咱先不说这些了。第一次来找不到你，第二次来还是找不着你。这次堵门上，也把话说清了，你又要转移话题。你说这事还要等到啥时候？可不能再让我跑趟腿吧！再说，书记、乡长等信呢！"碍于同事关系，鲁祥生压着性子交谈。

"这么大的事，也说不定真要跑几趟！鲁书记，这个湾塘在《韩岭村志》上都有，为什么非要给乡上呢？"

"历史上是你们村的，这都知道，人民公社的时候不早划归乡上了？"

"那划归乡上了，还来干什么？"陈柱子倒有些不耐烦，提了下嗓门。

"咱不是为了招个大商，把手续办齐全了，人家才来嘛！"

"看看，看看！说来说去还不是村里的地。鲁书记，咱是公对公的事，乡上也是公家的，村里也是集体的，再去办个什么手续呢？这不是捣鼓着玩吗？"

鲁祥生一脸怒气，真有拉下脸来狠狠批他一顿的想法，可又觉得还没到火候，为了工作，终于没有发作。

陈柱子有点头脑膨胀，跋扈自恣。他瞧瞧鲁祥生后，说："添人不添地，早晚是些啰唆事。一二十年没动地了，老少爷们都嚷嚷着调地、分地呢，在这节骨眼上我再把湾塘弄走，是不是拙大了？"

"作为干部，群众的工作要做好，乡上安排的工作更要做好呀。"鲁祥生耐着性子说。

"我问了村里的一些老党员、老干部，他们不答应，你说我怎么办？总不能胳膊肘子朝外拐吧！"陈柱子油盐不进。

鲁祥生知道他是坡里的兔子野惯了，看没法细谈下去，也就放弃了来时的想法，回去汇报后再说……

南方来投资的老板姓苑，叫苑向伟，是年前通过罗县长介绍过来的。苑老板想在栾山湖这一带寻找个地势平坦、水源充足，又有优惠政策的地方建一处温室大棚育苗和室外大田种植式的生态科技园，将国外的、南方的花卉、苗木等通过移栽温室反季培育后，过渡到适合北方种植。同时，利用这将近二百亩的大湾塘培育国外喜欢的锦鲤新品种等。通过罗县长介绍，这个苑老板是个事业型的生意人，资金势力雄厚，专业技术精通，国内外的市场行情摸得非常透。因此，围着栾山湖一转就是好些天。韩岭村前包括这个大湾塘及周边土地被他一眼相中了。湾塘北侧，有矗立的埠岭挡着，温度适宜；湾塘常年流水不断，不管是大田浇灌还是养殖用水都唾手可得；湾塘周边的荒坡、荒沟和溪水滩涂，稍加整理就是理想的种植地块。

一眼相中的这个地方让他满心喜欢。季节性强的产业时间不等人。等乡里把手续办利索正式签个合同后，就立马下手。可不是驴不走就是磨不转。他隐隐约约听说了村里包括村干部对这事有争议，让他的心也凉了半截。再等等看，实在不行就到别的地方去，总不能拴一棵树上吊死。

赵云瑞从鲁祥生汇报韩岭村的思绪中回过神来，"祥生，在咱这穷乡僻壤，招个项目是扭筋拔力，招个符合县里要求的生态项目更是凤毛麟角、难上加难。好不容易让咱好歹地赶上了，罗县长高兴，耿书记高兴，全乡人民也都高兴。可让陈柱子这一搅和，事情变得复杂了。你说，怎么办才好？"

"平时他不是这种风格，轮自个儿头上了却不是正宗味道，判若两人，事情怪怪的。"

"我有个预感，如果继续这样拖下去的话，苑老板不会待这儿，哪块地方不养人？人家求还求不到呢！"

"赵乡长，我知道您的意思，我再去做做工作。"

"好，再去做做工作，话可以讲得严厉些，把利害关系讲清楚，把个人服从组织、下级服从上级的原则讲清楚。如果他明白的话，会听出弦外之音的。"

"好的，我争取把事办好。"鲁祥生若有所思，但眼里透出一些无奈的目光。

俗话说，巧妇难为无米之炊。想干事，干成事，没有钱再有本事也没辙。一想到钱，赵云瑞就想到了姜恒春。

鲁祥生走后，赵云瑞赶紧把财政所所长姜恒春找来。

姜恒春小心翼翼地问赵云瑞："赵乡长，一季度税收不赶进度，缺口挺大。县里来电话问是不是先挪用些别的钱垫付一下？"

"哪有钱？用哪块钱垫？"赵云瑞把手往蓬松的头发里一插，为难地说。

"往年都是先垫上，然后再淘换，其他乡镇也是这么做。"

俗话说，千抢网，万抢网，网网有鱼。"税收就跟松紧绳似的，再使劲割一遍不中？或多或少的还能入点库吧！"赵云瑞也想是菜就要剜进篮子里。

"刚过完年，厂子也都才上班，生产的那点东西还没卖出去……"姜恒春不好直白地说下去，赶忙解释。

"也是，企业也都才开工，还见不着回头食。那你说怎么办？"赵云瑞理解他弄不到钱的苦楚。

"倒是有个法子，就看您同意不同意了。"

"什么法子？不会是又到企业里去借吧！借得都不好意思了！"

"赵乡长，您看是不是这样，先把去年计生服务站罚的二十万拨过来垫上。我再想法把教师工资挪用下，虽然还稍差点，起码不是倒数，也不至于被点名，脸上稍微好看点！今年这不收了三茬集资了，收得越多，留下的尾巴也就越多。按往年的做法麦收之后开始清收'一事一议'的欠款。瘦死的骆驼比马大。我算了算，一个高潮下来，怎么着也得割它个三十万、四十万的尾巴。到时再补上挪用的窟窿不就行了？"姜恒春细声慢语地算着细账。

"账是这么个账，不过县埠路正在紧锣密鼓地施工，跟人家签的合同是随工程进度付款，并且要求雨季之前完工。付不上工程款，一是咱先失约，二是耽误了工期，责任不都在咱们？还有，植树造林得先准备部分钱到外地购买树苗。人生地不熟，人家准不赊账，没现钱可不行。计生站那二十万块钱根本够不着边，唉……"赵云瑞在屋里来回踱步划算。

"要不再把教师的工资拖几个月发？"姜恒春小心翼翼地试探着。

赵云瑞长长地叹了一口气："年前就欠着，再拖几个月，是不是就半年没发工资了？他们在一线岗位上这么辛苦，又得养家糊口，这怎么行？最近上面转下来几封信，就是反映教师工资发放不及时的。县主要领导在信上都做了批示；分管县长也给我打电话，挺严肃地谈到了教师工资发放不及时的问题。前几天，教育局刘局长过来也提起教师工资的事。咱乡拖欠教师工资的事，闹得可是满城风雨。下一步咱不但不能再挪用了，原先拖欠的也要一块补上。唉！压力大呀！"他眉头皱成一块疙瘩沉思着，"我看是不是这样，先将刚收的修路集资款挪用一下，应应急吧。植树造林款收齐后再堵上挪用的，也就平账了！别没的好办法，只有拆了东墙补西墙，来回倒腾！"

"这个办法倒也行！再就是刚才您提到拖欠教师工资的事，表面上看，风平浪静，可背后是议论纷纷啊！他们的日子也挺紧巴，硬拖也不是办法！"姜恒春也是替乡里担着个心。

"是呀！这几天我琢磨了，下一步不是想搞开发吗，走农技站那条路子，把林业站合并到经管站一块办公，腾出林业站那处地方连院子带房一块卖出去。临街，地段又好，肯定抢手，怎么着也能赚它几套房子吧。再把房子一卖，拖欠的工资款不就堵上了？你说这法行不行？"

"当然行了，赚钱的事怎么不行？一开发，财政上不就见钱了？行！行！"一高兴，一向沉稳的姜恒春脸上堆起了笑容。

"当然，这样的大事得再琢磨琢磨，跟耿书记汇报后再办！"

"耿书记肯定同意。那里一开发，咱有钱了不说，整条大街也跟着繁华起来，有人气了！好办法！好办法！"姜恒春看赵云瑞同意挪用修路的资金，高兴得满脸堆成一团花。

干啥急啥，赵乡长一点头，就等于完成了一季度的税收任务，不高兴才怪呢！

"是呀！十多年了，乡驻地也没有大的变化，是该好好规划规划了！"赵云瑞有些内疚。

十三

人呀，就这么神奇，一旦脑子里没啥磕磕绊绊的事了，一切也就顺了。这不，园区调地的进度一天比一天快，眼看着要完成了。这帮喝醉了不知道难受的伙计，压在心里的酒虫子又爬嗓子眼儿了。哼！没酒喝还叫村干部。走，找程老大去。伙计们一呼百应，齐呼啦地来到了平屯村。

程老大跟陈柱子是棋逢对手，下雨天喝耍酒，还不把他请来。

"程老大，大老程，喝酒也不叫一声。今天不管谁请客，不吮两盅可不行！""张打油"看到门口有几辆熟悉的摩托车，横七竖八地扔在那儿，知道是老帮头。用手攥着隐隐作痛的胳膊，边走边赋"诗"一首。

"你说世界上哪个国家的坦克最厉害？"还没坐稳，程老大便急不可耐地又发挥他的长项，抛出了军事题材的话题。

"美国！"

"日本！"

"韩国！"

闲着也是闲着，伙计们七嘴八舌地胡猜。

"胡说，德国，知道吗？德国！从第二次世界大战就是德国的坦克最厉害，现在也是德国的最厉害。明白吗，伙计们！"

争强好胜的性格，加上从《参考消息》上猎取到的新闻，在这山区里孬好都得占个上风，也没人是他的对手。不过，"张打油"时不时地惹下事，故意气气他。

"鼻子挺尖呀，锅里刚冒出香味，你就来了。哎，刚才范寿亭说往你家打电话时，是个女人接的，声音还挺嫩，听起来不是你老婆，又换人了？"男爷们儿凑一块，哪有什么细呱拉，三句话后还不尽是裤腰带以下的东西。这不，一见面，程老大就跟他对上了。闲着也是闲着，出他个洋相呗。

"你别血口喷人！谁换人了？"一急，"张打油"什么话也能顺嘴溜出来。

"你也别死犟，就是个嫩女人的声音嘛，说不定还真换人哩！"程老大故意杠他、激他，看他咋表演。

"现编吧。家里根本就没人，哪来的女人声？再说，咱也没那爱好，哪像老范好这口。要不是鹦鹉学舌——嘴巧，不差点被公安局给'收编'了？"脸皮厚厚的"张打油"，前几天在范秀花那儿哑了火后，跑这儿却是矬子里拔将军——数着了，嘴皮子格外溜，他小眼珠子一眨巴，轻巧地把话题拨给了范寿亭。

栾山村离平屯村稍远些，村东有一座不算太高的埠岭。埠岭南是一个大大的湖泊，叫栾山湖。20世纪五六十年代，县政府决定在栾山村前的埠岭下建一个拦河坝，将栾山河上游的水拦住，于是就有了现在的栾山湖。在湖边不算太高的埠岭下面，埋着个大铁矿。这几年，县里、乡里为招商引资，请了一拨又一拨的投资商来洽谈铁矿的开发，可都因矿石品位太低，没有达成协议。这个村也是库区移民村，村里的人除了种地，大部分群众在埠岭上栽了些果树，也有些胆大的在湖边上建大棚养鱼、养虾。因为地理条件太差，加上地处偏僻，一直富不起来。这些年，除了移民村，就数他们穷了。正是因为村子穷、能人少，范寿亭才在这支部书记岗位上干了好多年。

前些天，范寿亭接触了一个来谈开铁矿的投资商，看来谈得还可以。酒足饭饱之后，又余兴未尽，就领着几个人趁酒兴去了歌厅唱歌。乡下的歌厅不太按套路来，服务小姐因客人多忙得有些晕乎，服务跟不上。为了显示自己的威严，范寿亭先是三言两语地，数落小姐服务不到位，而后借着酒劲又不知怎地跟另一帮人动起了手脚。派出所的警车来后，三下五除二把他们押上警车送往派出所了。本来是挺好的一个事，让酒精一烧，不知姓啥子了。当他们酒醒大半时，那个后悔就不用说了。买卖砸了不说，丢人也丢到家了。虽然事情不是很大，也想法子摆平了，可也差点被拘留了，心里好一阵后怕。"张打油"说的"收编"一事，就是指的这件事。

范寿亭在众目睽睽之下，被"张打油"不轻不重地一顿数落，可一时又没攥住他的把柄，有火也发不出来，只是噘着嘴，狠狠地瞪他，真有一把将他撕碎的冲动。

借着春天非常稀罕的毛毛细雨，享受着完成了调地任务的喜悦，扯得来的伙计们一凑堆，小拳再一划，云山雾罩又找不着北了。

半岛地区的酒俗、酒礼繁多而隆重。大到企业、单位，小到家庭、个人，凡有活动，必有宴请，凡有宴请，必然有酒。这就是所谓的"无酒不成席"。几千年延续、传承下来约定俗成的"酒文化"，在半岛地区尤为突出。酒席有大小之分，大事喝大酒，小事喝小酒，没事喝耍酒。天冷了，喝几杯暖和暖和；天热了，喝几杯凉快凉快；累了，喝几杯歇歇；闲了，喝几杯乐乐。婚丧嫁娶、起墙盖屋、人来客去，没有一样不喝酒的。真闲得无聊的时候，哪怕是就着盘花生米、小咸菜，也得喝上几杯、猜上几拳。

有人说，东部沿海一带的"酒文化"，代表着半岛地区的"酒文化"；还有人说，西部水泊梁山一带的"酒文化"，代表着齐鲁大地及半岛地区的"酒文化"。其实，都有偏颇。用陈柱子"讲政治"的话说，都是"自抬白"；用"张打油"咪溜滑的嘴说，那是"自己叫自己二大爷"！

那真正代表半岛地区"酒文化"的地方是哪里呢？不能用单一的有没有酒厂，有没有名酒、名菜来认定"酒文化"的正宗和渊源，而是用除此之外的对酒的历史渊源，酒的理论研究，饮酒习俗包括地方菜系是否丰富、是否有特点等来总体衡量。

发源于沂蒙山区纵贯半岛中部南北的栾河两岸，拥有中部地区特有的"酒文化"的厚重底蕴，既有独特又丰富多彩的酒礼、酒俗，又兼有齐鲁大地东西部之特点，使半岛地区"酒文化"的内容更加宽泛，更加丰富，更加得以传承并发扬光大，是真正代表齐鲁大地"酒文化"的典范。

人逢喜事精神爽！还没沾酒，什么羞躁早跑九霄云外去了，程老大往主陪位子上一坐，立马找回了自信："伙计们，赵乡长亲自安排的调地咱是干净利索地完成了。这是什么水平？这可不是一般的水平。不是吹，赵乡长跟咱的关系，那是火炉里烤地瓜——又甜又黏。"他瞄了下"张打油"后，又撅着个嘴，"是'张打油'找张翠——沾上掰不开！"说完，惹得伙计们捂着嘴直笑，气得"张打油"吊丧着僵硬的脸。

"伙计们，今天既来之则安之，入乡随俗。范寿亭，你也别觉着谈了个项目就了不起。在朝都是官，在席都是客。咱几位弟兄们也别真把自己当成客。'张打油'，今天这场合你可别背着醋坛子喝酒尽出穷酸样，关键时候也得瞪起眼来。下面，咱就开始。按咱的风俗我带六个，喝个六六大顺怎么样？来呀，伙计们，来个一点高升！"因为是老套路，大家习以为常，不约而同地端起酒杯，干裂的嘴唇跟酒盅一沾上，"吱"的一声，40多度的酒就着几个凉拌菜一下子滑进肚里，真爽！

跟些伙计们整天滚在一起，都在东一榔头西一棒子地胡扯。酒过三巡后，脑子一热，各人的嘴就开始不把门了。程老大更是肆无忌惮，率先胡咧咧开了。

魏石桥看酒喝得差不多的时候，便凑到莫老憨跟前："莫书记，这'醉皇帝'和'贵妃鸡'有一大堆说法，到底是怎么来的？闲着也是胡砸牙，给讲讲呗！"

莫老憨笑了笑，算是听着了，点了根烟后没多言语。

"莫书记，快扯扯这'醉皇帝'到底是怎么来的。"魏石桥硬逼他。

莫老憨干咳嗽了几声，他抹抹嘴唇，又干咳了几声，"嗜！都是些上千年的老皇历了，哪还有些准事。不过传得最广的还是唐玄宗东巡这事比较靠谱。话说一千多年前，唐玄宗李隆基登基后，就开始到全国各地巡视。有一年，他率领众臣兵勇沿着秦始皇时修的官道，浩浩荡荡地一路东进。当来到栾山河边一个小村庄时，天已擦黑，继续前行，必然得赶夜路。随从便请示皇上后在此驻扎了下来。随从打听到村里有个小酒坊酿的酒远近闻名，刨根问底时，酒坊老板不敢撒谎，说是栾山河边流出一股甘醇的泉水加上雇用的都是十四五岁、十六七岁的少女踩曲，酿成的酒格外清香四溢。随从禀报后，便派人前去令酒坊老板备上几坛上好的酒进贡皇上，让皇上品尝品尝这半岛地区的酒有何特色。随从得酒后，急匆匆地回到军营，斟上一碗让皇上品尝品尝也解解乏。当随从还没斟好递到唐玄宗跟前时，甘醇的酒香就扑鼻而来，看着清冽、闻着馨香的醇酒，让他一下子来了精神，并且左顾右盼，心想添个菜肴就着就更好了。此时，刚好随从递上了几只热喷喷的烧鸡，杨贵妃便把闻着香、吃着烂的烧鸡腿撕下一块递给皇上。唐玄宗一口气把一大碗酒喝了个底朝天，并且大喊'好酒，好酒'。随后，把杨贵妃递过来的鸡腿也啃了个干净。这当儿，酒劲开始上头，因路途劳累，人困马乏，加上他喝得有些猛，借着酒劲一歪就醉过去了……唐玄宗率大军走后，这个村就被叫开'行营村'了。小酒坊的酒竟把皇帝喝醉了，这还了得，一下子名声大噪。人们偷偷地给这个酒坊酿造的酒起了个'醉皇帝'名字。因为是杨贵妃吃的鸡，而且也确实好吃，人们也就把这村做的烧鸡叫'贵妃鸡'，就这样慢慢地流传了下来！"

口龇牙硬的魏石桥觉得老莫讲得确实在理，点点头认可后敬了老莫一杯。

"陈书记，你跟程书记是棋逢对手，既然说起了'酒文化'了，那就'杀几拳'[6]，闹点动静怎么样？"苗大庆一贯挑拨事，别人争吵起来他就坐山观虎斗，看个热闹。

---

[6] 杀几拳：地方方言，猜几拳的意思。

都是有备而来，也都酒兴不减。俩人对视后，"杀几拳就杀几拳，谁怕谁！"叱咤埠岭乡的风云人物大手一挥开拳了。

"来，'两个帽''弟兄俩好，再好好'。"程老大提醒陈柱子。

"弟兄俩好，再好好"的意思就好比是运动会上跑百米持发令枪拖着长腔喊"预备"的意思，是让你把握好节奏，准备猜拳了。

"弟兄俩好呀，再好好呀，五魁首啦，三桃园，六六顺啦，四季财啦，八匹马啦……"两人同时伸出手指并各说一个数，谁说的数目跟双方所伸手指的总数相符，谁就算赢，输的认输认罚，喝酒一杯。作为一种饮酒游戏，可以增添酒兴，烘托气氛。因为猜拳这个游戏，脑子反应要快，出手还要迅速，嘴里喊出的数还要与手指同步，有斗智斗勇的味道，极具挑战性。

半岛地区"酒文化"最明显也最有代表性的就是猜拳。喝酒不响响拳，不大战几个回合，就不算喝酒。

俩人嗓门儿调高，横眉立目，吼声震天。关键是出拳的花式、节奏、情绪和眼花缭乱的速度，给人以振奋、惊喜和过瘾的感觉。俩人大战了几个回合，恋恋不舍地收了拳。

魏石桥边嘟囔着过瘾，边又劝苗大庆也杀几拳，免得待在一旁怪冷清的。苗大庆自知猜拳差把火候，便说让他们划拳诈唬得头痛，不行就猜个火柴杆或猜个扑克吧。

"猜火柴杆"，就是一个人手里握着几根火柴杆让对方猜。有几个人参加就准备几根火柴杆，根据自己的意愿，把火柴杆藏于手里，让参与者猜，猜错了不喝，猜对了喝一杯。如果都猜错了，自己窝在手里了，就叫"做窝"，自己喝一杯。一般从主陪开始，轮流坐庄，内容简单，操作方便。这个游戏不愠不火，在酒席上属文明些的。

"猜扑克"，也叫"一揭两瞪眼"。就是俩人拿副扑克牌，每人随机抽出一张来，瞬间亮开牌，谁的数字大谁赢，谁的数字小谁喝酒。游戏看起来简单，但因为是一揭两瞪眼，游戏进行得非常快，眨眼就定输赢。不管谁输谁赢，都很容易喝多、喝醉，有压力，但有刺激性。

反映半岛地区"酒文化"的一首首顺口溜、楹联名句既饶有风趣，富于想象，令你回味无穷，又有一定哲理。"能喝一两喝二两，这样朋友够豪爽。能喝二两喝五两，这样同志要培养。能喝半斤喝一斤，这样哥们最放心。能喝一斤喝一桶，这样兄弟当副总。""不会喝酒，前途没有。一喝就跑，升官还早。能喝九两，重点培养。只喝饮料，领导不要。""喝酒像喝汤，此人在工商。喝酒像喝水，此人在建委。举杯一口干，必定是公安。一口二两五，肯定是国土。八两都不醉，这人在国税。醉了不承认，绝对在乡镇。""宁让肠胃烂个洞，不让感情裂个缝！""白酒红酒加啤酒，肯定是个一把手。""人生难得几回醉，要喝一定喝到位！""兄弟喝酒不要累，喝多全当是陶醉！"

如果说酒代表着"酒文化"一部分的话，那菜肴就代表着"酒文化"的另一部分。俗话说，有酒无肴不成席。代表半岛地区鲁菜菜系的栾河两岸，栾山湖周边及代表地方风味、海鲜小吃的莱州湾畔，不是一句半句就表述全的。在这里用一首老百姓的顺口溜表述一下，就可窥豹一斑。

> 七大碗，八大盘。
>
> 七大呛，八大拌。
>
> 七大荤，八大素。
>
> 七大炒，八大煎。
>
> 七大热，八大冷。
>
> 七大炖，八大咸。
>
> ……

光这七盘八碗的丰盛菜肴，就充分体现出半岛地区"酒文化"有多么丰富和富有诗意。

正当兴高采烈之时，又端上两个地方名吃，一个是油泼菠菜，一个是爆炒辣子鸡。

"来来来，好事成双，干！"程老大率先垂范，抬起他那粗壮的胳膊，往脸上一抡，麻利地又是一杯。无须多说，大伙叨了几筷子虾酱油拌葱白、蒜泥拌茄子，又"吱溜"一声，咽下肚里。

看有些冷场，程老大眼珠一转，又琢磨事了。"哎哎！'张打油'，前些日子，方承平说你不玩五言绝句了，改成什么叙事诗了？什么叫叙事诗？来一段怎么样？听说诗里还有不少地方名吃，那还不叫伙计开开心？"程老大是成心出他的洋相。

未料想脸皮厚厚的"张打油"小酒一喝，也不管大家高兴不高兴，拿只筷子往个空碗上一敲，竟真朗诵起自称新版的《琵琶行》来了。

> 叮叮当，当当叮，
>
> 来段当代《琵琶行》。
>
> 半岛酒风美名扬。
>
> 礼道可是很正宗。
>
> 热情好客半岛人，
>
> 谁来谁有屋里请。

右为上，是主宾，
左为副，得淡定。
三客四客隔位坐，
主陪副陪在其中。
客随主便有礼道，
先带六杯表心情。
一点高升真痛快，
二人同心很轻松。
三杯下肚热乎乎，
四杯以后头脚轻。
五杯之后身子晃，
六神无主看不清。
主陪先领六个酒，
副陪三杯来助兴。
半岛酒风改不得，
孔孟教导得遵从。
七杯八杯不停歇，
咽下九杯西是东。
一杯不到一两酒，
眨眼喝了大半瓶。
主陪副陪带完酒，
三陪四陪轮着敬。
爹娘健康来一杯，
家庭幸福不能扔。
恭喜发财别丢了，
一帆风顺再碰碰。
喝多喝少不是事，
兄弟感情一百成。
有酒无肴不成席，
酒好菜香才高兴。
传统鲁菜来品尝，
半岛菜系记心中。
猪头肉，拌大葱，

炖煎炒炸火力猛。
炒大肠，拌三生，
文蛤蛏子加海虹。
热合菜，大鲅鲜，
糖醋鲤鱼香味浓。
黄焖鸡，牛肉松，
四喜丸子热腾腾。
井畔肉，三层饼，
景芝小炒可闻名。
爆腰花，海参葱，
蒜姜葱料炒肉丁。
全驴宴，数驴圣，
红烧母鸡鲜味浓。
全猪全羊满口香，
全鱼大宴几十种。
地方特色要体现，
风味小吃把肚撑。
酒上头，耳又鸣，
嘴不把门乱哄哄。
酒过三巡不论理，
辈分差了不脸红。
一杯一杯又一杯，
酒精烧得胃又痛。
兄弟感情似海深，
酒喝少了可不中。
酒逢知己千杯少，
不猜几拳哪能行？
右打门，左打谱，
主家开拳用令盅。
一点高升哥俩好，
两个帽后战火浓。
憋住气，瞪眼睛，
三拳两胜论输赢。

挂耳拳，似旋风，
眼花缭乱像流星。
比酒量，斗智勇，
猜上一圈拿拿性。
先喝芝香过过瘾，
再用青啤填填缝。
兄弟姊妹感情深，
最好还是再开瓶。
女的吓得挤出尿，
男的醉得拉裤筒。
热情豪放待朋友，
小酒喝得有点疯。
我们都是半岛人，
孔孟酒风要传承。
叮叮当，当当叮，
再来一段《琵琶行》
……

"张打油"抡着还不利索的胳膊，摇头晃脑地敲打着个碗，越来越有劲，根本没有停下的迹象。

"好啦，好啦！说你胖你就真喘上了？几天不见，又长见识了！不过这就叫什么《琵琶行》？《琵琶行》是啥？哪村的娃？"程老大不得不服地瞪大眼睛问。

他们是典型的庄户人，支撑着农村这块脆弱基石的就是这群忍辱负重的庄户汉子。他们上边压、下边抗、中间加上家人的埋怨，整天耷拉着任人摆布的脑袋，东一头西一头地乱撞，直撞得筋疲力尽。唯有喝上杯老烧酒，才能让憋屈的心放松一下……

十四

赵云瑞两天开了三个会，还抽空去了发改委、财政、国土和环保等几个部门。回来桌子上就又堆起一大摞文件，他只好边批着文件边找人谈话。待会儿铁路上还来人对接修铁路的事，嗐！都是推不出去的工作，孬好都得接着。

"祥生，县埠路工程进展怎么样？"赵云瑞把鲁祥生喊来问道。

"只要雨季别提前来，问题不大。就是拨款不足，工程受些影响！"

赵云瑞扭头朝门口看了看，又压低嗓门："祥生，都是穷惹的祸，一季度税收有缺口，让我把工程款挪用了一些。你想法跟工程队多喝几瓶'醉皇帝'安慰安慰吧。"

"赵乡长，在工地上我跟他们缠磨着干。资金缺口太大，怕影响工程进度！我知道咱没有钱，三天两头地使酒对付他们！"

"不过，今年雨水可能要大，还来得早。这是咱的'叫套工程'，耿书记又非常关心，你们一定要把握好进度！"

鲁祥生点了点头，表情上看出有些压力。

"还有乡驻地开发，我跟耿书记汇报了，重新调整下思路，不要单纯开几个楼盘卖了就行了。要结合埠岭乡的实际和人文历史，规划建几条商业街、文化街。以千年古槐为中心，把四周原有的老房子摸摸底，尽量修旧如旧，保护好原有的风貌，建一条古色古香的文化街，增加点儿文化底蕴！"赵云瑞对文化街建设时时记在心里。

"这恐怕得花大钱吧？小钱可办不了！"鲁祥生有些担心。

"县里不是要我们走出去招商吗？先拿出规划来，麦收之后，一些工程也都铺开了。咱就出去招商，只要政策优惠，不怕找不到投资商。你看栾山湖清澈的湖水，岸边矗立的山峰，千年古槐这周围的青瓦老屋，经济上咱埠岭乡差点，可历史文化、生态环境一点儿也不比别人差呀！"赵云瑞信心十足地说。

鲁祥生走后，赵云瑞利用短暂的空隙又签了几份文件。

这时，李秘书悄悄走进来："赵乡长，财政局来了几个人，想见见您，说是税收的事。"

"先让姜恒春陪着，中午吃饭时再说。让老姜给领导们解释一下。"刚跟姜恒春捋完税收的事，县里就来人催入库，多亏税源有了着落，要不县里开税收调度会非挨卯不行，真悬！

"赵乡长，县文化产业促进会来了两个人，说是各乡镇分摊了两万块钱的广告费，他们带着发票……"李秘书知道没有钱，但又不能不说，话到嘴边打住了。

一说要钱，赵云瑞的脸一下子又呱嗒起来，一股无名火一下子蹿上脑门。大事小事地围着个乡镇要钱，好像乡镇就是银行，就是"唐僧肉"，愿咋宰就咋宰？嗐！算是个啥路头哩！沉静了片刻后，也是颇有感触地说："嗐！他们也是上指下派，也是为了工作……我跟水利站打个电话，先从春灌水费中支点儿吧。"他一脸无奈。

这时，李秘书又说："农业局来了几个人，说是来调研粮菜间作的，要找几个村干部座谈座谈！"

"让农技站站长陪着他们，中午安排在一起吃饭，有什么事中午吃饭时一块对接一下。"

他正要上车，李秘书又小跑过来有些不好意思地说："赵乡长，铁路上来了几个人，说是找您汇报铁路开工的事……"

赵云瑞眼睛一亮："哦？好呀，请他们到接待室坐坐！"说着，他关好车门就跟李秘书来到接待室。

他边走边想，铁路工程是央企，干的是国家工程，几十亿元、上百亿元的投资。如果关系处理好的话，说不定能捡个漏。说白了，他们从指头缝里漏点儿，也比忙活一年赚得多。他加快脚步，美滋滋地憧憬着美好的愿望。

"李秘书，先让鲁祥生他们陪着铁路上的客人，中午狠狠地喝，为了陪好客人，醉了也无所谓，但必须不遗余力地喝好。今天来的部门多，我先见个面、敬杯酒后再陪他们。都是县里来的爷爷，谁也得罪不起！"

他刚安排好抬脚要走，李秘书又捧着电话记录本过来截住，"赵乡长，畜牧局通知，说是咱这里发现猪瘟疫情，他们下来看看"。

赵云瑞看看四下没人，苦笑了下自言自语道，来呗，一个也是牵着，一群也是赶着。反正都是吃饭谈事，不就是多一桌少一桌的事嘛！他又嘱咐李秘书准备些土特产品，留着急用。"吃饭也是生产力，饭吃好了也有效益！"赵云瑞话里有话地自嘲。

中午，乡委招待所里，熙熙攘攘的好几桌客人围挤在一起，十分热闹。都是县里来的，不是局长就是科长。工作先别说，态度得有吧？再说现在这个社会，什么叫行，什么叫不行？说你行，你就行，不行也行；说不行，就不行，行也不行。平心而论，工作都差不多，剩下的就要看关系怎么处理了。关系到了，感情有了，工作就上去了。细想想，也确实在理。因此，赵云瑞领着鲁祥生和王秀清来回敬酒劝酒，以情感人。

赵云瑞这桌出来，去了那桌，真像阿庆嫂说话办事，一点儿不漏，确实是有点超水平发挥。酒没喝多少，却把几帮客人给灌了个差不多。

赵云瑞吃透了乡镇工作的特点，因此在酒场上使尽浑身解数，让客人喝得尽兴。

在这来回的敬酒、劝酒中，赵云瑞使了一计，这桌过来、那桌过去的，他竟然一杯未干。

跟县里来的客人都见了面、客气了一番后，他终于脱身来到铁路客人安排的酒桌……

"赵乡长，您好，这是我们公司的李指挥，这是工程项目部的周经理，这是会计师周倩，我是小孙，叫孙长希。我来过几次，没见着您！"

"请坐，请坐，李秘书倒水。"赵云瑞热情地，一一跟客人打着招呼。

"赵乡长，我们是铁路工程公司的，这一段铁路拓宽工程由我们中标施工。县里开会了，您可能也知道这事了，我们今天来找您，就是对接这事的。根据规划，这条铁路要提速。因为是条老线路，火车提速就需要拓宽路基，取直路轨。牵扯到咱乡三十七公里的铁路线，需要拆迁房屋四十七户，一百三十多间，沿线需新增八个涵洞、三座高架桥，拓宽占地二百多亩。沿途还有树木、果园，还有机井、姜井、湾塘、坟地等，需要咱政府帮着做好民事工作，让施工单位尽快进驻工地。关于补偿呢，我们按国家最高补偿政策给予补偿。只要签了合同，我们在十天内一次性补偿到位。因为这条铁路提速在我国属于首次，技术、时间要求都挺紧的。请您支持配合一下，争取早日开工！"李指挥简单地介绍了一下情况。

"明白，明白，国家工程嘛，又是重点工程。县里也开会了，分管县长也专门做了安排，我们早就有了思想准备。别看是你们的工程，但你们不过是施工单位，应当说这是国家的、省里的工程，是惠民工程！请您放心，我们一定积极配合好。"赵云瑞态度热情又诚恳。

李指挥往前倾了下身子，说："赵乡长，这项工程的工期比较长，得将近一年的时间，有可能经常给你们添麻烦，请多多包涵。下一步，主要是周经理和孙长希同志全面负责这一段施工，有些具体的事情他们会找您汇报的。我呢，主要是负责全线的工程，不能经常过来。今天就由我们做东，咱一起坐坐，吃个便饭？"

"不不不，李指挥，既然到了我们埠岭乡，你们就是客人，当然要由我们来做东。再说，咱这是乡委招待所，就是招待你们这些客人的，肯定是我们做东，对不对？"赵云瑞又接着说，"您也看到了，今天中午足有十多个部门，都是些说了算的部门，谁也得罪不起！这不，刚才使了个声东击西的法子，先把他们灌了几杯后就赶紧过来陪你们。从现在开始，我全程陪同你们，有什么要求您尽管提出来！"

"理解呀！上面千条线，下面一根针。千头万绪，事无巨细，乡镇的工作就是这样！"周经理同情地回应。

"是啊，啥事也得管！乡镇就是这个样子。唉！天天是中午陪了晚上陪，今天陪了明天陪，几乎没有空拍的时候，喝得都快酒精中毒了。没办法，来的都是客人，不是上级领导，就是业务部门，都是来检查工作的。你能不热情吗？热情就得喝酒。今天，咱们是头一次见面。一回生，两回熟，咱们就来喝个痛快、喝个透怎么样。祥生，给客人倒上酒。俗话说，感情浅，舔一舔，感情深，一口闷。我先尽地主之谊，带头干了这杯！"还没容对方怎么客气一下，赵云瑞端起酒杯一饮而尽。

李指挥和周经理也不敢怠慢，跟着一饮而尽。落落大方、穿着得体又光彩照人的周倩有些歉意地对赵云瑞说："赵乡长，感谢您的款待，我的酒量不行，少喝点表示一下诚意吧。过段时间，请到我们公司指导。"

"哎呀呀，是不是我们招待不周呀！怎么连个酒都敬不上了，这样我们还怎么配合工作？第一次见面还是喝了这杯吧。"在赵云瑞和同事们的劝说下，周倩十分勉强地喝了下去。

"你们是财神爷，应当全程陪同，可不凑巧今天来了这么多人，跟他们磨叽的时间稍长了些，对客人有些怠慢了！为了表明我的态度，我再敬客人一杯道歉酒，请远道而来的客人原谅！"说完，赵云瑞又是没给客人解释的机会，不苟言笑地又是一饮而尽。

赵云瑞之所以这么热情有加，心里也是想得挺多。如果多喝几杯酒，多增加些感情交流，合适的时候争取些小工程。乡里穷，没有来钱的门路，往上也要不到，只有自己东一锨西一镢地刨找。所以，跟这拨人处理好关系至关重要，也许能办点儿好事。从一开始他就有了这个思路。

李指挥听说过当地的"酒文化"厚重，酒风彪悍，但没体验过彪悍到啥程度。刚才不留余地地尽兴了一番，以为也就可以了。没想到，这酒足饭饱快要结束的时候，赵云瑞又给了个措手不及。盛情难却，李指挥只好硬着头皮勉为其难地应酬。地方政府的一把手敬酒，又是有求于他们，怎么着也得干几杯。再说，劝酒的理由又那么虔诚，没有理由不喝。这不，两句好话一劝，就又连着干了两杯。

鲁祥生离开酒席正碰着刘秋珊和陈柱子陪同隔壁一桌的客人。他猛生一计，何不让他俩进去轮番敬一杯，一来让客人多喝两杯，二来让赵乡长也顺便再敲打他一下，让他尽快把湾塘的手续办过来。

他一把把陈柱子拖进屋里。"赵乡长，陈柱子听说乡上来了客人，他想代表村支部书记来表个态！"

"好好，敬一杯！"都在看着杯里的酒发愁的时候，忽然来了个敬酒的，不正合心意？赵云瑞心里窃喜，使眼色催促他往上冲。

"各位领导，我是韩岭村高票当选的支部书记陈柱子，我的名字非常好记，从古至今带'子'的名人就三个，孔子，老子，再加上我柱子就记住了。"客人捂嘴偷笑。

"笑一笑，十年少。这位女士气质高贵，端庄秀丽，数你笑得凶。好，凶不凶，三两盅。我代表村一级干部敬各位领导一杯。这样，我也不'一锅端'了，咱来猜个谜语吧，谁答对了谁不喝；要是答不上来呢，可别怪俺老百姓讲话没深浅，死活都得咽下去！中不中？"陈柱子亮出了老百姓的脾性，嘴也不把门地神侃。

大家看他出什么鬼点子。

"用八个字说出四样黑的东西，还得要押韵！再强调一次，用八个字说四样代表黑色的东西来，还得要押韵。时间一分钟，计时开始！"陈柱子俨然成了酒桌上的主角。

赵云瑞、鲁祥生摸透了陈柱子的脾气，只要有他在场，非控制场面不行。反正是喝酒，怎么开心怎么来呗，俩人光笑不语。

客人你看我，我看你，琢磨不透这四样黑东西是啥，还不能超过八个字。

"煤？烟囱灰？黑漆？头发？"

周倩虽然有些矜持，但也是饶有兴趣。"范围太广，猜不着，是什么呀？"

"虽然我是庄户人，但咱有言在先，喝了我告诉你！"

这就是半岛地区的"酒文化"？既然来了就客随主便吧，几个人勉强又喝了一杯。

"听明白了，咱得讲政治！这'四大黑'是'张飞、李逵、驴屎、地雷！'"

众人先是一愣，继而哄堂大笑。

陈柱子开门想溜，被赵云瑞叫住，话里有话地提醒他："乡上的工作需要配合，知道不知道？"

"赵乡长，咱得讲政治，您安排的事不都是率先垂范？您放心好了。"他边说边瞅鲁祥生。

鲁祥生送走陈柱子后，又把刘秋珊喊住："秋珊，省城来了一帮财神爷，赵乡长喝得有点儿多，快过来救救驾吧！"

刘秋珊平时不喝酒，可县里来的客人有一个算一个的赛过酒仙。刚才在另一桌为了陪好客人，她已经强忍着抿了几口。鲁祥生叫她敬酒，她觉得有些为难。

"怕什么？以后陪客的事多着呢，今日不行明日不行，啥时候行？陈柱子不是讲了吗，酒能坏事，也能成事。在咱半岛地区格外灵验。桌上又是赵乡长盼来的客人，还不过来敬酒，事成了不也有你的一份功劳？干工作不能光有拼劲，咋也得多长个心眼才是。"

鲁祥生把刘秋珊说得有些动心，可又一想，自己一个大姑娘，端着个酒杯满酒席上晃荡，是不是显得有些不太稳重。她正站在门外犹豫着进还是不进的当儿，赵云瑞把门一开吼上了，"怎么啦？鲁书记让你敬个酒还掉价是咋地？"

刘秋珊红红着脸有些腼腆，又有些拘谨。

"各位领导，这是埠岭乡七万人口学历最高的刘秋珊同志。她毕业于985大学，参加过世界青年面向未来演讲比赛，荣获世界时装模特儿大赛亚洲赛区亚军，省委组织部培养的选调生，过来敬客人一杯酒！"

赵云瑞套用了陈柱子挂嘴上的"真也假来假也真"的语言风格，一脸严肃地把刘秋珊一把推了上去。来的客人固然走南闯北见过世面，但此时对刘秋珊也是肃然起敬，一块儿站了起来。

此时，刘秋珊的脸更加红晕，略显紧张的表情，不知如何是好。

"坐下，坐下！都坐下！秋珊同志，这是央企的领导，他们能够到咱穷巴巴的山沟里来与民同乐，是我们埠岭乡蓬荜生（辉）、三生有（幸）！你作为埠岭乡的后起之（秀）、前途无（量），还不酒满情满地敬一个？"赵云瑞想，单靠求爷爷拜奶奶的办法太既司空见惯，又土得掉渣渣，倒不如神侃一刀，让他们云里来雾里去地摸不着脉搏，不更有趣？

李指挥他们也不知道赵云瑞介绍的情况是真是假，听起些半截成语来又似懂非懂，一脸茫然。不过，对长相俊俏、身材标致的刘秋珊都投来钦佩的目光。

刘秋珊一听赵乡长说些半截子语，桌子上的氛围立马宽松了许多。好锣不用重敲。无需多说，她清楚了敬酒的目的，只要能劝下酒去就算完成了任务。怎么劝呢？光说不喝也不行，她略一沉思，敏捷地拿过酒瓶，不容多说便给几位客人的酒杯里满满地倒上，都快要往外溢了。这可是能盛三两酒的大酒杯。她葫芦里要卖啥药？她要怎样喝？众人用疑惑的目光盯着她。

"各位领导，我确实是刚参加工作的大学生。你们能从大城市来到我们乡下，确实让我们感动不已，我们没有理由不配合你们的工作。我包着铁路沿线的三个村，两千多米的拆迁、调地任务。在这里我郑重表态，保证按要求完成任务。"她顿了顿，有意加重语气，"如果你们在政策上倾斜一下，关照关照我们埠岭乡、关照关照我们的村，我相信民事工作处理得会更快些、更好些。如果在经济上支持一下我们，你们恩比天大、情比海深。您就是埠岭乡七万群众的大救星，我们在《乡志》《村志》上会为您留下精彩的一笔！赵乡长让我敬客人一杯，我责无旁贷。我年龄小，经验少就先喝为敬了，希望客人赏个脸面！"说完，她借着刚才讲话的气势，端起酒杯，"咕咚咕咚"地两口咽了下去。

赵云瑞暗暗窃喜，一是没想到刘秋珊还有这么大酒量，二是一语中的地直接说出了他想说又不好意思说的话。

李指挥傻傻地面露难色。一个小姑娘，又信誓旦旦表态，来埠岭乡不就是为开工这事吗？虽然是刘秋珊说的，可她代表的却是埠岭乡的态度，代表赵乡长的意思，就是再不胜酒力也得把这杯酒干了！

李指挥勉强扶着桌子站起来，"赵……乡长，你是玩……美人计呢，还是后发制人？我喝，我……喝。"孙长希不胜酒力，已经趴在桌子上不动了；周经理眼泪鼻涕粘在一块，顺着嘴巴往下抻成长长的一条，像是透明的面条；李指挥还算是清醒，也摇晃着身子坐不稳，没了刚才谈笑风生的精神头。

此时，周倩是头脑最清醒的了，"赵乡长，你看看，我们来了四个人，三个都醉了，总得有一个清醒的吧！否则，那就等于没来，是不是，赵乡长？您看我这杯……"

赵云瑞心里有一种满足感，但总觉着还没喝到火候。看看鲁祥生，示意他再找伙计们过来敬几杯酒。

鲁祥生会意，一出门，正碰上"张打油"。农业局来调研粮菜间作，齐奎升把"张打油"叫来汇报，顺便把他留下陪陪县局的领导。

"快，赵乡长让你过来敬杯酒，如果有新作就赋诗一首，乐和一下！"鲁祥生也不管"张打油"听明白了没有，逮住他一把推到了屋里。

"李指挥，这是铁路沿线打油村的村干部，叫'张打油'。听说您亲自来了，他也想来敬杯酒。"赵云瑞又转向"张打油"说，"刚才陈柱子进来是敬上了一杯，老张，看你能不能敬上这杯酒！"

"叫什么？'张打油'？名字挺有特点，是不是与打油诗有些关系？"李指挥不愧是文化人，一语中的。

众人哈哈大笑。本来"张打油"就听不出个孬好话，半斤"醉皇帝"一下肚，就更听不懂了。不过，赵云瑞一招呼，他立马来了精神："赵乡长，咱没文化，不会讲政治，就是会吃窝头就辣椒，图个嘴痛快。我不管是南来的还是北往的，您的客人就是埠岭乡七万老少爷们的客人。既然让我过来敬酒，那就得听我的是不是？"他瞄了一圈客人后，看坐的位置，知道李指挥是个说了算的，便转过身子朝他使起劲来，"知道这鱼叫什么吗？我们这里管它叫鳎米鱼，是招待顶级客人的。这鱼其他桌上没有，看出客人不一般。我敬各位领导一杯酒，以这条香喷喷的鳎米鱼为题目，赋诗一首怎么样？"

鳎米鱼是地域特点非常强的一种鱼类，舌鳎体侧扁，呈长舌状。莱州湾南岸的泥质海岸就盛产这种味道鲜美的鳎米鱼。因为这种鱼的繁殖能力比较弱，所以数量稀少，显得尤为珍贵。又因为肉质细嫩、味道鲜美，特别是在提高免疫力、健脑方面有特殊功效，人们对它格外喜爱。逢酒必有鱼，有鱼就上鳎米鱼。

众人抿嘴大笑一阵，用疑惑的目光看他要赋些什么诗。"张打油"眼珠一转，知道赵乡长心里在想什么，就拿起筷子把鱼嘴夹给李指挥，把裙边肉夹给周经理，把鱼眼夹给孙长希。

鲁祥生示意他还有周会计师没夹鱼。"张打油"视若无睹地端起杯子。"庄户人没有文化，说话也是直来直去。铁路老大哥，埠岭乡穷呀，要是有条件就支持一下子吧！来，我敬客人一杯，先喝为敬了。"他一扬精瘦的脖子，只听见"咕咚"一声。

赵云瑞也笑了笑。借"张打油"嘴，把意思传递给了他们。李指挥听出话里有话，只是抿嘴一笑。

"好，我要赋诗一首，献给尊敬的李指挥及在座的各位。本人才疏学浅，望见谅解。

> 鳎米鱼的嘴，大姑娘的腿。
>
> 鳎米鱼的边，大姑娘的腮。
>
> 鳎米鱼的肉，大姑娘舌头。
>
> 鳎米鱼的眼，大姑娘的脸。

您说这鱼好吃不好吃，是真好吃？"说完，他拔腿跑了出去。

"张打油"把鳎米鱼跟漂亮的大姑娘相提并论了，可见人们对鳎米鱼是多么钟爱。众人先是一愣，而后爆发出一阵哈哈大笑，也一下子明白过来"张打油"还算有心眼，刚才没给周情夹鱼的原因。

因为要赶路，周会计师又一次要求结束酒席。

"周会计师说得对，不愿喝就不喝，只要喝得高兴就行。这里的风俗就是这个样子。您说得也对，四个人醉了仨了，总得有个明白的吧！好，好，不要让周会计师喝了。"赵云瑞嘱咐鲁祥生。

"赵乡长，来了一天啦，耽搁了您这些时间。这不，酒也喝了，饭也饱了。您的同事也都这么拥护，关于工地开工这事……"周会计师把话引出来，想听听乡上的安排。

"好办，好办，只要民事工作做好了，立即开工。"

"谢谢您，赵乡长，施工队伍已经开始陆续进场了。您看什么时候能开工呢？"

"不急，不急，明天开始下村摸底，算出补偿数额，老百姓同意签上字才行，这还不包括调地。工程量大，时间又紧，我们加快速度吧。"

"赵乡长，在补偿方面，我们一定会按最高的补偿标准。这一点请您放心。占地补偿，我们计划每亩补一万四千五，这个补偿标准还可以吧？"周会计师说。

"补得是不少，可是有喜有忧呀！"

"哎，怎么有喜有忧呢？不理解您的意思！"

"不说啦，我们争取尽快把民事做好吧。不过，我们埠岭乡经济状况您也看到了，真是挺困难的……"赵云瑞话里有话，欲言又止。

"赵乡长，告诉您个小秘密，跟我们李指挥、周经理多沟通沟通，支持下政府肯定没问题。至于您刚才提到的困难嘛……还是请相信我们，慢慢来吧！"周情觉得赵云瑞挺直爽、挺实在的，悄悄地透出了点信息。

赵云瑞一听，立时心花怒放起来。好不容易逮住这么个捣鼓钱的机会，岂能善罢甘休……

十五

耿春义办公室。

赵云瑞先把一季度的税收、教师工资、民兵训练费和几项工程拨付的资金简单汇报了，然后又把县埠路工程、林地承包、园区调地和与铁路对接的事一块儿作了详细汇报。

"耿书记，这阵子您不是出发就是开会。我把这几天的工作再跟您汇报一下吧！"

"云瑞呀，最近你们干的工作我都清楚，不用汇报了。这么大个摊子，有点这样那样的问题不足为奇，怎么把出现的问题解决好才是最关键的，是不是？"

"也是！县埠路拓宽，资金缺口大些，我准备找几个企业借借；水费收得不理想，但伙计们也出了力了，好在春灌没受多大影响；园区按最后咱商量的方案，给他们每亩加了一百块钱，连磕带碰总算是完成了；高速路林带是一百多万的工程，通过做工作，咱借给宋程坤二十万块钱现金，其余部分用承包费抵顶了，也算是完成了。目前，就是生态科技园牵扯韩岭村前大湾塘有点问题，需要您表个态。"

"咋啦？陈柱子的犟脾气又使上了？"

"脾气挺犟的。鲁祥生谈了几次还没谈好，需要再做做工作。最后就是乡驻地开发的事，稍慢点儿，主要原因是规划没拿出来，无从下手。"赵云瑞看耿春义站起来踱着步没言语，以为对工作不满，有些不安。

沉默了一会儿，耿春义转回身，说："云瑞呀，你这段时间的工作是有目共睹，这些我都知道。下一步怎么干，你心里也有数，放手大胆地干就是了，我支持你。关于乡驻地开发，对咱俩来说是个新课题，还得根据财力才能确定开发规模、项目，是建现代风格还是建仿古式样，是本地建筑还是带有景观式的建筑，需要找几个专家、懂行的帮着规划设计一下，免得留下些疏漏！"

原来，耿书记在琢磨乡驻地开发的事。赵云瑞长长地舒了口气。

"好！我还想起一个人来，这个人比较传奇，农民工出身，等我联系好后您跟他对付对付，对付好了说不定能帮上忙！不过，他好'潜规则'那一口，可别让他把您拉下水去呀，哈哈哈哈！"

门"吱"的一声，秘书小李进来说县文化局的于局长来了，在礼堂前面。

赵云瑞苦笑一下说："前几天，文化局开了个电影、戏剧下乡演出活动工作会议，文化站长参加的，回来说每个乡镇每年不得少于二十场电影、二十场戏。我觉得多一场少一场无所谓，当时也没表态。这不，接着就跟上落实来了。嗐！哪项工作不干也不行！耿书记，文化局不是管图书馆、博物馆还有文化馆什么的吗？待会儿我陪他到老街上去转转，让他帮着策划下文化产业，说不定也会有收获。"两人说着来到了大礼堂前，刚好于局长一行把车停在千年古槐树旁。一下车就碰到接站的，巧极了。李秘书松了口气。

赵云瑞不光是个工作狂，也是个直筒子脾气。握手寒暄了几句后，拖着于局长就往外走。"耿书记，我陪于局长到老街转转，回来再汇报吧！"

耿春义招手笑了笑。

春天到了，千年古槐送别寒冷的淫威，顽强地挺立着，留恋着阳光，留恋着土地，留恋着与人类相伴。它是历史的见证、顽强的象征、生命的延续，我们还有什么理由不好好珍惜当今的生活！

两人站在树下，默默地打量着这棵历经沧桑的千年古槐，仿佛要从它身上解开埠岭乡的历史。

两人沿着千年古槐旁的一条小街，拐进一个大胡同，往前走了大半截子胡同后，又拐上一条老街。几幢荒草稀疏、破烂不堪的青砖房子映入眼帘。两人停住脚步，仔细打量着露出房梁、山石东倒西歪、摇摇欲坠的房屋，流露出惋惜的目光。房屋地基是一米多长、半米多厚的汉白玉，汉白玉往上是一直到顶的青砖屋；正面墙上，从屋山、屋檐、门窗到屋角等都隐隐约约地看到蝙蝠、仙桃、牡丹等喻义福禄寿的砖雕图案；一蓬蓬稀疏的野草从屋顶的瓦缝里钻出来，迎风摇曳，仿佛在向人们诉说曾经的辉煌。两人又专拣老房子旁的小过道艰难地往里走，南北向的过道两侧纵横交错的蜘蛛网遮住视线、挡住了去路；几只蝎虎子一闪而过，钻入夹缝里；一间间破烂不堪的房屋垮塌、腐烂，房梁、门窗横七竖八地斜插在那里。一片断壁残垣的景象。

"当年这可是个大户人家呀！你看看路上磨得光滑的青石板，看看这三进三出院落就知道这条街有多少年了。想当年，这里也是商铺林立，车水马龙。现在不都在发展文化产业吗，你们为什么不借着这地方的文化底蕴开发建设条文化街，或者叫'埠岭古街'，不是挺有意境？说不定把埠岭乡的文化产业拉动起来呢！"

"于局长，文化人就是文化人，难怪叫你当文化局局长呢，真说到点子上去了。快说说，怎么做就发展起文化产业来了？"

"题目太大，一下子也不好说。不过，埠岭这个地方历史上可是人文荟萃，典故众多，再加上栾山湖附近的奇峰秀水，我觉得有足够的文章可做！"

"于局长，我们正在规划乡驻地开发的方案，你就费心帮着策划策划建条文化街吧！你刚才也说了，咱这地方文化底蕴挺深的，可怎样才能把文化产业做起来呢？"

"玉皇大帝姥姥家、姜子牙封地、秦始皇寻找长生不老药、李世民东征、刘伯温隐居、乾隆爷巡游，有好多好多的典故、民间传说哩。还有看得见摸得着的剪纸艺术、面花艺术、竹马表演和栾山湖边的石雕、石艺，还有风筝扎制、毛笔制作、诗词书画等都属文化产业，就看怎么定位、怎么运作了！这都是咱自己的东西，只要下决心，就一定能办起来，也一定能办好！"

赵云瑞听得隐藏不住内心的喜悦，脸上有些晕眩。"先谢谢于局长了，咱唠扯了这一个小时，我可觉得是受益匪浅、开了窍了。走，再跟耿书记汇报汇报，就这么干！"

事情往往就是这么赶巧，于局长他们前脚刚走，耿书记介绍的搞房地产的朋友后脚就来了。

耿书记介绍的这个朋友姓苗，叫苗学青。老家是牛埠岭村人，跟苗大庆有点远亲。因长年在外，只闻其声，未见其人。年初，耿书记就多次说起过这个苗学青。千呼万唤，总算是等来了。

上次耿书记说介绍个朋友后，赵云瑞就非常留意这事。因为埠岭乡鲜有投资商来，尤其是缺乏些有实力的大投资商。他专门找苗大庆打听过，村里确实有这么个人，也确有故事。苗大庆可能故意作践他，好话说得不多，坏话说得可不少。

古时候人分三六九等，现在也是人以群分。你让个有钱人跟个要饭的有共同语言，好比是拿根木条跑电焊——根本沾不到一块儿去。

苗学青在外是挣了大钱，可让他跑到这穷乡僻壤的地方来投资，不等于是肉包子打狗？看来耿书记面子不小，邀请了好几次，总算是回来了，也给赵云瑞接上了头。

有位哲人说过一句话，成功者必有过人之处。这句话的出处无法考证，但意思再明白不过了。苗学青误打误撞地发展这么好，与他的孤注一掷、诡计多端分不开。

十多年前，他初中毕业后，在家锄了阵子地、摘了季苹果。地里没活后，又赶群羊在山沟里跑了几个月。他不愿这样在山沟里待一辈子，什么时候才能看到外面的世界、什么时候才有出头之日？他盘算着，把这二十多只羊卖了，然后用这些钱当本钱，再做个赚钱的买卖，不比待在山沟里强多了。

苗学青暗下决心，说办就办。其间，他格外留意哪里有收羊的、什么行情、怎么交易等等。当他把家里家外弄得一切停当之后，就偷偷地把羊赶到集市上差一不差二地卖了，把钱往口袋里一装，然后跑没踪影了。家里找了两天，知道孩子心野，生顿气后就没再放在心上。

这个苗学青既没有拿过这么多钱，又从没有迈出过埠岭乡。兜里虽然装着钱，也不知往哪里跑。他人小鬼大，心想如果去了县城，用不了多久就会被熟人发现，被逮回来不说，出来进去的也怪丢人。他眼珠一转，反正是个走，何不走远些？山高皇帝远，谁也不知道谁，省得嚼些闲舌头。他咬咬牙，顺山路出去后，漫无目的地去了外地。

他听说南方发达，可不知道南方有多大，是去东南方向还是去西南方向，打上车票一个劲地往南跑。等转得有些草鸡了之后，才想起不能这样胡跑，就是跑也得有个计划、有个目标。这样盲目地乱跑，用不了几个月的时间，厚厚的一大摞钱不就喂了铁路了？再不找个地方打工，手里就剩不了几个，恐怕连家也回不去了。这样，他又返回来到离家不远不近的一个城市住下，沉下心思开始了他的创业之路。

既没文化，又没熟人，大街小巷转了几圈后，兜里又抽出去几张票子。之所以说他鬼，就鬼在这里。他把兜子捂得紧紧的，挨根电线杆上看广告。招聘广告花花绿绿的倒挺耐看，什么搓澡工、面案工、建筑工、搬运工，没一样是心里想的。外墙处理不知是啥工，也许有点技术含量，说不定以后回家还能用上，再说怎么着也比那些搓澡工、洗碗工好吧。无奈之下，先找个外墙处理的活干着，至少把每天的饭钱赚出来再说。

按着小广告上的要求，他早早来到工地报上名，工头让他跟着几个大工搬石弄灰的。由于刚开始干，新鲜感十足，几个老技术工人对他还挺赏识。

虽然累点，可到月底几千块钱就到手了，心里美滋滋的。心想，少吃多干，用不了到年底，就能把偷卖的羊钱挣回来。过年回家时，再买上身时髦衣裳，捎点年货，爹娘不高兴才怪呢！

他长得块头倒不小，说他人小是指从个山沟沟里出来，没见过世面，畏畏缩缩的不大方，有一种马尾拴豆腐提不起来的感觉。说他鬼大，从干活第一天起，他就很注意干活的流程，准备材料是先准备什么，后准备什么，开始干活了是先干什么后干什么，他都悉心地了解掌握。在他身上既有农民吃苦、朴直的性格，又有一种心重、狡黠的计谋。

外墙处理就是开发商把楼盖好后，把外墙刮一层水泥，然后进行保温材料处理，最后再对墙体粉刷。这样的工程一般由开发商发包给一个施工队，按工程进度拨款。说实在的，这些活没有什么技术含量，只要肯干能吃苦，就能挣到钱。

干了大半年，苗学青把这不算技术的技术活记了个滚瓜烂熟。如果自个儿挑头干行不行？敢不敢？他不甘寂寞，跃跃欲试。

快过年了，苗学青买了些礼品辗转到了开发商那里，一口一个"叔叔"地叫着，把开发商弄得有些懵、摸不着脉，知道他是下边施工队的，可这半晌不夜地跑来送礼，嘴巴甜得又让人忍俊不禁，不是有什么事吧？开发商心里打着问号，便记住了这个挺有心计的青年。

他又往家打了个电话，说年前一定回来，让爹娘放心。过年的东西都置办了点儿，他借了辆摩托车，赶在年三十前回到了家。

过年的家长里短，无需多说了。苗学青整天骑着个摩托车这山沟那山梁跑，逮住几个朋友就反复动员他们跟他一块出去打工。一开始，朋友不愿意也不相信苗学青有这个组织能力，尤其是还得凑部分钱，成立个什么公司，他们就更不相信更不情愿参与这事。可看到他骑个崭新的摩托车，出去了大半年回来又这么潇洒，再加上他一而再，再而三地鼓动，有几个人被他说动了心，答应跟他出去闯闯，也许能赚几个钱，就是赚不着，也跑出这大山，去开开眼界，不至于白活一辈子。

年一过，苗学青就迫不及待地领他们上路了，每人卷着个行李卷，装着埠岭乡产的核桃、大枣、花生，提着做饭用的大锅小盆，叮咚哐当地来到了工地上。此时，除了有个人看工地，整个工地静悄悄的，年没过完，工地还没开工呢！

这正是苗学青要的效果，可见苗学青用心良苦。可伙计们都是头一次跟他出来，大正月里又黑灯瞎火的，不知他葫芦里卖的什么药。

城市不算很大，可在伙计们眼里，就有刘姥姥进了大观园的感觉，陌生、新鲜。苗学青领着他们走街串巷，不一会儿来到一栋楼下。此时，苗学青擦着额头淌下的汗珠，有些急促、忐忑。从家里到这里，一路上他就是伙计们的"领袖"和精神支柱。这一瞬间怎么走了样呢？伙计们诧然。

喘了口气，定了定神。望着几个伙计迷惑、企盼的眼神，苗学青脸上又有了精神。他掏出个不怎么新的小手机，小心翼翼地拨通了开发商刘总的电话，"刘经理，过年好！"

"好好！哪位呀，没听出来？"

"我是干外墙处理的小苗，年前来看过您！"

"噢噢！想起来了，你还挺有心，知道我的号码！"

"刘经理，过完年从家里来工地了，给您捎了些土特产！"

"过年回来了？开工还早着呢！这么早回来干什么？"

"就是想来看看您，现在就在您楼下！"

"哎呀！多不好意思，来了就上来坐坐！"

苗学青领着他们几个一溜小跑往楼上爬。

"刘经理，过年好，这是从家里带来的土特产。他们几个是我从家里带来干活的，都是个顶个的好手。"

"快屋里坐坐，暖和暖和。"

"他们还要回工地拾掇拾掇睡觉的地方！"苗学青先让伙计们放下东西回去，自己留下来准备谈事情。

过年嘛！心情都挺好，又闲来无事，苗学青就与刘经理聊上了。

"小苗哇，还没到开工时间，你又和伙计们拎着大包小包来看我，是不是有什么事呀？现在还没开工，有事就说！"

"……刘经理，我想揽块儿活干，就是外墙处理和室内刮灰，保证能干好。"

刘经理一听，哈哈大笑，"就为这事吗？好说，好说。不过，设备、原料还有资金，你们都准备好了？"

"刘经理，我们是些农民工，不傻不憨，也有的是力气，就是……没有钱！"

"哦？这是不是不好办？"刘经理收起笑容。

"刘经理，年前我就琢磨了个办法，外墙您不是发包三十二块一平方米嘛，您进材料我干活，二十七八块一平方米就行，再少个一块两块的也中，多少赚您个工钱。虽然赚得少，可不用自己掏钱，大小也是有活干。我想，如果这事成了，不就成了您公司的员工，是您直接领导的施工队了？都是没有钱逼得瞎想呗！"

刘经理放下了笑容，双眉紧锁，眉间慢慢出现了个"川"字形。他碰上了个不大不小的新课题。

沉思，静静地沉思；沉默，静静地沉默。刚才欢声笑语的气氛像是突降的寒流，瞬间凝住了。

屋内，只听见细微的喘气声和窗外零星的鞭炮声。刘经理越是不说话，苗学青越是局促不安。他是不是在琢磨琢磨这种模式行不行？他是不是在算算账挣不挣钱？他是不是认为这是庄户人的鲁莽行为？他是不是对农民工有一种偏见？……

一个二十岁不到又没见过什么世面的乡下人的承受能力可想而知。他额头上的汗水开始不断地往下淌，擦了又淌下来，一直汗流不断。也就几分钟的空当，苗学青却觉得"如隔三秋"，面部肌肉僵硬，双腿有些颤动。如果这事黄了，回去怎么跟伙计们解释？临出村时，爹娘"望子成龙"的眼神、老少爷们欢天喜地的表情和自己信誓旦旦的承诺，岂不化为泡影？……在慢慢等待的这几分钟时间里，他的脑子也在飞速旋转。是不是到了该出手时就出手的时候了？机不可失，时不再来。他狠狠地咬了咬牙，"刘经理，怪俺农民工没有文化，不会办事，临来时俺们几个人凑了点儿钱，我年前也挣了些，准备干活时当周转资金用的，这事要是不成，也就用不上了。开工后，工地上需要钱，放您这儿使吧！这事行就行，不行就算了！"

"哦哦！不要这样，不要这样！"刘经理回过神来，和蔼地说。

其实，刘经理的心思根本没放在这里。一个庞大的房地产开发公司哪有心绪为这点事劳神费力。

"你们来了几个人？"

"加我六个。"

"一个村的？"

"有两个邻村的，打小要伴！"

"你们啥时候回来的？"

"今儿个下午，回来就给您拜年来了！"

"谢谢！谢谢！好不容易回趟家，也没多住几天就回来了！"

"就是想着早回来几天，一是早些给您拜年，二是想揽块儿活干。不合适就算了，不难为您！"

"你原先跟着哪个施工队？怎么样？挣不到钱吗？"

"从工资表上看是不少，三扣两扣的，剩不下几个，不如自己找几个人干合算！"

"活是都会干了，就是手里没有钱？"刘经理边说边瞅了眼放在茶几上的纸包。

苗学青为难地笑笑。

"干一栋楼没有十万二十万的转不动，我这是还往少里说，你考虑了没有？"

苗学青为难地点点头。

"你们住在工地几号楼？"

"年前七号楼完工了，准备搬到九号楼去，这会儿他们回去正在搬住的和做饭的东西。"

"好，谢谢你来看我，还带这么多东西的。我要打几个电话，路上来怪累的，你先回去休息吧！这个捎回去，路上别丢了！"他指着苗学青包着钱的纸包。

虽然文化不高，但他相信"舍不得孩子套不着狼"的至理名言，他更信服村里老人念叨的"有钱能使鬼推磨"。成大事者得有破釜沉舟的勇气，有背水一战的胆量。豁出去了，成败在此一举。苗学青咬咬牙，躺在茶几上的那个纸包他连看也没看，起身说："谢谢您，刘经理，代问婶婶好，我走了！"他一扭身子，开门就跑了出去。

本来过年街上人就稀少，再加上天冷、时间又晚，街上的行人、车辆稀稀拉拉地不像个城市的样子。苗学青拖沓着沉甸甸的双腿有气无力地往前挪着。

路边的灯光不知疲倦地将他的身影一会儿拖长，一会儿促短，一会儿清晰，一会模糊。难道钱送少了？就这么稀溜溜地黄了。他不敢往下想象会出现个什么结果……

他顺着马路边没有目标地往东走了往西走，一直挨到东方天际蒙蒙发亮。唉！挨到时辰了，不回工棚见伙计们恐怕是不行了。

偌大个工地，除去看门的大爷，另外还有条蹲在窝里没有半点撒欢的狗儿，仿佛是通人性似的，跟苗学青的心情一样凄凉凉、悲切切。九号楼旁边的一间工棚里，几个人蜷缩在脏兮兮的被窝里半闭半睁地大眼瞪小眼，有几个人半睁半闭地睡得蒙蒙眬眬，揪心地瞅着工棚上锈迹斑斑的铁皮，木讷地出神。透过铁皮的缝隙是由黑变亮灰蒙蒙的天空，低落的情绪被从缝隙中钻进来的寒风一搅和，浑身颤巍巍的，没半点暖的感觉。

几块半截砖垒起的灶上支着个铝锅，锅里熬着稀饭。苗学青蹲在算是灶前的锅旁一言不发地瞅着锅里"咕嘟咕嘟"冒出的丝丝热气。是在沉默反思，还是在另寻出路，不得而知，但看出了他的压力比昨个儿更大。

棚里棚外的气氛，死气沉沉，沉沉死气。

"睡着的、没睡的都听好了，昨天晚上咱一块见到的那个人就是这片楼的开发商。家也进了，礼也送了，咱凑的那几个钱临走我也放下了，反正事情是该说的都说了，但他没表态，就看咱弟兄们的头皮厚薄了！"他用勺子搅和了下咕嘟的稀饭又说，"有一点，我是先说头里了，事成之后赚多赚少咱一块分，事不成各人凑的两千块钱我还给你们，但怎么着也得到年底才能还上。咱再等它个三两天，实在没有回音那就是运气不济了，愿意留下干活挣钱的就留下，愿回家种棒槌的就回家。"他情绪低落地交代着"后事"。

院子里的狗忽然从窝里跑出来一阵狂欢狂叫，空荡荡的工地上传来隐隐约约的动静。拖沓的脚步声由远而近，接着就有了敲打挡风扇子门铁皮的声。

"哐哐"两下，"谁在屋里？起来，起来，刘总来了。"看门的王大爷的喊声在这冷清清的早上格外刺耳。夹杂着些含糊不清的地方口音，有些浑浊，但也不啻一颗响雷"嘭"地炸了。

苗学青把勺子一扔，"腾"地站起来，麻利地把挡风的扇子门挪开，正待出去的当儿，王大爷领着刘经理进来了。

因为天还大早，又是在空旷的工地上，加上心情郁闷，几个伙伴还赖在被卷里。没等苗学青反应过来，刘经理倒一步来到屋中间。

几个伙计躺在那里，不知起来好还是缩在被窝里好，面面相觑，望着苗学青。苗学青闻着锅里有点儿煳味，用勺子又搅和几下，端去一旁，"刘经理，你看这……"条件太差，苗学青有些尴尬。

刘经理似乎漫不经心，或有些心不在焉。"噢！以前我也住过。再说，过几天一上工就不是这个样子了，楼上拾掇好后搬过去住，比在这打地铺好些，是吧？"

苗学青望着没啥表情的刘经理，大清早跑这儿来，真吃不透是福还是祸。刘经理随便地走走，看看，顺手把昨晚放他家包着两万块钱的纸包扔到一边。"小苗，这个用不着，收起来吧！"转身又打量了一下蜷缩在被窝里的几个人，"没事没事，接着休息吧！"说完，慢慢向外走去。

被窝里的人都吊拉着眼珠子，先是瞅瞅铺上的纸包，还是昨天包钱的那张纸，还是那么包得紧紧的，看来没揭开过。他们相互对视了下眼神，看不出是喜是忧，木呆呆的目光有些浑浊。

刘经理迈出工棚，苗学青紧随其后。两人从九号楼一个楼道的楼梯拾级而上。此时，苗学青心里有"命悬一线"的感觉。因为刘经理大老远地跑工棚里来，把伙计们寄希望于成事的"礼金"不屑地扔在一边，不为"摊牌"又为什么呢？他紧随其后，观察着刘经理细微的表情。

"去年你在工地上干了多长时间？"

"不到一年！"

"不到一年就都会干了？有些人干了一辈子还不出手呢！"

苗学青镇静了下，"干得多，记心里了！"

"可满打满算才干了一年，干了也不过两栋楼，你就那么自信敢单挑？"

"就是想跟您干，赚钱也多。刘经理，您不知道，俺那里山多地少是真穷，我就想自己领着一帮子人出来多干点活多挣钱，帮帮家里的老少爷们！"他顿了顿又说，"靠种地养不起家啊！"

"村里闲人多吗？都在干什么？"刘经理还是有一搭无一搭地问。

"多呀！春天割完麦子，秋天种上麦子啥事也没有了，都是些壮小伙子，浑身的力气，这不就想找活挣个钱嘛！"苗学青诚实地说道。

刘经理这才转回身打量了一下苗学青说："你是怎么出来的？是你一个人先出来的？"

"俺爹让我在家种地，收完庄稼后就放羊。去年，我偷着把羊卖了，揣着钱就跑了，转了几个城市跑这儿住下了。去年干了大半年，赚了不少，过年就喊着几个要伴来了。"

东扯一阵西拉一阵，刘经理对苗学青了解了个大概，认为他虽然文化不高，年龄也不大，但挺有灵气，也挺有志向的，好好培养一下，说不定是把好手呢。

两人顺楼梯没有目标地走着，仍是东一句西一句地闲聊。不知好歹的西北风从没安玻璃的窗户一个劲地往里灌，越往上走风灌得越厉害。两人又不情愿地往回走。

在空荡荡的工地上，刘经理对着苗学青说："昨晚你走后，我跟几个副经理通了个电话，对你提出的方式大体算了笔账，对你来说有挣但也挣不多。对我们来讲呢，看着赚了便宜，但也押上了资金。我觉得呢，这也算个新模式。你如果认为行，就这样定下来，我进料，你干活。不过，有言在先，如果出现质量问题，加工费我可一分不付，听明白了吗？"

此时，苗学青激动得一个劲地点头，不知说啥好！

"还有两个事，开工前需要安排好，一个是你去年跟着干的施工队，我替你打个招呼吧，就说是我的意思。要不他会'掐死'你的，顺便给你要几个技术员。靠你自己这点力量，我还不放心呢。二是趁现在还没开工，再回去招部分工人，要不一旦工程急起来，你可真抓瞎。对不对？"刘经理像是在散步似的嘱咐着。

"刘经理，谢谢您，我一定尽力把活干好，我今天就回去拉一帮干活的队伍来。您放心，刘经理，山里人厚道实在，也穷够了。一说出来打工挣钱，谁不高兴，保证不给您惹乱子。"

说他神人也行，说他奇人也中，说他心眼多够使的也不为过。他领着二十多个人当年就干了三栋楼的活。年底一算账，比在家种一百亩麦子的收入还多。一个个咧着个嘴，直接乐得拢不住……

活干得确实好，人又特别机灵。没几年，苗学青摇身一变，成了房地产开发商。原先他跟着干外墙处理的那个队长，这回反过来领人跟着给他干开了。

到了年底，苗学青又跑上门拜年，把自个儿琢磨的心思又跟刘经理和盘托出。刘经理看他这么年轻，却有这么大的志向，是得扶持一下。得到刘经理的认可后，苗学青自己办了房地产开发的营业执照，领着当初扛着行李卷、睡着地铺的"原始股"们到处活动着划拉地盘搞开发，其知名度一路飙升，一时成为街谈巷议的话题。

苗学青发展起来后，每年从埠岭乡带出了好多青年外出打工。经过这些年的打拼磨炼，有些也"各领风骚"，成了各个行业的主力军……

赵云瑞一回到办公室，趁着刚才的兴致，跟苗学青连连道歉，"苗总，怠慢，对不起了！"

"不客气，不客气！"苗学青回应着。

"苗总，耿书记多次介绍您的水平和业绩，我对您可是仰慕已久。这次回来考察，得给家乡做点贡献呀！"

"回来转转是可以，咱这地方还有什么可投资的？"苗学青显示出有些不解的样子。

"乡驻地规划基本出来了，有几大块，一是想建个贸易市场，二是建条文化街，还有就是结合栾山湖搞个文旅项目。贸易市场投资少、档次低，也找了个投资的，正在谈着；文旅项目又有点大；要不我给您介绍介绍文化街的规划，运作好了可有赚头……"

"先转转看再说，不过咱这穷地方，规划得再好又怎么样，谁还跑这儿来消费？"苗学青脱下风衣，女秘书迅速接住，并帮着整理好领口。从她轻佻、柔媚的动作看，两人关系可不是一般。

耿书记讲的千万别让他拉下水去恐怕就是指的这个方面的事吧！两人一出大门，往左一拐，信步来到了千年古槐前。一阵春风吹来，赵云瑞随口吟出一首颂槐的古诗："槐树层层新绿生，客怀依旧不能平。自移一榻西窗下，要近丛篁听雨声。"

"赵乡长，没看出您对古诗挺有研究？"

"不是看到这棵千年古槐了嘛，就想起了古人的诗句！"

"对了，耿书记多次讲咱这地方文化底蕴深，啥叫文化底蕴？深在哪里？"苗学青不客气地提问。

赵云瑞笑笑，"苗总，耿书记讲得很对，咱这地方确实文化底蕴很深，至于怎么给你解释，太繁琐、太复杂，也没必要。这样咱沿这条老街往前走，我给你讲几个历史故事，也就清楚了咱这地方历史上的人物和曾经发生的事。这就算是文化底蕴吧！"

"讲故事可以，千万别讲历史，我初中没毕业，不懂历史。要是把我讲糊涂了，我可拔腿就走！"

赵云瑞捂嘴一笑，觉得他虽然粗鲁，不过也挺实在，就好好好地应答，生怕把这请来的财神爷气走。

"您知道玉皇大帝这个人吗？"赵云瑞怕他听不明白炻蹶走人，就尽量口语化地跟他闲聊。

"老天爷嘛！谁不知道。"

"他姥姥家是咱乡李家屯人，每年三月初三从天上带各路神灵演驾回来看他姥姥，这事你知不知道？"

苗学青睁大眼睛望着赵云瑞转开了脑子。

"如果在西埠岭上建座'玉皇大帝'庙，那……"

"再说再说，回头再说！"苗学青怕被人听到，转回身看看后，小声嘱咐道。

"你知道历史上有个秦始皇吗？"

"你考我怎么？谁还不知道个秦始皇？中国第一个皇帝，哼！都说是他修的万里长城，狗屁，人家修的时候还没有他呢！打败人家划归他管理了是真的！"

赵云瑞一下子吃惊了，按他的逻辑科教书得修改才行，不愧是奇人。"秦始皇到东海寻找长生不老药时，在咱这天柱峰岭上住过，你知道吗？什么喂马屯、喂马营，还有军屯、行营这些村，都是当时驻扎部队时留下的名字。"

"哦，这事我还不太清楚。这也算历史？"

"您知道唐朝有个李世民吗？"

"知道，杨贵妃她男人！"

赵云瑞笑笑，身后跟着的女秘书也抿了下嘴，"是一个家门里，不是一辈人"。

"那也差不哪里去，一千多年了，谁还记得谁跟谁？您想说什么？"苗学青满不在乎。

"李世民东征的时候，在咱这儿住下饮过马，栾山湖北边的饮马岭就是这么来的！"

"这就叫文化底蕴？还有什么？好几千年的故事再好也太遥远，谁听？谁信？"苗学青上了听故事的瘾，"近的有什么？"

"越近故事可就越多，还净些王公大臣跟些妻妾争风吃醋的故事，你愿意听？"

"听！愿意听！人呀，活在世上不就这么回事嘛！用得着藏藏掖掖了？"苗学青让赵云瑞一杠，露出了土豪的本性。

"身后有人，以后我再给您讲点吊胃口的故事。今儿个耿书记特别安排陪好您，争取投资建一条有地方特色的文化街，把咱乡及栾山湖周边与文化有联系的木版年画、绘画书法、柳编扎制，还有什么戏曲茂腔，都拉来形成一个文化产业集群，慢慢地就会产生经济效益。再就是下回来，我给您讲个'黄元御'跟'四知台'的故事吧！"

"玉皇大帝庙这事千万别声张，今年筹集资金，明年建一座！嘿嘿！来钱快！"他有些喜形于色。

赵云瑞本想用建庙这事吊吊他的胃口，让他投资建文化街。他倒好，对文化街只字不提，对建庙却来了兴趣。不行，这样不行，年底县里点评，要看经济建设而不会去看庙建得如何，得使法子把他拿住，让他听乡上嚷嚷才行。

赵云瑞正在揣摩怎么着对付他的时候，李秘书递给他一份传真。他匆匆看后，脸色不悦，"苗总，咱先谈这些吧，有个事需要回去处理一下。送您一句话，别看咱这儿穷，但优惠政策别的地方没有，您尽管放心大胆地来投资吧！"

十六

最近，全乡又有上访增多的势头。耿书记一再提醒，一定引起重视。赵云瑞把些事集中处理了一下后，挤出空召集有关人员开了个维稳信访调度会。

办公室通知鲁祥生、王秀清、陈来电，还有刘秋珊及派出所、司法所、法律服务所、中心学校和管信访的温柴道参加。

前几天铁路上来人，刘秋珊在酒桌上的表现非常好，讲得挺得体，既不俗套，又把想要的意思表达了出来。关键时候，她还能冲上去，狠喝了一杯。这样的年轻干部应多压点担子锻炼锻炼，尤其是女干部，凤毛麟角，更应该多给她们创造进步的机会。所以开这个维稳信访调度会，赵云瑞特意安排她也参加。

类似的维稳信访工作会，每年怎么也得开几次，把上访原因、不稳定苗头，坐下来一块捋捋，细细地梳理一番，找出症结，研究出应对办法。上门做工作也好，要求村干部稳住也好，或者由派出所、司法所以行政、法律手段介入也好。不管怎样，想尽一切办法，化解可能引起上访的不稳定因素。

温柴道是埠岭乡民政助理，去年刚刚退下来。因为他从事民政工作几十年，管的是吃喝拉撒和生老病死杂货铺似的事，每天面对的都是一大摊子棘手的问题。因此，在处理信访中摸索出了一套独有的办法。退休后，乡上没让他走，而是把他留下来专门处理来信来访这项工作。按说，凡来上访的，肯定是事出有因，不是有屈就是有冤，要不谁吃饱了撑的跑这地儿惹是生非？但林子大了什么鸟也有，在这个群体中也不免有借题发挥、小题大做提无理诉求的。邻里纠纷、婆媳矛盾，东院扯着西墙，锅台连着土炕，公说公有理，婆说婆有理，东街点火，西街冒烟……让你还真不好表态。应付这些鸡毛蒜皮、陈谷子烂芝麻的事，这个温柴道还真有那么点应付自如的本事。尤其是那些来上访反映的似是而非、模棱两可、说不清道不明的事，经他揣着明白装糊涂地一番"哼哼哈哈"，竟鬼使神差地解决了。因此，大家亲切地称他为"老信访"。

温柴道接到开会的通知，一看表，还差个时辰，正好来上访的，嗨！真是没点闲空。

他慢腾腾地洗洗手、倒杯水，掐掐太阳穴；呷了口水后再续上，又清清嗓子，掏出个笔记本摆在那儿，拧开钢笔划拉几下看看有没有墨水；然后，坐下长长地喘口粗气，再静静心、静静神。忙活一阵子后，才开始了他的接访。这是温柴道惯用的"三部曲"动作。其用意就是想把来访者的情绪给缓和一下。这一套动作下来，怎么也得小半个钟头。

"哎，哪个村的？"老温拖着长腔严肃地问道。

"果园村的。"

"姓什么？"

"姓方。"

"哦，姓方，跟方承平是一家子？"

"不是，也不太远。"

"嗯，你来有什么事？"

"告俺爹！"

"告你爹？咋啦？"

"俺媳妇都怀孕四五个月了，他还不让俺结婚，你说急人不急人！"

"有准生证吗？"

"有，这不，好不容易办下来，俺爷爷就去世了。爷爷这一走，结婚的事，嘻！怎么说呢？真是兔子拉车乱套了。双方准备好好的，他是死活不让结婚！"

"哦，就为这事？"

"是。"

"好，你姓什么？"老温转了一下身，问站在姓方的青年左边年纪大些的人。

"俺也姓方，是他爹！"

"他爹？净是些幺蛾子！为什么不让他结婚？"

"乡领导，是这么回事，咱当地不是有个说法吗？他爷爷今年刚走，他结婚的话对家庭、对后辈不吉利。再拖几个月就明年了，可他……"老方指着儿子，气得直哆嗦。

"你光知道这个不吉利，儿媳妇都怀孕四五个月了，可到过年还得有大半年。她挺着个肚子也没地方待，不结婚能行吗？"

"不会流了？老祖宗定的规矩谁敢破坏了？破了规矩，不得让人骂一辈子！"

"我能破，这婚非结不行！"

"你放屁，我就不同意。我看你这婚怎么结！"他爹一怒，儿子有些发怵。

"哎，哎！这是在乡委，说话文明点。你爷俩一大早跑乡上就为这事？"

爷俩对视了一下后，又都扭回头去。

"小伙子，看你说话办事也挺精灵，怎么净干些不利索的事呢？会捎饬孩子不会算日子？光顾一时痛快了，你罣过你爹了？"

爷儿俩都噘噘着嘴，谁也不服谁！

温柴道抻了一下腰，把年轻的推到外屋后，转过身来切入正题。

"我说老方呀，你说你这把子年纪了，跑到乡上来争个家长里短，丢不丢人？跟儿子治些啥气！还大言不惭地埋怨儿子来告你。我说，告得对，告得有理。别说是你的孙子，就是别人家的小生命，也不能说流就流了，是不是？告诉你个数据吧，现在的女人生育率呈下降趋势，知道是什么意思吗？就是女人越来越生不出孩子来了，可能与现在的环境、食品有关。你儿媳妇怀孕了，是你祖上积德、祖坟上冒烟，赶快到墓田祖坟上去使劲烧香磕头才是。你倒好，不但不去烧香磕头，反而逼着孩子去流产，想当绝户？想断子绝孙？越上年纪越野巴啦？计划生育不够杠的都躲着、藏着生，你倒好，好不容易都怀孕了，你却跑乡上来嚷嚷着流产。我看你是越老越糊涂！还不快回去养胎、保胎，等几个月抱孙子？"

老方眨巴了眨巴眼看着老温，仿佛被骂醒了的样子。别看被老温吵骂了几句，可心里倒觉着暖烘烘的。再细琢磨琢磨这个老温说的，是啊，人家说的是挺有人情味的，是对自个儿好！一家人都在忙着计划生育，这好不容易怀上了，也快生了。不知脑子进水了还是咋地，竟鬼使神差地要流产。看来真是上年纪了、傻乎乎了。人家管信访的老温不愧是乡镇干部，拉了几句呱，还是骂咧咧的，可就让你心里挺舒服的。固然说这十里八疃的风俗得尊着、顺着，可血脉延续的亲骨肉还抵不过个风俗？吃烟拔豆茬，一码归码，听兔子叫还不用耩豆子了呢！想想这些，他竟激动起来，"温领导，别看您在扒数俺、骂俺、丧门俺，可俺觉得您拉的也在个理儿！是呀，风俗是什么，不就是个说法吗？信就信，不信就拉倒，也用不着生这么个窝囊气。您说得对，太中听了，风俗跟生孩子比得了？俺想开了，就是老头子在阴间知道家门里又添了后代，也不会埋怨。是这么个理儿，听您的。嗨！谢谢您啦！"

不愧是爷俩，想开了，两个就开心地笑了。

临出门时，老方悄悄地跟温柴道说，到了时候可一定来喝喜酒哇。老温满口应承着。

李秘书听着老温在隔壁房间批评老方父子，心里佩服得五体投地。整天跟这些人苦口婆心地磨嘴皮子，肚里不装点东西不行。难怪去年退休了，领导就是不让他走，就像程老大在背后说的那样，人家就是有两把刷子。

"嘿嘿，家务事，吓唬一下就行了。这老伙计也没什么文化，也没见过什么世面。老百姓的事，不管不行，可勺子砸锅沿、牙齿碰嘴唇的事太多了。再说，用些旧风俗来约束新东西也不成立呀，对不对？连骂带吵地吓唬吓唬，理解就行了呗！关键是用骨肉亲情来打动他，没有什么三篇文章！"

"不管怎么说，您可真有些法子对付他们，三说二卖就处理好了！"

"唉！庄户人家嘛！也得因人而异，像这家长里短的事又讲不得法律，村规民约又吓唬不住他们，就得掏心窝多叙道几句，成人之美嘛，对不对，李秘书？说不定以后你也会碰上！哈哈！"

因为李秘书经常给他当托，每送走一帮后，温柴道就请李秘书不是喝杯"醉皇帝"，就是吃只"贵妃鸡"。只是"光听楼梯响，不见人下来"。跟着好几年了也没尝着"醉皇帝"和"贵妃鸡"。

说笑间，门外又来个上访的。

乡接访室里，一个叫孙胜利的中年汉子待在一隅，不时用眼角瞟瞟温柴道，试图从他的表情、眼神里观察些什么！

温柴道又洗洗手、倒杯水、掐掐太阳穴，惯用的"三部曲"动作后，又多出从抽屉里拖出块布条把沾满了泥土的皮鞋，连鞋跟带帮沿地擦了个仔细，顺便又把椅子来回抹了抹。他在做这些事的时候，孙胜利急得是如坐针毡、龇牙咧嘴。其实，他这是在观察上访人的情绪。

温柴道看看火候差不多了，便往前拖拖椅子坐下，仍然是慢腾腾地搭问："哪个村的？"

"长街村。"

"姓什么？"

"姓孙。"

"村干部是孙成松？"

“是。”

“跟他有亲戚没有？”

“算是一个家门里的，平时没什么来往！”

“哦，是这样，他在村里的威信怎么样？”

“你是说村干部吗？什么威信不威信的，村里穷得叮当响，孬好没人愿意干！”

“哦，你家里几口人？”

“六口，两个老人，两个女儿。”

“有几亩地？收成怎么样？”

“亩数不少，有七八亩吧，可都是山岭薄地，种一葫芦打一瓢，一年见不多粮食，将就着能填饱肚子。收成不收成的就是那么回事，抹抹嘴不就知道了？持家过日子凑合，头疼脑热的抓几片药还能将就，一住院全家就完戏了。”

温柴道慢条斯理地扯了几分钟后，知道该接触正题了，就睁开那双好像木呆呆的眼睛，问：“哎，你来这里做什么？”

“来反映问题！”

“哦，来反映问题，反映问题好啊，反映什么问题？”

“邻居家盖屋，屋脊高过俺的屋了！”

“哦？高过屋脊了，说说看，怎么高过你的屋的，高过多少？”温柴道漫不经心地又问。

连大集也没顾上赶，来乡上蹲了一个时辰的孙胜利可逮住机会了，滔滔不绝地把邻居的家庭收入、为人处事，包括平时你来我往的陈芝麻烂谷子的那些事一股脑地抖了出来。

说到邻居家翻盖屋，屋脊比他家的屋脊高出了十几厘米时，他认为邻居是有意抬压着他的屋顶，从风水上说是居高临下；从现实当中说，也是欺负他没有儿子。当他声嘶力竭地要求温柴道出面伸张正义时，竟满腹狐疑起来，接访的老温怎么睡着了一般？咦？这是在接访吗？奇了怪了！听说乡上接访是有步骤的：先是了解具体情况，然后登记上，上访人反映完问题后回去等结果；接访人向领导汇报后，安排专人下去调查。一般情况下，这一圈下来，小半年也就过去了。时间虽然长点，也是正路子。这倒好，我这里心情沉重、义愤填膺呢，他这边打起盹来了。哼！什么乡干部？

孙胜利正在疑惑，忽然听到温柴道从干渴的嗓子眼里挤出了声响，“哦？说完了？都说完了？”只见他伸伸懒腰，微微前倾略一欠身，表示他醒着，也在听着。

"就这些，希望领导能主持正义，打霸治邪，给俺一个说法！"

"噢！你说的有些太多太乱，没大听清楚。来来来，你再说一遍。来来来，再捋一捋这事！"温柴道轻声慢语，没有半点快刀斩乱麻的意思。

哎呀！俺那亲娘来，就这么点破事，说了半天，竟没听清楚？这都快晌午了，往家赶还有好远的路程。说还是不说？说吧，又得大半个小时；不说吧，来了大半天又憋了一肚子的气。想来想去，他一跺脚一咬牙，说！好不容易到了这说理的地方，也亏得有人接待，让说就再说一遍吧。可能咱庄户人没文化表述不清，只要听扎实了，肯定会帮着出这口气。孙胜利强忍住死犟的脾气，把刚才的事又大肆渲染了一番，又口吐白沫嘟囔了一阵……

当他长长地喘了口粗气，像是卸下了千斤的担子后，卷了个"喇叭筒"点上，睁大眼睛盯着温柴道，热切地盼望得到同情和给些说法。

"怎么，说完了？"温柴道问。

"是，说完了，这回您该听明白了吧？"孙胜利吐出一口烟，露出两排黄牙的大嘴反问他。

"哎哟，还是没怎么听清楚，是不是……"温柴道双眉一挤，严肃的脸上一片迟疑。

孙胜利把刚刚点燃的烟往地上一摔："你脑子有水还是怎么的，就这么点破事你都听不清楚？我怀疑你是怎么混到乡上来的，还什么老干部、老信访的！你……你到底是不是乡上的干部？"

"哎哎，别急，我肯定是乡上的干部，我就是听不大明白。来来，你再慢慢地说。"

"哼？说个屁？我慢慢说？我再慢慢说，别说是晌午饭，就是晚上饭，我也赶不上了！不说了，这么个简单的事，还得让我说上三遍，真是可笑！头一回碰见你这样的糊涂虫！"刚才还声泪俱下，一脸委屈的孙胜利，此时火冒三丈，把对邻居的火气一下子转到温柴道的身上。一顿恶狠狠的牢骚之后，一摔门，腾腾腾地扭着个屁股就迈出了办公室。

温柴道看孙胜利走出大门后，一回头跟李秘书挤了挤眼，会意地笑了："开会时间到了吗？"

李秘书说："时间卡得老准了。老温，你真不愧是老信访，什么法子也使，这是不是你发明的'装憨计'呀？你可真行！"

温柴道"嘿嘿"了两声，"不是要开会嘛，大半个小时也就这结果！再说，你说这事怎么答复，真没有好办法解决，总不能让人把房子削块屋顶去吧？

嗐！对付这样的人，就得装憨跟他慢慢磨叽呗，啥时草鸡了，啥时也就不上访了！嘿！"

"老温呀，开会没耽误接访吧？"开会前，赵云瑞关切地问。

"没碍事，时间长了也能摸透个心理，能把握住时间！"

"哦，能摸透心理？能把握时间？不愧是老信访，来来，说说，让伙计们听听。"赵云瑞饶有兴趣。

"从三个方面断定没啥大事，也就耽误不了开会：一是今天这里大集，上访的这位是擤鼻涕捋胡子，捎带之工来乡上的；二是自个儿磨蹭蹭地进来，一看就是小媳妇进洞房，扭扭捏捏的，理由肯定不充分；三是提的要求更可笑，埋怨邻居屋盖高了，欺负他没有儿子。一听明白了个八九不离十。跟他也讲不得什么大道理，也不好答复谁对谁错，嘿！我就眯会眼，让他出顿气得了呗！"

赵云瑞细一琢磨，也在理。在农村，有些家长里短的事情很难用法律条文去处理。面对着六七万人的乡镇，甭管使什么法子，能把事摁住就了不起。他赞许地点点头。

乡会议室，维稳信访调度会如期召开。赵云瑞让大家先说说。

鲁祥生说："生态科技园占用湾塘韩岭村有不稳定苗头，包括陈柱子也有情绪，思想不通。"

王秀清说："连续收了三茬集资，留下的尾巴挺大，群众攀比心理严重，引发出了许多不稳定因素。"

陈来电说："工业园区强压着把地调了，但个别群众意见很大，尤其是平屯村最为明显，需要引起重视。"

刘秋珊说："面上的工作都挺顺利，我就是觉着有些村干部不管事、不担事，有事就往乡上推。这是来信来访多的主要原因。"

马力胜说："近期杀树的比较多，有部分村干部参与。还有邻里纠纷、打架斗殴偏多，分析了下原因还是法制观念淡薄，需要加强教育。"

司法所、法律服务所和学校都结合本职工作把了解和分析的问题一块谈了。

"温柴道同志，你每天接待不下十次八次的信访，你最有发言权，你谈谈对信访工作的看法，有什么好建议一块儿说说。"赵云瑞特别点到温柴道，让他谈谈对信访工作的意见。

"我也没啥好谈的，如果非让我说几句呢，我就说几句，退休了，谈不上什么意见建议的。"温柴道说着，点上一支烟，"农民是最不稳定的群体，也是上访最多的群体，这是自上而下的共识。到乡镇、县市、省城甚至京城越级上访，好像成为一种行业、一种职业。怎么说呢，分析了一下这些上访活动，我发现这些上访非正常群体里有好多共同点。比如说这些上访人员虽然分散，但很容易组织起来，一呼百应；他们的纪律性、保密性也挺强，不是他们圈子里的很难渗透进去；还有，他们的理由口径一致，写的上访信文笔流畅，非常专业，让人一看容易引起同情。我分析，不管大信访还是小信访，里面不乏有许多专业操盘手，也就是咱平时说的幕后有专门干这事的人。从某种程度上来说，对维护稳定工作又提出了新的课题。再一个现象呢，就是农民还是原来的农民，事情呢，还是些原来的事情，可对问题的处理不是简简单单就能摆平的了。也就是说，他们对当前的政策、法律研究得有些比我们还细。这也是需要引起我们重视的问题。至于近期上访苗头增多，哎！摊子铺得大，牵扯的事情多，产生不满、干群矛盾激化也在所难免。以我的看法，单靠笼统的宣传教育效果不会太明显。上次沟埠岭打架，拘留了几个后工程干得多顺畅。如果再抓几个偷树的、村里横行霸道的，再找几个不讲社会公德、不赡养老人的典型，让派出所和司法所牵头，对他们重点教育教育。说句不好听的话，杀一儆百，让他们知道不是政府管不了，而是没到火候去管他们。如果条件允许的话，让派出所和司法所跟学校搞一次法律普及和村规民约宣传，狠狠地打击邪气，树树正气。信访肯定会降下来……不过，听说咱们今年干的工程项目不少，又都是些牵扯用地的事，群体性事件肯定会有。咱要正确面对，尽量做好防范工作呗！"

稳定压倒一切，是县里每次开会挂在嘴上强调的，也是乡、村两级常年抓的一项工作。赵云瑞结合温柴道分析的情况，对下一步如何加强维稳和信访工作，要鲁祥生和派出所、司法所牵头，严厉打击存在的违法犯罪行为，搞一次声势浩大、不留死角的普法宣传。

一散会，温柴道被李秘书又一把拖住，"老温，又来了一上访的，在大门南墙边，我看有点特别，快过去看看吧！"

温柴道说，"慌什么？天掉下来有地接着。"他边说着边不紧不慢地过去。

蹲在大门南墙根的这个人年纪不会小于七十岁了，满脸的皱纹又深又长，一双混浊没有光泽的眼珠偶尔转动几下。手里还紧紧地攥着个装了几片菜叶的布袋子。

他恐慌地盯着朝他慢慢走来的温柴道。

上访和上访也有不同。凭直觉，老温觉得该主动过问些才好，便一改往日"慢三拍""装糊涂"的工作节奏，快步走来，"大叔，门口风大，到屋里喝点水！"

老人看下四周，抿抿干巴开裂的嘴唇，喉咙又蠕动了下，挤出几乎听不清的沙哑声，"同志……"暴露着干瘪的青筋的手抹抹挤出的两滴泪珠。

温柴道确认了自己的判断，"李秘书，快来帮个忙，把大叔扶到屋里，我去去就来！"

李秘书慢慢地将老人扶到温柴道的接访室，拖了把椅子过来，让老人坐稳后，还没倒上水，温柴道领着王博平进来了。

从穿戴、表情以及提着的布袋里那几片菜叶上，温柴道断定老人是遇到了难处。他分管信访，凡与信访有关的事情他都参与处理。但也仅仅是信访，牵扯到人、财、物，哪怕是一片瓦、一分钱、一棵树，他也说了不算，只能提点建议、意见。像老人蹲在南墙根下式的"上访"，虽然很少，但也有。他怕民政助理王博平下村去了，就先把王博平拖住，一块过来"接访"，有啥需要解决的问题就省力了。

"大叔，这是在乡委接待室，我姓温，这是民政助理小王，您是哪个村的？大老远来是不是有什么事呀？喝口水，慢慢说！"

老人抬起头来，额上堆满了皱纹，慌乱乞求的眼睛望着站在他身边的老温和王博平。

"同志，孩子把地要去种了，还不管俺，没粮吃了，日子过不下去了呀！儿子没本事，儿媳妇不讲理……不懂事，丢人呀！"老人边说边看看布袋里的菜叶子。

老温一听，长叹一声，又一个不养老人的不孝之子。最近类似的事情挺多，难道经济条件好了，社会风气就该低下，就不提倡尊老爱幼了以？

"大叔，别紧张，您是哪个村的？叫什么？请相信政府，我们一定会帮您的！"王博平关心地说。

老人颤巍巍地吐出了"栾山村"，又有气无力地把碰到的困境跟老温倾诉了出来。

老温转身对王博平说："王助理，我想，牵扯到村里，牵扯到他儿子，还牵扯到村规民约和赡养父母的法律问题等，不是咱俩就能拍板的事，需要汇报领导，安排工作组协调才行。我看是不是这样，你从民政方面先帮着弄几袋子面，如果还有能办的就再多帮着给点。我呢，想法弄几百块钱，先帮着老人解解燃眉之急。至于下一步怎么办，咱俩先汇报鲁书记后再一块去村里，行不行？"

王博平说，面粉数目不大，完全可以调剂，马上就可以落实好。老温放心地点点头，又嘱咐道："这是咱俩的私人行为，就别跟外人讲了。如果没意见，咱就分头行动，办好后找车把大叔送回去吧。"

王博平点点头去了。温柴道皱起眉头摸了下上衣口袋，在屋里踌躇了两圈后，又喊开了，"李秘书，来，借你二百块钱用用！"两人一老一少习以为常了。

"怎么啦，又是生活困难的？不过，您这办法救急救不了穷呀！前几天不是才帮助了一个困难户，照这样下去也不是办法！"

"问了些家长里短，生活是挺困难的。至于其他问题，汇报汇报再说，我身上就三百块钱，凑齐五百块，积善积德嘛。再说，咱不是党员嘛！"

"老温，我看您是憎爱分明，这样的事也别光让您自个掏钱，我也献点爱心帮帮吧！"李秘书说着掏出二百块钱，就安排车去了。

晚上，赵云瑞和鲁祥生一块听了温柴道和王博平的汇报后，要求对栾山村这个老人不光在生活上给予重点关照，还应该帮助理顺好家庭关系。

十七

这段时间，鲁祥生又去了几趟韩岭村，找陈柱子，仍然是收效甚微。为了把苑向伟老板留住，赵云瑞和鲁祥生拖着他又四处寻找。难道这几十平方公里的土地上，就再也找不出适合建生态科技园的地方来吗？然而，这个苑向伟也是犟上了，非那个大湾塘不投。虽然在一块说说笑笑，但赵云瑞有个预感，苑向伟的思想有些波动。他如果真的走了，项目黄了不说，那陈柱子……赵云瑞有些担忧。

他们跨过一个沟坎，又爬上一道山梁，来到栾山湖大坝的最高处。极目远眺，只见湖水清澈，波光粼粼；渔船在镜子般的湖中撒网捕鱼，掀起一圈圈的涟漪；岸边的奇峰异石和茂密的松林倒映在湖中，像海市蜃楼般时隐时现，蔚为壮观。

"哎！那是干什么的？怎么那么多人，还有好多车辆？"赵云瑞指着远处湖滩上缓缓移动的人影问。

鲁祥生顺着赵云端的手指望去，也说不上来："说不准，都穿着黄马夹，是不是搞勘探的？"

"不是瞎胡闹！湖滩里搞什么勘探！"

"这事太专业，咱摸不准。"

"你看看，那些工程车也在里边来回跑。这哪行，不把生态给破坏了！再说，不打个招呼就跑湖滩上瞎捯饬，出了事咋整？"赵云瑞边说着边又琢磨开事儿了。

"人不少，车也多。这样用不了几天，可真把湖滩给破坏得面目全非了。"

鲁祥生疼惜地说。

"祥生，我跟苑老板先回单位，你带几个人过去看看到底是干什么的。不管哪个单位的，如果破坏严重，一定让他们恢复原样。"

"好，我们马上过去，让他们先停下再说。"鲁祥生气冲冲地说。

赵云瑞望着偌大湖滩上施工的人员车辆，心想，没点底气他们也不会这么放纵狂妄。嘿！如果真是央企来这里，管它干啥，里面肯定有好多针线呢！先不说来不来投资，只要在这儿多待一天，也得想法赚点便宜，至少说不吃亏，说不定半道上拣个金猴子呢。因为距离远、情况不明，他也没敢往深里想。

"祥生，你无论如何要把事情弄明白，处理好！企业再大也不能破坏生态。下一步，我们还想利用这一优势招商发展旅游业！"赵云瑞故意加重语气话里有话地暗示着。

栾山湖西南方向有一大片广袤的湿地。就是这么个地方，不知啥时候被石油勘探部门盯上了。最近一段时间，时不时有人到湖滩里走走。偌大个湖区，别说十个八个的人，就是再多些也不会引起重视。不过，这足有上百人的队伍，又有大小车辆窜来窜去，忽啦啦地聚集到了栾山湖一带，是不是来勘探石油？不能不引起重视。这些人身穿黄白相间的工作服，拽着细细的电线，每隔几百米设下一个点，然后又一段一段往前挪动，冒着湖面刮来的阵阵凉风，深一脚浅一脚地在泥泞的滩涂里来回走动，说是搞什么"三维物探"。

住在湖边的群众溜达过来问他们做这些干啥，他们说这地下可能埋藏着石油和天然气，用仪器探探。这些老百姓捋胡子的捋胡子，干咳嗽的干咳嗽，发着感慨，"哼！刚解放分地的时候，俺就这样拽着绳子在这里量地。前些年在湖边上拉电线的时候，他们也穿着这马夹，戴着盔帽子来来回回地拽线，也没见着一星半点的石油。这是又吃饱了撑的，拿着国家的钱作践，闲着，没事胡咧咧呗！"

勘探工人只是笑笑没说啥，穿着高腰靴子在泥泞的沼泽地里从这点到那点来回奔跑，各忙各的。

鲁祥生带着水利站的工作人员一阵急驶，直奔现场。"喂，哪里的？"鲁祥生毫不客气地质问。

"油田的！"一个戴眼镜的说。

"油田的，在干什么？"

"地下可能有石油，勘探一下！"

一说到勘探，鲁祥生就想到埠岭乡这地段下面埋着道挺长挺粗的输油管线，已经有多少年了，具体位置在哪里，埋有多深，什么走向，等等，好像有点半军事化管理的性质，谁也摸不着准头。因此，他有些疑虑地问：

"勘探？来这儿勘探谁批准的？"

"这……也没有谁批准，这……不是片荒地吗？"

"你仔细地看看这是荒地吗？"

"我们以为是片荒地，周围也没人。再说，就是搞个'三维物探'，也没干其他的。"来人继续解释。

"你们把湿地糟蹋成这样了，还没干其他的？知道破坏生态的严重性吗？谁是头儿？走，一块到派出所去！来来来，把活停下来，快点！"鲁祥生把脸一拉。

"别急，别急！我们也是常年在外干这活，都是公对公的事，有事好商量嘛！"一个干部模样的也朝他递话。

"对，就是公对公，先到派出所一趟吧！"鲁祥生越发严肃起来。

"您是乡镇领导吧，好，听您的，不过稍等等。您看，这百十号人都在工地上，打个电话把事情处理一下马上走。来，先抽根烟？"戴眼镜的处惊不乱。

鲁祥生摆手拒绝了。

"别急，先喝口水！"来人也不管他们愿不愿意，从滩地纸箱里，拿出几瓶矿泉水，一个弧线扔了过来。鲁祥生只好接住。

"乡领导，有些数据还没出来，不过凭我的感觉，这地下很可能有油、有气，没准你们要发财了！"

鲁祥生一愣，眼珠不转地瞪着他。噢？还有这等好事？真事假事？如今社会上骗子众多，骗术也五花八门，沉住气，千万别被他们忽悠了。"发什么财？"

"真的，领导，我们来过好几次了，有些数据还不全，还要带回去分析分析。不过这里肯定有石油和天然气，储藏量恐怕还不会少！""眼镜"一旁的技术人员插话说。

"石油、天然气跟我们种地的咋扯到一起？我们能发啥财？"一说到钱，鲁祥生也是瞪起眼来了。

戴眼镜的看他们真不懂，便也没往深里说，"哎！领导同志，一句两句也说不清楚，要是真的开采石油、天然气了，里面的文章多着呢。先不说占地补偿，光税收这块你也花不完。"

一说有税收，鲁祥生的眼珠子仿佛射出了两道金光。他看到赵乡长整天为税收愁得睡不好觉。照他们这么说，岂不是天上掉了个馅饼？鲁祥生态度温和了许多，"走，那就先不去派出所了，去乡上。这么一大片湖滩被你们糟蹋得乱七八糟的，总得有个说法吧？"

"乡领导，反正就这么个事，是不是想要点赔偿？说吧，就这么块荒滩，我们在上边转了几圈，您看赔多少吧？"

鲁祥生一愣，哎？这还没接触正题的怎么张口要给补偿？难怪赵乡长让多长个心眼，就反问道，"你……说应赔多少？"

"哈哈！我怎么说赔多少呢？这样吧，我们还要在这里勘探几天。你们商量一下，要多少赔偿款，我好向公司汇报，如果顺利就多帮你们争取点儿。"戴眼镜的不以为然。

鲁祥生心中窃喜，这真是想个媳妇来个娘们。难怪早上吃饭时有只喜鹊在树枝上"喳喳喳"地叫个不停，原来今天有喜啊！多亏赵乡长领着来栾山湖转转，要不还真难发现这么个"发财"的机会。不管怎么说，总算逮着了个大鱼。不过，他听说过像他们这些见过世面的人滑溜得很，有不见棺材不落泪的来头，便故作镇静，"你有这个态度，咱就不去派出所了，去乡上坐坐，把事摆平。如果态度诚恳、办事有诚意，我们赵乡长说不定还能见见你呢！"鲁祥生生怕到手的鸭子飞了，把这事直接推给赵云瑞，赔多赔少让他定，岂不更好！

"也好，到了您管辖的地盘，您说了算。说句到家的话，赔偿肯定会有，不过千万别抱太大的希望！"

"好说，好说！只要给比什么都好，半斤老烧下肚，不就是朋友了吗？哈哈哈哈！"鲁祥生藏不住内心的喜悦，开心地笑了。

从一开始的剑拔弩张，转眼间又云开雾散，前后也不过十多分钟。天上掉下个金猴子，真让人始料不及。连诈带唬地上纲上线，竟得到了意想不到的效果，鲁祥生心里格外愉悦。在乡财政捉襟见肘、恨不得一分钱掰成两半花的当口，平白无故地拣了块"横财"，赵乡长能不高兴？

跟鲁祥生对话的这个人姓王，叫王浩，是勘探队的队长。他戴着一副高度近视眼镜，一幅文质彬彬的模样。虽然是公对公，可他们总归是没请示就进了栾山湖区，并且把大片的滩涂湿地破坏得不成样子。作为当地政府，过问、阻止是正常的。而他们呢？作为央企，在野外勘探也有这项开支，给点补偿很正常，焦点就是补偿多少的问题。

鲁祥生跟王浩一块来到乡委，因为生疏，王浩显得略有些拘谨。在回来路上，鲁祥生就把大体意思跟赵云瑞透露了，并且把跟勘探队的谈话细节也讲了。因此，王浩不但没受冷遇，反而受到了超规格接待。这里说的超规格是真的超规格，赵乡长提前把他手中的王牌，号称"哼哈二将"的李晓静和卢洪霞安排不要有其他活动，全力以赴地陪好客人。

栾山湖湿地遭到了破坏，情况属实，以此作为理由帮着地方政府争取点赔偿也未尝不可，这么大个央企给点赔偿款还不是小菜一碟？况且这之前也有许多先例嘛！

王浩不过是婉转地透露了给点赔偿的意思，被捧为座上宾，有些丈二和尚摸不着头脑。不就是给点补偿吗？有啥大惊小怪的？一下子还适应不了这受宠若惊的热情。

"王队长，看你文质彬彬的气质和处之泰然的神态，得是个厅级干部吧？我们就是些乡下人，不懂礼貌，冒犯了！"赵云瑞以守为攻地使劲捧他。

"哎呀呀！俺就是个搞地质勘探的，什么厅级不厅级，刮不上块，您有什么要求，我反映上去，达到目的就行呗，千万别客气！"

"初次见面就谈钱，是不是有点儿俗，我看还是按着老规矩，酒过三巡再说！"说着就拖着王浩进了餐厅。

"不不不！赵乡长，我是真不喝酒，另外百十号人都在湖滩里待着，有什么要求尽管说，我保证汇报上去！"

"来了就是客，眼看晌天了，不喝点也不是待客之道啊！这是乡妇联主席李晓静，这是计生站长卢洪霞，埠岭乡两大美女今天出山来陪你，还有什么理由不喝？上次铁路上李指挥来，那可是正宗的厅级，我也没舍得让她俩出面，知道为什么吗？这叫看客下菜碟，一般人享受不着这个待遇。来，先走一个！"赵云瑞边说边喝，鲁祥生跟李晓静和卢洪霞盯着王浩把酒咽下去。

"祥生，耿书记介绍了个客人来，也别慢待了人家，我过去陪陪。叫你俩来可不是作秀的，怎么个喝法你们比我还懂。"他又对李晓静和卢洪霞嘱咐。

财政上穷得叮当响，一分钱恨不得掰成两半花，好不容易逮着块肥肉，不拿下怎么能行！赵云瑞暗暗发着狠。

李晓静和卢洪霞一看赵乡长放话给她们了，立即放下拿捏的矜持，露出了乡下人"敢上九天揽月，敢下五洋捉鳖"的野蛮秉性，端着怪晕人的酒杯朝着王浩恶狠狠扑去。

鲁祥生光笑不语，他是知道她俩的酒量和驾驭酒席的能力的。就像阿基米德说的那样，给个支点，就能把地球撬起来。别说陪一个王浩，就是一桌王浩也不在话下。用鲁祥生的话说，就是她俩除去没给他剥了内衣内裤外，白的、啤的一块灌，素的、荤的齐上阵，连说带笑，连打带闹，逼得王浩蹲在角旮旯里捂个嘴哭爹叫娘。

"赵……乡长呀！快帮帮呀，再不帮要出人命了！"赵云瑞一进门，王浩蜷缩在墙角连连告饶。

"哎哎！怎么这么样没礼貌，让客人蹲那地方？过来过来！"赵云瑞假装生气地把王浩拉了过来。

酒能误事，也能成事。赵云瑞和鲁祥生又拿出对付铁路上的那一套，让两个女的打头阵，他俩断后，直把王浩喝得鼻涕挿到脑门子上去了。

看似普普通通的一顿饭，一下子把王浩的感情给俘虏了过来。他借着反上来的酒劲，信誓旦旦地表态，马上回公司汇报，争取不到补偿不开工。

赵云瑞暗暗得意，心想，光说说嘴表个态，不解饿不解渴的管个屁用。再说，这么大个企业，给个仨瓜俩枣的不跟打发要饭的一样？不行！怎么办？只有再灌上三两烧把火，让他吐漏个补偿的底线心里才踏实。他一拉脸，又一使眼色，两位女将又蚊子见了血似的冲上去一顿猛灌。

赵云瑞看王浩被灌得几乎趴在那儿了，觉得气氛也掀得差不多了，便试探地问道："王队长，压坏了这么一大片湿地，给十万块钱……"

"好好！十万！"王浩接过话音不打嗝地跟上。

赵云瑞一听王浩没有半点犹豫，知道要少了，便又急中生智跟上，"……是肯定不行的！"

顿了下后，王浩像泄了气的皮球，"赵大乡长，您打算要个什么数吧，咱就别又藏又掖的了！"

"好！够意思，最少二十万，最多不能突破三十万，国家的钱，咱也不能乱要是不是？"赵云瑞拉下严肃的表情，又坚决又肯定地表态。

王浩被灌得迷瞪瞪的，百十号人又待在湖滩里等着，他喘着粗气"哼哼"地答应了。

工作就是这样，有时既有偶然性也有必然性。如果不是去栾山湖坝顶看看，也发现不了，如果他们勘探完走了找谁去，不也就不了了之了？事情往往就是这么神奇，这么有戏剧性。

赵云瑞领着几位干将生吞活剥了顿王浩后，收到了意想不到的效果。就像刚伙计们调侃的那样，一下车就碰上了个接站的，地一干旱就来了场雨，巧了。

该着不挨饿，天上掉饽饽。正当为财政上没钱愁眉不展时，竟没费吹灰之力从油田上争取到了二十七万元的赔偿款，真是喜从天降！

十八

这段时间，铁路工程公司的周经理和孙长希三天两头来找赵云瑞要求开工。每次来，赵云瑞都热情地接待，熬到中午就找几个酒量大的，把他们陪得是升满斗满。来的时候嘻嘻哈哈，满面春风；走的时候通常都痛哭流涕，东倒西歪地被抬到车上。过几天，他们又来，还是如此。

周经理每次来，是想做东请赵云瑞喝几杯，把感情再加深加深，但赵云瑞就是不理这个茬，反过来一个劲地请人家，并且拿出半岛地区最隆重的礼道。其实，客人醉了，陪客的也舒服不到哪去，跟赵云瑞陪客的鲁祥生他们也蒙在鼓里。不就是要求开工嘛，他们又是有求于咱，都挺忙的，开就开呗，可就是不知赵乡长是咋想的，捣鼓不明白到底是咋回事！

本来是铁路方面来联系开工的事，恳求乡上帮助做好铁路沿线的民事工作，好尽快开工。说白了，就是有求于乡镇，不说送点小礼客气客气，但有来有往请顿饭却是再正常不过的吧。可偏偏赵云瑞好像脑子发呆了一样，不但不接受人家的宴请，而且一二再，再二三地请人家。几个陪同的伙计拨弄着指头算了算，请了有三五次了。这到底是咋了？不能这样请了，再这样下去，反而助长了铁路上那帮人的脾气哩！

鲁祥生跟赵云瑞汇报工作时，婉转地提了个醒。然而，赵云瑞不听说不听劝，仍然是我行我素，谁的茬也不理。

直到有一天，铁路上李指挥领着会计师周倩、周经理和孙长希又来乡上联系工程开工一事时，大家才恍然大悟，原来戏眼在这儿，都暗暗佩服赵乡长的谋略和大手笔。

东扯葫芦西扯瓢了一阵后，又是一阵推杯换盏，赵云瑞对李指挥说："李指挥，你看你们这些人，都撇家舍业地跑到我们这穷山旮旯里来，不也是为了工作，我们有什么理由不好好配合呢？就这么点芝麻大的事，还用得着您一次次地亲自来了？下一步，我们加大协调力量，争取铁路工程早日开工。有什么需要我们做的，尽管吩咐就是了。作为地方政府，我们保证配合好！"寥寥数语，说得李指挥又开心起来，气氛也一下子活跃了许多。

李指挥之前也听伙计们回去讲了乡上的一些情况，如何如何热情，但民事工作就是迟迟协调不好，估计人家是不是有什么想法。临来之前，李指挥跟周倩他们也分析了一下，在不违反财务政策的情况下也做了些案头准备，一旦谈到工程、补偿等敏感话题时，也好有个应对的态度。

"赵乡长，你们这么热情，又这么实在，我们表示感谢啦！今天，我跟周会计师、周经理他们来，不是催着开工来的，是想来乡上看看，有什么需要我们帮忙的。你看，我们的设备在国内都是最先进的。现在都进了工地闲在那里，乡上有什么需要干的工程可以跟周经理联系。即便就是下一步开工了，也可以抽空穿插着干点儿。一句话，今天我们来，就是帮着您办事来的。有什么事你就尽管说，只要别让我们喝酒就行！"李指挥边说边自己先笑了。

"李指挥，您是不是说大了。上头不是还有铁路局吗，您怎么说了算呢？"赵云瑞既想激将他一下，也想从他嘴里掏点真东西。

"铁路局管行政、管业务，局长管不了这么多。像我们这样的中标单位，他才不管呢！哎，赵乡长，您是不是对我讲的话不相信？我们可是落地有声，请您放心好了！"

"那真得好好谢谢您了，今天咱们可得好好撮一顿！"赵云瑞说。

"不不不。我们今天来，就是要帮着乡上解决点事情来的。"李指挥语速特快地说。"今天我们自带方便面，坚决不吃请了。真要再请我们，那我们可真要走了呀。"

"您又要帮我们这穷地方，又不让我们表表心情，这哪里是正路头？李指挥，您就是帮也得吃饭吧。既来之，则安之，保证尽快开工不就得了，赶快入座吧！"

赵云瑞不轻不重地又提开工，弄得个李指挥哭笑不得，只得跟在后头入了座。客人中有女士，赵云瑞嘱咐李秘书把刘秋珊叫来，一块陪陪客人。刘秋珊来基层的时间不长，但有文化，有能力。曾专门安排她办过几件事，都办得挺漂亮，滴水不漏，圆圆满满。尤其是让她代表乡妇联参加县里的一个活动，一炮打响，不仅给乡里赢得了荣誉，其组织能力和文笔也得到了充分展现。这些信息反馈回乡里后，耿书记更是爱才如命，把她调到乡妇联当干事，创造个进步的平台。

刚才，赵云瑞专门安排刘秋珊过来陪酒，并不是他的真实用意，而是让她多了解些乡里的重大决策和意图。特别是跟铁路上的一些事情，一旦县里需要写汇报材料，就不用再费二遍工夫了。赵云瑞正是看好了刘秋珊的文笔，才有意让她参加这样的活动。

酒过三巡后，客人又有了醉意。赵云瑞知道"只要功夫深，铁杵磨成针"。不管干什么，只要感情达到了，该有的一定跑不了。

李指挥走南闯北啥场面没见过，但这么开心的氛围确实没有过。洋的有，土的有，气氛一下子拉近了双方的距离。如果说上次来，还是客客气气地公对公的话，这次吃饭就像亲兄弟一样了。又是一阵亲密无间的交流，谈的话题越来越接近赵云瑞所想要的了。

"李指挥，我们这个乡虽然很偏僻，也很穷，但我们对工作的态度怎么样？"

"没说的，我干几十年了，可以说是老铁路了，什么样的事都遇到过。大部分都是双方以甩脸子吵架为主，最后再动用行政资源摆平，都是因为工作伤感情。别看他们醉了，我现在还没醉，您有什么事尽管说，我会尽量给一个满意答复。"

赵云瑞酒量并不很大，为了工作，为了突出跟铁路部门的特殊关系，他端起一杯酒，又一口干掉，"李指挥，我想跟您掏心窝子求个事，这事憋在心里好长好长的时间了，可没人理解，也没人说。李指挥，咱这条提速的铁路是德国侵略我国时修建的，距今一百多年了。不管是德国、日本还是后来的国民党政府，包括我们新中国，都在埠岭乡有个火车站。这说明一百多年来的埠岭乡是有历史的，德国在车站旁建的三层楼高的建筑至今还矗立在那里，就说明了这一点。车站周边的人对这个车站是有感情的。高铁要提速了，眼睁睁地看着有着上百年历史的车站被你给撤了，我们心里难过呀！您是领导，您是铁路上的领导，您是说了算的领导，求求您往上反映反映，能不能把我们埠岭乡这个车站保留下来……就算是用不上，作为文物，作为历史见证，怎么着也比拆了强吧。总归一百多年了！李指挥，恕我直言，您这不是撤销车站，您是在拆除历史，拆除德国侵略中国的见证！再说啦，跨着三个世纪、一百多年的历史，几百万人怀念的车站，就凭几个戴眼镜的知识分子往纸上一划拉，说拆就拆了？他们不懂历史，不理解当地老百姓的感情！再说，县里对栾山湖的开发已提上议事日程，准备利用栾山湖这一得天独厚的旅游资源，重点发展生态文化。车站这一拆除，还谈什么生态、保护？还谈什么人文历史？"赵云瑞带着感情，语气沉重地提了一个满桌子上的人半点也没想到的问题。他说完后两眼直直地、目不转睛地望着李指挥，希望李指挥能给个回答。

屋里的气氛达到了冰点，像是凝固了一样。

李指挥瞪大眼睛，怔怔地凝视着赵云瑞，问："就这些？说完了？"李指挥仿佛发现了新大陆一般，紧紧地盯着赵云瑞，没有立即表态，也没有拒绝，而是默默地在沉思，回味着赵云瑞所讲的一切。原本以为他会向公司要点补偿、要块工程或帮着修修路什么的，没想到提出了规划设计之外的但又不能不考虑的问题。

李指挥的沉默倒让赵云瑞有点摸不着头脑，提的要求过分了？可这是秃子头上的虱子明摆着。行就行，不行就权当没说，不至沉默不语。也是，个最基层的乡镇政府向一个国家级工程的总指挥提的要求是不是有点冒失、不大靠谱？他瞪大眼睛盯着李指挥，一桌子人静静地坐在那里雕像般纹丝不动，大气不敢喘。李指挥越是不接他的话茬，赵云瑞心里越是摸不着底。足足几分钟，也就这几分钟，让赵云瑞感觉到是如坐针毡、度"分"如年。

"赵乡长，您提的这个问题倒是蛮严峻的，这是没在我们考虑范围之内的事。问题比较重大，也比较复杂，它牵扯到历史文化和现实状况，牵扯到项目的论证、规划、设计、投资、施工等。这是国家的重点工程，早在几年前就确定了的事。从理论上讲，您提的这个要求几乎没有改变的可能了。但是，我很佩服您的想法和这种精神。作为乡镇这一级，能有这种想法和敢提这种想法的人不多。我干这一行也快四十年了，转了大半个中国，您是唯一一个敢提这种要求的。不过，真不敢答复您，但我一定会把您提的意见反映上去！"他语气缓慢而又沉重地说，不经意地拿起手机走了出去。

"别想些高口味的了，给您块活干干，转包出去能拿这个数，会干、自己干的话可能赚这个数！"周经理扭头看看没人注意，伸出四个指头在赵云瑞眼前晃了晃，"好不容易帮您争了块赚钱的活，您倒好，朝着车站使开劲了。"

赵云瑞一听，瞪圆了眼睛说："周经理您快说，什么意思？四十万？真的让我们挣四十万？"

"小声点儿，一会儿李指挥就会告诉您。他的话可是一言九鼎，掷地有声的，就看您会不会办了！"

"会，怎么不……不……会！我先喝个半拉……死，让他看看我的表现咋样？李指挥呢？快把李指挥请进来，我要宣布重大事项。"赵云瑞激动得有些语无伦次。

约莫过了不长时辰，李指挥像是披了一层光芒，被鲁祥生他们众星捧月般地簇拥着进来，硬生生地被半扶半摁到座位上。刘秋珊也大献殷勤地倒上了满满一杯酒，端到李指挥面前："李指挥，请！"

赵云瑞看刘秋珊又端上一杯酒，大声说道："慢来，我先说两句！"人声鼎沸的酒席霎时鸦雀无声，他一改往日的行事风格，态度也来了个一百八十度的大转弯，"同志们，铁路工程可是国家的重点工程，投资巨大，时间性强。铁路早一天通车，我们早一天受益，给地方带来的好处，那简直是没说的了。埠岭乡段工程能不能早日开工，就看我们的了。这是考验我们讲不讲政治的问题，也是考验我们工作能力的问题。李指挥，您听好喽，在这里我郑重表态，牵扯到埠岭乡段的工程，明天全线开工。鲁祥生，从今天下午开始到明天早上，所有的民事工作必须全部处理好，没处理好的，乡上全部接过来。先开工后处理，坚决不能影响工程进度。你听明白了吗？"鲁祥生他们渐渐理解了赵云瑞这阵子"酒文化外交"的用意，原来是醉翁之意不在酒哇！

"君子一言，白布染蓝。瞧好吧！"鲁祥生也学着伙计们的俏皮话幽默了一下。

"李指挥，工程早就该开工了。由于我们的政治水平和工作能力的原因，拖了这么些天。为了表示歉意，我干了这一杯，给您和周经理道个歉！秋珊，来，把刚才给李指挥的这杯酒给我端过来。"鲁祥生一把端过酒杯，豪气冲天地替赵云瑞一饮而尽。

"李指挥，刚才提的保留车站的事我觉得是有点冒然，但它确实是一个历史的见证，更是几百万老百姓热切盼望的呀！我也不难为您，如果有机会您就添把劲把保留车站的事往上反映反映。"

李指挥望着一脸轻松又喜不自禁的赵云瑞，知道周经理把消息透给他了。

周倩看了看李指挥后，略一沉思，对赵云瑞说："赵乡长，是这样，在埠岭乡的一个施工段，横跨一座公路立交桥，公路路基引桥部分需要抬高。这项工程大概需要四十多万方土，你们这里有许多荒山，都符合 A 类土的标准。经过研究，准备把这土方工程让你们来干。因为土场是你们的，沿途的民事由你们来处理也方便，成本也好，费用也好，肯定高不了。我们是严格按国家施工预算来核定工程量和价格的。如果组织好了的话，可以挣四十万块钱，就是倒手转包出去，挣个三十几万也不成问题。今天，李指挥带我们来就是办这事的。怎么样？能不能干？如果不想干也没关系，等着抢这活的可不下几十家哩！"他们也是在"斗智斗勇"，配合着演了出"双簧"。

看到平时不太喝酒的赵乡长天天这样陪了这桌陪那桌，今天陪了明天陪，尤其是铁路上、石油勘探，为了向人家要几个钱，他也是舍上命地陪。鲁祥生他们都有些心疼，生怕他喝出毛病来岂不更耽误事？可有时喝酒似乎也是工作。要不是赵乡长连着好多次反客为主地热情接待和使了点技巧，李指挥也不能来，赚钱的活也不会主动送上门来。这不，终于有了回报，喝酒喝出了效益。

不过，从赵云瑞醉意的眼神里看，这四十万块钱好像还不过瘾，他可能还有更妙的法子再捣鼓点钱。

在乡财政入不敷出的关口上，就凭多请了人家几场酒，一下子得到了能赚四十多万块钱的工程，能不喜形于色。

此时，赵云瑞也在揣摩着李指挥的心思。虽然在埠岭乡保留车站的想法有些唐突、莽撞，但理由正当，也不是不可能。一切都是事在人为，把自己的想法提出来，总比窝在肚子里好些吧！一个有着一百多年的历史、见证着时代荣辱变迁，又有过辉煌经历的车站，为什么不建反拆呢？难道就没有一点怜悯之心将它保留下来？

其实，他心里还有更深一层的想法。他认为只要保留下这个老车站，就意味着保留下了这个车站的"户口"了。尤其是下一步规划的以栾山湖区为中心的文化旅游项目，也将会随着高铁时代的到来得到爆发式发展。赵云瑞这些想法太超前，鲁祥生他们也看不透，也难怪有私下埋怨他的杂音。

又是一阵热情洋溢的推杯换盏，把气氛推向了高潮。这空档，李指挥出去接了个电话。也就十几分钟，李指挥回到屋里，脸上堆起了掩饰不住的兴奋劲儿。冥冥之中，赵云瑞预感到可能有好事来临。果不其然，李指挥眉开眼笑地说："赵乡长，人呀，要是运气不好，打个喷嚏也会闪着腰，要是好事来了呢，你想躲都躲不掉！你看，你一句话，把我们铁路系统给翻了个底朝天。前会儿，我出去打了个电话简单地问了下这个车站的情况，也把你们的要求跟他们讲了讲，人家可是拿着当事办。这不，刚才铁路设计院来电话了，原先这里就想设个车站，因客流量少减去了。如果地方政府有发展规划，可以考虑在埠岭乡设一个高铁站，但需要县里把规划做好，我们再进一步论证论证。我想呀，就凭这百年历史，就凭你们的诚意，论证肯定会有好结果的！不过，凡事都有两面性。也许成，也许不成。咱尽量往好处办吧。"

有些醉眼蒙眬的赵云瑞听到李指挥这话，不啻一声春雷，惊喜中又得到一个惊喜，"李指挥，我知道设计院也是听您的。如果他们来，我会好好汇报的，让他们从历史看，从未来看，就知道建个车站的好处了！李指挥，让我怎么感谢您？要不我再喝两杯表表心情……"

李指挥赶紧作了个"打住"的手势，说："赵乡长，千万别再喝了，已经十成数了……今天，这两件事都是有一定说法的。土石方工程呢，应该是我们自己干，刚才周倩也说啦，你们对我们的工作支持很大。经过研究，决定发包给你们，或多或少地赚点，适当解决办公经费不足的问题。老周呀，以后还有什么类似的土方工程，再挤点给他们。我们这么大个企业也不差这点。再就是刚才告诉您高铁站的事，这个站原本是定在这儿的，但这儿的客流量确实不多，两年前规划设计的时候被砍掉了。这几年，中央不是正在抓生态、抓旅游、抓文化吗？你们这儿又是山又是水的，有这么好的旅游资源，下一步一开发，客流量也多了，效益也上来了。这也符合我们的铁路建设的规划原则。工程设计也是根据当地的资源优势、经济发展制定的。你提出的保留老车站，我也听明白啦，就是要求增加个高铁站，工程进展到这档了，应当说是不可能的事。不过，刚才在外面跟设计部门沟通时，却得到了他们的支持，都认为可行。这样我们准备把原来的规划再恢复重新研究研究。恐怕这样一来，我们就要重新设计，还要追加投资。工作量大小不说，许多事情还得推倒重来……"

埠岭乡这里的车站，原来是个"四等小站"，快车早就不停了，每天慢车也就一趟两趟的，上下乘客也不多，但不管怎么样它可就是有着上百年历史的车站。也正是因为它的存在，赵云瑞才有底气、有理由跟李指挥恳求保留这个车站。这不但是埠岭乡多少年来梦寐以求的事，县里也曾组织专人跑过铁路部门，方方面面的原因都没有办好。这次，他们逮住了新修高铁的机会，本来是想通过请他们多吃几次饭拉近点距离，争取从工程中揽点活干，解决下资金不足的问题。赵云瑞对新建高铁站的要求，心里也没底，也不敢抱太大奢望。有枣没枣地撸一竿子再说，没想到却歪打正着，一竿子撸着地方了。要是县里知道了这个消息，肯定也会对埠岭乡的工作给予支持吧！

一直没捞着说话的周经理，此时也清醒了大半，他分管业务，就把施工地点、土方数量和具体联系人一一做了介绍和说明。

"李指挥，您真是我们的财神爷呀，可替我们解决大问题了。今年开工的几项工程，资金缺口大得吓人。正犯愁呢，您却把钱送上门来了。您这是绝渡逢舟、济困扶危啊！"

"言重了，言重了，相互支持嘛！"李指挥沉稳地应着。

此时，鲁祥生他们真正被赵云瑞的足智多谋所折服了……

十九

正在拓宽硬化的县埠路工程再往西拐几里路，转过一个岔口不远处就是韩岭村。村前有一个随地势形成的小水库，被当地群众称为"大湾塘"。不太大的湾塘，因为坐落在山包下的溪边，常年流水不断，清澈见底。

就是因为这个湾塘，先是工作片找陈柱子，后是王秀清又找他，再后来是鲁祥生找他。可不管谁找，他脖颈儿上竖起三根筋死犟死犟的。说这个湾塘是韩岭村的，集体财产动不得、群众不答应等等来搪塞。还说乡上虽然管了几十年，但又没办任何手续。现在法律也健全了，群众也明白了，不清不白的财产该有个说法了。一句话，就是你说破天也不能办这个湾塘的手续。

苑老板隐隐约约听到了些不祥之兆，本来就有些担心，这才刚刚开始，事情就这般复杂，以后谁会知道还发生些什么？于是，流露出了去外地投资的想法。

鲁祥生根据赵云瑞的安排又专门找陈柱子单独谈了两次，结果还是如出一辙，同样不见效果。前些天，铁路上李指挥来乡上对接工作吃饭时，赵云瑞曾提醒他要注意一些，他阳奉阴违哼哼着……

如果他一根筋地就是不盖村委这个公章，好不容易谈的这个生态项目，真有泡汤的可能。赵云瑞听到鲁祥生的汇报后，感觉事情比想象中的严重，有必要跟耿书记汇报汇报这个事。

陈柱子不但雇了几个人，白天晚上蹲在湾塘边守着，唯恐乡上或投资商一夜之间把湾塘及周边的土地给圈起来。还使了个"障眼法"，悄悄地安排

"光头""疤痢眼"几个人去县里上访，表面上是反映陈柱子不作为，说把湾塘送给了投资商，实则是想通过这种以守为攻的方式，要么把湾塘要回来，要么跟投资商提要求给补偿，至少把村里历年欠下的饥荒堵堵。

其实，在许多农村还有另一个层面的恶浊现象，就是这几年农村实施村民选举法后，个别村干部的行为有些剑走偏锋，认为村主任这个职位是群众选出来的，是受法律保护的，不是你乡镇任命的，孬好撤不了。党委也好，支部也好，都得靠后。一些群众不明就里，加之又有个别人从中撺弄起哄，陈柱子就忘乎所以地跟乡上叫起板来。

苑老板对这事看得实落落的，陈柱子再逞威也是瓮里的团鱼——掀不起多大浪头。不过看到这事越闹越僵、越弄越复杂，关键是产权不明晰、有争议，怕投进来的钱打了水漂，就婉转谢绝了赵云瑞的盛情挽留，转到别的地方考察去了。

党委在这个问题上毫不客气。开了个党委会后，就安排鲁祥生去韩岭村召开支部会，宣布把陈柱子的支部书记给撤了，同时暂停了他村主任的职务。因为他确实很能干，也有一定的影响力。鲁祥生碍于面子，在会上宣布撤了他支部书记的职务时，婉转地让他放下村里的工作，在家休息休息。明眼人一看，就是用了些安慰的方式罢了。

成也湾塘，败也湾塘。跟他谈话后，乡上再也没人来找他干这干那的，也没人来找他闲扯扯的了。当然，他心高气傲地不在乎，因为村里的大小事只有他能拨拉动。

一个在村里乃至全乡有头有脸、呼风唤雨的人物，为了个闲置多年的湾塘，让乡委把职务给撸了，一下子在全乡引起了轩然大波，不啻一颗炸弹，一下子落到了埠岭乡的上空。许多不明就里的村干部疑虑重重，仿佛发生了一场"政治大地震"，私下里小心翼翼地观察着乡委有啥动静、韩岭村有啥动静。在平静的表象下，尽是窃窃私语，一片骚动。不管怎么说，都绕不过"陈柱子阻拦招商引资被撤职了"这个话题。有些事后诸葛亮们就分析乡委这一震撼的举措有可能引起"农村干部队伍的动荡"和"不稳定因素的明显增加"。危言耸听的谣言飞遍了埠岭乡的山旮旯里。

静静地观察了几天，乡上的各项工作依然照常进行，县埠路拓宽硬化已有了轮廓，绿油油的麦子在春灌水的滋润下又拔高了一节，各村的植树也不声不响地完成了，园区建设的"二横二纵"也有条不紊地进行，铁路工程和省道延伸也都安排妥当，并没有出现有些人想象的"混乱"状况。

撤职后，处之泰然的陈柱子蹲在家里大门不出、二门不迈，也不跟平时那样人来人往地频繁走动。他很自信，因为就是撤了也好、免了也好，只是支部书记这个职务，村主任可是老少爷们一票一票硬选出来的。你乡委权力再大，可没有撤、免村主任的权力。再说，集资、工程、植树还有下一步的防汛等一大堆工作一环扣一环。韩岭村离了自己寸步难行。乡上肯定会权衡利弊，先硬后软，过不了几天就会登门造访，不能说是给他个道歉，但起码也得客气一番，竖个软绵绵的梯子让他下来。还有一些关系挺铁又有影响力的人物，肯定会在背后力挺给他说好话的，关键时候也会出来发声帮他一把。职务早晚得恢复，只是个时间问题。这样一想，他心里又平缓了许多。

人在时，鳖在泥，落地的凤凰不如鸡。陈柱子听到社会上并没啥异常举动，乡上的工作也是一环扣一环地扎实推进，开始有些底气不足地心慌。觉着这样拖下去，自己的那点影响力可就耗净失去作用了，就有被淘汰、抛弃的可能。树叶漩进水洼里还会掀起一丝涟漪，逼急了的骡子也会咴咴几声。撤了支部书记这事，在这方圆十几里本是一件惊天动地的大事件，怎么就没个动静呢？拿着政治生命为村集体、村民争取利益，应该一呼百应才对呀，怎么连一个发声的也没有？就是个哑巴也会"啊啊"几声吧，平时那些好得不能再好的铁哥们一个个像是消失了！"坐地炮""光头"等人天天跟在腚后蹭吃蹭喝的狐朋狗友也都黄鳝入水一样滑溜得找不见了！这到底怎么了？难道是乡委"枪打出头鸟"先拿我开刀？千万别道上捡了一页板，家里丢了一扇门，划不来了。

意外出现的现象，让陈柱子有些丈二和尚摸不着头脑。他头上开始冒出一阵一阵的虚汗，懊恼的表情也开始堆到脸上。本想利用这个机会搞俩钱填填窟窿、堵堵饥荒，同时呢，通过这充足的理由跟乡上过过手，有个"交锋"的历练，在村里、乡里的威望不就一路飙升？可事与愿违，一手导演的好戏是不是有砸场子的迹象？就为个破湾塘造成这么难堪的局面值不值呢？他权衡利弊，越想越后怕……

他的性格决定了他不会这样悄然歇落。他选了个吉祥时辰，悄悄地跑了趟山西的黄大仙那里，谨慎小心，再三斟酌，一气算了三卦。然而都是下下签，卦卦不吉，真是命运多舛。这倒好，钱没赚着，村干部还给撸了，这真是搬起石头砸了自己的脚！

有几天，他又是找人又是摸电话想打听下乡里到底是咋想的，有没有给他复职的时间和打算。可打听来打听去，就像失聪的聋子、失明的瞎子，啥也打听不到、看不到，真是掐着棍子号人脉——摸不着了。他憋在家里苦思冥想，是树倒猢狲散、墙倒众人推，还是上屋抽梯、落井下石？他觉得有些不对劲了。

在家"辟谷"一阵子后，可能是来了灵感，也可能是梦中得到了高人指点，反正是某天夜里，噩梦醒来后，陈柱子猛地脑洞大开，突然醒悟了过来。整天挂在嘴上"讲政治、讲政治"，是讲别人的？对自己就不讲政治了？这不是"鬼缠身"是什么！真摊到自己身上怎么就失灵了呢？嗤！整天嚷嚷着让别人"讲政治"，不等于是狗拱门帘光凭嘴吗？评论这事指点那事的嘴尖舌头快，轮到自己头上怎么就成糊涂虫了呢？一个小小的村干部去跟政府较劲对抗，不是以卵击石又是什么？能赚到啥便宜？满腹经纶的，怎么连这么个浅显的道理也解不开？为个闲置多年的湾塘被撤了职，是低智商的人干的，怎么摊到了自己身上了呢？心里一急，昏厥得头上身上冒出一阵阵的虚汗。

陈柱子大眼珠子骨碌碌地转了不知多少圈，觉得这样被动下去真就弄巧成拙了。不行，不能这样听天由命地死挨，要想办法出击，变被动为主动，争取早日官复原职。只有恢复了支部书记职务，才能变坏事为好事，不但雪洗被撤职的耻辱，还有冲击聘任副乡长的机会……

陈柱子一改颓废萎靡的低落情绪，脸上又挂上了热情豪放"政治家"的面孔，精神焕发起来。他硬着头皮找到几位在埠岭乡工作过的老领导出面给他说情，可耿春义和赵云瑞也是铁了心地要撤他，谁来说情也没答应。他俩就是想利用他这个典型以儆效尤，狠刹一些基层干部"不服朝廷"的歪风。

一看赵云瑞软硬不吃，陈柱子皱起的眉头又酸又痛起来！他想，乡委这是铁了心拿他开刀，杀鸡给猴看呀！一股心火立马撺到脸上、嘴上，鼓起了一大堆燎泡。心里那个懊悔劲！自责、反悟、懊悔天天把脑子塞得满当当的，怎么办？到底怎么办？黄大仙那里去了不下十回，可轮到自己咋就失灵了呢？不就是个湾塘、不就是个招商项目吗？用得着这么大动干戈地不近人情。逼得他老婆天天跪在菩萨前烧香拜佛。唉！这些年大风大浪都过来了，怎么让阵小旋风给刮倒了。

这天，他又上了香，虔诚地跪地磕头。就在这当口，也不知哪炷香显了灵，焦躁、懊悔的脑子忽然茅塞大开。解铃还须系铃人，顺着麻线找纫头。当时是因为与苑老板产生矛盾，把人家逼走了才被乡委撤的职。如果把苑老板再请回来，帮着把项目落下，是不是就把疙瘩解开了？要是再让他帮着说说情，不比找别人脸大？

对，是个好办法，就得这么办。想到这里，陈柱子又煞费苦心，多方打听，辗转找到了苑老板又是诚恳道歉，好话说尽，又是信誓旦旦地答应恢复支部书记后，湾塘外的一百多亩大田地也帮着收回来零地价送给他。为了让苑老板放心，陈柱子还将村北山坡上的一片荒地开垦出来抵顶那一百多亩大田地的方案和盘托出，唯一要求就是让苑老板多少拿出些钱来帮着村里把路修好，把荒地开出来。

陈柱子就是陈柱子。他能桀骜不驯、无法无天，也能唯唯诺诺、俯首听命，也就是能屈能伸。人心都是肉长的，苑老板跟陈柱子通过几次来往后，也看到了陈柱子的豪爽、耿直和处理问题的能力，真与这样的人合作，会比那些整天撕撕扯扯、婆婆妈妈的人好得多。经过陈柱子反复游说和邀请，竟把已经走了的苑老板又给说了回来。在他的再三恳求下，苑老板主动找到赵云瑞求情，表示项目可以落在这里，而且也可以追加部分投资把项目做大，只是要求恢复陈柱子的支部书记职务。

赵云瑞恼火的是他生生地把一个好端端的招商项目给搅黄了，还不知深浅地组织人去县里上访！如果再蹦出几个跟陈柱子一样的人，那还不把乡委的工作搞乱？工作还有法儿干？谁遇上这事会心平气和？不拿他开刀拿谁开刀？

正因为乡委在处理陈柱子的问题上光明磊落，态度坚决，陈柱子的那些酒肉朋友才没敢煽风点火，轻举妄动。

赵云瑞看到湾塘问题解决了，搅黄了的项目又峰回路转回来了，而且投资规模比以前更大。这让他心里平复了许多，加上有人从中说合，他汇报耿春义书记后就恢复了陈柱子支部书记的职务。这事不过十天八天的，陈柱子却像脱了层皮。

为了缓和一下尴尬的窘态，不至于工作受到影响，同时也为了给闹得风风雨雨的陈柱子找找面子，王秀清和齐奎升专门在韩岭村召集附近几个村开会，传达乡委关于加快生态科技园建设的会议精神，要求附近与其牵扯的几个村，在调地、建设问题上积极搞好配合。

魏石桥这小子不敢埋怨乡上安排的工作，就嘟嘟囔囔地说："啥是墨菲定律来？这墨菲定律在人家那里不行，怎么在咱这里这么灵验，嘻！一墨一个准！"

在这种情况下，如果"张打油"不展示一下他的思维，那还叫"诗人"？他腾地站起来，细长胳膊一抡，"墨菲、墨菲，你整天嚷嚷墨菲，这墨菲到底是谁？哪个乡镇的？不行咱就以诗会友去会会他。再说这赵钱孙李周吴郑王，百家姓里面也没有姓墨的呀！"他急唠唠地咧开嗓子吼叫。

王秀清和伙计们直笑得捂着肚子使劲地揉。

"张打油呀张打油，叫你个诗人也就罢了，你怎么丢人丢到这韩岭村来了。"

"诗人？诗人？你是关门打狗——死挨捧！石灰点眼，白瞎！"陈柱子因为刚复职亮相，没多理他，只是张口骂了几句。

开会前，王秀清在会上含含糊糊地讲了讲陈柱子因为身体欠佳在家休息了几天的情况，也算是给了他个台阶。这样，陈柱子算是又走马上任了。

这不，刚刚宣布恢复职务没几分钟，他就像打了鸡血似的立马来了精神，仕途受挫、萎靡不振的心绪一扫而光，故态复萌，逮住表现自己的机会，大手一挥，满嘴跑火车地诈唬起来。那一招一式，像是电影海报里的主人公，真有叱咤风云的派头。

苗大庆看人还没到齐，瞅瞅陈柱子傲气的神情，便往前挪挪身子，说："陈书记，好多天没听到你'讲政治'了，忙啥去了？"

"干啥去了？有话快说，王乡长马上还得安排工作呢！"

魏石桥舔着嘴唇，"是呀！这阵子忙啥去了，陈书记？"看没戳着疼处，魏石桥就又往前凑了凑，"哎，陈书记，别急！刚才老苗说得对，确实好几天没听见你那伟大的声音了，到底忙啥去了？"

"你俩是王八瞅鳖——一路货色。痛风，看病，怎么啦？不放心？我看横扛扁担走大道管得挺宽！"陈柱子看苗大庆和魏石桥话里有话地想惹他，一股无名火又陡然升起，阴沉着个脸硬生生地反驳。

魏石桥看火没烧起来，反正他又官复原职，也就无所顾忌地直截了当挑开了，"老陈，你这支部书记不是让乡上给撤了吗？怎么还来参加会议？"

"乡领导在此，你少给我胡嚼嚼些事，羊群里蹦出个耗子来，选着你啦！"

"明明没有撤职嘛，有些人就是胡说八道，谣言可恶。朱明国你也是，怎么说陈柱子撤职了呢？"魏石桥想惹事又怕担事，话锋一转，将散布谣言的事故意摁到了朱明国身上。

顿时，朱明国脸上掀起一片紫红，细长的脖跟处几条青筋暴起，"老魏，你可别这样熊人呀，我压根就没说过这事儿，也从来不会说些熊人的话。你……你可别胡诌诌冤枉好人！"朱明国急忙辩解、澄清这非同小可的栽赃。

"好啦，好啦！别在这儿胡说些没影的事啦！"王秀清看他们要跑题，赶忙打起圆场来。

"听明白啦，本人尿酸过高，在家休息了几天，被乡委停了几天职也是真事，那有什么？因为维护村集体的利益被停了几天职，那不更体现本人刚直不阿、一身正气，哪像你们，见人说人话，见鬼说鬼话。哼！为了村集体的财产不受损失，别说是停职，就是撤职坐牢又怎样？"陈柱子终于威风凛凛大言不惭起来。

众人窥视着他不觉害臊的样子，发出了阵阵窃笑。

"实话告诉你们，根本没什么撤职不撤职。哼，就凭我的水平、我的贡献，就是我提出辞职来，乡里也不会批准，是不是王乡长？"陈柱子打压着魏石桥，又一下子把球踢给王秀清，好给自己找个台阶下。

当时，乡上确实是撤了他的职，为了好听，面子上也过得去，就婉转地让他在家养养病。他自己也反复解释是因病停职，而不是撤职，出来进去的也多少有点脸面。这不，说到关键时刻他还想让王秀清给证明一下这事。王秀清巴不得为个人情，帮着他摘下这穷要面子活受罪的包袱，"就是就是，因为尿酸过高，让他好好歇歇，也顺便清清思路。你看这湾塘，拖了这么些年也没解决好。这不，几天工夫不是理顺好了？你说邪门不邪门。苑老板下周过来签合同，一旦开工，用不了两个月，高科技含量的生态科技园就建起来了。到时候啊，不光能给咱们埠岭乡争光，就是在全县也是个响当当的科技含量高的招商引资项目。别说陈柱子没撤职，就是撤了职，我看也值得。我认为这个项目的荣誉，韩岭村有一半，陈柱子也有一半。总归是他们村的湾塘，是祖祖辈辈留下来的，没有他们的贡献，哪有这个种植养殖项目？陈书记官复原职了，说明他的工作是有能力的，还有许多值得我们学习的东西。你们要好好地学习他顾全大局的精神！"

"哼！净说过五关斩六将的事，就是不说他败走麦城的事！"伙计们一嘟囔，气得陈柱子的表情又僵硬起来。

瞅了个空，陈柱子把王秀清拖一边，讨好地说："王乡长，请给赵乡长捎个话，我北京有个战友生意做得挺大。如果有兴趣的话，找机会一块去看看，说不定也能招个项目来呢！"

"好呀！一说招商引资，他可就拿你当牌出了。如果真招进个项目来，再是个生态环保类的大项目，你的威信可就噌噌噌地又高一大截子，说不定又成了副乡长人选了呢！"王秀清高兴地说。

陈柱子"嘿嘿嘿"地从心底里发出了阵阵笑声。

此事过后，一些老党员、老干部对时下的"海选"微词颇多。之所以出现像陈柱子这样目无组织、自以为是的现象，与当下实行的村民自治、"海选"村干部有一定关系。"海选"村主任固然是一种社会进步，是稳定农村形势、推动农村发展的有效措施，但在一些思想禁锢、信息不畅，加上宗族势力死灰复燃的农村，如果不划框框、不加制约，没有相应的制度约束，很容易出现一些乱象，"海选"出来素质不高、动机不纯的村干部也很有可能。这样的人往往认为自己是群众选出来的，不是上级任命的，工作上可听可不听，因而出现了难以管理的状况。

　　赵云瑞听到这些反映上来的信息后，陷入了深深的沉思。年底又要换届了，得向上级反映一下农村出现的这种不和谐现象。

二十

这几天，县抗旱防汛指挥部一天好几个传真下来，要求积极做好防汛工作。乡里也紧接着把传真内容层层传达到村里。

蚂蚁成群，大雨来临。看来这场雨是非下不可了。

"要是老天爷有眼，来场不大不小的透地雨，用不了半个月，栽的树苗也就绿透了！"齐奎升笑起来眯着双眼。

"嘿嘿！做梦啃猪蹄，净想些好事。不过天阴得挺好，该下村去看看了！"王秀清扬头望望阴上来的天。

"奎升，根据赵乡长安排，汛期一定靠在一线。咱先转几个村，然后去打油村看看，顺便摸摸那几个失地户有什么反应。"

女人愁是哭，男人愁是喝。"张打油"自个憋在家里正喝闷酒，接到了王秀清电话，立马打开村委的门，坐在吱吱响的椅子上等候。

这阵子，他胳膊上一直缠着绷带，幸亏没砍到粗血管上，要不真难想象会是什么结果……

"老张，雨开始下了，防汛安排好了没有？"王秀清刚一进门便问上了。

"所有灌麦田的口子都堵上了，往外排洪的口子也扒开了，就看老天爷开恩不开恩了。"他点点头，有气无力地说，隐隐作痛的胳膊把他的情绪、诗意全赶跑了。

"老张，虽说是因为植树挨了一刀，但耿书记和赵乡长对你的工作还是肯定的。当时最担心的就是你这里，如果栽不上树，东西两侧林带接不起来，形成'断带'现象，别说咱埠岭乡，就是县里也没法跟上级交代。"王秀清说完，"张打油"咧嘴一笑。

"这些日子，周大壮情绪怎么样？赵乡长专门安排过来看看，他考虑事周到，说'针眼大个窟窿，能透过斗大的风'。矛盾不在大小，既然有矛盾，就一定想法解决了。要不，下一步工作更难做，是不是，伙计？"

"张打油"眉梢又慢慢地凑成堆，好长好长时间也没松开。他也是愁眉不展：怎么解开这个难题？

雨声、风声加上糟透的心情让"张打油"疲于应付。前些日子，让"峨眉山"下来的人骗去一千多块钱；前几天，又让树枝子划破了脸；还没好利索，又被砍了差点要命的一刀。都说祸不单行，这接二连三的遭灾，到底是咋啦？得罪哪路神仙了？雷雨天气加上压抑的心情让他愁肠百结。

雨，一个劲儿地开始往下泻。都是些山路，走是不能走了。也好，静下心来帮着"张打油"把周大壮的地再细细地琢磨琢磨，想个妥善的办法。事是死的，人是活的，怎么着也得帮着找条生活的路子。临来，赵乡长的嘱咐又在他脑海里浮现。

"老张，那些占地户是怎么解决的？"齐奎升在反复考虑这事。

"现在他们种的口粮田都是些好地，因为植树占地嘛，又没有好地调，就给他们调了些又远又差的山地，其他户都差一不差二地接受了。周大壮来了犟脾气，死活不同意，这不就闹了这么一出。他不同意，咱也理解，拖着个残腿到不了那么远的地方，可近处也没有多余的地呀。说到家，就是有，也都是一包三十年，谁也不会给他！嘻！要是'延包三十年'改成三五年一包就机动了，也没这些矛盾了。"

"噢！是这样。不过土地延包三五年一调，肯定也有矛盾。土地'延包三十年'是上级定的，肯定是有它的道理，至少说稳定农村形势吧！"齐奎升分析道。

"他家里挺困难是事实，他又拖着个残腿，从附近划块山地给他，种地不行，就让他种果树，不比种地还强？这里离果园村又远，跟方承平说说让他们来帮帮，我觉得也说得过去。"王秀清说。

"张打油"眨了几下眼皮，"行呀！这办法行呀，村后就有片山坡地，稍一整理就行。他巴不得这么做。种果树肯定比种粮食强，让果园村稍微一帮，这事还真行。不过，连买果树苗带挖坑栽也得花不少钱，周大壮他爹娘生病的钱合作医疗还没报，家里恐怕拿不出钱来！"他边说着边又有些消沉。

"待会儿雨停了，咱一起去看看。一是帮着稳定下情绪，把疙瘩解开；二是把种果树这个方案跟他聊聊，看愿不愿意。如果他愿意的话，我负责果树苗，村里出水利工。现在栽树虽说晚了点，也还行。趁地湿快把果树苗栽上，你看行不行？"

"行，行，行！""张打油"胳膊虽然还隐隐作痛，高兴得一连说了好几个"行"。一下子找到了化解矛盾的办法，喜悦的表情立马堆上了他的脸。

屋外，大雨瓢泼。屋里，雨水漏进来，顺着屋脊往下滴。

三个人坐在湿漉漉的办公室里反复磋商可能出现的问题和解决的办法，一致觉得刚才这个主意可行。赵乡长又给他从宋程坤那里安排了工作，再帮他种上一片果树。周大壮的事不就解决了。想到这里，他们的心情放松了许多。

齐奎升知道"张打油"这阵子是胡子上生疮——净毛病，闲来无事，作践开他了。也难怪，他善于做些让人抓住把柄的糗事，埋怨谁呢？

"'张打油'，听说你前几天花了三千块钱买了'中华民族资产解冻委员会'的资产，还给了好几十倍的外币，真事假事？这么好的事也不让咱掺和下？都是伙计，有福同享嘛！"

"没有，没有！别听他们瞎胡扯！""张打油"虽然一口否认，但内心掩饰不住的兴奋瞬间填满了瘦巴巴的皱痕。

"都是要好的朋友，藏三掖四的算啥！你从哪里借的钱、几分利息，都塞满耳朵眼儿了，还在这千年的佛像——混充老实（石）人。"齐奎升变着法子套他。

"既然说到这里了，我也就顺便多说几句。王乡长，前几天看到了吧，明晃晃的菜刀抢过来，咱是临危不惧，'砍手不要紧，只要主义真，放倒我一个，还有后来人！'这首诗押韵不？遗憾了点，不是我写的。扯远了呀！今天怎么样？别说下雨，就是下刀子我也坚持上班，为什么？虽然咱不是党员，可咱按照党员的标准严格要求自己。"

"别说没用的，快讲讲'中华民族资产解冻委员会'的事，俺也跟着过过瘾头！"

"没有的事。谁又在造谣欺负咱这老实人？""张打油"掩饰不住内心的兴奋。

"说你胖你就喘，这事全乡哪有不知道的，装什么深沉！"齐奎升又刺挠他。

"咳！牵扯到国家机密，上面机关只让发展十个嘴严的下线，不让随便吐露实情。接触了一阶段后，觉得这是在从事高智商经济，信息量巨大，层次很高，保密性又强。说白了，你们玩不了这个。说实在的，让他们跟着你贩个化肥扒拉个吃喝还凑合凑合，玩这高智商经济，我都觉着很吃力、跟不上趟，多亏贵人相助才搭上这末班车。吉人自有天相嘛！""张打油"开始扬扬得意。

"'张打油'，你怎么一惊一乍的？你那两把刷子他们不知道，我还不知道？少在这故弄玄虚，要不是下雨天，我才不听你在这里瞎絮叨胡诌诌哩！"齐奎升就是想杠他下，让他吐露出实底来。

"张打油"比比画画，神神秘秘地解释。齐奎升对此还是故意不信。他一急，忽地从吱吱的椅子上站起来，用没受伤的手把上衣使劲往上一撩，立马露出黑黝黝的皮包着肋骨的胸脯。"看，看痣，左边，使劲往左看，再往胳肢窝里看，看到了没有？知道这叫啥了吧？这叫'发财痣'，这是挣大财的痣！哎！痣和痣可不一样，你长得再多，长不对地方那是白长。长在这里的痣是有讲究、有说法的，你不信都不行！这回信了吧！这痣在《周易》《麻衣相》上都写着。闹了半天咱上卦呀！这几年老是不顺，老是不顺，找人算算说都是喜晚。这回可喜着了。也就是趁着这下雨天透个话给你，没这雨天你俩连半个字也抠不出来。都是兄弟，可千万别给漏出去，中华民族就留下了那么多的资产，人越多分得越少呗，是不是这个理儿？"

齐奎升也不知从哪里听说了这么个事，知道他又被骗了，但又不好直接扫他的兴。刚才研究周大壮的事，没心思也没顾上这事。方案定下后，外面又下着雨，走也走不了，一时兴起，就想打趣他一下。这不一勾引，竟稀里哗啦地吐露了个底朝天。

一开始，王秀清并不知道什么事。刚才齐奎升跟他对搭时，心里也明白了个大概。嘻！他这是又让人给骗了，而且骗得还不轻。因为"中华民族资产解冻委员会"名头起得大，从外地来的人又西装革履、风度翩翩，包括他的上线恐怕也中毒很深，至今蒙在鼓里。王秀清就问他："你投了三千块钱能分多少？什么时候分？谁给你分？关键是那些中华民族资产在哪里放着？是钱还是物？钱是美元还是英镑？是哪个国家的？物呢？是什么？金子、银子、石油？你用什么材料来证明这些资产是你的？"

刚才还志得意满的"张打油"，被王秀清一连串的提问弄得有点懵，稍一犹豫后，又恢复了刚愎自用的情绪，"吃一堑长一智，我不会再上'峨眉山'的当了。手里握着'双刃剑'呢。一是经过银行验证了的外币，货真价实，这没错吧？二是手里抵押的外币远远超过三千块的价值，这也没有问题吧？现在是万事俱备，只欠东风喽，等资产运回国内后分割资产，分配什么利……利润。到了那时……哼哼！"他精瘦的脸上添了些不屑、轻蔑的表情。

"哪个国家的外币，知道吗？"王秀清轻言细语问他。

"张打油"一犹豫，嘴里像是含了块糖嘟囔囔的，"离咱挺远挺远的，净是外文，谁知道是哪个国家的，不过好像叫什么盾，听不大明白！"

这时，王秀清明白了个大概，"是不是叫'越南盾'？"

"张打油"眼一睁，"对，对对，越南盾，就是越南盾！这你也知道？"

"他们给了你多少越南盾？"

"三十六万，一百多倍，到时候还分民族资产。怎么样？合算吧？"

"这三十六万越南盾在你手里吗？"

"张打油"神秘地点点头，"那还用说！"

本来是想打趣下"张打油"，活跃一下气氛，可看到他至今还蒙在鼓里一脸无知的表情，王秀清和齐奎升一股怜悯之心涌上心头。

"老张，没有什么中华民族资产，你又上当被人骗了！这回可是骗得不轻呀！"王秀清长长地叹了口气，"这三十几万值不了多少钱！"

"你是乡长，我就不骂人了！不过你听明白了，那是经银行鉴定响当当的真票子！""张打油"说。

"对，我就说是真票子才不值，要不是真票子，就是一堆废纸了。又让人给骗了！走了披蓑衣的，来了打伞的。你是一处接着一处，没个消停的时候。"王秀清虽说心情沉甸甸的，可又有些恨铁不成钢，怎么说才好呢！

"张打油"精瘦的脸上先是不屑一顾，而后有些迟疑，随后开始木讷、僵硬、冒汗、哆嗦、煞白……

齐奎升用无奈、埋怨的目光打量他，"哎！这阵子耷拉着眼皮钻山洞——碰壁了吧？自个一腔饥荒，还到处借钱又是买彩票，又是搞资产。典型的瘦驴拉硬屎——瞎逞能！"

在许多农村地区，像他这样为贪图蝇头小利而上当受骗的也不在少数。一些骗子专门盯上了想一夜暴富的、好吃懒做的和留守在家的老人下手。用些"苦肉计""双簧计""钓鱼计""障眼法计"等骗人手段，骗取乡下那些仅有的看病的钱、养老的钱。当这些五花八门的骗术被揭穿以后，新的骗术又冒了出来，像张着血盆大口的幽灵，吞噬、毁坏着多少个本就脆弱的家庭。

木已成舟，覆水难收。"张打油"呆呆地僵在那里的表情，让王秀清和齐奎升看着同情、怜惜。

暴雨越下越大。各观测点报告说，降水超过警戒水位了，一些地方已山洪暴发，麦田出现内涝，部分水利设施被冲毁了，有的村有房屋倒塌……

大雨过后的埠岭乡，也是难逃厄运。在乡委的统一安排下，对全乡毁坏的水利设施、山路、农田和房屋进行了整修，生产、生活秩序也很快得到了恢复。

"张打油"的祸不单行，那才真叫个"祸不单行"。真是朝南走刮南风，朝北走刮北风，不走吧就刮旋风。反正是一桩桩的霉事像是鬼缠身那一样，都让他赶上了，揭都揭不下来。这不，让人骗钱的事还没弄利索，又摊上了件大事。

进出埠岭乡的县埠路被纳入"叫套工程"后，一下子进入了快车道。各项措施一路绿灯，施工进度一天一个样。可人算不如天算，一场大暴雨，路基被冲毁，把施工计划全打乱了。为了保证工程质量、保证工期，原先通过工地走的大小车辆，这回是死活不让走了。

县埠路因路基垮塌需重修，工地两头竖上了禁止大小车辆通行的标志牌。这样，紧靠公路的打油村热闹起来了，并且"热闹"得一下子出了大名。

县埠路工地一侧，有一条小道，通往打油村的出村路。山区里的农路也好、出村路也好，是标准的土路，好天一身土，雨天一身泥。累了一辈子的老百姓也都认了这样的出行方式，没啥怨言地认了。

因为县埠路是埠岭乡通往县城的唯一一条主道，被堵起来后，通过打油村的车流量、人流量一下子增加了好几倍。骑自行车卖山果的，开着农用车拉砖、石头的，拖着拖挂车搞运输的，一条小小的出村路一下子热闹了起来。

车多，车辙就多；车重，压出的沟就深。有些大货车也毫不客气地从打油村穿过去。时间一长，出村路就被压出了一条又软又深的车辙。

村里的路是老百姓自己凑钱修的，让外来的车一压，出进都没法走了。于是，村里有个外号叫"大野驴"的张长生叫上苗树杰几个人就找村干部"张打油"反映。

"张书记，你看村里的路压成这样，不心疼？"

"怎么不心疼，老辈子修的，老少爷们儿走着多得劲儿。可村外修路，过路的转道走走，也说不出个啥话来呀！还能堵上不让人家走了？""张打油"站在村干部这个角度无奈地解释。

"一天两天行，我看还早着哩，再不管管把路就压成沟了，不信打个赌！""大野驴"看"张打油"态度有些软乎乎的，不愿意了。

"那咋办？"

"咋办？往上找，不行就上访。他们修路让他们想办法，咱平民百姓还管村外去了？"张长生不愧叫"大野驴"，嚷起来也没个怕性，倒给"张打油"提了个醒。他决定找乡上反映。

"张打油"自知人微言轻，想找个打帮腔的。韩岭村离县埠路也不远，也有车从他村里走过，叫上他一块到乡上反映反映，肯定力度大、效果好。他兴冲冲地找到陈柱子把事一说，结果热脸碰上了个冷屁股。要么是"被撤职"的阴影还使着劲，要么是还有什么新想头，反正陈柱子难得不"讲政治"了，任凭怎么说道，就是不掺和。"张打油"只好趿拉着个不跟脚的鞋子到了乡上，找到分管工程的鲁书记汇报了路被压坏的事。

鲁祥生早就知道这事。修路嘛，哪有四面子光八面子齐的事。不修路，埋怨难走；修路，又埋怨压坏了路。路就是走的，因为压坏了路就不让走了？真压坏了修修就行了呗！因为乡上没有什么好法子，鲁祥生跟"张打油"相互打着哈哈就过去子。

张长生和苗树杰找了两回"张打油"也没给个回信，心里就怨恨地嘟囔开了。好好的出村路被些开大车、挣大钱的给压坏了，县埠路完工还早，这样下去，早晚不得给压出条大沟来？到那时村里的老少爷们怎么走？谁来修？你个"张打油"占着茅厕不拉屎，路压成这样了一点儿也不急，往乡上跑了几趟，什么也没弄着诉，这还行？要是当不了这村干部就赶紧滚蛋！

这天，张长生和苗树杰几个人在村口拖出了张掉了根腿的榆木桌子，劈了块树枝插在桌下支稳后，又拖了个吱吱作响的长条凳子往那里一搁。在路边一棵枯了的树根下竖起一块小黑板，上面用粉笔写着"非本地车辆一律交费通行，大车十元，小车五元"的字样。字虽然写得歪歪扭扭，可一瞟内容就明白了是啥意思。为了让车辆引起注意，达到收费效果，他们又顺手弄了根麻绳，上面还缠上几根红布绺子，一头拴对面树上，一头捏在手里。屁股都不用抬，一松一紧，过往的车辆就乖乖地"束手就擒"，真是应了那句"四两拨千斤"的古语。

一开始，张长生他们一辆车收个十块五块的，也相对平静，没人计较什么。可时间一长，通过的车辆越来越多，再加上出村路压得实在是看不过去，看看也没人管、没人问，他们几个人的胃口就有些大了。

认为收费是合情合理天经地义，头脑一热，开始膨胀了。

他们分析了下货车拉货的利润，觉着收得不过瘾，就又定了个大车一次五十块钱、小车一次十五块钱的收费标准。不但收费增加了，而且态度也蛮横无理起来。

那些过路的车主有苦难言，无奈之下，纷纷往县里打电话举报打油村乱收费的事。县纪委接到投诉后，多次给乡委电话，要乡政府派人查处。赵云瑞把催办电话转给鲁祥生，鲁祥生不憨怠慢。他安排人实地看过后，也是左右为难。乱收费显然是不对，可村里的路的确是被压得不像样子了，恢复原状也需要一大笔钱。从道理上说，老少爷们自己集资修的出村路被过往的货车压坏了，适当收点维修费也说得过去。县里来了好些管这事的部门，乡里也来了人，一看这简直没法走的路，又没想出个好办法，也就没了底气来批评他们，只是严肃地警告他们，不许乱收费。这样一来二去的，事情又拖了下去。

张长生看县里、乡里对乱收费这事不过如此，也没啥招数。"张打油"在村里的大喇叭上咋咋呼呼行，县上、乡上一来人，立马吓得稀啦啦地避威了，猥琐地怠倦一边，根本看不出敢做敢当的架势。这一来，张长生不但涨胆不停止收费，而且心高气傲地对"张打油"指手画脚，故意让老少爷们知道他很有可能就是年底换届冲出的一匹"黑马"。

忽然有一天，县纪委冯书记来到埠岭乡，带着省纪委的和县委主要领导的批示约谈耿春义和赵云瑞，查处埠岭乡乱收费的问题。批示上明确写着要求处理人、处理事。

这消息一传出，一下子在埠岭乡炸开锅了。一件在农村来说说大就大、说小就小、司空见惯的事，怎么一下子弄出这么大个动静来呢？不但连省里都知道了，而且发了什么批示。打油村的老少爷们琢磨不透了。

这阵子，村里有些老少爷们觉着张长生就是一匹"黑马"，就是年底换届的不二人选，就是带领全村发家致富的领头羊，就是……正当一部分人跟张长生走得挺近、怀揣美梦的时候，省里和县委的批示一下子把他们给吓晕了。这不是要来抓人吗？这还了得！全村人心惶惶，不知道这棍子是轻抡还是重抡，是真抡下来还是耍把戏，要是抡下来又会抡到谁的头上呢！

在这之前，县纪委来协调过多次，就是因为一件普普通通的民事纠纷演变为乡镇乱收费，被过往车辆司机联名向省里举报了。而省里正准备找个乱收费的典型处理一下，狠狠地刹刹当前农村乱收费的歪风邪气。不巧出门撞了车，让他们赶上了。

县纪委冯书记先将批示拿出来，让耿春义、赵云瑞看了看，说："干工作是好事，但要会干、干好才行。从当前农村的实际状况上来讲，压坏了路、收点钱修修路这也无可厚非，但你们在进行道路施工，造成目前道路无法通行，就应该提前安排其他通行的道路。再说车辆通行是一回事，道路维护又是另一回事，二者不能混为一谈，因为他们没有收费的权力。"

这时，赵云瑞插上了一句，"有些载重车辆确实是把这些路压坏了，他们是些干工程挣钱的车辆，难道让他们出钱维修道路不在情理之中？他们压坏了路，尤其是这些由群众自己出钱修的出村路，就应该适当地拿出些钱来帮着修修。"

"话是这么说，但就目前这种现象，应该属于合情合理，但不合法。你们没往上写请示报告，主管部门也没批准，属于擅自巧立名目收费。省里的批示都定性了，要处理人的。今天我来的意思有两个，一是要立即停止乱收费，二是要追究有关人员的责任。春义同志，你看看还有什么意见？"冯书记态度严肃又带有同情地说。

耿春义的态度非常明确，表示坚决服从上级的指示精神，停止一切收费，立即进行整改。至于处分谁，得再进一步调查一下。村里收的这部分钱去了哪里？收费是谁安排的？谁负责收的？弄明白后再专题汇报。他又转身对赵云瑞严肃地说："云瑞同志，马上安排派出所先去把收费点撤掉，把那几个乱收费的带到派出所，逐一审讯，把收费的来龙去脉搞清楚。然后，形成查处报告报到县纪委，处理谁、怎么处理，再跟冯书记专门汇报。这么安排行不行？"

"对，就得这样，前阵子打过几次招呼，都不当回事，这下惹祸了吧？农村工作就是这样，你们认为对的不一定就对，不能愿咋地咋地。我看先把乱收费的事制止住，至少说还有个态度问题。只要再没有举报的了，主动权也就握在了咱们手里，对下一步处理也主动些，对不对呀？"耿春义和赵云瑞点点头勉强地苦笑了一下。

冯书记又说："老耿，现在的农村工作可真是难干呀，压得你抬不起头来。有些政策定得死死的。干，放不开手脚；不干，又不行。你看，这检查也好，点评也好，县里是一季度一次，再加上县里几十个部门走马灯似的下来安排检查工作，一年下来，真够你们呛的。如果再有一些村子上访，得牵扯多少精力，乡镇这活可真累心呀！"

耿春义苦笑了一下说："还行，兵来将挡，水来土掩，没有过不去的火焰山。我在这埠岭乡，一晃也多少年了，赵云瑞来这几个月适应很快，工作上大刀阔斧，很有起色。请您也跟县委领导好好反映反映我们的情况，让他快接手吧。再不接呀，我可真是要完这儿了！"说完，又苦笑了一下。赵云瑞的脸上微微发红，流露出少有的羞涩。

马力胜按照赵云瑞的安排，亲自带队到打油村口，把仍在支着摊子收费的两个村民逮个正着，带回派出所连夜突审，供出了以张长生为首的五个人，二十几天的时间共收了五千余元。理由就是过往的车辆把村里的路压坏了，也把自家门前的路压坏了，收些钱准备修修路。收费行为完全是自个发起的。在这期间，张长生为了多收费，曾给"张打油"送过两次本地产的老烧酒，还有几条烟，总共花了三百多块钱。乡委对派出所拿出的调查结果进行全面分析，认为收费的动机是为了修路，所收的几千块钱也没私分。但五个人未经村里同意，擅自收费，并且引起公愤，收的钱全部没收。张长生和苗树杰两人领头乱收费，分别拘留十五天。"张打油"虽然没有安排他们上路收费，但默认他们的乱收费行为，属于渎职。这样，给了"张打油"个行政记过处分，处理意见报到县纪委后，县纪委领导又向省里汇报，同意埠岭乡的方案。此事也就这样平息下去了。

县纪委领导讲，当时省纪委要求必须处理乡镇一级的领导干部。因为这么点事，处理乡长或是副乡长，他们受点委屈好说，可以后的工作还怎么做？其实，县纪委也知道这些乡镇干部天天围着政策转，每天都在走钢丝。他们睁开眼睛满脑子都是老百姓的事，稍有不慎，就会触碰上高压线。在中央、省、县连续发文要求不准乱收费的当口，埠岭乡竟撞到枪口上，省里能不生气、不严肃处理？好在县委领导理解乡镇的苦楚，多次向上级汇报、解释，取得了上级的谅解，将处分放到村这一级。

由于上级果断出手，瞬间刹住了乱收费的歪风。但是打油村的出村路仍然被过往车辆压得一片狼藉。为了安抚好打油村的群众，赵云瑞应允，县埠路通车后，乡财政出钱，水利站负责把出村路恢复原样。由于态度端正，知错就改，加上县里帮着积极做工作，省里也没再进一步追究……

事情过去后，虽然一切正常，但一些基层干部的心里却不太平衡。前些年，哪年不这样收费，哪里有这样那样的动静，这还多亏是为修路，要是捞点吃喝，岂不栽了跟头？他们心底里也渐渐明白，中央是越来越向着最底层的老百姓了。

处分下来后，"张打油"悻悻地找陈柱子诉苦。口不饶人的陈柱子幸灾乐祸地说："哼！不听老人言，吃亏在眼前！就凭你那两把刷子也能收费？本老汉虽然没有先知先觉，但在这事上得'讲政治'，还想拖我下水。哼哼！没门！人不留名，不知张三李四；雁不留声，不知春夏秋冬。怎么样，这回知道我的厉害了吧？哼！都这把年纪了，还大麻疯摇头，添疹瘊[7]来。""张打油"气得一句也还不上腔来。

---

[7] 疹瘊：方言，毛病。

二十一

赵云瑞参加县里的会议，上午一个，下午一个。会开的时间不是很长，但都与钱有关，落地有声，硬邦邦的压力山大。上午的内容是落实粮菜间作、大田菜和小麦保险；下午是落实县委关于加快工业园区建设、迎接半年招商引资检查。虽然说是两个会，可却是四个内容。要想落实好，不下点功夫可不行。

让赵云瑞暗暗得意的是县委郑书记在会上对埠岭乡主动出击、争取高铁站的工作给予高度评价。虽说是得到了表扬，可心里也喜忧参半。喜的是一个穷得叮当响的落后乡镇能在工作会议上得到县委主要领导的表扬，实属不易；忧的是在表扬的背后是巨大的压力。虽然增设高铁站的项目又重新启动了，可心里总是没个底。万一哪个环节出了问题搁浅了，不是丢死人了？高兴之余，又多了些着急。想来想去，还是按着乡镇的老套路，缠上缠、黏上黏，来个瞎汉放驴不松手，也许进度会快点。无论如何，半年点评不能再垫底了。

一阵颠簸过后，工业园区到了。这是今年乡里抓的重点项目，也是县里半年点评的必看项目。园区建设得快慢和引进项目的多少，直接决定着乡镇这半年来的工作成绩。

赵云瑞跟耿书记一起去栾山村迎接罗县长和一个投资商来实地考察栾山铁矿。

罗县长在电话里讲，这可是颗重磅炸弹，放好了会在埠岭乡掀起巨大的震动。言外之意就看你埠岭乡有没有本事、能不能把投资商留在这里了。

罗县长跟投资商还没到。耿春义难得这么清静，跟赵云瑞说："走，湖边大坝上走走！"

丝丝凉风扑面而来。两人望着明镜般的湖水边走边谈，"云瑞呀，今年开局不错。你们几人的思路挺有新意，放手干吧。前天去县里开会，专门跟郑书记汇报了你的情况。他从其他一些渠道也了解咱们埠岭乡的情况。争取建一个高铁站，不是一个乡、一个县所能办成的。然而，确确实实是让你争取到了。这对全乡、全县来说，是功不可没，是立下汗马功劳的。郑书记说了，高铁站这个项目，是不能用县里出台的招商标准来考评的，招十个大企业也不及它的影响大。它是一个窗口，它更是经济快速发展的引擎。五年、十年之后再看它所带来的效益，那不仅仅是单纯的经济效益，生态效益、社会效益不可估量。下一步就按李指挥商议的方案抓紧把设计院请来论证设计。只有论证完真正批复了才能放下心来。我觉得戏眼就在设计院这里，能否让设计院按咱的意愿进行，那就看你们的了！"说到高兴处，两人开心多了。

在等罗县长的空隙，赵云瑞跟铁路上的周经理通了个电话，想求他办个事。周经理告诉他，自己正在省铁路设计院做工作，争取让专家尽快来实地论证调整设计方案。他想，李指挥这一级的领导一旦答应了的事，一般不会有问题。设计院对这个地方早已了如指掌，来论证建高铁站的可行性也不过是走走过场。让赵云瑞更着急的就是找周经理，想让他再给乡上应应急，借钱垫垫税。周经理答应跟财务部门通融一下，看怎么走账。

昨天，县里分管财税的副县长把赵云瑞叫到办公室，调度埠岭乡二季度的税收进度，给他压力不小。回来后，他对有税源的地方想了又想，捋了又捋，一脸愁容，去哪里弄这么多的税呢？总不能再拿教师的工资垫付吧？有几个项目工程，比如土方工程、沿街开发工程，虽然能赚些钱，那可得到年底才能回来钱。这半年的税怎么完成？愁得赵云瑞一晚上没睡，牙又疼起来。想来想去，就又打起铁路工程公司的主意，跟他们借部分钱垫垫税。

赵云瑞也不是没有底线，也不是不讲理，因为有些民事补偿款，是陆陆续续拨付的，到时候抵扣就是了。

穷户打穷谱。忙活一顿，也就是拆了东墙补西墙。

通完电话，赵云瑞把铁路上周经理告诉他设计院专家准备来论证高铁站的事和从铁路上借钱垫税的事一块儿汇报给了耿春义。

耿春义望着睿智精干的赵云瑞，赞许地点点头，说："云瑞呀，郑书记对你挺赏识的，在这个时候，是不是思想再解放些、步子再快一些，争取在招商引资方面有一个大的突破呢？"

"耿书记，前些日子王秀清告诉我，说陈柱子北京有个战友，做文旅项目的，做得挺大。我想找机会去拜访一下，邀请过来看看栾山湖这个项目，说不准歪打正着呢！"

"好呀！多做做工作，争取县里尽快把栾山湖的规划批了。至于什么时候去合适，你决定好了。"

赵云瑞坚定地点点头。

"云瑞，还有个事我有点担心，我们从老百姓手里租了土地，转身帮着办到企业名下，这事是不是有些悬乎。群众一旦明白了真相，会不会上访？这是个敏感问题，要把问题考虑全面，注意方式方法，还要谨慎行事，知道吗？"耿春义嘱咐说。

赵云瑞颇感压力地点点头，牙疼得更厉害了。

两人正在设想着如何把栾山湖及岸边天柱峰打造成文旅项目时，接到了栾山村范寿亭的电话，说是罗县长陪着投资商来了。因为是投资铁矿，县里一个部门领着罗县长和投资商直接到了栾山村委。

两人相视一笑，罗县长亲自领着投资商来埠岭乡，足以说明县里对这个项目的重视。再说，没有一定把握，罗县长也不会亲自陪同来。两人喜不自胜，又招来了个纳税大户。

县人大常委会刘副主任来埠岭乡视察教育工作，因为一帮人在乡驻地，一帮人在栾山村。耿春义跟罗县长和来考察铁矿项目的丁老板见了面，客套了一番后，就陪刘副主任去了。

这边，由赵云瑞负责，全程陪同罗县长和丁老板活动。临走，耿春义不忘感谢罗县长对埠岭乡的偏爱，嘱咐赵云瑞想尽一切办法把项目落实。耿春义的弦外之音就是投资商不管提什么条件，都要一口答应下来。

赵云瑞来埠岭乡几个月了，几次路过栾山村但没进去过，光知道栾山村地底下埋着个铁矿。因为品位太低，正规的央企、国企不是很感兴趣，做小买卖的、贩铁渣的就朝着这些鸡窝矿下了手。他们用挖掘机把地表土剥去一层，把露出的那些一窝一窝的铁矿石挖出来，运到个地方卖了，能挣多少算多少。村里的几个能人把持着这块地盘，与外面的一伙人已经鼓捣好几年了。因为逢年过节他们就把范寿亭叫出来撮一顿，然后再往兜里撂点礼品，他也就睁一只眼闭一只眼地过去了。

这几年，铁的价格一路攀升，有些大铁矿就对这些品位低的铁矿有了想法。他们从地质勘探部门弄来勘探报告，结合钢铁市场的需求、价格，认为有账可算，就自上而下通过关系找来了。开采铁矿没有三千万五千万是开不起来的，企业一旦在这儿落了户，埠岭乡的招商引资那可实打实的了。不但能顺利完成全年的招商任务，说不定还成了全县招商引资的典型。税收增加了，乡里的日子也好过了。想到这里，赵云瑞牙也不疼了。

赵云瑞和范寿亭陪着罗县长及丁老板，山上山下地走了一遭。丁老板走走停停，对栾山村这地方早就做足了案头工作，心里比谁都清楚。几千万、上亿元的投资，谁敢马虎？这次来，不过是从省里、县里直到乡、村熟悉、对接一下。如果真的来投资的话，还要从招商引资这个方面，争取些优惠政策。做生意嘛，就得精打细算，滴水不漏。罗县长十分重视这个项目，一直关注着项目的进展情况。

丁老板叫丁力全，东北人，人高马大，脾性豪爽，一看就是典型的东北大汉。他考上大学后，就一直没回东北。原先在一家国企工作。前些年企业改制后，他成了这个企业的股东。凭着敬业和精明的脑子，慢慢地进入了企业的决策层。他这次就是代表企业全权负责投资铁矿项目的。

他们这类型的企业有很多好处，无论做什么，几个股东坐下一商量，立马就办，无需层层汇报审批。企业大了，说话硬气。他们打听到这里有个铁矿，就从上头一级级地找下来了。从表面上看，是他求咱，可谁来不是来，闲着也是浪费，巴不得他们快开工、快投产才好哩！

195

罗县长、赵云瑞和丁老板对投资铁矿的具体问题进行了讨论，牵扯到矿管、安检、环评、土地等一系列问题，赵云瑞都一一应承下来，负责办理所有手续。罗县长和赵云瑞又陪丁老板对矿区周围及进出矿区的道路讨论了好多。丁老板问范寿亭，栾山村及附近村的民事问题好不好处理，还有就是栾山村的土地承包费、道路维修费和民房租赁费是多少钱，等等，赵云瑞不等范寿亭回答，一下子把话拦了过来，明确表态没有任何问题。凡是与铁矿有关的问题，全由乡政府负责处理，一天也不耽误生产经营。赵云瑞之所以这样大包大揽，是因为耿书记临来时嘱咐的话又在耳边回响。把目光放远，不能因为丁点儿的矛盾，造成无法弥补的损失。他还有个更长远的估算，瘦死的骆驼比马大，铁矿一旦投产，那税收就会源源不断，什么承包费呀，租赁费呀，还有道路养护费呀，他们从指缝里漏点儿，也够村里吃几年的。

一方热情洋溢，一方有备而来。除了埠岭乡咬住税收归乡财政收入这一点，其余都是一路绿灯，没有半点障碍。罗县长对税收这块只是笑而不语。当达成了初步投资协议后，太阳也快过了头顶了。

"罗县长，这里条件虽然差点，可也有它的特点，这里的'全鱼宴'别说在全省，就是全国也没有第二家。丁老板是您请来的客人，您做主陪，我当个副陪，好好陪丁老板喝几杯？"赵云瑞心里明白，只要住下，就一定能将丁老板"拿下"！

"你是不是想拿铁路上的例子来说事呀？早就听说了你们喝酒的糗事了。全县谁不知道你们的德性！来一次灌人家一次，喝一次让人家醉一次……"

"放心吧，罗县长，不会喝酒误事。在这里，我代表耿书记再一次郑重表态：如果是因为埠岭乡的事，影响这个项目的开工和生产，罗县长就拿我是问。我甘愿接受任何处分！"

"好好，这个态度好，要具体问题具体研究，拿出可行的办法和方案来。矿山开采手续能不能办下来？栾山村和周边村的民事能不能协调得顺利？还有这进出埠岭乡的道路实在是难走，也需要好好地修修。"罗县长大到开采手续，小到进出的道路，考虑得都十分仔细。

"罗县长，省里不是最近又修了条省道嘛，正好从这附近穿过，在这个项目之前就测算过，修个晴雨通车的沙石路只需要花二十几万块钱，就可以接到省道上了。丁老板，这条省道好像就是专门为你修的。这条沙石路我早想好了，把全乡的'两工'[8]全都拿出来，用在这条路上不就解决了？您也知道我年前刚调来，在这里起码要干满五年。什么样的厂子五年建不好？什么钱挣不到手？所以您就放心干吧！"

几个人来到大坝下边一家不大的渔村酒店，因为赵云瑞早就提前预订好了。落座后，各种煎、炸、炒、炖、熬的"全鱼宴"就摆满了桌子。罗县长领着喝了几杯后，赵云瑞按捺不住狂热、奔放的情绪，一个劲地跟丁老板抱脖子搂腰地称兄道弟开了。罗县长看到他们没了陌生感后，知道项目砸结实了，心里也挺痛快。他想，税收在县里也好、乡里也好，只要跑不出县里，在哪都行。因此，在这事上他没啥纠结。别看赵云瑞缠着丁老板一个劲地灌酒，可心里一直惦记着税收这块事，说："丁老板，关于铁矿的事，埠岭乡是一路绿灯，要啥政策给啥政策，可税收这事可不能乱答复，是不是，罗县长？"赵云瑞似乎在逼罗县长表态。

罗县长笑了笑，说："因为项目还没落地，县里也没研究税收的问题，像这样的企业算是大型企业，应该由县里统一征收。但鉴于你们这里比较偏僻，经济条件又落后，关键是矿石品位不是很好，连进出铁矿的路还要你们出钱整修。所以，到时候我跟书记、县长做做工作，你跟春义一块去找郑书记、张县长说说你们的想法，应该没什么问题的。"

赵云瑞听到罗县长的态度这么明朗，悬着的心算是放下了些。人就是这

---

[8] "两工"：即在农村实行的水利工和劳动积累工。该政策已取消。

样，喜怒哀乐很容易在脸上表现出来。这不是嘛，刚才还心事重重的样子，罗县长一席话，赵云瑞脸上立马像开了花那样灿烂。

"谢谢罗县长对埠岭乡的厚爱，谢谢丁老板对埠岭乡的支持。我代表耿书记，代表埠岭乡七万人民再敬您一杯！"说完，一扬脖子，满满一杯酒又倒进肚里。

"如果顺利的话，我们可以马上进场搞土建工程，争取半年点评的时候举行奠基仪式。这可是罗县长的意思，你们能办好前期的准备工作吗？"丁老板也不绕弯子，实实在在地说。

"没问题，肯定没问题。作为一乡之长，说话是负责任的，请丁老板一万个放心，有一丁点儿问题就直接找我！"

"好好！谢谢！"

"老范，来，你有什么意见？表个态！"赵云瑞生怕范寿亭节外生枝，一把拖跟前来，让他众目睽睽之下表明态度。

"哎！哎哎！我表……表个态……态！我代表栾山村也……也表个态，就是……就是我们村要配合乡上，一路绿灯，不收任何费……费。"一直跟在一旁的范寿亭没有思想准备，赵云瑞话锋一转让他表态，他才猛然醒过来，结结巴巴地顺着刚才的话题溜了几句。

"老范，这是咱埠岭乡最大的招商引资项目，也是罗县长直接调度的项目。关键时候你可要瞪起眼来，保证企业在咱埠岭乡畅通无阻，明白吗？"

"明白，明白！"

"明白就好。有些事咱可不能踩窟窿里去。"赵云瑞加重语气又扔给了他一句。

仿佛被什么东西戳了一下，范寿亭怔怔地站在那儿久久没有讲话。

经过一番商谈后，丁老板他们来栾山村投资建铁矿的事在罗县长的撮合下，终于达成了协议……

二十二

　　东西走向的高铁线第 227 道口处，正好与南北走向的省级公路相交。在这个交汇点上，设计建一座高架立交桥。铁路施工和公路施工都在这交汇点处，占用了不少土地。巧的是，两个施工单位占用的土地竟都是同一个村的。这个村叫龙湾村。

　　龙湾村地处龙湾河边，有三个村民小组，一百二十多户，将近四百口人，人均一亩六分地。

　　据村族谱记载和老人口口相传，明朝初年，社会动荡，兵荒马乱，加上持续的自然灾害，民生凋敝。在当地生活不下去的刘姓一家，从山西一路向东乞讨。他们一家日行夜宿，一路奔波来到了这龙湾河边。看到这里山清水秀、民风淳朴，他们便在龙湾河东岸选了个平坦的地方，开垦荒地，依河而居。

　　斗转星移，沧海桑田。掐指算来，刘姓祖辈在这里落地生根、繁衍生息足有六百年了。虽然一代代生活并不富裕，倒也安逸自足。

　　忽然间，乡上开会说高铁拓宽和公路建立交桥，要占用村里的部分土地。按说工程占地也不是没听说过，也不是些啥大不了的事。可因为铁路、公路同时施工，更因为补偿政策不一样，不啻平地一声惊雷，一下子打破了几百年沿袭下来安逸的生活方式。

　　事情往往就是这样无巧不成书。

　　铁路跟公路相交施工占的土地，不但都是龙湾村的，而且还是同一个村民小组的。更巧的是，有一截子地还是一个户的。户主叫陈胜利，他家的三亩七分地，分别被铁路和公路各占用了一部分。于是，这三亩七分地就成了龙湾村上访的导火索。

铁路工程是正牌的国家工程，明眼人一看就明白；而省道被列为地方工程，也一看就知道。可在老百姓眼里，哪些是国家工程，哪些是地方工程，他们哪里又分得清呢？他们理解凡是乡镇安排的，不都是上级政府安排的？政府安排的不都是国家的？绕来绕去还不是一回事？怎么还冒出个国家工程、地方工程来呢？大不了有个大政府、小政府之分罢了，占地补偿还能有亲娘、后娘的说法？解不透这里面有啥道道。他们认为不管是铁路工程还是公路工程，也不管是国家工程还是地方工程，既然是政府安排的，那就是一个标准的工程，有关的补偿政策也肯定是一个标准。

然而，这占地补偿却大不一样，简直是一个天上，一个地下。这次高铁占用农田补助的标准为每亩一万四千五百元。如果地里有果树或其他经济作物的，则据实评估补偿。你想想，在这些红板岩形成的土地上，一年的小麦收成不过七八百斤，除去一切费用也就剩下个三百二百的。这样的补偿数额至少能说得过去，给出的价格都能接受。经过几次协商之后，高铁占地的补偿一步到位，施工迅速展开，进度非常快。

在这之前，省里专门召开会议，要求铁路、公路建设加快步伐，同步进行施工，确保岛城世界峰会之前竣工。省里会议之后，县里也召开了专题会议，传达贯彻省里的会议精神，强调了公路建设的重要性。公路部门也加快速度，几天时间，几百人的十几支施工队就汇集到了龙湾村。按照县里定的补偿标准，公路占地每亩按照五百元的标准补偿，由乡财政负责兑付。地上附着物原则上没有补偿，确实有树、有井的，适当给些补助。

县里的政策传达到龙湾村后，村干部接受不了这个补偿方案，被占用口粮田的农户更是接受不了。天天白天连着晚上，东家进西家出。跟占地户几个回合下来之后，王秀清他们已是精疲力竭，但收效甚微。

这天，王秀清和齐奎升还有支部书记朱明国在村委与被占地的农户见了面。齐奎升和朱明国从国家发展战略到建设交通大动脉，从讲政治、讲奉献到舍小家、顾大家，大讲特讲了一通。一开始，这三十几户几十口人还在那里认真地听，慢慢地就有些不耐烦了。其中，一个叫王素珍的妇女憋着个变声的尖嗓腔，急不可耐地嚷嚷开了："朱书记，你别站着说话不腰疼，占着你的地，你比谁也凶，不信你就试试！刚才你跟乡领导说的这些大道理，俺也懂个八九不离十。俺觉着你说的这些就像天上的云彩，看得见、抓不着，还是多说点真的、解馋的吧。铁路这不也占了地，也赔钱了嘛。你就快说说，公路占俺的这块地到底给多少钱？地里的那些果树给补多少？还有地里的机井、看瓜的屋子给多少钱？"

王素珍是出了名的"天不怕，地不怕"。这几天她也憋了一肚子的怨气，好不容易逮住这个机会，伶牙俐齿，话锋犀利，把该说的不该说的话不遮不掩一股脑儿地抖了出来，立时就把整个会场搅得紧张起来。王素珍反复琢磨这事，怎么自己的几亩口粮田，有给补了一万四千多的，有给补五百元的，都是在共产党领导下，都是政府安排的，怎么差距这么大呢？难道老百姓也有远近、厚薄之分？她觉得这里面有问题，哪怕是去坐牢也得弄明白这到底是咋回事。

"根据省公路建设指挥部的文件精神，公路属地方公路，上级对公路占地没有补偿，但考虑到群众的实际困难，县里专门开会研究，对占地户由所在乡镇给予一次性补偿，补偿标准是每亩五百元；占用土地内的果树是十元一棵，机井二百元一口，看瓜棚两百元。"王秀清清了清嗓子，尽量保持着内心的平静，以免让这些补偿户看出自己的紧张和心虚。

"王乡长，您来龙湾不下十几趟，前后也忙活了好几个月了。这就是你们出台的补偿标准？"会场中间有人问道。

王秀清顺着声音扫了一下会场："是，根据上级的精神，又经过研究综合平衡确定的。"

"王乡长，这是埠岭乡制定的标准，还是上级制定的标准？"又有人问。

"应该说是共同制定的吧。具体说，是根据上级的要求和埠岭乡的实际情况制定的。当然啦，这个补偿标准是经过上级同意了的！"王秀清接着解释了一下。

"王乡长，你是代表埠岭乡来的，还是代表县里，还是代表省里来的？"王素珍这时又站起来问话。

"当然是代表上级了，应该讲是省里授权县里，县里安排乡里，这样一级级安排下来的。"

"王乡长，我想问问，这条公路是哪里通往哪里的？"她又问。

"是省会通往岛城的，全长二百多公里，牵扯到四个城市、十几个县、三十几个乡镇，我们就是其中之一。"

"那这条路是国家工程，还是县里的工程，还是乡镇的工程？"

"当然是国家工程了。确切地讲是一条省级公路，在我们眼里，理所当然是国家工程。因为这条公路的立项、审批肯定是要到北京去的。"

"王乡长，你说老百姓有没有个三六九等？"

"谁说过群众还分三六九等呢？你这是什么意思啊？"

"王乡长，既然工程都是国家的，老百姓又没有三六九等，但为什么占地补偿不是一个标准？我想请你回答！你只要把这个事说清楚了，什么事也好办。如果这事不说清楚，那就别怪老百姓不讲理，赤脚不怕穿鞋的。你说吧，我们都在这里聆听，请你给个准话、真话！"一口一个"王乡长"叫着的王素珍，此时表现得极其镇定。她口齿伶俐，逻辑性强，一句接着一句的问话，把王秀清一步步拖进了自己设的"套"里。

"王乡长，咱可要把话说在明处，这回俺家的三亩七分地可都被您给占去了。公路占了三亩，铁路占了不到七分地。要是都按铁路上的标准补呐，俺也就算了；要是有多有少地补呐，那我可要上去走走问问。县里我是不去，如果走，就先到省里去，要是省里也跟您这样瞎哼唧，说不出个子丑寅卯来，那对不起了，我就直接去北京。到时候可别怪我不给您留面子！我知道马有肥瘦，但人还有厚薄？"陈胜利慢腾腾地站起来，声音不大，语速不快，不轻不重地从牙根底下把这几个字挤出来，给王秀清他们施加压力。

陈胜利不轻不重地一挑拨，一下子点燃了占地户的情绪。他们高一声低一声跟着起哄，态度生硬地嚷嚷着一起去省里上访。

此时，王秀清和齐奎升没想到调地户的意见这么大，原先定的调地方案被一下子打乱，额头上堆起了一颗颗豆大的汗珠，脸上的表情也是尴尬至极，场面很是难堪。对面的群众正在气头上，带着仇视愤怒的目光，恶狠狠地盯着王秀清和齐奎升。俩人面面相觑，有些慌乱。朱明国站在一旁，啥话也递不上。他也知道，此时哪怕多说一句话，唇枪舌剑都可能一齐指向他，都是些没有文化的农民，一旦话赶话"杠"起来。他们人多势众，有可能将矛盾激化。

王秀清大脑一片空白，脖颈儿上好像爬上了许多蚂蚁，又刺又挠。他知道事情要砸，拖下去也不是个办法。抬起胳膊擦了擦汗，咬咬牙喘了口粗气说："今天跟大家见面，是根据县里的精神和乡委的安排来的，你们对补偿有看法、有意见，认为补偿偏低，你们尽管……"

"王乡长，咱可是把丑话说头里了，看热闹的不怕事多。你也别在这里摆架子、拿官腔了。这都啥时候了，还在这里念八板、唱昆曲，绕来绕去地跑题？铁路上的钱不都下来了吗？庄户人啥也不懂，就懂南山上滚碌碡，石（实）打石（实）地。虽然俺是些平民老百姓，但你想糊弄俺，我看是搬着梯子上天，没门！这回是不见兔子不撒鹰！爱咋咋地！"蹲在陈胜利身后的一个村民噼里啪啦几句话，来了顿猛砸。

"王乡长，您是吃国家粮的，是政府的干部，上级政策你比俺庄户人懂得多。今天开会来了这么多人，心这么齐、意见这么大，不是没有原因。前几年，您下来让我们把土地延包三十年，一分一厘全部分到户、分到人头。我们都是遵纪守法的良民呀，都听您的，一夜之间把地分下去了。王乡长，您不是领着我们学过分地的文件吗？增人不增地，减人不减地。内容多好，念起来多顺口。可就是听了您的话，这十几年来把我们害苦了！您再看看有些村，人家在分地的时候，偷偷地留下了一些，不管遇到啥事，多少都能应付。减人就减地，增人就增地，多顺趟啊！当时，俺村里要是留下点机动地的话，也不至于闹这么大！那些过门二十多年的媳妇都快熬成婆了，还没有地的事咱先不说。这回，拿个三百五百的就让他们把地拿出来修路？您想没想过他们以后怎么生活？你们办事就这么不近人情？听说修铁路有方案，修公路有方案，还听说你们接待上访的也有方案。我想问问王乡长您，我们没地了吃不上饭，你们有没有方案？"一位老党员颤巍巍站起来，慢条斯理地把村里这些年因为土地形成的矛盾逐一地捋了一遍，直把王秀清臊得满脸通红像个斗败的公鸡，耷拉下脑袋。

群众这样反映情况，在农村时常出现，以前因为有领导在场，感觉不到有多大压力。现在自己代表乡里、县里来跟群众谈补偿的事，压力真是不小。准备了好几天的几套方案，还没用上便被堵回嗓子眼里，形成这样的僵局。村民们的意见这么大，提的问题这么尖锐，是王秀清万万没想到的。平心而论，群众说得挺在理，那也是一肚子的苦水。唉，两个不同类型的工程，恰巧处在同一个村、同一个村民小组，甚至处在同一块地块上施工，不同的补偿标准差得又这么大，能不引起群众的不满？能不加剧干群之间的矛盾？

双方都在试探着对方的心里底线。王秀清看他们吼得、闹得也差不多了，不得不再硬着头皮强打起精神说："这样吧，刚才你们提的问题对我触动很大。我承认对补偿考虑不周，回去后一定把你们提的问题当作一件大事来抓，争取出台个对老少爷们有利的方案。请同志们相信党委，相信政府……"王秀清还没说完，本来就按捺不住激愤情绪的群众，呼啦一下子站了起来，将他和齐奎升围在中间。

"你当俺是些吃奶的孩子哄过来哄过去的，怎么净在这里狗喝凉水耍嘴皮子，你家里的地给五百块钱你愿意？你是在帮谁说话？"埋怨、愤懑、指责像夹杂着狂风的急流，一浪盖过一浪。有些偏激的挤到跟前先是一遍遍质问，随后又用些粗鲁的语言谩骂，还有个别群众对着王秀清的鼻子指指点点，进行人身攻击。

看着人群就要失去理智。朱明国也管不了那么多了，拼着力气挤到王秀清前面愤愤一站，狂吼道："干什么，要打人吗？傻了是咋的！手背痒痒欠磨了？要是打了人，来！我今天豁出去了，不怕蹲大牢的就从这里过，我就不信这个邪，共产党还管不了了？敢在这光天化日下抢拳脚。先别欺负乡上的干部，有种的先朝这来，能过去算你命大！"朱明国粗壮的胳膊用力一抡，豁出去地用鄙视的目光盯住几个领头的一眨不眨。平时，老少爷们哪里见过温柔敦厚的朱明国发过这么大的火。他这突然举动，一下子把即将失控的场面镇住了。跟着起哄的群众也如梦方醒，差点儿失去理智，捅出篓子。

气氛稍为冷静后，朱明国又趁机戳肺管子地多扒数了几句，从气势上狠狠地压住了企图闹事的群众。为了给这些人个台阶，朱明国又转过身来对王秀清抱怨地说："王乡长，不是俺这些群众对您有意见，您这些政策也叫政策？怎么着也得差不多吧？您看看你们这些补偿标准，多的多，少的少，叫我们怎么接受？老少爷们儿也知道，这事不怨你们，可你们是我们的父母官，我们不找你们找谁呀。王乡长，别光怨老少爷们态度不好，还不是让你们这些五花八门的政策逼的。要想把今天这事处理好，就请您在这里跟老少爷们表个态，然后回去重新弄个方案。不能卖鱼的不管虾市，怎么也得照顾着差不离吧？我代表龙湾村四百口子人，代表这些占地户求求您啦！"

此时，王秀清也冷静了下来，他擦了擦一直往下淌的汗珠，用赞许的目光瞄了下朱明国后，转身对群众说："大家静一静，朱明国同志让我表个态。我就代表乡委在这里跟龙湾村的老少爷们再表个态，关于占地补偿的事，我一定立即汇报，把群众反映的补偿标准不一致的问题完整地汇报上去，争取上级给予解决……"

为了避免群体性事件的发生，耿春义先期介入，带着准备好的汇报材料先去了县里，又与县里分管的县长跑到市里，汇报了这件事的前前后后。蹲了好几天，找了好多领导，得到的答复就是这样，铁路是国家投资，公路是地方投资。所谓地方，就是没列入国家计划，由市财政自己解决，市财政拿出一部分钱来刚好够土方桥梁和硬化的钱；征地的费用，哪个县摊上由哪个县自己解决。县里也上行下效参照上边的做法，把征地的费用摁到乡这一级，哪个乡摊上哪个乡自己解决。一句话，公路占地的事是件无头案，谁摊上谁认了。这样就出现了令人尴尬的局面。

在普通老百姓眼里，乡政府也是国家的，就是国家的象征，在代表国家行使权力，国家的一切政策都是通过乡政府这一级传达到农村、传达给老百姓的。在老百姓的心目中，乡委、乡政府就是至高无上的顶头上司。如果再往上数，县里、市里那就不就更是代表国家了？这么简单的道理，怎么到了下边，就分了岔了呢？出现了国家和地方之分呢？铁路占地给补了一万多块钱，这说明国家规定的就是这个标准，你地方参照着执行不就行了？怎么出现了"征地唱的一个调，补偿各吹各的号"呢！你知道一亩地打的粮食能换多少钱吗？最不好的地茬一亩麦子也能卖个五百六百的，人家那可是年年有的卖，不能说是丰衣足食，但起码也能维持生计吧？你一次性补给人家五百块钱，是征地？还是租地？要是征地，五百块钱能征到一亩地吗？要是租地，省级公路用地有租的吗？要是这些都讲不通的话，这不就是巧取豪夺？不是弱肉强食、置人于死地？口口声声衣食父母的影子怎么也没了呢？

又是一级一级写情况汇报，又是去县里、市里专题汇报。上上下下忙，得到的答复却很令人失望。都很同情，都很关心，但就是没有更好的办法解决。

耿春义回来后，将大体情况跟赵云瑞说了说。总的情况不理想。因为是来反映情况的，市里的领导及时接见了他们，市领导态度温和，没有架子，非常认真地倾听反映的情况，但就是原则性挺强，怎么解释，也不给明确答复。也对，上级在定这些政策的时候，肯定也是有根有据的，怎么能随便更改呢？来反映的问题是局部的，市里考虑的可是全市的、面上的问题。他们只说让县里和乡镇靠上，做好这些群众的工作。唉！胳膊扭不过大腿呀。耿春义长长地叹了口气，悻悻而归。不接地气的补偿政策和难以化解的干群矛盾，让这些乡镇干部操碎了心。从耿春义到村干部一个个就像霜打的茄子蔫蔫了。那种无奈、无助的表情难以用语言表达出来。

没法子，他们只好又启用了惯用的"缠上缠、黏上黏"的手法，一方面抽调乡直部门人员两人一帮、三人一组进村入户，一对一靠上做工作；另一方面安排稳定工作组、村委会和派出所严密监视，严防串通外出。县里分管稳定的县长也几次给埠岭乡打电话，划出了个底线，只要是不出乡，甚至不出县，就尽管让他们闹腾，把气出够了、牢骚发完了再说。补偿政策调整不了，乡里又没钱垫，不让他们闹腾阵子恐怕不行！退一步，即使是乡上找个地方，借上一百万块钱给这些户补偿一下，谁敢保证就平安无事了？几十个户、上百口子人、一百多亩地，你都得补，哪个户一分钱也不能少！如果外乡镇、外县的占地户知道了埠岭乡的这些做法，他们再效仿这些做法，全线的公路占地户肯定会"摁倒葫芦瓢起来"地闹腾起来。那可就上升为政治事件了。到了那时候，埠岭乡可就出大名了。没法子，王秀清、马力胜和齐奎升他们几个人每天都拖着朱明国这些村干部，白天晚上、明里暗里地注视着这些人的行踪动向，或多或少地寻找掌握些不稳定的蛛丝马迹。

几天下来，村里风平浪静。村干部东瞧瞧西瞅瞅，半点有价值的动静也摸不着。被占地户的行踪好像是一下子从人们的视线中消失了一样。

越是这样，乡干部们越是害怕！

王秀清这几天脑子有些乱凄凄的，管吧，实在没什么好办法。不去管它吧，可市、县公路建设指挥部天天打电话催报进度。一天一个通报，把乡镇干部特别是分管干部逼得心惊肉跳。全市同一个时间开的工，其他县、乡地段的工程都快过半了，这里却还没处理好民事工作。王秀清能不焦急？虽然耿书记、赵乡长一句埋怨的话也没说，但从那些一摞摞的进度通报来看，不是不着急，而是真没办法。

王秀清摸不着陈胜利、王素珍他们的底细，寝食不安，恨不得他们跳出来朝着乡委大门闹它个三天三夜，当筋疲力尽之后再上门去做他们的工作，也比这样强。这边，挖掘机的轰鸣声一阵紧似一阵。接到开工命令不出十分钟，所占地块立马是车来车往、川流不息了。可是，村里上百口子人，连着好几天都是大门不出二门不迈的。此时，麦子正处在青黄不接的当口，地里没啥活。出村的人也就是四庄八疃地赶赶集、走走亲，零星进出，与占地补偿这事不沾边儿，看不出有什么不稳定的苗头，把个干了二十多年乡镇工作的王秀清弄得是一头雾水。不过直觉告诉他，这些人肯定不会罢休，可能在使些"缓兵之计"或是"以静制动"之类的把戏。

实际上呢，这些村民正在考虑怎么走出去，怎么能制造影响，以求达到他们的目的。他们也知道，人数太少引不起上级的重视，等于是肥猪拱栏瞎哼哼、狗啃刺猬白忙活。人数多了，上访的效果固然好，但非常容易暴露目标，很难走出乡、村两级设的层层暗哨。拖上些天，猝不及防也是一种策略。趁其不备、神不知鬼不觉得直赴市里，怎么着也得讨个说法。

经过几天的串通和密商，在陈胜利和王素珍的组织下，由占地户每户出一个人，悄悄地做着上访前的准备。

这天凌晨，确切地讲是在下半夜，三十几个占地户，每户一人，每人凑一百块钱，由陈胜利负责从邻乡租了辆面包车一块去市里上访。他们很明白，如果从本乡租车，不但租不到，而且很快就会走漏消息。因为乡上早就安排专人对这些大小出租车辆进行过多次"重点教育"。不管什么原因，也不管给多少钱，只要是上访的就不能出车，谁出车谁负责。

这次，他们也防了这一手，提前从别的乡镇租了辆车，三十几口子男男女女塞了满满一车。趁着月黑人稀，悄无声息地上了路……

二十三

王秀清他们还在努力做好上访、截访工作的时候，赵云瑞忽然接到鲁祥生报告，说刚才县信访局来电话，龙湾村的三十多名村民去市里上访了。批示让党委书记或乡长随县领导赶赴市信访局接访和汇报上访原因。

哎呀呀，真是防不胜防，没白没黑地严防严控，又让他们从眼皮底下走了。

赵云瑞问是哪些人去的，领头的是谁。鲁祥生讲还没联系上，具体情况不清楚。赵云瑞知道"隔枝不打鸟"，就赶紧叫上朱明国、马力胜等随他一起速往市里赶，务必把上访的群众劝回来。路上，还嘱咐要见机行事，争取把越级上访的"号"给销了。

龙湾村这一闹腾，如同从火炉旁掉进冰窟窿里，把王秀清他们的工作热情浇得冰凉冰凉。哎！乡镇工作就是这样，从来没有安生的时候……

耿春义在家里惦记着事情的处理结果。几十个人齐呼啦地堵住市委大门。你能坐得住？心情能平静？他扔下所有的事，蹲在办公室里一边思忖着问题发生的前因后果，一边在等赵云瑞的电话。

赵云瑞跟县信访部门一起，一边苦口婆心地劝说龙湾村的上访人员，一边又跟市信访部门的反复解释上访原因。

"耿书记，跟您汇报一下信访情况。市交通部门、公路建设指挥部和市里分管信访的领导都出面了，该了解的也了解了，该解释的也解释了。这次上访人员多是一个方面，关键是反映的事情比较敏感，他们问得比较仔细，好在龙湾村的群众还比较正直，有一是一、有二是二地反映情况。他们就是攀比铁路补偿标准，说来说去就想多要些占地补偿。市里也不好直接回答，只好说研究研究再说。"

耿春义眉头紧锁，表情沉闷。

"还有个信息，这次上访，因为告的是公路部门补偿太低，争来争去就把矛盾推给公路部门了。市信访局也是这么认为。市公路指挥部着急狠了，正一块做信访局的工作，争取把这次上访的号给销了。"

"那就好，那就好。还是要承认错误，求得上级谅解。还有，这次上访，人比较多，车况又不好，安排他们回来的时候一定要注意安全！"耿春义嘱咐说。

"好的，往回走的时候，宁愿慢点，也安全第一！这您放心好了。"赵云瑞在电话里答应道，"耿书记，关于龙湾村的问题，都理解，也很同情，最终也没有好法子，还得按政策来处理！不过摸到了一个线索……"

龙湾村的上访人员是带回来了，可矛盾依然存在，他们提的要求谁也不敢答复。解铃还须系铃人，自己的事还得自己解决。

从市里回来后，赵云瑞连夜召开调度会，给负责调地的同志鼓劲减压，"同志们，这段时间大家都辛苦了。对这次上访，请大家不要考虑过多，不管出现什么事，都由我负责。按照党委安排的，把你们分管的工作干好就行了。人是劝回来了，可事情没解决，咱再想想还有什么好的办法！不就是上访嘛，不就是多去了几个人嘛，不就是越级去了市里了嘛。咱仔细想想，咱们做错了什么？咱们并没有做错什么，咱们是在严格按照上级的精神办事，他们不理解是另一回事。只要我们严格按照市里、县里的会议精神干好工作，就没有错！俗话说，是疖子，总是要破的。这件事就好比那个鼓起的毒疮疖子，一天一天地熬到终于破了。破了好，破了脓就流出来了。那咱就抓紧治疗，也就是说要抓住他们去市里上访这个机会再做工作，同志们说对不对呀？"

伙计们面无表情地点了点头。

"上访固然不是好事，但也有它积极的一面，我们要变孬事为好事。在市里，他们肯定会得到一些业务部门最权威的答复和解释。这样，这些村民钱也花了、气也出了，回来也就该干什么干什么了。是呀，没有地就没法生活，这是个现实问题。既然上边的补偿确实就这样，那我们也没办法，只好自己解决了。秀清，你马上带人跟朱明国联系，一定要趁此机会，强硬地把村里的地调出一部分来。他们有地种了，情绪才会稳定下来，是不是这样？不要管土地延包不延包的，也别管它这规定那规定的，先调出地再说。上边找下来就说我安排的，出了问题往我身上推就是了，活人不能让尿憋死，总得有个解决的办法吧。"赵云瑞不但没有埋怨同志们，而且一下子把事情揽过来，让王秀清他们深受感动。

王秀清、齐奎升他们正要连夜赶去龙湾村时，赵云瑞好像是记起了什么事似的，问道："哎！奎升，住一下，问你个事，你爱人在哪个小学当校长？"

"在中心小学。"齐奎升回答道。

"业务怎么样？"赵云瑞一句话问得齐奎升不知如何回答。

"还行吧，比人家能力强的肯定是有些差距！"齐奎升谦虚地说。

"噢，那业务能力要尽快提高才行。如果不适应的话，就调调工作岗位？"一乡之长说要调整小学的校长，那可是易如反掌，很容易的事。

赵云瑞的话，把齐奎升一下子吓蒙了，瞪大眼睛直鼓鼓地望着赵云瑞，想从他表情上窥探出什么秘密。

赵云瑞调来时间不长，平时也不大开玩笑，怎么突然就冒出这么句话来呢？到底是什么意思？难道真是一朝君子一朝臣，想卸磨杀驴不成？可当今又不兴这个，再说刘敏是勤勤恳恳努力工作，也没有三心二意的心思呀！齐奎升急得脑门上渗出一颗颗豆大的汗珠。

赵云瑞看他有些惊讶，不觉心中一喜，为了再给他上把紧弦，便点拨了他一下，"奎升，听说你有几个亲戚是龙湾村的？户门还挺大？要是一块帮着把龙湾村上访的事处理好了，那是没说的，也许提拔重用！要是处理不好，这事还真要考虑考虑，看你的了！"

表情严肃的赵云瑞就跟点穴似的一下子戳着齐奎升的心尖子上，他"咯噔"一下，心里纳闷，管着六七万人的乡长怎么连家属的些亲戚也摸得这么透？不是有人背后奏本吧？这下情况复杂了，刘敏的姥姥家是龙湾村，户门很大。这事路人皆知，不过把龙湾村的上访跟自家的亲戚联系起来，又跟刘敏的职务扯一块儿，这是哪跟哪呀？这事说小很小，说大也很大。如果不下点功夫忙活忙活，恐怕还真交不了差呢。官大一级压死人，真把老婆调走可就抓瞎了，孩子没人管，家里不就乱了套了？哎哟！这倒霉的事，怎么半晌不夜地砸到我头上来了？不行，得赶快找刘敏，把事情倒弄清楚再说。

赵云瑞一整天都在找人谈话，晚上又跟耿书记碰头，把龙湾村的事捋来捋去。

"耿书记，您看，龙湾村出这么大的事，是我……"赵云瑞有些内疚。

"千万别想多了。哪个地方没有上访的？乡镇没有上访那还叫乡镇？我才不信呢！你不是摸到了一个线索吗？什么线索？说来听听！"耿春义看到赵云瑞心理压力挺大，表情反倒放松下来。

"是这样，我打听到咱乡中心小学校长刘敏的舅舅是龙湾村的，有可能在幕后操纵这事。昨天傍晚散会时，我从侧面给齐奎升施加了点压力。估计他脑子会发发热，如果通过他的亲戚做做工作，事态也许能压下！"

正当两人细细地将这些事的时候，突然似有似无的敲门声把目光引向门口。谁在这夜深人静的时候来敲门，莫非又有来上访的？赵云瑞略带警觉，"谁？"起身喊道。

门"吱"的一声被推开，"赵乡长，耽误您休息了，想跟您汇报点事！"齐奎升跟刘敏走进来。

耿春义一看两人的表情，知道赵云瑞使的法子用上了，心中不觉一喜，打过招呼便回自己办公室去了。

赵云瑞看刘敏红红的眼睛和难过的表情，知道昨天跟齐奎升谈的话传进她耳朵去了。他故意不解地问，"这么晚了有事吗？有什么急事？"仍像往常那样关心地问道。

"也……没什么大事！赵乡长……"齐奎升吞吞吐吐地，"……就是……就是闹别扭，她非要让我来找找您不行！"齐奎升一脸愁容地说。

"来，坐下说，有什么大不了的事非要三更半夜过来？说吧！"

"赵乡长，您……您……不是说要把她调走吗？就是为这事来的！"齐奎升紧张得有些口吃。

"哦？是为这事来的？对对，是说过刘敏调动的事。不是说到龙湾村调地时引出的这个话题？留下、调走都很正常，工作需要嘛！有什么大惊小怪的！怎么啦？"赵云瑞有意不紧不慢地反问他。

"赵乡长，俺回家一说。她就哭了，她说宁愿不当这个校长，也不能调走哇。老人有病需要照顾，孩子小又没人接送，调到哪里去也不方便。赵乡长，俺俩商量了，为了就近照顾老人孩子，想辞掉校长不干了，当个一般老师就挺好。赵乡长，俺俩考虑好了才来找您的，求求您照顾照顾俺吧！"齐奎升一脸无助地说。

刘敏站他旁边抹着眼泪，哽咽着一句话也说不出来。

"噢！就为这事来的？"赵云瑞放松地说。

两人哀求似的点点头。

"先不说调动的事。刘敏，龙湾村有亲戚没？"赵云瑞明知故问。

齐奎升看看站在一旁抽泣的刘敏，胳膊肘一拐，示意她快说。刘敏又抹了把眼泪，哽咽着说："赵乡长，俺知道为什么要调俺走，谁让俺摊上不争气的亲戚呢！昨天，俺俩还有俺娘一块到俺舅舅家去了⋯⋯跟他们吵了⋯⋯
一通！"她还没说完，就又委屈地抽泣起来。

齐奎升看刘敏光知道在那里哽咽，怕失去这难得的机会，遂接过刘敏没
说完的话茬急切地说："赵乡长，是这样，从知道了她舅也是上访的组织者
后，俺就一直帮着做工作。昨天晚上，俺们还一块去了刘敏她舅舅那里，先
是她和她妈对着她的两个舅舅大吵大闹地好一顿数落，直把她的两个舅舅弄
得长叹短嘘啊啊不出啥话来。而后，我就把上级的补偿政策和乡上的现实情
况又反复解释了个明白，一晚上把心窝子底下的话也掏出来了，也把公家、
个人的利害关系挑明了。刚才，俺俩又去了，也把话彻底挑明了，要么就掺
和着上访、闹事，要么就让外甥女在这里安安稳稳地当校长，哪头轻哪头重
让他们掂量掂量。刚才，她舅舅来电话，答应不再组织上访了！"

"噢？是这样，早晨王秀清就说龙湾村上访的事有眉目了。我正想了解
一下呢，原来你们正在紧锣密鼓地忙活着，好呀！"

齐奎升把这层窗纸捅开了，也就顾不得有什么顾虑了，把嗓门一提，语
速也加快了，"这回搞明白了，那些去上访的都在明处，真正组织这事的，
都在家里没有出头露面。两个舅舅也是这个圈子里说了算的人，这回割着自
身上的肉了，只得答应不再捣鼓上访的事了。不过，这么件大事，轰隆得这
么响，四村八疃的又不是不知道，都是凑了份子钱的，一下子停下来，恐怕
有些人不会愿意，得想个台阶借坡下驴把面子找回来才行，提出了让乡上同
意村里调地，帮着把这些占地户的地调好。他们也清楚再怎么闹腾也得调地，
谁还挡住了这国家工程！"齐奎升盯住赵云瑞严肃的表情，把声音又放低，
想看看赵云瑞的态度。

"地调好了吗？"赵云瑞盯着齐奎升连忙问。

"今天就忙了这个事，昨晚从她舅舅家出来后，我就连夜把这事跟王秀
清乡长和朱明国说了。朱明国最怕她舅舅。当听说她舅舅松口同意调地后，
劲头就又上来了，连夜找了几个人研究了一晚上。今天一大早就把占地户招
呼到一起，将村里的四十多亩果园作为口粮田补给他们。今天下午割地、分
地的也都见面落实好了。除了有一个户稍有点意见，其余都签了分地合同，
没有什么问题了。如果说还有问题，那就是咱乡、村两级违反了土地延包
三十年的政策。没人找碴的话，这事也就过去了。要是有好戳事的，那就还
有麻烦！王秀清说不跟您汇报了。出了事由他扛着！"

"怪不得一天没见他，原来是这样。好，告诉王秀清，就按你们的办法
进行！你告诉他，真出了问题你们扛不起，还是由我来扛！"

"赵乡长，家里确实困难，校长俺不当了，千万别把俺调走？"

"昨天我是怎么说的？是不是说过让你和刘敏帮着处理一下龙湾村上访的事？"

"是！其实，俺昨天晚上就找她舅舅去了。龙湾村的地基本调好了，个别户再努力一把就差不多了！"

"那就没有必要把你调走了呗！堂堂的校长，哭鼻抹泪的，不怕被人笑话？"

刘敏勉强地挤出一丝笑容。

送走齐奎升两口子，赵云瑞把这事的前前后后捋了个遍后，又琢磨起给齐奎升和刘敏施加压力的事。本想让他跟刘敏找他们的亲戚从侧面做做工作，把上访的事能压就压住，没想到歪打正着地逮着了上访的头头，并且还"一网打尽"了。农村的事情就是这么神奇，看似错综复杂的矛盾扭在一块儿撕扯不开时，一旦找准了路子，剧情就会急转直下，出奇的顺利。以调动为借口，给刘敏施加压力，"胁迫"她上门去做长辈的工作。她硬是掐着舅舅的卡腮，跟两个舅舅撕破脸皮，一下子破解了上访的难题。

事情过后，赵云瑞陷入了沉思。三十年土地延包是中央定的不可逾越的一条红线，谁也不能更改。中央制定的三十年土地延包政策不变，毋庸置疑，肯定是从稳定农村形势、发展农村经济这个大局考虑的。龙湾村发生的上访，就是因为调不动地造成的。但调地就得更改合同，就与中央精神不符，不出事便罢，出事就得有人担责，就得受处分。自己作为一乡之长，责无旁贷，这个处分就由自己来背吧！都是为了工作、为了稳定呀，怎么着也不能让同志们背处分。马上开个会，形成个会议记录，上边追查下来，就由自己来担这个处分吧。想到这里，赵云瑞心里稍为平复了些……

二十四

又快到交税的日子了。埠岭乡税收不达进度，是老婆婆数鸡蛋，一五一十明摆着的事。全县财税盘子平不起来，县长不找你才怪呢！早晚的事，不如趁早想办法赚个笑脸。

将来将去，实在将不出进钱的招数，赵云瑞又想起跟铁路工程公司的周经理再套套近乎，看能不能再争取揽块工程，哪怕是块小工程干干，也多少的进几个钱缴上应付应付，不比这死要面子活受罪强些？可前几天人家铁路上已经帮个大忙借给了好几十万，再开口是不是有些难为人家？可眼下的窘况顾不得那么多的脸面了。他们在这里施工才刚刚开始，打交道的时间长着来，还是找周经理聊聊，让他帮着想想办法，也许……他正踌躇着怎么跟周经理开口解释，周经理竟把电话打进来了。

"喂？赵乡长吗？我是铁路工程公司老周，是这样，指挥部邀请了三位专家和设计院的设计人员到这里来论证一下建高铁站的可行性。因为这是铁路上的正常工作，李指挥特别安排一定不要给你们添麻烦。如果有时间，就介绍一下当地的历史文化和长远规划就行。"

"好，一定安排好、汇报好！什么时间来？最好是越快越好！"赵云瑞脑子一转，又急切地问。

"你以为跟你那里修条路、建个园区，今日点头，明天下手，后天就迎接点评？这得严格按程序来，半点马虎不得，就是动工也得到明年了。因为从设计、申报到审批，没个一年半载的时间是不行的，最后还有资金、招标什么的，一大堆程序走下来才行！"

"哦哦！这我也知道，我是想问专家们哪天来？我也好准备准备。你没看麦子都发黄了，割了麦子，县里就组织半年点评。我就想只要是专家和设计院一来，这半年点评呀，就有眉目！"他故意自嘲一下，以引起周经理同情。

"你是隔水看三尺，下棋看五步。争取个高铁站就不容易了，还想着县里点评的事，得寸进尺哇！"

"也是，也是！不是想干出点成绩来进步嘛！"

"因为227道口的立交桥需要修订个数据，专家和设计院计划这几天就过来，给你挤出两个小时的时间来，至于怎么安排，你看着办好了。"

"不行，不行，喝两盅酒的时间都不够，还怎么汇报工作？"赵云瑞着急起来，他怕招待不周把事搞砸了，就是正规汇报，也得给点时间。

"赵乡长，你又要玩些'酒把戏'呀，告诉你，来的可都是七八十岁的老专家，他们可都是铁路系统的宝贝蛋子，把他们的身体喝坏了你可担当不起。再说，你也别太认真了，汇报是一个方面，其实呀，这么大的事，指挥部早就有计划、有安排了，但来走趟是必须的，例行公事呗。"周经理压低了下声音。

敲锣听音，说话听声。赵云瑞一听，刚才愁眉不展的样子一扫而空。凡是稍动下脑子的就该明白，这么大个事，如果不是提前有方案，也不会这么隆重地来。看来李指挥也真是费了心思的。

他满脑子想着如何搞好接待！事关重大，需要抓紧汇报耿书记。一激动，把二季度税收的事抛到九霄云外去了。

日想夜盼的高铁站，终于迈出了实质性的一步。

一辆乘坐十几个人的面包车从乡委出来后，直奔山清水秀的栾山湖。车上坐着几位白发苍苍的老者和几位年轻的设计人员。

赵云瑞异常兴奋。几位专家来埠岭乡实地考察论证高铁站，说明这个事基本坐实了。尤其是县里的主要领导明确表态，争取高铁站这个项目，是县里的一张名片，是带动当地经济发展的引擎，意义非凡。言外之意，县领导对这个项目格外关注、重视。

赵云瑞知道这事的分量。县里乡镇长会他也不参加了，秘书写的解说词也扔到了一边，兴奋劲一来，亲自当起了解说员，以天高任鸟飞、海阔凭鱼跃的冲天想象，把埠岭乡及周边地区的历史典故和人文景观串到一起，妙语连珠，侃侃而谈：

"各位专家、各位教授，现在我们行驶在栾山湖环湖路上，以栾山湖为中心辐射周围六七十公里都是我们管辖的地区。这一带有高山峻岭，有湖泊湿地，有众多的历史典故，还有大量的人文景观。下面，我向各位专家教授简单汇报下当地的历史文化和土风人情。当然，都是几百年、上千年的事情了，不对的地方请您批评指正。

"请大家闭上眼睛，细细地感受一下现在是不是头脑特别清新，浑身是不是有种超尘脱俗、飘飘欲仙的感觉？大家慢慢地体会下……嗯！这就对了，请各位抬头往上看，左侧天柱峰半山腰处有一个云雾缭绕的洞口，看到了吧。这个洞叫'伯温洞'，相传当年刘伯温离开朱元璋后便来此地隐居修炼。我们这是沾到先人的仙气了，回去后肯定会仙气十足，事事顺心……"

赵云瑞眉飞色舞地一调侃，引得大家一阵似信非信的大笑。

车子继续沿湖岸前行。

"请大家往左前方看，看到前面半山坡上的那个小山村了吗？村子不大，名气可不小！这个村里出过武状元，给慈禧太后当过保镖。下面我就给各位讲讲这个武状元的故事。

"在栾山河下游，紧靠河东岸的丘陵下，就是刚才看到的这个村子。村子不大，却历史悠久。清朝末年，村东老宋家生了一个男孩，看他两眼炯炯有神的样子和腿长手大的架势，族长开口了：'是块好料，将来肯定会有出息的，我给他取了个名字，叫兆法吧。'

"族长在村里辈分高、威望高，给取名字自然是求之不得。转眼十几个春秋过去了，兆法长成了一个力大无比的小伙子，每天跟着大人推着柴火进城换吃的、用的。有一次，正当他又一次推着几百斤重的小推车进城时，住在县城附近铁营村的拳师夏先胜一下子看见了这个膀阔腰圆的小伙子，立即把他叫住，问他是哪里人、多大岁数了、读过几年书等等，又问愿不愿意跟他学武。如果愿意，就选个良辰吉日，举行拜师仪式。兆法回家跟他爹一说，他爹高兴得合不拢嘴，拜师还找不到地方，倒有师傅找上门来了。一是觉得孩子长大了，需要学身本领；二是能有师傅看上，是自家的福气。几日后的一天，他爹准备了丰厚礼物，又请族长出面领着孩子来到几十里外的铁匠营村。由于是师傅看好了徒弟，就免去了许多礼仪，只是简单地举行了拜师仪式。从此，兆法就跟着师父练起了武术。

"兆法白天劳作练武，晚上挑灯夜读。春去秋来，风雨无阻，几年下来，练就了一身好武功。尔后，他又背起行囊云游四方，先后拜了许多民间武林高手为师，虚心切磋技艺，交流拳术。又是几年下来，他的燕青拳、孙膑拳、达摩拳，还有武松独臂拳、太祖散拳等拳法精湛，驾轻就熟。踢、打、摔、拿、击、劈、刺等功夫技艺娴熟，功力无比，所练兵器样样精通，技艺超群。同治十年，他一举考中举人。从此，他更加努力，他还充分利用自己力大无比的优势，对几种兵器练得轻松自如。

"光绪十二年，他借钱赴京应试。众多的应考者个个身手不凡，都有过人之处，这更激起了他拔得头筹的欲望。上场时，他手提一百八十多斤重的超大号刀，噔噔地走进比武场地中央，先是深深地吸了一口气，尔后青筋暴涨、一声大吼，眨眼间大刀在头顶上快速旋转起来。银光闪闪的大刀，围着身体上上下下，前后左右飞转，花样百出，叫好声一片。就在他表演快要结束，表演最后抛向空中旋转一百八十度背后接刀时，不慎失手，一把没抓住，大刀落向地面。当大刀在即将落地的刹那间，他眼疾手快，迅即用'燕子取水'将左脚伸到刀下面，一个'倒拔垂柳'用足气力将刀一下子踢过头顶，然后双手握住，把下面的招数顺利进行完。

"外行人看热闹，内行人看门道。参加应试的和主考官都看到了他的败招，但他的这一败招却恰恰成就了他在瞬间变为高招的功夫，起到了锦上添花的效果。主考官问他这叫何功？他答，这叫'燕子取水'。主考官大为赞赏，将他的武功报到慈禧太后那里，后被封为御前头等侍卫，赐名'占魁'。

"经过几年的努力，光绪十九年，占魁任山西平阳参府正堂。光绪廿一年改授太原总兵，在任二十余年。他留下的文字方面的东西不多，就是平时练习书法也是'福''寿''清''龙'等有限的几个字，但就是这几个字却写得龙飞凤舞。他的'一笔虎'，别有韵味，浓墨蘸满，运气定神，大笔一挥，一气呵成，最后一笔的这个竖，一看就是虎尾，像个象形字，带有艺术的味道，颇有看点。但凡是见到过宋占魁'虎'字真迹的，无不为他的这'一笔虎'叫绝。"

大家瞪大了好奇的眼睛，望着带有夸张情绪的赵云瑞。他也知道，在这有限的时间里，怎么尽可能地把当地的历史文化挖掘出来，让专家们开开心心地了解一下最为重要。

车子开始在蜿蜒的山路上爬坡。

"请各位往前看，在半山坡上隐隐约约有一条山道，依稀可见的古树残枝，见证了唐太宗李世民巡游时景象。当年，唐太宗李世民率众官员到东海巡游蓬莱阁时，正逢仙气凝聚，云雾缭绕，蓬莱阁若隐若现，丹崖山下惊涛拍岸。唐太宗乘着酒兴，遥望大海，凝视仙境，诗意大发。当率众官员归来时，在这栾山湖北岸天柱峰小憩时，看到峰巅松涛阵阵，云雾缭绕，将这首诗镌刻在崖壁上。大家使劲往上看，是不是看到了？

"各位专家，'老夫聊发少年狂'这首词，大家该知道吧！请各位朝左手边看，西南三十里就是宋代大诗人苏轼在密州期间写下的千古名句。"

"对，对呀！苏轼就在这儿待过，也写下不少不朽名篇！"几个专家频频点头赞叹！拐过一个山口，整个栾山湖一下子映入眼帘。车子开始下坡了。

"大家知道'秀才不出门，便知天下事'这个典故吗？不客气地讲，知道故事发生在哪里的恐怕很少。各位专家，休息一下呢，还是讲讲这个故事呢？"赵云瑞故意吊一下大家的胃口。

"讲，讲讲！"别看这些专家走南闯北，见多识广，满脑子装着专业知识，可说到这民间故事，还真摸不着底细。大家异口同声地让赵云瑞快讲。

赵云瑞信手往个湖边的山沟沟里一指，大家顺着前面那个陡坡前的一棵大槐树方向看。"看准喽，隐隐约约是不是有个村庄。故事就发生在这个村庄里。"

居高临下往远处看，眼里不是青山就是绿树，哪里分得清是哪个村哪棵树，都在约莫着指，约莫着看。

"明朝末年，就在这个偏僻的山村里，有一对夫妇养了三个儿子。靠着辛勤劳动，把三个儿子慢慢拉扯大了。由于明白读书才能出人头地的道理，夫妇俩多年来省吃俭用，千方百计让孩子们读书。三个儿子也非常有出息，个个引锥刺股、映雪读书。又过了几年，三个儿子相继考取了秀才。一家能考出一个秀才就不得了了，几年的工夫一家出了三个秀才，一时在四邻八乡名声大震，连知县、知府都不怕路途遥远，沿着崎岖山路前来拜访，知县还带了许多礼物，名曰'拜访'，实为'铺路'，以备将来寻个靠山。

"村中有个祠堂，摆放着祖宗的牌位。逢年过节、初一十五，村里人都会不请自来给祖宗烧香、磕头，祈求风调雨顺，保佑子女平安。这年，因连日暴雨又逢年久失修，祠堂屋顶塌了半截。紧接着，一涝一旱又两年大灾，村里无钱修缮祠堂。就从这年之后的几年间，三个儿子都曾参加科考，但都名落孙山，无一中的。慢慢地，从民间传出谣言，说是得罪祖先了。虽然挑灯夜战，多次赶考，都无一中榜。

"已是满头白发，身体日渐衰老的夫妇俩，长叹一声，把十多亩地一分为三，每家一份。分家的时候，老父亲教导他们以后各自生活了，要安心持家，诚实做人，利用学到的学问，多为父老乡亲做些善事。

"老二感到怀才不遇，远大志向没能实现，心里有些愤愤不平，但看到父母那日渐衰老的躯体和渐行渐远的昔日风光，便想做出超出人们想象的事来光耀祖宗，为家人争光。于是，经过一些日子的准备，筹集了些盘缠，又带上几件换洗的衣服，便骑着毛驴沿着渤海湾畔走了。这一去，就是三年多。

"早起赶路，天黑歇脚，风餐露宿，日夜兼程。他边走边记，边记边画，写写画画一直走到辽东半岛附近。围着渤海湾足足地转了一大圈，足有几千公里。一次，因为赶路被大雨淋了个透，躺在老乡家的炕上养病时，掐指一算，出来已有好几年了，看来再往下走也没有个尽头。爹娘、老婆和孩子在家也不知道咋样了，于是，就有了回家的想法。

　　"他沿着来时的路，又披星戴月，日夜兼程，走了一年多才回到了家里。回来后才知道，二老已相继过世，哥哥和弟弟也都有儿有女，没有再去考取功名的想法了……

　　"回来后，老二找人织了一米半宽、两米多长的细绢挂在墙上，然后又将沿途记录的辽东半岛、山东半岛及沿海一带的山峦、河流、村庄等，一一绘在绢上，几个月后绘制成了一幅环渤海地图。由于当时受认识、理解等等方方面面的限制，这幅地图虽然将环渤海地区的大体特征勾画出来了，但也仅仅是他看到的一些东西和所了解的一些内容，遗漏的地方很多，有些河流、村庄，山峦、道路的位置标得不准确，有些比例严重失调，山东半岛比辽东半岛大出许多倍，有些地方画得非常小且模糊，而有些小的地方画得反而有些大。但在那个年代，能有这样一个人，画这么一幅地图也是很不容易的。

　　"地图画好后，他挂在墙上，陶醉于其中。每当有人来，他就给他们讲述去过的地方、经历的事情和看到的景致。喝酒喝到高兴时，就摇头晃脑地自言自语'秀才不出门，便知天下事'。

　　"这是一个真实的故事。故事主人公的后代仍健在，当年绘制的那幅比例失调的地图仍收藏在他们后人手里，成为'秀才不出门，便知天下事'唯一的见证了。"

　　"真事假事？不是糊弄人吧？"一位专家睁大眼睛好奇地问。

　　赵云瑞知道吊起他们的胃口来了，答非所问地说再讲个时间更长更离奇的故事如何？

　　今天就是来考察当地的人文景观，为建高铁站补充新内容。赵云瑞专门找稀奇古怪的故事讲，哪有不听之理。他一说，大伙又起哄嚷嚷让他快讲。

　　"在栾山湖附近出土了一件青铜器。这件青铜器叫邓公盉，是商代的。这件带有'邓公盉'铭文的青铜器是20世纪90年代出土的。该青铜器通高24.1厘米，口径13.3厘米，最大腹径19.5厘米，造型精美别致，花纹生动瑰丽，采用高浮雕，线条粗放大气，铭文清晰隽秀。据专家考证，青铜盉是商代贵族家庭中使用的生活用具。这件青铜器的出土，对研究商代的经济、文化和社会生活都有着极其重要的价值，为国家一级文物，现收藏于当地博物馆。

"如果说人们对这件青铜器格外推崇、欣赏的话，倒不如说对这件青铜器的来历和对它的出土经历有着更浓厚的兴趣。

"这件青铜器是在半岛中部胶济铁路一侧一个山脚下农田里发现的。众所周知，距今三千多年前的半岛地区可以说是一片不毛之地，属于远离城市的穷乡僻壤，然而代表着当时最高冶炼技术的青铜器出现在这里，这让好奇的人一直心存疑惑。

"青铜器就是在这片贫瘠的土地上发现的。同时，还挖出了一件锈蚀斑斑的铁家伙，掰开土疙瘩一看，原来是一支已失去功能的勃朗宁手枪。因年代久远，手枪通体被铁锈、泥沙严严实实地包在里面了。

"方圆几里之内甚至几十里之内都没有埋藏青铜器的任何条件。而这件三千多年前才有的青铜器与这件近百年内才问世的手枪怎么会在一起呢？因为没有任何资料、任何实物，包括当地文字记载来佐证这件青铜器的渊源。我们不妨设想一下它所经历的传奇故事。

"1948 年，中国人民解放军华东野战军解放了青岛以外的大部分中小城市，并将固守在济南的王耀武兵团围困。我华东野战军制定周密的作战方案，大胆勇猛，深入穿插，采取灵活的战略战术，将敌军弄得晕头转向，疲于应付。在中秋节当夜，我军开始总攻，我解放军战士冒着敌人猛烈的炮火和坚固的工事隐蔽前进，步步紧逼，艰难突破层层屏障。战斗进行的惨烈程度大大超出预计，伤亡巨大。在我军猛烈的炮火攻击下，终于将敌军把守严密的东城墙撕开了一个口子。英勇顽强的解放军战士冒着枪林弹雨冲进城内与敌军展开了白刃战、巷战，终于将敌人打败。

"当解放军撕开城墙朝城内涌入并各个击破，胜利已是稳操胜券时，王耀武看大势已去，为了保命，就趁着部队负隅抵抗的时候，按照原来早就准备好的方案，换上便衣，带着侍从、细软，偷偷地从一条小巷里溜出城外。

"胶济铁路是当年德国侵略中国时修的从济南到青岛的一条铁路。在王耀武及随从偷偷逃奔出来的时候，一些看清败局已定的高官，便也急急匆匆地带上值钱的东西偷偷脱离战场，沿着铁路线方向千方百计地往青岛方向逃奔。有位国民党军官带着老婆包着细软和这件青铜器晓行夜宿，胆战心惊地一路狂逃。几天之后，当他们筋疲力尽地走到这座不高的山脚下时，是再也走不动了，东西再好也不如命值钱，带着这么多、这么重的东西既跑不动，目标又大，与其这样倒不如赶紧扔了，先保命要紧。再说找个地方埋了，以后有朝一日再回来取走不是两全其美之事？然而，人算不如天算，国民党军队一退千里，一直逃到台湾再也没能回来。后来，这位国民党军官是战死战场还是逃到台湾不得而知，反正是再也没有机会将这件珍宝取走，这件青铜器与这把手枪就这样在这块土地里一埋就是半个世纪。据当地上了年纪的人讲，当时有许多国民党逃兵从此路过，也被我军抓获了不少，但有没有这位军官就不知道了。

"这个故事虽然是假设，但出土的这件青铜器却是事实。如果与这把勃朗宁手枪有一定关系的话，那上面讲的故事也就变成了佐证。其实许多人也是这么认为的。

"六十年后的一天，这件铸着铭文的青铜器在不经意间出土了，又回到了人们的视线当中。这肯定是第二次出土，至于第一次出土是什么时候，在哪里出土，这些已经无法考证了。但不管怎么样，它总归是回到了人民的手中。这件有着深厚历史背景，通体布满精致图案、器型硕大又带有铭文的商周青铜器被国家定为一级文物，目前被收藏在当地博物馆，并成为该馆的镇馆之宝。因为它有太多太多吸引人们的故事。"

此时，车上非常安静。大家仿佛沉浸在三千年前的商代、沉浸在解放战争的硝烟弥漫当中。一阵颠簸，车子又拐到沿湖路上。

车子慢慢停下。大家瞪大眼睛一看，噢！闭了会眼的工夫，怎么到了火车站这儿了。

"各位专家、各位领导，咱在这儿停车十分钟，活动下筋骨，也看看这横跨三个世纪的百年老站。这可是丧权辱国的见证。我们有什么理由不好好地保护它！"赵云瑞千方百计地让专家们记起这有着百年历史的火车站。

大家看着这饱经沧桑的古老车站，陷入了深深的沉思。

车子又转到了环湖路上。"大家用力闻一闻，闻到什么味了吗？如果没闻到，我提醒大家，你们闻到清朝的味道了吗？因为前面不远就是乾隆年间宰相刘罗锅、刘墉的家乡。这个刘墉啊，可不是电视上的罗锅相，而是一表人才，一肚子墨水的文人。他以奉公守法、清正廉洁而闻名于世。"

大家的思维被赵云瑞的故事牵着一会儿东一会西，满脑子里净是穿着长衫、扎着辫子的古人。

"大家再闻闻，这回闻到什么味道了？闻到现代文化气息了吗？闻不到吧？我背首诗，请大家猜猜是谁写的。'有的人活着，他已经死了，有的人死了，他还活着……'"

"臧克家，诗人臧克家写的！"大家抢着嚷起来。

"对！大家猜对了，在离栾山湖往南三十多公里的地方就是我国著名诗人臧克家的故乡。"

"请大家再闻闻，又闻到了什么？"众人竟真的在闻这闻那的。

"还是闻不到吧！我提示一下，往农作物方面想，想到了就闻到了。闻到什么了呢？"

沿着环湖路前行，一边是浩渺的湖水，一边是渐行渐近的丘陵梯田。闻到了什么呢？大家又被赵云瑞的冷幽默给吊起了胃口。

"在栾山湖的东岸，有个东北乡……种了一片……"赵云瑞一步一步引导。

大家一脸懵样，眼巴巴地瞅着，让他说下去。

"有一位作家，写了部小说……"他知道都能猜中，故意不往下说。

"红高粱！红高粱！莫言！莫言！"大家猜中的样子一脸兴奋。

"对！大家猜对了，这片地块过去不远，就是莫言先生的家乡。我们闻到的正是他家乡的红高粱的味道。"大家齐刷刷地扭转身子，往隐隐约约地东北乡方向眺望。

"再说点企业文化吧。从这儿沿栾山河往北去三十公里，就是有名的'丝绸之乡'。从清代就有的柳乡丝绸，享誉海内外。这事大家没听说过吧？到目的地还有半个小时的时间，我就简单地聊聊这'柳乡茧绸'吧。"赵云瑞满脑子故事。

"大家对丝绸都非常熟悉是吧。种桑养蚕？都知道丝绸的原料是由桑叶喂养的蚕做茧后缫丝织成绸布。而对'柳乡茧绸'知道的就少多了吧？中国是世界上最早放养和利用柞蚕的国家。半岛地区自古以来也是柞蚕的原产地。柞蚕不同于桑蚕？其丝更细更长。缫丝织就的绸布质地格外细腻，手感柔软，倍受欢迎。柳乡茧绸就是用柞蚕缫丝织就的一种绸布。它是在继承传统工艺基础上逐步发展起来的。这就是柳乡茧绸与普通丝绸最大的不同。

柳乡地处莱州湾畔。这里因常年遭受海潮侵袭，土地碱化严重，再加上栾山河十年九涝，导致当地百姓生活极其困难。可艰辛的生活磨炼了他们的意志，为生活所迫，商品意识日益增强。清道光年间，柳乡人在发扬传统工艺的基础上，大胆探索，反复试验，发明了柞蚕缫丝技术，掌握了用柞茧织绸的独特技艺，实现了茧绸制造工艺的飞跃。从此，柳乡茧绸声名大振，在世界上享有极大盛誉。我国柞蚕史的黄金时代由此拉开了序幕。到了清朝末年的鼎盛时期，家家户户的大小织绸木机近两万台，从事绸业工人十余万人，年交易额约一千万两白银，占到了全国的一半。

"随着'柳乡茧绸'的享有盛誉。清末到民初的几十年间，柳乡先后建了几百个绸庄商号，陆续开辟了东南亚一带的南洋市场、俄罗斯一带的北洋市场和欧美一带的西洋市场。"赵云瑞又故意停顿了下。

"后来呢？后来怎么样啦？"众人七嘴八舌地嚷嚷着让他快说。

"后来，也就是在1915年，在巴拿马世博会上，独特的'柳乡茧绸'被评为头等金奖。这可是世界级的金奖呀！"

"再后来呢？"众人打破砂锅问到底。

"再后来大家都知道了。改革开放以来，柳乡茧绸大放异彩。在发扬传统工艺的基础上，丝织业得到了大发展。现在柳乡有大小纺织企业几百家，开发各类新品种上千个，年织绸布几十亿米。发展前景广阔得很。哎，快到吃饭的地方了，废话就不多说了。临走时肯定会每人送一套用正宗茧绸做的'迷你'牌情侣装。地方特产，不成敬意。"赵云瑞话没说完，众人噼里啪啦地拍手叫好。

车子沿堤坝拐向湖边的渔村酒馆。

"各位专家，刚才我只是删繁就简地介绍了下当地的历史文化和企业概况，其实还有好多好多的历史文化、历史人物，因为时间关系没来得及说，有机会再跟各位汇报。对这将要形成的高铁片区，我们县里也有规划，乡里也有安排。想借这'一湖一山'的独特优势和周边的历史文化、人文景观，加快生态文化旅游项目开发。借各位专家来埠岭乡考察的东风，埠岭乡的明天会更美好。今天中午，我们以栾山湖的鱼、虾为主，用我们县酿造的'醉皇帝'和名吃'贵妃鸡'来招待大家。我们当地有句俗话叫'鸡不叫算今日'，敞开肚子使劲地吃喝，必须站着进来，躺着出去才行。"赵云瑞又试图玩些以酒会友的"酒把戏"。

二十五

送走了设计院的专家后，税收的事又钻进脑子里……

因为税收不达进度，赵云瑞又被县长叫了去"谈话"。其实也没有什么好谈的，处在这个位置上谁不想把工作干得漂亮些，有税源谁不想入库？关键是在这兔子不拉屎的穷乡僻壤，巧妇难为无米之炊呀！那收税的地方都快踏出洼坑了，再去一次次地抠，就该把企业抠死了！大会讲，小会嚷，不行就单独叫去"谈谈话"！

"谈谈话"就有了吗？这不，县长一个劲引导他们广开门路、拓展税源，意思不言而喻，可又不说穿，让你自己去领会、去理解。说到底，就是要他们从其他地方挪用资金垫付一下，先完成税收任务再说。县长也是煞费苦心，为了全县的财政盘子发愁。赵云瑞的压力就不必说了，一筹莫展，鼻孔周围鼓起了一圈带着血丝的水泡。

一个没有税收来源的穷乡，一年好几百万的税收任务，就是借钱垫付，到哪里去讨钱垫呀？就是能借到钱先垫上，又怎么还人家呢？

从县长办公室出来，顺着老城里街漫无目的地往前挪着沉沉的步子。这条老城里街，再加上街两侧仅仅留下的几栋青砖房子和地上铺着的青条石，隐隐约约显示这里是历史悠久的老县城。

赵云瑞走到一栋砖渣子都掉得坑坑洼洼的青砖四合院旁。院墙的墙壁上嵌着外圆内方的砖雕图案，整个四合院屋顶上全都是些稀疏、毫无生气的瑟瑟荒草，远远地望去，给人一种沉闷、消极、苦涩之感！哦？怎么走这来了？本来心情就郁闷，看到这几百年前的建筑，心里更是有一番说不出的滋味！

唉！这些建筑固然有文化底蕴，有历史渊源，但不解饥困不解渴，解决不了当下的税收问题。

县城老街上，熙熙攘攘的人群接踵而来，可他的脑海里时不时地冒出个人来，模模糊糊地晃来晃去。这个人是谁呢？他努力地去想可怎么也想不起来，但这个人的模糊影子总是抹不去。

站在青砖屋旁，回想着刚才县长那严肃焦急的表情，脑子又开始胡思乱想起来。忽然，一个既熟悉又模糊的身影一下子蹦进脑子又迅即消失。唉！想又想不起来，抹又抹不去！因为就是走到这栋老青砖房子忽然有了这模糊意识的，他就故意围着这不太大的四合院慢慢地又转了几圈，两个眉梢几乎皱在一起，也还是没想起这模糊的身影到底是谁。

苦思冥想了一阵后，又围着税收这话题往下捋。借钱垫税是乡镇的普遍做法。可话又说回来，得有地方借、借到手才行，连借的地方都没有，不愁死个人？

冥冥之中，他脑海里忽然蹦出一个人来，跟刚才脑海里模糊的身影一点点重叠，逐渐成为一个清晰的人影！想起来了，想起来了！一个做生意的朋友。啊呀！就是他，多年前就在这四合院旁的一个饭馆吃过饭，一晃五六年了也没见过面，更没有联系过。对，就是他。找找他？可这么多年没联系了，突然上门是不是有些莽撞？算了，不找了吧！他有些心虚。心里虽然想放弃不找他了，可脑海里他的影子总在晃动，总是抹不去。再说，税收压力死沉死沉的，又没个解脱的办法。

好不容易想起来的这个朋友姓刘，叫刘宗成，是过去挺要好的一个朋友，现在外地承揽了好多工程，在县城也搞房地产。这些年，凭着诚实精明，生意越做越大。这样一个很有实力的企业，何不到他那里走走，也许能找到办法帮帮忙。再说，见见他又咋的了？嘻！井里没水四下淘，有枣没枣地撸一竿子再说吧。

赵云瑞三转两转来到刘宗成办公室。刘宗成先是一顿唇枪舌剑，埋怨当官了，有架子了。而后，直截了当地问他是不是有啥事？

这些年来，刘宗成凭着诚实结交了一大帮朋友，也给他带来了不菲的效益。不谦虚地讲，如果全县选出前二十名的纳税大户，他肯定是榜上有名。然而，他却非常低调，除去坐的车稍微好一点，吃的、穿的、用的都是一个字——土，并且土得掉渣渣。可能是庄户人家出身的原因，也可能就是庄户人的秉性改不了，老实、厚道。跟他打过交道的都认可他的为人。这也是赵云瑞转着圈子找他的原因。

赵云瑞被刘宗成呛了一顿后，恭维地说："伙计，你也别埋怨我，谁让你整年外出做生意呢？生意做大了，人也跟着见不到了啊！"

"咋了，赵乡长，少来这一套，一见面就批评上了，先倒杯茶喝。这几年是没联系，可我一直在关注着你的进步，听说去了挺远的地方，也不敢给你添麻烦。怎么样，挺好的？"

"乡镇工作一个样，两眼一睁，忙到熄灯。从年初一忙到年三十，中间不带有闲空的。这不，刚从县长办公室出来，挤点空过来看看你！"

"那你是大驾光临，今天我这里可要蓬荜生辉啦！"

"来拜财神呀！"

"咱赚的那俩钱也叫钱？可别跟着瞎扯扯。哎，赵乡长，您急三火四地找我肯定有什么事吧？有事就直说，咱俩可别绕圈子！"

"哦，也没什么，就是想你了，聊个天，叙叙旧！"

"是吗？多年的朋友了，千万不要客气。再说啦，你现在是乡长，说不定哪天还是县长呢！也不敢得罪，真的，有什么事就尽管吩咐！"

"没有啥事，就……就是真想你了！"刚一见面就想借钱，赵云瑞难以张口。

"伙计，几年没见真客气起来了，半晌不夜地找我没啥事？我有点不信呀？这样吧，也别难为你了，我先说吧。你那里有没有合适的工程让我干，有的话就给我，欠款以后再说！"

赵云瑞心里"咯噔"一下，好个刘宗成，几年没见真神了。坐下也不过二十分钟，竟能一眼看穿自己是咋想的。他打了个嗝，说："哎，你成精了？咋这么明白？"

"愁眉苦脸的模样，谁还猜不出个八八九九，乡上拉不开栓了吧？"

"嘻！猜得咋这么透？先说说你是怎么看出来的？我又没说，你根据什么？我就不信你还会麻衣相？"赵云瑞一脸疑惑地调侃了他一下。

"哎哟哟！县长找你不是问你要钱，就是跟你要税，没跑。这不又快到季度末了，说不准就是要你缴税吧？"

"哎呀，伙计，你都成了能掐会算的刘半仙了，难怪都说你也诚实也精明，往这一坐就知道个八九不离十，真行啊，老弟！"

"伙计，你那个乡的穷在全县是出了名的。全县谁不知道？你们能连滚带爬地坚持下来不容易，有些乡镇的财政是东借西凑，拆了东墙补西墙。有些乡镇把土地、房屋都包到二十、三十年以后了，你们还能好到哪里去？没钱缴税了吧？"

赵云瑞越发奇怪，好个刘宗成，简直神了，"哎哎，你真行！"

"哈哈，哈哈！好事不出门，熊事臭百里！伙计，你也别拿着个怪怪的白眼珠子瞄我。我不是神人，也没有绝技。实话告诉你吧，这几天就有两个乡镇向我借钱缴税。他们的条件比你要好许多都到处借钱，我琢磨着你的日子比他们也强不到哪里去！"刘宗成用得意的目光看着他。

赵云瑞舔舔发干的嘴唇，"伙计，既然你给把事挑开了，那我也就不怕丢人了。日子是真过不下去了，刚才县长把我叫去又撸了顿，税收不赶进度呀"。

"差多少？"

"差得挺多，但也不能摁着一个地方抠，想从你这里借三十万，用三四个月，行不行？"

"问题不大，什么时候要？"刘宗成平静下来认真地问。

"现在就需要啊，到了火上屋脊的时候了。你要是凑手，这几天就准备准备，让财政所来办一下手续。唉，县长调度得急呀！"

"准备什么，钱就在账上，把账号给我，划过去不就行了？"刘宗成的爽快大气把赵云瑞感动得不得了。

"伙计，咱俩虽然是老朋友，可好几年也没来往了，跟你借钱也是没办法的办法，先应应急。下半年条件能好点，保证尽快还上。"赵云瑞诚恳地解释。

"说啥，不就是这几个钱吗，不用办手续，也不用急着还，跟政府打交道最放心。怕就怕跟那些不讲信用的个人打交道，到头来非吃亏不可！"刘宗成也有他自己的见解。

"人情是人情，账目是账目，一码归一码。这点你放心好啦。顺便问你件事，最近公司忙不忙？"

"还行，多也是这么干，少也是这么干，反正是整年没闲着。"

"我想是这样，我们那里不是在修铁路吗，我们跟铁路上要了块土方工程。你对这有没有兴趣？如果愿意的话，就把土方工程转给你。咱一块算算能赚多少，争取把借你的三十万扯平了，你看这法子行不行？"直到这时，赵云瑞才端出他的真实想法。

"你这还不是来求我借钱呢，是来让我挣钱的，多亏我刚才的态度明朗，要不这块肥肉还不定让谁吃了！老兄，你真行呀！"

"你有这个态度就感激不尽了，为什么不能让你赚钱？再说好借好还，再借不难！不过先给你提个醒，工程款是按进度拨付的，铁路上拨下来后立马就给你。"赵云瑞脸上也开始有了些笑模样。

"刚才我说的那两个乡镇也没谈还钱的事，只是想把几处房屋抵给我。都是朋友，谁还没有难时候？你这里有活就干点，没活也无所谓，有帮着赚钱的想法就很好了。你这才干到乡长，当了局长、县长，别忘了咱就行，以后合作的机会多得是，是不是，伙计？"

"好，你放心。这件事我会办好的，等着吧，伙计，好事还在后头呢！哎，还有一件事想请你帮个忙，你外面熟人多、路子广，帮着弄点运输税吧？"赵云瑞话锋一转，又从工程转到了税上。

"哦！什么意思？不太明白，你说说怎么个帮法？"眉头有些紧皱的刘宗成认真地问。

"咱县城周边净搞运输的，我去办不太合适，你找个人帮着运作一下都赚便宜！"赵云瑞端起茶杯喝了口茶，抿抿嘴说，"国家规定的运输税是六点六，你帮着找几个跑运输的到埠岭乡来缴点税，返还两个百分点，等于缴个四点六。双方都合算！"

"噢！是这样！以前也有人这样办过，不过异地缴税可是违法！"刘宗成问道。

"我们没有税源呀，没办法。为了收运输税，今年乡里新成立了个运输公司，虽然没有车辆，到处划拉跑运输的来缴税。唉！打个擦边球呗！"

"明白了，让我的司机办吧。他以前好像也帮其他乡镇办过这样的事，他哥哥就是个跑运输的，让他帮着忙活忙活不就行了？"

"好，谢谢啦，多亏来你这，真是帮了大忙了！"

"别客气，千万别客气！如果说对你有意见的话，那就是你这几年当官了，把兄弟们都忘了。以后要经常走动走动，哈哈！"

刘宗成固然厚道实在，但也有商人精明的一面。这些年来，跟政府打交道有几个吃亏的？不都跟着沾了些大光。其实他早就知道赵云瑞的一切，只是阴错阳差地没接上头罢了。这回赵云瑞主动上门，又是有求于他，岂有不帮之理？退一万步讲，三十万二十万的，不要了又咋地？没有钱给找些活干，三下五除二地也就赚回来了。

本来是误打误闯地四处讨钱，竟歪打正着了。刘宗成真够朋友，一下子帮着解决了个大难题。赵云瑞心里别提多兴奋了。不过，他脸上的笑模样也是昙花一现，随即又耷拉了下来。这二季度的税款是入库了，那三季度、四季度呢？总不能靠借钱过日子吧！

从刘宗成办公室出来后，想着乡驻地开发修改图纸的事，他又急忙忙地往回赶。脑子一有空，就又打起铁路工程公司的主意。前几天让设计院的一来，把这事给耽误了，这回千万别忘了，回去就找。

这段时间，铁路沿线工程都陆续开工了。埠岭乡这段也跟其他工段一样，陆陆续续地开工了。为了促进度，周经理送走专家和设计院人员后，就留下来了在这一带协调、督促赶工期。

赵云瑞尝到了跟铁路上打交道的甜头，满脑子净是铁路上的事。寻思个什么理由，把前几天借钱的事再拾起来。他笼统地算了一下，刘宗成帮着解决了个大问题。税收还差个尾巴。可县埠路工程款和工业园区的欠款是个大头，必须得有钱付，要不就有可能影响进度。唉！家家有本难念的经。先找周经理打个招呼，帮着寻思个理由。至于直接张口借钱，得掂量掂量再说，总不能开口就要钱。可用个什么理由呢？

正在脑子混混沌沌、无计可施的时候，一阵手机铃响。赵云瑞拿起手机一看，是生态科技园的苑向伟经理的电话。哟！这阵子光忙些别的项目，有点冷落人家苑老板。于是，赶快接起电话。

"赵乡长，我是苑向伟，最近挺忙？"

"还行，我这阵子也是瞎忙，捣鼓钱付工程款。你最近挺好的？"

"好啥呀好，才要下手，你们又提了要求，就又改了改图纸。我看呀，就是想让我把钱全投这里！"

"反正是投一次，你又喜欢这个地方，就按你的思路使劲投、大胆干吧！哎，这阵子陈柱子配合得怎么样？应该没有问题吧！"

"没有没有！不打不成交，现在关系特铁！"

"好呀！这样好呀，权当有个帮手呗！"

"不过，赵乡长，您得说说他，我是对付不了他，喝一回死一回，快让他把我喝挺了！"

"他就是这么个人，再说你俩也是周瑜打黄盖——一个愿打一个愿挨！文化街招商有眉目了吗？得双管齐下呀！"

"哎呀，赵乡长，满头虱子没处拿，顾了这头丢那头，照顾不过来呀！"

"苑老板，千万当事办，这两个项目都很重要，都是咱埠岭乡招商引资的脸面，丢了哪个也不行，拜托你了！"

"哈哈！您也知道着急？赵乡长，这几天没事过来指导指导，顺便弄几盅呗？您别招商的时候那么热情，项目落下了就见不到人了，这可不合适！您再不过来指导，我就不改图纸，把投资降下来了啊！"

"好好，这几天一定过来陪你喝几盅。"

"赵乡长，碰到了个难题，求您帮帮忙，行不行？"

"苑老板，有什么事情尽管说，都是自家人了，客气啥！"

"前些天那场暴雨，从西岭上下来股泥石流把湾塘给填了，本想往下挖几米，多蓄些水。这倒好，还没捞着往下深挖的，湾塘又给填了。我想通过您找找铁路上，租他们台挖掘机用用，正好把湾塘深挖整治整治，租赁费该咋算咋算，您看这事成不成？"

赵云瑞脑子一转，问："湾塘是不小，可里面也没多少泥土吧？"

"湾塘是用来蓄水的，还怕小了？这么个湾塘，使劲往下挖，几十万方土得有吧？湾塘右边也塌了，再往外扩扩不更好？"

"挖这么些土得不少钱吧？"

"已经让您拴这里了，多少钱也得挖，蓄水池没有水不行，温室、大田用水量很大。再说，湾塘里多蓄水，还得保证锦鲤鱼换水等等，复杂着哪！至于挖土花多少钱，算一算，就跟陈柱子扯的那样，六指划拳，有几算几呗。唉！为了企业发展，该花多少算多少呗！"

赵云瑞双眉又凑上了块。土，土，几十万方土，苑老板的话音在他脑子里一个劲地缠绕，怎么也抹不去。刚才还为从铁路上借钱找不到理由，如果把这堆土卖给铁路上怎么样？孬好得让他们收下，这样不是挺好的买卖？

这些天，赵云瑞为四处淘钱，满脑子装着"买卖"。苑向伟一个电话，忽地提醒他又来"商机"了，心里不免有些窃喜。他转了下脑子后，将计就计，又把电话打给苑向伟。

"苑老板，我想法把湾塘里的土全给你挖出去，不管花多少钱，我全认了。不过，你得答应我件事才行。"

"赵乡长，都是自家人，客气啥呢！"

"这阵子乡财政稍紧巴些，想到你那里借三十万块钱用用，争取年底还你，行不行？"

"你帮了这么大个忙，怎么不行呀！就权当是挖土的工程款呗！什么时候用给我个招呼！"

赵云瑞眉毛一挑，长舒了一口气。心里念叨，今日是个啥日子，怎么这么好的运气！

放下电话后，赵云瑞又斟酌开了。几十万方土不是个小数，该怎么用好呢？他脑子又飞快地转了起来，琢磨着怎么着把这几十万方土的文章做好。

赵云瑞脑海里又蹦出了李指挥、周经理他们在几百公里的铁路线上进行"百团大战"的场面，再得寸进尺地跟人家借钱不太合适，卖点土给他们倒是理由充分些。对，想法赖上他们，孬好理由正当，在酒上多下点功夫，感情上多沟通沟通也许有成局。不，必须得有成局。

车辆一阵颠簸，赵云瑞知道快到埠岭乡了。

把土卖给铁路上？从理论虽然能讲得过去，但铁路上需不需要却还是未知数。要想把事办扎实，就得试探着行事。对，老套路、老办法，酒上找齐再说。他边想边摸出手机……

"周经理，前天专家来没提啥意见吧？怕有些接待不好，有失礼的地方请多担待了呀！"赵云瑞先客套上几句。

"怎么越来越客气了，赵乡长，你们接待得挺好，汇报得也挺好，立项应该没问题了，审批手续得慢些。"

"周经理，你现在铁路工地上哪一段？离埠岭乡远不远？"

"远近无所谓，关键是还有几个地方得再协调协调，有个别村胃口太大，有些不太讲理！"

"那你过来咱再一块研究研究，中午能赶过来吗？"

"能过来也不来了，过来就得喝个半死，下午再过来。"

"周经理，向你保证，中午简单点，谈点正事，包括你刚才提到的事。"

"好吧！先讲后不吵吵，我是死活不沾酒了，再喝就喝死了！"

周经理跟赵云瑞通完电话后，心里也是窃喜，工地上的事千头万绪，有一点点虱子大的事也会影响整体。所以，通完电话后，他和孙长希不大一会儿赶了过来。

一阵急刹车，停在乡委门前，李秘书连忙赶过来帮助打开车门。

"李秘书，赵乡长在？"周经理问。

"在等着您呐！"李秘书边说边引着周经理一行进了赵云瑞办公室。

"哎哟，周经理，这两天不见可想死你们喽！"

"不就两天没见嘛，不至于吧？以前不是躲着，就是藏着。这才几天没见啊？"

"你别见笑，周经理，是我碰到了个难题，想请你帮个忙！"

"今天不能在这里吃饭，中午必须赶到东边的施工地段。那里有些事情需要处理。"周经理显得非常认真。

"先走，车上说去。"赵云瑞拖着周经理、孙长希一块上了车。

风驰电掣，一路颠簸。他们七拐八拐就来到了韩岭村前豁然开朗的大湾塘。

大家跳下车，沿着湾塘往前走了一段路后，正碰上苑老板朝这迎面走来。

"周经理，有这么一个事，这是乡上的一个大湾塘。现在准备在这里建一个温室生态种植、养殖项目，但这个湾塘的深度不够，蓄水也不多，前些天下雨落进一股泥石流。你们筑路基不是需要土吗？我想求你是不是从这里挖一部分土，一来我们就不用再投资扩大湾塘面积了；二来呢，我们也是想通过这种方式卖点土给你们……唉！乡上的经济状况实在是太困难了，这几天就得凑够将近一百万的税。巧妇难为无米之炊呀！周经理，你看这事……"求人办事心里总是不踏实，赵云瑞心里有些忐忑不安。

周经理倒没觉出什么，只是让孙长希下到塘底，拿几块土疙瘩上来看看。孙长希下到塘底拣起几块土疙瘩上来，捏碎后仔细地看了看，然后又扔到有水的低洼处一泡，失望地说："赵乡长，这些土都是红板岩形成的，属于 C 类土，按照铁路施工标准是不能用的。我们施工用的土都是 A 类土，也就是咱们常说的丘陵脚下的那些山根土，那些土越砸越结实。这些呢，一见水，像泥汤一样，形不成疙瘩，影响工程质量，不能用的。"

"周经理，你再想想办法吧，活人还能让尿憋死？困难再多，恐怕也不如办法多！反正我是豁出去了，怎么用我不懂，但这土你是非用不行！你要是不用，这段工程的民事我可不管了。你砸了我的饭碗，我也不让你过安稳！"赵云瑞用半是调侃半是要挟的口吻吓唬他们。

周经理苦笑了一下说："赵乡长，质量要求不是闹儿戏，是非常严格的事情。这土是真的不行，一旦出事，你我都扛不住，会毁了我们的！"

"苑老板，两便，我们回乡上了，过几天来找你！"苑向伟心想，这个赵云瑞是神了咋地，刚刚打电话让他帮个忙，这一眨眼，就跟大变活人似的立马领着人来了！

"走，吃饭去，不谈这个事情了！"赵云瑞陪着周经理在车上边聊边让司机通知李秘书安排饭。

"真的不住下吃饭了，还要赶过去有事。改天吧！"

"不行，非住下不可。你也听到了，都安排好了，就弄点地方特色吃！"

"那咱就从简，快吃快走，真的还有事……"

饭桌上出奇的静，也没强灌酒，这让周经理一时摸不着头脑。本来是满腔热情地来处理一下个别村的民事，这民事还在影子里，却又多了件为难的事。

"周经理，什么叫 A 类土？什么叫 C 类土？有没有 B 类土？"赵云瑞一下子提出些专业性的问题来。

这时，孙长希接过话："赵乡长，有 A 类土，也有 B 类、C 类土。这是路桥方面的分法。A 类土也叫正常固结土，B 类土叫超固结土，C 类土叫欠固结土，是对沉淀土的分法。根据施工要求，我们必须使用 A 类土。像埠岭乡这一带的土质，基本全是 C 类土，的确是没法用的！"

赵云瑞若有所思地点点头，脑子急速运转了一下，说："周经理，你们不是说埠岭乡全是 C 类土吗？可你们就在 C 类土上施工，怎么就符合标准了呢？这样行不行，也不难为你们，我认了，就算是 C 类土，你们在拉土筑路基的时候少用一部分 C 类土垫在底下，就等于是自然形成的地势不就解决了！"

孙长希看了看周经理，说："赵乡长，知道你们的日子挺艰难，我们想些办法尽量帮一帮可以，但这事我们是真不敢做主。如果像你讲的那种模式，势必要追加投资，还要更改投资计划，牵扯到铁路局和各个部门，事情就更复杂了。还是让我们回去想想办法，看看怎么能在不违反施工标准的情况下，又能帮帮你，好不好？"

"当然好了！周经理，我忽然想起你们打算把 227 道口引桥土方工程给我们，铁路路基虽然不需建引桥，可省道立交桥的引桥是有坡面的呀！在路基正中尽量使用 A 类土，在两侧的坡面也可以用一部分 C 类土不就解决了！你再回去化验化验，说不定是些 B 类土甚至是 A 类土呢？"

周经理苦笑着说："你快来铁路上当我们的施工专家算了！"

大家会心地笑了笑，不再多言。

因为周经理确实有事，几个人风卷残云般地吃着。赵云瑞忽然接到办公室打来的电话，说在埠岭乡段施工的省道工地上发生桥梁坍塌事故，市里、县里的分管领导正往坍塌工地赶，要他带人到事故现场，协助处理抢救和善后工作。

"这才干了多少活呀？工程刚有了个眉目就塌了，这是哪些狗杂碎干的？可恶，该死！周经理，我不能陪你们了。咱还得讲政治呀，我得马上去事故现场。"他顿了顿又说，"周经理，为了埠岭乡的建设，这事难为你再费心帮一把吧，老少爷们会记着你的。来，再敬你一杯！"临走，他还念念不忘他那堆不达标准的 C 类土……

在东西走向的铁路工程 227 道口，是同时开工建设的一条省级公路，在埠岭乡段成南北走向，与铁路相交。因此，需要在这里建一座跨越铁路的立交桥。施工部门正按图纸有条不紊地施工。

东西走向进行铁路施工，路基、涵洞，车水马龙，热火朝天；南北走向是桥梁高架，浇筑地基、浇灌构件，也是人来人往，摩肩接踵。一切都按程序紧张而忙碌地施工赶进度。

真是天有不测风云。在建造立交桥的北侧，刚刚吊装好混凝土拱桥桥梁，正准备衔接另外一块桥梁构件时，不知什么原因，刚刚安装上的混凝土构件忽然一下子坍塌折断了。几个安装的施工人员也随水泥构件的坍塌被挤落下来，生死未卜……

接到通知后，省里、县里的有关部门一刻不停地赶了过来。有关领导更是心急如焚，也急匆匆地往事故现场赶。看着还没掉落到地上的预制块和残留物，被几根钢筋斜吊在桥墩的半空中，摇摇欲坠地来回晃动，仿佛在向人们诉说刚才发生的一切。

虽然事故现场发生在埠岭乡的施工地段上，但发包方、中标方和施工单位与乡镇没有什么关系。作为当地政府，从讲政治、讲大局方面来讲，有责任、有义务尽快赶到现场，配合省、市、县有关部门做好现场抢险和善后处理工作。桥梁断裂造成的受伤人员已被送往医院抢救。大家悬悬着颗心，暗暗为他们祈祷。

省里的分管领导、主管部门的相关人员、桥梁工程师、施工专家、监理部门、投资方、发包方及施工方的主要负责人等都陆陆续续地赶来了。他们默然地站在事故现场纳闷，好端端的水泥预制桥梁怎么眨眼间就断了、塌了呢？到底是哪个环节出了问题？省分管的领导以及有关部门的人也都一个个耷拉着阴沉沉的脸，考虑着忽然发生的这起事故的后果，考虑着自己要承担什么样的责任。有关部门的工作人员拿着图纸、仪器和测量工具，在现场来来回回忙碌着，寻找、搜集一切需要的数据、证据，查找、分析桥梁坍塌的原因。要让证据说话，从科学角度给出一个完整的、令人信服的事故结论。

几位身穿制服、头戴国徽的警察从警灯闪烁的警车里下来。他们表情严肃、目光冷峻，扫视着眼前的一切；纪委工作人员也在第一时间赶到现场，参与事故的调查追责工作。一时间，大家的脸上都挂上惊恐的表情，心里就像揣着个兔子扑扑直跳。

重大事故，已是不争的事实。几位发包方和中标方的法人吓得脸色蜡白，手脚哆嗦，蹲在那里答非所问地应付着。

因为发生事故的这个地段处在模范村附近，正在模范村开会的陈来电、刘秋珊和王博平等接到通知后，也都迅速赶了过来。刘秋珊站在赵云瑞和陈来电旁边，看着从没见过的阵势，心里吓得"咚咚"直跳。她心有余悸地跟王博平小声说："博平，你看，来的这些车，来的这些人，都唬着个脸，怪吓人的。你见过这阵势？"

"咱成天在风里雨里地跟老百姓打交道，哪见过这么多的人、这么大的官？你看，那几个有钱的老板，手上戴的金戒指，脖子上吊着又粗又大的金链子，刺眼不？"王博平边斜瞅着那几个人，咂咂嘴跟刘秋珊说。

　　"刺眼！你看他们坐的车，咱可是从没见过，恐怕得几十万一辆吧！"刘秋珊怔怔地看着眼前的一切。

　　"这些年，就他们发财了。穿的、吃的、用的，哪样不是一掷千金！钱怎么来的？还不是从这些工程里赚的？"王博平看看周围，确信身边比较安全后，就又放低声凑在刘秋珊耳旁嘀咕说，"听说这些工程层层转包，到了这最后关口，都三包四包了。转一道手就扒一层皮，扒到最后这一包，他不偷工减料才怪呢！"

　　"噢！原来是这样呀！博平，你看看，这几年新建的些工程，怎么老是出事呢？这些几千万、几个亿建的工程，怎么就像小屁孩玩过家家似的，说塌就塌了呢？可真是有意思！报纸上说有个地方建了个很大很大的桥，第二天就要准备剪彩了，结果在当天晚上发生坍塌，掉到水下面去了。只有那几个桥墩孤零零地竖在那里，你说怪不怪？还听说哪里也是新建了座大桥，二十几个人正在上面跑步，说是因说话声音太齐、太大，跟桥产生了共振频率，塌垮后掉山沟里了，这理由简直是奇葩呀！就像在听笑话，不可思议！"

　　王博平也说："是呀，我也听说有一座刚建好通车不久的大桥，被点燃的爆竹给炸塌了，听起来怪笑人的！"他边说边苦笑了笑。

　　"这些桥是谁设计的？怎么这么弱不禁风呀！你看看，又是设计，又是监理，又是招标、投标……你看，还挂着'百年大计，质量第一'的标语呢！不是自己讽刺自己？"刘秋珊指着不远处山坡上醒目的标语说。

　　"投这么多的钱、建这么大的工程，我寻思着也得有十个二十个的部门管着吧，哪怕有一个部门认真一点儿，也不会这样吧？"王博平正欲细说，刘秋珊一个眼神示意他轻声些。

　　"都是建桥，怎么就这么大的差距。先说南京长江大桥吧，那还是几十年前建的呢。上边跑汽车，下边跑火车，桥底下还跑轮船，这一跑就是好几十年，也没听说哪里塌了！河北的赵州桥咱都知道吧，那可是世界闻名呀！好像是隋朝时间建的吧，距今有一千四百多年历史。这么多年，它经历了多少次洪水、多少次地震，可它怎么样？还不是结结实实地蹲在华北大平原上。邢台大地震都没有震坏它，可见它的质量，简直没法形容！还有四川那个都江堰，距今恐怕得两千多年了吧，先别说下雨、地震的，那可是天天泡在水里冲刷着，这一泡就是两千多年，怎么着，还不是稳如泰山？两千多年前哪有什么招标、监理啊！我觉得全是凭良心干活。要是没有良心，你使什么法子也解决不了问题！"看不惯当今社会上一些歪风邪气的刘秋珊，愤愤地诉说着自己的感受。

站在一旁的赵云瑞，侧耳把她的牢骚听了个一清二楚。他望着眉清目秀工作认真的刘秋珊，像发现新大陆一样对她又有了新的认识。不愧为大学毕业生，视野开阔，思维超前。对一些事物看得准、总结得好，是个可塑之材，应该好好培养！

他听陈来电说，王博平与刘秋珊处对象了，为俩人能多待在一起聊几句甜言蜜语，他悄悄地往前挪了几步……

二十六

不知不觉到了麦杏黄的季节。前些天还是一眼望不到边的绿油油的麦田，干热风一刮，几天工夫，就变成了一片金黄，阵阵麦香扑鼻而来，沁人心脾。

几天前，还灰蒙蒙的荒野、山峦，真是忽如一夜春风来，眨眼就披上了斑斓的盛装；一团团白云般的羊群，像一幅幅写实的山水画，镶嵌在远山近岭，令人赏心悦目；茂盛挺拔的白杨树成趟成行地竖在路两旁，就像一队队整装待发的士兵，给人一种箭在弦上、不得不发的感觉。是呀，一项项工作都很重要，都在与时间赛跑。稍有懈怠，就有可能落到后面去。乡镇工作，好比个陀螺，挨抽还得转；要是转慢了，抽得还狠。

"赵乡长，今天有这几个部门来，请您批一下。再就是午饭怎么安排？"李秘书拿着一摞文件悄悄地走到正在跟县农工办徐主任谈发展粮菜间作的赵云瑞面前小声问。

"哪几个部门？"赵云瑞边问边接过盖着"急办"字样的传真电报。

"农业局来人测量粮菜间作面积和落实'大田菜'面积。"

"对，我知道，县里统一安排的，这几天都分头下来落实粮菜间作。"徐主任插上了句。

"刚开了会，您就安排下来了，一点儿空也不留，真是上紧发条了。让齐奎升陪着。"赵云瑞苦笑了下。

"交通局来人说是落实'村村通'工作，摸摸到底有多少条出村路，总共多少米，好汇总上报！"

"是上级给资金硬化出村路的事，好呀好呀，天大的好事！这是让百姓受益的事，让王秀清好好地接待！以前是光听楼梯响，不见人下来。光说建设新农村，得下点实功夫才行。好！好！好！"赵云瑞一高兴，一连说出了一串"好"字来。

"保险公司来催缴小麦火灾保险款。"

"牵扯农业的事，也让王秀清他们一块安排吧！"

"环保局来人说咱项目区排出的污水淹了麦田，有人写信告了，他们是来看现场的，让咱出个人陪着。"

赵云瑞皱皱眉头说："让经委方战友陪着去吧，我中午陪着吃饭。告诉方战友，牵扯到项目区的企业不要多解释，也不要随便多说！"好企业哪有往这又偏又远的地方来的。人家搞企业的又不傻，凡是跑这儿上项目的或多或少是有些原因。赵云瑞为刚刚招进项目区的几个污染企业担忧。

"县里下了预备通知，麦收后李县长要来检查校舍安全。今天，县教育局来人对接一下走的路线、看的重点和准备哪些材料。"

"分管教育的去县里开会了。你看，哪还有领导干部？一般干部陪同又不合适，领导干部又都不在家。哎，今天陈来电是不是没有会？让他跟刘敏校长陪着吧。中午我过去敬酒的时候，再一起商量商量需要办的事！"

李秘书记下赵云瑞的安排，看了看一边的客人后，往前凑凑身子，压低声音说："统计局来了个副局长，想找您私下沟通点事。他让我先告诉您一声，可能是咱埠岭乡有几项指标差得挺大，想调整调整。如果不调整的话，有可能拉了全县的后腿，这事……"李秘书把握不准赵乡长的心思，话到嘴边又放下，没敢说出下文。

赵云瑞叹了口气，瞅瞅桌子上一沓沓红头文件，然后又对徐主任说："徐主任，您看，现在净搞些数字游戏，讲点实际就不行吗？为了一些政绩，层层拔高，到了上边的数字还有真的吗？能说明问题吗？上面也知道下面的数字有些水分，但这样层层加码，可就一点儿真事也没有了！您今天亲自出面，代表县委下来落实桑园面积，让我怎么汇报呢？汇报少了，您不高兴；汇报多了，数字不真实！您说怎么办？我看，这些年唯有上缴的税收和用电量才是准的，是货真价实的！以后考核什么也不要，就靠税收和用电量这两样就行！"赵云瑞边跟徐主任汇报着发展桑园面积的事，边发牢骚。

"嘿嘿嘿！现在呀，税收也不是标准喽！你这阵子不是四处借钱垫税……不比我更清楚这其中的奥秘？这一垫税呀，水分可就大了！"徐主任用同情的目光看着他，心照不宣地说。

有几个看样子是来要钱的，看到办公室里出出进进的一大帮人，知道啥事也办不了，知趣地抬脚走了。

赵云瑞请来的县园林设计院的同志看到乡委机关像是赶大集似的进进出出，不自觉地冒出声来："我原本寻思乡镇这一级没有什么太多的事可干，没想到还有这么多婆婆妈妈的碎杂事。县里的那些部门原来是都对着乡镇的，难怪天天往下跑！"

"经管局来人抽查几个村的财务管理和村级债权、债务处理情况！"李秘书继续汇报着。

"领导干部一个在家的也没有了，就让财政所姜恒春陪着吧！"

"明天县里有个推进新农村建设动员会，要求主要负责人参加。"

"又是一项硬任务。还有什么事？"

"没了，乡长，就这些事！"李秘书又把电话记录翻了翻后肯定地说。

"哦，今天还行，不是很多，中午最好安排在一个地方吃饭，四桌不够就安排五桌。跟客人解释一下，我不能陪同活动了，中午一块吃饭时见个面，到时候有什么事就长话短说，怎么安排咱就怎么干，好不好？我陪徐主任下去转转，还要和县园林设计院的同志研究下镇区规划。好不容易把人家请来，还不趁热打铁赶快敲定？拿出规划后，人家好给咱设计。"

"赵乡长，你们乡镇每天都这样吗？"园林设计院的一名工作人员好奇地问。

"是啊，基本上每天都这样，应该说今天还不算忙！我记得最多的是一次来了十多个部门，食堂根本坐不下，直接把一个饭店给包下来了。要是再有几个村来上访的话，牵扯的精力会更大，什么也干不了！"

"赵乡长，现在的老百姓都有自己的地，爱种什么种什么，我觉得多好，多自由呀。为什么老是上访呢？我们在其他地方也经常听说些这样的事，到底是什么原因？"

"唉，你们蹲在大机关里，对下面的事情有些不了解。再说，庄户地里的事也不是一句两句就能说清楚的。跟你这么讲吧，县里来人都是工作，可涉及具体内容就多了。上访也是一个样，都是来反映问题的，可反映要求解决的内容却是五花八门，什么样的事也有。有老子告儿子不养老的，有儿子告老子分家不均的，有告村里不批宅基地的，也有告占着宅基地不盖的，有你家种的树遮住了我屋里的阳光的，还有你盖的房子比我家高、雨水往我院里淌的……看起来这些事都不大，可稍不留神，就会惹上麻烦。嘻！这些婆婆妈妈的事还好说，总归都是些邻里纠纷，多上上心，在村里乡里就解决了。而有些问题是因为工作引起的。有句话不是叫什么'催粮逼款，扒房流产'嘛，哪一样不干能行？干慢了、干晚了都不行，干不好能行？上访不可怕，坦坦荡荡的，有一是一、有二是二，公事公办多好！但牵扯到法律、政策，谁敢走了样？问题就出在这儿！"

"乡镇工作这么复杂？"客人又问。

"这还是拣着说呢，说细了一天也说不完。"徐主任理解乡镇的苦楚。

"前些年，上级出台了土地延包三十年的政策，这你知道吧？"

客人点点头。

"土地延包没有问题，问题出在三十年上。时间这么长，下边能受了？"

客人睁大好奇的眼睛望着赵云瑞。

"模范村有这么两户人家就挺典型。有一户人家两个孩子全都考上大学走了，他家的老人也在前几年去世了。分的八九亩地，除留下三亩够吃的，其余的全都包了出去，小日子过得挺滋润！而他邻居的两个儿子，前几年先后结婚娶进了两个媳妇，几年的光景，又添了三个孙子、孙女，一下子增加了五口人，分的几亩地不够填肚子，就找村里要求调地。到乡里也反映了多少次，因村里没有多余的地，也就没给他割地。退一步讲，就是村里有地也不敢割，一是政策不允许，二是这些年哪个家庭的人口没发生过变化？如果谁要就给谁，三十年土地延包不变的政策怎么执行？上级抓得这么严，谁愿意惹这个是非？今儿个把地收回来，明儿个再把地分出去，直接不符合土地三十年不变的政策。没事便罢，一旦有告的，你就吃不了兜着走。趁早，还是按上级说的办，扎住调地这个口子！前几天，这个户还去县里上访，你说怎么办？真让人头疼！"

赵云瑞好不容易逮着倾诉对象了，"咕咚咕咚"喝了几口水，又说，"我看当前农村的主要矛盾就是土地问题，他们要靠这些口粮地来生活。上级定的土地延包三十年不变的政策咱清楚，是为了农村稳定，给农民定心丸吃，政策是好的，积极向上的。可村里的人口却是在不断变化，如果继续这样的政策，既不符合实际，矛盾也更尖锐了。我觉得当前农村的主要矛盾就在这里。还有，就是现在的土地不是以前的土地了，一亩地最起码要有一千多块钱的收入。像我们乡的果园村，一亩果园的收入都快过万了，谁不眼红？当然啦，上级制定的这些政策不是不科学，也不是没有积极性。前些年，这些问题没暴露出来时，还挺好的。只是随着生老病死、加口添丁不断变化，矛盾才逐渐暴露出来，而且也越来越严重。这个问题一天不解决，下面的矛盾就一天也不会消停。不信，咱走着瞧，中央肯定会鼓励下边走土地流转这条路子。你们搞设计、研究学问的，对下面的事不了解。你刚才不是说下边忙吗？这事不稀奇，上面千条线，下面一根针，大事小事忙乱事，全都捅下边来了。所以说，乡镇这一级，忙是很正常的；不忙、没事干，就不正常了！"

"你说的我也能理解。可就总是感觉他们的生活怎么这么苦？怎么能让他们过上好日子呢？"客人动了恻隐之心，有所感慨地说。

赵云瑞叹息一声，说："哪个家庭没有上学、娶亲、盖屋、生病的？哪样事不得花钱才能办好？靠分得的几亩山岭薄地就解决了？难呀！是真难呀！要是都跟我们乡果园村那样，瞅准致富的产业、踏踏实实发展才能脱贫致富！"赵云瑞知道目前农村的状况，想急于求成，一下子改变农村的落后面貌是不现实的。

"你说的也是实事。中国人口这么多，农村摊子这么大，基础又这么差，一下子也难以解决。不过听上边的人讲，中央正在研究取消农业税的事，不知是真是假。"徐主任对农村的现状表示忧虑同情，也无能为力，但透露的信息却让赵云瑞为之一振。

"但愿，但愿！近年来，上级对农业的重视和对农村的关心越来越多了。这不，交通局下来摸底修出村路了，拨拉指头往上数数，哪个朝代办过这样的事？共产党就要办。看起来不过是修条出村路，可咱国家大了去了，得拿多少钱才能办成？我都觉得这事悬乎，可就真真切切地成现实了嘛！中央对基层、对老百姓是真的关心了，我们都感觉出来了。至于你刚才提到的取消农业税，咱可不敢有这奢想！唉！种地不能白种嘛，几千年来形成的'皇粮国税'，恐怕是一下子改变不了。可话又说回来，照现在的形势看，虽然说是异想天开、遥不可及，但也不一定办不成，共产党说话办事扎实，没有办不成的事，是不是？我看还是先把眼下的工作做好，怎么带领广大群众尽快脱贫致富是我们的责任，对吧？刚才唠叨了一阵子了。"两人好像对了脾气，就当前的农村工作好一阵探讨。

赵云瑞领着徐主任到地里转了转，看到农业一片欣欣向荣，尤其是看到落实了麦收后的大田菜情况，徐主任脸上笑开了花。

前阵子，包村干部又掀起了一个新高潮，下到村里，缠上缠、黏上黏，好不容易安排下了粮菜间作。虽然面积任务落实得有出入，上级也知道基层的难处，硬挨着也得把任务完成。

刚刚撒下种子、栽下小苗，又正赶上几场透地雨，栽的豆角、芸豆，还有黄瓜、葫芦等菜苗顺着麦垄，齐刷刷地冒了出来，一个劲往上蹿。

徐主任和赵云瑞转了几片地块，心里美滋滋的，可心里也嘀嘀咕咕地有些担心。粮菜间作丰收摆在眼前，下一步怎么样把这么多菜卖出去又是一大难题。到下架还有些日子，还来得及想些办法。

庄稼地里的活，是跟着季节走的，想躲也躲不过去。这不，刚忙活完粮菜间作，还没来得及喘口气的，紧接着又要落实麦收后的"大田菜"。

"赵乡长，你们搞的粮菜间作面积很大，又丰收在望，值得祝贺。如果再把麦收后的大田菜抓抓，那效果就更好了。"

"好好，我们一定抓好，保证完成县里下达的种植计划。"

赵云瑞等着田地里大片的蔬菜，脸上隐隐约约地堆上了难以察觉的表情……

二十七

计划生育工作是乡镇工作的重头戏，稍有纰漏，就会一票否决。直接牵扯到乡镇的考核不说，书记也好乡长也好，在提拔使用上会受影响。因此，一年一度的计划生育"拉网行动"在多项措施的保证下，轰轰烈烈地全面展开了。

一队队人马拥挤在从部门借来的车上，从乡委大院向南、向北、向东、向西出发了。他们一个村不落、一个户不漏地"拉网"检查，对形成事实的超生户，直接面对面谈话，催缴罚款；与每一个育龄妇女见面，并且车上就有检查设备，当场进行透视、上环。不管是小月份还是大月份的孕妇，凡是计划外怀孕的，没有半点余地，当即采取流产措施。

这天，卢洪霞带领计生工作人员拉着机器一路颠簸来到模范村。架在树杈上的大喇叭一个劲地喊叫，要求村里的育龄妇女到村委来透环。他们一遍遍不厌其烦地点着那些育龄妇女的名字，三遍五遍叫不来的，就派人上门去找；找不着的就蹲在家里守候，恨不得掘地三尺也要把人找出来。村内的墙上，到处是醒目的计划生育口号，路边脱了皮的老墙上，还隐隐约约地辨认出前些年写的"该流不流，扒房牵牛""宁可血流成河，不准超生一个""一胎生，二胎扎，三胎四胎刮刮刮"……让人看着心里像被扎了一样。

他们在村里待了整整两天，育龄妇女大部分来透检了，有十几名育龄妇女没点到名。于是，他们开始对着花名册挨家挨户地去找，但都以种种理由给推出来，直接见不到人。卢洪霞想，越是不露面，恐怕越是有问题。计划外的孩子一旦生下来，全年工作就会给一票否决了。这些计划外怀孕的心里也明白，只要孩子生下来，计生站那帮人也只有大眼瞪小眼地没有招数了。卢洪霞深知这其中的利害，急得没法，就在夜深人静时，由村干部带路，悄悄地摸进家门，将白天躲在玉米地里、柴垛里的孕妇堵在家里，强行拖着去透检。这样反复折腾了几天后，还有三个育龄妇女没找到。

这时，从村中间一个胡同里磨磨蹭蹭走过一个中年妇女。她夹着两条不自然的腿，怕人的眼光忽闪地瞅瞅再低下头。

"范兰英，你又来戴环？再戴可就成'奥迪'了呀。计划生育工作可不是戏打二更的事，该谁就是谁，别拿我们当糊涂。"莫老憨看范兰英奋拉的模样，也拉下脸来挪揄了她几句。

叫范兰英的先是脸上一阵尴尬、潮红，转而把脸一扭，任凭发落。

"怎么还'奥迪'？啥意思？"一个年轻人问。众人一阵苦笑。

虽然阵势严肃。可常年睁开眼睛就忙活这事，也就见怪不怪了。莫老憨干咳嗽了两下对年轻人说，这娘们儿厉害呀，为了生孙子，她替儿媳妇顶指标戴了两回环，替她闺女也戴了一次。这不，再戴一次，不就是四个圈成奥迪了。

年轻人一听，不觉扑哧一声，农村真是啥事也有，连戴环这事也有替的。唉！不就是想多生几个孩子嘛？用得上这办法了。

卢洪霞对着花名册横看竖看，有一位姓范的妇女已有半年没露面了。家人说，她一直在外打工，可又说不清楚在哪里。凭直觉有点不太对劲。从她家人支支吾吾的迹象来看，已经怀孕的可能性比较大，越是没有信息，心里就越是着急。孩子万一生下来，立即就多了个超生户；突破了超生指标，年底计划生育一等奖的事也就成了泡影。作为计生站长，承担一切责任不说，关键是影响了全乡的工作。卢洪霞越想越害怕，不行，得想法把当事人找到。只有找到当事人，才会真相大白。于是，她安排人在村里放出风来，模范村的透检完成了，半年的计生检查也结束了，从明天开始，到十几里路外的移民村。

几天后的一个晚上，当夜幕降临时，卢洪霞带领精干力量悄无声息地杀了回来。姓范的育龄妇女确实有了六七个月的身孕，连续多日东躲西藏，早已疲惫不堪，经不得再挪动和惊吓了。听到计生站的人马撤走后，长长地舒了口气，拖着疲倦的身子，骂咧咧地从柴火垛里爬出来，回到家里。当她还做着美梦补补身子的时候，院里人声鼎沸，屋门砸得震天响。听到外面的震耳欲聋动静，她知道事情不妙，把内衣、内裤和鞋袜草草收拾一下后，就躲进早就有所准备的大衣橱里。

男人一脸恼怒地打开门，用仇视的目光斜盯着进来的每个人。家里藏个人，怎么能躲过这些人的火眼金睛。不多时，孕妇就被从大衣橱里给拽了出来。卢洪霞一看她那隆起的肚子，吓了一大跳，至少七八个月了。要是早产的话，说不定就是今天或明天的事了，真悬！要是晚来几天，说不定就会酿成大祸了。她暗暗庆幸自己运气好，没费多少工夫就给逮住了。在往车上拖去流产的时候，她丈夫还有婆婆又哭又叫，就是不让走。丈夫瞪着血红得像是要吃人的眼睛，直愣愣地站在门口，手里攥着根锨柄横在跟前，摆开了拼个鱼死网破、你死我活的架势。她男人知道，一旦被拖出这个门，即将出生的亲骨肉就会眼睁睁被活活流掉。面对生与死的场景，谁摊上会冷静？一边是要死要活地想生出孩子，一边是坚决不许多生超生，可谓针尖对麦芒、水火不相容……哪年计划生育拉网行动也会有几个这样的家庭。计生站也早有预案，一看要发生行凶，三四个彪形大汉没等男人下手就一个箭步冲了上去，把他摁倒在地；几个女的也不甘示弱，硬是将她婆婆关到里屋不让出来；卢洪霞亲自上阵，带领几个人硬是将孕妇拖上车，一溜烟跑了……

此时，东方也渐渐地露出了鱼肚白。

当计生站准备给孕妇做引产手术时，先是孕妇坚决不上手术台，在手术台前跟做手术的医生你推我搡地撕扯起来。随后，她男人领着本家的几个亲属火气十足、有些失去理智地冲了进来，企图抢回孕妇。卢洪霞对这样的阵势也是司空见惯，她先是稳住孕妇，既不急于做手术，也不让她随便出入，而是安排几个工作人员在稍偏僻的一个房间里严加看管，避免被她丈夫抢走。随后，她给派出所马力胜打了个电话。十多分钟后，马力胜领着几个民警赶了过来。

"你叫什么名字？来这里干什么？"马力胜严肃地问那男人。

"我叫王桂生，怎么啦？"怒火中烧的男人回答说。

"一大早领着这么些人来干什么？"

"找俺老婆。"

"你老婆怎么啦？"

"被他们绑来了！"

"为啥事绑来？"

"不知道！"

"是真不知道还是假不知道？说假话可是要承担法律责任的。"

"就是不知道，半夜三更地砸开门，就把俺老婆弄计生站来了。"

马力胜看了看卢洪霞。卢洪霞意会，说："他们已生第一胎了，是男孩。

按规定不能再生第二胎，可他老婆怀孕七八个月了，再不流产就生出来了，超生的责任谁担得起？”

“不行，你要流掉，我就死在这里，不信你就试试。”王桂生大声吼着，脖子上暴出一根根的青筋。

“如果你是这样的态度，那你就跟我们走。” 马力胜强硬地说。

“去哪？”

“派出所。”

“我又没犯法，凭什么叫我去派出所？”

“还要等你犯法了再去派出所吗？现在你已经影响到计生站的正常工作了，已经开始走向违法的边缘！” 马力胜针锋相对地说。

“我不去，要去和俺老婆一起去。”

马力胜没再搭理他，而是把跟王桂生一起来的几个人叫到另一间屋里，安排警员将他们教育了一顿。王桂生看看一起来的被带走了，自己又在公安干警的监视之下，拖着七八个月身孕的老婆被绑架到哪去了？到底啥情况了？他迷离恍惚摸不着头脑！再看看身边一个个冷若冰霜虎视眈眈的干警，用敌视的目光在他身上扫来扫去，看似强硬的庄户汉子一下子没了主意，往地上一蹲伤心地大哭起来。生儿育女，传宗接代本是人的本性，也是再正常不过的事情，怎么就成了跟政府对抗、成了犯法的事？不就是想生个孩子吗？至于动用这么大的力量对一个弱小女人施以狂虐？委屈的泪水夹杂着伤心的哭泣使在场的每个人都心乱如麻，任何人处在这场景都会跟着百感交集伤心一番！然而，工作就是工作，特定环境下制定的政策也是政策，必须义不容辞地执行下去。计生站的工作人员也是为人妻、为人母的正常人，也有骨肉至亲的情怀，但又有什么办法呢？为了国家的计生政策，舍小家顾大家吧。职责战胜一切，他们毅然决然地给王桂生的老婆做了引产手术……

果园村的计生工作总体来讲不是很复杂，但有个超生户比较忮头。有个叫金桂花的育龄妇女，当时说是回娘家探亲躲过了孕检。后来又说出去看病，跟着又说出去打工，谁想到了年底从外面抱了个孩子回来，一追问说是捡的。计生站按以往的做法准备把孩子送出去时，她要死要活地不答应，最后承认是自己生的。

这还了得，光天化日之下明目张胆地抱个孩子回来，不是胆大妄为给政府眼里插棒槌么？卢洪霞怒气冲冲地领着十几个人又一头扎进金桂花家里。因为孩子已经出生了，说啥也白搭，只有用罚款来解心头之恨。她们毫无顾忌地冲进金桂花家，让她缴上三万元的社会抚养费。如果不缴，就采取以前惯用的办法，先卸门板、摘窗户，不行就再戳屋顶、扒口子，最后有什么值钱的统统装车拉走，反正是哪里痛就戳那里，让你不得安宁。

"金桂花，咱先礼后兵，再问你掏不掏抚养费？"

金桂花抬眼看看又低下了头。

"卸，先把门板卸下来！"

"金桂花，拿不拿钱？别装聋作哑，拿不拿钱？"

金桂花用手抹着眼泪，还是默不作声。

"上人，把窗户扇子摘下来！"

金桂花双手捂脸抽泣起来。

"金桂花，再问你一遍，到底拿不拿抚养费？犟下去的话可真要难看了！"卢洪霞一句比一句狠地扔给她。

"来人，把拖拉机开走！你不让我过，我也不让你安稳！"

转眼间，快散架的门窗就让几个人给卸了下来。

"金桂花，抚养金是非拿不行，不凑手可以借借，你是又不吭声又不借，就是变着法跟乡上对着干是不？好，我叫你在这里装蒜，来人，上屋先扒个口子！"几个人三下两下爬到了屋顶，又吆喝着将锨、耙子扔了上去，虎视眈眈地盯着金桂花。

此时，金桂花哽咽着："俺家里真是没有钱，您等俺个时辰出去借借，真借不到，您再扒吧！"说完，她迈着踉跄的步子，艰难地往邻居家挪去。

抽了颗烟功夫，金桂花手里攥着一叠钱回来了，说是从邻居家借了两千块。人家只有这么多，是准备建猪圈的钱，看到她家的屋顶上站着彪形大汉，再不帮帮，天窗一开，这日子可怎么过啊，就一咬牙，猪圈先不建，帮人一把积点德吧。"走了几个门，就凑了这些，真要扒就扒吧，你今天扒了屋，我明天就去乡上喝药，让你们逼死的！"卢洪霞看金桂花家真的没有什么油水可榨了，就让屋上的人下来把拖拉机开走。

这时，借钱给金桂花邻居的大小子过来了。他在外先是上学后又工作，对社会上的事了解得挺多，看到又是摘窗又是扒屋的不免好奇，就过来看看顺便插上了几句："喂？听说你们是乡上来的，一大早堵着门来要钱，要什么钱？"

"你是谁？"卢洪霞看来人穿戴不俗，不免有些警觉。

"我就是我呗！我看你们兴师动众的这么多人对付个弱女子，什么大不了的事让她这样？"

"你是哪里的？干什么的？"她知道，最近有好多小报记者下来了。如果闹僵了，他们真有这个能耐把事搅和大，所以格外警惕。

"我就是这个村的，我就是想问问，这么强硬不依不饶的，收的是什么钱？值得上墙扒房吗？"邻居小子说。

卢洪霞一听是本村的，立马又来了精神，"本村的？本村的不下地干活，来这里干啥？再说我们这是在工作，该你管吗？"

"左邻右舍的，有什么不该管不管的。既然你们是在工作，又有什么不能说的？"

"收社会抚养费，明白啦！"卢洪霞不屑一顾地脱口而出。

"收社会抚养费？抚养谁？"

"抚养谁还需要跟你汇报？该抚养谁就抚养谁，你怀疑啥？跟你有啥关系？"

"没有怀疑，政府办事群众能有什么怀疑，不过生个孩子就交社会抚养费，是这个孩子抚养社会，还是社会抚养这个孩子！"

卢洪霞一听这小子口气还挺硬，问得挺内行，怕言多必失，便不跟他争执，转身对金桂花说："连车带钱抵顶一万块，还差两万块，给你三天时间，抓紧时间缴上来。如果三天以后还缴不上，今天就是样子，到时可别怪我们不客气，听明白没有，走！把拖拉机一块开回去！"

"领导，我想再请教个问题行不行？办了准生证的就不交社会抚养费，没办证的就得交社会抚养费？还听说过一件事，就是先生女、后生男就不占用社会资源，先生男、后生女就占用社会资源，这又是怎么回事？"邻居小子的问题，让卢洪霞有口难辩，胡乱答复容易让人抓住话柄，可就捅了大娄子了。

"你到底是干什么的？我们是在执行公务，请你立即离开！如果不听劝告、干扰执法的话，我们可要采取措施！"她大声训斥着邻居小子。

"领导，不用这么大的火气，我不就是过来请教了几个你回答不上来的问题吗？不至于是干扰执法吧，我还想问问这罚款的数额是怎么算出来的，是根据什么法定的收费标准，还有……"

"够了够了，你还有完没完，你到底是干什么的？不行弄到派出所审问审问！"

"去不去派出所无所谓，你把我问的事给个答复多好，用得着跟我们这样的人吹胡子瞪眼了？你看你们这些人的脾气，是埠岭乡的领导吗？是老百姓的公仆吗？实话告诉你，我不找你的碴就算你赚着了。你如果愿意，我就陪你去一趟县公安局，派出所算个啥！"

邻居小子不但不卑不亢，而且有礼有节，讲得一句是一句，句句在理。不过提的问题都是些乡镇的软肋。收费的标准是怎么定的？收上来的钱干了什么？卢洪霞也不知道。从对方不卑不亢的言行中，他觉得此人来者不善，弄不好真象他们描述的就是些到处乱跑的小报记者。

别看卢洪霞是个女的，可也在农村泥里、水里的滚了十多年，真碰到硬碴上也是麻烦缠身，倒不如说句软和话打发了事。"好啦，好啦，你提的问题有一定道理。如果你觉得确实有必要解释的话，请到乡计生站坐一坐，咱们一起沟通沟通，顺便也了解下基层情况，好不好？今天的工作就告一段落了，我们准备到另外一个村去。再见！"她边说边招呼工作人员爬上车。驾驶员也挺会看火候，早早地发动起车来。等人一爬上车，他一加油门，大头车随即淹没在"突突突"的散发着柴油味的浓烟中。

回来后，卢洪霞还是心存疑虑，她悄悄地找到方承平打听那个邻居小子到底是干什么的。不说不知道，一说吓一跳。方承平讲那个邻居小子真是个毕业不久的大学生，他的一个同学确实在一个报社工作。难怪邻居小子说话底气这么硬，原来真是有些背景。卢洪霞听到这些信息后，脊梁一阵阵地冒冷汗，暗暗庆幸自己处置得恰到好处，要是把那邻居小子惹毛了，写篇文章捅到报社里去，说不准真能捅出娄子来，真悬呀！

二十八

天上坷垃云，地上晒死人。

麦子快到成熟的日子，靠天吃饭的庄户人就怕下雨。天天瞅着天上云彩的形状，关注着天气预报，还时不时跑到院子外看看池塘里的鱼跳没跳出水面、燕子贴没贴地皮低飞。那些上了年纪的老爷爷更不放心，天天又是摸又是捋着瘦巴巴的腰，只要腰好好的不痛不难受，就不会变天。靠着地里庄稼生活的老少爷们，默默地祈求着艳阳高照。

这阵子，乡、村两级干部是火烧火燎，嘴上长起了口疮，鼓起了水泡。到底咋啦？天热、活急、时间紧，让谁摊上也得窜上火来。

谷熟一时，麦熟一晌。眼看就要开镰了，小麦火灾保险还有些尾巴。是呀，林子大了啥鸟也有，十个指头还不一样齐呢！固然是为了老百姓好，为了就要到手的粮食不受损失，从县到乡、到村，层层开会，层层落实，要求小麦参加火灾保险。唉！可叹这些一分钱也能攥出火星子来的老百姓就是认死理，就是不配合你缴这一亩地三块钱的保险金，你又无可奈何！这事乡、村两级大会小会开了好几次了，哪个村也有那么几户，留下了些烦心的尾巴。

为了落实好上级精神，将群众的损失减小到最低程度。赵云瑞要求一定抓住开镰前关键的几天，把小麦保险工作再往前推推，把投保范围再扩大一下。

平心而论，为了应急完成任务，村里穷不穷的完全可以帮着这些户把小麦火灾保险金垫上。问题是今年替他们垫上了，明年还替他们垫不垫？另外，给这些户垫上了，其余的户垫不垫？几千年来养成的小农意识促使他们催生出一种狭隘、偏执的嫉妒、攀比性格。要么全村都垫付上，要么一分钱也不能拿出来。这就是农村的现状。

掰着手指头掐算，三天五天的就该开镰了，包村干部们能不着急？要是真起把火，那恐怕是火烧连营，一烧一大片……

接到来开会的通知后，孙成松的嘴里不知是苦还是甜，要么就是五味杂陈。他和会计孙大脸早早来到办公室，把多日没扫的地，稀里哗啦地划拉了几下，把桌子上的浮土也用抹布抹了几下，又把掉落地上的和墙上的防火安全、计划生育、集资提留等各种制度，村规民约以及各种领导小组成员名单什么的一大堆东西，该贴的又重新贴上，该放抽屉就放抽屉里。

正在忙活的空当，"张打油"和移民村的陈川还有沟埠岭孙向前接到王博平的电话后，脚前脚后地来到长街村委凑小麦火灾保险情况来了。

"长街村，街挺长，屋顶喇叭吱吱响。今天召集来开会，中午野兔得尝尝！"

"'张打油'，我发现你的打油诗不是喝就是吃的，你可真是大吃才呀！"程老大最后进来，他跟在"张打油"身后，听到他又在赋诗一首时，浑身起了些鸡皮疙瘩，埋汰了他几句。

249

"哟！我是吃才，我说的地方小吃，你们谁不嘴馋？我看都不是省油的灯，恐怕都是些大吃才！"只要陈柱子不在场，"张打油"就没怕的人。

"孙向前，亲戚有远近，朋友有厚薄。今天怎么着也得炖个野兔子吃！"程老大发号施令。

"伙计们都来了呀？"王博平自觉着年轻，对待这些村干部还不好意思开玩笑。再说，抓紧时间把小麦火灾保险的尾巴割清，是这个会的主题，还是认真些为好。

"王乡长到县里开会去了，让我召集大家来长街村开个会，内容就是小麦火灾保险的事。有几个村稍有点尾巴，咱是不是一块交流交流做法，然后再表表态，争取三两天把尾巴割清。小麦马上就要开割了，在开割前必须把火灾保险的事办好！"王博平知道他们都是些老干家，不用细说，裱糊店里的纸人——一点就透。

"我先说几句，乡上三番五次地开会安排这项工作，确实是为了群众在这最最关键的时候不受损失。俺村的小麦火灾保险虽然基本上拿下大毛来了，但还有几户小毛没拿下来，今天散会后要想尽一切办法拿下。男爷们说话算数，当着各位立个军令状，完不成任务立即辞职！"程老大一改往日军事优先的特点，率先表态。

"我也表个态吧！今儿个在俺村里开这个会，不言而喻，是俺工作没做好，尾巴大了些，总共有十六七户没收上来。其实，村里倒不差这三百二百的，一块交上也就算完成任务了。可这一来那些交了钱的群众意见就大了，再有什么集资任务恐怕就得炸了锅。既然乡上在这儿开了会了，我就豁上老命再收收，最后顶多剩下个三户两户的吧！"孙成松皱着个愁眉，可怜巴巴地说。

大家也都跟着纷纷表态，回去再加把力气，争取不留后患。

"张打油"一扫刚才闲言碎语的兴奋劲，也不知跟谁要了根烟，吧嗒吧嗒地抽着，无神的目光死死地盯着落在裤腿上的那摊烟灰。

"老张，你别光抽烟，你村是啥情况？表个态呗！"王博平看他情绪低沉，就刻意提醒他。

"重在表现，放心！放心！""张打油"有些心虚地表态。

别看"张打油"整日里张口闭口地赋诗，小眼珠子转来转去净些歪歪心眼。他那点伎俩在村里村外晃晃使使还将就着，可在本村张国庆那里却施展不开、没半点招数。

长话短说，长会短开。看到王博平既认真又着急的样子，伙计们知道到了火烧屋脊的时候了，也都没再勉强地住下喝两盅，各自回家"割尾巴"去了。

"张打油"无精打采地回来后，蹲在村委里长吁短叹。他知道凭自己的本事是摆不平张国庆这小子。可小麦火灾保险这件事，就露显显地摆在这里，又非办不行。嘻！在其位，就谋其政。叫上班子成员再去趟忙活忙活吧。

张国庆跟"张打油"是截然不同的性格。他本来就有些怪异古板，再加上看不惯"张打油"油腔滑调的小人见识，对他满肚子意见。张国庆遇事好论个子丑寅卯，谈不来的，你就是高八辈的老爷爷，他也不跟你往来；看不惯的事，却总是要伸上一脚，蹚蹚浑水、试试深浅再说。左邻右舍也随时提防着，怕沾上些是非。属群众私下嘀咕的"刺儿头"一样的人物。

村里每次换届，都是他领着弄出点动静来，叫你惹不起也躲不了。"张打油"想起这些心里就打怵，尽量不去招惹他。前些日子，村里统一办理小麦火灾保险，怎么做工作，他是好歹不掺和；村里组织统一收割小麦，他也死活不入伙……

没法子，只好硬着头皮再一次去家里找张国庆。

"忙呀，国庆？""张打油"有些心虚，领着会计和妇女主任一块来了。

张国庆用狐疑的目光盯着三位没有搭腔。

"张国庆，找你来办两件事，一件事是乡上开会要求小麦参加火灾保险，每亩三块钱，你家是七亩三分地，交上二十一块钱就了了；另一件事也是乡上安排的，为确保小麦早日入库，计划组织联合收割机，统一收割，但不强求，愿意参加的就抓紧把钱交上。村里好作安排，不愿意就拉倒。现在村里加你还剩下三四户了，先赶快把小麦火灾保险的钱交上，完成乡上安排的工作！"会计夹着个账本子，看也没看地对他说。

张国庆提着个塑料桶，扭着个头往猪食槽里倒下拌的猪食后，抬头瞅了瞅他们，从鼻腔里发出闷声闷气的哼哼，算是应了声。交还是不交，也没说个子丑寅卯。会计耐着性子解释了半天，还是没有下文。

"国庆伙计，对村里有意见也好，对村干部有意见也好，是咱自家的事，乡上安排的工作咱可得配合。你不交上火灾保险，就等于咱村里没完成任务，就拖了全乡的后腿。虽然谁也能掏出十块二十块的来垫上，可这一码归一码，该你交的还得你交！""张打油"实在没招了，把脸一拉，压着股火气劝说。

"我早就把话撂这儿了，我的地我说了算。你们愿保就保，不保拉倒，该我啥事？我有人有手，花那些冤枉钱做啥？还联合收割机，还统一收割，少来我家蹀躞[9]点吧！"张国庆本来就对"张打油"看不惯，不见还好，一见到就一肚子气。这又跑门上来收这钱那钱的，哼！哪有些闲工夫伺候，还不硬邦邦地顶回去？

251

"张打油"一看张国庆耍开"混立"[10]了，也就甩开了。"张国庆，村里来过三次了呀，咱可是先礼后兵，别给脸不要。到时求到村里的时候，可别怨咱难为人。走，回去！真是狗坐轿子——不识抬举！""张打油"直接骂咧咧地放开了粗话。

"你算什么村干部？谁选的？问问老少爷们，你算个啥？别看这阵子晃来晃去乱收费，年底换届谁上谁家去收费还两说着哩！我看你干别的不行，倒是狗喝凉水——耍舌头还挺有一套！"看着走出门去的村干部，张国庆也是高一声低一声地嘟噜噜地回骂。

农村呀，就是这样，像口大染缸，色彩多样，什么样的人也有，什么样的事也有，谁碰上谁挨。千百年来就是这么一步一步地往前挪动，缓慢地进步着。

干热风一刮，昨儿个还透绿的麦子，今天一看，黄澄澄一片。

俗话说，八成熟，十成收；十成熟，二成丢。当麦子八成熟的时候，乡、村两级干部可谓是瞪起眼来了，跑到主干道上去截住联系过的和没联系的联合收割机，抢收麦子。

以前，老百姓收割小麦，都是用笨拙的镰刀一把一把地顺着趟子割。然

[9] 蹀躞：方言，来回徘徊。这里指献殷勤的意思。
[10] 混立：方言，不讲理。

后将倒在地垄上的小麦打成一捆一捆的，运到场院去，再脱粒、扬晒、入仓。程序虽然不复杂，但劳动强度大、时间紧，所谓的"虎口夺粮"，就是指的这个时候。

"六月天，孩儿脸，说变就变。"麦子一旦熟了，如果遇上不顺的天气，再连着几天不放晴的话，百姓心里就该发毛了。本来就没晒干的麦粒一见湿，再拖上几天就会发芽。抢时间快割、快晒、快扬、快入仓才是最要紧的。因此，一旦到了割麦子的时辰，全村老少齐上阵。一部分劳力在地里收割，一部分劳力在场院里脱粒、扬晒，家家户户老婆孩子没个闲着的，力所能及地当着帮手。

这些年，随着农村经济条件的改善，过去那种用镰刀割麦子的模式逐渐地消失了，应运而生的是机械收割。有经济头脑的人瞅准这一商机，先是自己买辆联合收割机在当地收割小麦，然后又组织起几台、十几台的联合收割机队伍，到小麦先熟的地方开始收割。一个麦收下来赚到不少钱。当大部分麦子熟的时候，一台台的联合收割机不但成了香饽饽，而且是一机难求。这样，当有联合收割机路过的时候，便成了乡、村两级干部截获的目标。反正是割麦赚钱，差一不差二的就达成协议，一头扎进地里收割起小麦来了。昨儿个还是麦浪翻滚，今儿个竟是一片平地。隆起的田埂上露出了绿油油的各种菜蔓。小麦入仓了，地里间作的蔬菜又勃勃生机，老少爷们都咧着嘴笑吟吟的。

因为是机械收割，一两天工夫就能收割完。因为张国庆不跟村里打腔，他也就不清楚村里的事。还没等他反应过来的时候，村里大部分的麦田就收完入仓了。他这才想起该忙地里的麦子了。再不忙活，麦穗就开始往下耷拉头了。

"天上钩钩云，地上雨淋淋。"张国庆昨个儿有点感冒，又崴了下脚。看着天上时聚时散的钩钩云，觉得不是什么好兆头，就急巴巴地准备割麦子。

张国庆的外号叫"戆弯眼子"，他的死犟在村里是出了名的。他爹更犟，犟得都有些怕人，怕到什么程度呢？怕到都闹出了天大的笑话。

这一带的丧礼有个习俗，就是死者的子孙在为逝者举行丧礼时，站在凳子上，手拿丧棒指向西南，嘴里念叨着"沿着大路向西南"。因为祖辈相传，西南是佛祖居住的地方，是圣地，是口口相传的老家。普通人死后，普遍的愿望是魂归故里，回到老家，上天堂。因此，就有了"顺着大路向西南、回祖先的地方去"的丧葬习俗。晚辈拿着装好路上需用钱物的搭子，连喊三声"顺着大路向西南"后，下得凳子开始号啕大哭。去年他爹去世的时候，张国庆深知他爹的脾气倔犟，站在椅子上指向西南时，他爹肯定回不了老家。

他就指向东北，心想，你不是犟吗？我指向东北，正好犟着朝向西南去，也就回老家了。可见爷俩的犟脾气有多大……

乡上安排小麦火灾保险，他死活不掺和；村里组织机械收割麦子，他也孬好不入伙。当地里别人麦子收割完后，他就瘸着个腿，吆喝了几个亲戚帮忙收割麦子。

一镰一镰地人工收割，费时费力，还得管饭，鼻子大起头不说，人情不是债？骡子换毛驴，猪头换条鱼，算的哪头子账？几个也不知是姑表还是姨表的表兄弟，对他满肚子怨言。再加上在烈日下弯着个腰割麦子，长了锈的镰刀又钝得吓人，几个表兄弟窝在麦地里吊丧着脸半天挪不了几步。蛤蟆撵兔子，慢腾腾地死挨工夫，出工不出活。忙了半晌午，抬头看看，到地头怎么还有老远？心里是又急又烦躁！

这时，太阳又不留情面地把它的热能释放到了最大，地里一丝风也没有。一个远房表弟大伏天里不愿来遭这个罪，但碍于亲戚情面，只好硬着头皮挨着，嘴里嘟噜嘟噜地发着牢骚，埋怨都什么年代了还在拿镰刀割麦子！因为心里窝火，多年又没摸镰刀了，握着手生，使着也别扭，一不小心，把手指割去了块皮，血顺着手指头直往下淌。张国庆觉得过意不去，赶紧给他包扎了一下后，让他到地头的树荫下歇着。

六月天，火辣辣的太阳毫不顾忌地烘烤着滚烫的土地。耷拉下头的麦穗像是受气那样，懒洋洋地站在地里。气流确格外安稳，半晌午也没刮过一丝风。

他这个远房表弟蹲在地头的树荫里点上根烟吸了阵子后，将烟蒂使劲扔到远离麦秸的地方。

任何事情的发生，都是因为赶巧了才会出现意想不到结果。当他表弟将烟蒂扔到远处后，恰巧就刮过来的一阵风，恰巧就旋起了扔出去的烟蒂，恰巧就将还没熄灭的烟蒂刮到了干透的麦秸上。一连串的"恰巧"，就酿成了不该发生的事。当没有熄灭的烟蒂钻进干透的麦秸堆上时，眨眼间，绑成捆的麦秸窜起白花花的火苗来。冒着白烟的火苗瞬间变成火蛇，噼里啪啦地窜进地里，把熟透了的麦子一下子引着了。干草遇烈火，一点就着。也就几分钟的空当，七亩多麦子刹那间变成了一片火海，夹杂着噼里啪啦声音的浓烟烈火，像是一群毒蛇吐出血红的信子，把人逼退到了一边……当大伙还惊恐地没弄明白这火是怎么来的时候，七亩多麦地立马变成了一片黑灰。

这个远房表弟刚才还为手指疼痛心烦，眼前一片火海后，他脑袋一下子懵大了，傻傻地立在那里，惊恐的双眼直勾勾地望着突如其来的一切，煞白的脸上没了半点血色。这时，张国庆也傻呆了，眼看着就要到手的麦子瞬间

253

变成了灰烬，一年的口粮就这样眨眼间没了，脑子涨破了一样目瞪口呆……

这时，另一个帮工的亲戚多少清醒了些，悄悄凑过来，趴在张国庆耳边问："表哥，小麦入火灾保险了没有？要是入了就赶紧跟村里打招呼让保险公司来看现场。"

不问还好，这一问，张国庆嘴角抽搐得更厉害了，死猪般的脸上肌肉僵硬，懊悔、怨恨的表情挂在满是沮丧的脸上。村里成天收这钱收那钱的，没想到收的钱是在为老少爷们办善事！当时，要是交上这二十块钱入了小麦火灾保险的话，这七亩麦子的损失不就保回来了？干嘛跟村里、乡里过不去呢？村里来找过几次，动员他入这个火灾保险！可他对此不屑一顾，嘻！还差点打起来！全乡的麦子大都收完了，也没听说着火的。走快了撵上熊，走慢了熊撵上，怎么些熊事都让自己赶上了呢？又是感冒又是崴脚的，不是自作聪明惹的祸？他斜眼瞅了下亲戚，僵硬地摇了摇头。

这时，另一个帮工的亲戚用蔑视的眼神盯了他几秒后，气不打一处来地说："国庆哥，我说你两句吧，和气能生财，治气不养家。在社会上你也算是混得有个三拳两脚的人了，凭啥就犟着不入这保险呢？是拿不出这十块二十块钱还是钱多得花不了？你跟村干部有意见可别拿自己捉弄呀！看看吧，没气着人家，倒把自己害着了不是？在社会上闯荡，可不能蟹子上岸横着走，过日子怎么着也得差不离，蟹子过河随大流才是呀！跟这个过不去，看那个不顺眼的，就咱行？全村都入保，你不入；全村都用机械收割，你不用！羊群里跳出个驴来，就显着你了？这不，卖头牛换只羊，又算错账让咱摊上了是不是？在这社会上还轮不到咱蹦高显能哩！"煞白的脸上半点表情也没有的张国庆，眼睛一眨不眨地木呆呆地茫然，可真是窝囊地无话可说了。

地里啥也没了，有的就是一堆堆冒着丝丝青烟的灰烬，仿佛在跟东家诉说着自己的委屈。一阵骚动之后，几个帮工的亲戚饭也没吃，情绪低落地悻悻而去……

家里本来就不富裕，一年的油盐酱醋指着圈里的那两头猪，一年的口粮就指着这几亩麦子。这下可好，麦子烧了，麦垄上的秋玉米也烤煳了，在地边上种的些粮菜间作的秧苗让火一烤，也半死不活的。张国庆悔出的肠子恐怕都是青的，被人搀着回家后，蒙头睡了一天一夜。两只本来就凹陷的眼珠子这回更深了。

前面曾经说过"张打油"的职务，他不是村里的支部书记，也不是村主任，而是村负责人。因为以前曾经当过村支部书记，现在又在村里主事，村民也就书记长、书记短地叫开了，为什么他不是支部书记呢？这与刚刚烧了麦子的张国庆也有直接关系。张国庆一向看不惯"张打油"的一些举止。在上次换届前，他就串门摸了下底，估摸着活动活动也许能超过"张打油"而当选村主任，头脑一热后，他就猴子敲锣——张罗开了。"张打油"因为干了多年的村干部，能揣摩出一部分群众的心理活动。在争夺村主任这个位子进入白热化的时候，竟使出了张国庆想象不到的一招。在游说拉选票时，他说，上级有文件了，各村的小学都要集中到乡中心小学去。他认识乡党委书记，还有乡长，认识乡直部门的领导，还跟乡中心小学的刘敏校长是亲戚。如果投票让他当选的话，就能把打油村的小学校留住。村民都知道他跟刘敏家多少有点瓜蔓子亲戚关系，他也曾帮着村民找刘校长办过事。可学校合并不合并，她也说了不算，根本没他说得那样悬乎。但无风不起浪，他能在这当口上说，肯定不是空穴来风，也许是有一定道理。他这样一说，一下子在村里炸开了锅，谁家没有孩子？谁愿意舍近求远地把孩子送到老远老远的乡上去上学？为了孩子，村民的天平开始向"张打油"这边倾斜，那些对他有意见的为了孩子也违心地投了他一票。

因为张国庆以前没当过村干部，也不认识乡上的人，只是看不惯"张打油"的做法，才出来跟他竞争这个位子。也是因为"张打油"做事太扎眼，有些村民就撮合着怎么把他挤下来。当"张打油"把这个承诺说出来之后，那些中间派特别是家里有上学或是正打算上学的孩子家长，一下子全部倒向了"张打油"这边。即使这样，他也没过半数，只是以微弱优势比张国庆多了几票。这样，乡上只好指派他临时负责村里的工作。后来，张国庆看并没有撤并学校这事，才知道是"张打油"耍了他一把，就更怀恨在心，处处事事跟"张打油"过不去。村里安排的活，特别是集资提留，还有前些日子安排的小麦保险和统一收割小麦等等，硬是顶着不办。在一个村里，都是前后邻居，低头不见抬头见，往上算算都是一个老祖宗，知根知底的，他就是不听你也真是束手无策。

村这一级的干部三年一届，不是上台就是下台，没有第三条路可走。今年年底又要换届了。为了名正言顺地选上村干部，他瞅准了张国庆这几天糟糕的心情，眼珠一骨碌，就领着会计、妇女主任带着一桶豆油和几袋面粉登门送"温暖"来了。

"国庆，国庆在家吗？"

"谁呀？"屋里传出有气无力的声音。

"我，村委来看你来了，人又没伤着，就别为那几亩麦子心疼了。起来，起来坐坐！""张打油"放低声音一改平时轻浮的语调。

张国庆正蹲在炕沿上懊恼、心疼那几亩麦子呢，看"张打油"不计前嫌上门来，并且带着大袋小袋的好几样东西，委屈的泪水一下子涌满眼眶。他一把拉住"张打油"的双手，哽咽着一口一个感谢，"张书记，对不起你们，真的对不起！"

"事已至此，也别难过了，难过也没有用，弄坏了身体不更划不来了？"

"前些天，要是不跟村里较劲……唉！自作自受……唉！对不起了，张书记。"张国庆抹抹眼泪不忘瞅瞅放在脚下的油和面。

"国庆啊，你也用不着自责，要是村里再做做工作，把火灾保险的钱缴上不就行了。村里也有责任呀！""张打油"看张国庆还在自责难过，就把责任引到村委这边来，以减轻他的压力。

"张书记，你说这日子还怎么过？没法过了呀！"说着，又抽泣哽咽起来。

"好啦，好啦，大老爷们别被这么点事压趴下了，不就是几千块钱吗？村里准备帮你一下，借给你五百块钱，逮几只羊羔养到年底也能卖几个钱，起码说今年吃饭也就不愁了。""张打油"听着张国庆一口一个"张书记"叫着，心里窃喜，示意会计把钱拿出来。

"张书记，张书记，您这么体贴关怀群众，让我说啥好，以前咱做的不该……张书记，像您这样的好干部，群众不拥护，那是……那是天理不容！"张国庆突然把嗓门一提，倒把大家吓了一跳。

"张打油"他们又家长里短聊了一阵后，看张国庆的情绪缓和了许多，恩怨也化解了不少。人心都是肉长的，再怎么不济，张国庆也知道个好歹呀，至少不会针尖对麦芒地吵吵了……

麦子入了仓，心里不发慌。现在的老百姓把小麦看得比秋粮重得多，只要小麦丰收了，秋天的玉米也好，豆子也好，或多或少都不怎么放在心上了。小麦一割，地垄上套种的各种蔬菜也都露出了嫩嫩的绿叶，在露着麦茬的地里迎风摆动。几天前还是漫山遍野的一片金黄，眨眼之间又变成一片葱绿……

大麦上场小麦黄，豌豆后面跟着忙。

麦收结束后，紧跟上就是要种"大田菜"。本来就是些庄户人，又种了一辈子地，在地里种菜熟门熟路的不犯愁。可成片成片地种这么多菜，吃不了咋办？在这山旮旯里卖给谁去？老百姓不理解，村干部也没劲头，因而产生了些对立情绪。

但工作就是工作。这既是县里安排的任务，也是乡里年初"叫套会"上制定的目标，必须认真完成。至于群众有看法、有情绪在所难免。只要工作做到家了，群众就会接受。再说啦，像计划生育、集资提留和占用土地这么些敏感头疼的事都能完成，让老百姓种几亩菜又有啥问题？

王秀清连着几天拖着几个带头村算了大账算小账，算了粮食账再算蔬菜账，直算得村干部和一些种植户服服帖帖地认了头才算完。

孙向前、莫老憨，还有朱明国他们回到村里，对着个大喇叭头子就"鹦鹉学舌"式地算给种地的老少爷们听。面朝黄土背朝天的老少爷们，一开始并不认可种什么"大田菜"，可架不住捆在村委屋山上的喇叭整日地嚷嚷和会计领着小组长串门式地做工作。你一天思想不通，他们就一天不松气，非把你思想做通，答应了不行。

种菜是县里安排的任务，属"计划经济"。因为要趁雨季来临之前种上，耿春义和赵云瑞也盯着这项工作。因此，各村迅速掀起了种"大田菜"的高潮。

太阳从浓密的云缝中里探出头来，洒下一片光芒。不多会儿，又把笑脸藏到云层里，仿佛在跟人们逗笑。

模范村西，莫老憨站在地头上，笑吟吟地看着大姑娘小媳妇在地里插秧的插秧、撒种的撒种，一些男爷们在忙碌着扯管子准备抽水。一片忙，可都挺快乐。

"'气蛋子'，我看你也不用急着扯水管，说不定一会儿就能下下雨来！"莫老憨吐出口烟，望着越来越浓密的乌云，对着一个叫"气蛋子"的青年说。

"天老爷不大好对付，他擅长跟你对着干。不种菜说不定还真下雨，真种菜需要雨水了，它还拿紧头了！不信咱就看？"

"莫书记，你说种菜比种玉米挣钱？"几个小媳妇笑嘻嘻地围过来问。

"哪还用问，肯定挣钱！"莫老憨不假思索地说。

"肯定肯定，到时赔了可就真'哨腚'了呀！"一个泼辣媳妇冲着莫老憨嚷起来。

本来话就不多的莫老憨，碰上些嘴不饶人的媳妇娘们，哪里是她们的对手？被泼辣媳妇一吵，吓得猛踩了下烟头，嘿嘿嘿地调头走了。

孙向前这几天是红瓤萝卜——心里美！为啥？小麦保险拖了后腿被开了个现场会后，一使劲，把乡上分的"大田菜"任务完成了，并且还多发展了二十多亩，因此得到了乡上的表扬，心里能不美滋滋的？

短短几天，硬摁给各村的"大田菜"任务都先后完成了。村干部们都悄悄地抿着个嘴，喜不自胜。

乡下就是这样，扔下这活拾那活，放下筐子拣扁担。反正是没闲着的时候。别说歇几天，就是喘口粗气的时间也不给你。不是流传着这么句话吗，"干到腊月二十九，吃顿饺子就下手"，足足说明农村的活有多紧凑……

二十九

安全重于泰山。这是各级政府经常强调的。县里时不时地下发安全生产的通知，召开会议也反复强调安全生产的重要性。赵云瑞知道埠岭乡的真实情况，悬悬着心一直放不下……

眼看雨季到了，居住在山坡上、山脚下和栾山湖岸边的村，再加上新老企业的安全生产，都是雨季防范的重点，哪里出了事都不行。尤其是遍布各村的校舍更是让人怵头，都是几十年前盖的教室，水泥檩条里面连根竹筋都没有，随时有可能大祸临头。

埠岭乡引进的铁矿项目，好的方面自不必说，但安全隐患也是最让人揪心的。一说到安全问题，赵云瑞首先想到的就是这个铁矿。

按照计划安排，该去几个企业检查一下安全生产。他看天又淅淅沥沥地下起雨来，心里不觉一沉，还是到栾山铁矿看看吧。他和经委的方战友改变了检查路线，直奔铁矿。

赵云瑞知道，铁矿的安全重点主要在井下。来到铁矿后，拖着丁总，戴上安全帽，一块下到井底下，现场查看矿井里的安全隐患。

说实在的，民营企业的安全意识差，要是完全按照安全标准生产的话，根本不符合标准。企业就这么个水平，压根就不拿安全当回事。批评轻了，他笑嘻嘻地跟你打哈哈；批评重了，要么不理你，要么就停几天产，反正是磨磨叽叽地不接这个茬。好不容易招进来的项目，又是纳税大户，又是借钱应急，让你狠也狠不下心。唉！对他们真有些无语。

巷道壁缝里渗出来的一条条小水注，汇集到脚下就形成一股股水流淌进竖井，几台大马力抽水机轰隆隆地往外抽着；横七竖八的电缆线在脚下、在水流中、在轨道旁的缝隙里暴露着；来来往往的矿石车呼呼的，也无人看管，随时都有触碰的危险。赵云瑞扭头看看方战友，露出一丝不快。"老方，这样生产符合安全要求吗？"

方战友看看丁总，说："不太符合，需要整改！"

"老丁呀，安全无小事，因为安全问题停产整顿，损失不是更大了？讲过几次了，怎么就是不听呢？"赵云瑞脸上有些不高兴。

"赵乡长，县上的通知老方也捎给俺了，上井后就按经委的要求办，这回请你放心，一定办真事，花多少钱也把安全的事办好。"丁总陪赵云瑞到井下走了一趟后，自己也觉得安全生产不符合要求，又看到赵云瑞真有些不高兴，就赶紧表态。

巷道里，出出进进的矿石车靠惯性滑行。一个人干着好几个人的活，根本没有专人负责安全生产。问问老丁，他承认没有专门的安全工作人员。再一细问，他连设安全员的事也忘脑后去了，根本没有安排。

赵云瑞的脸色跟外面的天空一样，阴沉沉的，"老方，全乡的安全工作就咱俩负责，都是第一责任人。不管哪里出了问题，不管出了什么问题，凡是安全方面的，咱俩就像是一根绳拴着的两个蚂蚱——蹦不了我，也跑不了你。分量轻重你看着办吧"。他又转身对丁总说，"老丁，安全无小事哇！你这个企业不同于他们那些企业，不出事便罢，一出事可就是大的呀！到了那时，你就是把肠子悔青了也不当用了。说句掏肝掏肺的话吧，千万别闯侥幸，还是按照县里的要求抓紧整改吧！"

丁力全看到赵云瑞真有些恼怒，也挺真诚地表态，"赵乡长，您消消气，消消气！这阵子不是铁矿石价格好嘛，光急着恢复原先的坑道，先挖着矿石，回笼回笼资金。这一忙，就把安全的事扔下了。马上整改，您放心，马上整改！"

他们一行坐上罐笼刚升到井口，淅淅沥沥的小雨仿佛变大了，迎面扑来。赵云瑞还没擦把手，就接到中心小学校长刘敏的电话，说长街村小学二年级的教室屋顶塌了，伤了几个学生。电话那头边说边哭，下面说的什么也听不清了。完了完了，这回是黑瞎子叫门——熊事来了。

"小刘，快！去长街村小学。"怕什么来什么。赵云瑞的脸上立时煞白，随着车的颠簸，他又想起了恶神般的"墨菲定律"怎么总是围绕在身边。

长街村在埠岭乡的西边，跟沟埠岭村、移民村隔得都不太远。这个村有一半是本地人，有些是20世纪五六十年代修水库时从库区搬来的移民户。

跟沟埠岭、移民村一样，富裕谈不上，贫穷却压在每个人的身上。多少年来，老百姓日出而作、日落而息，面朝黄土背朝天地熬到了现在。由于村子偏远，山路崎岖难走，平时也没有什么外人来。

耿春义也接到了电话，径直往长街村赶。在不长的时间里，县、乡医院的救护车、医护人员也到了。县里分管教育的李县长、教育局的刘局长以及相关部门的领导也都前后脚到了。除了赵云瑞和刘敏随救护车拉着几个学生去了医院，其他人都在现场。李县长跟刘局长对视了一下，不言而喻，都感觉到了巨大的压力。

这个乡地处地壳活动频繁的红板岩地带，建在这些半丘陵山区的房子，因复杂的地理环境，极易出现裂缝、坍塌现象。长街村小学是二十多年前群众集资盖的，水泥檩条里没有半根钢筋，属于典型的危房。两年前，教育局组织专门机构对这些校舍进行了评估，明确了这些校舍都属于危房，要求全部重建或翻盖；县里也发了文件，要求各乡镇对属于危房的校舍进行改造。埠岭乡目前在校生一千多人，分散在山沟沟里的十几所小学，少的七八间屋，多的十几二十几间，几乎都是危房。如果全部翻盖成新的，需要好几百万，一个乡的财力是万万拿不出这么多钱来的。县里也没有专项资金，就发文要求各乡镇自己解决。一纸空文，又把矛盾踢给了乡镇。几乎是入不敷出的乡财政哪有财力办这么大的事情，甚至连想都不敢想，只好这样一年一年地拖了下来。

赵云瑞的心情刚舒坦了几天，就又碰上了这要命的事。他知道，学校出事，哪怕是丁点儿小事，都会在社会上引起轩然大波，引起上级的格外关注。现在大多数家庭都是一个独苗苗，校舍坍塌、伤着学生这样的敏感事件，定会引起社会极大的关注。从县长到局长，再到校长，一个个都拉长了脸，暗自思忖，这事明摆着是一起典型的责任事故！谁承担这起事故的责任？又该担个什么样的责任？各人自己心里都在划算着。

纪委、监察局、安检局和公安局闻风而来。他们可不是来参与抢险的，而是来现场办公，查原因、录口供、取证据的。

长街村小学共有三个年级四个班，屋顶塌垮的是二年级的一间教室。因年久失修，加之最近阴雨连绵，屋顶上的两根水泥檩条经不住重压而折断了。檩条上面的泥瓦块随雨水泥浆一下子塌了下来，砸伤了四个学生。有两个学生头部和膀子稍有点擦伤，没有大碍；还有一个学生肩膀被落下的半截檩条砸了，锁骨骨折。据安检局的人讲，这个学生算幸运，如果头再往左倾斜五厘米，后果不堪设想，真是不幸中的万幸。最严重的是那个还正在抢救的男生，他被掉落下来的瓦片实落落地砸中了头部，满脸是血，昏迷不醒。从县城赶来的医生正在紧急抢救……

王秀清分管教育，刘敏是校长，此时的心情极其糟糕。不管出现什么结果，都脱不了干系。虽然校舍塌垮是早就预料到的事了，他们也有这个思想准备，但没想到来得这么突然，事故又这么严重。

雨还是伴着阵阵雷电一个劲地往下砸，并且还没有消停的迹象。烦人的天气加上这闹心的事，让每个人都焦躁不安。从医院传来的消息时好时坏，人人心里像是十五个吊桶——七上八下。

最难熬的当然是赵云瑞、王秀清和刘敏了，工作分工都与教育有关，都是直接责任人，处理着谁心里也都不痛快。大家都默默地祈祷，但愿顺顺利利地渡过这个关口。

县医院从省里请了个著名的外科医生来会诊，参与抢救受伤学生。赵云瑞领着刘敏、卢洪霞她们，又从学校找了几个心细的责任心强的老师，放下手头上的工作，全天守在医院里，轮流护理。刘敏连续三个晚上没合眼了，一直守候在学生病床前，直至昏倒在病房的走廊里。她觉得自己是一校之长，不管什么原因造成孩子们心灵和身体上的伤害，她都有不可推卸的责任。与此同时，她与其他守护的老师一起，彻夜跟受伤学生家长进行感情上的沟通，以期取得家长们的理解。

诚恳的态度和精心的护理，学生家长也都看在眼里。一开始表现出过激对立的态度渐渐消退，共同把精力转移到对孩子的救治和护理上来。此时的刘敏表现出了惊人的定力。她知道，无论结果如何，自己都难辞其咎。唯有提起精神，全身心地投入救治学生中，一是通过工作来减轻些思想上的压力，二是通过精心护理让受伤学生早日康复。

事故发生后，各种难听的杂音一下子集中到了刘敏身上。纵使她有几张嘴也难以说清。此时，她顶着舆论上的重重压力，排除一切杂念，指挥参与救护学生工作。受伤学生的伤势稳定住了，家长们的情绪也都慢慢平复了，并且反过来安慰老师，让老师们放心。特别是在第四天早上，医生告诉他们伤势最重的学生脱离了生命危险时，刘敏她们抱头痛哭了一场。是自责，是庆幸，还是……一切一切都包含在了那一串串痛楚的泪水中！

赵云瑞拦住上前劝慰的王秀清："不要管她们，让她们好好哭一顿吧，把窝在心里的疲惫、难过和苦楚痛痛快快地哭出来就好了！"

事后，耿春义与分管教育的李县长多次汇报，介绍危房存在的现实和乡镇财政的窘况，争取县领导给予些同情。

李县长知道全县校舍的情况，也曾多次找书记、县长汇报，争取拨些专款对校舍修缮修缮，无奈县财政也是捉襟见肘。时间一长，又把这事放下了。

危房的存在既有历史原因，也有面上的问题。学校的职责是教书育人，危房改造理应是政府行为。虽然是校舍塌垮，但也得理性分析一下，不能硬生生地强摁给学校，让学校来承担这个责任。县里在分析定性事件责任的时候，也是根据实际，权衡再三。当社会关注度有些消散的时候，县里也是尽量大事化小、小事化了，把影响减小到最低限度。埠岭乡总算是有惊无险、磕磕绊绊地渡过了这个几乎是"要人命"的关口。

县里多次召开校舍改造会议，要求各乡镇抓紧落实，可就在这关口上发生了校舍坍塌事件。为了以儆效尤，也为了给社会一个交代，县纪委经过调查，分清责任，给予分管教育的王秀清党内严重警告处分。圈子里的人都私下咋舌，认为这是最好的结果了。虽然王秀清觉得有些冤屈，但处分这块板子非砸下来不可，也只有他挨才最合适。

这天，赵云瑞把王秀清、刘敏找来，一块吃了顿饭，讲了让他们放下思想包袱、摆正心态和一些关爱的话，帮他俩把埋在心底的疙瘩慢慢解开。

耿春义、赵云瑞亲眼看到，刘敏在最危急的时候，处惊不乱，果断出手，为救治赢得了时间；接着又全身心投入处理善后工作，得到学生家长的谅解。后来，有人私下说，当时要不是刘敏用真心换得学生家长认可，把事情处理得这么圆满，随便一个人把这事捅到上面去，那不仅仅是给个处分的问题，恐怕县里、乡里还有教育部门也要有人受牵连……

"祸不单行"说不清是哪位先人说的了，也不知道是以何根据说的，在这里就不去深究了。可现实生活中，"祸不单行"无时无刻不深藏在你的身边，游离徘徊，随时露出吃人的獠牙给你点颜色瞧瞧，有时也会给你致命一击，让你知道"它"的存在。这不，学校这边的事刚刚消停下来，还没匀和地喘口气，工业园区又出事了……

连续忙了好几天的赵云瑞好不容易睡下，半夜里接到方战友的电话，说工业园区有个印染厂新建的厂房突然塌了，正在加班安装设备的两个工人被压在了下面……

他昏昏沉沉的脑子一下子惊醒过来，一会儿嗡嗡作响、天旋地转，一会又炸裂了一般疼痛难忍，心脏也"嘭嘭嘭"地加速跳动。他深知事态严重，满脑子尽是"完了完了"的声音。

一个地方发生一起安全事故就算少见，也是运气不济的了，要是接二连三地发生重大事故，就不能说是运气不运气的事了，而是反映工作能力的问题了。又是校舍塌垮，又是厂房倒塌，这些又恰恰是上级领导大会小会讲的重点问题。一波未平，一波又起，让县领导怎么认为？怎么来评判你的执政能力？

想到这里，他猛地打了个冷战，完了，完了，这回是真的完了。但他还是不顾一切地催促着加大油门，火速往现场赶去。

关门雨，下一宿。

坑坑洼洼的深沟，形成了一个个大大小小的水洼，在昏暗灯光的斜照下，好像是一个个幽灵、一只只魔鬼的眼睛在窥探着你；本来就松软的红板岩土路，让雨水一泡，泥泞难走，好像在故意阻拦着车辆的前行；四周一片漆黑，雨借风势，风借雨威，齐刷刷地砸到脸上、身上，给人一种沮丧、消沉的感受。他心急如焚，催促着司机"快开，快开"。他知道，早一分钟到，就有早一分钟的主动。对事故现场怎么处理先不说，至少对伤者家属也是个安慰。无论如何要赶在有关部门来之前到达现场。此时，他一边催促赶路，一边又想如何处置这突如其来的事故。处理得被动，责任大些；处理得主动，责任小些……

当车子又一次从深陷的泥坑里艰难地爬上来后，他忽然想起该给耿书记汇报一下。可转而又想，耿书记正在外地招商，汇报了又能怎样？处理的板子抢下来非得有人接着，总不能把责任推给耿书记吧！自己作为乡长，有直接责任，为什么还往外推？到现场看看再汇报也不迟。

当车子沾着满身的泥浆赶到现场时，方战友他们早赶到并忙活开了。此时的现场，有点先穿靴子后穿裤，有些乱套……

雨，还在淅淅沥沥地下着。黑咕隆咚的现场给人一种冰凉、阴森森的感觉。

"老方，什么情况？砸伤的人呢？"一见面赵云瑞就迫不及待地问。

"刚刚拉走！"方战友惊恐地说

"拉走？伤得怎么样？医生说能抢救过来吗？"

方战友阴沉沉地摇摇头，"恐怕不行了！"

"那也得抢救，只要还有一点儿希望就不能放弃！"赵云瑞知道伤个人和死个人的结果是不一样的。

"医生说脉搏摸不到了，瞳孔也放大了。"

赵云瑞站在那里一下子惊呆了，任凭雨水顺着发梢、脸颊往下流，两眼一眨不眨地盯着黑暗中的方战友。也不知过了多长时间，长长地一声叹息后，说："厂房是怎么倒的？"

"这几天不是下连阴雨吗，厂房的地基下沉严重，南墙吃重厉害被压塌了。"

"为什么晚上干？"赵云瑞质问。

"不是为了赶进度，迎接半年点评嘛！"方战友一脸委屈。

"就两个人？"赵云瑞点点头用手指比画了一下。

"还有一个重伤的，其他工人在北墙边安装，有几个划破皮的不碍大事。要是北墙吃重厉害的话……"方战友没再说下去。

厂房坍塌，一片狼藉，冰冷的雨水又啪啪地往脸上砸，现场人心惶惶，一时没了主意。

家有千口，主事一人。看到乱哄哄的场面，赵云瑞一下子清醒了过来。他没有丝毫犹豫，把人员召集过来，"同志们，这样不行，现在听我安排，马上组织力量下手，天亮之前必须把现场清理干净！"

"赵乡长，按规定要求，必须在发生事故的第一时间往县里报情况，咱是不是往上报？"方战友念念不忘自己的职责。

也不知道赵云瑞是没听见还是故意不听，反正是答非所问，对方战友的提醒没理会。

"根据您电话里安排的，我和老方负责清理现场，鲁祥生和厂长姜秋力负责做死者家属的工作，还有一路人马由派出所负责，千方百计避开新闻媒体，控制闲散人员进出厂区和死者家里，严防谣言传播！"陈来电说。

"好，就这样安排，再告诉他们，处理这样的事既要耐下心来，又要速度快，并且越快越好！"

"厂长叫姜秋力，他表态挺好，说宁让钱吃屈，也不让人吃亏，准备多出点钱摆平这事，尽量满足死者家属的要求！"

"关键就是死者家属呀，一个大活人眨眼间没了，谁也接受不了这个现实呀！"赵云瑞看着坍塌现场沉甸甸地说。

鲁祥生和姜秋力领着几个人一头扎到死者家里，跟死者家属见了面。他们几乎是面对面、脸贴脸地把事故经过既详细又耐心地做了解释，表情沉重，恳求谅解，并表示尽量满足要求。死者家属哪里能接受这突如其来的噩耗，更听不见这样那样的解释，要死要活地哭作一团。

夜很深很深了，屋外的雨丝还是没有停的迹象。他们又找到亲戚朋友赶来，帮着耐心地做着工作。人死不能复活，再怎么痛苦也得面对现实。死者家属虽然接受不了这晴天霹雳般的噩耗，可又无法改变已经形成的事实。悲痛欲绝地痛哭了顿后，还得面对现实。为让死者尽快入土为安，在众多亲戚的反复劝说下，姜秋力连夜跟死者家属达成了赔偿协议。

陈来电和方战友的压力一点儿也不比鲁祥生他们小。

两千多平方米的厂房，连房顶带边墙一下子落了架，断壁残垣、横七竖八地杵在那里，凄惨惨、黑森森的。在这半夜三更里，不理解伙计们有多么焦急的鬼天气急一阵慢一阵地下个不停。别说清理好现场，就是这个时辰去找几辆车来恐怕也是难上加难。不过遇上这要命的安全事故，就是要了血命也得把现场清理好才行。

赵云瑞看到这么一大片坍塌的废料，黑压压地堆摞在那里，不觉一震，到天亮能运走？恐怕再加上一天也运不完。怎么办？陈来电和方战友站在赵云瑞旁一筹莫展，想不出个好法子。

"懒人有懒福，好人有好报。"赵云瑞怀揣着个沉甸甸的心情，在下得稍小些的雨中来回走着。怎么办？怎么办？如果不能及时处理好现场，县委、县政府主要领导就会组织来埠岭乡开现场会，就会提出严厉批评，就会……他不敢往下想象！他又走了几个来回后，猛然间好像想起了什么。

"周经理，对不起了，半夜三更给您打电话，求您帮帮忙吧！俺这里发生了重大事故，想把现场清理一下，请您派几辆铲车和拉土的翻斗车救救急吧……"他顾不上客套，语速急快地把发生事故的经过跟铁路工程公司的周经理讲了一遍。

周经理一听明白了啥事，就打断赵云瑞的话，没让再解释下去。因为设备就在附近，答应半个小时到工地，让他们派人到路口领车。不大一会儿，就看到明晃晃的车灯晃动着往这照来，他们心里才略宽松了些。

马力胜看起来不愠不火的，但内心的焦躁和担忧无时不在脑海里掠过。他们负责舆情，处在看不见的战线上。为了将厂房坍塌砸死人的负面消息控制在最小范围内，机关干部、派出所民警，两人一组，摸黑对一些知情人进行统一口径，严防多说、乱说、胡说；对工业园区的其他企业主也提出要求，就是一问三不知；尤其是对本厂的领导层和员工更是要求守口如瓶，尽量少说，最好是不说。说到底，就是把这影响埠岭乡的事故控制在最小范围内。

一切都在紧张而有序地推进。

天刚蒙蒙亮，鲁祥生亲自带人组织他们一刻不停地将死者送往了火化场。因为火化场还没上班，他们怕节外生枝或者出现变故，心里仍捏着把汗、揪揪着心，心乱如麻地等待火化场那边的消息。

赵云瑞在太平镇工作时曾碰到过类似的事情，深深地知道安全事故所承担的责任。因此，他不顾一切地把敏感、棘手的事先解决了，至于随后的问责也管不那么多了，走一步看一步好了。

在赵云瑞的调度和现场督促下，现场清理加快了速度。为了不留痕迹，他一遍遍要求清除彻底。两台大型铲车的排气筒子呼呼地冒着柴油味的浓烟，把些重的、大的物件、垃圾铲到拉土车上运走。当一堆堆的垃圾山运得还剩下个尾巴的时候，天也渐渐亮了。

淅淅沥沥的雨水把他们淋得浑身没个干的地方。正当大家七上八下焦急地等待火化场那边消息的时候，方战友又想起往县里报情况的事。发生了这么大件事，报晚了都不行，瞒报的话就更不行了，说不准要承担法律责任。他跟姜秋力又嘀咕一阵之后，觉得这是人命关天的大事，没有不透风的墙，硬捂是捂不住的，与其让上面被动知道查下来，还不如主动把事故报上去，至少说工作态度还端正吧。反正这里里外外的事故现场也处理得差不多了，等着县里赶到这里，火化场那边的事也就利索了。想到这里，两人悄悄地来到赵云瑞身边，想再做做赵云瑞的工作。

"赵乡长，按县安检部门的要求，大小事故都要上报。咱这应该算是重大事故了，不报是不行的，您看这事……"方战友试探着问道。

"对呀，上报，上报，抓紧时间上报，你们早该报，怎么现在才说？"赵云瑞表情严肃地责备。

赵云瑞痛快麻利的回答，倒把他俩弄得是一头雾水。正当纳闷、琢磨赵乡长的路数时，转身一看，空荡荡的场地根本不像个事故现场，又想到刚才急匆匆地签了的赔偿协议，急躁、焦灼的脑子仿佛一下子开了窍一般，恍然大悟地反应了过来。上半夜怎么说也听不见，刚才这声音跟蚊子嗡嗡叫的声音，他听得又这么明白，答复得这么痛快，是不是赵乡长使了个"拖延计"呀？俩人咬咬耳朵，会意地点点头。

"是福不是祸，是祸躲不过，既然需要上报，我跟耿书记汇报一下，就抓紧以乡政府的名义给县有关部门报告吧！唉！没法子，摊上就得挨！告诉厂里，把事故现场再清理清理，最好是啥也没有！"方战友听出了此话的弦外之音，现场处理不好就有可能在这里召开现场会。

一大早，安检局接到埠岭乡报来的企业发生伤亡事故报告，觉得事态严重，在汇报县政府领导后，迅疾赶赴现场。也许是老天爷动了恻隐之心，既让瓢泼大雨延缓了到达事故现场的时间，又让这敏感的新闻淹没在持续的暴雨中难以发酵扩散。

当纪委、公安、安检部门组成的调查组赶到现场时，已近中午，除去几台被雨水淋得湿漉漉的设备堆放在那儿外，里里外外啥也没有，就像没发生过事故一样。当安检人员转了一圈，四处寻找事故现场时，姜秋力指着空荡荡的场地说就这地方。纪委、安检、公安等部门斥责他说假话，做假现场。姜秋力反复解释他们也不听。当法医准备尸检时，听说家属送去火化了。法医不管尸检以外的事，听说火化了，鼻腔里哼出几声懒惰的笑声后，轻快地收拾起家什跑车上躲雨去了。姜秋力是企业法人代表，更是第一责任人，谁脱了干系他也脱不了干系。执法部门找他做笔录时，他也是打肿脸充胖子，硬着个头皮，把事故轻描淡写地叙述了一遍……

现场打扫得干干净净，死者家属也没来纠缠、闹腾，厂内厂外的负面反应几乎没有。这些反常的举动，倒让安检部门一时摸不着头脑，就好像是没发生过一样。经过再三分析，认为是地方政府先期介入，在第一时间、以强有力的速度和力度把问题迅速解决在事故发酵前短短几个小时，是化解事故矛盾的主要原因。固然说他们的做法与安检部门的事故上报程序有些相悖、不可取，但他们在特殊的时间段变被动为主动地见机行事，并且把事故几乎不留痕迹地处理到位，也不失为一种好的做法。

虽然企业与死者家属达成赔偿协议，一般不再追究了。但是作为乡镇这一级，得起动问责程序，追究相关责任人的责任。因为事故处理得确实干净利落，尤其是负面影响又不大，最终给了鲁祥生党内严重警告处分，方战友行政记大过处分。

两次安全事故脚前脚后地让埠岭乡摊上，又都是牵扯人身安全的重大事故，让谁也是头大。过后，耿春义跟赵云瑞聊起时，隐约觉得事情发生得虽然有些偶然，但并不是想象的那么简单。企业发展得越快，安全隐患就会越多，但又不能因为出现安全隐患就不发展了！还有危房改造的事，县里大会小会提到过多次，有钱没钱是能力运作的事，而下决心办与不办是认识、态度的问题。县委既然开会安排了，就该提到议事议程上来研究如何干。再说，今年的雨水这么勤，要是再接二连三地出事，那可就……

在领导干部会上，赵云瑞就连续两起安全事故和目前存在的一些安全隐患作了全面解剖，分析了问题存在的根本原因，谈到发生的校舍和厂房塌垮事件时，把责任全都揽了过来。他分析说，县里多次开会要求有条件的乡镇要先行一步，撤并偏远、生源不足的学校，集中到乡中心小学上学，并要求新盖校舍，对一些教室要更换檩条、进行修缮。因为咱乡财政实在是没有钱，撤并学校的事只是议论了几次，没敢动作，更换檩条和修缮事宜也放下了。这都是因为我们认识上有问题，重视程度不够，导致出现了教室塌垮事件。血淋淋的事实提醒大家，每一项工作、每一个细节，都麻痹不得！这次学校教室垮塌没砸死学生是老天有眼，既给我们敲一下警钟，又给了我们一次机会。如果再执迷不悟，老天定会惩罚的。下一步的工作重点，不是检查安全不安全的问题，是要痛下决心，让每一个学校、每一个学生赶快从危房里中撤出来，把村委办公室、村里的空闲屋、乡里的大礼堂，还有企业的仓库腾出来当教室，最大限度地利用好这些空闲的地方，确保学生的人身安全和学习不受影响。原先不是已经有了撤并学校的规划了吗？会后提到议事日程上来，该撤哪些学校、该留哪些学校，三五天之内拿出修缮和搬迁的具体方案。今年陆陆续续地上了十几个项目。建工业园区和新上项目，是贯彻落实县里加快经济发展的会议精神，这点没有任何异议。下一步还要加大力度，上高附加值的大项目、新项目、真正的外资项目。但是在上项目的同时，还要注意安全隐患，不能把安全忘脑后去了。这次企业发生的事故，教训是深刻的。如果不是县里领导极力保护，我们还能坐在这里开会？现在想想都后怕呀！大家都知道乡镇工作的特点，没一样工作不重要。你们看看，这计划生育工作是一票否决！社会稳定工作是一票否决！经济指标没说的，也是一票否决！安全事故呢？不更是一票否决吗？干什么吆喝什么！现在上面抓招商引资、抓安全生产，我们就既要抓安全，又要抓发展。每一个村、每一个学校、每一处企业，都可能存在着安全隐患，稍有麻痹，就可能酿成大祸。希望大家都引起高度重视，从严排查，还有就是目前在我们地段上施工的铁路也好、公路也好，也一定要对接好、检查好。千万不能因为是国家工程我们就放任不管，上边有政策叫属地管理。只要出了事，不管什么事，与当地政府都有一定的牵连……

赵云瑞一口气把想了几天的话全掏了出来，最后还不忘多说了几句环保的事。因为，他隐隐地感觉到，环保也像是一颗炸弹，早晚是要爆炸的！

参加会议的同志身上一下子堆起一片鸡皮疙瘩，个个毛骨悚然。是啊，这些乡干部都包靠着村、企业，谁身上的工作责任也是厚厚的一大撂……

三十

"赵乡长，刚才会上讲的撤并学校，资金可不是个小数目呀？"鲁祥生关心地说。

"这就是政治任务，拉着饥荒也得干呀！咱这里又发生了校舍坍塌事故，再不赶快下手，加快进度，可就是不负责任啦！手里没有钱，事情还得办，你说头痛不头痛？"赵云瑞本来就皱着眉头，鲁祥生一说，眉头皱得更紧了。

撤并学校和校舍改造可不是小孩过家家有一搭无一搭的，一旦下手那可是真金白银地往里填。有些日子过得好的乡镇，几十万、几百万不一定是大问题，可对这偏远贫瘠的埠岭乡来说不能不说是雪上加霜。赵云瑞头重脚轻地回到屋里，看似心平气和，脑子里却像过电影一样梳理着，绞尽脑汁地将来将去，试图寻找些建校的办法。屋子里的灯，一晚上没关……

一大早，赵云瑞来到耿春义办公室，说："耿书记，关于撤并学校和校舍改造，我昨天晚上考虑了一个方案，您看行不行？"

耿春义也在为资金没有着落而揪心，听到赵云瑞有了方案，急切地催他快说。

"全国都在搞房地产赚钱，我想咱也搞。因为咱这里地处偏僻，经商意识又落后，开发了房子恐怕也卖不出去；再说，开发还得需要启动资金，可咱们连这个钱也凑不齐。我想可以分两步走，一是先招商，定几个优惠政策，想法招几个投资服务业项目的，比如说建个农产品超市、果品蔬菜批发市场。因为咱埠岭乡有两三万亩的果树，今年又发展了上万亩蔬菜，没有专门的市场也不行。建这样一个果品蔬菜批发市场，果农菜农都会拥护。第二步就是想通过建这样一个市场来带动其他产业，比如说房地产业也许就能带起来。只要房地产业旺起来了，赚钱是肯定的了。年初修县埠路的时候，我就有这么个想法，安排鲁祥生他们把中心街一侧的垃圾场和一些闲散租赁户全部清走了。因为条件不成熟也没敢运作，如果把中心街南面小学沿街的地块挤出几亩地来一块开发，估计能成。我粗略地算了一下，那块沿街地段足有二百米长，能盖四十多个沿街商铺。每个商铺卖十五至二十万，就能有六百万的收入。除去建楼成本和开发商的利润，赚二百多万块钱有把握。这二百多万块钱，其实就是用学校的地赚的，学校搬迁不是需要三百万吗？这一下子不就解决了一大半？咱这也是取之于教育、用之于教育嘛！校舍改造还没拿出预算来，不过再怎么节省也少不了一二百万，开发垃圾场那块地，把账算好也能赚个百八十万。我想找个有钱的开发商来谈谈，合适的价格把地整体一块转让给他也行。如果这两个项目落实好的话，既有了建新校的钱，又改变了乡驻地脏、乱、差的状况，老百姓'卖果难'的问题也一下子得到了解决，可以说是一举数得。如果超市和果品蔬菜批发市场由同一个开发商开发，那就更好了，说白了就是'土地置换'。我给你块地，你帮我建学校、修缮危房。当然，这里面还有些具体细账，让王秀清和刘敏他们操作的时候再详细算算。咱不能做亏本的买卖，但也得让人家能赚到钱才行！双赢嘛！我想，您如果同意，我今天就去县里找几家熟悉的开发公司，跟他们聊聊这个事，说不准真有愿意来的。"

耿春义仔细地琢磨着赵云瑞的想法，沉思了一下点点头，说："行，咱们埠岭乡这样穷，又没有来钱的门路，但该花的还必须得花！这些办法在其他地方也都有，但在咱这里恐怕还是些新生事物。他们一下子还不一定能接受，还要多做一些解释才行。这事如果成了，不但吸引了外面的资金建成了商业街、批发市场，关键是利用这种形式还筹到了建校资金。不错，不错的想法！不过，找到合适的开发商才行呀！云瑞，再想法把条件放宽些，比如说，减免一切手续费，帮助办好用地手续，或者把咱们的利润再降低些，这样才能吸引开发商来投资。前些年，我们这里发展慢的主要原因就是思想不够解放、步子迈得慢造成的，是到了加快步伐的时候了！"

"是的，这样也就跟苗学青建的那条'文化街'遥相呼应，成为一个整体。因为资金短缺，今年的乡驻地开发本来准备放一放，明年再下手，您把苗学青引进来建条'文化街'，这再酝酿建几个农产品市场，'有心栽花花不发，无心插柳柳成荫'。一不小心把这事又搞起来了！不过，耿书记，有些想法还不太成熟，我再琢磨琢磨。在帮助咱把学校建起来的前提下，最大限度地让利于他们吧。"

"好，你抓紧操作吧！我去县交通局再催催县埠路补助款的事。"

一说到县埠路工程款，赵云瑞不自觉地又皱起了眉头。因为他知道乡上还拖欠着各个施工队好大一部分应付款。

乡驻地中心街两侧大都是几十年前，甚至百年前的旧民居。不多的沿街商铺，也是普普通通的平房。道路也是硬石子垫的，每逢下雨天，满街积水，坑坑洼洼，人根本无法行走。在这些沿街商铺的南侧是中心小学的所在地，北侧是些低矮商铺和一个垃圾场。

赵云瑞来来回回查看这地段好多次了，他把宝也就押在这儿了。他想的最多的是怎样把这块靠街的地方充分利用起来，怎样用最好的经营模式把开发商吸引过来。几天来，他煞费苦心，又是找人计算，又是找人评估，摸清商业开发的真实底线。心里有底后，他信心十足地找了几家企业，合作意向始终没有达成。一着急，太阳穴就剧烈地暴胀起来。挺好的一个思路怎么就是推不开呢？冥冥之中，他觉得天无绝人之路。正在愁肠百结的时候，忽然想起了春天在高速路工地上植树的宋程坤，为何不找他聊聊呢？

想到这里，他立马打起精神，拨通了宋程坤的电话："喂，老宋吗？"

"赵乡长，您好！好久不见了呀！"

"在哪里忙啊？好长时间没联系了！"

"是呀！想开发个楼盘，正在联系着！"

"你不是搞园林项目吗？怎么又弄这一行了？"

"这年头什么挣钱就干什么，今年的房地产形势比去年好，就想法干点呗！"

"都是这样的心态，一看到挣钱的买卖，就一窝蜂地上，不挣钱的买卖，求都求不到人。你联系的那个楼盘进展到什么程度了？"

"烦死人了，刚开始起意的时候，两三家在争这块地盘，也都摆平了。现在倒好，一下子又增加到六七家了，都明白过来了，只要能拿到手肯定挣钱。这一争不要紧，本来并不复杂的事，倒变得复杂起来了。看看情况，不行就放弃算了，办个事真难呀！"

"老宋，为什么偏偏在一棵树上吊死呢？全县这么多地方，哪里挣不到钱？非得挤那儿？"

"说的也是，可就觉得这是个挣钱的地盘，就稀里糊涂地掺和进去了！看他们的猛劲，恐怕没咱的戏了！"

"此处不挣钱，必有挣钱处。为什么不找个冷门、拣个便宜的地方赚钱呢？"

"哪里有？您那里也没有啥好的项目，就是有，也是些垫钱买卖，难呀！"

"别对垫钱有意见。凡是垫钱的，利润肯定高。谁也糊弄不了谁对吧！我们正在研究乡驻地整体开发，感不感兴趣？"

"小庙里的神，烧不了大香火呀。要是有好政策，感兴趣倒是真的。赵乡长，就怕您没有钱，又是赊又是欠，拖不起！真是拖欠怕了。"

"先别弄些泄气的，钱肯定不多，但有政策，给你优惠政策不就等于有钱了？"

"跟您谈生意得稳当当地来，您也是一个米粒熬锅汤，还忙活着撇米。"

"看你说的，把账算在明处嘛！"

"跟您开个玩笑，知道您的为人。不过光跑规划也得盖几百个章，没个一年半载的也不行吧！"

"有一块地挺好，如果你看好了想开发，咱就网开一面，特事特办！"

"再网开一面也快不到哪里去吧？"

"你是真没在乡镇待过，还是揣着明白装糊涂？乡镇盖几间屋跑什么手续、盖什么章？说实话，在乡镇干就这点好处，啥也不需要，一点头就是盖了一个章，一商量就是一个规划。只要有兴趣，今天就可以下手！"

"真的什么规划也没有？"

"整天忙着集资截访哪有闲空弄这些东西，想让你来帮着搞个规划呢！如果你来，你怎么规划就怎么干！信得过你！"

"真的假的？可别哑芯子？"

"咱们交往这么长时间了，你不了解我，还是我不了解你？这事用得着大惊小怪了？有什么真不真、假不假的？你来了就知道了！"

"是不是建学校呀，赵乡长？"宋程坤整天在这里转悠，没听说开发的事，便心生疑虑。

"打墙也是动土，建学校就离开乡驻地开发了？我倒问问你，农贸市场能不能建？"

"大小也是建筑公司，楼都敢盖，还差个铁架子？"

"那你就快来吧，过了这村就没那店了。"

"好好，明天我就带人过去。不过，赵乡长，您那里的家底子我是一清二楚的。要是牵扯到付款，不会再拖着吧？像我们这样的企业可拖不起呀！"

"你过来看看就知道了。真要是算不着账就不干呗，有什么大不了的！不过，可是有几个开发商非常感兴趣。"赵云瑞有意吊了下他的胃口。

"这一点我明白。要无多，还无少，买卖行里有争吵。好肉可别让人吃了，怎么着也得给咱留一块肥的！"

"老宋，我给你打电话也就有这个意思。植树造林这活干得漂亮，帮着解决了这么些难题；前些日子又从你那里借钱垫税应了一下急，得想法好好谢谢你。一谈到开发，我就想起了你，因为你是搞土石方工程的，也没用劲往你那里想，只是想通过你帮助联系几个开发商来看看。这电话打得真是时候，是不是心有灵犀一点通，不谋而合呀！要是有时间，明天就过来看看，先把中心街开发的事研究研究。至于挣不挣钱，我想就不用多说了，有些优惠政策，肯定比你想象得要好！"

"好，好，明天就带人过来！"

"好，就这样定了！"赵云瑞放下电话，脸上隐隐流露出一丝喜悦。

第二天，宋程坤如约带着技术人员来到乡委。

"对不起了，各位，一早到村里去了解了个情况，事情复杂稍微拖了点时间，让你们久等了！"赵云瑞谦虚地跟大家握手。李秘书往客人茶杯里续着水。

"在您眼里，还有什么复杂的事？"宋程坤半开玩笑地问。

"真让你说着了，口蹄疫，复杂不复杂？就是养殖户难对付。好在处理完了。"

"赵乡长，咱先看看地方？"宋程坤直接切入正题，"要不就先把这里的规划详细说说！"宋程坤点上烟后，目光炯炯地望着赵云瑞。

"好好，是这样，根据县里的要求和安排，分散在各村的小学要全部撤并到乡中心小学来。学生一多，教室显然不够用，就计划在乡中心小学新建部分教室，另外对原来的校舍进行维修。我找人初步匡算了一下，连建带修大约需要三百多万元。但是呢，乡里又没钱，就想到了中心街南侧、中心小学临街足有一百五十多米的地段，是不是可以开发一下。通过开发能赚一些，新建校舍也就不愁了。但加上维修校舍的费用就不够了，在这块地段的左侧，还有块几十亩的空闲地，原先是个堆积如山的垃圾场和一些租赁户，现在已清理干净了。我们就想利用这块空闲地，建一个超市和果品蔬菜批发市场。有了超市，有了批发市场，中心街的人气有了，人流量也就大了，沿街商铺价格不就跟着上来了吗？建这个市场，是针对这里的果园多考虑的，原来叫果品批发市场，今年又发展了上万亩的大田菜，种植面积和种类都不少，就决定建一个以果品和蔬菜为主的多功能批发交易市场。通过建设和经营这个市场，也可以赚几个钱。两块地方赚的一凑，新建校舍和维修的钱也就差不多了。这事确定下来，就可以马上开工，争取秋季开学让学生能按时入学。说细了，这是两个项目，其实这是分不开的一项综合配套工程。说白了，就是卖地赚钱建学校。当然，有些细账咱再坐下来慢慢谈。"

"说来说去还是没有钱？"宋程坤轻闲地问。

"坦率地说，就是没有钱，但我可以到科技园那儿借几十万的启动资金！"赵云瑞直言相告。

"没有钱怎么开发？那点地还不够收回成本的！"

"先研究着，说不准啥时天上还会掉馅饼呢！"

"真掉馅饼也落不到俺头上，还有什么？"宋程坤显得有点遗憾。

"随后陆续开发的项目还有不少，觉得今年上半年你在埠岭投资挺大，还欠着你的工程款，不好意思再让你垫资干些不挣钱的买卖。昨天给你打电话，想让你帮着找几个有实力的开发商来投资开发，既能一下子解决学校撤并搬迁的问题，又借鸡生蛋，进行乡驻地开发。至于项目挣多挣少，我们没有经验，也算不太准。你要是愿意开发，就一块帮着算算，我可以给你最优惠的政策。一句话，你只要帮着把学校建起来、把校舍维修好，啥事都好谈！"

宋程坤眉毛一挑，仿佛看到了商机，"土地性质、审批手续、收费价格，这些都……"宋程坤急不可耐地把些房地产开发方面的问题一一提了出来。因为他最关心的就是要跑几十个部门、盖几百个公章，拖上三五个月时间办手续的事。

"实话实说，你只要愿意接手，今天签合同，明天就可以开工，什么手续、收费也没有。在这里，我是乡长，我可以说话算数。"

"不可能吧？啥手续也没有，也没有招投标什么的？"宋程坤还是有些迟疑。

"有人来投资就不错了，乡下人干点事招什么标？这些地都是闲置了多年的土地，建起来出售也都是民间买卖，又没有什么房产证。说白了，就是些目前流行的小产权房吧，愿买愿卖，两相情愿的事。宋经理，还有一个办法，我觉得更简单，我把地给你，你给我把教室建好，花多花少两不找了，怎么样？当然，如果相差确实太大的话，咱还有启动资金，咱还有其他的合作项目，赚钱是手拿把攥的。我们已经有过愉快的合作，如果你能承揽下来，也是再好不过的事了。我会全力以赴提供帮助！"赵云瑞又把乡上的其他情况也介绍了一下。

"您找个人陪着我们转转吧，三两天给你个信儿。一句话，这个工程是非我莫属了。至于合作的方式，看看地方、算算账再定吧。"说着，宋程坤站起来招呼着他的同事就要走。

"谁陪着？我陪着你这财神爷呀！咱俩合作也不用磨合，可以打把就来，对不对？"

"也是也是，您可真会专拣软柿子捏！"

"到这份儿上了，也不跟你玩些寒暄客套的了！怎么，还没喝几口水就去看现场？"

"这不是让您逼的吗。如果干的话，那是要一块砖一块砖地往上垒。您看看现在这天，晴一天雨一天又没法干，可学生开学的时间是雷打不动的！不说了，先把情况摸透再说吧。"

"好，就这样。"赵云瑞也干脆地答应。

赵云瑞又把刘敏叫过来，一起陪着去了现场……

太阳慢慢地爬到头顶上了。赶大集的老百姓望着这些陌生人的面孔，在这脏兮兮的地方指指点点的干什么？他们好奇地嘀嘀咕咕。

"宋总，地也看了，账也算了，可能一下子挣不了那么多，可也垫不了多少。等那边的超市和果品市场建起来，这边的房价也就上来了。再说这些地方都是零地价，怎么着也能挣点吧？"

"赵乡长，您是净说俺愿意听的。光这些教室的投资还不够我呛的？从账面上算我是捡个便宜，可实际上我得先垫好几百万。在这兔子不拉屎的山沟沟里，谁来买这些沿街房？卖不出去怎么办？等到价格上涨了再卖，那得等到猴年马月呀！"

"哎，搞房地产也要有长远眼光。那些赚大钱的不就是几年前买下的地盘？你知道叫什么吗？叫捂盘。现在不都成了让人眼馋的香饽饽？现在这里除去西面建了条'文化街'，其他还没进入整体开发，你是头一个。你看吧，等他们抢着往这里挤的时候，会馋得他们流口水！别看咱这里穷，可穷也有穷的好处。咱不是正跟县里汇报制定峦山湖的旅游开发吗？一旦方案出台，你可是捷足先登！到了那时，恐怕数钱数得手发酸，你就尽管美滋滋地赚钱吧！哎！这些教室全盖完的话，包括操场、院墙得多少钱？二百万够不够？再加上超市、果品市场，还有这一溜沿街房，你说投多少？"

"我想这样，一会儿上财政所再详细算算。您给我的这点地，别看是零地价，恐怕是真的包不过盖学校的费用来。我们大概算了一下，真的挣不到什么钱。投资好几百万，忙活大半年的什么也没挣到，那不是瞎忙活？这样吧，乡上再拿出五十万块钱来，作为启动资金。即使我不挣，但也不能赔上，或者说挣多挣少我认了！"宋程坤做生意精明，为人也更厚道，说话办事从不张扬，一看就是个实在人。

赵云瑞听了宋程坤的话后，略一沉思说："不用去财政所了，也不用再算账了。秋季开学前把教室全部盖好，别影响学生入学，然后是院墙、操场收拾好。至于给你的这些地如何开发，那是您的事，挣多挣少，我们就不干涉了！再就是你提出来的五十万块钱的事，好吧，先答应你。不过，我先把话搁这儿，去科技园求人家，借给咱算有面子，不借也是人之常情，不能为了这几十万块钱影响合作。咱是些大老爷们，说话办事得南山上滚碌碡——实（石）打实（石）呀！不管怎样，有一条你必须得答应，那就是秋季开学前一定要把教室建好！要是这六七百个学生不能按时入学，我只有辞职走人，明白吗？"为了尽快把教室建起来，赵云瑞也痛下决心特事特办了。

"好！好！可院墙的拆除……施工队进不了场，可是要影响进度的！"宋程坤指着还没动的院墙对赵云瑞说。

"刘校长，今天拟出合同来，明天就安排人把沿街这块地让给他们。咱手里没钱，就得求人帮咱把新教室建起来。社会上这样那样的议论不管了。学校里开个会好好解释一下。还有个事，就是半年点评来通知了，点评的时候你可要多上人，把场面支撑起来！必要的形式还是要搞的嘛！"

"放心吧，赵乡长。"刘敏又转身对宋程坤说，"宋总，您明天就进工地吧。看起来是把学校的地开发了，其实也是加大了对教育的投入。今天晚上，我们开校长办公会，统一下思想，把这事安排下去。其实就是不开会，大家心里也是亮堂堂的。这不是取之于教育、用之于教育，造福子孙后代、功德无量的事情嘛！"

"对！对！就是这个意思，中午一块吃饭，陪陪宋总。下一步，他们在这里施工，需要联系的事情肯定不少。还有个事，中午耿书记也可能参加。你要多敬耿书记几杯呀！"

"赵乡长，我不会喝酒！"

"不会也得喝，如果不喝，怎么敬酒？前几天，你不是说家里挺困难的嘛，要是耿书记一不高兴，真的把你调到其他学校去怎么办？所以你一定得喝，要是喝好了，不但不走了，说不定还有意外惊喜呢！"赵云瑞一语双关地说了句半截子话。

刘敏不知赵乡长葫芦里卖的什么药，心里纳闷，怔怔地望着赵云瑞，希望能从他的表情中看出些端倪来。无奈，赵云瑞始终如一地谈土地置换。走了一段路后，他悄悄地跟宋程坤说："中心小学是指在乡驻地的一所普通小学。秋季开学后，全乡的学生全都集中到这里来，这里就成了全乡名副其实的中心小学了。校长这个位置很重要啊！"

宋程坤恍然大悟，掩饰不住内心的兴奋，对跟上来的刘敏说："刘校长，今天这酒你喝定了，喝不了我替你。"他又转身对赵云瑞说，"赵乡长，咱都是男爷们，说话办事是吐个唾沫砸个坑的。这事既然定了，那就别吊人家胃口了，赶紧告诉人家不就得了？"

"这事你跟耿书记说去，我不管这些事，在这里透露出这些内容按说都不应该！当然啦，这都是你分析的，与我无关！哈哈哈哈！"赵云瑞脸上流露出狡黠的神态。

"快别吓唬人家刘校长了，肯定是好事！真要是换人的话，还能喜滋滋地在这里说？不是吗？一个女人没白没黑地干工作，又干得这么出色，有什么问题？刘校长，好事来喽！"宋程坤也半开玩笑半认真地说。

是呀！这么大的敏感事，自己又是当事人，赵乡长能随便说吗？既然能处之泰然地透露内容，估计是跟耿书记商量好了的。

刘敏有些感激地望着帮他说话的宋程坤。平心而论，她并不贪恋校长这个岗位，但家里老人有病，孩子又小，正是需要人的时候，要是真调走的话，家里麻烦就大了。

"家家有本难念的经。按说在这里揽项工程干，也挺开心的。可工程投资这么大，又不知道啥时候能收回投资。一想到这些，头就一炸一炸地疼！"宋程坤心存疑虑地说。

"别想多了，快开工吧！说定了的事，坚决不能再改了啊。下一步有什么好项目咱们再商量！"赵云瑞用坚定的目光望着宋程坤，信心十足地鼓励他。

三十一

埠岭乡南边是丘陵地带，在这些低矮的丘陵中凸显出一座俊秀的山峰，是这方圆几百公里最高的山。山的南坡怪石嶙峋、崖悬壁峭。山脚下就是烟波浩渺的栾山湖；山的北坡，坡缓地肥。大片的松树傲立山巅，枝叶繁茂。清风徐来，松香袭人，令人心旷神怡。这座山叫栾山。

山不在高，有仙则灵。海拔仅有几百米的栾山，横卧在栾山湖畔，像只俯冲的雄鹰意欲展翅高飞，更像头醒来的雄狮蓄势待发；因怪石嶙峋、地势险要，使它更加雄伟壮观。

传说当年刘伯温辞官后曾在这里隐居修炼，因此这座山又有"仙山"之称。逢初一、十五，都香火不断；每年的三月三和九月九，都从四面八方来赶庙会，求仙拜佛，祈求平安。

20世纪五六十年代，按照"鼓足干劲，力争上游，多快好省地建设社会主义"的指示，人们用小车推、肩膀扛，一点一点挖出了这个水库。半个多世纪以来，栾山湖一直起着储洪灌溉的作用，清澈的湖水按着人们的意愿，为沿岸群众提供着生产、生活用水。

这天，不合时宜的雨又淅沥沥地落了下来。

赵云瑞没白没黑地把事故处理好，刚要松口气，鲁祥生拖着管信访的老温一步闯进办公室，"赵乡长，您那天讲的属地管理的事，真让您说着了。昨天县信访局来了个电话，说有个信访案子牵扯到咱们，可能就是属地管理的事。这不，政法委要开协调会，让乡镇一把手参加，耿书记参加会去了。唉！又碰上了一件挠头事，恐怕得花钱摆平！"

"光听说'属地管理',还不明白这'属地管理'到底是个啥事呢!"连续几个白天黑夜的忙碌,赵云瑞一脸倦容。一说到花钱,他立马睁大眼睛问。

"就是不管在那里发生的事,只要是户口在咱这里,就由咱处理。"温柴道简单一介绍。

"好像是东北大兴安岭那边的事吧,说起来还神乎乎挺有故事呢。"鲁祥生把从信访局那里了解到的情况跟赵云瑞大体汇报了一下。

大兴安岭那边有一个林场。二十多年前,林场有个姓陈的工人在装木头时不小心伤着了腿。因为类似的事情在林场经常发生,公司只好认倒霉,掏钱给他治疗。伤好后,林场又拿出一些钱来作为救济,与当事人达成了补偿协议。这样事情也就了了。

可能是这些年日子过得不太顺利吧,这个人就有了些想法。在个别上访人员的教唆下,开始上访。他先是到林区的有关部门、到当地的政府部门反映情况,说当年的补偿不合理,要求政府帮助解决。

新中国成立几十年了,各行名业都有类似的事情,可都在各级政府的努力下,尽力地把事情给解决了。然而,这个姓陈的有点符咒缠身,像是喝了碗"犟药"一样,死牛蹄子不分丫地开始上访了。

因为他连续上访,态度有些偏激,引起了信访部门的重视。有一次,上级信访部门在专门研究他的信访问题时,忽然从身份证上有了新发现,他的原籍是这儿的人,就认定这个案子应属地管理,该由咱管。你看邪门不邪门,一个在外生活了几十年的人,就因为籍贯是这儿,就一推六二五地认定该"属地管理"?这是唱的哪出戏、发的哪门子神经?现在看看不接这个案子好像是不行,可如果接了这个案子,上上下下处理了这么些年没处理好,"属地管理"就处理好了?觉着挺棘手的!

在乡镇工作这么多年,可以说什么奇怪的事都遇到过。这不,昨天栾山村发生了个邻里纠纷,这余火未熄,今个又碰上"属地管理"的烦恼事。说来说去归结为一句话,都是钱惹的祸。对上级的安排,争辩一下可以,总不能顶着不办。既然上边定了,恐怕就挺难改变。唉!胳膊拧不过大腿,要想处理好就得拿钱来!钱,钱,去哪里弄钱!

"耿书记回来一切都真相大白了,到时再研究应对措施也来得及。"鲁祥生知道赵云瑞又在为钱发愁,无奈地劝慰他。

耿春义从县里回来,不但原原本本把"属地管理"的信访案子弄明白了,同时也把"属地管理"的任务领了回来。他虽然在县里召开的维稳会上据理力争,但也无济于事。作为一项政治任务,事关全局,不能把个人的意志凌驾于组织之上。

"墨菲定律"的通俗解释就是你想得到的东西不一定能得到，但你不想得到的一定能得到。这就是"墨菲定律"的神奇所在。这不是嘛，"属地管理"又一次让这个叫墨菲的外国人给掐算着了。真是应了那句"说不定哪座山上就有猴子"的谚语。

有人的地方一定会有故事发生。

这个"属地管理"的上访人，老家确实是埠岭乡移民村的，叫陈乃东。他去东北林场有几十年了，孩子也都在那边上学。除去户口没迁去，其他什么瓜葛跟村里也没有了。

可事情往往就是这样让你猜不透、摸不着，让你匪夷所思。陈乃东听说上访有可能达到自己的目的，就隔三岔五地上访，要求解决生活和养老问题。他得到个别"明白人"的指点，先去单位反映情况，然后到地方政府，一次次，一级级往上走，一直上访到了北京。七八年的时间，他几十次上访，慢慢成了人所共知的"上访专业户"。信访部门在分析他的案情时，忽然发现他的户口在埠岭乡，非常符和"属地管理"的要求，这个信访案子就自然而然地转到户口所在的地方政府处理。

按说案子到了县里，由县里牵头把事情摆平也就行了。偏偏县里把这起信访案子又用行政手段压到了乡里，让乡里自行解决。可乡里压不到村里。一个村就靠那点儿机动地，一年也不过万儿八千的收入，平时连工资、接待、报刊费、五保户、困难户和老党员、老干部补助都不够，哪还有钱来办这些不可理喻的事。如果让群众集资来解决发生在几千公里之外的一个人的困难，岂不是天方夜谭，不炸了屋前的门楼子才怪呢。凭什么凑钱给一个素不相识的人赔偿？就因为他老家是这里吗？就因为信访部门摆不平了，就把矛盾转嫁给地方政府、转嫁给村里？耿春义再三解释也推不掉。在一片茫然、唏嘘声中，极不情愿地接下了这个"无厘头"的信访案子。

当耿春义在小范围内透露出赔付数额时，大家都睁大眼睛，气愤不已。本来对"属地管理"就牢骚满腹，一肚子不愿意。如果是仨瓜俩枣适当补助一下，大家也能理解，咬咬牙认了。可这赔偿数额竟由信访部门来确定，"戴帽"[11] 下来。说白了就是你尽管把钱掏足就行。这哪里是工作，不是明摆着强行摊派嘛！此事大家心里明白得不能再明白了。可话又说回来，明白了又有啥用？一个小小的科级单位，凭什么理由不接？有什么理由不办好？官方的语言是下级服从上级，老百姓的俗话是胳膊拧不过大腿。说了很多、

---

[11] "戴帽"：地方方言，指定，附加条件。

想了很多，生了一肚子气后，还不是得回到原点，该怎么办还怎么办，一点儿新法子也没有，大家真是打碎了牙咽到肚子里。

在这事上，村里的态度是聋子撞见哑巴——也听不见也不去说，爱咋地咋地，蟹子揭了盖摔成这一块了。因为村里确实是半点招数也没有，赤脚还怕你穿鞋的？他们反而很坦然，不急不躁地慢慢磨蹭。然而乡镇却不行，作为一级政府，怎么跟上级去哭穷、讨价还价呢？

兔子满山跑，还得回老窝。谁能想到，这个陈乃东在外闯荡了几十年，竟以这种方式回到了老家。

从耿春义接到"属地管理"的这个信访案子，连着忙活了二十多天，工夫也下了，钱也搭上了，仿佛脱了层皮，连滚带爬地总算是安顿下了。

下雨阴天，陈柱子、程老大他们正凑堆打牙祭，抓住这个话题嚷起来了。

"这不是半道上拾了个比亲爷爷还亲的爷爷？丢了山羊撵兔子——不知哪大哪小了？嘻！会哭的孩子有奶吃呀！"陈柱子戏谑道。

程老大说话更形象："咱国家发明的火箭都能驮着一堆人跑到九霄云外去了，怎么就连个上访的事拖拉拉地办不利索？不是饭锅里冒烟——迷（米）烟了吧？"

别看"张打油"贼溜溜的小眼长得不算好看，时不时露点狗熊耍扁担的把戏，在这事上也出乎大伙儿的意料，说了句让人不得不佩服的话："花钱买平安不靠谱，政策瓷实才是硬道理。"他觉着还不过瘾，就又跟上了句，"看好喽，过阵子手里钱花光后，就又不稳定了。爱信不信！"第一句话是意味深长的警句，大家都非常认同。第二句话虽属开玩笑戏说，但细细地掂量掂量，也是话里有话，耐人寻味。不过，可千万别让"张打油"那张乌鸦嘴给说着了。

"'张打油'平常是武大郎卖黏粥——人软货不硬。关键时候也能砸个三句两句的。"程老大说。

众人一阵大笑，气得"张打油"直翻白眼。正当陈柱子、程老大他们在胡扯的兴头上时，陈柱子和朱明国忽然接到王秀清的电话，说是韩岭村和龙湾村有人到乡上来上访，人挺多，让赶快来处理。东街上栓笼嘴，西街上插舌头，脑子没清静的时候。陈柱子和朱明国一听，哪里还顾得上砸牙，刚端上的小炒也没吃一口就赶去乡上了。

一上午，赵云瑞都和鲁祥生、王秀清在办公室研究撤并哪几处小学的事。快要结束的时候，院子里忽然涌进来好几十人，有男的女的，也有老的少的。他们开着沾满泥巴的拖拉机，推着装满袋子的小推车，还有自行车后座上驮着鼓囊囊的大包小包，冒着淅淅沥沥的雨，齐刷刷地堵住了大门，又你挤我塞地往办公室涌。他们情绪激动，大呼小叫地要见乡长。

王秀清出去看了看后急匆匆地跑回来对赵云瑞说："赵乡长，出现了点事，有几个村的群众来上访，非要见你不行。"

"什么事？"

"韩岭村还有龙湾村的，都是些粮菜间作和'大田菜'面积比较大的户。"

"怎么啦？"赵云瑞一惊，觉出有些不祥之兆。

"今年雨水又大又勤，地里的黄瓜、豆角、茄子还有辣椒、西红柿、扁豆、芸豆什么的一个劲地疯长。他们说，如果卖出去是能挣个好价钱，可碰上这连阴天气，种的菜不是卖不掉就是烂了。他们能不急？找村里，村里支支吾吾地往乡上推。一上火就凑一块到乡上来了，要求乡里帮着卖蔬菜。"

赵云瑞的眉毛瞬间并到一块了。坏了，坏了！一万多亩粮菜间作，分布几十个村，堆起来得像个山头。乡上动员种的，如果卖不出去怎么办？这个时候推出去无疑如火上浇油。一急，额角上渗出了汗珠。

"当时是咱们硬压着让他们种的，算着收入不孬，卖出去更赚钱。谁想到老天爷一个劲地下，黏糊糊的地里根本进不去人，熟了的瓜菜摘不出来，好不容易摘出来的又卖不出去！唉！是挺犯难。"王秀清叹了口气。

赵云瑞双目异常冷峻。此事处理是否妥当，直接关系到政府在群众中的威信，关系到群众的切身利益，更关系到农村的稳定。他知道这事牵扯的村多人多、面广量大，处理不好会闹大乱子。再说，这是乡委强行安排下去的，孬好都得拾起来。他默默地站在那里，脑子迅速地冷静下来，思考着这事到底该怎么办。

"赵乡长，他们火气挺冲，我看你还是先回避一下吧。"王秀清怕赵云瑞与情绪激愤的群众见面后不好收场，劝他说。

"都堵到门上来了，怎么回避？回避了矛盾就解决了？不更激化？再说，明睁眼漏的事，躲过了初一也躲不过十五，丑媳妇早晚得见公婆，遇上了就正面应对是不是？"赵云瑞虽然安慰着大家，但也被这突然遇到的情况一下子弄得没了招数。

他在屋里来回踱步，怎么办？这事应该怎么办？

"不管咋地，你是不能见他们，这些人，哎！怎么说呢，嘴里净是不干不净骂咧咧的话，听着真是刺耳！"王秀清说。

"谁摊上这事也不会有好脾气。况且是咱硬压着让他们种的，不找咱找谁？别急，慢慢来，总会有个解决的办法！"赵云瑞反而冷静下来劝王秀清。

当初，乡上开会安排任务的时候，说这菜多少钱一斤，那菜多少钱一斤，一亩地能多赚多少钱，等等，把收入账都算到骨头里，分析得透透彻彻。为了来个稳成的，村里往户里硬摁的时候也是照着葫芦画瓢地学说，可千想到，万想到，就是没想到下雨天卖不出去怎么办？

麦收前，乡上、村里的干部来动员的时候，进进出出的人比过年都热闹。算的账也是让人垂涎三尺。现在可好，一堆一堆的瓜菜像些小山包那样一天一个成色地蔫蔫下去，却没人管、没人问了。他们越想越气，一怒之下就搭上帮，驮上快烂掉了的瓜菜来乡上讨"说法"了。

赵云瑞跟鲁祥生和王秀清又磋商了阵后，心里有了些底数。随后，坦荡地来到接待室，与来上访的群众面对面地坐下了。

场面似乎异常紧张。坐在赵云瑞前面的几个人，目光逼视，来势汹汹，大有争个鱼死网破的来头。

"我先介绍一下，这是咱乡赵乡长，大家不是想见赵乡长嘛，赵乡长推开一切工作跟大家见面，有充足的时间。大家有什么事尽管说，不过有言在先，说啥也行，但不准人身攻击，听明白了吗？"王秀清看赵云瑞给他个眼色后，便开了场。

"我先说，赵乡长，你不认识我，我可认识你。麦收前，你还去俺村安排过粮菜间作的事。赵乡长，说实在的，俺知道地里种菜，能多赚几个钱，乡上也是为了俺好，可老百姓在这穷山沟里祖祖辈辈从没这样种过。可你们压着非让搞什么粮菜间作、'大田菜'不行。多花了这么多钱不说，还又搭上些工夫；熟了的卖不出去，不熟的烂在地里，吃又吃不了，卖又卖不掉。你说怎么办？总不能眼瞅着沤成肥吧？当初，你们往户里硬摁任务的时候说得天花乱坠，这阵子咋蔫茄子了？怎么不吱声、不出头给支个招了？看，外面这阴雨天气，烂菜是越堆越多。全乡得多少这样的户呀！这损失谁来补？牵扯全乡老少爷们的事，你看着办吧！"韩岭村的"疤瘌眼"就像张飞到了长坂坡，气大力大地狂吼起来。

"还有什么？说，尽管说！"赵云瑞出奇的平静。

"一人做事一人当。今天这伙子人就是我联系组织起来的，一是要见见你，给个说法，总不能这样说种就种，说烂就烂，叨叨着玩；二是总不能这样烂下去吧，政府得帮我们想想办法，把这些没烂掉的菜卖了！"一个老农气呼呼地站起来，一口气把憋闷了许多天的话，竹筒倒豆子般一下抖了出来。

"好，听明白了，讲得对，谁还说？还有哪些事？"因为有了思想准备，赵云瑞处之泰然，淡定地回应。

"全乡上万亩菜地，先别说其他的啦，就这件事我看你们怎么处理！今儿个拖家带口几十号人来要说法，咱可别打官腔摆官谱！"

"冷静，请冷静些。党委安排的事一定会负责到底，还有什么请尽管说。"鲁祥生劝说他们。

这时，几个民警急匆匆地赶来。他们在走廊里来回走动，不时地侧耳听着屋里的动静，怕有什么意外发生。

"俺们来就是这么个意思，就是想让乡上帮着把菜卖了！再就是俺们一块来乡上的，也没有谁组织谁，是俺们自己想来的。这几天可能还有些村要来，也都是自己要来的。您想想，堆了一地一院子的菜，枯的枯，蔫的蔫，一斤也卖不出去。钱挣不到就算了，再把凑的种子钱搭上，那不倒了八辈子血霉了！谁能在家里待得住？谁不想来讨个说法？"坐在赵云瑞对面上访群众代表中，有一个口齿伶俐的中年妇女不依不饶地说着来上访的目的。她挺有心计，也挺坦荡，把上访的责任摊到每个人身上，人多无罪嘛！

这时，王秀清悄悄挨到赵云瑞身边，趴在他耳边说："赵乡长，这就是龙湾村的王素珍，上次省道调地也是她跟她男人一块冲在前面。这次又是她打头阵！"

"哦！知道了。"赵云瑞点点头，知道来者不善，但也得从容面对。他抬头看看坐在对面一脸怒色的群众，诚恳地说："大家反映的问题都对，都是事实。天这么不好，你们又一大早赶了这些山路，真是辛苦你们了！"赵云瑞故意将嗓门放低，语速放慢，以老朋友老熟人的口气跟他们交流，安抚着他们的情绪。

外面上访的大小车辆还堵在门口，天又阴得没有半点开晴的意思，轻飘飘的雨丝紧一阵慢一阵地往下落着。哎！这不合时意的雨呀，啥时能停停，让群众也有个盼头。

看他们说完了，赵云瑞清清嗓子说："大家把心平复一下，你们来反映瓜菜霉烂、滞销的问题都对，非常及时，也非常有必要，是我们考虑不周，造成了这么多损失。关于瓜菜滞销的问题，党委决定，政府全部收上来，有多少收多少。现在就把你们送来的瓜菜收下。回去告诉其他群众，卖不掉的瓜菜全部送来。政府安排的工作，一定负责到底，决不能让你们吃亏。"赵云瑞表态铿锵有力，落地有声。

敞着前襟，卷着裤腿，围坐成半圆的群众，是准备来闹一通的，可赵云瑞的明确态度，一下子把他们弄懵了。攒了这些天的火气不知该发还是不该发，你瞅我，我瞅你的。

"王秀清，现在就安排包村干部下去，下雨也得下去，迅速把下面的情况摸上来，看看有多少熟了的瓜菜，全部运到乡委。群众本来种地就不容易，再造成人为的损失就是我们失职啊。李秘书，安排办公室先把院里的蔬菜留下过秤登记好，再下通知乡直部门负责人来乡上开会，内容就是推销蔬菜。"李秘书麻利地应了声下通知去了。

"顺便再告诉大家一声，乡里正计划在中心街一侧，也就是原先垃圾场那里，准备建一个果品批发交易市场，当然包括瓜菜及其他农副产品交易了。这件事是前几天定的，正在拿设计方案。请你们把这个事告诉乡亲们，十天之内，新建的超市和果品蔬菜批发交易市场一定开工，国庆节之前完工。到时邀请你们来参加开业仪式！"赵云瑞底气十足地说。

陈柱子听说村里有来上访的，顺手拖辆摩托车就跑来乡上了。一看有好多村的群众都在院子里，也没敢大声嚷嚷，只是盯了"疤瘌眼"一下，意思是见好就收，别给村里惹乱子。

五六个村、几十个村民看到乡长的态度诚恳，又说了种的蔬菜全部收下，攒了好多天的怨气一下子消得没了，不好意思再嚷嚷下去。走出接待室后，大部分人都悄悄地把装菜的车子推起来往外走；也有几个因为家里确实堆满了瓜菜，情绪低落的，稀里哗啦地把菜卸下，推着个空车就往外走；还有拉了一拖拉机来的，待在那儿观望。因为来的人多，又很突然，乡里就安排专人一一进行登记，准备随后兑付。

随后，赵云瑞立即召开村支部书记和乡直部门负责人会议，要求各村支部书记千方百计把群众的情绪稳定住，乡直部门和机关干部靠上帮着推销大田蔬菜，再通过亲戚、朋友、做生意的熟人解决一部分滞销的蔬菜。同时，又建议机关干部、学校老师和企业都买、都吃"爱民菜"。

安排完这些后，赵云瑞使了个更绝的法子，把堆在乡委大院和地里的一部分瓜菜"买一送一"地压给了一些企业。同时，他又给省道工程指挥部、铁矿上丁总、生态科技园的苑向伟老板、工业园区的企业老板分别打电话，感谢他们对乡财政的鼎力支持，借蔬菜大丰收之机，收购了部分蔬菜送给企业，略表心意，安排每个单位送了三大车，足有几十吨。他"略施小计"，不但一下子化解了"卖菜难"的危机，而且又加深了跟企业之间的感情。

他还安排鲁祥生从一些蔬菜囤积比较多的大户那里调出了一批蔬菜，分别送给了一些外来企业、小微企业和个体户。凡是能联系上的单位，他们无一遗漏，全都让他们吃上了"爱民菜"。他们定了调子，无论有多大困难，也不能让老百姓吃亏，更不能让蔬菜烂在地里！从主要领导到普通干部，一直到所有能调动的部门、单位，一齐上阵，推销蔬菜。连续十多天，从乡长到一般干部，放下所有工作，全力以赴地推销大田菜，将群众的损失减小到最低。

忙完这些后，地里还有好多瓜菜。他咬着牙使出最后一招：把熟了的瓜菜全部送给了铁路上周经理。几百公里的工地，成千上万的民工，说不准还不够吃的呢！因为数量实在太多，在跟周经理沟通的时候，他话里有话地说价格由他们定。

从这次蔬菜滞销来看，建一个果品蔬菜批发交易市场，应该说是势在必行、非办不可了……

三十二

听说要撤并学校，韩岭村像是滚烫的油锅里泼进了一瓢凉水，一下子炸开了。尤其是正在读书的孩子家长不干了，直接敲开陈柱子家门，又是牢骚又是抱怨，让他帮着想办法。

夜深了，村里的一些群众蹲在陈柱子家就是不走。既是乡里乡亲，又是七大姑八大姨、沾亲带故的，陈柱子再没耐性也不能把人轰出去。

"柱子，你说这学校一撤，这些孩子们还怎么上学？"比陈柱子高一辈的本家叔叔沉不住气地问。

"陈书记，咱这儿离乡上十几里山路，七八岁、大的也不过十来岁的孩子，每天怎么跑这十几里山路？你可不能撒手不管呀？"

"他舅呀，咱家小石头我可不放心让他一个人去上学。学校要是撤了呀，这书咱就不读了。你这当舅的就看着办吧，反正我是把孩子交给你了！"隔门表姐就是撵不走，一口一个"他舅"地叫着，急得陈柱子烦躁不安。

"我说柱子呀，俗话说，当官不打送礼的。不行村里也凑几个钱，去乡上找人活动活动？事在人为，说不准管用呢！再不行到县上去找找人。"一个年长的长辈叹了口气跟陈柱子商量。

陈柱子被老少爷们逼得心烦焦躁，但也无计可施。他想，半夜三更夜找王乡长，电话里也捣鼓不出个子丑寅卯，还不如明天一大早堵他办公室里，当面锣对面鼓地问问呢！对，不管咋地，先到乡里走一趟再说……

第二天一大早，他借着老少爷们给鼓的猛劲，寻思着先找王秀清讨个说法，有草没草地搂一把子再说。

一把推开王秀清办公室的门，正赶上屋里没外人，这正得了他的劲，不管三七二十一地嚷上了，"王乡长，你听明白啦，咱得讲政治。乡上的事我管不着，俺村的事我必须说了算，其他小学撒不撒我不管，俺村的小学坚决不能撒。哼！老少爷们把咱推到这个位置上来，关键时候不给村里办事，那还算什么干部？"不过，嚷嚷归嚷嚷，前些日子免职的经过仍历历在目，因此也不敢太放肆。只好憋屈地嘟噜来嘟噜去地据理力争，数落着撒并学校的困难。

陈柱子一个劲地叫苦不迭，王秀清仍然笑眯眯地说："这是乡党委决定的，不是针对你们一个村，全乡十几所小学都要撒并。有什么不理解的？又生些什么气呢？再说撒并学校是为了更好地优化师资力量，提高教学质量。前些日子，长街村小学教室垮塌，不就是个教训吗，让学生在这样的教室里学习，你放心还是家长放心？一旦出事，谁又能担得起这个责任？没有事便罢，出一点儿小事，咱不都砸了饭碗？反正我是再也经不起这个折腾了！"

"大道理谁不懂？可这些七八岁的孩子，在家里说不定还在爷爷奶奶怀里搂着、抱着呢，你叫他们走这一二十里的山路去上学，一大家子守着这么个独苗苗，谁舍得？一年到头，地里又是干不完的活，还得出人每天去接送孩子，你说这现实吗？"喘着粗气的陈柱子还是喋喋不休地争辩。

"伙计，冷静些，消消气吧！不是咱埠岭乡标新立异弄些新花样，确实是根据县里的会议精神安排的，我去参加的会还能有假？依我看，教室简陋，需要维修，也不一定是主要理由，恐怕还是考虑到了教学质量。你想想，这些分散在下边的小学，有的有三个级部，有的有两个级部，有的班也就十几个学生，还有些小学的班级只有三五个学生，学生少，老师也不够用。再加上一些教室属危房，没法子，只有合堂上课。好几个年级的学生挤在一个教室里学习，你说能教好还是能学好？目前，教师又这么稀缺，有些老师一天要跑两三个小学去上课。你说，他们整天来回跑，能有时间备课、看作业吗？只有统一撒并到中心小学来，优化了师资力量，教学质量才会有提高。相信上级的做法是没有错的！"王秀清站在公正的立场上，帮助陈柱子分析了撒并学校的好处，把陈柱子说得哑口无言。

"王乡长，就算你说的有道理，我们这些草木之人，鼠目寸光，真看不透这步棋到底怎么走，你说这些孩子上学可怎么办？俺村不远不近，要连翻两个山头，来回二十多里。一天两天行，好天好道也行，要是碰上刮风下雨、冰天雪地怎么办？大人碰上都畏难发愁，这些孩子又怎么应付得了？这么一大群小孩子常年这样翻山越岭上学，谁敢保证不会出点儿事？要真碰上了倒霉的事，到时候你也是跑不掉的！那时候就不是处分不处分的事了。别忘了，你可是刚刚背上了个处分，是有'前科'的，可别再应验了'祸不单行'这个词！"陈柱子又嘴不把门地刺挠了他。

"你是狗嘴吐不出象牙！哪把壶不开提哪把！"王秀清哭笑不得地埋怨着。

"这是提醒你、为你着想，这几年都是分管教育的副乡长提拔副书记，你都分管几年了还没动静，真要是再背个处分，我看你这副书记是拉胡琴断了弦——没戏了！咱这可是苦口良药，到时可别埋怨没提醒你！"

"你不会说点好听的！"

"本人是军人出身，铁骨铮铮，从不献媚取宠？"

"好啦，好啦，我是说不过你。不过，那天耿书记就讲过学校撤并后的上学问题，肯定不能不管不问，慢慢想办法吧，活人还能让尿憋死？"

两人又东拉西扯了一阵后，陈柱子才悻悻而去。

一大早，王秀清让陈柱子呛得肚子鼓囊囊的毫无兴致，他转而又想，陈柱子说得也有道理，也有一定代表性。全乡将近二十处学校，分散在大大小小十多个山沟里。马上就要撤并了，针头线脑的事一大堆，谁能保证这些学生家长都能理解撤并学校的事？要是有些人想不通，想弄出点动静来怎么办？要是真闹出点这事那事的，自己分管教育，不又处在风口浪尖上了？可千万别让陈柱子这臭嘴子丧门人说着了那句不吉利的话。想到这里，王秀清脊梁上就像爬满了毛毛虫，浑身刺挠难忍。他叫上齐奎升，一溜烟来到牛埠岭。然后让苗大庆把魏石桥也叫过来，说有事商量。

"按照县里的文件精神，乡里决定将村办小学撤并到中心小学，保留几个条件好些的学校。这个事估计你俩也早已知道了，根据党委的安排，俺俩下来走走，看看你们还有什么看法！"王秀清还有好几个村要去摸情况，一见面便单刀直入把话题挑明了。

"韩岭村去过了吗？他什么意见？"苗大庆知道自己扒几碗干饭，不敢多说过头话，但陈柱子豪气逼人，又敢作敢当，知道陈柱子这一关难过，便明知故问。

"刚刚见了面，差不多吧！"王秀清说。

"他村的学校也撤？他同意了？"苗大庆恨不得即刻知道陈柱子的看法，他也好效仿。

"谈得挺好，大道理就不用讲了，具体问题乡里会考虑的，大家关心学生上学的问题，乡里也会想办法！"

"唉，人家没意见，俺也就没意见，再说有意见也没用。你说呐，老魏？"

魏石桥坐在靠门的地方，跷起个二郎腿，脚上的拖鞋随着腿的抖动，有节奏地摇晃着。他点起一根烟，深深吸了一口又长长地吐了出来："哎哎，真是怪事，怎么政策就跟些孩子脸似的说变就变呢？去年还收集资修缮校舍，这眨眼工夫，怎么说撤就撤了呢？学校撤并说起来容易，可办起来难呀！不妥，不妥啊！"

"怎么不妥？有什么不妥？"王秀清很认真地问道。

"乡里不是这几天要按'一事一议'定的开会清收陈欠吗？我正跟会计扒拉底子，去年修缮校舍的集资还有些没缴齐，正准备下手收。这学校一撤，还收啥？跟谁收？还有什么理由收？但是，谁不缴就免收谁的，那以后谁还按时缴集资？这个事牵扯的面可是挺宽的。哪个村没有个十户二十户的，模范村算好的，也还有七八户没收上来呢！这些年了，欠账不是大事，早晚能对付着收，老百姓的攀比可不好办！捂也捂不住，糊弄你也糊弄不了，早晚是个事！至于学生怎么上学？俺村小，学生少，蟹子过河随大流吧！"别看魏石桥穿戴邋邋遢遢的，脑子倒挺聪明。要不今年开春收集资时，怎么就弄了个头名哩，得了块电视机。人长得不咋样，肚里有货。有时说出来的话有些在理，也切中要害，难怪天不怕地不怕的陈柱子也有些怵他。

"你说的是实事。咱也不回避。不过与学校撤并比较，还是些小事，真遇到了具体问题就具体解决好了，总不能杞人忧天吧！前些日子，长街村教室垮塌砸伤学生这事还记得吧？人命关天哪！这事的轻重能分清吧？还是撤并学校重要！"王秀清慢慢做着思想工作。

"事是这么回事，可恐怕学生家长一时半会儿转不过弯来！"苗大庆也是有些抵触情绪。

"是这样，县里的文件其实早就来了。咱埠岭乡不是穷嘛，所以就一直没安排撤并，最近县里又连着开了几个安全现场会，要求抓紧落实撤并搬迁计划。乡里也借着前些日子发生的教室垮塌事件，决定加紧搬迁。赵乡长这几天忙得焦头烂额，就是在对付钱的事。别忘了，搬迁是要花大钱的呀！"

"事是个好事，老百姓心里是没有什么，可就是这些孩子咋上学，不能也买个车吧？"魏石桥挠了挠后背，一脸愁容。

"这事乡里还会专门研究，当务之急是先征求意见，在暑假结束前必须把这新教室盖起来，决不能耽误了孩子上学。有意见、有看法可以提，但不能影响大的决策！"王秀清毫不迟疑地说。

"俺也得讲政治，拥护乡上的工作。连陈柱子这样的人物都没意见，俺哪有什么说的！”

“有不同想法是很正常的，思想上一下子转不过弯来也是可以理解的。关于学校撤并的意义就不用多说了。新建校舍的钱，书记、乡长会有办法解决的。我觉得当务之急，就是你们刚才提到的孩子怎么上学，需要好好研究研究。这个问题大家反映得很好，我回去好好汇报一下，办法总比困难多！”

“嗐！爱咋地咋地吧，反正啥事也轮不着俺，省得操那个闲心。”魏石桥晃悠脑袋自我安慰着。

陈来电、王博平和刘秋珊他们一个组，到模范村周围几个村摸底。村干部接到了到模范村委开会通知后，脚前脚后地赶了来。

开座谈会的人员陆续地到了。

“张打油”看到陈来电进来，便马上赋诗一首：“部长电话吱吱叫，心惊胆战往这跑。难道又要收集资，小腿颤颤血压高！”

众人看着“张打油”手舞足蹈、不羞不臊的表演，有一种不尴不尬的感觉。

“哼！活不咋地，说起诗来却是狗咬碗片——满嘴瓷（词）儿。”程老大翻了翻白眼。

他这些四六不成句的打油诗顺口说得多了，大家也见怪不怪的。这不，陈来电就当没听见一样，跟陆续来到的几个村干部一块边聊边走进屋里。

“张打油”讨了个没趣，便瞅个软柿子似的莫老憨埋汰了他一下。

方承平轻易不开口。这时，他看没人搭理“张打油”，便瞅空奉承了两句：“老兄，听说你最近开始创作叙事诗了，这事真假？”

“哼！最近开始？小瞧人了不是？不是吹的，本人从骨子里就长着堆叙事诗的细胞，在娘肚子里就会吟诗作词。知道《琵琶行》是啥时候的吗？知道是谁写的吗？知道有多大的影响吗？看看！看看！考倒了不是？你这是典型的一问三不知呀！这些年光知道‘催粮逼款，扒房流产’了，哪有工夫弄大家伙，玩两首五言绝句逗你们开心就是了。拖根绳子当长虫有啥大惊小怪的。前些日子园区调地完活后，一高兴给他们来了首当代《琵琶行》，把他们一下子弄懵了。这回让你们也知道知道本人不光会打油诗，还会叙事诗，还会数不清的词牌……不说了，不说了，说得再多也是对牛弹琴，有人还嘴皮子噘噘、心里不服气呢！兄弟，种苹果我不行，吟诗作词这事恐怕是你给我提鞋都不跟趟！哼！过些日子半年点评完我再给你们来首叙事诗。”

这时，莫老憨瞅空又问陈来电：“陈部长，这半年点评到底啥意思？到底有多重要？乡上老是把个点评挂在嘴上，神龙见首不见尾的，怪吓人！”

“怎么说呢，真没啥好说的，县里用这种‘乡乡到、看现场’的形式，推进乡镇工业发展，目的是好的，可就是压力太大，还有些形式主义来头，让人反感。哎哎，牵扯政治不说了！"陈来电觉着这场合话说得有些多，咧咧嘴不说了。

"从年初开'叫套会'就嚷嚷着半年点评，弄得伙计们说梦话都嘟囔着说'点评、点评'的。"程老大的话引得众人一阵大笑。

这时，陈川急匆匆地一步闯了进来，"陈部长，村里有点事没弄利索，来得有点儿晚，耽误大家了"。

"骑驴挑担子——不知那头重那头轻是吧？村里的工作比乡上的工作还重要？"程老大反问道。

陈川一脸认真地说："你少来这一套，上次不是让摸摸库区移民补助的事吗？这才刚刚开始摸底，村里就炸开锅了。这都好几十年前的事了，死的死，老的老，谁还记得清当年你家揭不开锅还是他家吃不上饭的事？几十年过来了还能有什么补助？不会又是形象工程吧？拍拍照，录录像，上上报纸，宣传一阵子就过去了……"陈川情绪急躁地说。

陈来电看他急三火四的样子，便不再深问。因为是乡委安排下村摸摸撤并学校后的上学问题，他也就把话题岔开，书归正传，征求大家的意见，孩子怎么样上学才好。

陈部长话音一落，就像老鸹窝里戳了一竿子，立马高一声低一声喳叽起来了。一阵唇枪舌剑的争论之后，大家还是理解乡上的用意，不情愿地接受了这个现实。

"俺村子小，想买辆二手面包车接送学生！"陈川说。

"嘿嘿，羊群里蹿出个耗子来，数你个小，也想小鱼串了大串上？"程老大不管大事小事，嘴巴不饶人。

"麻雀虽小，也五脏俱全，你不能认为村子大就牛了，村子小就什么也不是。"陈川反击一句，气得程老大又嘟嘟起嘴来，转着白眼珠子瞅他。

"你除去从报纸上知道点军事知识，还有什么啊？高速路植树调地你哪去了？项目区用地你敢保证不出事？还敢在这作践人家陈川。"莫老憨终于忍不住了，不依不饶，直戳他心口窝。

"麻秆打狼两头怕。""张打油"一下子站起来，"有事说事，别把话题扯太远了。孬好得有辆车接送孩子上学！"

就像窗户纸被陈川出的点子一下子给戳破那样，大家的脑子开了窍，心里清亮亮。话题也就转向了买车的事上来。

陈川知道自己扒几碗干饭，凑到程老大前面，舔着个笑脸商量着要么把村里的几个学生捎上，年底给几个钱也行，这样就不用买车了。伙计们叽里呱啦地嚷起来，又恢复了庄户人纯朴、耿直的秉性……

日子一天天过去，快开学了，校车仍没有着落，"张打油"嘴里起了好几个燎泡。

这天，"张打油"又跑乡上瞎转悠，忽然碰见了几年没见的姜磊。"张打油"知道他捣鼓小买卖，便一下子热情起来。

"喂！姜总，好几年没见了，忙啥？"

"哦！张书记，是好几年没见了，也没忙啥，做个小生意养家糊口！"

"小生意？早听说发大了。"

"本小利薄，瞎捣鼓呗！"

"看开的这车，少说也得十七八万！"

"前几年买的，十多万，凑合着开吧！"

"哎！姜总，你做啥买卖呀，方便的话也得拉老兄一把。咱穷得快提不上裤子了！"

"哈哈！你当官的快别笑话俺了，在县城开了个门店，又弄了几辆车拉山货。"

293

"拉货？从哪里拉？拉人不？""张打油"一下子瞪起了猴精的眼睛。

"哈哈，还真拉！有一回，外地有个工程，需要几十个劳力，俺就从村里找了些人，早去晚归拉了十多天。有时候，车闲着也是闲着，赚钱的事就凑合着干呗。"

"张打油"嘴也赶趟："你那是货车，要是弄辆客车拉学生咋样？得多少钱能跑起来？"

"多少钱跑起来，还真没算过！"

"那你快算算！"

"你村没买？"

"哎呀，姜老弟，一家不知一家愁啊！我这两年光给村里垫集资就三四千块钱了，哪来的钱买车！看这，嘴上的燎泡一个接着一个，不就是让这事给急的嘛。""张打油"说着，流露出痛苦的表情。

"也是，你村也确实穷，不过再穷也不至于拿不出三万五万的买车钱吧！"

"这事又不是小钱能摆平了的，真是没钱。"

"是挺难为人的，谁让你干上这村干部了呢！"

"咱这叫啥干部呀，姜老弟，你见得多，路子广，给想个办法呗！我琢磨了下，你要是买辆车专门拉学生也行，就当做生意呗！"

"你那巴掌大的村，不就那几个学生？学生少，再收不上钱来……不是瞎忙？"

"你听我说，一开始学生可能少些，估摸着跑上阵子就多了。"

"怎么讲？"

"村子条件差，一收钱，可能有不坐的。不过，下雨阴天、寒冬腊月谁不想让孩子坐车去上学？"

"也在理，村里有多少上学的孩子？"

"一到五年级有十多个吧！"

"不行，不行！太少了，油钱也挣不出来，还谈什么赚钱！"

"张打油"的表情像是断了电的灯泡，一下子又暗了下来。为成全这事，他也豁出去了，眼皮一翻又猛生一计，"姜老弟，俺村里上学的孩子就这么多。可要是车好，邻村的学生可能也想来坐咱家的车呢，那不就多了？再说，坐谁的车也没说犯法呀！只要车好，我再跑一跑，从别村拉几个孩子。车子早走点也拐几个弯、转两个村，不就又多捎上了几个！"

"不行呀，伙计！没准的事不能办，你知道买辆客车多少钱吗？得这个数，十多万呢！"姜磊伸出食指对他说。

好不容易有点眉目，这一算账，又让人凉了半截身子，急得"张打油"双手拍着脑袋瓜子团团乱转。

"姜总，我就认准你了，这事非你帮忙不可。要是算不着账，村里还有块果园，再有个三五年就到期了，先把承包合同签了，到时归你。签它个十年二十年的，不就赚大发了？你是做生意的，把眼光放长远一点嘛！"

"有几亩地？"姜磊眼睛有了点精神。

"姜总，你不是说拉山货吗？咱也可以再悄悄地捎着山货赶集的，对外叫校车，对内是货车，叫什么人货混装！管他呢，赚钱就行呗！"

"噢，这也是条路子，不过得跟村里签个扎实合同，买来车后就不能再让别人来拉客了！"姜磊动起了心思。

"当然，当然！姜总，合同你写，爱咋写就咋写，到时我给盖章就是了。""张打油"一口一个"姜总"虔诚地叫着。

"伙计，挣多挣少都无所谓，关键是要保密。客车拉学生行，校车可不能当客车，更不让当货车……有些事你也不懂，瞅空我再跟你琢磨琢磨具体细节！"

"可这事也挺急，快开学了，拖不得呀！"

"哈哈！我应下来了，肯定会办好，不过得再算算账！"

天无绝人之路。"张打油"三说两卖的竟歪打正着，把校车的事摆平了。之后，他又跑平屯村，神气起来了。尖尖嘴一神气，四六句子挂嘴上，又诌出一首打油诗："老大不愧是老大，掐指算卦有两下。你们花钱买校车，我让校车开到家。"

随着入学日子的临近和乡干部的步步紧逼，陈川脑子一转，也琢磨了个办法，心一横，悄悄地把村前足有四五十棵大树估堆卖给了一个收木材的，然后又将这块林地转手包给了本村的一个养殖户，并承诺村里出个证明，允许他建养殖场。他铆足劲快刀斩乱麻地一下子弄进来三万多块钱，而后就去县城找人看车、买车。在县城，他托熟人帮着物色了好几辆差不多成色的，最后相中了辆七八成新的小面包车，价格却是正常价格的三分之一。陈川心里乐滋滋的。

卖了树，租了地，花不多的钱，买辆新车回来。陈川这一连串的组合拳下来，令人大惑不解，更让同行大吃一惊。陈川的名气一下子飚升了上来……

程老大嘴上虽然犟，可心里也不得不服。哼！真看不出哪块云彩有雨，真不知道哪座庙里有神。整天跟在屁股后屁颠屁颠地蹭饭吃的，竟弄出这么大个动静来，神人！

智者千虑，必有一失。陈川万万没想到，开心了没几天后，竟接连遭遇到了人生的两道坎……

这天，一辆桑塔纳轿车"吱"地停在移民村村委院里，从车上下来两个人走进办公室。

"谁是陈川？"来人问道。

"我是，你们是……"

"我们是林业局的，这是汪夏海科长，来找你核实个事！"

"噢，坐坐，喝水喝水，条件太差，将就点吧！"

"根据举报，我们来核实个事，你要实事求是地说明，弄虚作假是要负法律责任的！"

"好好，有什么事尽管说！"

"你是不是把村前的那片树林伐了？"

"对，是我伐的，乡上安排买校车，村子又没钱。没法子，只能把树伐了，卖树买校车。"

"卖了多少钱？"

"大概一万三千多块吧！"

"总共伐掉多少棵树？"

"大小四十七棵。"

"是你批准伐的？"

"是我批准的，钱用在买车上了，都有发票，怎么了？"

"你知道私自伐树是违法的吗？"

"这是俺自己的树，伐几棵树违什么法？"陈川理直气壮地说。

"谁告诉你村里的树可以随便伐？"

"这……这好像都是这么办的……"陈川虽然嘴硬，可从眼神里开始有些慌乱。

汪夏海望着刚才还理直气壮的陈川，说："伐树不是不批，但得需要办理采伐许可证。在县局没有批准之前砍伐树木，违犯了《森林保护法》。因为你砍伐的树木比较多、数额大，性质很严重……"

陈川脸色开始由红变白，两条腿也有些哆嗦起来。

"具体怎么处理，需要按程序来。今天来，就是核实一下事件的真实性和有关数字。这是刚才取证形成的材料，如果没有什么异议，请你在上面签字、摁个手印！"

汪夏海礼貌又不失原则地把材料递给他。

陈川头上冒出了细密的汗珠，他机械地接过笔颤巍巍地在取证材料上签上了名字。

陈川呆呆地望着远去的轿车，脑子僵硬。突然，他想应该赶快跟乡上说说。这祸是因为买车闯下的，让乡上帮着做做工作，把事情压住。真要给公安逮走了，村干部不当了倒没什么，这上有老下有小的日子可怎么过！

他跟林业站不铁，便急匆匆地给刘秋珊打了个电话，把村里砍伐树木买校车、林业局来人取证的事说了。刘秋珊凭直觉觉得事态严重，全乡类似的事情很多。如果这事不处理好，还会有很多村干部要出事。想到这里，她立即把移民村伐树买车的事跟鲁祥生汇报了，俩人又一块来到赵云瑞的办公室。

"赵乡长，有个情况跟您汇报一下！"

"什么事？一会儿县土管局来人，快点说。"

"是这样，刚才刘秋珊接到陈川打来的电话，说县林业局来了两个人把他们伐树的事情取了证，形成材料带走了。赵乡长，这事我觉得挺严重，最近伐树这事不仅仅是移民村有，还有好多村都伐树凑钱买校车。这事如果处理不好，下一步还会牵扯到很多村、很多人。那时咱工作就被动了，不管怎么说，他们也是为了村里的工作。这事您得出面协调协调……"鲁祥生小心翼翼地说。

赵云瑞眉心狠狠地皱成一团，久久没有表态。他想，移民村一旦破了先例，类似的村又很多，到时谁也跑不掉。在这穷乡僻壤里，倒下个村班子挺麻利，扶起一个能干事的班子可不容易。下一步还有好多工作要干，人都处理了咋办？伐树固然不对，但牵扯到学生的上学也是迫不得已。他看了看表，对鲁祥生说："这样吧，县土管局的人马上就要到了。我先跟陈来电去路口接他们，听他们的口气，可能是哪个村有乱占农田的，先陪他们活动。你跟刘秋珊下去一趟，把各村买车的资金来源，摸个明细上来，咱再碰头研究好不好？"

"好！我们马上下去摸情况。"

"村多路远，安排包村干部一起跑，注意工作方式呀，别弄得满城风雨给他们增加压力！"

"知道，知道，放心吧！"

赵云瑞领着陈来电和土管所郭大生刚赶到路口，就看见县土管局的车疾驰而来。他们在路边客气了几句后，一起直奔移民村。

赵云瑞暗暗揣测，移民村是咋了？这林业局还没走，土管局怎么又来了？难道土地方面又出事了？

"赵乡长，你看，又来给你添麻烦了！"

"欢迎领导来指导工作呀，能来埠岭乡就是对我们的支持，哈哈……"

"按照市局的会议精神和罗县长的指示，我们对几个乡镇进行重点检查，今天轮到埠岭乡。这不，我们就不请自来了呀！"

"接到县里的通知了，今天全天候在单位等您，尽管安排！"

"是这样的，赵乡长，最近省国土部门通过卫星图片发现，我们县有违法用地的现象。经过反复核对，就在你乡移民村。因为这些违法用地的案件是省里直接安排下来的，非查不行，还要把查处的情况上报。按照县局统一安排，今天过来看现场，然后咱再看看怎么处理。"

赵云瑞点点头，没说什么，但他知道，凡是土地问题都不是小事，说不准谁就会摊上挨个处分。况且这又是省里专门安排下来的，非同寻常！

车上，陈来电反复询问郭大生，到底是哪块地出了问题，怎么之前一点动静也没有。此时，郭大生心里也挺纠结。以往村里弄几亩地，栽些树啦，建个猪圈啦，差不多都能将就过去。移民村这事他心知肚明，不就是建了个养猪场吗？是农业项目，又在这半山坡上，谁知道被卫星给发现了。郭大生悬着颗胆战的心，一边给自己找理由，一边埋怨着也不知啥时候飞上了天的卫星。

两辆轿车七拐八拐，不大一会儿工夫，就拐进了被卫星拍着的地方。

陈川在伐树的时候，就估摸能卖多少钱，知道还凑不齐车钱，便找到一个叫陈大江的养殖户，问他要不要这块地，可以价格便宜，多包几年。这个陈大江年龄不是很大，但是脑子灵活，从事养殖十多年了。不管市场如何，总是能踩着点子，攒下了几个钱后，一直想扩大规模。陈川主动来找上门后，他不仅喜出望外地满口答应，还让老婆找人算了一卦，卦上说今年不喜动土，让他有些犹豫。陈川就说，过了这个村，可就没那个店了。地方离村不远不近，地块大小正好，承包价格也都十分理想。虽然老婆信卦上说的，那也不过是可有可无的事。于是，他当机立断，跟村里签下了承包协议。不冷不热的季节，正适合施工，攒了几年的劲一下子爆发了出来。他找了两个施工队，一溜八排猪圈同时开槽。也就十天八天的时间，几十间猪舍齐刷刷地钻出了地面。他正谋划着啥时抓猪崽的时候，赵云瑞陪着县土管局的人来了。

在这之前，这块地是一片树林子，不属于基本农田。这让赵云瑞多少松了口气。虽然不属于基本农田，但也不允许改变土地的性质。工作人员又是现场拍照，又是丈量面积，忙了一阵后，递给陈大江一张停工通知书，要求他立即拆除。

这时，陈大江如梦方醒，一下子火冒三丈狂喊乱叫起来，说是跟村里签了合同，县公证处也公证了。犯事不犯事，去找村里，与他没有关系。他上蹿下跳，妄图从气势上把来人压住。一瞬间，有些失去理智。

这样的事，县局工作人员经历得多了。等他发过火后，再慢慢地跟他解释有关政策。至于怎么处理，乡政府和县局会专门研究，但目前必须停工。这可苦了陈大江，十几万投进去，这猪舍还没干透就让扒掉，谁承受得了？

陈大江眼里，村委就能代表乡上、代表土管部门。为保险起见，他在跟村委签订承包合同时，咬文嚼字地再三斟酌，然后又跟陈川去县里把承包合同公证了，还要求陈川再盖上村党支部的章。他认为，这样就万无一失了。然而，人算不如天算，百密也有一疏。村干部在自己村里是说一不二，然而上边一来人，却不管你什么合同不合同，触犯了国家的法律法规，再严谨的合同，说废就废，没有半点条件可讲。胳膊扭不过大腿，但投进去的这十几万块钱怎么办？陈大江抄起手机，气冲冲地四处找陈川，要找陈川赔偿损失。

陈川正为林业局查处他私自采伐树木的事急得团团转，又听到县土管局来查处他违规用地的事。旧伤未愈，又添新伤，脑子简直要崩溃了。林业局那边还不知道怎么处理，这里又找上门来。一个小小老百姓，承受能力再强，也经不起这要死要活的折腾。为了村里的工作，被抓进去多冤呀？黄鼠狼专咬瘸腿鸡，怎么办？这事到底怎么办？就是憋也得憋出个办法来呀。

起眼瞪眉毛，一打两头撬。他人小鬼大，权衡了下利弊后，觉得还是躲躲是上策，孬好先躲过这个风头再说。想到这里，他谁也没打招呼，踏上一辆通往县城的公共汽车奔亲戚家躲了起来。

炕头的汉子，能惹不能当。转眼工夫，这个陈川就像从地球上消失了一样，谁也找不到他了。

县土管局取证完后，告诉陈大江，违规建筑由自己拆除。如不拆除，县里将采取强制措施。此时，陈大江真的疯了一般，村里村外找陈川。几天前，陈川还是位颇有经济头脑、人人称赞的能人，村里人都佩服他为村里买了辆好车。几天之后，林业局、土管局脚前脚后地又来查处他采伐树木和违规用地的事。威望就像过山车，刚才还"山高人为峰"，眨眼之间一下子又跌到了谷底。

赵云瑞也安排人四处找陈川。然而，连他老婆都不知道下落，谁还能找得到。

陈大江发疯了般地里面外面地找不到陈川，就让他老婆天天去陈川家里跟陈川老婆要人。因为都在气头上，天天你骂我吵的火药味挺浓。那天，当陈大江老婆又来陈川家找人时，两个娘们三言两语后便骂上了，跟着陈大江老婆一块来的几个亲戚也加入了对骂的行列，对骂的语言越来越难听。情绪失控的陈大江老婆抄起一个板凳，朝着陈川老婆头上狠狠地砸去。一瞬间，陈川老婆头上血流如注。躺在一大摊血迹旁，昏了过去……

听到吵骂声过来劝架的邻居，一看这阵势，先是拨打了120，又喊来村卫生室的医生，又是掐人中，又是止血，好一阵忙活。当120救护车把陈川老婆拉走后，这场殴斗才算结束。

按照赵云瑞的安排，鲁祥生与刘秋珊一起对各村买车的资金来源摸了个底。从掌握的情况来看，向外租赁土地、转让果园、转让宅基地、高息贷款筹集车款的村不在少数。也难怪他们这么做，让这些入不敷出的村子自己解决买车的资金，他们不卖地、卖树和借高利贷，又有什么法子呢？

平心而论，他们能筹集到车款就非常不错了，起码有点责任心，至少说替政府也减轻了一些压力。如果这事不想法处理好，一些村干部的积极性肯定会受影响，下一步还谈什么招商引资？赵云瑞急三火四地找到罗县长，汇报了事情的经过，让罗县长给递个话。然后，他又找到林业局局长，先是承认错误，做了自我批评，后又把责任揽到自己身上。局长终于被赵云瑞敢于承认错误和担责的态度所感动，再加上罗县长从中斡旋，林业部门要求交上罚款、抓紧把树苗补植上，就不再追究责任了。林业部门将这个案子转到了县纪委后，为了惩一儆百，刹住滥采乱伐风气，给了陈川一个处分，算是给社会一个交代。

移民村在林地上搞建设，是天上的卫星发现、省里督查的案子，需要向省里汇报。赵云瑞同样把责任揽过来后，这事就变得有些复杂了。怎么处分？给谁处分？让土管部门颇费脑筋。最后，他们还是责成当地处理。在县委领导的协调下，将案子临时挂了起来。陈川在亲戚家躲了十几天，找人打听了下，说是不抓人了才又冒出头来。他自知理亏，老婆被打破了头还花了好几百块，咬咬牙认了。

陈川为了买校车，惹出了这么大的乱子，吓得各村在这事上收敛了许多……

三十三

又是工业园区租赁土地追加投资，又是"属地管理"增加费用，又是搬迁学校需要大额资金……突如其来的计划外开支，把刚要匀和地喘口气的赵云瑞又逼到了悬崖边上。

大事小事都需要钱，都在眼巴巴地等米下锅。怎么办？总不能蹲屋里等、靠、挨吧？虽然说有些收费需"一事一议"，可怎么着也得有一段时间。眼下几个工地都在等米下锅，怎么办？冥冥之中，他又盯上了铁路这块肥肉。今儿个要工程、明儿个借钱，李指挥连着帮了几个大忙，也该到铁路工程公司去看看人家了。至于再提借钱的事，不好再开这个口了。不过见机行事，到李指挥那里看看再说……

俗话说，只要锄头抡得好，哪有墙角挖不倒。

赵云瑞想准了的事，会一竿插到底。官大也是人。他一个电话打给了李指挥，"喂，李指挥吗？我是埠岭乡赵云瑞，您好吗？"

"赵乡长。最近忙不忙？"李指挥电话里问道。

"还行，还行。您最近在哪里忙？怎么不来埠岭乡了？"

"全线工地都开工了，忙得跟陀螺似的，分身无术。有时间来公司玩玩，喝一杯嘛！"

赵云瑞心里暗暗得意，"李指挥，您一次次帮了这么多的忙，真想过来看看您，可又怕给您添麻烦，您看……"

"哎，说哪里去了，都是朋友了还这么客气。有时间就来，我请你喝酒！哈哈！"李指挥盛情邀请。

"好，那我就以实为实去看您了。"赵云瑞捂着电话得意。

"好好，随时欢迎。"李指挥也是热情有加。

"好，一言为定，三两天内去看您啦！"赵云瑞怕他改口，一下子砸结实了。

胆小不得将军做。为了工作怕什么？对，说去就去。

李指挥跟赵云瑞通完电话后，也有些半夜三更吃黄瓜——摸不准头尾，就问周经理赵云瑞来有没有什么具体事情。周经理摇摇头说"不知道"，这让李指挥更摸不准脉了。寻思再三，也没分析出个一二三来。管它呢，都是熟人来了再说呗！不过，李指挥隐隐约约地觉得，乡镇工作忙得跟个陀螺似的转，哪有闲空跑出几百公里来喝酒？几次接触，他也摸透了赵云瑞的特点，无事不登三宝殿，说不定又冒出什么新花样来。

第二天，赵云瑞让人装了一车上好的瓜果蔬菜，拖着姜恒春就上了路。

到省城得有好几百公里，紧赶慢赶也得好几个小时。其实，这正得了他的劲儿。看似在闭目养神，其实他在琢磨找什么由头再弄点事。是呀，刚预支了好几十万，再张口要钱，似乎不在情理；揽块工程干干也行？反正谁干也是干，为什么不再争取下呢？庄户人，脸皮厚厚的管它呢！

车子一慢，赵云瑞的思绪又被拉回到现实中来。他睁开眼睛看看坐在旁边的姜恒春，条件反射似的又想起了税收的事，"老姜，上半年的税收连收带借，总算是完成了。可三季度不是手打鼻子眼前过了，你说怎么办？总不能靠借钱缴税吧！"

老姜的脸上露出了沉甸甸的表情。沉闷了会儿后，转过头细声慢语地对赵云瑞说："赵乡长，企业都捋好几遍了，该借的也借了，真没有办法了。铁路这么多工程，就不能让他们出点血在咱这里缴点税？哪怕从指头缝漏点，也够咱舒服一阵子的。"

语不惊人死不休。一路没说多少话的姜恒春，被赵云瑞一激，竟冷不丁地冒出了句让他苦思冥想了多时的话题。

赵云瑞像是发现了新大陆一样，两眼紧盯着姜恒春，仿佛稍不盯紧就有飞了的可能，"老姜，你是金口难开，他们来埠岭乡施工都快半年了，你怎么不早提醒我？快说快说，还有什么？怎么个出血法？"赵云瑞恨不得从他嘴里再抠些金句出来。

"我找人打听过了，他们的工程往省一级税务部门缴，跟咱不搭边。再怎么忙活恐怕也是竹篮子打水一场空！怕您扫兴，我也就没敢多说。不过，也可以问问试试。"姜恒春叹了口气解释。

"不，你现在提醒也不晚。正为没个正当理由发愁呢，你这一提醒呀，真是下车遇上接站的，过河碰上摆渡的，正炮！"

"嘿嘿！"姜恒春只是笑笑，还是不多言语。

"老姜，你是咱埠岭乡的财神爷。日子过得孬好全靠你。你可不能揣着明白装糊涂呀，这么好的事怎么不早说！"

"嘿嘿！好饭不怕晚。再说跟央企打交道，吃不透深浅呀。"姜恒春还是喃喃地说了句。

一高兴，赵云瑞的脑子又飞扬起来。铁路工程公司虽然是央企，可大小也是个企业呀！在埠岭乡施工，缴点税也不是不可能的事。该缴多少心里没有数，可只要缴就行呗！在这之前压根也没人提过这事呀！俗话说得好，生姜还是老的辣嘛。老姜不愧是老姜。对，就拿税收说事，事实摆在那儿，理由充分。再说政策不政策的不事在人为嘛，不偷不抢的为什么不争取呢？闯闯运气，说不定还真歪打正着哩。正好，临来时车上就装满了当地的土特产，再熟也不能空手来呀。说是来答谢用的，这回可好，成了要税的礼品了！嘿嘿！要是办成了，既能完成三季度的税收任务，又能缓解下乡财政的窘况，岂不两全其美！

一路上，他心急如焚，想象着可能出现的种种情况。不过，他也铁了心，不到黄河心不死，不答应办点事，就赖在李指挥办公室，坚决不回来。怎么说他们在埠岭乡还有十几个桥涵、几十公里的路基需要地方配合。想到这些，他的底气仿佛一下子蹿了上来。

赵云瑞把眼一闭，又在琢磨着使什么法子把税要过来。不过，从他微微舒展的双眉看出，他对刚才姜恒春提的税收一事，信心十足。

人逢喜事精神爽。一进公司大门，他立即提起精神头，旁若无人地踏进李指挥的办公室。

"欢迎，赵乡长！"李指挥迎上来握手让座。

"李指挥，说来就来了。不耽误您的工作吧！"

"盼还盼不来呢，耽误什么工作。再说你来就是工作呀！"李指挥非常开心。

李指挥早早地把周经理和周倩会计师也喊了过来，熟人相见，格外热闹。

一阵寒暄客套之后，李指挥直截了当地问："赵乡长，你看外面下着雨，大老远地赶来，肯定是有事吧？有事就说，没事就剩下喝酒了！"按李指挥掌握的节奏，赵云瑞一开始肯定不会说有事。而酒过三巡之后，他什么事也敢说敢提。半年来的接触，李指挥摸透了赵云瑞的行事风格。但这次李指挥没猜着。周经理和周倩也没猜着。

"是这样，李指挥，今天登门拜访，一是前段时间你们对埠岭乡的支持太大了，耿书记安排我表示感谢来了；二是耿书记再三恳求，要你们公司在我们那儿缴点税。至于缴什么税种、缴多缴少，咱也按规定办，决不难为你们。"

一进门，李指挥本是客气谦让一番，有什么事酒桌上满可以说清讲透。没想到赵云瑞竟借坡下驴，接着李指挥的话音，来了个竹筒倒豆子，一下把话抖了个底朝天。

"什么？缴税？"李指挥他们几个几乎异口同声地问。

"是的，就是恳求你们在我们那儿缴点税。"赵云瑞表现得格外心平气和。

李指挥他们像是碰倒了一道难解的数学题，皱皱着眉头陷入沉闷。

"李指挥，施工单位在当地缴税也是些老掉牙的话题，不偷不抢的怕啥！"

李指挥琢磨着赵云瑞跳跃、超前的思维，用钦佩的目光紧紧地盯着他，仍没表态。

"李指挥，您是走过南闯过北的，啥样的事情没遇到过。你们在我们那儿施工，就该在我们那儿缴税，哪怕是几万块钱也是个心意。"赵云瑞盯着李指挥的脸，看他有什么反应。

周倩忽地站起来想解释，但被李指挥用眼神止住了。

"李指挥，我打听过了，这税可在省里缴，也可以在县里缴。我们埠岭乡也有税务所，你们又在那里施工，如果缴税的话，我觉得往乡里缴税也是正常的。您看这事……"

赵云瑞表达的意思，李指挥一听就明白了。让他不适应的是赵云瑞这变化多端的野路子，酒还没开喝，怎么就直奔主题了呢？沿途几百公里、几十个乡镇，怎么就他有这跳跃式的超前思维？

顶风冒雨地往这跑，原来是来要税呀！不得不说赵云瑞给他出了个不小的难题。

他沉默了一会儿，说："你就为这事来的？你这可是找和尚借梳子——走错门了！我们这么大的工程，税源是很多，但我们也有规定，该缴的税一律往省税务部门缴，不能给你们。如果把税缴给了你们，我们就违犯了税收政策，要惹上大麻烦！"李指挥认真地解释了下。

"李指挥，规定不是人制定的？能规定往省里缴，也能规定往县里、乡里缴吧，千万别让个规定给限制住了。现在不是时兴特事特办嘛？事是死的，人是活的，哪有办不成的事？关键是办不办！"赵云瑞步步紧逼。

"哎哟哟，你把话说重了，也说偏了呀。税收政策确实是很严肃的事，不是说说就能办了的，现在不是以前差一不差二地办了。规章制度也好、工作流程也好，越来越严、越来越规范了，稍有不慎，就会惹出乱子！"李指挥又详细地强调了一下税收政策的严肃性，他边说边把周倩叫到跟前。

赵云瑞看来硬的唬不住，便调整思路哭起穷来，"李指挥，你看，我作为乡长，分管财税，要是完不成税收任务，就别谈什么能力不能力了！埠岭乡的财政状况您非常清楚。一谈税收，不瞒您说，一头扎井里一了百了的想法都有！今天，我是以个人名义来求您，这个忙您帮也得帮，不帮也得帮！李指挥呀，我真是到了山穷水尽的地步了。您就看在兄弟的情面上吧！一分钱不嫌少，一百万不嫌多，缴多缴少都高兴。您怎么着也得给条活路吧！"赵云瑞说得极其可怜。

"赵乡长，税收政策真的是挺严肃的事情。我们是央企，可不敢胡来，它跟争取个项目、争取个土方工程是不一样的！"一旁的周倩温和地插了句话，着重强调了一下财税的严肃性。

"周会计师说得对。像你说的这个事，以前也曾遇到过，原则上是不允许的。我们公司是根据工程总投资的情况，把该缴的税种直接上缴省一级税务部门，跟县、乡不打交道。过去是这种做法，以后恐怕也不会改变！"李指挥边说边又用征求的目光瞄了瞄一旁的周倩。

"是这样的程序。因为我们是属于中央管理的企业，一切财务往来都由上面统一核算，税收跟地方上没有往来。今年上半年已投入几十个亿的资金了，有关的税收就是跟省一级的税务部门办的。确实是这样，很抱歉，赵乡长！"周倩又耐心地解释了下。

"税收没有往来，可财务上有往来呀。比如说，我们干的工程，你们给的钱，不是已经有往来了？该给的工程款也都拨到我们账户上了，财务有往来，那税收也该有往来！你们在我们那里干活，把税缴到别的地方去，是不是有点名不正言不顺？反正都是缴税，为什么不缴我们那儿而缴到上边去？还不是官大一级压死人！再说，关心关心基层，有什么不对？如果说不对，那我们还设个税务所干什么？不就是收税吗？李指挥，我觉得事都是人做的，事在人为，就看怎么做了！您同意，肯定就有办法；您要是不同意呢，肯定是没有办法！"赵云瑞虽然装出可怜兮兮的样子，但也硬邦邦地牢骚了几句。

"赵乡长，你可不能这样将我的军啊！税收政策是非常严肃的一件事，行与不行不是咱能左右的，处理不好是要违法的！"李指挥也认真起来，慢慢地解释道。

"李指挥，俺是乡下人，对这政策、那规定的也不懂。俺可就知道往乡税务所缴点税，也犯不着什么！俺那个税务所是小点，可也是国家的税务机关呀。他们收的税不也是层层上缴？最终不也是进了国家的口袋里去？就是到不了国家口袋里，这税种、那税种的那也是一本大账，中央、地方分呗！这事还不是一把明牌！怎么往您这里缴就行，往俺那里缴就违法了呢？俺不信！顶多就是不太符合程序，也违不了什么法。都是国家的税务机构，哪里缴不是缴？以后这些单位一连网，说不定在家里就能缴呢！李指挥，您知道俺那个乡在个山沟沟里，一年收不了几个税。可县上定的税收任务是年年增长，说出来能吓个半死，信不信？每年的税收增幅都达到百分之三十以上了，全世界也没这么个增法的，吓不吓人？什么据实征收？还不是从上往下一级压一级地层层加码！县里的税收任务完不成了，就生生地硬摊到乡镇，可乡镇往那里摊？往老百姓身上摊？再往老百姓身上摊，不摊出人命来才怪呢！"此时，赵云瑞脾气有些急，调门儿也有些高。

"整条施工线路几百公里，牵扯的单位也不下几十个，情况都一样！你咋冒出这个想法来呢？有人指点？"周倩诧异地问了一句。

"哎呀呀，不都是让穷逼的，处在这个位上，收不上税、完不成任务怎么行？李指挥、周会计师，我这可是求到您的门下了，有几个乡比俺还穷，他们连找您的门路都没有，您说怎么办？上半年买运输税就花了好几十万哪！疼不疼人？说真的，李指挥，您要是不帮这个忙，我就没招了，一是到年底走人，因为没完成税收任务。工作上不去，免职也是很正常的。到时你们再去乡上安排工作的时候，我也就捞不着陪您了！二是人一走，咱们的缘分也就断了，心里不舒坦呀。"赵云瑞一边哭穷，一边又用求救的目光看看周倩，希望她能伸出手帮一把！

周倩看了看李指挥后，苦笑着说："我非常体谅你的困难，也替你着急，但也没办法解决。这个工程全长几百公里，牵扯到四个城市、十多个县、三十多个乡镇，如果再具体到村那可就更多了。要是依你的要求去做，省税务部门要拿我们是问，说轻了罚款，说重了有蹲监狱的可能，真的怪吓人。再说，我们也是企业，因为这事被通报、被罚款的也划不来，工作上也会陷入被动。事情确实难办啊！"说完，她扭头看看李指挥的反应。

"周会计师，别看李指挥干工程一套一套的挺有经验，但他对税收政策肯定不如您了解得多。您如果真心帮一把的话，俺就能过去这个坎！您就是我们全乡七万老少爷们大恩人……您只要出个谱路,李指挥肯定会同意的!"赵云瑞一打一拉地吹捧着,让李指挥哭笑不得。

周倩赶忙摆摆手,"别这样说,再说就走调了!是这样,我们是真的有规定,不单独对县,更不可能对一个乡镇去缴税。如果往县里缴一部分的话,那也得专门研究个方案,找个恰当的理由。否则是不行的!不过,若缴到县里去,能保证税务部门同意抵顶你们乡的税收任务吗?"周倩反问。

"我想肯定行,您想想,就当是给县里争取的税收。要么是一分钱没有,要么就有很大一笔!怎么会不同意呢?争取来了还不抵顶一部分?抵顶少了我还不干呢!这个事我马上汇报一下行不行?"赵云瑞一听周倩有松动的活口,激动得有些语无伦次。

李指挥与周倩对视下后,苦笑着摇了摇头。唉!真拿你没办法。

赵云瑞借上厕所抓起手机就往外走。他边走边想,上边的人真是怪了。李指挥自始至终都是光笑不表态,但手下的人却敢自作主张,是不是揣着明白装糊涂地演双簧?还是不想出风头担责任?管它呢!走一步看一步,见风使舵呗!

赵云瑞跑走廊尽头上拨通了耿春义的手机:"耿书记,您现在说话方便吗?"

"跟罗县长在一起呢!告诉你个好消息,今天罗县长又帮咱招了个大项目,争取半年点评的时候奠基。半年点评不就有看点了,高兴不?"赵云瑞从电话里感受到耿春义的兴奋劲。

"当然高兴啦!耿书记,正好我也汇报个事,请罗县长帮着看看怎么办。是这么个事,我不是来铁路工程公司了吗,他们说按规定税收需要缴省税务部门,不允许往县里,更不允许往乡税务所缴税。经过争取,他们答应做做省税务部门的工作,可以适当给县里缴部分税。我这样想,我们做好铁路工程公司的工作,争取铁路上把一部分税收缴到县里来。您能不能请示一下罗县长,让县里同意抵顶一下咱们乡的税收任务。铁路上讲得挺到位,如果能抵的话,铁路上就答应从中协调下,帮咱一把;如果不答应给咱抵顶,这事就以后再说。"赵云瑞简明扼要地把来龙去脉讲了一下,最后这句是他临时发挥加上的,目的就是一定要抵顶部分税收任务。

耿春义摸透了赵云瑞脾性,为了达到目的,他啥事都能做出来。"我就在罗县长身边,你稍等一下,请示后马上给你答复!"

刚才耿春义跟赵云瑞通电话的内容,罗县长全听清楚了。他为这些工作在一线上的基层干部的敬业精神所钦佩,也为赵云瑞取得的良好开端而高兴。

他想，如果干部都像他俩这样的努力工作，哪有干不成的事？

当耿春义请示罗县长赵云瑞的电话内容时，罗县长毫不犹豫地表态："没问题，缴多少抵多少，可以全部抵顶埠岭乡的税收任务。你告诉赵云瑞同志，他不仅仅通过这样一个方式完成了税收任务，更重要的是给各单位、各部门提供了一条挖掘税源的好路子，树立了好榜样。告诉他，要他千方百计把这件事情办好、办扎实。同时，还要代表我对铁路工程公司的大力支持表示感谢。"罗县长铿锵有力地表态。

耿春义原汁原味地将罗县长的意思告诉了赵云瑞。

"我看赵云瑞这小子比你强，具备接你班的条件了。"罗县长跟耿春义是同龄人，俩人又是无话不谈的朋友，自然说话很随和。耿春义抿着嘴微微一笑，看出他发自肺腑的高兴。

赵云瑞回到李指挥办公室，脸上洋溢着兴奋，眉飞色舞地把如何跟耿书记汇报、耿书记又如何跟罗县长汇报、罗县长又是如何表态的，一五一十地说了。周倩略一沉思，抬手往后捋了捋乌黑发亮的秀发，说："这样吧，我们先安排人回去查查在你们县里的工程量是多少，该缴哪几种税，然后拿出详细的底子，汇报李指挥后再说，好不好？"

回来后，司机小刘逢人就讲，赵乡长可真行，拉了一车的瓜果蔬菜，要来了一百多万的税，划算，真划算！

赵云瑞跑省城要税的消息不知怎么传出去了，其他几个有铁路工程的乡镇知道这事后，也搭上帮一块去了铁路工程公司。不过，他们是八月十五糠豆子——晚了三秋了。一是省里的税务部门怕这块很大的税源被地方分摊了，赶紧发文禁止地方收取国家级工程的税源；二是人家那位周会计师也真是替埠岭乡着急，连续研究了好几天，好歹找出了给地方税收的依据。新建铁路埠岭乡段与省级公路立交桥工程，含有国家工程与地方工程的成分，他们以这个理由拨给了这个县一百二十万的税款。而其他的乡镇没有这项工程，也就没有攀比要税收的理由。同时，省税务部门跟铁路工程公司也交涉好了，仅此一例，以后不再向地方缴纳任何理由的税收！

税款分两笔拨到税务所后，财政所、税务所那个高兴劲，无法用语言表达，一连好几天咧着嘴大笑。是呀，谁碰上这天大的好事不开心、不高兴呢！

三十四

"云瑞，昨天在县里开会，听到一个信息，下一步的农业税可能要取消，'一事一议'也不能随便启动使用了。消息不知准不准确？可也不会是空穴来风！"耿春义从县里回来，把听到的小道消息悄悄地告诉赵云瑞。

"我也听说了这事。实行了几十年的政策，说取消就取消了，这可是不小的动静呀！"赵云瑞用诧异的目光望着耿春义。

"是呀，是不小的动静。虽然是道听途说，但无风不起浪，传得又有鼻子又有眼。从当前的舆论上来看，不管是电视还是报纸，都在一个劲地替老百姓说话。从这点上分析，很有可能要迈出这一步。假若消息确凿，中国的农业史可要改写喽！"虽然是小道消息，可耿春义的眼里是满满的希望，憧憬着美好的未来。

"耿书记，这些年各村欠乡上的集资足有三四百万。如果取消了的话，原先的欠账怎么处理？教师的工资怎么补发？咱是不是抓紧时间再搞一次'一事一议'，进行一次大的清欠行动？能收多少算多少，总比这样扔着强吧。"赵云瑞眼里射出一股不服输的目光。

"你跟祥生、秀清再琢磨下清收欠款这个事，咱应该怎么办。只要没有正式文件，咱是不是就可以敞开收？"耿春义望着窗外树上的鸟儿沉甸甸地说。

"我也是这样想的，咱还欠着一屁股饥荒，该收的再不收上来怎么行？只要不违反政策，就加大些力度，争取把欠款收上来。"赵云瑞坚定地表态。

"好，云瑞呀，我再提醒句话，可以研究个清收欠款的方案。但一定把稳定放在第一位，退一步讲，宁可不收，也不能为这事闹出乱子。关系到老百姓的利益问题，上级是非常重视的。这可是根带电的'高压线'，谁触碰上谁就得认栽，一点也不含糊。另外，只准收取那些该收的'一事一议'涉及的收费，乡上也好，村里也好，那些搭车收费一律叫停。尤其是有些村，连一年到头的吃喝费用、村干部的福利也掺进去摊到老百姓头上，那是坚决不允许的！"

"耿书记，我明白您的意思。该收的采取措施尽快收上来，不该收的千方百计扎住这个口子，哪个村出问题哪个村负责！"

天，时阴时晴，说不准啥时候就漏下阵雨来。

酝酿了好多天的"一事一议"动员大会终于如期召开了。赵云瑞看看台下熟悉的面孔，长话短说，对清收陈欠做了动员讲话。鲁祥生按乡党委会定的清收方案，结合各村的陈欠数额和村情等情况，合理调整了重点人员、重点车辆，制定了详细的奖励政策和注意事项。会议内容明确，时间、人员、车辆安排到位。会后，全乡百十号机关干部按照分工，陆续向各村出发，掀起了清收陈欠高潮……

程老大非常知趣，知道这次清欠声势浩大，不同以往，便蹲在村办公室里盯着清收陈欠的进度和欠款户的一举一动。他心里也清楚，清欠已进入到白热化程度，越是到了最后，越要上紧发条。因为最后剩下的往往是更难对付的"钉子户"，你有千条妙计，我有一定之规。对付这些难缠的"钉子户"，他是老中医把脉——自有药方。虽然压力很大，但信心也挺足，照这个力度，再有十天半月就能拿下来。凑堆侃大山时，看谁还不服！

这天一早，程老大早早来到村委，扒拉了一阵欠款表后，对着破喇叭又是一顿说教，对几个"钉子户"指桑骂槐地嘲讽了一顿。正嚷地起劲的时候，陈来电和刘秋珊也脚前脚后地来了。

程老大把扩音器一关，"哎唷唷，这么早就来了呀？不放心还是怎么着！不是讲过，不用天天往这跑了吗？早晚二十五个坏的事，十户八户的我非拿下来不行！"

"不下来看看不放心呀！昨天又收上三个户，不错，不错！今天再争取拿下几个！"陈来电翻看着账本说。

"肯定肯定，肯定会有进展，到最后碰上刺头，我就要使点绝招。哼！谁求谁还两说着呢？"

他正跟陈来电信誓旦旦地保证，一个远房婶子从外边一步迈了进来。

"老大，挺早呀！"

"婶子，是您呀！不早不早，太阳都晒腚了还早，来缴陈欠呀？"

婶子脸一红："不是，手头凑不齐，再等些日子！"

"您欠的集资横跨都两个年头了，还要等些日子？喇叭天天点名，听不见吗？都像您这样咱村不"稀稀"了？这一大早的不来缴陈欠来干啥？"

"这不，外甥女上幼儿园，要咱出个证明！明天报名，这不就急三火四地来了。"

"哦？在哪儿上？出什么证明？"程老大眼珠一转。

"在乡幼儿园，要孩子父母所在地的户口证明。闺女的户口不还在村里吗？"

"好呀，几年不见，闺女都有孩子了。时间过得真快！"程老大边打着哈哈，边给会计使了个眼色，意思是看看账本欠款是多少！

会计戴个老花镜熟练地抽出账本，翻到其中一页，一手比画着账本上的数字，一手拿起算盘，老皮老茧的几个指头噼里啪啦地一阵猛拨。

"从去年您就基本没缴集资提留，家里三个劳力，两年共计一千七百二十一元。您看……"会计耷拉着皱巴巴的眼皮说。

311

"是有两次没缴，怎么这么多，不是算错了？"

"错不了吧！再算一遍看看。"会计对着账本又是一阵噼里啪啦。

"一千七百二十一元，没错！"

"手头紧，过几天卖了猪凑凑，行不？"婶子不以为然。

"最好是……"会计低头看看桌上的账本欲言又止。

"啥意思呀？不缴钱就不给开证明了？"

"不是这个意思，您这两年的集资都是村里替您垫的。您不缴上，村里还得替您垫着。这次清收陈欠都快结束了，可您还是一分钱也没缴。您打算让村里替你垫到啥时候？"程老大强耐着性子不轻不重地说

"今年清收陈欠比往年力度大，非割清不行。您看，乡上的领导一大早就来监督上了。咱村没缴的也就三户五户的，您再不缴，咱村的工作可就是鸭子撵麻雀——越撵越远了！"会计也跟着嘟嘟了几句。

"哼！回去凑凑钱再说。你俩蹲这里是一天到晚地收钱、收钱！从年初收到年末，选个村干部就会收钱，不会干别的？"

"市场经济了吗，不收怎么转悠？全乡、全村都这样，您怎么那么多事？"程老大堵给她一句。

"修路了还是修渠了？成天收这钱、收那钱的，也不知道收钱干什么去了！村里的事办不成，收钱还挺有一套！"婶子咬着个牙根连讽带刺地

嘟囔着。

"我说婶子，咱可公是公、私是私，有钱快缴上，没钱少咧咧。乡干部守在这里给您个面子，开证明这事……我看就免了吧！啥时有钱啥时开！"程老大也狠狠地扔给了她几句。

他婶子自知理亏，瞄瞄斜瞅他的程老大后，不情愿地拿钱去了。

今天程老大几乎没出招，脾气也是出奇的温柔，让会计摸不准他下的哪盘棋。其实，他不是怕得罪人，也不是一改往日急性子脾气，而是心里早就有了底。幼儿园入园时必须让村里出具户口证明，就是乡、村两级"清欠组"私下商定的。只要他们求着村里了，就不愁他们不清陈欠。因此，他懒得搭理这些不见棺材不落泪的犟娘们。哼！你不缴，我就不给你开证明，看你怎么着！程老大心里一阵得意。

不多时，又一个中年妇女急匆匆地走进村委。程老大一看是本家嫂子，就迎了上去。

"三嫂子，过来了？"

"过来了，给孩子开个证明。"

"你开啥证明？"

"闺女在外地上班，人家单位要她回来开个什么证明。"

"哦，孩子都上班了？真快！"

"女孩子家，上学有啥用？还不如早去打工赚点钱，出嫁的时候手里也攒几个多好！"

"你可真会打谱！哎，嫂子你来开个什么证明？"程老大眉毛一扬问道。

"叫什么未婚证明！"

"咳！刚下学的孩子开什么未婚证明？不是计划生育的事吧？这事各地抓得可都挺紧！"

"就是，就是嘛！这是办的些什么事！十六七岁的孩子，咋还开这么个证明！"

"哎哎，现在就兴这个，开证明的花样多了去了。你这还不算什么稀奇的。哎，看看三嫂家里有什么账没有，有账就结了呗！"程老大跟三嫂子拉着呱，嘱咐会计看看账。

会计抽出账本看了看后，说："春天植树，你家男人没在家，也没再去收，是二百一十七块五，加上春灌水费一百六十七块五。一块缴上吧，省得天天喇叭上念叨怪丢人的！"

"不缴不给开证明呗？选你当村干部就会琢磨事。耍弄起俺庄户人来是一个趔趄一个趔趄的！"

"哎哎！怎么这样说话，一点也不中听，早该缴的钱都拖了这么长的时间没缴还有理了？"程老大故意把脸拉下来，呛了她一声。

三嫂子边掏兜边说："行啦，行啦！俺知道胳膊拧不过大腿，早天晚天得攥你手里。人家咋地咱咋地，反正是早晚的事，缴上吧。先给开证明，别缴上钱又不给开了。你们这帮人啥事也能做出来！"刀子嘴的她一点儿也不饶人，边说着边从手绢里拽出几张大票的钱递给会计。

会计勉强地笑笑，麻利地开了个证明。

"慢走啊，嫂子！"程老大起身送了送，胖嘟嘟的脸上堆起了些笑模样，心想，又完成了一户。

刘秋珊看到前后半个时辰，又来了两户缴清了陈欠，露出些欣悦的表情："程书记，你可真有法子，咋想出这么多法子来的？"

会计嘿嘿一笑："嗐！比这法子还黑的也有，看对付啥事、啥人啦！"

陈来电也乐滋滋地说："程书记，这刚上班不大一会儿就来了两户缴陈欠的，开门大吉啊！照这进度，再有几天不就完事了？"

313

"是啊，凡是拖到现在没缴的，不是这个理由就是那个理由，不下点狠手、使个邪法子是不行的！你像前一个，她是来开证明的。不使法子逼她，她才不听你嚷嚷呢！"

他们正侃在兴头上，一个中年汉子怒气冲冲地一步闯了进来。人还没站稳，就朝着会计吼上了："整天弄个破喇叭吊拉在树杈上胡嚷嚷啥？赶明个儿谁再在这破喇叭上指名道姓瞎嚷嚷，看我敢不敢把这三斤半铁皮从树上给戳下来？啥年头了，还这么欺负人！听说乡上的干部也来了，哪位是？您两位是呀，我就是来问问这口粮地是谁定的政策，怎么一点儿也不讲理？十多年不让调地是实事求是吗？哼！为什么不缴集资，你问他吧，把事处理公道了，集资再多也能缴上！"闯进来的中年汉子看来真动怒了。他大口喘着粗气，一双又粗又黑的大手指着会计辱骂。

陈来电给中年汉子倒了杯水后，客气地问："伙计，俺们是乡上的，怎么这么大个火气？来来来，先坐下，有话慢慢说，村里有什么不讲理的事？哪些政策有问题？"

中年汉子看乡领导说话挺和蔼，程老大又在一边拿眼狠狠地瞪他，底气一下子没了，嗓门也低了下来："乡领导同志，我欠钱是真，可事出有因呀。您让村里把地给我调好了，我就把集资缴上！老百姓赚钱的门路没有，就靠这几亩地过日子，哪来的钱缴集资呀！"

"我说，伙计，别着急，消消气慢慢说，怎么，口粮田也没有？"

"您让他们说，我有多少口粮田，再问问俺邻居老刘家有多少口粮田！"中年汉子用食指指着会计。

"老程，这是怎么回事？"陈来电有些不明白。

"一说调地，都不吱声，成霜打的茄子蔫蔫了？怎么说到收钱都像抽了大烟那样兴奋呢？赤脚还怕穿鞋的？你们不说我说！乡领导，俺全家六口人，种着三个人的地，吃饭都得省着点，哪来的钱缴集资！看俺东邻，两个人种着七个人的地，种不过来就包给别人种，有吃有喝的多滋润。您说这心里能平衡吗？就算我有钱，能缴吗？当官不为民做主，不如下台种红薯！"中年汉子瞄了程老大一眼后，义愤填膺地说，"口粮田就在村边，调调地怎么这么难呢？"

"噢，是因为没调地呀！"陈来电恍然大悟。

"家里地多的当然沾光了，可像俺三亩地打的粮食还吃不到年底，半道上还得糁些米掺和下才行。您说，咱去借钱缴集资吗？别说中央了，就是你们也不会让俺借钱缴集资吧？再说啦，这一茬茬的集资干啥去了，谁知道？难道老百姓就是些软柿子，愿咋捏咋捏？"

程老大让他一句收的钱不知哪去了激怒起来："老滚，你想咋样？你看这里是你撒泼耍彪的地方？调地不调地中央有文件，用得着你在这里指手画脚地多嘴多舌了？平屯村这一亩三分地我说了算。养马打差、种地拿粮是天经地义。你知道老少爷们为什么叫你'老滚'？不就是这样常年滚屎滚尿滚出来的'老滚'？你以为乡领导在这儿就放肆撒泼了？没门，告诉你一声，今天就先让你一马，要是再撒野我可就不客气了！"

"你们看看，乡领导，这吃不上喝不上的还不让讲话了。俺不就是来要求调地吗，你大小是个村干部，至于跟俺较真？"

"你也别狗一阵猫一阵地东扯葫芦西扯瓢，地是不调，但集资必须得缴！"

"程老大，你也别依仗是支部书记说话这么冲，吓唬谁呢？"中年汉子强打着精神不甘示弱。

"我看你今儿个是打算滚上了不是？扯一阵子不如一耳刮子，信不？不行就支架过个招？"程老大的脖根开始紫红了，腮帮子肉也开始哆嗦起来。会计一看，心想坏了，这是他要打人的先兆。他跟程老大一块忙村里的事有十多年了，太摸他的脾气了，一旦脖根发红腮帮子肉哆嗦，暴躁脾气就要失控，谁摊上谁倒霉。乡领导就在跟前，千万不能发生肢体冲突。在保护弱势群体的当今，要是让群众抓住把柄，就是跳到栾山湖里也洗不清。会计急得赶紧起身，拖起叫"老滚"的中年汉子拼命往门外推。

程老大早被他气得怒火攻心，还没等会计抢上前把人推出去时，他一个箭步跨到中年汉子前面，猛地提溜起来，然后又突然松开手狠狠摔到地下。

"哎哟，俺娘来！村干部打人啦！"中年汉子摔倒在地，蜷曲成一团。他怕再挨什么这拳那腿的，就杀猪般地嚎叫起来。他曾领教过程老大的"醉拳"和"扫蹚腿"，那可是"打人一绝"。去年，村里有个人借着酒劲到村委骂骂咧咧地跟程老大要宅基地。程老大怎么解释也不听，就来了个以其人之道、还治其人之身的战术，也假装醉醺醺的样子，上去就给了那人一拳头。为了让他长记性，又把他引到脚下有泥巴的地方，借着巧劲来了一个"扫蹚腿"，"啪"的一下送他一个"四脚朝天"，那人就连滚带爬地跑了……

此时，程老大正窝着一肚子火没处发，正琢磨着怎么收拾一下这个"老滚"。陈来电抢前一步，"老程，别胡来，有事说事！"陈来电觉得程老大真把巴掌抢上，那性质可就变了。

陈来电问："你说的调地是指分到各家各户的口粮田吗？"中年汉子后怕地点点头。

"你家几口人？"

"六口。"

"几亩地？"

"三亩多一点。"

"是几个人的口粮田？"

"三个人的，多少年了！"

"那另外三个人呢？"

"儿媳妇和一个孙女、一个孙子。媳妇过门十多年了，孩子也都八九岁了，一分地也没给。你叫我拿什么缴钱？"

"那你刚才说的邻居是怎么回事？"

"俺邻居老刘家原先也是六口人，种着七八亩地。老刘他爹娘前些年走了，两个孩子也外出打工走了。两口子种着六个人的地有吃有喝；而我呢，六个人靠这三亩地，一年忙到头，连吃饭都熬不到年底，哪还有钱缴这缴那的？领导同志，我说的千真万确，不信你问问他们！"

"你说的是土地延包三十年的事，你反映的这些情况我知道，其他地方也有类似情况。土地延包三十年不变确实是上级的政策，就大的方面来讲，对稳定农村土地政策、调动农民积极性起了很大的作用。不过，也确实存在着你说的这些事。下一步，我们会积极向上级反映土地政策中的有关问题。至于你提到的集资提留问题，当然也是上级的政策，并且仍然在实行，该缴还是要缴的。都不缴的话，那民办教师工资还怎么发放？村干部的工资哪里来？烈军属啦，五保户啦，他们的费用怎么解决？还有道路养护、植树造林等等，都得从集资提留中列支。当然啦，搭车收费的现象是有的，我们也坚决反对，发现一起处理一起，决不姑息迁就，避免给群众增加负担。关于你讲的口粮田不均的问题，这是个挺头疼的事，确实需要调整，可目前的土地政策又不允许随便调整。老伙计，你说怎么办？也得理解他们的难处呀！"陈来电温和又不失原则地解释着，让他放松了许多。

"我说，伙计，发一顿牢骚、闹腾一场管个啥用，白纸黑字清清楚楚，最后还得回到这上边来！"会计敲打着账本子说。

刘秋珊一言未发，刚才程老大跟中年汉子的掐架，真让她害怕到极点。因为参加工作时间不长，对农村的事了解不多，有些政策她还没听说过。看来农村确实是一所社会大学，有好多东西是在学校里学不到的。

"扭不过劲来就问，搞明白了就走。回去先把陈欠缴上！"

惹谁别惹地头蛇。中年汉子知道说不过，也打不过，看也争不出个子丑寅卯来，狠狠地瞪了程老大一眼后，无奈地耷拉着个头悻然而去。

下午，陆陆续续又来了几户缴欠款的。他们与会计死缠硬磨，斤斤计较，虽然理由不一样，但都离不开该缴不该缴和缴多缴少的问题。通过缴集资提留，邻里之间的纠纷、婆媳之间的不和和对村干部的不满，一大堆家长里短、陈谷子烂芝麻的矛盾都会集中暴露出来，让你哭不得、笑不得。这就是农村，这就是农村的特点。

"陈部长，这次清收欠款挺顺利，照这个进度，再有几天就该完成了？"刘秋珊关心地问。

"不一定，农村工作复杂着呢！说不定啥时候就会碰上个邪门的事！"陈来电说。

三十五

　　满眼翠绿，绿中红黄。远山近岭随着季节的变换，景色也逐渐由淡变深，由一开春的翠绿慢慢变得有红色、有蓝色、有黄色起来。时间过得可真快呀，不知不觉秋天就到了。

　　轰轰烈烈的"一事一议"正如火如荼地进行着。没捞着喘口粗气、眨眼歇会儿，又接到乡上的紧急通知，要求各村穿插进行"路域治理"。治理标准是公路两侧不准有草有茬，限期三天完成，迎接县里的半年工作点评。

　　农村工作就是这样，说有规律也有规律，比如说春天种了秋天收，割了麦子又耩豆；说没有规律也没有规律，就是今天不知明天事，叫去哪里去哪里。

　　路域治理，简单地说，就是把县、乡、村三级道路两侧的青草、垃圾清除干净，一根草叶、一点儿草茬也不留，越光溜越好。为的就是在点评打分栏目中多得些印象分。车队途经沿线的树木还要补植、扶正、涂白，打眼一看，给人一种整齐、清新、干净的感觉。

　　老百姓的闲话、牢骚却来了，不就是些毛茸茸的小草嘛，长在个路边挺好看的，碍着啥事了！您又没栽又没浇水，好不容易长到寸把高，给单调的公路添了些绿色，也给过往的车辆司机减轻了的视觉疲劳，还能用它弱小的躯体，顽强地守护着脆弱的路基不被冲毁。百利而无一害的事，为什么非要把它铲除了呢？难道就是为了"半年点评"？

　　半年点评，就是要用点评的形式实地看看半年来干了哪些工作，干得怎样。在县"四大班子"领导面前、在县直各部门和兄弟乡镇面前亮亮绝活。

干得多少、干得孬好、成绩如何，那可是一目了然。点评结束后，县级领导一张票，部门负责人一张票，用特殊的表格分别打分，又是去掉一个最高分和一个最低分，又是加权取平均值，反正是把该用的办法都用上了，将各乡镇半年来的工作用分数的形式排出名次，然后用县委红头文件发文公布，从阵势上给你一种压力。

县里认为这样排出名次最科学、最有说服力，也最能调动乡镇的积极性。平时忙得团团转的书记、乡镇长视点评如猛虎，此时脊梁上像是爬满了毛毛虫那样浑身刺挠，感到压力格外大。

耿春义和赵云瑞也被点评逼得焦头烂额。你想想，领着大家没白没黑地干了半年，要是点评弄个末尾的话，怎么跟县里解释？怎么跟同志们交代。

两人觉得心里没底，便使个眼色，悄悄地出了门，来到兄弟乡镇的点评现场。离点评还有个三两天的时间，看看人家有什么好的做法，临阵磨枪，不快也光嘛。

两人带着忐忑不安的心情跑了几个乡镇。八仙过海，各显其能。总的感觉是，大家都不是省油的灯。也是，谁不想争取个好名次呢！当他们走到太平镇的点评现场时，有些傻眼了。

不看不知道，一看吓一跳。都在同一片阳光下的工作，人家怎么这样虎虎有生气呢！工地上，机器轰鸣，塔吊林立。醒目的标语鲜艳夺目，四周彩旗猎猎招展。几台工作着的挖掘机一会儿旋转着扎下铲头，一会儿昂起有力的铁臂，给人一种争分夺秒、势在必得的感觉。

耿春义和赵云瑞站在远处望着这热火朝天的场面，真有些瞠目结舌。这工作干的，十个埠岭乡也赶不上人家呀！

无巧不成书，正当两人怀着羡慕的心情参观的当口，从工地一侧跑过一个人来。

"赵乡长，您过来也不打个招呼，多亏看到您了。走，屋里喝口水去！"

"噢？是春林呀，你分管工业园区？"赵云瑞又转身对耿书记介绍说，"耿书记，这是太平镇的副书记王春林，我在太平镇工作时的同事，分管园区建设。"

耿春义跟王春林握手客气了几句后，说："我们路过这里，看到这热火朝天的场面，震撼人心，就想学习学习。王书记，你们招的项目可真多呀！"

"多什么多，各乡镇还不都这样，净些从村里搬出来的企业。"王春林无奈地说。

"投资可不小，你看这厂房开槽的地基，架势挺大的。"耿春义佩服人家的工作。

"赵乡长是老领导了，不瞒您说，都是假的，竖的十几台塔吊也是租来的。昨天从县里请了个礼仪公司，从音响效果、现场布置到播音介绍等等，他们全程负责了，光这一项就这个数，三万块钱！"王春林有些不情愿地伸出三个手指头说。

"虽然是形式主义，但也得这样搞！"耿春义宽慰着说。

牢骚归牢骚，还得回到现实中来。招商引资风头正劲，谁犹豫彷徨，谁就跟不上发展的节奏。

"王书记，顺便打听个事，就在你们乡镇不远处有一个项目，车间都盖到四层了，还有好几百亩地，怎么停那么长时间了，哪个局招的商？怎么成'烂尾楼'了？"耿春义想起在邻乡镇附近经常看到一个半死不活的企业不解地问。

王春林咧嘴笑笑说："这事知道内情的人真不多。耿书记，您还真问对人了。我跟那个局长是同学，他是哑巴吃黄连——有苦说不出啊。"

"应该不是些好事，你说说咋回事，招商的时候咱也好注意一些！"

"是呀！不过这事，窝囊透了。"王春林也是不愿提起。

319

耿春义和赵云瑞笑笑，也没难为他。

回来的路上，赵云瑞把了解到的只言片语跟耿书记简单地说了说。

南方某市有个姓陆的老板，怀里揣着五百万，准备来这里投资十亿元的大型化工项目。他通过关系找到县里，县里又把这个陆老板安排给一个局，由这个局全面负责项目的所有手续。项目一旦落地，就作为这个局的招商引资项目。

南方来的这个陆老板贼精贼精的，处事圆滑，办事大方。每天中午、晚上招待方方面面的朋友。不多时日，从上到下再到各个部门，都熟得不能再熟了，甚至连看门的保安都热情地打个招呼。整个县城一时让他搅得风生水起。

陆老板出手阔绰，不计小节，再加上精明的头脑，在分管县长的关照下，发改、土地、环保、安检等等相关的部门都大开绿灯。几个月的时间把所有手续全办妥了。

又过了一个多月的时间，二百六十亩白墙黛瓦带有江南园林格调的园墙，赫然出现在众人面前。

在建大门、垒院墙的同时，占地几十亩、足有四层楼高的钢架结构车间也呈现在大家面前，拉设备的特种车辆也进进出出络绎不绝。总之，给人的感觉就是大手笔、气势足、有前途。

一个高科技含量的大型企业开始露出了它的面容。与此同时，陆老板在分管县长和部门负责人的引荐下，频繁地跟几个银行的行长走动着，并且关系越走越勤，越走越密。

企业在非常健康地往前推进。

陆老板野心勃勃，心想，手里的几百万块钱连地也买不下来，企业怎么建设？要想把企业做大，必须要有贷款。这样企业才能健康发展。因资金一时不凑手，他便用土地、厂房抵押，想从银行贷两个亿，作为扩大企业规模的资金。因为之前跟银行早就熟悉，多有往来。在分管县长的撮合下，银行答应以土地、厂房抵押，贷给企业两亿两千万。

此时，陆老板亲自操刀，天天夹着包包跑银行。上到行长、副行长，下到信贷部主任、副主任，包括一般工作人员，关系处理得非常融洽。

贷款业务一路绿灯，也就一个多月的时间，两个多亿的贷款批了下来。领导表扬企业有闯劲，同行称赞陆老板有办法。陆老板呢，瞪着贼精贼精的眼睛沾沾自喜。

隔了段时间，陆老板说新进的设备与厂房设计不匹配，需要回生产厂家更换。这样，又来了几辆大型的特种车辆，将一些大件设备运走了。又隔了些日子，从厂里传出陆老板染上重病回不来了。

慢慢地，厂里人员减少，车辆稀疏，开始荒凉萧条起来。

最着急的是银行。固然有土地、厂房抵押，但贷款额总归不是小数目，稍有闪失，就会连累上自己。从行长到信贷部，人人感到有种无形的压力时时袭来。

天有不测风云。贷款两个多亿的陆老板最终跑路了。投了几百万，零地价骗到二百多亩地，办好土地证后，又以每亩八十万的价格抵押给银行……

赵云瑞断断续续地讲着，不时流露出愤愤不平的表情。

耿春义沉思着，久久没有说话。当不择手段、不分良莠进行招商时，难免会鱼龙混杂。这仅仅是其中的一例，类似的事情，甚至比这更严重的问题，随时都可能发生。观滴水可知沧海，窥一斑而知全豹。通过这件事，就知道目前全民招商中的乱象有多可怕。

天又阴上来了，阴得乌蒙蒙黑压压。看着翻滚着压下来的乌云，两人真担心刚刚修好的沙石路再被冲坏。因为点评看铁矿的道路足有几十里，大部分又是土路，一旦下雨，泥泞难走不说，该得的"印象分"可就泡汤了。

往回走的路上，两人几乎没有说话。单从点评现场来说，跟其他兄弟乡镇相比，真是一个天上，一个地上，差距是明摆着的。不管白猫黑猫，抓住老鼠就是好猫。别管人家是租吊车还是假企业，能应付了半年点评就是高手。你干得再好，不会包装、不会宣传，点评分数上不去，那不也是瞎汉打蚊子——白费力气？工作讲能力，领导讲艺术。谁孬种谁好汉，点评名次看。

天老爷好像有意跟他们过不去，一点儿也不给脸。一进埠岭乡地界，雨就掐算着时辰一样，劈头盖脸地泻了下来。完了完了，这回彻底完了。屋漏偏遇连夜雨。刚刚垫平的土路，哪架得住这麻杆子雨的冲刷，用不了半个时辰，就会露出凹凸不平的样子。老天爷呀，早不下，晚不下，明天点评了，怎么就不长眼地下开了呢？怎么就这么难为人呢？这不早不晚的来了这么场雨，让耿春义和赵云瑞一下子陷入被动。没白没黑，殚精竭虑地忙活了半年，眼看要露露脸了，竟来了这么一出，真是人算不如天算。赵云瑞不急才怪哩。想着想着，嗓子眼里就干巴巴地蹿上火来。

雨，还在一个劲地往下泻。车子在坑洼泥泞的土路上一点一点地往前挪。

"耿书记，咱报的点评路线县里已经定下无法更改了。雨下得这么大，通往铁矿的点评路线肯定是被冲坏了。我想雨停下，就组织机关干部连夜抢修。沿路的村全部上工，尽最大努力拾掇拾掇，天亮前能修多少算多少，行不行？"

耿春义冷峻的脸上透出着急的表情。

雨，时大时小。透过车窗，外面是一片雨帘，啥也看不清楚。

车子还在暴雨中颠簸着往前挪动，"云瑞呀，你的心思我了解，几十里山路，现找车辆，现找人员，又是夜间施工，是不是现上轿现包脚，来不及呀！准备不好恐怕也修不到好处"。

"耿书记，我想好了，就算修不到好处，可总比不修强些吧，至少让他们说咱还态度端正。只是老天爷不长眼，关键时候欺负咱就是了！"

"是呀，是呀！有一点希望，就尽最大的努力。你打算怎么干？"耿春义看他决心很大，认真地问道。

"我想分段实施，平均三公里为一个施工段，乡领导牵头，组织施工队伍垫石头、填石子、撒沙子。前面拉石子，后面压路机跟上碾压。歇人不歇马，干到哪时算哪时。就是耽误了点评车队通过的时间，我想都是些领导、部门负责人，他们也会理解的。况且，这属于天灾，也不好埋怨怪罪谁！看着咱彻夜修路，说不定还得加些'印象分'呢！"

耿春义沉思了片刻，思前想后也只有这个办法了，默默地点点头，说：

"好，就按你说的办。你当现场总指挥，有权处置一切施工中的问题。因为是连夜施工，时间紧、任务重，一定注意安全！"

赵云瑞坚定地点点头。虽然人还没到办公室，他却拿起电话开始组织人员了。

在赵云瑞半是恳求、半是"要挟"的状况下，铁路上、宋程坤、刘宗成等几个施工企业十分理解遇到的难题，毫不犹豫地答应请求，把需要的人员、车辆早早地派到了工地上；村干部关键时候也都瞪大眼珠子，不谈报酬，把村里的大小拖拉机都齐刷刷地开到工地。车水马龙，人欢马叫，好一派与天斗其乐无穷的面貌。

一个晚上，只有一个晚上的时间，能不能把这条二十多里的土路垫平压实，赵云瑞心里也是嘀咕嘀咕地没有底。

一条长长的山路，因为是土方工程，上人多了不管用。道路狭窄，车辆多了调不过车身，也影响施工。六七个施工段，以把路铺平为标准，以天亮前完工为目的。看似简简单单的一件事，一下子把伙计们推向了不是险境的险境。

赵云瑞斩钉截铁地进行战前动员。他长话短说，落地有声，要求特事特办，各自为战。不管使什么法子，只要天亮前，退一步讲，只要点评车队通过时畅通无阻就算完成任务。如果有一点闪失，影响半年点评，当场免职，追究责任。

赵云瑞严肃的战前动员，让伙计们打了个冷战，一个个瞪大了吃惊的眼睛。连夜施工，不允许讲任何条件，肯定是带有政治色彩的任务，恐怕比以往任何一块活分量都重。

也不管是乡领导还是村干部，也不管是你的还是我的，临时指定组成的突击队领到任务后，不管三七二十一，一头扎进黑洞洞的夜幕中。

这就是农村干部，一群朴实的庄稼汉子！

雨后的夜晚，潮湿闷热，蚊叮虫咬。在弯弯曲曲、起起伏伏的山路上，人来人往，熙熙攘攘。机器的轰鸣声和闪烁的灯光，在漆黑一团的夜空交相辉映。

程老大负责其中一段的铺路任务。乡上给他调配了几辆铲车、装载车，归他指挥。八仙过海，各显其能。他那大眼珠子一瞪，又琢磨开道道了。

有人有车，只要再有砂石，拉到到路上摊平压实就行了。可这黑咕隆咚的夜里，到哪里去弄这么多铺路的砂石料呢！程老大眼珠子一转，想起拐过附近的小山包，有块松软的风化石堆，因为垒墙盖房修路都不行，也就没人管、没人问了。程老大再三权衡后想，风化石质量再不好也是风化石，宁愿质量差些，也比没有砂石强吧。不就是跑几辆车嘛，先别把车误在路上为准。想到这里，他头里领着，三拐两拐找着了从山上滑落下来的风化石堆。

"听我指挥，开始装车，平均十米卸一车，挨着往前排。"车灯照着他那威严的表情，伙计们七手八脚地忙活开了。

程老大的做法很对，临时性的任务就得使临时性的办法。如果一味地去讲究质量，反而误了大事。你想想，半夜三更上哪里去弄合格的砂石料？先应急，保证点评的车队畅通就行。

以范寿亭的能力和水平，不该给他安排这么重要的工作。可铁矿就在他们村，有段路非让他们干不行。怕他误了大事，就多少地分了几百米的路段，让他们铺垫。

范寿亭是谁？这半年来他自己都不认识自己了，谁知道他是谁。当任务分下来，各突击队热火朝天地干开了的时候，他不但翘翘着鼻翼不屑一顾，而且站在个黑乎乎的半山坡上四处瞅。

"老范，白天不在家，晚上还不干，你打算要咋的呀？傍晚赵乡长开战前动员会讲得可是挺狠，都是同事伙计的，提醒你一下。"鲁祥生负责全线的进度，他知道范寿亭的德性，就专门过来看看。

"哼！不就是几百米路嘛，明天太阳一晒地就干了，再说不就是来几辆车嘛，用得着大惊小怪的了？"什么时候了，范寿亭还看不出火色来。

"范寿亭，这可是半年点评检查路线，分量轻重你掂量着办，我再提醒你一下，要是不能按时完成任务，影响到点评，你可吃不了兜着走！"鲁祥生拿眼狠狠地瞪了他一眼。

他知道范寿亭既不服气又干不好，万一他甩了块怎么办？与其这么挨下去处处被动，倒不如另想办法。鲁祥生知道分量轻重，万一留下点评现场的几百米路段没有修，岂不给点评工作抹黑？他暗暗着急。

真是天无绝人之路。鲁祥生看到程老大进度很快，便商量着让他把栾山村旁通往铁矿的几百米土路也铺上砂石。让鲁祥生没料到的是，程老大不但没有一句怨言，而且满口答应下来。

"鲁书记，养兵千日，用兵一时。考验咱能力和水平的时候到了。你放心，我马上安排自卸车挨着往前撒石料。我琢磨了下，点评工作是挨着来的，又下了这么大的雨，等车队过来，怎么着也快晌天了，咱不又赚了半天？放心，没问题。干这点儿事是绰绰有余！"说着，眼里露出一丝得意的目光。

又盼又怕的半年点评如期而至。县委、县人大、县政府、县政协四大班子成员及县直部、委、办、局的一把手参加。

十几辆包括前面开道的警车、中间的中巴车、新闻转播车和后面的秘书工作车，庞大的车队，浩浩荡荡，沿着崎岖的山路蜿蜒前行，对各乡镇的工业园区、新干的工程、新上的项目和乡驻地建设等所谓的工作亮点进行观摩、点评。走到哪个乡镇，哪个乡镇的党委书记换乘到县委书记、常委坐的中巴车上，面对面地汇报半年来有哪些动作，干了哪些工作，县委书记、县长及旁边坐着的常委们面对面地听取汇报。心里那个紧张劲简直没法用语言来形容。

每个乡镇确定两个观摩停车点，由乡镇自己选择，由乡长现场汇报上半年的工作。

点评车队一停下，周边施工工地上的机器立马轰鸣起来，各种车辆仿佛急着回家的样子来回穿梭；一座座塔吊像整齐划一的军人，吱吱扭扭地一会向左、一会向右地转起来；各种颜色的彩旗也像理解这一瞬间人们心情似的，格外卖力地来回飘动，试图展现出空前的盛况；赫然的宣传牌醒目地矗立在点评现场，一溜的企业简介、产品销路和效益分析等宣传牌，摆得眼花缭乱，满满当当；响彻云天的欢快音乐，从车队一停下就响个不停。紧凑的节拍、欢快的曲调，给人一种催人奋进的感觉。有的乡镇还雇了秧歌队表演节目，以烘托现场气氛。

昨晚的事还真让程老大给说着了。点评的车队真是晚到了一些时候。昨天大雨，各乡镇的道路都泥泞难走，点评时间延长了，到埠岭乡时都快晌天了。这半天多干了多少事呀！赵云瑞和鲁祥生悬着的心总算是放了下来。

点评车队来到了埠岭乡。

刘秋珊写的介绍埠岭乡半年工作的点评材料，通过转播车传到了每位领导的耳朵里。

耿春义在县委书记乘坐的第一辆车上介绍了上半年的工作，包括新修的公路、新建的工业园区、新上的铁矿项目和引进的生态科技园；汇报了恢复保留原车站、争取高铁站的进展情况和利用土地置换进行乡驻地开发的一些做法。同时，对利用栾山湖岸边的山、林、湖及湿地打造文旅项目对外招商的设想也做了汇报。

耿春义的汇报引起了县委郑伟毅书记的注意，对埠岭乡上半年的工作给予了肯定。特别表扬了对埠岭乡站在全局角度上争取高铁站的工作，明确要求埠岭乡把铁矿项目、生态科技园项目、高铁站片区规划项目及栾山湖文旅项目纳入县调度的项目库中。同时也提醒耿春义，因为今年雨水偏多，又集中在雨季，对栾山湖周边特别是溢洪闸和铁矿要加大安全检查，千万不能掉以轻心。

县委主要领导对埠岭乡上半年的工作给予肯定，让耿春义内心兴奋不已。可提到栾山湖的防汛和铁矿的安全问题，又让他心里蒙上了一层阴影，心里沉甸甸的。栾山湖水库是20世纪50年代"大跃进"时期修建的，因年久失修，确实成了"病险水库"。

半年点评赢得了县委书记的表扬，这是埠岭乡多年来没有过的，耿春义和赵云瑞心里能不高兴？赵云瑞心里明白，半年点评的成功与刘秋珊写的澎湃激昂、富有诗意的解说词密不可分。因此，他格外关注刘秋珊和王博平两个年轻人。

王博平跟刘秋珊分来埠岭乡工作有一段时间了。靓男倩女，情窦初开，啥话也谈得来。伙计们从他俩的眼里看出来，都有那么一种渴望爱情的目光，但又躲躲闪闪，让人好生纳闷。

王博平老家是邻县农村的，爹娘在家里鼓捣着几亩地，省吃俭用地供他上大学。寒门出孝子。虽然大学毕业后分到埠岭乡，但他始终记得爹娘生活的艰辛。日常生活中从不乱花一分钱，工作上更是勤勤恳恳、任劳任怨，赢得了同志们的赞许。而刘秋珊家庭跟他恰恰相反，父母在县城机关单位，爸爸还是单位的领导。父母就她这么颗掌上明珠，说不溺爱那是假的。王博平觉得家庭条件差，配不上比自己条件好多少倍的刘秋珊，总是躲躲闪闪的。

王秀清、陈来电他们非常着急。两人郎才女貌十分般配，工作上又都是把好手，安排啥工作完成得都麻溜溜的。这么好的一对谁不想法成全他们？强扭的瓜不甜。爱情是需要施肥浇灌生根发芽的。想来想去，唯独多给他俩创造在一起的机会，让爱情在工作中慢慢地开花结果。

根据赵云瑞安排，王博平和刘秋珊陪同农业局果树站的同志去果园村对引进的果树新品种进行检验。这样，两人就急忙往果园村赶。

俩人迎着初秋的凉风，两人尽情地呼吸着雨后的清爽空气。走在色彩斑斓、鸟语花香的山路上，两旁的花草摇曳生姿，仿佛跟他俩在争奇斗艳。两人的目光不时深情地对视一下，心潮澎湃，激情荡漾。

王博平和刘秋珊都是学农的，王博平学的还是林果专业。在这穷旮旯山沟里忽然来了两个朝气蓬勃的大学生，可得了方承平的大劲，三天两头跑乡上找他俩，不是咨询果树管理方面的专业问题，就是邀请他俩来村里给果农讲课，指导果农如何做好病虫害防治。自打果园村的果树种植出了名后，外地来参观学习和联系购销的客户络绎不绝。王博平和刘秋珊经常代表乡镇陪同外地客户活动，这也给他俩增加了好多单独在一起的机会……

王博平回家看望父母时，就把跟刘秋珊恋爱的事告诉了他们。王博平母亲喜得合不拢嘴，一再嘱咐王博平领回来认认门。

刘秋珊离家近，她早就把这事透露给妈妈了。虽然妈妈不是很满意，但看到女儿一脸幸福的样子，也就没再干涉。

乡上的工作虽然很忙，但他俩仍一如既往地帮着果园村发展果树生产。看着枝头上挂着满满的苹果。两人的心里觉着比吃个苹果还甜。这段时间，是他们自认识以来最美好的时光……

"乡镇可真是热闹，工作永远没有干完的时候。你看，这整天忙不完的事，他们也捞不到歇歇，真难为这些村干部了！"刘秋珊关心地说。

"是呀，别看我比你早来半年，可我发现农村的活是一个套路，快不得也急不得，慢慢地往前挨呗。不是有句话说车到山前必有路吗，到时候呀，找着感觉就找到解决的办法了！"

刘秋珊甜甜地一笑。

"秋珊，我想让你到俺家看看，俺娘……"

刘秋珊绯红的脸上堆起了满满的幸福，光笑不语。

"怎么？俺家在农村，条件不好！"

"俺爷爷也在农村！农村怎么啦！"刘秋珊假装生气。

"上次回家跟俺爹俺娘一说，他们就急了，非要早点领回来不行。"王博平用渴望的眼睛看着她。

"俺家这么近，你还没去过呢！"刘秋珊倒打一耙。

"你爸妈同意了？俺家条件不好，怕他们不愿意，难为你！"王博平面露愧色。

两人骑上一个丘陵，汗涔涔地停下车子，两人靠在一棵粗壮的桂花树下小憩，迎着惬意的微风喃喃私语。

"周末去俺家吧，爸爸妈妈都在家！"刘秋珊趴在他耳朵上悄悄地说。俩人脸上露出了幸福的笑容。

两人越说越甜，不自觉地偎依在了一起……

三十六

半年点评一过，乡镇又恢复了往日的平静。

秋风瑟瑟，细雨绵绵。变化的是季节，不变的是工作。

上半年，赵云瑞又是拆东墙补西墙地借钱垫税，又是跑铁路把该缴省里的税种留给地方顶税。无论怎么忙活，税收任务就像把立在胸口的利剑，随时在戳着你的心窝子。

在乡镇，有一种奇特的税收现象让人费解。每年年初，县里就把全县的税收任务分到各乡镇。按说，这税收工作不该由乡镇介入，也不该提前定任务。然而，自上而下的做法，不是以企业的产值、利润来确定收税，而是靠行政手段、分片包干的形式提前分摊。有时税收吃紧了，就给乡镇开个会，追加上几个百分点，层层加码后，税收增幅有时达到百分之三四十以上。

人啊，也真是个活宝。一急，啥法子也能憋出来。这不，刚刚完成半年点评任务的机关干部，还没睡个囫囵觉歇歇的，税收会议一结束，摇身一变，立马变成了没穿制服的税收人员。进村入户，讲税法，找税源，煞有介事地征收起车船税、林果税来了。应验了乡镇干部属"万金油"的说法。虽然不懂税收政策，哪怕是现上轿现包脚、鹦鹉学舌地现炒现卖也得迅速适应这一角色，否则怎么开展工作呢？

因为校舍坍塌，王秀清受处分调走了，齐奎升临时分管农业工作。农技站由刘秋珊负责。这次税收，税务所所长孔祥东和王博平、刘秋珊分在一组，负责韩岭村、平屯村和模范村的税收任务。当会上把全乡收税工作人员分工和包靠各村税收任务公布后，刘秋珊表情沉沉地没说什么，可从她眼里看出压力也是蛮大的。

他们先易后难，先来模范村收车船税。

"老憨，老憨在家吗？"一进村委大院，齐奎升就嚷嚷开了。

"嗨，都多大年纪了，还老憨老憨地叫。几天没见，哪去了？高升了？"莫老憨出门迎接。

"快别说了，送钱去了！"

"送钱？咱乡里还有钱？"

"没有也得送！谁让咱摊上这倒霉的事呢！"

"你是说属地管理那个事吧，那事是够倒霉的！地薄偏遇种子瘦，就这命，挨吧！"莫老憨吐了口烟同情地说。

"车船税的底子都摸上来了？你这边没有什么问题吧？"

"摸上来了，跟你们掌握得差不多。六指划拳，有几算几！稍有点出入，村里认了，先垫上，完成乡上的税收任务再说呗！"

齐奎升露出笑脸："不愧是老先进。老莫，全乡都像你这样，工作就好干多了！真不愧是老模范呀！"

"年纪大了，干不动了，年底换届下来算了！"

"模范村在全乡是一面旗帜，你可不能有这想法，再说这村离开你也转悠不下去。就说收这车船税吧，别看陈柱子、程老大整天喳喳叽叽，火烧屋脊的活比不过你！"

"还是人家厉害，不是要选副乡长吃国家粮了吗？"莫老憨吐了口烟问道。

"选副乡长是组织上的事，很慎重的。烟袋锅子一头热，别听他们瞎咧咧了。哎！我看你的工作跟他俩有一拼，如果年龄放宽，说不定好事会轮咱头上呢！"齐奎升知道老莫年龄偏大，说着让他高兴。

"嘿嘿！上年纪不想那事了，把眼下的车船税收好，熬到年底换届就行了！"老憨嘱咐会计老范，村里先把车船税垫上，回头再一户户收。

"莫书记，稍有点出入，差几辆？"

"差三五辆吧！"

"哦！是不是摸底的时候出了错？要不就是人家把自行车卖了啥的？这事最好再去核实核实。人家没有车子你硬要让人家缴车船税，不又闹嚷起来了？长街村的教训可是深刻！"齐奎升谨慎地说。

"是呀，我跟老范也是三遍两遍地核实数字。钱多钱少不是主要的，关键是对不上茬口。其实，老百姓就怕不公平，只要公平了，大多数群众还是通情达理的。家里有车不缴不行，没有自行车硬要人家缴，当然也不行。前些年，乱集资、乱收费把他们糊弄怕了，都防着呢！"莫老憨苦笑了一下说。

"嘿嘿，过去的皇历念不得了。电视上一个劲地宣传减轻农民负担，他们什么事不清楚？哪些该缴，哪些不该缴，有些事比咱还清楚！再要是乱收费、乱摊派的，谁碰上谁倒霉！不过，该干的工作还是要干好。比如说收这车船税吧，这是税法上明文规定允许收的。虽然咱没穿上这收税的官服，可也是配合税务部门工作，怕个啥！"齐庆奎指着身穿税务服的孔祥东说。

"哎，老莫，刚才你讲了，那几辆自行车的税村里先垫上，你村的车船税就算完成任务了？"

"是这样，放心好了，齐乡长，长短一头齐，今天一定早晚把车船税缴齐行不？"老莫平时难以开个玩笑，猛不丁从嘴里蹦出个"齐乡长"来时，倒引得伙计们会心地一笑。

"老莫，啥乡长、乡长的，没有的事，千万别胡说。一旦传出去，会让人家笑话咱的！"齐奎升谦虚又认真地说。

"王秀清调走了，咱乡里不是还缺个副乡长吗？一片天地一片云。这几年你干得这么好、威信又高，恐怕是真有戏哩！前几天就隐隐约约听到过风声，风不来树不响嘛！好事，好事，先贺着了！"孔祥东也凑上前打着帮腔。

"好啦，好啦，不扯远的了。老莫，时间挺紧，我们还有几个村要去，你快些把剩下的车船税款缴税务所，好不好？"

"好，没问题，放心就是了。"

刘秋珊明白事情的来龙去脉，但不理解普普通通的自行车怎么还要缴税，她心里琢磨不透但又不好多问。

一段颠簸的山路转向稍好一些的砂石路时，坐在摩托车后座上的刘秋珊往前探了一下头，问："齐站长，自行车也收税吗？"

"一句两句说不透，有空再细说吧！"

"齐站长，这么火急火燎地收车船税？咋回事？"

"可能是税收不赶进度吧。税收缺口一大，就组织再割割尾巴，不光是车船税，像农业税、土地占用税，还有林果税也一块收着。因为马上要进行计划生育拉网行动，趁这空闲忙活一阵，填填税收不足的窟窿！"

刘秋珊坐在颠簸的摩托车上陷入沉思。她来乡镇半年多了，每天总是有干不完的活、弄不懂的事，更让她难以理解的是，一辆普普通通的自行车怎么还缴税？

模范村和韩岭村隔着两个山梁，相距较远。韩岭村的税收难度赵云瑞是清楚的。这才调兵遣将将齐奎升和孔祥东组成一组带着王博平和刘秋珊一起啃这块硬骨头。赵云瑞想，只要这个村拿下来了，周围的村也都跟着把税缴上了。

走过一处难走的路段后，他们停下车，齐奎升转身问刘秋珊："秋珊，刚才你在车上问什么来着，好像是问自行车税？"

"是啊，收车船税怎么跟自行车挂上钩了呢？自行车也叫车？"

齐奎升微微一笑，"我说不细，让孔所长说说，他的话最有权威！"

孔祥东接过齐奎升的话说，"车船税征收的范围是指依法应当在我国车船管理部门登记的车船。车辆包括机动车辆和非机动车辆。机动车辆指依靠燃油、电力等能源作为动力运行的车辆，如汽车、拖拉机、无轨电车等；非机动车辆指依靠人力、畜力运行的车辆，如三轮车、自行车、畜力驾驶车……"孔祥东不愧为"老税务"，把税收条文一字不落地背了下来。

"孔所长，我觉得像拖拉机、摩托车这些机动车收税还有情可原，老百姓家里有辆自行车也收税，总觉得有点不合情理。按这个逻辑，那小孩骑的三轮车是不是也得收税？"刘秋珊天真直率地说出了自己的看法。

"是啊，收这自行车税是有点那个。唉！这不都是让税收任务逼的吗？平心而论，这自行车税本来是可收可不收，在咱这穷巴巴的乡，又没有其他税源，不收自行车税怎么能完成任务？完不成任务又怎么跟县里交代？退一步讲，就是把全乡的自行车税收齐了，也填不满税收这个窟窿！"面露难色的孔祥东不无感慨地说。

"不管新车还是旧车，恐怕家家都有自行车吧？这一收车船税不等于是又收了一茬集资？不过就是把费变成税了！"刘秋珊反应特快，直指税收的软肋。

"那咋整？没有办法的办法！"孔祥东显出无奈的样子。

"一句话，都是穷惹的祸，谁让咱在这穷乡僻壤里工作来着？上级制定的税收政策，地方必须坚定不移地执行。在经济条件好的地方，这车船税肯定不收，可在咱这落后的旮旯地区就得拿车船税说事。今年跟老百姓收钱的次数比往年都多，可千万别再惹出乱子来。王秀清不就是个例子吗？赵乡长下了那么大的工夫都保不住他，说明了什么？说明上边也开始下狠手抓典型啦！"齐奎升沙哑着嗓子分析说。

大家默不作声地点点头，稍歇了会儿，又上路了。

当快走到韩岭村一个交叉路口时，远远望见一大堆人在围观什么。只见路旁停着七八辆拖拉机，农机站的几个工作人员正在跟拖拉机上的司机争吵，双方都脸红脖子粗地据理力争着。一问，是因为车船税引起的争吵，真是怕啥来啥。

几十年了，山区里的老百姓根本不知道还有车船税这一说。半晌不夜地冒出个车船税来，不是又变着法子收费吧？

可当乡干部和穿着制服的税务人员直挺挺地堵上来，拿税法说事，你又能说什么？你有什么理由不缴？对搭一阵，生顿气还得该咋地咋地？明人不说暗话，多一事不如少一事。心里就是一百个不愿意，又去跟谁说呢？民不跟官斗嘛！倒不如花钱买安生。在这样的心理促使下，大部分有拖拉机和自行车的户都不情愿把车船税缴上了。没缴的，不是手头紧、凑不齐，就是对这车船税不理解、有看法，便找些理由跟村里讲条件、拉横套，拖着不缴。税收组就改变策略，安排人员在交通要道围追堵截。

因为农机站有查扣拖拉机的资质，查缴拖拉机车船税的任务就交给农机站了。这几天，农机站的几名工作人员在站长康光辉的带领下，在车流量比较多的乡级道路路口，守株待兔式地检查过往的车辆。凡是没缴车船税的各类拖拉机和农用小三轮、小四轮等一律扣下，补缴上车船税后再放行。

农机站设的这个检查站，处在埠岭乡中心的交通要道，只要外出拉货，都得从这里经过。路两边，一边是悬崖，一边是峭壁，放开让你跑你都跑不掉⋯⋯

也该着这些拉货的拖拉机倒霉，一出车就碰上了查税的，心里那个窝憋劲没法儿形容。人家是端公家饭碗的，有权查扣车辆，不缴上车船税就不让走。胳膊扭不过大腿，只能不情愿地把车船税缴上，别耽搁了拉脚赚钱。

忽然，从不远处过来了两个"愣头青"司机，不但不缴，反而争争吵吵质问为什么要缴车船税。老百姓买辆农用三轮，不是拉粪就是拉土，再就是村里村外拉拉庄稼。一年到头围着村里、地里转，怎么说收就收起了车船税呢？别的地方怎么不收？以前怎么不收？他们提出了自己的质疑，还要拿出收车船税的文件来看看！

一连串触及法律政策的提问，让农机站的几个工作人员有些慌乱。这几个愣小子借着人多势众，急一阵慢一阵地狂喊乱叫，发着狠要到县里、省里去反映情况、讨个说法。

农机站的同志也挺执着，任凭你怎么瞎嚷嚷，他们就是不畏惧，不缴上车船税坚决不让走。就在双方互不相让的时候，齐奎升他们路过此地。一个急刹车，摩托车停在了康光辉的身边。

"康站长，怎么啦？发生了什么事？"齐奎升一边摘头盔，一边关切地问。

"齐站长，孔所长，您来得正好。这几个司机对收车船税有些不理解，依仗人多势众，不缴税不说，嘴里还不干不净的。多说句少说句无所谓，咱不计较，可这车船税必须缴上！"

"来来来，伙计们，咱往荫凉处靠靠。我来介绍一下，这是乡上的齐乡长，这是咱乡税务所的孔所长。大家有什么不理解、不明白的事可以提出来，让孔所长给大家解释一下。但有一条，如果谁嘴不干净，骂咧咧的话，那可不行！"康光辉看到齐奎升他们一来，刚才有些被动的底气一扫而光，敞开嗓门大声说。

孔祥东一听是关于车船税的事，当仁不让地往前一站，非常严肃地说："来来来，大家都往前靠靠，咱们一起来学习学习关于征收车船税的文件。车船税征收的范围是指依法应当在我国的车船管理部门登记的车船……"孔祥东穿着笔挺的税务服，非常熟练地把征收车船税的条文滚瓜烂熟背给他俩听，并且边背边解释，被动的阵势一下子转了过来。

"今天农机站的同志是根据乡委的会议精神上路查车，凡是没有缴纳车船税的车辆都应当缴纳。如果经过做工作就是不缴的，农机部门和公安部门有权将拖拉机依法扣留。刚才，你们的语言有些不文明，有些行为也是违法的，希望你们头脑冷静一下，不要因为一时冲动，做出违法的事来。如果是对收车船税有疑问、不明白，在这里我可以给你解释。如果还是不清楚、不理解，明天可以到税务所去亲眼看看税法上是怎么说的。像你们刚才的这些行为，我是不赞成的。说轻也行，说妨碍执法也行。都上有老下有小的，有事说事，可不能胡来呀！我说的这些可都是为你们好！好啦，我就说这些，还有哪些不明白的事请齐乡长讲一讲。"孔祥东对业务非常熟悉。

"伙计们，关于收这车船税，你们也不要大惊小怪。这个税种以前就有，只不过没收，所以会觉得奇怪，认为是不是又在乱收费。在这里，我可以负责任地告诉大家，这次收缴车船税是根据乡委的会议精神安排的，是正常的收税，并没什么不妥，希望你们积极配合。在这里，我再重申几句，农机站对常年上路又不缴纳车船税的拖拉机、农用车等依法查扣，确保一车一收、有车必收，是正常工作职责，根本不存在什么乱查车、乱收费的问题。刚才，孔所长也讲了，希望你们能够理解、积极配合，尽快按农机站的要求把车船税缴上。这个地方是交通要道，来往车辆比较多，既不能影响交通，还要注意安全……"

没等齐奎升说完，一个愣小子插嘴问："乡领导，我想问一句，凡是农用车都要缴税？"

"对，凡是农用车都缴税。"孔祥东答道。

"那就是一刀切，再也没有什么别的说法了？"

"税法是严肃的，不能随意更改。"

"好，那我再问个事，新买的车跟旧车也一样缴税？"

"当然啦，只要能上路就得缴税！"

"上路指的什么，谁家买个拖拉机还不上路？"

"上路指的是以营运为主的拖拉机，像你们常年拉货搞运输的，就该积极缴纳车船税！"

"孔所长，我就是想问这事，常年跑运输的跟农用上路的车一样收税？"

"这没有明确解释，就得统一收税。"

"50拖拉机跟12马力拖拉机一样收？"

"是的，一样收！"

"还有一个问题，孔所长，刚才您也讲了，跑运输的，也就是赚钱的该缴车船税，是吧？"

"是的，这一点毋庸置疑！"

"如果是不上路、不搞运输的拖拉机还收车船税吗？"

"这……你是什么意思？"

"什么意思，还不明白？这几天在村里收的车船税，有几辆不是跑运输的，是翻地、拉粪、驮庄稼，你们怎么也一户不落地收？"

"这……这……"孔祥东被一句一句抠得满脸是汗，一时无法回答这愣小子的问题，求救似的转向齐奎升。

"我不知道有什么车船税，但我也明白该缴就得缴。我琢磨凡事肯定不会一刀切，说收车船税就一辆不落地硬缴，俺家里还有辆坏了的'12马'，扔在后院好几年了。昨个儿也去收税，到底还有没有个杠杠，有没有个标准？说句不好听的，收税这本经是好的，就是被你们这些人给念歪了！"

"小伙子，你刚才提的意见也有道理，这是出现的一个新情况。今天我们回去就汇报，对工作中出现的问题，你放心，我们会专门研究的，并且也会给予合理的答复。至于农机站查扣的车辆，如果确属上路跑运输的，还是请你们理解，配合好！"齐奎升把愣小子提的疑问一把揽过来，对农机站查扣的车辆则态度坚决。

经过短暂的沟通，康光辉动员几个态度比较温和的司机把车船税缴上了。又挨了一阵子后，在孔祥东和康光辉的反复劝说下，两个愣小子低着个哭丧脸不情愿地把车船税也缴上了。

齐奎升长长舒了口气，暗暗庆幸把事情压了，前前后后耽误了一个多小时。

借着刚才愉悦的心情，他们又骑上摩托车一溜烟去了韩岭村。

陈柱子经历了停职风波后，他在对待乡上的工作方面变得确实有些"乖"了。原先，他是以"对抗"闻名，乡上有什么风吹草动，只要让他知道了，必有一番彻头彻尾的评论，最后的结论就是"公社干部说的千万别信"。在具体工作中，虽然是磕磕绊绊地完成了，但私下里是一万个不情愿。不过，要想当官那就得无条件服从上级，对这一点儿，他的体会最深。因此，自从复职后，他收敛了许多，乡上安排的工作也是想方设法地去完成。

这不是，齐奎升他们还没进村，就听到挂在村中央大槐树杈上的喇叭嚷嚷开了……

"都听明白啦，咱老少爷们儿也得讲政治，收缴车船税已经好几天了，还没缴的抓紧啦。凡是家里有拖拉机、农用车、自行车的抓紧到村委来缴上。今天是最后一天，过期不候。都是老少爷们儿，都是左邻右舍，低头不见抬头见的，快点来村委缴上最好。说句你不愿意听的，一旦查出没缴车船税，那可是以偷税论处。拖拉机谁家有谁家没有，咱是哑巴吃料豆——心里有数。要是不信咱就走着瞧了呀！我再说一遍……"

齐奎升一进村子，就听到从喇叭里传来陈柱子那特有的嗓门和"咱得讲政治"等熟得不能再熟的语录了。

看到齐奎升他们进来，陈柱子把熊掌手一伸："欢迎，欢迎，热烈欢迎，各位是来例行检查还是重点关怀？"

"你的工作乡上是一直放心的，来看看收车船税有什么问题没有。进展好像不算太顺利，是不是？"

"齐乡长，您听明白啦，咱得讲政治。别说是收税，就是收费咱也没落在后面。您在埠岭乡这些年了，咱啥时落后过？啥时干过丢人现眼的事！"

"是的，是的，大家都知道你的能力，还有你的水平。如果没有挨揍那事，你几乎是完美无瑕！嘿嘿嘿……"齐奎升又拾起老掉了牙的糗事来打趣他。

"哎哎哎，哪把壶不开提哪把，又絮叨开了不是？这还没当上乡长呢！要不是刘秋珊在此，我叫你难堪一回，信不信？"陈柱子边说边偷偷瞅了刘秋珊一眼。孔祥东在一旁打着哈哈笑了起来。

"闲话少说，言归正传。陈书记，车船税收得怎么样，没问题吧？"齐奎升把笑话一搁，询问起韩岭村的车船税收缴情况。

陈柱子眼一瞪，两撇胡子一翘，说："界定不清，问题不少！"

"哎，你这里问题不少吗？说说看，是哪些方面的问题！"齐奎升知道能在这里摸着点真情况，便认真地问道。

"我问你，你说这农用拖拉机耕地、拉粪算运营不？"

孔祥东说："应该不算。"

"什么叫应该，算还是不算？"陈柱子的犟脾气又上来了，在一些词语上又开始较起真来。

"在地里从事农业生产不算。"孔祥东斩钉截铁地说。

"农忙时，他拉粪耕地，农闲时跑山上拉几车石头卖。这样算什么？"

孔祥东琢磨了一下说："这样……应该算运营吧！"

"我再问你，这些车常年在地里转，偶尔上路帮忙拉点东西，算运输还是算农业？"

孔祥东直直地望着陈柱子没有表态。

"再问问你，一年下来，这辆拖拉机除去帮着亲戚拉了三趟石头，其余时间全部在地里，这算是农业还是营运？"

"这个，这个嘛……应该算农用吧。因为又不是专门以运输为主的车辆。"孔祥东有些把握不准，用商量的口气跟齐奎升说。

因为有些太专业，刘秋珊一直插不上话，瞪着两只乌黑的眼睛望着他们。

"光说收车船税，是车就收，没有个明确杠杠怎么收？在地里耕作的比较明确，上路拉脚的这也好办，就是刚才说的这第三种，收还是不收？不给出个合理的说法，不出事才怪呢！"

"模范村怎么没有这些现象呢？"刘秋珊疑惑不解。

"他们是栾山湖里的藕，心眼多呗！哪个村没有这种现象？哪个村的问题能少了？都好大喜功，表面一套，背后一套，哪有像本人这样刚正不阿、敢于直言，把事实讲出来的？"

"那他们是怎么做的？"刘秋珊还是琢磨不透窍门在哪里。

"伐树、卖地、借款、顶账，净用些不负责任的法子！你以为老百姓就真那么软和？心眼一点儿也不比咱少，就是使不过咱罢了。一收这半道上冒出来的车船使用税，不炸锅才怪呢！有些村看起来中中中、是是是，恐怕都是些见了大娘叫大嫂的手，混充明白人。跟老少爷儿们收钱都收怕了，一个个都怕出事，就来个干脆不收。拿着集体的那点财产和手里的这点权力，瞎折腾一气呗！啥时折腾完了，啥时也就拜拜了。哪像我这样坦坦荡荡、光明磊落，宁愿得罪你们，也把话说出来。本人善意地提醒各位，如果因为收这车船税再闹出笑话来，唉！那咱乡可是敞开门敲锣——名声在外了。"

周边的伙计们之所以喜欢陈柱子，就是因为他耿直、豪爽，有一是一，有二是二，从不藏领掖袖，更不会溜须拍马。但这样的性格，很难遇上愿意倾听意见的"明君"、愿意"纳谏"的领导。陈柱子言犹未尽，正欲再展开讲时，前街拐角那里传来一阵阵吵闹声，有七八个人急匆匆往这边走。

"还有，新旧自行车划出杠杠来了没有？乡上又是怎么定的框框？跟一堆废铁似的破旧自行车也要收税？"陈柱子不依不饶地使劲嚷嚷。

此时，孔祥东也有些紧张。因为征收车船税的方案就是他和财政所定的，方案合不合理、能不能落实下去，与他们有直接关系。因此，他催促陈柱子快说说发现的问题。

当陈柱子又要开讲的时候，刚才在前街拐角吵吵闹闹的那几个娘们一下子涌了进来，大呼小喊地听不清在嚷嚷些什么。其中，一位带着冤屈表情的大娘在那擦鼻抹泪，一看就猜到可能是与车船税有关。

"就知道哭、知道嚷！没看见乡上的领导也在这儿？大凤，你说说怎么回事！"陈柱子脸一耷拉，再加上他那独断专行的脾气，场面立时哑了。

"刚才和会计领着乡干部挨家挨户收车船税，一开始还挺顺利的。到了陈朝中家时，他对收车船税有看法、不配合，言差语错就出现了争执。当时，在场的人都挺激动。我一看不好，就让乡上来的同志先走。不料，从陈朝中家门里一下子跑出七八个人来，围着乡干部非要理个明白不行，不说明白就不让走人。这不，连推带搡就一块跟过来了。这么些年了冷不丁地冒出个车船税来，咱又不是太懂这玩意儿，你看，这么重要的事让我办成这个样子……"陈大凤含着泪珠满脸委屈地说。

"就这么点破事，用得着一惊一乍的了！眼眶子里的泪怎么那么不值钱，说哭就哭？我这老革命遇上新问题还没发牢骚的，你倒败了！来得早不如来得巧，我正要在喇叭子上把事划拉一圈讲讲呢，正好齐乡长、孔所长来了。这是咱乡最正宗、最权威的专家，不用捂着盖着，咱就打开窗子说亮话，大小事保证给你讲个心里明白！"陈柱子习惯地把手一甩，先声夺人，对站在院子里的人大呼小叫。

孔祥东看到过来的人越聚越多，从争执的片言只语中也听出了他们对收车船税的不满，不安的心里产生出莫名的慌乱和心虚。

陈朝中在一堆娘们儿的簇拥下，腰板仿佛又硬起来了，用鄙夷不屑的神态对齐奎升说："齐乡长，不用进屋了，就在院子里说吧。这半晌不夜的又来收钱，是怎么回事？以前怎么没听说过，是不是乡上又完不成税收任务啦？你们可真有门路呀！"

"你是陈朝中同志？我叫齐奎升，我们今天来，就是想了解一下车船税的收缴情况。刚才陈大凤同志也讲了，有些群众对收车船税有看法、有意见，我觉得这很正常。今天，税务所长也在这里，咱们能答复的当场答复，能解决的当场解决，解决不了的我们可以把问题带回去，汇报主要领导，再不行就往县里汇报。没有什么大不了的，也没有解决不了的事。不过，我觉得最好还是选派一个代表说，好不好？来，谁先说？"齐奎升处之泰然，既温和又不失原则地对大伙儿说。

陈朝中横眉怒目，仿佛有股火气还没发泄出来："齐乡长，我问你，收自行车税对不对这事咱就先搁下不说了。我想问问能骑的自行车收税也就罢了，那扔在墙旮旯里的破车子都好几年了也收税？你觉得合理吗？谁家里没有辆破自行车，也得缴税？照你的说法我看卖成废铁的自行车还得缴税呢！老百姓再穷也不在乎这俩税钱，但我要弄明白这事的因由，起个题目不是费就是税，说收就收，还净是些正能量的说道。你以为还是前些年，靠糊弄老百姓过日子？哼！老皇历念不得了，老曲也唱不了了。这事不说明白、不说透彻，可没个完……"

陈朝中还准备说，他身旁一位五十多岁的大娘插了一句："就是呀，俺家里就有辆自行车，座子也烂破了，链子也断了，连手闸也没了，就像戏匣子里说的，除去铃铛不响，浑身都响，扔在街上都嫌碍事。这样的车子你们也收税？到底是真收税，还是变着法儿收钱花？"

这时，不知谁拿出一张纸条递给陈朝中，陈朝中又递给齐奎升，让齐奎升念。齐奎升拿过来一看，原来是村里有人写的一首"打油诗"。齐奎升快速地看了一遍后，心里露出一丝不快。众人不知就里，吵闹着要看看，陈朝中一把抢过纸条拖起长腔念开了：

两个轱辘一个把，

前没铃铛后没闸。

没有货架没有瓦，

一对扎子剩两荚。

鞋底缠上两弹簧，

绑成车座梁上插。

两个轮子转不动，

车胎破了把气撒。

车子一抬辐条响，

链条断了没有法。

不怕碰，不怕卡，

337

有泥有锈不用擦。

没尾巴狗少耳朵，

有多潇洒多潇洒。

扛着车子往外扔，

以为来把杂技耍。

收破烂的等他卖，

门外吆喝嗓子哑。

一年一年又一年，

来等卖的气死俩。

这样的车子也要税，

恁些干部真有法！

……

陈朝中看目光都聚焦他这儿来了，更来劲头，抑扬顿挫地越念越起劲，人群里不时爆发出阵阵哄笑。齐奎升和陈柱子站在那里赧然尴尬。一阵戏谑揶揄后，陈朝中又接上说："各位领导，刚才听到了吧，虽然不知道谁写的，可这都是实事，是活生生的写照。你们也不觉得脸红？我再问你，收这车船税是县里定的，还是乡里定的？要是县里定的，俺要上去问问；是乡里定的，俺更要上去访访。穷富不在这几个钱上，可别把老百姓当傻瓜耍、当软柿子捏！看看，这是十几个户的代表，稍一组织就是几十人，没个答复咱就县里见、省里见！这么大个国家还有不理讲的地方？"陈朝中咬着牙根志在必得地说。

此时，嘈杂的人群一下子静得喘口气都能听到，都眼巴巴地注视着齐奎升他们。

齐奎升扭头看看孔祥东，只见他额头、脸颊上渗出许多汗珠，眼里流露出无助神情。齐奎升暗暗思忖，这事跟刚才来时遇到的"拖拉机事件"大同小异。在这之前，如果摸透农村车辆的真实情况，实事求是地界定好收缴范围的话，也就不会被老百姓抓住把柄、陷入被动了。刚开始矛盾就这么集中尖锐，面上一旦展开，问题不就更多了？事已至此，只有硬着头皮面对现实了。想到这儿，他脑子快速地转了几下，对站在面前的群众说："大叔大婶子、老哥老姐们，刚才你们提到自行车的收税问题，我觉得提得很对，很有道理。我想不光你们提的这些，包括拖拉机和一些农用机械也存在着界定不清的问题。这是我们工作考虑不周造成的。感谢大家的提醒，请放心，我们马上回去汇报情况，对那些有争议、有疑问、大伙儿认为不合理的，再进一步研究。在这里，我对我们工作上的失误，表示道歉，对及时反映情况的大叔婶子、老哥老姐们表示感谢！"说完，他深深地鞠了个躬。

刚才这阵子，陈柱子也无力反驳，因为老少爷们说的都是大实话，句句在理。本来他对这事心里就有看法，可站在这个位置上还得"讲政治"，不好过多表态。陈朝中领着一帮老娘们嚷嚷得差不多了，齐奎升也很谦虚地道了歉。

此时陈柱子看火候已到，该登场把局面收拾下了，便咳嗽两声，又朝前迈了几步，"伙计们，都听到了吧，刚才齐乡长对咱们提的问题给予了认可和答复，也道歉了，真不愧是乡领导，有水平！乡领导答应回去汇报也好、研究也好，那是公路上的养路工，各管一段了！咱也不能得理不饶人，大家既然选我当这个支部书记，我也一定会尽心尽力，至少不会给老少爷们儿办些吃亏的买卖。"

他看到"光头"几个人脸上带着不太服气的一丝意笑，为不使突然出现的"群体事件"升级，就直截了当地对着"光头"开了腔。"'光头'，你也别塞在人群里撇撇嘴、穷嘟囔，有老的，有少的，还有乡干部和税务上的人在这里，有话就说，有屁就放，背人后捣鼓事、往眼里撒沙子，那可别埋怨咱脾气不好。咱有言在先了，谁要是不怕事少，就凑过来试试，省得怨这怨那的。好啦，对伙计们就说这些。"陈柱子知道最近一段时间"光头""疤痢眼"几个人又要生鬼蜮伎俩，便借题发挥，敲山震虎，把他们的嚣张气焰压压。

"光头"也一大把子年纪了，还不知道村干部是个啥滋味，连着好几届就想忙活个一官半职，一直也没忙活上。这不是年底又要换届了，又该考虑考虑"选举上位"的事了。前阵子，陈柱子被"停职"后，让他好一阵激动，认为是天助我也，该着有出头之日。正当他踌躇满志地准备接班时，好景不长，陈柱子又官复原职了。一时激动的心情昙花一现就没有了，心里好一顿烦躁。

这几天村里收车船税，偏偏是又赶上了这活了大半辈子也从没听说过的事。他认为这是个惊天骗局，不可能有什么"车船税"之说。先放下车子的新旧不说，一辆普普通通的自行车怎么还收税呢？这不是骗局是什么？好！我看看你有多大能耐来收这个车船使用税。哼！再有几个月就要换届了，这么好的机会不赶快下手还等到什么时候呢？老天爷给了他把对付陈柱子的尚方宝剑，这叫天赐良机。眉头一锁，生出一计。私下里撺弄、怂恿也有想法的陈朝中打头阵，他坐镇指挥，先组织些老娘们到村里闹一闹，掀起浪头后他再登上前台。成了，就拣个漏，弄个一官半职；成不了呢，也叫陈柱子难受难受，至少还降低下他的威信，年底换届时也好有一拼。可问题出在哪里呢？怎么刚一露面就被他逮着并识破了计谋？在老少爷们面前指名道姓地扒数、敲打，这口气怎么能咽下。古人说得好，小不忍则乱大谋。为这区区小事还不至于撕破脸皮。"好饭不怕晚，好戏在后头。"想到这些，"光头"收起难以察觉的得意表情，往后挪了挪，悻悻地避到人群后面去了。

陈柱子把在场群众的不满情绪稳住后，又转身对齐奎升说："齐乡长，别看他们刚才跟吵架似的说话不顺耳，尤其是这顺口溜，可都是些实在人说了些实在的事。他们吵吵是为自己，可也是为老少爷们儿着想，更是为乡上着急。要是全乡几十个村几万人为这车船税闹翻了的话，您再有能力恐怕也招架不住。我觉得多亏他们给提个醒，你说是不是？"

"就是，就是！还是刚才说的，感谢大叔婶子、老哥老姐的提醒，我们再好好地研究研究这个方案，争取更切合实际！"

为了安抚群众，避免"光头"一伙节外生枝、搞些小动作，陈柱子转身又对齐奎升说："齐乡长，我代表韩岭村，代表全体村民再表一次态，坚决拥护乡上的工作，正常的收缴我们保证按时完成任务。对界定不清的拖拉机也好，自行车也好，先停止收缴，等乡上出台新的政策后再收。这样行不行？"

"好，就这样吧！这些问题在其他村肯定也有，我们马上回去汇报，尽快把出现的问题处理好。谢谢大家了！"齐奎升朝站在院里的人大声说。

回到乡上后，齐奎升和孔祥东还有姜恒春一起，将这两天了解到的和发生的事情跟耿春义和赵云瑞作了详细汇报，并提出了自己的看法。在当前这种保护弱势群体的大氛围下，如果仍然一意孤行地收这费、收那税，极易出现越级上访。这次收车船税，庆幸早早发现，并及时将问题做了纠正。说句到家的话，就是宁愿不收，也不能再触及农民负担这根"高压线"了！

耿春义告诉赵云瑞，县委郑书记找他谈话了，准备调他进城另安排工作。赵云瑞感到压力更大了。他结合群众反映的问题，果断做了调整，对界定不清的和群众反映强烈的问题搁置起来，将矛盾化解掉。

事过之后，有人对这次收"车船税"议论颇多。税法是严肃的，税收工作也是严肃的。作为一级政府，不能一拍脑袋就随心所欲地说咋地就咋地，视严肃的税收工作为儿戏。尤其是乡镇干部参与收税的行为，是既不可取也不允许的事，好在他们没惹出乱子来。否则，可真吃不了兜着走了。

乡镇工作就是这样，每天都处在矛盾当中。老的矛盾解决了，新的矛盾又出现了。多少年了层出不穷，让你没个清静的时候。有句顺口溜叫"风梳头，雨洗脸，头顶日头也得干"，就是对农村工作的生动写照。

三十七

坐落在韩岭村前的生态科技园温室大棚从春天开始运作，经过半年多的施工，总算是建成投入使用了。天天在温室大棚忙活，觉不出有什么新鲜感。可没到过这里的人，一下子看到这宽敞明亮、蔚为壮观的现代化建筑和五颜六色、生机盎然的奇花异卉，都睁大好奇的眼睛，尽情享受着这迷人的景致。

当时，乡上为招商引资，将韩岭村前的湾塘单独划出来，作为附加优惠条件送给苑老板。其实，苑老板早看好了这个冬暖夏凉的湾塘，尤其看好了韩岭村西山泉形成的小瀑布，稍一整修，湾塘里就会长年有水。赵云瑞帮着把湾塘挖得又宽又深，扩大了将近一倍。水面更宽、蓄水更多了。

一开始，陈柱子强行抵制，试图把大湾塘弄回村里。因影响了招商引资，被乡上停了他的支部书记职务。螳螂捕蝉，黄雀在后。他不知道，村里还有人觊觎着他这个位置呢。起因就是这个大湾塘。

话说陈柱子把苑向伟老板请回来后，两人不打不成交，一下子成了"老铁"，三天两头地吃吃喝喝不分你我。这样平静了几个月之后，有关陈柱子和这个湾塘的谣言在村里不胫而走……

物以类聚，人以群分。

晚饭后，村里的男爷们儿一个个用草棒往嘴里戳来戳去地剔着大黄牙，用另一只老皮老茧的手搓揉着黧黑的肚子，接二连三地挤出一串嗝来；沾着泥巴的脚丫子，趿拉着一双"吧嗒"响的拖鞋，慢腾腾地往村口的大树下挪动。不一会儿，呛人的劣质烟味，在阴暗下来的空气中弥漫。除去下雨天，他们每天晚饭后都溜达到这里凑个堆，海阔天空地闲扯一通。不管谁家，哪怕有个鸡毛蒜皮的事也都藏不住，更别说是张家胡同里婆婆跟儿媳妇吵嘴、李家巷子邻里之间动手撕在一起了……用不了半个时辰，这些鸡毛蒜皮的事就像一阵风似的刮遍全村。有些捕风捉影的事，一经他们添油加醋，竟传得有鼻子有眼，神乎其神。

鱼找鱼，虾找虾，王八找个鳖亲家。此话一点不假。以"坐地炮"为首的几个人一凑堆，唯恐天下不乱，啥事也想掺和一下……

"喂，听说柱子把湾塘送给开发商了？真的假的？""韩龅牙"拣了根细枝条，一边剔牙，一边假装心不在焉。

"我也听说是送给人家了！动静不小呀！""光头"韩小三头顶芯子上有块明晃晃的疤痕。他一边叼着烟，一边接过话茬顺嘴溜。

"哼，世上哪有闲钱补笊篱的事，不憨不傻地凭什么送给开发商？说不准这里面有猫腻。""疤痢眼"把头一歪、眼一瞥也跟上了一句。

"说得在理，依他赚便宜都嫌少的脾气，怎么会办这么傻了吧唧的事，白白地把这么大个湾塘说送人就送人了？说不定回扣还不轻哩！""坐地炮"接过话茬。

"在理，在理！""韩龅牙"煞有介事地附和着。

"光头"一脸怅然若失的表情，"袖筒里握手，谁也看不见，到底捣鼓些啥，谁知道？不过，哪有不吃腥的猫！"

"这事又没抓住手腕子，怎么好捣鼓。唉！""韩龅牙"情绪低落地又插话。

"看看现在这社会成什么样子了！有钱就是爷爷，没钱就是孙子，办事哪有不玩钱的。他把这么大块家业送给人家，人家不懂？少得不了！"不露声色的"坐地炮"好像终于逮住了什么似的，恶狠狠地火上浇油。

"哼，这社会，没有办不成的事。我琢磨着不过就是权钱交易，要是没有好处，他凭什么冒着这么大的风险，从老少爷们的眼皮底下愣送给人家？没听外面的人讲，现在有权的谁不想往自家捞？过了这个村可没那个店了！""韩龅牙"煞有介事地分析道。

"光头"把头转得像拨浪鼓那样晃着："哼哼！我就觉得这事不正常。这也算是村里的财产吧？这样不声不响地送给人家了？就没有个说法？成天嚷嚷着'讲政治'，就这么个讲法？贱卖了还能见俩钱，这白送算是个啥模式？过几年，别把老少爷们儿的口粮田也送了人！"

"就是，就是！你分析到骨髓里去了，我寻思这事也不能扔下不管。你们怕得罪人，我不怕！为了集体财产不受损失，我要管管，再不管村里不乱套了？"

"坐地炮"看到几个弟兄们牢骚发得不少，而下狠手的话却不多，让他有些失望。火都烧到这份儿上了，烧小了不行，灭了更不行，得添把柴，把火烧得越旺越好。事闹大了，才会有人管、有人问，人多势众嘛！借着这个由头，提前把陈柱子掀下去，年底换届才有可能上位。哼！让陈柱子还吃不着咸淡地就下了台，那才叫棋高一着来。到了那时，谁求谁可是桌子上的碗，一看一个准。

嘴上打雷轰轰隆隆，脚跟站着一动不动。"有个买卖得出去趟，你们就先往前冲，摊多少钱，有我一份，再加点算两个人的也行。我就不参加上访了，组班子的时候别忘了我就行！"人老奸，马老滑，红毛兔子鹰难拿。"疤瘌眼"怕偷鸡不成蚀把米，眼珠一转，找了个理由。

"走吧，走吧！谁不知道做生意能赚钱？关键时候掉链子，领着惹起事来就当缩头乌龟……哎！刚才说到哪儿了？噢，把事搞大！""光头"埋怨他一头钻钱眼子去了。

这时，"疤瘌眼"嘴角往上一挑说："我看就听韩平哥的，反正上访又不犯法，怕啥？多组织些人，访它个三回五回，只要陈柱子被赶下台，这韩岭村的一把手就非你莫属了！"

"哼哼！整天不是集资要款，就是扒房流产，净干些得罪人的事，谁稀罕？八抬大轿来请我也不干。不过，为了村里的老少爷们，把身子豁出去也得把他轰下台来。这个湾塘就是个局！退一步说，他干了也有些年头了，皇帝轮流做，这回到咱家！不让他下来，群众也不答应！""坐地炮"把脸一凑，轻蔑地补上一句，既表示自己对当支部书记没有兴趣、没野心，又不甘心让陈柱子再待在台上，便恶狠狠地暴露出自己憋在心里好几年的话。

这时，"光头"的老婆孙大花穿着个肥大的开襟衫子，慢腾腾地走了过来。她使劲支棱着两只好奇的耳朵，听他们窃窃私语些什么。当听明白了个大概后，闲话多地递上一句："咳！熊模样头碰头、嘴对嘴地凑在那儿瞎唧唧，我以为啥事呢，不就是那个种花种树的送给陈柱子三万块臭钱嘛。哼！地球人都知道，还用得着你们几个在这里神秘兮兮地穷唧歪了？你们是不是男爷们儿呢？连这么大的事都大气不敢喘地唧唧，除去种地还能干啥？"说完，用不屑一顾的目光扫了扫众人。

几个人被孙大花的一句话噎得还不上腔来。沉闷一会儿后，"韩龇牙"接着刚才的话题说："对呀，咱男爷们儿不能让个娘们儿笑话。得琢磨个法子走出去找找，集体财产绝不能这样不明不白送给人家。好几万块钱揣进自己的腰包，得想法让他掏出来。要是不服，咱就把他送进去。你说呢，韩平哥？""韩龇牙"知道"坐地炮"的心思，也想讨个好。一旦"坐地炮"真的当上村里的一把手，自己也好弄个一官半职的。

"为了村里的利益，也为咱几个伙计，该有点作为了。对着天，对着地，对着良心发个誓。舍得一身剐，敢把柱子拉下马。弟兄们，咱一定团结起来，人多势众，跟柱子决一雌雄！"说着，"坐地炮"的眼里射出一股阴森森的目光。

开弓没有回头箭。这火既然点燃了，就一不做二不休、撕破脸皮也要把他轰下来！"光头"和"疤癞眼"信誓旦旦地向"坐地炮"坦露忠心，表示要全力维护他的威信，捍卫他的地位。这让"坐地炮"心里又有了些得意。不管怎么样，把陈柱子轰下台的条件已经具备，只等个时机，给他来个措手不及。

在四处打探、搜寻陈柱子"犯罪证据"时，几个人也有自己的战术。这总归是韩岭村历史上即将发生的一次"政变"，千万别逮不着狐狸再惹上身骚。要是轰不下他来，再被他反过劲儿来一番收拾……

话没腿跑得快。几天工夫，陈柱子收了投资商三万块钱的事，全村没一个不知道的了。再加上"坐地炮"他们背后添油加醋，大肆渲染，村里的老少爷们儿谁不气鼓鼓的？随后，村里刮起的一阵紧似一阵的流言蜚语，就像强对流天气产生的狂风暴雨，打着旋涡往耳朵里灌，很快也就传进了陈柱子耳朵里。

三人成虎，人言可畏。

从街上走一趟，老的少的都拿异样的目光打量陈柱子。再有定力，也架不住"坐地炮"他们在背后放的"暗箭"。依陈柱子的脾气，不掘地三尺把造谣的提溜出来，揍他个哭爹叫娘是不甘心的。然而，这次他却像是吃了块秤砣似的，沉稳淡定，没有一丝惊慌失措。他剑走偏锋，不但不跟他们正面接触，反而来了个三十六计——走为上，让他们摸不准哪块云彩有雨！

陈柱子抱着"身正不怕影子歪"的心态，以静制动，看看他们到底想干些什么，是谁在捏造事实、挑头闹事。清者自清，浊者自浊。凭他的智商还没糊涂到任人摆布的地步。一旦时机成熟，让他抓着个把柄，再绝地反击也不迟！

一连几天，老的少的没有看见陈柱子的踪影，印证了他们的分析，认为陈柱子听到风声后害怕躲起来了。哼！这回可是罐子里抓鳖——手拿把攥了。

再怎么着，也不能要人家三万块钱，也不能自作主张把祖宗留下来的财产拱手相让，眼里还有没有"两委"班子？还有没有老少爷们儿？群众情绪在谣言的迷惑下，一下子被激怒了。

这天，"坐地炮"他们听说陈柱子外出参加乡里组织的考察学习时，就偷偷地点了炷香，仔细地端详着香灰烧得咋样。凭多年的经验分析，认为时机已到。一不做，二不休，扳倒葫芦撒了油，叫上"疤瘌眼""韩龇牙"和"光头"等人，连夜商讨计策，决定避开乡上，组织群众直接到县里去上访，并且划算着人越多越好、时间越快越好。等陈柱子外出回来，哈哈！家里的事也忙活个八九不离十了。到那时，陈柱子不就等于是人死了去抓药，晚狠了。

当断不断，必有后患。"坐地炮"深解兵贵神速的道理，连夜组织人马，第二天天还没透亮，就奔县城去了。"坐地炮"坐在头辆拖拉机上，威风凛凛，一副胜券在握的架势。后面两辆拖拉机上，分别坐着二十多人。"突突突"地来到县委大院门前，一下子把并不宽敞的大门给堵了个严严实实。

"你们是哪里的，为什么事来上访？"在县信访局接待室里，接访人员问几个群众代表。

"俺是埠岭乡韩岭村的，俺们来反映支部书记受贿的事！"

"受贿？具体什么情况？"接访人员问。

"他把村里的地和湾塘送给外地来投资的开发商了，收了人家三万块钱！"

"哦？这事是听说的，还是有什么证据？"

"听说怎么啦？证据又怎么啦？不就是收人家钱了嘛，全村人人都知道，这还有假？"一位村民有点儿不耐烦。

"是听说的，咱就责成有关部门进一步调查，把反映的事情搞清楚、弄准确。如果事实确凿，我们就向领导汇报，按程序移交司法机关办理。这是需要慎重处理的，明白吗？"接访人员耐心地解释。

这时，屋外的上访人员呼啦一下子挤了上来，把接访人员圈在中间，七嘴八舌、愤愤不平地数落着陈柱子的那些事儿。

"不要抢，一个个来，慢慢说，这样七嘴八舌，说不清楚，听不明白。"接访人员还是耐心地劝说着。

"怎么还进一步调查？村前的地和湾塘都送给人家快半年了，大棚建设好开始赚钱了，还调查个毬？不是人家给他钱，为啥平白无故地送人？没有钱权交易，他会把村里这么多的财产白白送人？他傻呀？哼！这年头，哪有白忙活的买卖？""光头"的老婆和"疤瘌眼"，你一言我一语地抢着讲。其余的人都围在那里，看着信访工作人员边问边记录。

"别激动，慢慢说，还有什么事？"

"就这一件事儿还不够呛？我们恳请政府主持正义，重拳出手，让他把地和湾塘给弄回来。老祖宗留下来的东西，可不能眼睁睁看着流失掉！"不识几个字的孙大花，此时竟口吐莲花般地嚷了这么几句。

"坐地炮"本来是想在背后指挥，他一看要跑题，便噌地往前一挤，用他那特有的瓮声瓮气的腔调说："哎哎！头发长，见识短，就知道个湾塘？我说同志，这个陈柱子利用手中的权力，把集体财产送给人家，这是不是假公济私？是不是失职渎职？他收了人家这么多钱，是不是贪污受贿？把湾塘要回来就行了？这样的人还配当支部书记？几百口子还能相信他？希望县里给个答复。否则，我们坚决不干！"说完，他瞅瞅孙大花。孙大花知道没说到点子上，吓得把嘴一撇，扭身退回人群里。

"就是，就是！不能只要回湾塘就算了！得追究追究他，少说也要判刑吧？最好是先撤了他的支部书记职务再说！"跟着一起闹嚷嚷的群众被"坐地炮"一点拨，立时恍然大悟。本来就嘈杂的场面，又掀起阵阵喧哗，指责训斥声和吵闹谩骂声笼罩着整个屋子。失控的场面，像是烧焖了的油锅里又倒进一瓢凉水，一下子沸腾了起来。

此时，接访人员一脸无助，任凭他们带有人身攻击地发泄。面对生活在山区又没文化的群体，又有啥法子能让他们安静、回到理智的现实中来呢？接访人员只得苦口婆心地一遍又一遍说服大家："咱静一静，好不好？大家来反映问题，是维护集体的利益，心情可以理解。只要事实确凿，我们会一管到底的。请大家相信我们。还是冷静些，选一个代表，把诉求讲清楚了，我们会立即转送有关部门。"

"什么？转送有关部门？这有关部门是个什么单位？哼！我们倾诉了大半天，你这还不是正头香主？还要把反映的问题转出去？这真怪了！转给谁？不是转给埠岭乡、转给陈柱子他们吧？大伙看看，这就是政府的工作作风。咱这不是在浪费时间、瞎忙活吗？""韩龇牙"唯恐天下不乱，嗷嗷号叫着。

"噢！同志，请冷静些！接访是有程序的，我们将你们反映的事情跟局长汇报后，再根据情况汇报给分管县长，然后转交有关部门处理。刚才，我们作了详细记录，肯定会给你们答复的。你们先回去，耐心等着，用不了几天，就会跟你们联系。至于反映的问题如何处理，有关部门也会认真研究处理方案，既不会冤枉一个好人，也不会放过一个坏人。请你们相信党委、政府。这点请大家放心！"

"这就完事了？俺们凑了好几百块钱，又半夜三更地跑了百十里路往这赶，有些人在门外还没挤进来扯上几句呢，就完事了？咱这不疼不痒的上访，不等于是拿块石头砸棉花，一点儿响声也没有？"戳不着陈柱子的软肋，就轰不下他来，这陈柱子是省油的灯？咱怎么回村？一旦知道咱跑县里来捣鼓他，他会善罢甘休？真到了那时，咱不是偷鸡不成蚀把米，自讨苦吃？"坐地炮"觉得很不解气，冒着你死我活的政治风险，最后竟忙活了这么个结果。不行，得给伙计们烧把火、浇点油、鼓鼓劲，发动大家跟接访人员叫板。同时，他还不忘嘱咐身边的"韩龇牙"，继续派人堵住县委大门。

"对对对，这个陈柱子可不是省油的灯。依他的脾气，肯定要反过劲来对付咱。不行，坚决不能回去！"一个挨过陈柱子巴掌的村民也趁机嚷起来。

"可不是嘛，这哪像是上访，倒像是赶庙会！得闹起来，闹得越大越好，让局长、县长也来接见接见我们，怎么着也得给个说法、承诺点什么吧？回去脸上也有话说！就这么偷偷来、偷偷回去，算是哪门子事儿？还不如不来呢！""光头"恐怕事态消停下来，咬牙切齿地在人群中转着圈子煽动。

别看"疤瘌眼"明显不如"光头"活跃，但也是上访的主力。他诡计多端，从表面上看，跟"韩龇牙"一样，不过是"坐地炮"的左膀右臂，但内心里也和"坐地炮"一样，有自己的想法。这村干部再怎么不起眼，大小也是村里的话事人。一旦当上，全村老的少的，哪个不得见面三分笑，谁家里吃酒不过来请？别的不说，当上村干部后，起码能跟乡干部经常见个面，喝酒吃肉、赚点便宜那是自不必说。他比"坐地炮"城府深，表面上，他是坚决拥护"坐地炮"，不遗余力地替他鞍前马后忙。但自己心里也有个小算盘，让"坐地炮"打头阵一块儿闹腾。要是把陈柱子轰下台来呢，就来个"螳螂捕蝉，黄雀在后"，想法跟"坐地炮"摊牌，争坐村里的第一把交椅。要是轰不下陈柱子来呢，也就是蟹子过河随大流，无非是个参与者罢了。陈柱子抓不住什么把柄，也奈何不了自己。

在这关键时刻，"疤瘌眼"明白，自己不能当"闷葫芦"。无论如何也得有些上乘表演，起码得让来上访的伙计们瞧得起，选举的时候给自己拉拉票。想到这里，他精神为之一振："伙计们，陈柱子的脾气咱都领教过，他的能量咱们也都知道，不是三下两下就能轻易扳倒的。如果咱这样不咸不淡地回去了，有什么脸见老少爷们儿，碰到陈柱子又怎样面对？县里不给个现场答复，就说明咱们上访的力度不够大！就是回去，怎么也得让乡里来个副科级以上的干部把咱们领回去，才有点面子吧！""疤瘌眼"把利害关系郑重其事地一分析，大伙儿都觉得言之有理。在"坐地炮"的暗示下，其他人又开始起哄，还有人直接躺倒在门外拖拉机的前面不起来，堵住进出县委大院的门，表示不给个说法，坚决不走。面对一片混乱的现场，接访人员再三相劝，仍然是无济于事，只得将情况汇报给了分管县长。

这天，正好是罗县长接访日。他正在接访几个反映口粮田被乡上强制征用建工业项目和村里乱收费的问题的代表。这时，信访局的同志匆匆赶来，趴在他耳边，把那边发生的事悄悄地汇报了。罗县长听罢，神色凝重，几十个群众把县委大门堵住了，那还了得！这属于群体性上访，必须引起重视，及时应对；稍有疏忽，他们就会越级跑省里去上访，那将会造成很坏的影响。罗县长把这边的事交代了一下后，便迅速往现场赶。

路上，罗县长不断催促工作人员，让埠岭乡的干部尽快赶到现场。当他快步走到县委大门口，看到村民横七竖八地躺在那里，不觉大吃一惊。发生了什么事了，让他们不顾一切地这样做？他先是上前耐心倾听他们的诉求，并好言相劝，把他们的情绪稳定住后，便带部分代表来到接访室。

"你们是埠岭乡的？"

"是埠岭乡的！"

"哪个村的？"

"韩岭村！"

"噢！韩岭村，我好像去过，今天怎么来了这么多人？"

"是不少，二三十人！"从人群里传来一片嗡嗡的嘈杂声。

"选个代表出来说说！"

众人把目光齐刷刷地投向"坐地炮""韩龇牙"和"光头"。罗县长顿时明白了这三个人肯定是上访的组织者，便不动声色地注意起这几个人来。

"来来来，谁来把上访的事情讲一讲？在说之前，我首先提个要求，讲得不怕多，就怕不实，希望能实事求是地反映问题，也好为我们下一步调查处理提供线索，对不对？"罗县长用征求的目光望着大家。

"让'疤瘌眼'说，让'疤瘌眼'说！"不知谁在后面嚷嚷着。"坐地炮"用眼睛的余光扫了一下出声的地方，脸上露出一丝不快。

"谁是'疤瘌眼'？哦！群众推荐你，你就讲讲吧！"

此时，"疤瘌眼"一下子来了精神，兴奋之情溢于言表。真没想到，自己的威信这么高，竟有人点名将他隆重推出。不但给足了面子，而且为下一步上位埋下了神来之笔。别忘了，这可是县委大院，面对的是堂堂的县长。平时，别说是县长，就是乡长也难得一见呀。县长就坐在眼前，虽然"疤瘌眼"是个绰号，但县长却直呼其名，记住了自己的名字。"疤瘌眼"按捺不住内心的激动，信口雌黄把陈柱子糟蹋得一无是处，罪责难逃。

"坐地炮"蹲在旁边，既沮丧又恼怒，愤愤的眼神盯着"疤癞眼"。他表演得越欢，对自己越不利。怕啥来啥，谁知这半道上又蹦出了这么个"丧门星"呢？

"疤癞眼"看罗县长在认真听，还不时往本本上记些什么，就更来劲了。他想，县长都在认真听、认真记。要是说到点子上，县长一怒之下，没准会把陈柱子当场拿下了呢。哈哈！靠一番激情表演就能把一个支部书记拿下来，别说在韩岭村，就是在整个埠岭乡那也是惊人之举。到了那时，自己的威望肯定还会一路飙升……想到此，他清了清嗓子，又把陈柱子平时欺压百姓的事几乎是声泪俱下地讲了一阵。

"罗县长，群众推荐俺反映问题，俺就如实向您反映。俺代表的是村里百分之八十以上的群众。陈柱子公款大吃大喝的问题、欺压百姓的问题、将土地送给开发商和他受贿三四万块钱的问题，事实确凿，抵赖不了。他当村支部书记这么多年，成天吃喝的钱全是从群众手里收的，五保户不管，困难户不管，老党员、老干部也不管，自己却每天酒足饭饱。您说，还要这样的支部书记干什么？村前的湾塘，祖祖辈辈靠它浇地，他明里招商、暗里送人，自己从中捞了好几万块钱。这事全村人谁不知道？这样假公济私、吃里爬外的干部，还要他干什么？罗县长，我们可是些弱势群体，在村里常年遭受他的迫害，没有半点儿发言权。这次上访，也是冒着生命危险偷偷来的。如果政府不帮我们打霸治邪、伸张正义，我们回去哪个也跑不了，都要遭殃！所以，我们强烈要求，先撤了他的支部书记职务，再把他送进监狱去。像他的这些罪行，少说也得判个十年八年的吧？要是您不答应我们的要求，我们就去省里上访。大伙说是不是？""疤癞眼"像是受了多大的委屈，拖着个出殡似的哭腔，高一声低一声，不明就里的人真被他的表演所触动。

此时，接访室里的气氛像凝固了一样异常紧张。几十双眼睛都紧巴巴地盯着罗县长，希望他能给个满意的答复。

罗县长没说话，只是静静地望着大家，平和的表情流露出一丝难以察觉的沉稳。

罗县长环视了大家一下后，诚恳地说："大家走这么远，人又这么多，没吃好喝好，是不是很累呀？"他声音不大，但人情味十足。作为县长，对堵住县委大门的群众，不但没有发火、埋怨，反而用拉家常的口气，关怀备至，一下子把"坐地炮"他们的偏激情绪给撂到了半空。"刚才听了你们反映陈柱子的问题，我想讲三点意见：第一，据我掌握的情况，你们村前的这个湾塘现在已经利用起来，建成了埠岭乡最大的、现代化程度最高的生态科技园。这个生态园我去看过，投资规模大、科技含量高、建设速度快，应当说是埠岭乡一个不错的招商引资项目，既生态又接地气。估计用不了一两年，当地群众就会被这个项目带动起来。你们埠岭乡也好、韩岭村也好，为全县的招商引资起到了带头作用。在这里，我代表县政府向你们表示感谢！第二点是……"

当罗县长刚要讲第二点时，赵云瑞和鲁祥生满头大汗地跨了进来。他们看了看坐在一旁的上访群众，又跟罗县长点点头，便找个地方坐了下来。赵云瑞扭身端详了一下坐在前边的"坐地炮"，还有"光头"，觉着面熟，好像在那里见过。

"同志们，我要说的第二点，就是你们为了维护集体的利益而放下手里的农活，不怕路途遥远，来县上反映问题。这种精神十分难得，值得我们大家好好学习。"赵云瑞、鲁祥生和信访局的同志也都频频点头。

"再说第三点，你们反映陈柱子个人存在的问题，我认为很重要。因为它牵扯到法律方面的问题，需要慎重。县里对所反映的陈柱子的问题要进行全面调查。要逐户走访证人，到村里、乡里调阅材料，还要听取有关方面的汇报。如果情况属实，就要移交司法部门处理。为了把事情弄准摸透、办成'铁案'，需要纪委牵头，国土、检察院、公安等部门组成联合调查组，把反映的几个问题一并展开调查，实事求是地搞好界定，分清哪些属于违纪、哪些属于犯罪。问题调查清楚了、事实确凿了，承担的责任也就明晰了，问题也就不难解决了。大伙觉得是不是这么个道理？这样，就需要有一段调查的时间。建议你们把上访材料送上后，就可以回去了。县里成立的调查组很快会找你们了解情况的。你们要积极配合调查小组的工作，积极提供线索。提供得越多、越有价值，问题解决得就越快。在这里，我代表县政府郑重地向大家承诺，调查组会站在公正的立场上，实事求是，秉公执法，决不会偏袒庇护，姑息养奸。赵云瑞，我就讲这些，你再跟大家沟通一下，还有什么意见都提出来。如果没有意见，就动员大家尽快回家，还有一百多里路呢！"罗县长又对赵云瑞嘱咐道。

罗县长面对几个存心不良又气势逼人的组织者和几十个不明真相的群众，不愠不火，泰然处之，既肯定了他们来县里上访的积极态度，又对他们提出的问题，从法律、程序上做了解释。自始至终，"坐地炮"他们也没找到发泄的破绽，气得直咬牙根。

"喂！'坐地炮'，刚才罗县长讲的这几点听清楚没有啊？你组织来上访的，就代表伙计们发表几句感言呗！"鲁祥生看到"坐地炮"情绪急躁，坐立不宁，知道他是因为精心组织的上访将要成为泡影，心里窝着一肚子火又发不出来，便借机跟他开个玩笑。一来把紧张的气氛缓和一下；二来呢，打蛇打七寸，擒贼先擒王，动员大家回去，少不了得他点头。利用短暂的空隙，他就跟"坐地炮"搭上了腔，大庭广众之下，指名道姓地被人亮出身份，又是叫他的外号，这不是在故意出他洋相、将他的军吗？他还没来得及搭上腔，人群里便爆出一阵哄堂大笑。"坐地炮"一时无地自容，臊得脖根底下也紫红起来。

这时，赵云瑞一下子想起来了，开春在县埠路拓宽硬化的工地上，曾经见过这个人。当时，他跟在陈柱子身后，虔诚得很。几个月没见，两人的关系怎么恶化到这种地步？

"坐地炮"迟疑片刻后，站起来踮了踮步，又环顾四周，向前挪挪身子，分别跟罗县长、赵云瑞点了点头。看上去，他真要发表重要讲话似的："鲁书记，刚才罗县长讲的俺都听清楚了，准备成立个调查组到村里来，是吧？刚才您也提起了俺是上访的组织者，说对了，俺就是这次上访的组织者。咱明人不做暗事，敢做敢当！既然来了，就是要讨个说法，解决村干部的腐败问题。罗县长当着这么多人的面，也答应了马上派人到村里调查。不过时间不能太长，要是三天五天的还没动静，我可要组织更多的人去省里上访。无论如何，都要把村里的湾塘收回来！""坐地炮"回身用藐视的目光瞅了一下"疤瘌眼"，意思是我是理所当然的"群众领袖"，你小子少冒头！

"好，好！这个态度好，谢谢大家的理解！"罗县长露出了和悦的微笑。

接访人员也频频点头。

"伙计们，没有不散的筵席，县长给的这个答复行不行？"为了巩固住"群众领袖"这一地位，"坐地炮"的态度不得不来个一百八十度的转弯。

人群中，一个声音无精打采地说："行，行呀，地里的玉米还没掰呢！"

俗话说，老婆娘三大急，闺女、外甥、老母鸡。颠颠大半天了，该着自个儿啥事？来上访的人有些开始烦躁起来。

这时，又一个人也接过话茬，满腹牢骚地说："早该往回走了。这时辰紧赶慢赶，院子里的几只羊也饿一天了，来凑啥热闹、起啥哄？"

"光说是来县里办个好事，这算些啥好事？书记、村主任就一个，横竖也轮不到咱头上，瞎忙些啥呢？"被"坐地炮"他们软硬兼施糊弄来的群众恨不能立即往家赶。"坐地炮"那么一说，大伙倒有点求之不得了。

赵云瑞知道陈柱子脾气不好，容易得罪人，可也不至于忽然间就积攒了这么大的矛盾，且尖锐到了这种地步。于是，他赶紧通知陈柱子回来。

在外地的陈柱子，早就知道有些流言蜚语，可没想到趁他外出之机，有人竟明目张胆地跳了出来。他听到村里有人上访，拳头攥得咯咯直响。如果他们几个在眼前，他非撕碎了他们不可。无奈人在外地，鞭长莫及，只得把这口怨气先憋在肚子里。

苗大庆看陈柱子这火发大了，便开导起来："伙计，身正不怕影子歪，怕啥？没有的事，生啥气？再说，天天跟些这样的人生气，不早气死了？你看看，哪个村没几个这样的人，值得吗？"

"就是，先别急，看他们葫芦里卖的什么药。让他们蹦跶几天，看谁蹦跶得欢，就挑哪一个修理修理！"魏石桥也凑过来安慰道。

"画人画虎难画骨，知人知面不知心呐！'坐地炮'这小子，平时还没看出有什么把戏，咬人的狗不露齿，没想到来这么一手，不会是另有企图吧？马上可要换届了！""张打油"提醒了一句。

"恐怕就是朝着换届使的劲！趁咱们外出，得着他们的劲了。咱几个村也得注意，不行就早早打道回府。"苗大庆担心引起连锁反应。

魏石桥一下子反应了过来，急切地说："对对对，有道理！没准就是朝着这个方向来的。哼！蛮有心计，多亏你坦坦荡荡。要是有点毛病，让他这么一搅和，说不定真麻烦了。可惜呀，这回他恐怕是搬起石头砸着自己的脚了！"

一路上，因为陈柱子没有了兴致，大伙也就默不作声，场面沉闷至极。陈柱子前前后后地想了想，伙计们分析得对，真没必要为这事大动肝火。何必呢？干不干这村支部书记无所谓，只要这盆脏水别泼到自己身上就行。哼！就看这个调查组的本事了！

"坐地炮"他们这会儿可谓春风得意。县长跟他们面对面交谈，乡长亲自来县城接他们回来，并且承诺立即成立调查组，对他们反映的问题进行调查。这回陈柱子纵有三头六臂，恐怕也得栽阴沟里了。

回来后，"坐地炮"几个骨干一头钻进号称韩岭村"一枝花"的韩大嫂开的饭馆，海吃海喝起来。

二两老烧一下肚，"坐地炮"又亢奋起来："如果陈柱子有一天真进了局子，村里这第一把交椅谁来坐？"

"疤瘌眼"略一沉思，装出虔诚仰慕的样子，"依我之见，你是众望所归，这第一把交椅非你莫属！不信，咱走着瞧！""疤瘌眼"旗帜鲜明地亮明态度。

"其实，也不一定能干好，还得弟兄们扶持才行！""坐地炮"倒像进入了角色一样。

"论哪一方面，你也不在陈柱子之下，只是阴错阳差地让他占了上风。哎，皇帝轮流做，这回进咱家！""光头"看"坐地炮"似乎要扶正了，也急中生智，文绉绉地拍起马屁来。

"这次去上访，心里舒服极了。脑子就像过电影一样。县长怎么了，他不也得耐住脾气、陪个笑脸跟咱们对话？咱提出的问题，他不都一一记录整理成了材料？陈柱子，你的好日子快要到头了！""坐地炮"咬牙切齿地说。

"疤癞眼"领着他们几个一阵阵叫好，把"坐地炮"捧得有些找不着北了。其实，他骨子里是瞧不起"坐地炮"的，但目前的阵势不允许他过早暴露目标。

"二哥，这件事也别大意，把陈柱子拿下来这是第一步，选举这一关也挺重要。从现在起，你也别再推让客气了，抓紧时间活动拉票，争取一炮打响。以你的能力和水平，韩岭村很快就会大变样，哈哈……""光头"立马改口叫"二哥"了。

"坐地炮"一笑，眯得连眼睛都快看不见了。

"来，再干一杯！我还是刚才那句话，你走马上任了，村里有啥好事，别忘了咱就行，对不对，弟兄们？""韩龇牙"一直没发话，猛不丁地说一句，伙计们挺爱听。

"坐地炮"听到他们的表态，心里如同吃了颗"定心丸"。当年，赵匡胤当上皇帝后，怕那些功高盖主的手下篡他的位子，便使了个"杯酒释兵权"的计谋，化险为夷。大比大道理，小比小道理，里外道理是一个样的。一块儿出谋划策，一块儿去县里上访把陈柱子拉下马来，不相当于一块打天下？没有功劳也有苦劳，得有个态度、有个承诺吧！要是都来想这个位子的话，那还不得火烧庆功楼？"弟兄们，现在咱们是患难之交，啥也不用说，心里有团火。就凭咱兄弟一场，以后是有福同享、有难同当，谁要食言，咒死爹娘。这态度怎么样？"

"好，好！坚决拥护二哥。从今天开始，俺就听你吩咐了，有啥事尽管安排！"

"弟兄们，来日方长，好戏还在后头呢。到那时，咱再一醉方休，咋样？"

"好，好呀！"伙计们众星捧月般地欢呼着。

"一定沉住气，用不了几天，县里就会来人，到那时……哼哼？""坐地炮"用鼻音又发出几声阴森森的奸笑。

三十八

树欲静而风不止。

在"坐地炮"等上访人员的"威逼"下，由县、乡两级组成的"陈柱子贪腐"问题调查小组终于来到了。

"坐地炮"他们听说调查组来了，心里一阵窃喜。安排好了孙大花几个能说会道的村民在家等调查组来了解情况后，他们就一头钻进韩大嫂开的饭店，欢天喜地地静候佳音。

调查组的组长是县纪委一位副书记，检察院、监察局、土管局、经管局、农业局各抽调了几名同志参与。埠岭乡由鲁祥生和刘秋珊参与陪同调查。

调查组来到乡上后，先跟耿春义做了沟通。随后，分头下去，多方面做深入调查。经过三天两夜的车轮战，共找了机关干部、乡直部门和韩岭村的群众代表等三十几个人谈话，了解土地、湾塘、经济和工作作风等情况。调查人员之多，时间之长、范围之广是少有的。尤其牵扯陈柱子索贿一事，调查的结果是无中生有，有人造谣生事。对湾塘一事，乡里有会议纪要，是以招商引资为条件送给投资方使用二十年的。同时，他们发现前来投资的苑向伟老板，是位干事创业的好手。凭借着精明的头脑，瞄准商机，短短几个月时间，就把生态科技园建了起来，并且吸引了一批老客户和新客户过来。正是因为温室大棚为主的生态科技园生意红火，才让一些不怀好意的人心生嫉妒，胡编乱造了些谣言，扰乱民心，以达到他们搅乱班子的目的。如果不还广大群众一个真相，被谣言笼罩着的群众，势必还跟在那几个人后边闹事。事不宜迟，赵云瑞跟耿春义汇报后，立即召开乡党委扩大会议。

"同志们，这几天韩岭村发生的上访事件，想必大家都知道了。县里的调查组通过调查，也有了结果。陈柱子的受贿问题子虚乌有，是有人造谣。把湾塘送给投资商使用，是乡上决定的，是我们出台的一项优惠政策。当初，陈柱子因为不同意，拖着不办，差点还撤了他的支部书记职务。现在个别人就是想利用这件事，把班子搞乱。同志们，现在真相大白了，需要还陈柱子一个清白、给群众一个解释。今天召开这个紧急会议，就是要安排两项任务：一个是加强包村干部力量，立即进驻韩岭村。两人一组，每户必到，面对面地征求群众对乡里、村里的意见，把群众关心的热点问题了解清楚，把县调查组的调查结果耐心细致地作好解释，让群众明白事实真相；二是在走访群众、了解村情的过程中，重点摸一下是哪些人在造谣生事，动机是什么，尽量掌握好证据。同志们，每逢换届，哪个村都有不稳定的现象，韩岭村不过是来得有些突然罢了。对上访我们不怕。但像韩岭村忽然间来这么一手，里面肯定有文章。是不是有人挑拨是非，在走访的时候，一定要多了解情况，注意寻找、掌握证据。对个别动机不纯的，要抓个典型从严处理。这样对年底换届也能起到很大的稳定作用，给那些任上的村干部也吃个'定心丸'，对来咱这里投资的企业家更是个安慰！"赵云瑞知道这事的严重性，亲自开会说明情况。

"再就是陈柱子的脾气，生来天不怕、地不怕，在这个事上他又是个受害者。回来后，他可能不会就此罢休。鲁祥生，这事你负责，跟他谈谈，一定要冷静，千万不能做出出格的事来。群众上访并不违法，上访说些过激的话、做出些过激的行为也没有什么。如果他再有过激行为，那性质就变了。这一点一定要注意。"他又嘱咐鲁祥生说。

散会后，几十个包村干部一下子涌进了韩岭村。按照分工，他们走东家、串西家，有条不紊地展开工作。赵云瑞安排马力胜，让几个有侦察能力的民警换上便装，随包村干部进村入户，重点了解谣言从哪里刮起来的、他们的目的是什么。

安排完工作后，赵云瑞问李秘书："陈柱子回来了没有？"

"还没有，可能是今天晚上才能到家。"

"县工作组来的事，他知道不？"

"知道，这几天鲁书记每天都跟他保持联系。"

"噢！"

"他跟鲁书记电话里聊得不少，配合得挺好。别看陈柱子平时愣头愣脑的，关键时刻态度很明朗。他说，为了村里的稳定，愿意辞去支部书记职务。"

"告诉陈柱子，先不要谈辞职的事。抓紧回来，把村里的事处理好。尤其是把群众反映的问题讲清楚，真相大白了，事情也就解决了！"

李秘书点了点头。

不大的韩岭村忽然涌进几十个陌生的面孔，着实让村民有些惊讶，不就是去县里上访一趟吗？还用得着这样兴师动众的了？别的村都去省里、去北京上访，也没这大动静。这是咋啦？包村干部来到户里，一坐就是半天，净是拉家长里短，不但没有架子，也看不出有什么企图。其实，这正是乡镇干部惯用的办法，通过不厌其烦地面对面谈心，打消了群众的抵触情绪，也就慢慢地聊开了知心话。不到一天的时间，包村干部对一些上访户、重点户，进进出出走了个遍，反馈回来的信息非常重要：大部分群众都是被捕风捉影的谣言所迷惑，陈柱子收钱的事是些娘们咬耳朵听来的。

情况汇总上来后，赵云瑞、鲁祥生他们又进一步对村里的形势做了全面分析和评估，认为大规模的上访是不可能的，但不排除个别怀有不可告人目的的人仍在背后煽风点火。赵云瑞当即决定留下部分精兵强将，一是继续做好面上的群众工作，二是对个别人盯紧看牢，最大限度地不让他们走出去。

应当说，县调查组进村调查，是平息韩岭村群众上访的主要因素，包村干部面对面促膝交谈是化解他们心中矛盾的一剂良药。一触即发的上访就这样被慢慢地压下了。让人始料不及的是，这次上访的组织者"坐地炮"，乡上还没打算正面接触他的时候，他竟头上缠着绷带、脸肿得像在水里泡了好几天的紫茄子似的，一瘸一拐地来到乡上，哭丧着脸承认上访是自己组织的，是自己给陈柱子瞎编乱造的，恳求乡上原谅他的过错，表示以后再也不做这样的事了。

咦！桑树打一棍，柳树去了皮。这正要沉到村里做好安抚工作，"坐地炮"竟哭啼啼地承认错误来了。这是怎么回事？

事情还得退回到前一天晚上。

山里的夜晚来得快，六七点钟就慢慢被夜幕笼罩住了。神情沮丧的"坐地炮"有些坐立不安。

调查组来了，包村干部东家进西户出也来了。一打听，是在做群众工作。

调查组的调查结果到底怎样，陈柱子到底收了人家多少钱，他自己心里也没个底。照常理，哪有不吃腥的猫？可这阵子啥信也够不上！"疤瘌眼""光头"凝聚起来的那点劲头正在一点点消退。不行！不能这样被动地死挨，主动出击才有可能反败为胜。想到这里，他借着零星光束又悄悄地钻到"光头"家里。

"有消息没有？是不是不太乐观？"一进屋，"坐地炮"没顾上寒暄就直奔主题。

"是呀，前几天形势一派大好，这几天怎么没动静了？""光头"把手往贼亮的脑袋上一拍，一脸焦虑。

"你再去'疤瘌眼'家看看，他舅子不是在乡上工作吗？让他打听打听，千万别被动了呀。"

"行，我去趟就回来！"

"快去，别磨叽！哎！弄点准信回来呀！""坐地炮"瞅着他一头扎进黑影里。

远处偶尔传来一两声狗叫，"坐地炮"深一脚浅一脚地往家走，看上去像是得到了什么不好的消息，情绪消沉低落。

走到家门口，隐隐约约看到角落里有个黑影在晃动。

"谁？"他问。

"谁？"看没有回答，"坐地炮"提高了声音又问。

"谁？""坐地炮"的声音有些急促。

陈柱子站在他对面，一动不动。

他慢慢挪步一看究竟。

"陈……陈书记？回来啦？""坐地炮"声音有些颤抖。

陈柱子还是一言不发。

"陈……陈书记，怎么在这里站着？屋里坐坐！"

"啪！"陈柱子熊掌般的右手忽地从黑暗中闪出来，没待他反应过来，腮帮子上"啪"地结结实实挨了一下。

"哎哟！你怎么打人？""坐地炮"用手捂着火辣辣的腮帮子颤巍巍地说。

"啪！"陈柱子借着"坐地炮"往右边倾斜的劲儿，从黑暗中又闪出左手迎上去。

"你干什么？为什么打人？"漆黑一团的深夜，他看不清陈柱子的表情，再加上没有任何思想准备，疼得"哎哟哎哟"大声嚷嚷。

陈柱子没等他再嚷，顺势一提溜，一个扫蹚腿，"坐地炮"一个趔趄趴到地上。陈柱子向前一个跨步，趁势骑到他的身上，大巴掌一攥，力大无比的拳头噼里啪啦往他脸上砸去。"坐地炮"索性抱着个头，死猪不怕开水烫地任凭陈柱子的拳头往身上抡。当陈柱子也觉得气出得差不多了时，"坐地炮"抱着个脑袋，嘴里嘟囔着"村干部打人了……"

"为了打你，这村干部我不当了！"

"党员打人！"

"为了打你，党员我也不要了。你还有什么可说的？"

"咱无冤无仇的，你怎么这么狠地往死里打？"

"你比我心里明白！"

"你先别打了，说清楚了再打，行不行？"

"不行！打够了再说！""啪！"陈柱子又是一耳刮子，把在外头憋了好几天的气狠狠地撒了出来。

"哎呀！出人命了呀！是不是为上访的事？"

"你比我明白！"陈柱子依然不依不饶。

"都是'光头'和'疤瘌眼'出的点子，是他们牵头搞的，是真事！"

"我不认识他们，就认识你，今天打的就是你！"

"真的是他们挑的头，不关我的事！""坐地炮"又想提高嗓门。

陈柱子又从地上抓起一块也不知道是牛粪还是狗屎的黏东西，一下子抹进他的嘴里，"到底是谁领的头？"

"坐地炮"一阵"呕呕"的呕吐之后，告饶说："陈书记，是我，是我，我认了，叫你爹还不行？再打可真出人命了！"说完又呕吐了一阵。

"为啥这么做？我哪里对不住你？"陈柱子也喘了口气，不解地问。

"你让我歇会儿，我跑不了，也不嚷嚷了。说完了，你愿咋打就咋打，打死我也不还手，打不死算你还有个好兄弟，行不行？"

陈柱子刨根问底地问："凭什么说我收了人家三万块钱？"

"坐地炮"一脸苦相："寻思着来投资做生意的，手里那么多钱，来这里后，又是大事小事让你帮忙，能不给你点儿好处吗？再说谁跟钱过不去？哎哟！这不是九九八十二算错账了嘛！想借这事闹下子让你下来，俺也想当几年村干部过过瘾。掌柜的，俺一时糊涂。错了，真错了，不该忘恩负义呀！"

"到底是谁挑的头？说！"陈柱子仍声色俱厉。

"是我，到这份儿上也没必要掩盖啥了，真是我。掌柜的，你愿意咋地就咋地吧，怪我脑子进水惹着你了。"

陈柱子气不打一处来，瞪着愤恨的目光说："真没想到，你个喂不熟的狗，还能干出这事来！"

"掌柜的，你怎么打我也不还手，你怎么骂我我也不还口。刚才，你打我打对了，把我也打醒了，不该趁你不在家的时候反你，唉！开春修路你还帮着俺揽活挣钱，不但不报恩还想熊你，哎呀呀，真不如死了算了……"带着哭腔的"坐地炮"斜趴在地上，软绵绵的身子，就跟个落水狗似的没了半点精神。

"说，你打算怎么办？"

"掌柜的，你说咋办就咋办，我认了！"

"好，明天一早，你就去乡上，把怎么听说的事，你怎么组织上访的，一五一十说清楚，听到了吗？"陈柱子正颜厉色训斥他。

"听到了，我去，我去。这不天快亮了嘛，先去擦把脸上的血，天一亮就去乡上！""坐地炮"缩在那里，像蚊子嗡嗡作响，一点儿也不敢大声。

"怎么说我不管，说好了什么事也没有，说不好明天晚上咱再在这里会会！"陈柱子不依不饶。

"一早我就去乡上，找领导承认错误，所有的事情都是我编的，给你清洗不白之冤！"

"打你这事……"陈柱子引导他如何解释。

"你没打，你没打，坚决没打，脸上是咱兄弟俩闹着玩伤的。掌柜的，只要你不说，我是不会讲出去的，讲出去不是把脸更丢尽了吗？"

"干部打人，党员打人这事……"

"刚才不是说了吗，你没打，顶多就是教育教育。打是亲，骂是爱，不打不骂更可恨。就当是爹打儿子，犯不着什么。再说，不都是为了我好？""坐地炮"倒有些急了。

陈柱子理也不理地提起随身带的包转身走了。"坐地炮"瞪着双一动不动的蚂蚱眼、耷拉脑袋看着走向夜色的陈柱子。

村里的老人常挂在嘴上的"活着的时候你争我夺，死了后什么你的我的"的话又在他耳边萦绕。唉！别看些老人整天絮叨得烦心，可说出来的话却耐人寻味，细琢磨一下不是这样吗？

会打的揍一顿，不会打的撸一棍。"坐地炮"平白无故地让陈柱子揍了顿，真是有苦说不出，只能自认倒霉。

怨谁呢？唉！不怨天，不怨地，就怨自己。前几天找人算了一卦，看这次能不能上位，卦上说自己有个坎，难道就指的这事？当时烧的那炷香也不是看好……唉！

这阵子信访又有上升趋势。温柴道知道信访这事早晚是自己的，就早早地来到办公室。

刚进屋，还没静下神来地就进来一对中年男女，看样子像两口子。两人并排着走进屋来，有些紧张的双眼似打量又不像打量，吞吞吐吐地想说又不说，让温柴道有些丈二和尚摸不着头脑。

"哪村的？干啥来了？"温柴道也是"看人下菜碟儿"，两人脸面上并没有凶巴巴的恶意，温和了许多。

"俺是栾山村的，来找个姓温的主任。"男的说。

老温不觉一惊，哦？哪里又出事了，怎么指名道姓地找上门来了呢？管他呢！谁来谁有，公事公办呗！"我就姓温，有什么事吗？"

两人一听，先是有些诧异，尔后"扑腾"一下跪下了。"温主任，您是俺的恩人，俺是来谢谢您的！"两人边说边合起双手连连作揖、磕头。

"李秘书，快过来帮下忙！"平时，温柴道接触的对象大都是些"二郎神""滚刀肉"一类的，这猛地进来了个磕头的，他一下子慌了神。说实在的，长年跟些陌生人打交道，啥稀奇古怪的事也遇到过。因为不摸实情，怕出意外，他赶忙让李秘书帮忙，把他俩从地上搀起来，扶到椅子上坐稳。

"别这样，别这样，有话好说！"

两人的眼里、脸上尽是惭愧、羞耻的泪水。稍微平静下后，男的沙哑着从喉咙里断断续续地把意思挤了出来，"温……主任，俺是来还……还钱的，春天您送给俺爹的五百块钱，救了他的命，也教育了俺。在养老这事上，俺错了，真的是错了。通过妇联和派出所帮……帮助俺、教育俺，这回俺真……真的知道错了！"男的颤抖着双肩伤心地抽泣了一会儿后又自责起来，"连自己的爹娘都……都不养，还算是个人？这回是真想明白了，彻底想明白了，以后不管受多大罪，也不能扔下自己的爹娘不管了……俺爹说了，是您从兜里拿出了五百块钱给的。前几天刚卖了头猪，俺爹就一直催俺快来，俺两口子就……"

温柴道一下子明白过来了什么事，笑了笑，说，"老伙计，五百块钱不是事，谁给的更不是事，关键是要明白赡养父母的责任和义务，连自己的爹娘都不养不认的人，还怎么做人？"

"是是，这回俺是真明白了，以后一定好好孝顺老人！"

"老人家搬回家了没有？一大把子年纪了，怎么能撵到地里去住棚窝子呢？"温柴道变起脸来狠狠地瞪了女的一眼。

"搬回来了，搬回来了。乡妇联帮着安顿好的，也帮着把老屋收拾了。还三天两头来问问，俺真谢谢乡上、谢谢您了！"

温柴道的脸上有了笑模样，"这就对了，这才是有良心的人。这点应该给予表扬……"

"温主任，俺爹还叫俺带了篮子自家养的鸡蛋，还有这钱……"

温柴道摆摆手，说："老伙计，钱是给大叔的，坚决不能要，是自己养的鸡下的蛋，那就留下几个，剩下的也都拿回去！如果真要感谢的话，那就回去多孝敬老人，比做什么都强……"

温柴道看着他们走远的背影，不无感慨地想，乡里搞的普法宣传和"抓典型"活动确实起到了效果。

温柴道刚刚把他俩送出大院。"坐地炮"一瘸一拐地来到乡委大院，李秘书又忙不迭地迎上。一看脸上、身上青一块紫一块的，不觉大吃一惊："哎哟，不是韩岭村的韩平吗？你这是咋啦？"

"唉……喝醉了磕的！"

"没去医院看看？"

"昨晚上的事，哪里也没去，到卫生所包扎了一下就来了！"

"伤筋动骨的，该去医院！哎？是来问调查结果吧！"

"什么调查结果，陈柱子收人家三万块钱的事是我瞎猜乱编的，去县里上访也是我组织的。我是来承认错误，请求领导原谅的，保证不再上访了。"

这时，鲁祥生叫上温柴道也来到办公室。

"真的假的？真是你组织的？"鲁祥生好生纳闷。

"真是我，我承认错了，以后也坚决不去上访了。请乡上原谅一介草民的一时糊涂！"他边说边作揖，让人哭笑不得。

鲁祥生猛地明白过来，昨晚陈柱子肯定跟他短兵相接了，并且"教育"得还不轻，要不态度能这么老实？脸上的伤也肯定是陈柱子所为。嘻！这个脾气火爆的伙计，再三嘱咐他回来后一定要头脑冷静，千万别动手动脚。看来，他真是气疯了，这不还没过夜就动手了。

站在一旁的刘秋珊瞪着双水汪汪的眼睛，不知道这葫芦里装的什么药。忽然，她想起他们曾说过的"好话说一箩筐，不如给一耳光"的事，是不是就是这个意思？这不闹了七八天的上访，几巴掌竟解决了……

三十九

又是"一事一议"，又是征收车船使用税，又是计划生育"拉网行动"。一个接着一个，高潮迭起。不知不觉，时间滑到了深秋初冬。

罗县长办公室。

"罗县长，跟你报告个好消息，前阵子不是来了个勘探石油的吗！他们来消息了，在咱栾山湖一带地下确实有石油。他们说很快就会过来对接。罗县长，这油井一打，可不是小买卖，税源是跑不了了。这事可不能把税源划拉县里去，乡镇的项目就得乡镇收。"赵云瑞一进屋，不管罗县长心情如何，先开心地汇报上了。

"事是好事，但一定要办好。你看看，又一封告你们的信。"罗县长拿出一封信来让赵云瑞看。

"云瑞呀，信访局转过来的这封信，是反映你乡工业园区违法占地的事。事情的来龙去脉，县里也都清楚。从主观上来说，也都是为了工作。再说，从县里到乡镇也都是这样搞的，并没什么不妥。国土部门也都睁只眼闭只眼地假装不知就算了。但是，有人告你们违法占地，就不能不过问了。这事挺大，一旦处理不好，说不定还会引发连锁反应，给县里添堵。"

赵云瑞一进屋时的兴奋劲，被罗县长手里拿的一封人民来信一下子给浇得低头耷拉角，"罗县长，这事……"

"我想这样，信访局转来的这封信就先压在我这里，拖一拖再说。给你段时间，想法找到写信的人把事情摆平。至于怎么摆平，我想你该知道怎么办？如果继续有人民来信告你们的话，我可就保不住了。后果嘛，你是知道的。有些工作就像玩游戏一样，说大很大，说小也很小，这就看你如何去操作了。其他乡镇建的工业园区面积也不小，严格来说，也是些违法用地，却没出现上访。这事的戏眼在哪里，你回去跟老耿多琢磨琢磨，办法有了，事情也就能解决了，你说是不是？"

平屯村附近的工业园，是以"以租代征"的形式从老百姓手里弄来的。从此，反映工业园区占地的信访接连不断，处理起来颇费周折。从上边转下来的信件都压在罗县长那里，没再往下追。罗县长知道乡镇干部工作不易，力所能及地保护他们，也算是对乡镇干部的厚爱。不过，上访户继续往上写信捅，哪位领导也不敢保你时，那才叫一个难受。

当下，在改革的大潮中，"摸着石头过河""允许在改革中失误，但不允许不改革""不换思想就换人""胆子再大一点，步子再快一点"等口号越喊越响，迫使你不得不在这迅猛发展的浪潮中超常规、跳跃式发展。这期间，一些新思维、新模式犹如雨后春笋般地冒了出来，各地都在努力学习，争先效仿。埠岭乡工业园就是在这种大的形势下应运而生的。因为县里要求这么搞，其他乡镇也都这么做，埠岭乡自然也就不甘落后，如火如荼地干开了。

363

他们以乡经委的名义，从村、农户手里将他们的口粮田以每年每亩三百元的价格租了过来，然后再以零地价的形式送给前来投资办企业的投资商。这些投了几百万、上千万的企业家唯恐政策有变，在来投资建厂之前，就提出了必须办理土地过户手续的条件。以招商引资的名义，用极低的价格把老百姓的口粮田悄悄地办到了自己名下，从法律上确认了土地的所有权。

工业园区占用了一千多亩土地，将近一半是基本农田，上级三令五申不允许以任何理由侵占，他们八仙过海，各显其能，编着理由、变着花样，睁只眼闭只眼地把园区建起来了。

从远处一看，一座现代化的工业园区掩映在葱郁的绿荫之中，蔚为壮观，但个中的苦楚只有乡镇知道。一边是零地价转让给企业使用，一边是每年干巴巴地掏出七八十万付给老百姓。租人家的地，按时付承包费那是天经地义没有什么好解释的。甭说有什么想法，就是到了年底想拖几天他们也不会干的，牵扯到四五个村、几百户、上千口子人，谁也惹不得……

又拍脑袋又跺脚建起来的工业园注定了是乡镇占用农田的软肋。上级知道基层的难处，又要发展，又不能占用土地，岂不是自相矛盾？只要没有上访的，上级睁只眼闭只眼过去了。如果有人反对，只要能捂住盖住也就算了，但就是有人硬往上戳这事，把违法占地的详细情况一股脑地捅上去，那只有咎由自取认栽了。

俗话说，只要思想不滑坡，办法总比困难多。在吃不准的时候，为什么不深入村里找人聊聊、摸摸情况呢？平屯村占地较多，曾有过不稳定苗头，何不先来这里摸摸底再说呢？

事不迟疑。赵云瑞径直来到了平屯村。

"老程，又在下棋？"

"哎哟，赵乡长也没打个招呼就来了？稀客稀客。"

"老程，忙完了歇歇倒没什么，不过要把精力放到工作上来呀。"

"最近村里有什么动向？群众有什么反映？"赵云瑞一脸严肃。

"没有呀，一切正常。咱平屯村是一类先进村，能有什么反映？"

"比如说，老百姓有什么想法、有什么举动？再说细一些，他们对工业园区的土地有什么看法？"赵云瑞提醒他。

"您是说占地户写信的事？"程老大一惊。

赵云瑞用冷峻的目光望着他，"你怎么知道的？"

"他们背后唠叨过。你这突然一问，我觉得事出有因。有人捣鼓事吗？"他眉毛一挑，又一惊。

"就是工业园区占地的事，也不知是哪个村、哪些人写的上访信，告咱违规占地建工业园区！"赵云瑞仿佛自言自语。

"他们唠叨过俺村有人写过信，不知真假。"程老大往前凑了凑说。

"怎么见得呢？"赵云瑞抬头紧盯着程老大问。

"您想想，打油村上访，肯定是因为村里吃饭打白条的事；栾山村上访，肯定范寿亭这家伙胡捣鼓、不务正业的事；移民村陈川这小子鬼心眼，铺摆得挺平稳，不可能有上访的。这不就轮着俺了，工业园区占俺村的地最多，当时有几户是强行租过来的，再加上这阵子背后有人叽叽喳喳，恐怕就奔这事来的。"

"分析得有道理。"赵云瑞点点头。

"赵乡长，你宽我几天，查查是哪个王八羔子狗挠猫抓地闲得痒痒了！"

"骂人能解决了问题，你就使劲骂。解决不了问题就分析分析，园区运转好好的，怎么突然会有人写上访信呢？你没考虑什么原因？"

"是不是占地不给钱？还是污染了地的事？前阵子议论的不少，不过可没形成气候，也就懒得理这事，没想到捅到乡上了！"

"捅到乡上了？难怪你这阵子木头橛子一根，啥也不知道，都捅到省了，你还有心在这里'马别车'？"赵云瑞有些埋怨。

"捅到省里了？不大可能吧！"处在亢奋状态的程老大脸上没了平时那

眉飞色舞的表情，一脸尴尬。

"议论什么？"赵云瑞紧盯程老大，想从他嘴里掏点真相。

"可能有几个企业惹着他们了！"程老大如梦方醒地分析说。

"生产好好的，怎么惹着他们了？"赵云瑞有些不理解。

"噢！想起来了，您记得有几个外资企业想办土地证的事吧？这几个企业依仗财大气粗，也不跟这几家租地户打招呼，连我也背着，想把租赁的土地办到自己名下。这不惹着人家了。关系不处理好，人家还不搅事？谁摊上谁搅！"

"是为这事？"赵云瑞双眉立时紧锁起来，流露出了敏感的表情。

"如果是俺村的信，肯定就这事，自己的孩子谁还不知道小名。赵乡长，企业把征地手续办完了我才知道，这事怪……我。"程老大难得有这么好的态度。

"别紧张，不是来怨你。你帮着分析一下，他们的目的是什么？是想违约把地要回来，还是想要咋的？"

"要是有人民来信，我猜就是他们搞的鬼。至于为什么写信、心里怎么想的，我还摸不着底。不过找人串几个门子就能抠个八九不离十！"程老大看没有埋怨他的意思，又有了些信心和底气。

365

"他们就是反映违规占用农田，要求把地退回来。不过，肯定有明白人在背后指使！"

"一亩地白捡三四百块钱，还能腾出劳力，出去打工又挣一份，他要回来干啥？再说，当时租地协议签得也明明白白的，凭什么又违约要地？一堆混账玩意儿！"程老大气冲冲地摆出理由。

"对呀，他们有这么些好处，又为什么上访呢？"

"我真有些糊涂，不知道这几个家伙咋想的！"程老大气得狠狠地抡了几下胳膊，来回跺着脚，好像一肚子武艺施展不开。

"你刚才的分析也有道理，先别说占用农田建工业园这事，人家的口粮田让咱卖给企业了，咱做得显然不对，一告麻烦就来了。得摸摸这里面有什么猫腻，他们到底想咋样！"赵云瑞冷静地对程老大说。

"哼，就是些老百姓，也没什么猫腻，不过就是想多捞几个钱罢了。开春调地时，对他们求爷爷告奶奶地够可以的了！"

"这急三火四的时辰你也少来些牢骚，快说说怎么个捞钱法？"赵云瑞不明就里，心急火燎地催他快讲。

程老大又仿佛变得城府深起来，他不急不慢一脸满不在乎的样子，把赵云瑞急得不行。

"赵乡长，您也用不着着急，既然到这一步了，急也急不得。您想想，人家自个儿的地让土管所偷着把手续办给企业了，这事摊上谁不着急！我觉得写信反映情况还算文明，情绪一激动跑省里去上访，咱不也得挨着？"

"一封接一封的写信告乡政府，难道就是因为办土地证的事？"

"八九不离十呀，赵乡长，如果企业把土地证真的办下来了。你说这地到底是谁的？不就是企业的了？这土地租赁合同还有什么用？不就废纸一张了？是你的话，能接受这个现实？"

赵云瑞细细地揣摩着这事的后果，脊椎骨一阵阵发麻，有种被冷风吹得贼凉贼凉的感觉。

"企业挣钱了还好说，能按时付给承包费，如果效益不好没挣到钱呢？或者不愿意掏这个承包费了呢？打官司也赢不了呀！这些让咱逼着把口粮田租出去的老百姓不就冤死了？我琢磨，这是他们不甘心的缘由吧！唉！谁摊上这事恐怕都会不冷静！赵乡长，这不是危言耸听，是迫不得已！"程老大对土管所一肚子意见。

赵云瑞眉头皱得更紧了，在屋里来回踱着步子。民以食为天。当你要夺去他的饭碗的时候，他能袖手旁观任人摆布吗？往上反映情况争取自己的权利也许是最简单的抗争方式，如果不给个说法，说不定会引起群体上访的事……

唉！公说公有理，婆说婆有理。为了把这些企业留住、做大，当地政府都尽可能地满足这些企业提出的要求，把土地办到企业名下。这样必然会产生矛盾。好在埠岭乡虽然开始统计填报了，但才刚刚开始，还没上报到县里。不过，他记得好像有一个企业的地块上报县里了，批没批下来，他不知道。如果这块企业用地手续批下来的话，后果可想而知。想到这里，赵云瑞的脸上冒出一层细密的汗珠。

他顺手摸出电话。"喂？大生吗，前些日子，工业园区申请办土地证的是哪个企业？"

"您是问把租赁土地办到企业名下的那个企业？"郭大生明白赵云瑞想问的内容，不假思索地回答。

"对，对！办了没有？"

"办了，做了很多工作，基本办好了！"郭大生浑然不知这边心急火燎，语气里还带有一丝炫耀。

赵云瑞脑子"嗡"的一声，两眼发黑有些晕眩，脸上铁青铁青的，没了血色。

"赵乡长，怎么了？这块地是不是……"程老大看赵云瑞稍微平静了下后，才小声地问。

赵云瑞睁开眼，有气无力地说："有一块地县里已经批了，是不是就是这个户写的上访信？"

"可能是吧。赵乡长，这样的事咱也是大姑娘上轿头一回碰上，心里也没个底，怎么办才好呢？"

沉默，再沉默，屋里沉默得喘口气都能听见。赵云瑞越是沉默着不说话，程老大越是憋得难受，咕哝着腮帮子喘粗气，不时用眼瞟一下西斜的太阳。

又是沉默，再沉默。程老大也没了往日的威风，在一旁如坐针毡，双腿挪来挪去的不知怎么放才好。

沉默不等于没有思维。赵云瑞知道这事的严重性。他让脑子冷静下来，反复思考这事如何处理。一旦决策失误，极有可能身败名裂。他猛地转过身，斩钉截铁地对着程老大说："调地，马上给这个户调地。园区租了他几亩就调给他几亩，把最好的地块调给他。宁愿多给他几分地，也得把这事压下！老程，这也是唯一的办法了！"

"调地？好好！明白！马上调！"程老大看着威严的赵云瑞，嘴里答应着，可从心里头有些不情愿。

"村里有多余的地吗？哦！不管有没有，现在必须想法把这户的土地一分不少地给调出来。老程，成败在此一举。这事既牵扯到土地政策，又牵扯到农村稳定，都是中央关注的事情，是个敏感棘手的问题。只有想办法把地调给他，让他满意了，这事才能摆平。否则，咱俩就麻烦大了！"

程老大沮丧地点点头，心里觉着不至于大惊小怪吧。

在这节骨眼上，多讲一句也是多余。老百姓反映的问题是地方政府的一块心病。类似问题虽然各地都有，但都没暴露出来。大家也就你好我好地睁只眼闭只眼。可一旦问题暴露出来，再捅到了上面，就会吃不了兜着走。到了那时，恐怕就是失职渎职、违法违纪的问题了。事不宜迟，早解决、早主动。只要帮上访户把地调出来了，问题也就迎刃而解了。想到这里，他心里稍微宽松了些。

赵云瑞急匆匆回到乡上，让郭大生搬着准备上报办土地手续的全部材料过来。他逐份材料边看边问，当确认没有遗漏的材料后，将这一大沓材料放旁边一个书柜里。"大生，情况有点儿复杂，与稳定有些关系。我先替你保存一段时间，什么时候需要办就退给你。从现在开始对外就不要多讲了，目的只有一个，把材料一封，扎住办证这个口子，防止事态扩大。退一步讲，就是有人反映，也找不到原始材料，明白吗？"

郭大生不知道上访的事，不明就里地点了点头。

赵云瑞透过书柜，看到堆在里面的一大摞办土地的手续材料，觉得就像是传说中的妖怪，正张着血盆大口迎面扑来……他越想越后怕，直觉告诉他，好像要发生点什么事。想到这里，他不放心地又摸起了电话。

"老程，找到上访户了吗？有进展没有？"

"您不是刚离开嘛，赵乡长，我正跟会计扒拉地亩册子。牵扯到全村的地，我也得仔细看看怎么调才好，怎么，您不放心咋的？"

"嗐！让你猜着了，我就是有些不放心，一定认真办好这事。我觉得事情并不是咱俩想的这么简单！"

刚才跟会计还有几个组长合计了一下，调地可以，但把块腰窝肉地调给他，怕引起连锁反应。这几年，老少爷们都在瞅着这块靠着湾塘又紧靠公路的地。村里一直压着没调，这次把地给他，真怕烧香引出鬼来。正犹豫着怎么办呢，还没喘口气的，您这不又来了电话！"

"老程，在埠岭乡你也算是有影响的人物了，关键时候要瞪起眼来。只要把地给他调出来，堵住他的嘴了，上访的事也许就能挡过去。不怕一万，就怕万一。老程，千万别犹豫了，把调地方案拿出来后立马行动，不要前怕狼后怕虎的，先把这事压住再说！"

程老大点了根烟，说："赵乡长，知道这事急，但也不至于枪顶后背这么急，难道单单让咱碰上熊事？我真不信这个邪！"

"老程，你想过这事没有，他们往上写的信，说不准现在就在有关部门手里了，随时都可能下来查。土地问题，环保问题，不同于其他，中央盯得紧呢！一旦有事，什么都晚了！还是把事情考虑在前边为好。先别管什么土地延包三十年，也别管他人怎么议论，特事特办，一定把地调出来置换给他。只要有地了，他也就没有理由上访了；就是上边追下来，至少说咱也没侵害群众利益。"

赵云瑞刚放下电话，李秘书进来汇报说，县里来了个电话通知，说最近几天省纪委和国土厅来埠岭乡调研土地利用规划，让咱准备好汇报材料。

赵云瑞一听，眼前一黑，脑袋"嗡"的一声像是开裂了一样。半夜五更敲门，怕啥来啥。他紧锁本就不舒展的双眉，使劲揉了揉太阳穴，慢慢地清醒过来。说是来调研什么土地利用规划，外人不知道咱还不知道？不是冲着举报信来的才怪呢！

人除去听觉、视觉、嗅觉、触觉、味觉这五觉，其实还有心觉。也就医学上所说的直觉或"第六感"。由于科学技术的原因，目前人们停留在对"五觉"的认识上。然而，赵云瑞却真真切切地感受到了"第六感"的存在。从早上到下午，一整天都隐隐约约地感觉要有什么事情发生，难道就是指的这事？说曹操，曹操到。怕上级下来查，上级就真的来了，而且来者不善。怎么办？怎么办？

"同志们，刚才接到县里的电话，这一两天省纪委和省国土厅要来咱乡调研土地利用规划。真是怕啥来啥呀！他们早不来晚不来，单单在这个时候来，这不明显地冲着那封上访信、冲着咱项目区的地来的？唉！该来的早晚得来。是福不是祸，是祸躲不过。已经这样了，就按刚才我跟程书记定的方案把地调出来给这个上访户，千方百计堵住他的嘴。鲁祥生负责和伙计们一起靠在这里调地。老程，你告诉班子成员，我今天也在这里办公，调不出地来不回去！"赵云瑞赶紧从乡里返回平屯村，并立马召开了动员会，现场督导调地。

"鲁祥生，你和老程负责一起与上访户谈话，然后把地调出来。如果跟咱的想法没啥出入，就代表政府、代表村委跟他签个书面协议。天黑前哪怕半夜三更也必须落实到位！"

从大山深处旋来的阵阵秋风，紧一阵慢一阵地从窗户外灌进来；沉沉的夜幕中，偶尔传来几声乌鸦凄凉的鸣叫，把个沮丧、懊悔的心绪搅得乱糟糟的。

"哎，伙计！找到那个上访户了没有？谈得怎样？有进展没有？"见会计回来拿地亩册子，赵云瑞急忙问道。

会计告诉他，鲁祥生和程老大正在跟上访户谈判。这个上访户得寸进尺，同意换块好地，但忙活上访还有块费用也得帮着给处理了，要不就不答应。

省里就要来埠岭乡调研，孬好自己认栽，如果处理不好给县里抹了黑……嘻！他长长地叹一声，强忍住愤恨、焦灼的情绪。

这时，程老大也回来了。"老程，情况怎么样？"

程老大往破椅子上一蹲，气呼呼地说："嘻，真他娘的！捏着眼皮擦鼻涕——有劲使不上，求到他门上了，他竟拿梗了，净说些八竿子戳不着的事。他这是咋？他这是在变着法儿难为咱！"

"他有具体要求？有什么不好解决的事？"

"给他换块好地，就算他赚便宜烧高香了，村里还得顶着土地延包三十不变的压力和老少爷们儿的反对。他倒好，得寸进尺，还想要钱！"

"还要什么钱？"

"说是上访有些费用，硬生生地要钱。这不是趁火打劫是什么？赵乡长，我看省里来人时把他抓起来算了，人走后再放出来，省得求爷爷告奶奶地，拜倒在他门下。"

"别说气话啦，要多少钱？"赵云瑞盯着问。

"三四千吧。别说没有这些钱，就是有，这三更半夜上哪里取去？赵乡长……村里的日子你是知道的，狗嘴里抢肉，难办呀！"

"还有什么？就这个问题吗？"

"也就这个问题吧！"程老大转过脸看看鲁祥生。

"这些费用加一块得多少钱？他要多少？"

"估计不会超过四千块钱！"

"如果把钱给他，他能同意彻底了断，不再写信了？"

"能！一个大男人，说出来的话还能再咽回去？要是再不行，我就豁上不干了，也得揍他个狗娘养的。赵乡长，我敢说敢做，不信就试试。别看活着出来，可没打算活着回去！"

赵云瑞没接他的气话，"这样，你们立马回去，跟他当场拍板，调地加上四千块钱全部了断。但必须签个同意的协议，答应省领导来调查时，按协议内容汇报，不要走了样。你看这样行不行？"

"行是行，可这钱……"程老大脸憋屈得紫红，吞吞吐吐地问。

"你们负责办好签个同意的合同就行，这四千块钱我来安排。目的只有一个，确保不再往上戳事了。这点能做到吗？天不早了，快去吧。"

"赵乡长，平时咱也不是孬种，甭说是村里，就是在乡上，大小事也都给些面子让着咱点，可真没想在自己家里栽了。丢人，丢人哪！这回您瞧好吧，我就让他这一次，再耍混，看我不扭断他脖子，让他三碗稀饭换个馍，吃多少吐多少，再剐上些老肉！"来了精神头的程老大一头又扎入贼黑的夜幕里。

在农村当干部，好比是清水锅里煮鳖，看着挺好，就是没油水。赵云瑞望着匆匆消失在黑暗中的程老大，怜悯之心油然而生，心想，也真难为这些村干部了，钱挣不了多少，埋怨、责骂却背了一大堆。话说回来，也别怪那些老百姓，当他们确实吃不好、穿不好的时候，他不跟你鼓捣，又跟谁鼓捣呢？几千块钱在一些有钱人眼里可能不算啥，可在他们眼里也许就是一年的开销，孩子上学就能拿出来，头疼脑热的就可以用它取回药来。事情就是这样，没有深奥的理论，只有真切的现实。

山沟里的夜，幽深静谧。当劳作了一天的人们还在酣睡的时候，不知谁家的公鸡一声长鸣，把平屯村提早唤醒了。

调地带补偿，忙碌了一天一夜，不管咋样，总算是把事办好了。大伙也长长地舒了一口气……

四十

果不其然，省纪委和国土厅的领导如期而至，径直来到边建设边开工的埠岭乡工业园区。

来到园区后，他们不顾一路疲惫，先是观察了一阵子，然后围着园区、厂房转了一圈。在与耕地接壤的地方，又是看地图，又是拍照片，又是对照实物。尔后，又两人一组，在县土管部门的陪同下，分头到附近几个村去转了转，走访了部分群众。其中，省纪委和国土厅的主要领导有目标地来到平屯村的一户人家那里，在屋里待了足足一个多小时，跟户主谈了些啥不得而知。

在这期间，罗县长、耿春义和赵云瑞跟省纪委和国土厅领导汇报了整个事情的来龙去脉，承认了占用基本农田的事。对上访户反映的问题，也如实地做了汇报。当被问到占用基本农田后，面积减少怎么解决的时候，赵云瑞急中生智，把拓宽县埠路挖土新整出一千多亩山地的事挪了进来。虽然工业园占了五六百亩基本农田，可他们在拓宽县埠路时还开发出一片山地。就是说土地性质有所变化，总面积不但没减少，还有所增加。刘厅长示意停住，转身询问县土管部门负责同志确认此事属实后，便点了点头。

他们边走边谈，边看边问，从工业园到附近几个村，又从村里到群众家里，找了好些人谈话，生怕遗漏了什么。跟村里的老百姓聊得非常仔细，对一些敏感问题反反复复地核对了好几遍。当他们返回乡里准备开会时，省里的领导基本弄清楚了事情的来龙去脉。

一个小小的乡镇，被省里盯上了，又是关乎非常敏感的"红线"问题，纵有天大的本事，那也不是鱼缸里抓鱼，手到擒来？

耿春义跟赵云瑞交换了下认栽的眼神，僵硬的脸上没有半点血色。事情既然已经发生了，而且都亲临现场了，啥都不用解释，听凭发落就是了。

调查完后，他们又一块来到乡会议室，召开省、县、乡专题工作会议，全面听取埠岭乡土地利用情况的汇报。

省纪委田书记首先讲话："同志们，今天在埠岭乡召开的这个会议，是根据省委领导的批示召开的。会议内容就是这里有群众给省领导写信，反映自己的土地被逼着转让给企业的问题。这个问题如果属实，那性质是非常严重的，不仅仅是违规违纪的问题，而是一种违法犯罪行为。一些基层组织、基层干部视法律为儿戏，将老百姓的切身利益放在一边，与中央精神背道而驰，这是不能容忍的。"他扫视了一下坐在对面的耿春义和赵云瑞，又说，"经过调查和走访，我们发现所反映的问题基本属实。我认为，这封信反映的情况也比较及时。这种现象，各地都不同程度地存在。这给我们提了个醒。随着经济的发展，类似的问题恐怕还会越来越多。现在不把问题理清刹住，下一步处理起来就会更棘手。同志们，这个案例给我们敲响了警钟啊。发展经济固然是当前的主旋律，但不管怎么发展，都不能置法律于不顾，头脑发热、一时冲动，做出违法乱纪的事情来。这就需要我们各级各部门一定要引起足够的重视！"田书记态度鲜明，一语中的，边说边用目光征求国土厅刘厅长的意见。

"我想问几个问题，哪位是土管所长？"刘厅长挪了挪身子问。

郭大生颤巍巍地站起来，从干涩的嗓子里干巴巴地挤出个连他自己都听不清楚的"我"字。

"好，你坐下。我问你，把老百姓的口粮田租赁给企业，这事你知道吗？"

"知道。"

"谁办的？"

"我办的！"郭大生吓得声音更小了。

"把老百姓的口粮田转到企业名下的工业用地，你知道吗？"

"知道。"

"是谁办的？也是你们土管所办的？"

"是！"郭大生脸上沁出细密的汗珠。

"谁安排你们这样做的？乡政府吗？"

"乡经委安排的！"

"乡经委？为什么是经委？"

"经委管招商，管企业。"

"噢！开会了吗？有会议记录吗？"

"有！"耿春义接过话说。

"乡经委来人了没有？"

"没通知他们参加！"

"是你们安排经委办的？"刘厅长逼问耿春义。

"是。"

"这有会议记录吗？"

"没有！"

"为什么没有？这么大的事，不开会研究就实施？"

"上边千条线，下边一根针，工作没白没黑地压着苴往前赶。因为凑不齐人员开会，一商量，就下手了，确实没有会议记录！"耿春义沉甸甸地解释。

"安排其他工作也这样？也没有会议记录吗？"

"基本上都没有！"

"乡镇都是这样？"

"差不多都这样！"

"哦！难怪总是出问题，一拍脑袋就决定！"

"是！"耿春义也是后怕，唯唯诺诺地答道。

"占用群众的口粮田是谁安排的？"

"我！""我！"耿春义和赵云瑞不约而同地站起来，都说自己安排的。

"哦！怎么回事？都说自己安排的？是什么意思？想主动承担责任吗？坐下说，为什么这样做？"刘厅长仍紧追不舍。

"跟着其他地方学的。他们也都是这么做的，认为是思维超前、思想解放，方法又对头，商量一下就下手了。说实在的，当时就这么个大形势、大环境，不是想学不想学的问题，而是学慢学快的事，学慢了不行，学慢了就得通报批评。那个压力，唉！简直受不了！"赵云瑞辩解。

"你们的胆子可也够大的呀！那块地是基本农田，知道不知道？"刘厅长咬着嘴唇生气地说了句。

"知道。"耿春义和赵云瑞异口同声地回答。

"基本农田不允许当工业用地，知道不知道？"

"知道。"两人又一块回答。

"把老百姓的口粮地硬生生地转给企业，并且还把手续办到企业名下，造成的后果考虑过没有？"

两人面面相觑，没有回答，额角处渗出大颗的汗珠。

"对老百姓讲是租赁土地，对企业承诺是办理过户手续。这是不是就是明修栈道，暗度陈仓？是不是侵害老百姓的利益？"刘厅长严厉地批评。

田书记又接过刘厅长的话，帮他们分析违法占地的危害性，"先不说这土地的手续合不合法。这样下去，群众的生活怎么解决？谁来保障？由此引发出的不稳定，又由谁来收拾？这些事你们想过没有？这件事性质是相当恶劣，后果也是极其严重的。有人会说，不就是从这家挪块地到那家吗？至于这么危言耸听？同志们，现在中央是在一个劲地强调减轻农民的负担，保护好老百姓这个弱势群体。中央下这么大的决心，你们却在下边视群众利益为儿戏，把老百姓的疾苦放一边。我觉得这是认识上的问题、政治上的问题，需要好好学习学习！老罗，县里知道这事吗？你们是怎么想的？"田书记转过头去问罗县长。

"知道，知道，我有责任！当时满脑子里想的是超常规发展，没考虑那么多。扯句到家的话，就是考虑了也得那么干，形势逼人呀！我作为分管工业的县长，负有直接责任。我请求处分。"

"先不要说处分的事，先把这件事的来龙去脉捋捋，把造成的严重后果分析分析。下一步也好通过这个案例，举一反三，堵住违规违纪、违法犯罪的漏洞。这才是我们的目的！"

田书记表情沉重，语调缓慢地说："你们县、乡两级的主要领导都积极承担责任，这很好，起码这个态度值得肯定。不过，这么大个事情怎么会没有会议记录呢？"

"田书记，刘厅长，下边的工作，就像先穿靴子后穿裤，有些不论套。我觉得，有没有会议记录也不重要了。我是乡长，具体工作都是我领着干的，责任就由我来负，我愿接受任何处分！"赵云瑞认真地说道。

"应该是两个问题，一个是利用口粮田建工业园区的问题，一个是把老百姓的口粮田办到了企业名下的问题。虽然是为了工作，出发点是好的，但却触碰了基本农田这根'红线'，侵害了老百姓的利益。是不是这样？"刘厅长问罗县长和耿春义。

两人面无表情地点点头。

"建园区一千亩地，占用口粮田五百多亩，是不是这样？"刘厅长又问。

"是！"赵云瑞低声地答道。

"怎么？修路整出了一千多亩山地来？是真的吗？能种粮食？"刘厅长转身问县土管部门的人。

"地力差些，但能种，如果栽种苹果最好。我们想把这块地纳入土地整理项目。"县土管部门的人回答。

"占地户的土地是什么时候解决的？"刘厅长问

"县里批评了我们后，就给他调了块地！"赵云瑞答。

"是硬调的还是他愿意调的？他同意吗？"刘厅长非常关心占地户的态度。

"把村里最好的一块地调给他了。他非常愿意。"赵云瑞又答。

"那就是说这个户的口粮田给解决了，没有意见喽？"刘厅长刨根问底地问。

"确实是给他调口粮田了，也签了个合同，保证了他该享有的利益！"赵云瑞补充说。

"好好。他们是弱势群体，还是多想着群众为好！"刘厅长满意地点点头。

田书记也点了点头，然后对身旁的工作人员说："呈报给省领导的汇报材料，要把埠岭乡出现的特殊情况尽可能地体现出来。这个案例比较典型，既有它的独特性，又有它的普遍性，面上有一定的指导意义。他们认识到错误后，能够千方百计地加以改正，保证了群众的利益不受损失。这一点还是值得肯定的，是不是，刘厅长？"

"是呀！是呀！不过，既没有文件，也没开会安排，你们怎么就这么大胆地硬干呢？可真是明目张胆在踩'红线'呀！"

"刘厅长，您关心的是土地问题，那环境污染呢？安全生产呢？社会稳定呢？还有计划生育、集资提留呢？还有好多好多的工作，哪一样不是在踩'红线'？哪一样不干好能行？差一点儿也不行！明明知道稍有不慎就会粉身碎骨，可又能怎样！刘厅长，我不是在这儿危言耸听，前些日子就因为集资提留差点闹出人命来！"赵云瑞一反常态，从惊惶沮丧的情绪中恢复过来后，从容不迫，痛陈基层工作的难言之隐。

田书记没讲什么，只是在仔细琢磨刚才赵云瑞讲的，细细分析，也不是没有道理。但这是面上的工作，他也不好说什么，只能体谅和同情基层的处境。

刘厅长站在业务部门的角度，虽然对埠岭乡的违规占地气愤不已，但经过这大半天的了解，气也消了一大半。下边也有下边的难处，也是没有办法才这样做的。而处分站所和村干部，省厅也管不到这个范围，具体处理哪个人都不太妥当。刘厅长想到这儿，便对身边的人员说："回去马上发通知，停止办理一切过户手续。对原先的有关文件，结合新出现的问题，抓紧时间进行修订补充。对类似情况要摸上底子来，出台个切实可行的暂行办法。没有办证的和正申请办证的，要分门别类加以筛选，有重点、分批次办理。当然啦，前提是必须符合条件，必须保证群众的利益不受损失。纪委也好，国土部门也好，都是配合党委抓好中心工作，但并不能因为要抓好中心工作而放弃原则。我们的目的是既要积极服从党委的中心工作，又要防止一切违法犯罪问题的出现。这些事看起来挺矛盾，其实也是相辅相成，及时处理好违纪案件，就是对中心工作最好的支持。"

众人都慢慢地松了口气，用异样的目光望着坐在正面的几位领导，从他们心平气和的态度上，感觉好像不是要处理人。

这时，田书记与刘厅长沟通了几句后，面向大家说："同志们，关于群众写信反映埠岭乡违法占地的事，已经很清楚了。各级政府要求发展经济、招商引资办企业，能无动于衷吗？那不是我们的作风，只有积极按照上级的要求去做，加快步伐才行。埠岭乡的违法占地也是受这种大气候的影响形成的。这是第一点。第二点，他们发现把老百姓的口粮田转到企业名下做得不对以后，能够迅速地改正错误，把老百姓的口粮田给予重新调整，保证了老百姓的利益不受损失，把形成的矛盾化解到了最低限度。这一点也是值得肯定的。我最想说的是第三点，各地类似的情况肯定不少。埠岭乡的这个做法，虽然是违规违法占地，但也有可借鉴之处。总之——"他拉长腔调又停顿了一下，把这些参加会议的人急得瞪着大眼直勾勾盯着，"总之，这件事你们做得很不应该，但又是为了地方经济的发展，并且在调查组来之前把矛盾解决了。否则，事件的性质恐怕就不是这样了，是不是，刘厅长？"刘厅长点点头，对田书记的总结表示认可。

"鉴于了解到的情况和你们的态度，我们会向省领导汇报的。关于对县、乡两级追究责任的问题，我们会有建议。在跟省领导汇报之前，就不在这里说了。至于对下边这些部门、村怎么处理，县里自己决定，是不是，刘厅长？"

"对，就是这样！"刘厅长紧绷绷的脸上露出了温和的笑容。

"关于占用基本农田的事，你们县土管部门也有责任，也得处理。当务之急是尽快拿出个方案来，把基本农田改为一般农田的手续走好。"刘厅长也为基层着想。

听话听声。田书记也好，刘厅长也好，听他们的话音，没了刚来时的那么凶。这让大家暗暗地长舒了口气。

送走了省里来的领导后，罗县长不客气地把耿春义和赵云瑞批评了一顿。同时，又把工业园区淌出来的废水淹地的事提了提，要他俩引起重视。两人从心底下觉得给县里惹了乱子，脸上露出了愧疚的表情。

罗县长走后，两人又就调查组下一步如何处分的事争着把责任往自己身上揽。

"耿书记，别看他们态度温和，回去后不一定唱个什么曲。我有个想法，不管担什么责任，也不管给什么处分，揽过来由我一个人顶着吧，不能再牵扯伙计们了！"赵云瑞诚恳地对耿春义提出了自己的想法。

"不不不！这事你我都说了不算，还是听组织处理吧！不过让表态的话，你还年轻，还得进步，真要处理人的话，让他们处理我好了。我年龄大，抗处理呀！哈哈！"

"耿书记，可不能这样，我没干好工作，再让您替我背锅？不行！不行！"

"我可是一把手呀！孬好都得担这个责任，再说我这个年纪也进步不了了，给我不比给你划算？"

"耿书记，前几天也有人打电话问我您调动的事，让我一口堵回去了。不过我想，在这敏感时候要是出现不和谐音符，对您提拔肯定不好，所以就别跟我争了，大小事都是我安排的，与您无关。"

"云瑞呀，你的心情我理解。原则问题不是你我说了算的，往好处想吧。"耿春义安慰他。

两人又对前阵子出现的问题进行了反思，对下一步的污水治理研究了些思路。当说到财政上捉襟见肘时，两人不觉相视一笑，但笑里带着苦涩，带着无奈……

四十一

"喂喂，到点啦！开车走啦？"平屯村的校车司机老贾每天早晨天刚蒙蒙亮就扯着嗓子喊开了。不多时，从胡同里稀稀拉拉地走出几个背书包的孩子，从村口也急匆匆地小跑过来几个学生。他们是邻村搭车上学的孩子，路途稍远，气喘吁吁地跑来爬上了汽车。几个大人挑着蔬菜和一些瓜果也吃力地爬上了校车。老贾数了数人头，觉得差不多了就准备发动车。

"贾师傅，今天车修好了吧？可千万别跟昨天那样，到大集快晌天了，一担东西卖给谁去！"

"这是拉学生的校车，你能搭上就烧高香了，还张飞买肉——挑肥拣瘦的！"

"俺也是缴了钱算是买了车票的，还没说你开得慢就惹着了！"

"慢是车辆不行，跟我驾驶有啥关系？火箭快，一伸翅膀能飞地球外面去，又快又稳，你咋不坐呢？"

"大清早的抬杠呀，我烂上两筐瓜菜不在乎，你这样天天耽误学生上学，早晚得给撵走了，信不信？不信咱就走着瞧！"

"吃饱了撑着了是咋的？愿坐就坐，不坐下去。老子还不伺候了呢！"贾师傅气鼓鼓地坐在那里闭上了眼睛。

"别看好话不好听，可就是这么个理，一堆学生今儿个耽误上课，明个儿耽误上课，家长不愿意，学校也不愿意，还早出晚归地忙啥？"老农也不管贾师傅高兴不高兴，还是一个劲地絮叨。

"村里就买了这么辆破车，加多大油门也跑不起来，这事能怪我？不知道就少在这儿咂巴舌头！"

"瞎驴牵进槽里——为（喂）你不知为（喂）你，风刮窗户戳破这层纸了——爱听不听，到时别埋怨就行！"

"哼！嫌车慢，孬好还能往前挪动，还有刹车不灵的呢。那车跑得可是快，你去坐呀！"贾师傅也不示弱，嘟嘟囔囔地满嘴跑火车。

"姓贾的，你别把话说绝了。你可是坐在车前面，出头的椽子先烂，摊上啥事，你也是身子骨儿先顶上！"

"啊呀呀！哪来的火气你刚我强地胡拉乱扯，敲锣听音，掷骰看点，大清早的在车上可千万别赌些不吉利的话。谁再胡嚼些丧门人的响声，别怪我脾气不好。咱一车人都憋这儿不走了！"一块赶集的看事情有些激烈，便站起来强压住他俩的情绪……

老实巴交的莫老憨一如既往地响应乡上的号召，凑了三万块钱买了辆客棚车。庄稼人对种地有一套，对汽车可以说是两眼一抹黑。村里有个叫莫怀强的，听说村里要买车，急唠唠地一忽悠，就把买车的事给揽过来了。

巧买弄不过拙卖的。几天后，莫怀强自己开着刚买的车回来了。花花绿绿的客车开进村委，全村的老婆孩子忽啦围了上来。看着比拖拉机还长还高，啧啧称赞，竖起大拇指一个劲地夸莫怀强为老少爷们儿办了件好事。

此时，莫怀强心里也嘀嘀咕咕的。贱钱无好货，三两万块钱就买到手的车能好哪里去。说是叫二手车，说不定是三手、四手了呢？反正车是买回了，自己也狠狠地赚了几千块钱，但这车到底能跑多久，自己心里也没个数。

这一加油就跑、一喷漆就新、个头比自家屋还大的汽车往村里一开，老少爷们还不像接天神一样？细想想，上数多少辈子，除了有几辆拉土、拉粪的三轮车外，哪里见过这么耀眼的汽车？虽然旧些，可也是村里的一大景观。

校车像老牛拉破车那样，吱呀吱呀地往山路上挪。

有些村的校车也好不了哪里去，没个让人省心的时候。时间一长，对校车的各种反映灌满了刘敏的耳朵。

"赵乡长，最近一个时期，各村接送学生的车辆有些不正常，不是来得晚就是没来。找学生问了问，主要就是这些车经常坏，不是发动不起来抛了锚，就是走得非常慢。还有就是顺路捎脚的太多，学生不能按时到校。派人到村里摸了摸底，村干部也是有苦难言。本来就是买的二手车，再加上路途遥远，路况又差……可天天这样，就影响学生的上学了！"

"咦！这现象有多长时间了？"

"刚开学的时候还行，还比较顺利，后来慢慢地就出现了这种现象，并且越来越严重。如果不是影响教学质量，我也不会过来找您！"

"主要就是车况差的原因？"赵云瑞皱起眉头严肃地问。

"好像也不完全是，有的村给司机的工资偏低，司机接送学生的车辆有时就会捎活。有的校车不仅拉学生，也拉赶集的，多赚份钱呗！"

"噢！这确实是个现实问题。这事不但要引起重视，而且要想个办法抓好！村里的事你们也不好过问，这几天就安排派出所和交管所一块召开个有关校车的村干部会议。你们学校也参加，会上把你们了解到的问题一块提出来，研究制定个校车接送和安全管理办法。怎么样？"

"好，就得有个章程才行！"

"看起来是村里的事，可真要出了事，政府肯定是要追责的。早晚要抓的工作，为什么不早下手抓呢？所以得重视起来抓紧抓好！"

刘敏又说："赵乡长，还有一件事，想说也不敢说，因为说了不一定合适！"

"有事就说呀！"

"是这样，咱这些校车，有些虽然旧点，可车况还行，三年五年的也能对付下来。可有几辆外表看着挺新，据说发动机不算太好，在咱这下坡上崖的路上，要是刹车失灵……"刘敏没敢再往下说。

赵云瑞看看刘敏，长长地叹了口气，无言以对。任何一件事，都有正反两个结果。人们都极力地想它好的一面，而不愿意想它不好的一面，但结果呢？往往事与愿违……他忽然又想起了不愿想、不敢想的"墨菲定律"，因为它太灵验了。

"你跟陈来电汇报一下，让他安排人抓紧再跑一遍，把校车的真实底子摸清楚，包括车况、村里的管理模式、驾驶员的驾龄和手续是否完备等，一定弄清、弄准、弄全。情况摸上来后，制定个综合的校车管理办法，确保校车不出问题！"

刘敏激动地连连点头，一口一个"行"字。她知道把村里的校车管理问题拿到乡政府来研究，在周围还没有先例。至少说她汇报的工作得到了重视，她能不激动？

王博平跟刘秋珊正准备到平屯村摸校车的底子，忽然接到马力胜的电话，说是模范村的校车出事了，让他们迅速赶赴现场……

平时，莫老憨走个平道也是慢腾腾地小心着走。人要不走济，喝口凉水也会塞牙缝。这不是，前几天下地在块软绵绵的地里不慎崴了脚脖子，肿得老高老高。他纳闷这是又惹着谁了？怎么半晌不夜地遭这么个罪？祸不单行，有时不得不信。

他正窝在家里歇息着呢，会计老范忽然惊慌失措地跑来说校车出事了。本来就生性懦弱、胆小怕事的他，听后心里一急，一口气没上来，一下子后仰倒了地上。老范抢上一步扶住他，又是掐人中，又是拍脊梁。好一阵忙乱后，莫老憨才舒出口气来，蜡白的脸上慢慢地有了些血色。

校车接二连三地出毛病，他早就听说了。对此也是整日愁眉不展，心痒难挠。他知道买校车让莫怀强抓了大头，事已至此，只有认了。这车跑了才多长时间，不是油上不来，就是刹车不好使。反正是说停就停，说坏就坏，一修就是大半天，光修车费又花进去好几千了。再这样下去，比买辆好车还贵。莫老憨找了几个明白人来看了看，表面上没有说什么，背后却直摇头。平心而论，这车的寿命是到了不能再上路的地步了，就是今天明天不出事，早晚也会出事。在这陡峭的山路上跑，不出事便罢，一出事就是大的……

莫老憨又大口喘了几下，有气无力地说："老范，我就这样了，村里的事你都熟悉，就拾起来吧。我知道，校车早天晚天得出事，说着说着就找上门来了……这事不管事大事小都推我身上，就让这把老骨头扛到底吧！"

"什么？在哪里出的事？伤着学生了没有？"赵云瑞接到马力胜的电话后，焦灼加烦躁，一阵痉挛，脑子痛得仿佛迸裂了那样难受。

"110转来的消息，现在还不知道详细情况。我正往出事地点赶呢。"

"我也马上过去，你组织民警全部靠上抢救！"

"明白！"马力胜一改往日慢腾腾的性格回答。

"李秘书，鲁祥生在不在？让他给我回电话，快点！"赵云瑞的声音出奇地急促。

"王院长，我是赵云瑞，模范村的一辆校车发生了交通事故，请您赶快组织医护人员到出事地点，越快越好。具体位置请跟马力胜联系，听明白了没有？再就是请你马上拨打120，请求县医院派救护车来！"

"李县长，我是赵云瑞，有个事跟您汇报一下！"赵云瑞尽量放慢语速。

"是不是校车出事了？公安局已经将情况汇报过来了，我正往你们那里赶。县有关部门也都往事故现场赶，你安排人在路口接接他们。你必须在第一时间赶到出事地点，组织抢救，听清楚了吗？"

"哦，我明白您的意思，马上安排！"

"赵乡长，我是鲁祥生，您找我……"鲁祥生打进电话来。

"模范村的校车出事了，详细情况还不知道，通知陈来电组织机关干部全都赶到出事地点，提前分好两个小组，一个参加抢救，另一个配合做好群众的工作，避免事态扩大。明白吗？"

"赵乡长，我是马力胜，出事地点就在模范村后不远处的陡坡下面，我们已经到了，正组织力量尽最大的努力抢救！"

"喂！老方吗？我是赵云瑞，模范村的校车出事了。一会儿县安监局来人，你负责接待，听明白了吗？"

方战友被这突如其来的电话一下子吓蒙了，平时都是分管的副书记、副乡长安排工作，从没接到过乡长的电话。这冷不丁地把电话打给他，又是安全方面的事，吓得心里怦怦直跳。

"好好，赵乡长，听明白了……"方战友一边应着乡长的安排，一边寻思着校车事故，是不是摊上大事了？

"刘校长，我是赵云瑞，模范村的校车出事了，地点就在模范村附近的大陡坡下。你赶快组织教职员工去现场看看，哪里需要人手，就到哪里帮帮。再就是有些学生家长可能情绪不稳定，影响事故处理。一定要靠上去做好安抚工作……这件事非同小可，一定要做好……"赵云瑞再三嘱咐她。

"李秘书，请通知铁路指挥部的周经理，告诉他模范村那里发生了交通事故，让他们把铲车开过来疏通一下交通。事情紧急，我就不跟他通电话了，越快越好！"

……

耿书记刚刚调走，自己就遇上这么大的事件，压力感到格外大。在其位，谋其政。他没有半点犹豫，一连打出十几个电话后，模范村也到了。

从模范村通往乡中心小学的路上，大都是崎岖不平的山道，坡陡路窄。刚出村的一段山路，一边是刀削的石壁，一边是陡峭的悬崖，当地群众就沿着这条山路进进出出。以前村里人从这条路上出进也觉不到什么，交通工具也不过是三轮车、自行车之类的，事故几乎没有。最近这些年，逐渐增多的小拖拉机"突突突"地奔跑，才给这寂静的山村增添了些现代化气息，同时也带来了一些潜在危险。

模范村的校车拉着三至五年级的十几个学生放学往回走。在村后三里多路的一个陡坡上，一辆拉着满满一车石头的拖拉机从另一条小路上呈九十度角一下子拐上主路。正处在下坡路的校车，被突然拐上路的拖拉机逼到了路边。因为没有思想准备，刹车又不灵，面对突然出现的情况，司机的大脑一片空白。如果被拖拉机逼下悬崖，肯定是车毁人亡；如果迎面相撞，后果也不堪设想。慌乱之间，司机思维混乱，失去了驾驭本能，校车像是脱缰的野马，直扑迎面而来的拖拉机……

路过的几个群众，眼睁睁看着发生的这一切，急忙拨打了110……

校车司机当场死亡，坐在前座的一个学生也撞碎玻璃被甩到了拖拉机上，当场昏迷。坐在车中间的两个学生因剧烈碰撞，摔在发动机上，头部血流如注昏了过去；还有一个学生胳膊出现骨折；其余的几个学生也都有磕伤碰伤……

县里的车辆陆续地集中过来了，乡机关干部也全都赶过来了。莫老憨和范明君吓得脸色煞白，浑身哆嗦，直愣愣地站在那里，一动不动跟个木桩子一样。借着太阳落山前的余晖，民警和120医护人员抢时间将摔出车外的学生紧急包扎后，抬上了救护车。然后又爬到被撞坏的车头前，将司机从方向盘的缝隙里硬生生地拖了出来。刘秋珊从没经历过这样的场面，吓得面无血色，但使命感又让她毫不犹豫地冲上去。她不知从哪来的勇气，挤到玻璃破碎了的车窗前，与民警、医护人员一起，竭尽全力地把受伤的学生从变形的车窗里一个个拖拽出来，再一个个抬到救护车上。事故现场虽然很恐怖、惨烈，但大家满脑子装的是救人。

刘秋珊身上沾了不少鲜血，连吓带累有些头晕。当120救护车走后，她又坚持着参与对学生家长的安抚工作。

县教育局、交通局、卫生局、安检局、公安局等部门的有关人员仍在现场，查找原因，处置善后。这时，模范村和邻村的群众不下几百人，黑压压地拥挤在狭窄山坡上、山路上。从远处赶来的人群仍源源不断地往这聚集。看到了都在争分夺秒地抢救受伤学生的场面，他们情绪还算稳定。可看到有些公务车辆准备调头离开时，激愤的情绪一下子爆发出来。有些人失去理智，不顾道路狭窄，踏在十多米深的悬崖边缘，骂咧咧地往有车的地方冲。

按照早先制定的群体性事件预案和以往的做法，民警立即迎上去，分段堵住聚拢的人群，劝说他们离去。机关干部全都靠上，两人一组，对学生家长、亲戚分头做安抚工作。

天，渐渐暗下来了，拥堵的群众仍聚集在现场不肯离去。李县长安排赵云瑞加大力度，继续做好群众工作，劝说大家赶快离开。

事故现场围观群众有增无减，源源不断赶来的民警和乡镇干部与群众胶着对峙。随着天越发深沉，现场的危机感也越发增加。

夜越来越深，县、乡两级干部和民警不厌其烦地一遍遍安抚、劝退。赵云瑞看到乱哄哄的场面有些失控，心里非常着急。几百人聚在山坡上、悬崖边，稍有不慎就有可能发生次生事故。在这危急关头，不能再犹豫了，必须采取措施疏散群众。想到这里，他一个箭步跨到从铁路上借来疏通道路的铲车上，对着黑压压的人群喊起话来："乡亲们，请静一静！我是赵云瑞，是埠岭乡的乡长。今天下午发生的校车相撞事故是我们不愿意看到的，我跟大家一样心里很沉重。今天在这里聚集了这么多群众，借这个机会，我想讲三个问题：第一个就是今天傍晚，模范村的校车跟一辆拉石头的拖拉机发生了相撞事故，校车司机因为伤势过重没有了生命迹象，车内的十七名学生有三位受伤比较严重，正在抢救治疗。刚才接到电话，三位同学神志清醒，没有什么生命危险了。请大家放心，我们一定会拿出最好的治疗方案，全力以赴地抢救治疗。其他几位学生因为磕碰受了些轻伤，也拍片看过了，歇几天就好了，不影响上学。我作为乡长，对这起事故负有直接责任。同时，对刚才讲的关于学生受伤情况的话也负责到底，希望大家不要散布谣言、听信谣传。大家觉得哪里有不理解、不清楚的，我们可以继续沟通。我讲的第二个问题也是大家关注的，就是大家也都看到了，县里的领导一直在一线指挥抢救，公安部门、安检部门来了，纪委、检察院也来了。他们来，不单单是来处理事故，更是来解决问题、追究责任的。不管是谁，不管你关系多硬，这次要一追到底，该撤职的撤职，该处分的处分，决不姑息迁就、包庇纵容。这一点请大家放心。我讲的第三个问题，可能也是你们最关心、最盼望的事，那就是这条路的事。今天发生的事故，有司机的原因，也有车况的原因。但我觉得更是路窄坡陡造成的，这条路是乡级路，鉴于咱乡目前的经济状况，之前没有拓宽硬化的计划。为了改善周围几个村出行难的问题，我郑重承诺，政府立即筹集资金将这段路拓宽硬化，争取一个月内开工，封冻前完工。我说到做到，封冻前修不好路，我主动辞职。请同志们监督……天太晚了，你们回家还得走好几里山路。为了安全，也为了不耽误明天下地干活，请大家互相照应着回去。从铁路上借的铲车也过来了，今晚先把路疏通好，确保群众的出行不受影响……"

"明天学生上学怎么办？"人群里有人大声嚷嚷这样一句话。

"我可以负责任地告诉大家，刚才在抢救学生的时候，乡里就已经安排了，有车来接。明天早上请上学的学生按时到指定地点集合就是了，即使只有一个上学的，也不会耽误……"

"伤着的谁负责？谁掏钱？"

"请大家放心，一切费用都由乡上承担，对后续的治疗，乡上也负责到底。至于谁承担事故责任，刚才已经说了。我再解释一遍，不管是谁，不管关系有多硬，都要一追到底，该谁担责谁担责，该处分的处分，该撤职的撤职，该移交司法机关的移交司法机关。这一点请大家放心！"

借着残弱的灯光，黑暗中的人群缓慢、不情愿地蠕动着散去……

第二天，由县纪委牵头，检察院、公安局、交通局、农机局、安检局、教育局等部门组成的调查组，一下子涌进埠岭乡。先是调查谁的车、为什么买车、谁买的车、买车干什么、谁批准买的，然后又调查买车的钱是哪来的、车的手续全不全、车辆年审了没有、车况具备不具备上路条件、司机有没有驾驶证、用车单位的安全制度有没有建立、有没有安全负责人等。这样上上下下、反反复复十多天，大小几十个单位、上百号人全都被过筛子般地找去谈了一次话，并形成询问笔录签了字。最后形成多达几万字的调查报告。调查报告的逻辑性无懈可击，文字的严谨程度也滴水不漏。

调查组在深挖细刨事故原因期间，赵云瑞虽然心揣沮丧，但心急如焚，一刻也没闲下来。他想，撤并学校时，村里就怨声载道，一百个不愿意。这次校车一出事，他们不借题发挥闹事？凭直觉，一些群众肯定是牢骚满腹，随时会有苗头不稳定的。耿书记调走了，自己独当一面，必须得把事情考虑周全，把工作一样样落实到人头。他先急后缓地安排当下抓好的几项工作：一是要求包村干部迅速下去，从村干部到群众，积极做好解释工作，杜绝谣言的传播和发酵，稳定群众情绪，确保学生上学不受影响。二是动员各村买新车换旧车，避免再发生类似事故。乡里筹备好了买车的钱，凡是新买校车的村，每辆车乡财政适当给予补助。三是允许企业、个体买车、租车接送学生。上路的车辆必须手续齐全、年审合格，收费标准也必须由乡上统一核定，对乱收费、多收费和开报废车接送孩子的，不管是谁，派出所、交管所严查到底，决不允许"二手车""问题车"再上路。四是安排刘秋珊、刘敏负责协调受伤学生的治疗恢复，多跟学生家长沟通，做好稳定工作。

几套"组合拳"下来，因事故发酵形成的负面影响，渐渐云消雾散了。

方战友分管安全，这回可真是摊上事了。这阵子他是大会小会都得参加。几个调查小组一遍遍地轮番找他谈话，了解情况。每天蹲在办公室，哪里也去不得，随时等着调查组找他。谈话最集中的问题不外乎安全会议是怎么开的、安全制度有没有建立、责任是怎么落实的、措施采取了哪些、具体谁来抓、认识到位不到位等，每天就是这些话题。今天过半晌了还没来人，会计老王估摸着不会有人来了，就慢条斯理地发表起自己的感慨。"唉！咱这些政府部门就是这个特点，尽干些'马后炮'的事。去年，一个纺织厂起了把火，也是这帮人，也是这阵势地杀过来，一待就是半个多月。那情形比这严峻多了，追究起责任来倒是熟门熟路、头头是道。这些部门在事故前为啥不采取措施，帮着解决安全方面的事呢？出事后来劲了，又是训斥，又是问责。老方，你琢磨琢磨，哪回出事不都是这个样子，成立调查组、领导亲自带队、当天赶赴现场、立即组织救援这一套，重视程度高、行动快没有比上的。处理完了人后，一撒腿跑得比谁都快。要想见到他们，哪里出事了，哪里就能见到他们，好像这帮人专门就吃这碗饭。如果这帮人把安全工作放在平时，做好事故前的预防不就行了？"老王看屋内没外人，愤愤不平地对方战友牢骚了一通。

"唉！事出有因呀，校车相撞不都是因为撤并学校发生的？学校撤并是县里硬压着办的，他们是光出题目不出钱，你让村里咋办？本来就穷巴巴的，上哪里淘换车钱？让我说，他们还算听话的，孬好的买了辆二手车，就是没钱买你又能咋地？总不能逼出人命来吧！"

"也是，也是，出来进去就是这么个事。咱人轻言微，只得听从摆弄！"

方战友跟老王是好多年的搭档，私下里经常说些掏心窝子的话。

老王看看没人，借着刚才的话题又牢骚起来："再说这调查组吧，别看他们杀气腾腾地下来，我敢打赌忙活一阵子，找几个倒霉鬼给个处分后就又摞下了，再出事就再来。说句实在话，处分了人就修好路啦？就有钱买车啦？不从根子上解决问题不等于瞎胡扯？不是典型的'马后炮'战术是什么？一点儿也解决不了实际问题！"

"也许是吧！"方战友长长地喘了口气，有些闷闷不乐。

老王瞅瞅调查组的人还没过来，就又继续抱怨："老方，我看咱俩待一个屋的日子不多了。我不过是一个普通干部，无职无权的，没啥子事！横算竖算，这次你是怎么也跑不掉了！"

"我也早想好了，给个处分算是赚着了，开除党籍、公职也不是不可能。你刚才不是说找个倒霉鬼吗？说不定咱就是那个倒霉鬼。经委是管企业安全的，这校车是教育上的活，跟咱是风马牛不相及，根本不是一回事，可硬往你身上摁也不得不挨！一肚子的委屈跟谁说去……哎！老王，前些日子，我在村里包了十多亩的林地，还记着吗？当时我就签了三十年的承包合同，大不了就回家种果园。说实话，在乡上干是挺好，出来进出的混个脸熟，可就是靠这每月千儿八百的也养不起家口！"

"我说老伙计，别想多了，哪个湾里不淹死过人，哪个地方不出过事，至于开除公职……不至于吧！"

"管他呢！打道回府的事都想好了也就没啥怕的了。这事咱光明磊落，摊上什么责任，咱就扛个什么责任呗！"方战友竟开导起老王来了。

"方主任，调查组让你过去一下！"李秘书打电话来通知方战友。

"好，我马上过去！"方战友撇撇嘴，郁郁寡欢地去了。

赵云瑞想，这起事故的起因是车况不佳造成的。如果想彻底解决车况差的问题，就得痛下决心更新校车。

长痛不如短痛。赵云瑞思考了几天后，把几个村子的党支部书记叫来，歉意地说："同志们，这几天发生的事，大家也都清楚，一切都是因为车辆引发的。今天叫你们来座谈一下，既是让你们了解这几天的工作情况，也是想让你们带个头，尽快买辆新车接送学生。我知道，这事说起来容易，做起来难，得实实在在地拿出真金白银才行！尤其是刚刚买了车，还没跑几个月又要换车，舆论、经济压力都不小。这些乡上都知道，也理解。可跟安全相比，还是小事。你们几位在全乡都是有影响的支部书记，不但要率先买辆好车，而且还要动员、说服其他一些村克服困难，尽快买新车、好车，保证学生的上学安全，让家长放心……"赵云瑞细声慢语，娓娓而谈，触动了大家的恻隐之心。

是草有根，是话有因。参加座谈会的人早就听出了赵云瑞的弦外之音。"赵乡长，俺都听明白了，咱得讲政治。红口白牙，我今天就把车钱筹备好，明天就去县城，后天就把车开回来。"陈柱子三言两语表明了态度，还不时用眼角瞄上程老大一眼。

"赵乡长，人心换人心，八两换半斤。我当村干部这么些年了，从来都是乡上跟村里收钱。现在村里买个车乡上还给钱，张口就是好几万块。不就是为了学生吗？伙计们都在这儿，我郑重表态，'头可断，血可流，不让学生自个走！'保证紧跟陈书记的步伐，第二个把新车开回来。我还保证说服动员周围的几个村，也一块把新车开回来……赵乡长，咱不会讲政治，但态度却是一百成！"程老大说完嘴角往上一挑，也扫了一眼陈柱子。

赵云瑞知道他俩看似友好，实则暗中较劲比高低，心里不觉松了口气。他俩表态后，其他几个村也都表示马上凑钱买辆好车。

为了筹集校车补助资金，赵云瑞把姜恒春叫到办公室，开始扒拉那有限的家底："老姜，校车补助的数字核对准了吗？"

"核准了，一共十七辆车。每辆补五万块钱的话，需要八十五万，整数好算！"

赵云瑞眉头一皱眉，"铁路给的补偿款都拨齐了？"

"还有个尾巴，是故意留着的。周经理说再帮着争取点补偿！"

"多亏他们帮助，要不这日子可真不好过！哎！账上可支配的钱还有多少？"

"还有五十多万。说起来是可支配资金，其实是专款专用的钱，是兑付拆迁补偿的。"

"铁矿借的钱到账了？"

"没有到账，我再去催催？"

"企业再好也是自己的钱，再说他们的钱也不是北海潮刮来的，不太愿意咱也得理解。不过问题不大，稍等几天吧！"

"哎！想起一件事来，前几天铁矿那个丁总来联系，他们企业有几个职工的孩子想上学。鲁书记答应帮着办办，也就是前几天他跟刘敏去铁矿了，说什么给新建学校拉点儿赞助。"

"就是这事，没点理由干巴巴地伸手要钱也不合适。你告诉鲁祥生和刘敏，要想办法多要点儿，还得要快些。还有个事，钱到学校后，不许挪用，划到财政所账上来，我有安排！"

"知道，知道！是不是校车补助款？可是挺大一笔开支！"

"没法子，牵扯到学生的事，花多少钱也得办！"赵云瑞忧虑的目光里透着坚毅。

调查组的事故报告写好报上去了。赵云瑞也想开了，摊上事了愁也没用、躲也躲不掉，倒不如坦然面对，该给什么处分就给什么处分吧！当务之急是先把当下的工作干好，就是亡羊补牢，也得有个端正的态度。

不久，县纪委的处分陆续下来了。在处分下来之前，耿春义跟赵云瑞已经进行了几次沟通。此时的耿春义，身份是县纪委常务副书记，主持纪委日常工作。他离开埠岭乡不过一个来月，就接二连三地碰上了这么多事，还要返回头来处理这些曾经朝夕相处的同志，真是心有不忍。如果换个人管这事，也许心里还平衡些。但对耿春义来说，埠岭乡的一草一木和这些事情发生的来龙去脉，他是再熟悉不过了。有些事情还是他亲自安排的。此一时，彼一时，角色转到哪里，就得说哪里的话。否则，这工作还怎么干？他把移民村伐树、农田建猪场、报废车辆上路问题摞在一块跟赵云瑞端了出来："云瑞，这几天挺闹心吧？接二连三地出了这么多事，说不闹心是假的。摊上了就正确面对，全县的工作都差不多。只不过你的运气真是不算好，我前脚刚刚离开，你就摊上这么多事，真得好好处理……你现在也处在敏感时期，千万别掉以轻心……"虽说是处在纪委这个位置，代表组织跟他谈话，可耿春义怎么也严肃不起来，只是用同情关爱的口气嘱咐他。

"耿书记，您看碰到的这些事情，件件都是敏感问题，真是让人揪心。没法子，挨吧！"

"关于移民村伐树、建猪场的事，我想避重就轻地处理一下，一个乡连续处理这么多人，对乡镇影响也不太好；校车相撞的事社会影响太大，如不从严处理，恐怕是交代不过去。你说是不是？"

"是，耿书记，这里的人和事，包括发生这些问题的原因，您也都清楚。他们也都是为了工作，并没有私心在里面。处理的时候，是不是也要考虑考虑这方面！"

"肯定是要考虑的，这一点放心好啦！"

"这里的工作挺难干的，再背上个处分，以后还怎么开展工作呀！我想了好几天，发生的这些事全推到我身上吧，把所有的处分都给我，就别给他们处分了！"

"云瑞呀，开个玩笑倒是可以，但感情、责任却不能代替党纪政纪。你的心情可以理解，县委在研究这些问题的时候，也是千方百计从刑事方面转到违规违纪这边来，还不是为了保护干部呀？这你应该清楚的！至于谁担什么责任，给谁什么处分是纪委的事。你把该干的工作做好就是，千万别再出问题了！"

赵云瑞心里热烘烘的，他知道耿书记会尽力地保护这些人。

"耿书记，案子在您手里，我是真放心。不管什么结果，肯定是往最好的方面办，所以我也没去找您，也没给您打电话。知道您会关心我们的！"

"是这样，你的书记任命还没有下来，关键时刻不能给你弄个处分。我们研究的意见是校车事故给你诫勉谈话吧。另外，给分管教育的鲁祥生党内警告处分，给分管安全的方战友党内严重警告处分，给模范村支部书记莫老憨党内严重警告处分、撤销党支部书记职务，给刘敏行政警告处分。你看怎么样？这是县委研究的意见。我先跟你透露一下，心里也好有个数。这次处分的人员比较多，你要提前让他们有个思想准备，不能因为受了处分而影响工作，明白吗？"

"明白，耿书记！"

四十二

庄户人也是随着季节忙。地里的庄稼收完后，闲空也就大了。闲空一大，上些年纪的男爷们儿就披上件夹棉袄，三人一堆、五人一伙地围靠在村头的屋前、树下，南山一拳、北海一腿地哑巴开舌头了。

发现石油是百年前的事了，从发现石油到利用石油却是很短很短的时间。就在我们的日常生活中，随处可见的东西，都是通过石油再提炼加工后形成的产品。

春天石油勘探部门来了上百人，拉扯着几十根电线，横七竖八地在栾山湖里、湖外的滩涂湿地和一些村庄旁，跑来颠去勘探石油。这些在山里待了一辈子的农民，对他们颠这儿来拖着堆电线跑上几圈就说有石油这事满腹狐疑。这几天他们又来转悠，村民们看到拖着电线胡跑乱颠像是在玩游戏，碎杂话就又炸开了。

"哼！就这点家什能把地底下几百米、上千米的石油探出来？"

科技就是科技，从勘探部门反馈来的消息，栾山湖一带的地下真的有石油，还有天然气，并且具有开采价值。当这些信息传到这些老百姓耳朵里时，他们还是郁郁寡欢，一点儿也高兴不起来，总是认为这是天方夜谭不可能的事。

当勘探部门将勘探资料正式上报石油管理部门，由石油开采公司跟当地政府接洽后，双方都高兴得不得了。开采石油产生效益，企业能不高兴？有了效益就有税收，税收肯定缴给地方，当地政府不更高兴？还有，假如地下有天然气的话，至少说当地老百姓就能用上清洁、方便的能源。

石油开采是国家战略，双方又各取所需，配合默契，前期的准备工作非常顺利。石油开采公司与当地政府的协调部门办好了有关手续后，陆陆续续地进驻栾山湖一带的钻探区。钻探公司开着的大马力车辆，拖着好几层楼高的钻井平台，一点一点地开始钻探。

好像天老爷也怜贫惜穷，知道同情弱者。你看，牛埠岭村、移民村、田横村还有穷得揭不开锅的打油村，地下都有石油。有石油就得钻井，钻井就占地，占地就给钱。就像"张打油"夸张的那样，山岭薄地不值钱，值钱的是钻的那个窟窿眼，从地下"咕嘟咕嘟"地往上冒的是钱。

钻探公司以他们的施工程序，紧锣密鼓地开钻了。几个村半晌不夜地捡了个大元宝，心里不捂着个嘴偷笑才怪呢。尤其是"张打油"，锁锁着的眉头这阵子又伸开了，因为攒下的一摞饭费的单子有着落了呗！

移民村地处栾山湖西岸边，村后的山坡上，虽然到了初冬的季节，披着郁郁葱葱乔木、灌木植被的山脊，仍是深秋的模样。远眺近看的山峰，叠嶂起伏，巍峨壮观。村东和村西，是赖以生存的山岭薄地。20世纪60年代从库区搬迁来这里后，他们就是靠这几百亩地艰辛地生活着。

因为村里的房屋、村路，包括胡同也好，住户也好，大都是用村后山上的石头垒起、铺垫的。老远一看，整个村子全是褐红色石头垒成的，所以也叫石头村。

钻探公司安装好设备后，昼夜不停地开始钻探。移民村的群众跟看光景那样，走了一拨又来一拨，看着这几十吨上百吨重的铁家伙，不停歇地往下钻，嘴里不时咂巴着舌头啧啧称奇。

只有想不到的事，没有遇不到的事。

这天半夜时分，当村民都进入了梦乡的时候，钻井平台在正常作业时，忽然发出一阵紧似一阵"嘭嘭嘭"的巨大响声。随着响声，一股夹杂着泥浆的巨大水柱突然窜向空中，像是一条黄龙从地球深处拖着长长的尾巴冲向漆黑的云天，然后又形成"泥雨"洒落下来，将整个村子、菜地、鸡圈、猪场等一下子淹没在泥中。

一辈子没见过世面的村民哪里遇到过这阵势，被巨大的响声震醒后，以为遇上地震了。有些上了年纪的被吓得瘫在那儿惊慌失措，妇女孩子被吓得哭作一团；手脚利索、沉得住气的年轻人也吓得披上衣裳，冒着劈头盖脸的泥浆，拖着家人使劲往村后山坡上跑。一瞬间，整个村庄一片混乱。

在村后山坡上躲避危险的空当，那几个老顽固脑筋可逮着理了，神神秘秘地牢骚上了，"看看，看看！我说什么来，是不是戳着龙脉了，惹着真龙发怒了……"他们这一煽动，那些没了主见的群众情绪便更加烦躁了。

钻井公司经常遇到类似问题，也有抢险预案。经过几个小时的紧急抢险，天快亮的时候，终于止住了井喷。不过，整个现场，包括旁边的移民村被黄澄澄的泥浆包了个严严实实，一夜之间，换了另一个世界的模样。本来就岌岌可危的房屋、院落，被巨大的冲击波和落下的泥浆一砸，村里村外横七竖八，一片狼藉。

就在这天晚上，赵云瑞一边琢磨着宋程坤的新建校舍能不能按时交工，保证学生按时入学，还需拨付多少钱等；一边又为筹集校车补助绞尽脑汁。夜已很深很深了，他昏昏沉沉地带着些心事睡着了。

大约是在移民村发生井喷的同时，赵云瑞床头上的电话忽然发出急促刺耳的响声，他蒙蒙眬眬地抄起电话。

电话是罗县长打来的，没有客气，直截了当地切入主题，"云瑞同志，在埠岭乡打油村附近发生严重漏油事件，一是牵扯到附近几个村庄的安全问题，请你迅速组织村民撤离，避免灾害发生；二是漏油严重，请你立即组织力量赶到现场，赶快查明原因，确保国家财产不受损失。省安全领导小组副组长、公安厅副厅长带队已经出发，天亮就赶到现场，我马上走，咱们在打油村汇合……"

都说摁到葫芦瓢起来。这校车事故的阴影还没抹去，打油村怎么又出了这档子惊悚的事？连省里也惊动了，而且带队连夜往这赶。到底是啥事引起这么大动静？难道比省纪委、省国土厅来处理"踩红线"的事还大？

就在赵云瑞紧张地组织机关干部奔赴打油村时，鲁祥生接到陈川急三火四的电话，说移民村旁的油井发生了井喷。鲁祥生满脑子是打油村出事了，接到陈川的电话，他认为是汇报的同一件事，脑子一急，把事混到一块去了。

20世纪70年代，从岛城向内陆修建了一条输油管线，途经打油村及附近几个村。几十年来，这条管线承担着输送原油、半成品油的任务。至于这条管线的业主是谁、归那里管、如何经营等，因为是央企，又带有半军事化色彩，与乡镇没半点牵扯，或者说根本就没半点关系，因而也就很少来往。尤其是管线的位置，因为在野外，又是在地下，上面是耕种的庄稼，具体位置很难一下子说清。因时间久远，也懒得有人打听了。上了年纪的老人偶尔提起，也是摇摇头说早记不得了。

改革开放以来，随着经济的发展，原油进口量明显增加，管线的利用率也大幅提升。随着汽油、柴油价格的提升，一些不法分子，便瞅上了利用管道偷油的门路。

就有这么一伙人，不但清清楚楚地知道输油管道的位置，而且对啥时候输油、啥时候闲置都了如指掌，摸得清清楚楚。说白了，不是监守自盗也是内外勾结。为什么这么说呢，俗话说，狗有狗道，猫有猫道。"油耗子"也有它自己的门道。偷油跟入室盗窃不一样，还多出一道"工序"，就是作案分子必须利用提前掌握好的信息，也就是管道闲置的时候，寻找人烟稀少又交通便利的地方，避开耳目，挖开地表土层，找准管道，在上边钻个窟窿眼儿。然后焊上阀门，拧紧后，再用土埋上恢复原状。当这一切忙活利落后，这伙不法分子便开始寻找下家——也就是真正偷油的。鱼找鱼，虾找虾。两伙人一见面是臭味相投，一拍即合，只是在卖阀门价格时，略有争议。因为常年以这为生，行情双方摸得都很透，稍微讨价还价后，便很快成交。只等输油的时候打开阀门，拧上输油管子，强大的压力将原油或是半成品油咕嘟咕嘟地往油罐车里灌。事情都发生在夜深人静的时候，几百公里的输送线路，少个几十吨上百吨的油折在损耗里，很难被人发现，神不知鬼不觉地赚到一大沓钞票。因为钱来得快，这伙人隔三岔五干这勾当。

真是天有不测风云。

当这伙盗油贼心里揣着发财梦、在打油村附近准备下手的时候，意想不到的事情发生了。因管道压力过大，加上阀门焊接不牢，拧开阀门往车里灌油的一瞬间，阀门"嘭"的一声，一下子给顶飞了。眼睁睁地看着阀门一个弧线飞出了老远老远。刹那间，散发着汽油味的半成品油，像是决堤的口子，肆无忌惮地向外喷涌。

这些"油耗子"都是惯偷，他们发现阀门被气压打飞了后，知道坏事了，便匆匆收起盗油工具，趁着夜色落荒而逃。他们知道，稍一犹豫，就有可能被逮住。

将近二十厘米的大口子，在无人知晓的情况下，借着管道的压力，不停歇地往地里、沟里一个劲地喷涌……

大沟小沟里、庄稼地里、遍布农田的水井里，洼地、湾塘，被喷出的半成品油填得沟满壕平。

在岛城靠岸的油轮，通过加温、加压，利用地下管道向内陆油料仓储罐输送进口的半成品汽油。虽然都是计算机运作，但技术再先进，也得有人操作。当正常运行的管道，突然发生油压骤然下降故障后，操作人员大吃一惊，就赶紧开始查找原因。经过反复对有关输油管道仪器测定，沿途加温站操作人员核计，确定位于埠岭乡打油村附近的管道发生了严重的油料泄漏。他们对管道采取关闭措施后，又火速派人现场查看漏油管口，发现是盗油分子所为。因为损失巨大，性质恶劣，当即报了案。这引起了省安全领导小组的重视，也就有了罗县长给赵云瑞打电话的一幕。

罗县长再三嘱咐，喷涌到地里、沟里的半成品油，燃点很低，稍有火星，就会引发火灾。牵扯到附近三四个村，几千口人，形势非常严峻。要求机关干部、村干部挨门挨户通知，不准开灯，不准做饭，更不准抽烟有明火……总之，稍有闪失，就会火烧连营，殃及群众。

天一亮，从大公路上一下子开来了二十多台油罐车，车队在有关人员的引导下，先走大路，再走乡级路，再走村路、农路，一直把车开到了田边地头的沟边，将淌在沟里、洼地的半成品油抽进罐里。准备上路时，打油村及其他几个村的群众看到污染了的地、压坏了的路，便蜂拥而来，堵着车辆不让走，要求给补偿。

移民村发生的井喷事故，差不多跟打油村发生的盗油事件脚前脚后。因为是接到县里通知，又是重大刑事案件，全体机关干部连夜出动，全都靠在打油村等几个村处理民事，因而把移民村的事给忽略了。当陈川撕破嗓子跟鲁祥生再三解释移民村也发生了重大事故，有可能引起群体性事件时，齐奎升才带着一部分人赶过来。一看，恍然大悟。原来，移民村也发生了类似的事故。

一晚上两起安全事故，而且都是惊天动地的。省安全领导小组跟着追责，牵扯着老百姓的鸡鸭鹅狗、针头线脑需要处理，让赵云瑞疲于应付，好不闹心。

事情既然发生了，只有面对现实，把稳定工作抓在手上，万不可再发生上访。好在乡镇干部瓷实、抗磨难，一声令下，全都瞪起眼来靠上协调赔偿。经过连续做工作，两个村的赔偿、稳定总算是处理好了。

然而，一波未平，一波又起。民事工作磕磕碰碰是处理好了。因为一千多吨半成品油在埠岭乡地段被盗，就不是个简单的事了。罗县长和赵云瑞被叫去了，因为省里来人，又事出有因，两人吃不透什么馅的了。事已至此，听天由命罢了。

简陋的乡会议室里，以省公安厅陈厅长为组长的一行五人，表情严肃地坐在右边的位子上，离他们稍远些的是省石油管理部门的领导。坐在左侧的是罗县长和县公安局局长、安检局局长、经委主任和赵云瑞。从坐的人数上来看，比例是对等的，可心情却大不一样。一边虎视眈眈，以钦差大臣、追责问罪的阵势出现；一边是情绪低落，以负荆请罪的倦姿坐在那里。

"罗县长，你们都到齐了吗？"省安全领导小组的刘处长问。

"到齐了！县长到南方招商赶不回来，安排我参加！"平时嗓音洪亮的罗县长，此时像蚊子嗡嗡一样，几乎听不见声音。

屋里静得出奇，仿佛大祸临头一般。

陈厅长怒形于色，两只眼睛直逼罗县长，"今天，我们在这里召开这个安全工作现场会，大家心里很明白，为什么在这里召开这个会，又是在什么原因下召开的。"他声色俱厉，语速极慢，像是一个字一个字地往外蹦，"我提两个问题请县里的负责同志回答。"他环视了一下坐在对面的几个人后，又把目光盯在罗县长脸上，"一是这么些年来，这么长的管道，为什么偏偏在你们这里发生了这么大的事故，造成这么大的损失？请你解释清楚。二是你们县、乡两级政府是如何做好这项工作的？有没有专门班子专人管理？有没有制度上墙？有没有开会研究管道管理工作的会议记录？还包括其他与这项工作有关的事情，必须有一是一、有二是二地讲清楚，隐瞒、做假、瞎说是要负法律责任的……"

沉默，一阵沉默。

屋里的气氛骤然下降，就像急速下降飞机机舱内的乘客，就像站在开裂的冰面上不敢挪动的行人那样，吊吊着心，大气不敢喘一口。

"罗县长，还需要提示吗？"省公安厅的刘处长提醒。

"各位领导，昨天晚上，在埠岭乡发生了原油被盗案件……给国家造成了巨大损失，我……作为分管工业的副县长，负有直接的……责任，我……我接受上级的任何处分……"他一遍又一遍地擦拭额头上细密的汗珠，"具体原因嘛，我觉得是不是我们这里是山区，人烟稀少，隐蔽性强，就选这个地方来作案……其他也……也……"

"罗县长，上千吨的半成品油，在你们眼皮底下被盗，这在全省恐怕也是少有的。你们的工作是怎么做的？"刘处长疾言厉色。

沉默，一阵沉默，还是一阵沉默。

一瞬间，屋里连喘气的声音都听不见，只有"嘭嘭嘭"的心跳和脑子里的嗡嗡声。

沉默，一阵沉默，仍然是一阵沉默。

遇上了这从没听说过的事故，罗县长又怎么解释得清楚？他用求救似的目光看看赵云瑞。

赵云瑞揣摩了下罗县长的心思，仿佛从他眼里看到了什么，长长地喘了口气，让恐惧、紧张的情绪冷静了片刻后，忽地站了起来，"陈厅长，各位领导，我是埠岭乡乡长赵云瑞，事故发生在我们乡，我来回答这个问题，好不好？"

众人把目光一下子转移到了赵云瑞身上。陈厅长盯了他一眼后，点了点头："好，你说吧！"

"因为事故发生在埠岭乡，损失重大，我也许就是最后一次以乡长的身份参加这样的会议了。我先汇报一下关于管道管理工作的情况，就汇报十分钟，讲两个问题，哪里不对，再请罗县长补充。"他故意顿了顿，又喘了口粗气，努力地平静下情绪，"一是发生在埠岭乡的原油被盗事件，作为一乡之长，是我没有做好这项工作，我承担一切责任，与县里、村里没有关系，与其他人也没有关系。因为给国家造成了巨大损失，我咎由自取，是免职还是撤职，我没有怨言，保证服从组织处理。这是我的态度，也是我说的第一个问题；第二个问题，我想问问石油公司的领导几个问题行不行？"他渐渐放松了恐慌、紧张的情绪，不亢不卑地直言。

陈厅长被他勇于担责的态度所打动，脸上恼怒的表情消退了许多，随即点了点头。

"您是石油管理部门吗？"赵云瑞把想好的问题抛向坐在一侧的石油管理部门的领导。

石油公司的领导点了点头，意思说是。

"您是企业吗？"

他们带着诧异的表情又点点头。

"您公司有没有管道管理办法或制度或规定？这么些年，这么大的财产，应该有吧？"

"当然，当然有管道管理办法！"他们频频点头，胸有成竹地说。

"我想问问公司领导，您这些办法也好，规定也好，是哪里定的？是中央定的，还是地方政府定的，还是您公司自己定的？"

他们略一迟疑，"是石油公司定的！"

"好，我再问问，您公司制定的管道管理办法上，有没有要求县、乡两级管好输油管道的条款？比如说，第几条第几款要求埠岭乡管好哪一段管道这样的内容？"

石油公司的几位领导有些面面相觑，脸上的表情开始有些不自信。

"不好回答是不是？刚才您已经说了，是企业制定的管理办法。今天这个会就是追究责任的，好，那咱就就事论事。在这里，咱先不计较一个企业给一个政府制定管理办法要求抓好工作，对与不对，符合不符合法定程序。咱先假设一下，如果你们制定的管道管理办法上没有这个条款，县、乡两级又该怎么工作？又该担些什么责任呢？如果有这个条款，你们又什么时候来过县里、乡里传达、落实过这个管理办法呢？"

石油公司的几位领导扭动着身子，有点如坐针毡。

"咱再回到假设上来，政府就是为基层、为群众、为企业服务的，为你们服务是应该的，但政府服从你们领导，是不是不符合法定程序？就算是符合法定程序，你们又召集我们开过会、安排过工作没有？"赵云瑞完全放松了心态，慷慨陈词。他转身指着坐在一边的一名机关干部说，"各位领导，他叫温柴道，是去年从乡上刚刚退休的机关干部，是我安排他参加这个会的。他在这里工作快四十年了，在办公室管了一辈子信访。大家可以问问他，你们跟埠岭乡的哪一届政府、哪个领导包括机关干部对接过？啥时候来埠岭乡安排过工作？昨天晚上发生事故要追究责任了，你们来了，不但来了，还请省里的领导一块帮你们推脱责任来了。如果没记错的话，这恐怕是大年五更出月亮——头一回吧？这是不是个天大的笑话？"赵云瑞脸色铁青，越说越激动。

罗县长开始担心他控制不好情绪，说出过头话来，替他揪揪着颗心。

一脸恼怒的陈厅长还有其他几位领导，不但没生气，并且扭动下身子看石油公司的领导怎么解释。

赵云瑞想，反正是一锤子买卖了，把理争上去，从县到乡到村，就能保护下一大批人不受连累；争不上去呢，自个儿顶上，大不了回家种地罢了。想到这儿，他放下一切矜持，直逼对方，"管道从哪个方向来？往哪个方向去？是南北走向还是东西走向？具体位置在哪里？我们不但是一无所知，而且你们还藏藏掖掖，埠岭乡大小好几十个山头，老百姓的觉悟再高，也不能满山遍野地去找管道看管道吧！"

罗县长稍微松了口气，用眼神暗暗地给赵云瑞鼓了鼓劲。

"也许散会后，我这个乡长就要被撸掉了，撸掉个乡长不是什么大事，把国家给你们的公权力用到推脱责任这上边来，用到埋怨地方政府、老百姓没给你们看好管道这方面来，我觉得事情不小。你们是不是就认为老百姓的智商低、软柿子，就该为你们服务？让老百姓组织管护队看好这些大动脉，非常应该，非常有必要？没有事便罢，有了问题就怪罪下边？我用一个老百姓的话再斗胆地问一问您，您也是个做生意的企业，怎么就会想到让别人替你们搞管护呢？难道央企就该高高在上，就该发号施令？你们是人，老百姓不是人？他们也是有血有肉的人，他们也上有老下有小，也拖儿带女，需要生存，凭什么让他们免费为你们服务？中央都这么关心老百姓，你们又拿出了多少钱来让老百姓替你们干活？一分钱不拿，出了事还得让下边担责任，你们一年好几百亿的钱就是这么赚的？俗话说，店大欺客，是不是就是说的你们？……"

赵云瑞不计后果的慷慨陈词，把埋怨也好、责备也好的情绪一下子转移到了石油公司这边。

这时，陈厅长也完全听明白了地方政府跟石油部门几乎是不搭边的关系。他一句话也没说，沉思着这事的症结所在和如何处置。不过从他的脸上可以看出来，由对地方政府的不满转向了对石油公司的不满。他看赵云瑞还要往下说，便摆摆手，适时地插上话："好啦，好啦！刚才乡长说的是不是都听明白了？"他故意停顿了下，朝着罗县长和石油管理部门的人说，"刚才乡长说的我听明白了，我想说三个问题：一个就是我们来这里是查找事故原因的，不是来追究责任的。如果追究责任，那也肯定是由地方党委来处理。乡长刚才提到免不免职、撤不撤职的事，我看不必过于担心和考虑这个问题了，但协助把事故弄清楚是应该的。第二个问题就是说昨晚上发生的漏油事故不小，在全省也引起震动，如何处理、如何追责，需要进一步调查，先把责任分清，才能往下走。从刚才乡长汇报的情况来看，事情还是有出入的，如果情况属实，应该说管理体制上还存在着弊端。'油地共建'有名无实，这是个很大的漏洞，需要引起足够重视，应该好好地总结这个教训。第三个问题就是你们石油管理部门了，现在的管理模式是不是像乡长说的那样，需要你们也说清楚。如果确实存在责任不落实、制度不到位、'店大欺客'的现象，那就需要你们反思，从自身上找原因了。基层工作本来就难干，按你们的意思就是取得的成绩是你们的，出了问题是下边的，又让马儿跑，又让马儿不吃草！是不是于情于理说不过去？刚才乡长说的中央对农村这个'弱势群体'都特别关心，一年赚几百亿的企业，就不能拿出些钱来让他们帮着维护沿途的管道？如果乡镇、企业之间有个'管护协定'，至少说责权明晰是不是？这样怪罪基层，也不实事求是，应该多从自己身上找原因……"

听到这里，罗县长攥攥着的心稍微松弛了些。他擦了擦额头上的汗珠，长长地舒了口气，紧张的情绪有所缓和。

事后，罗县长跟赵云瑞感到有些后怕。如果不是据理力争把理争过来，谁知道又会发生什么呢？赵云瑞想，难道真是人家说的点子背、运气差，"鬼缠身"似的围着你打转转？怎么也摆脱不了这一件又一件的烦恼事。不是驴不走，就是磨不转。这"油地管理"又差一点引火烧身上。两人苦笑了笑，摇摇头无言以对……

四十三

天渐渐凉了。

这天一上班，刘秋珊跟同事们正忙着业务报表，准备迎接县农业局的检查。忽然，一辆车开到门前，一个急刹车后，车门迅速打开，从车上匆匆下来三四个穿制服的人。正当他们诧异时，来人一步闯了进来，"我们是县工商局的，都不要走动。谁是这里的负责人？"

刘秋珊大吃一惊。"我是站长。"

"你们是不是在经营化肥？化肥不真，被人举报了。现在对库存化肥进行查封、清点。请你们配合。另外，请把账本拿出来。"来人不容农技站的人辩解，强势地将存放化肥的屋门贴上了封条；另一个人从工作人员手里要过钥匙，将抽屉里的账本及有关票据拿出来摆了满满一桌子。

刘秋珊从没碰到这阵势，脑子一下子胀大了。稍一冷静后，她使了个眼色，让一个同事出去，赶快跟鲁书记汇报。

赵云瑞跟姜恒春正在商量着从哪里再淘换钱把前阵子挪用的机关干部的工资补上，鲁祥生急匆匆地进来，"赵乡长，刚才农技站的工作人员过来告诉我，农技站被工商局来人查封了；刘秋珊也被他们叫去在做笔录……"

"怎么回事？"赵云瑞示意姜恒春稍等后急切地问。

"可能是农技站卖的化肥不真，被人举报了！"前几天就有人反映乡直部门贩卖化肥，今天就让人查着了？

赵云瑞大吃一惊，心想：农技站管好农业技术指导就行了，怎么还卖化肥？

他皱了皱眉头，对鲁祥生说："咱县里的事好办，我想这样安排，你跟陈来电过去对接一下：一是表明乡上的态度，看有什么需要配合的，我们积极配合。二是想法了解一下农技站进了多少化肥、又卖了多少，把事情弄清。现在假化肥、假农药、假种子比比皆是，老百姓早就有反映。工商局不查，咱政府也得管好管严，眼皮底下的部门怎么会出现卖假化肥的事情呢？这事还真得管管。三是中午一定留住他们吃饭，我到生态科技园苑老板那里借点钱，马上回来，中午一块陪陪，争取把事压下！"赵云瑞虽然有些生气，但又不能不办。

"好，我马上过去看看，先把事情搞清楚再跟您汇报！"鲁祥生说。

"我现在过去不合适，先让他们把事情搞清楚了再说。中午一定留住他们，我回来陪他们吃饭；要是留不住，事情可能就复杂了。你们一定要态度温和，配合好调查。"鲁祥生临走时，赵云瑞又嘱咐了一下。

赵云瑞自从两个月前为挖大湾塘的土来过生态园之后，就一直没再来这里。

顺着乡道三拐两拐地来到生态科技园大门前下车一看，一下子被惊呆了。矗立在眼前的温室大棚，高大宽敞，棚里棚外，大的、小的，各种颜色的鲜花簇拥，生机盎然；浇灌植物的喷头，从高处有节奏地喷出一团团的水雾，在阳光的折射下，映现出一道道彩虹，把本来就娇艳欲滴的鲜花，衬托得更加鲜嫩灵动。大棚外，一块方田一块方田的苗木，大都是从南方移植过来的，种类繁多，造型奇特；生态园区里紧靠大湾塘边上，正在建设一栋栋别致的尖顶木屋，远远望去，色彩斑斓，错落有致，颇有欧洲风格；用鹅卵石、木头铺垫的甬道，在林中时隐时现、曲径通幽；从当地雇用的农民也都穿着统一的工作服，进进出出地忙碌着，俨然是些熟练的花匠。

赵云瑞知道有这个规划，也知道准备投这个资，可没想到苑老板干得这么快！看来这个苑老板是看准了这个产业肯定要有个大暴发，才下这么大的决心投这个资的。

赵云瑞不自觉地沿着甬道往前走。他边走边想，照这么干下去，这些地方，包括韩岭村四周的山、林和土地不愁成为寸土寸金的养生宝地！对，再提提要求，让他们更快更好地扩大建设规模，把生态园发展成养生、旅游的好去处，不但提高了埠岭乡的知名度，而且也能带动当地老百姓发家致富。

一个外地人能来这人生地不熟的地方投资上项目也不是一件容易的事。这里正大兴土木，再去借钱堵窟窿，怎么好开这个口呢？他边走边看，倒把刚才借钱的烦躁给抛脑后去了。

一拐弯，走到园区边上一处正在施工的工地旁。

"赵乡长，来看看呀？"

咦？在这生疏的地方还能碰到熟人？赵云瑞有些纳闷，"来看看，哎？你是……"

"您不认识我，我可认得您赵乡长，来生态园视察工作？"

"找苑老板有个事，路过这里，建设得挺快，顺便走走！挺面熟，你是不是韩岭村的？"

外号叫"坐地炮"的韩平有些不好意思地点点头，"是是，是韩岭村的！"

"你不是'坐地炮'吗？在县埠路工地上见过面？"赵云瑞想起了是在县埠路认领工段时认识他的，知道他跟陈柱子走得挺近，有意幽默了一句。

"咱有名字，叫韩平。因为长得矮，又不咋地，他们就给起了这么个外号。这地方兴叫乳名、外号的，无所谓！"韩平还是拖着个瓮声瓮气的鼻音说。

"你这是……"赵云瑞不知"坐地炮"是给人打工还是给自己干活，便指着几间正在施工的房子问他。

"前阵子咱惹着掌柜的了，还被他揍了顿，是咱不好。嘻！不提那事了！"

"这是你盖的店铺？"赵云瑞赶紧岔开话题问道。

"是呀，凑了几个钱，在这里盖了两间商铺，得想法子做个买卖养家糊口呀！"

"你这地方是生态园的，还是韩岭村的？"赵云瑞有些纳闷地问。

"韩岭村的。那边是生态园的。人家投老大一笔钱办企业，他们边建边做，生意真好。他们说这地方叫啥繁华地段？咱就在这边上盖了几间店铺跟着生态园做个生意，估摸着也能赚个仨瓜俩枣的。"

"是村里统一安排的，还是自己在这里盖的？"赵云瑞饶有兴趣，索性坐在块木板上跟他攀谈起来。

"村里统一安排的，紧靠着生态园也弄了这么块地，叫啥工业园小区还是生态园小区，反正是让老少爷们儿做买卖赚钱的小区。"

在距生态园一路之隔的是韩岭村的一块山地。陈柱子把苑老板又请回来后，两人就成了莫逆之交，隔三岔五地喝上顿。陈柱子心眼活，脑子转得快。他一看苑向伟是真的舍得投资，并且是边建设边经营，几个月的时间，生意就起来了。远的、近的，大小车辆往这跑，馋得他一个劲地流口水。乡里不是要求各村也建个工业小区嘛，工业小区建不起来，建个生态园区也行。他跟苑老板又抠了抠生态园区的前景，然后跟陈大凤几个村干部一商量，就选了块紧靠生态科技园的山地，作为村里的工业小区也好生态小区也好，反正是既完成乡上安排的任务，又能让些老少爷们儿有个活干赚几个钱。

说干就干。他虽然啥也不懂，可就懂得喝酒联络感情，天天拖着苑老板又是帮他规划，又是帮他设计。忙活了个差不离之后，又开始动员村里能拿出钱来的来这里建商铺。店面一多，不就自然而然地成小区了？

赵云瑞忽然想起前阵子陈柱子曾到办公室找他好像汇报的就是这件事，有点忘了。对，就是指的这件事。

"他算是为老少爷们办了点好事！""坐地炮"满意的表情溢于言表。

"听这话村里以前好像没办过好事？"赵云瑞还是激他，想掏点群众的真实反映。

"唉，一言难尽。赵乡长，您都清楚，过去的就让它过去，不好意思再说了！"韩平不好意思地摸了摸曾经被掴过的腮帮子。

"哎，伙计，我刚来埠岭乡时，在县埠路工地上就认识你，工程也是你干的，得感谢你才是！"

"哪里，哪里，赵乡长快别笑话俺了，不就是干了点活嘛！"

"问你个事，最近村里有没有什么反应？"

"没有，挺好的。"

"陈柱子最近怎么样？"

"他呀，我俩上次不是闹了个不济吗，是咱吃饱了撑的惹的事，咱认了。他心眼还算善吧，也没跟咱计较啥。村里在这里划出片地来盖商铺时，是他上的俺家，让俺盖个沿街房。盖房得十好几万，咱哪有钱？刚开始我以为是坑我，现在看看还行，只要这个生态园存在，咱这店铺就值钱。这还没完工呢，就有人找上门来，想租我这个房子！"

赵云瑞边走边揣摩陈柱子，脾气是暴躁些，但脑子是够用的，把个大活人生生地揍了一顿。但他也能伸能屈，亲自上门把好事留给他，帮着他想法挣钱。通过"坐地炮"刚才的一番对话，他对陈柱子也有了新的认识。

"老韩，我再问你个事。这不很快就要换届了嘛，争着当村干部当然是好事，可有些品行不正的人也忙活着争，你感觉这路头对吗？"

"坐地炮"的情绪平和了些，他舔舔干巴巴的嘴唇说："农村选举就是一场闹剧。咱俩说闲话，转身不负责任的，等着看热闹就行了！"

"为什么？"

"为什么？您看见的也比咱听见的多，不说罢了。到选举的时候，啥笑话也有，您信不？"

"我当然不信。到时候组织好就行呗！"

"都是这样，人托人送礼拉票的，花钱买选票的，雇人去家里拉拢、承诺、威胁的，还有管不管你品行端不端的，谁户门大、人口多，谁家里肯定选上……"

农村换届是个回避不了的现实，得认真对待。赵云瑞脑子里又绷紧了年底农村换届这根弦。

"赵乡长，看俺村里，一半人在这里干活！"

"是呀，过日子没有钱可不行，挣钱就得扑下身子干，把心思用在发家致富上才是正事，对不对？"

"是是，赵乡长，您这是……"

"过来看看生态园的建设情况，没想到工程进度还是挺快的！你们村也挺会找空子钻呀。我准备在这儿搞个整体规划，你们倒好，把地划好沿街商铺都快建好了。也好，只要是带领群众发家致富，乡里都支持。现在村里对建这个生态科技园还有意见吗？"

"有啥有？全村人老的少的、男的女的都在这里挣人家的钱，哪有把心都掏出来了还嫌有腥味的？再有意见，良心不是真叫狗吃了？"

"好好，只要群众愿意的事，我们都要关心支持！"

"谢谢赵乡长，回头告诉俺陈书记！"

"好，忙吧，开业的时候打个招呼啊！"

"好好，不过，真开业了，赵乡长您这么大的官是不会来的，我心里有数。"一番笑谈之后，韩平兴奋的情绪像是换了个人。

"哎，韩平，我跟你了解个情况，现在农民种地都是从哪里买的化肥？"赵云瑞又停下。

"老百姓穷，用得又少，没有到县城去买的。乡上好多批发零卖的，谁用谁就到卖化肥的摊点拿几袋用！"

"那这些卖化肥的是从哪里进的货，知道不知道？"

"这事看起来知道，其实水也挺深的！"

"这话怎么讲呢？"

"卖化肥的都是些小商小贩，手里也没多少本钱，说是从正规厂家批发来的，说真的还不知道是从哪家黑作坊捣鼓来的！牌子一样，包装一样，连化肥颗粒颜色都一个样，庄户人能看出个什么来？孬好都得用！"

"如果买着假化肥怎么办？"

"怎么办？倒霉挨呗！不是有句顺口溜嘛：'大爷乡上买化肥，经理忙把产品吹。满心欢喜撒地里，苗根怎么变了黑。大爷回头去论理，奸商变脸黑社会。'碰上这样的事跟谁说理去？有那工夫还不如多干些活呢！再说，现在啥东西有真的，不都是假的？"

"难道就没有点真事了？不至于吧！"赵云瑞故意激将他，试图从他嘴里掏点真东西出来。

"您没听社会上传的，'吃了动物怕有激素，吃了植物怕有毒素，喝瓶饮料怕有色素，能吃什么心里没数！'卖这假化肥药不死人，这还算好的呢！"

赵云瑞也知道市场上充斥着许多假冒伪劣商品，可没想到老百姓私下里看得这么透，编起顺口溜来一套一套的，直戳政府部门的脊梁杆子。他心里骤然觉得，该彻底治理一下这欺骗百姓的乱局了。

"这些卖化肥的有没有自己造假化肥或者是专门进些假化肥卖的？"

"说不好，反正是说法挺多的。您想想，攒了好几百块钱买了几袋子化肥施地里一点儿劲儿也没有，地里没收成，老百姓能不急，能安稳了？"

"说说有些什么具体反应。"赵云瑞收起笑容靠前又问。

"唉！还是那句话，一言难进，保不准会有人往上写信，反映倒卖假化肥还有什么假种子啥的！现在有些人可黑了，都有打着政府的旗号卖些假东西的！您说可恶不可恶！"

赵云瑞一惊，别看这个"坐地炮"蹲这里不动，了解的事不少，看问题还挺准，真叫他一语成谶把事给说中了！这不工商局正在查处农技站卖假化肥的事吗？不行，得赶紧回去看看，千万别把事搞大了。本来是想来找苑经理借钱补发工资的，可听"坐地炮"这么一说，哪还有什么心思……想到这里，他催促司机调头去农技站。

他没敢怠慢，径直来到农技站。

"领导们来了，喝杯水稍歇会儿呗！"赵云瑞一进屋客气地打招呼。

"对不起，赵乡长，来办案子也没提前跟您汇报……"工商局副局长张勇有些不好意思地说。

"不要客气，有问题不查也是不对呀，是不是？您查了也省下我们的事了！"赵云瑞跟张勇相视笑了笑，坦荡地表明自己的态度。

"是这样的，赵乡长，省里转下一封群众举报信，是反映咱乡农技站倒卖假化肥的事。局里很重视，让过来查查举报信反映的真假。这不过来一查，情况属实，假化肥还剩下不少。您也知道，像这样举报的案子不查是不行的，查完后还得上报查处结果。按照局里的要求，我们来农技站进行突击检查，把去年进化肥的发票也都一一进行了核对，对农技站长进行了取证，并录了口供，情况基本弄清楚了。去年，农技站进了十吨尿素，到目前为止卖了七吨，剩余的三吨都在仓库里，账货相符，情况属实，正准备跟您汇报呢！"

"噢！是这样……"赵云瑞领着农技站的人到村里查处过倒卖假化肥、假农药和假种子的事，但没想到农技站自己也经营起假化肥来了。这让他一下子陷入尴尬被动的境地。

"我们曾对这批假化肥进行过化验，发现不是原厂生产的，成分也不对，其效力几乎没有，造成的损失不大，但影响很坏。省里要求我们从严查处。这批假化肥是农技站原站长齐奎升从一个化肥贩子手里买的，从事化肥销售的贩子掺进了些自己生产的假化肥。现本人已被我们控制，倒卖假化肥的收入也全部没收。事实基本上搞清楚了，对这事的处理，想听听您的意见，然后我们再汇报局里，拿出处理意见后上报。您看……"张勇简单介绍了一下案情的大体经过后，征求赵云瑞对查处的看法。

"鲁祥生，农技站怎么卖化肥做开生意了呢？是乡里安排的，还是自己干的？"赵云瑞皱起眉头不解地问。

"不光农技站，下面这些七站八所，一年的办公费用也就千儿八百的，有些站所恐怕连千儿八百的也没有。但大小是个单位，开门就是"柴米油盐酱醋茶"，没有钱怎么办？他们就结合各自的工作特点拉些赞助、经营点产品，说白了就是利用关系、职权往村里推销点东西，多少挣点费用。以前这样的事多了去了，也没有什么大惊小怪的。但他们卖假化肥被人告了，性质就有些变了！"

乡镇算是最穷的一级政府了，政府下面的部门更是穷得可怜。他们还要工作，出来进去花钱的事也不少，但又没有办公经费这个项目。怎么办？跟乡财政上要是指望不上，只有向下打村里、农民的主意。说白了，农技站卖点化肥还算是好的，只是栽在卖假化肥这事上了。

"张局长，这件事很明显是不对，农技站发生了这样的事是咎由自取，应该严厉查处……您看是不是这样，齐奎升是副科级干部，刘秋珊刚接这农技站站长时间不长，我马上去县委汇报，然后咱再商量商量。如果可能，是不是由乡政府处理，对其他部门也是一个教育！"

"这……得回去汇报后再定。"张勇没想到赵云瑞提出这个要求，总归是一乡之长，不太好直接拒绝。

"张局长，在乡镇工作的这些机关干部确实挺辛苦，没白没黑地干不说，一年到头也没什么福利。工资不但不能按时发放，而且还扣下些补贴的钱。您看在县里干的机关干部这不都房改了，拿上个几千块钱就分套房子；在乡镇干的哪里轮得上这等好事？同样的资历，每月的工资比在县里上班的少好几百，您看不像是后娘手里的孩子？"赵云瑞有些动情地告诉张勇。

"是呀，这些事我也知道个大概。赵乡长不用说了，我家也在农村，也有在乡镇工作的亲戚，他们是挺辛苦。但一码归一码，这样吧，我争取按照您的意思把事汇报上去！"

"好，谢谢了！"赵云瑞也无奈地点头应酬着。

中午是把工商局的客人留下了，酒席气氛也相当热烈，但牵扯到往省里上报情况，谁也不敢表态。只是在情节上就低不就高，轻描淡写地把来龙去脉写了写，其他只好听天由命了。

他们仿佛是度日如年地等着工商局给个回话，可是一等不来，二等不来。找了个能递上话的熟人一打听，因为是省里转下来的案子，工商局也不敢表态，也是通过关系到上边疏通一下，争取把事情尽量压下。

不幸中的万幸。耿春义了解刘秋珊，知道她也是无辜的，就一直惦记着这事，从中做了好多工作，终于将事情压住了。

事过之后，借着农技站倒卖化肥这事，村干部们一凑堆，对当下众人昭昭的现象又抨击开了。

"庄户人就是最软的柿子了吧？怎么谁愿捏谁捏、愿啥时捏就啥时捏？什么时候咱也捏捏人家？唉！庄稼人长得贱，天生就是让人捏的，认了吧！""张打油"冷不丁地冒出一句来。

"老程，我问你个问题，你说现在谁最困难？谁是弱势群体？"莫老憨问程老大。

"谁最困难？"程老大瞪着圆鼓鼓的眼珠子还没反应过来。

"张打油"却来了精神，跟上一句："咱庄户人最困难，是弱势群体。这事还用琢磨吗？我说件事你听听。前几天俺老婆肚子疼，打止疼针、吃止疼片不大管用，就找了个车送乡医院，住了两天不管用，又转县医院去了。在县医院一连折腾了五六天，恐怕是所有的仪器都做了一遍，一共花了六七千块钱。最后，你知道是什么毛病？胃炎。就这么个胃炎，花了俺老婆攒了好几年的私房钱。要是老婆再这么折腾几次，非得拉饥荒不可。你说，吃五谷杂粮哪有不生病的，可咱老百姓连个病都看不起了，不是弱势群体又是什么？"

"你这叫误诊，跟弱势群体不挨边的事！"程老大纠正了他一下。

"你看，上面一个劲地要求关心群众疾苦，可进了医院，医生对病人好像叫什么流水作业一样，查病无商量，也不问个头痛脑闷，先连着开上几张处方，把医院的各种仪器都过上遍筛子再说。这是真关心群众疾苦？不过得钱上找齐，是不是邪门了！"

程老大接着他的话音说："你花几千块钱孬好地还查出胃炎来了。俺有个亲戚也生病去住院了。他们是住院没商量，住院押金一分钱也不能少。床位闲着不让出院，没押金了催着出院，也不知是床重要还是病重要！这事不更邪门？不是利益在作怪又是什么？真是住一回院，凉一回心。"

"也是也是。越穷越难，庄户人真生不起病了。依我看，把医保全部取消了，用公家大吃大喝的钱、用当官买汽车的钱、用政府建大楼的钱凑起来给医生当补贴。不就是几个医生吗？由政府养起来，让他们安心为病人看病治病就是了！省得从老百姓身上揩油！"

"哎哟哟，多少年了，'张打油'，这回总算说了几句正儿八经的人话。要是上级听到了你说的意思，说不定还能真的触动一下神经，按着你的路子走呢！"

此时，一脸怒气的程老大也多云转晴，接着"张打油"的话尾说："你说医院自己进药，自己卖药，稳赚不赔的买卖多好。那个卖烟卷的局，局长兼着烟卷公司经理，左手定政策，右手卖烟卷。傻子才不赚钱呢！再看看那个管盐的局长，也兼着个经营盐的公司经理。独家经营，能不赚钱？有人说是体制的原因！咱庄户人没文化，也不懂体制到底是谁。是县长，还是座大山？动不得吗？小米加步枪的共产党把日本人都打败了，把老蒋也都赶到台湾去了，还玩不转体制这个东西？这事还真怪了！"他对社会上的怪现象满腹牢骚。

"是呀，咱庄户人才是地地道道的'弱势群体'！老百姓惹上个事，恨不得扒了你的皮，你看人家穿制服的执法人员，惹了事后，不是'协警'就是'临时工'，辞退掉，一走了之，怎么着也伤不着根毫毛。你说神不神？而你惹了他们呢，那可了不得了，不判个三五年也得拘留罚个狠的，里外不一个理儿！"

"再说说这计划生育，国家这么大，实行计划生育是对的。可每户只准生一个，再过些年，老龄化了怎么办？老人怎么养，活谁来干，日子怎么过呀？不知道这计生部门从长远考虑没考虑过，再这样过几年，村里连个劳力也找不着了，让些七老八十的再去种地吗？"陈柱子虽然切中时弊，说出了大家埋在心底的话，可总归人轻言微，发发牢骚而已。

"老百姓的地，本来就稀缺，现在眼睁睁地看着成了工厂。那些圈起来还没建起厂子的，宁愿荒着，也不让人种。这不是胡来是什么？"程老大也跟着抱怨。

"上面压，下面抗，乡镇夹在中间也死难受，就像老鼠钻进风箱里，两头受气。你说是不是这个样子？"鲁祥生戏谑地说。

"鲁书记，你看人家经管站的刘振喜，调回县城后，工资也多了，福利也有了，还赶上了房改，花了个万儿八千的，就有了自己的房子！咱们倒好，活没少干，工资可比他们少一大截，什么福利也摊不上。就像房改这么重大的事，到了乡镇怎么一点儿动静都没了呢？难道乡镇干部就不该享受点福利？这是唱的哪出戏？好像乡镇机关就不是机关，乡镇干部就不是干部，真让人接受不了。"马力胜替乡镇干部鸣不平。

鲁祥生苦笑着摇摇头。就是这么个形势，又能说什么呢？

好像是找到了知音，伙计们一个劲地往外倒苦水。

"不合情、不合理的事多了去了。十个指头还不一般齐呢！你没看，现在上级也是在一个劲地调整。国家这么大，需要办的事太多啦，循序渐进嘛！心急吃不得热豆腐，是不是，伙计们？"关键时候陈柱子善于总结。

鲁祥生对伙计们发的牢骚，心知肚明。大事小事都是乡上安排的，还不了如指掌？但都是上指下派，非干不可的事情，他又能怎么解释、说些什么呢？他的表情有些凝重，心想，老百姓就是老百姓，他们不会藏不会掖，对看不惯的事、对社会上不公的事，直言不讳，一竿子戳到底，有时言重得让你下不来台。

别看他们心直口快地提意见，可都句句在理，都是大实话，多好的同志呀！

四十四

随着太阳一步步南移，天气越来越冷了。

相同的季节，不同的心情。

赵云瑞终于接任了埠岭乡党委书记职务，鲁祥生被提拔为乡长，陈来电提了副书记，齐奎升提为副乡长，王博平和刘秋珊也都分别担任了经管站和农技站站长。看起来这是一次普普通通的人事调整，但这却是县委对埠岭乡工作的肯定。

新班子，新气象。此时，赵云瑞肩上的担子更重了。

校车发生事故后，赵云瑞在现场承诺对该路段进行拓宽硬化。但因资金一时不足，拖了些日子。眼看天就要冷了，再拖，路就无法修了。对群众承诺的事不尽快兑现，群众怎么看？不能取信于民，又怎么有号召力？况且这条路也真该修了。

群众的呼声就是政府的风向标，群众的需求就是政府的分内事。有什么困难比群众的诉求还重要呢？修路是造福于民的好事，忧虑什么？担心什么？钱是死的，人是活的，井里没水四下淘嘛！对，决不能被这点困难吓倒。

天冷，是天气变化、季节更替；修路，是对老百姓的承诺、应做的工作。不可同日而语。

陈来电负责这项工程后，连着几个晚上没睡好，压力太大。看起来万事俱备，但真要下手运作时，众多的民事会一下冒出来。他心里还是免不了有些打怵。

这条路全长十几里，有山路，有陡坡，宽的地方不过四五米，窄处也就三四米，连会车都很困难。有的路段一边是弯弯的丘陵，一边是十几米的深沟，施工难度非常大。有一段不长的平缓路段，施工强度倒是不大，但民事工作却迎面而来。陈来电安排人早就摸了底，有两个村的十几户住宅需要拆迁，大大小小的几十个菜园子需要处理，还有果园、水井、作坊、瓜屋、维修铺等，总共几十家。

又是一夜未眠的陈来电看上去憔悴了好多。宋程坤跟他通了几次电话，要求开工。他犹豫了好一阵，说让他再等几天。他想，一些地段的民事补偿还没处理好。东屋点火，西屋冒烟，这边一旦开了工，那边肯定有动静。有人会趁机狮子大开口，要求增加补偿。腮连着嘴，嘴连着腮，给这家多补，就得给那家也多补，一碗水很难端平。想想腿肚子发颤，心里发慌。

修路的钱，是在中央不允许从群众手里收钱后，打着个擦边球筹集上来的，根本没在预算内的十多万补偿费又冒出来。这不是穿了双露脚鞋，又碰上满地蒺藜——难对付呀！

宋程坤比陈来电更着急。当时，赵云瑞急三火四地把他叫来谈工程的事。事情敲定之后，他便将其他工地上的车辆、人员和设备等一块搬了过来。为了把工程干好，他又到厂家进了两台大马力的挖掘机，准备劈山填沟时使用。可当这些准备就绪后，这边却冷了场。这么大的摊子摆在那里，谁不着急？一向沉稳的宋程坤一天好几个电话催促开工也在情理之中，早一天开工，就减少一天的损失，明摆着的事。

从乡驻地通往模范村的这条路，乡里是下决心高标准拓宽、硬化。十几里山路，沿途牵扯到十几个村庄的住宅、果园、苗木、土地等，都需要逐一解决。就像陈来电跟工作人员扔下的话，钱是没有，但事还得办。这让负责处理民事的同志无计可施，一筹莫展。

"同志们，可这刀已经架在脖子上了，干也得干，不干也得干，管不了那么多了。不过，怎么也得先把民事工作处理利索了后再下手，"陈来电安慰着伙计们。

"陈书记，沿途大部分都是经济林，个人承包栽种的，补偿也好，置换也好，按法律办事也好，这都能沟通。就是模范村西的那棵老槐树，恐怕是个麻烦事……"

"怎么？"陈来电眼巴巴地盯着水利站站长孙成清问道。

"愿意修路，可是不愿意挪树。谁要是真的要去挪那棵树，村里恐怕真有人出来拼命。偏巧，那棵老槐树正挡在路中央。前几天，俺们几个人去过，谈占地、谈拆迁，只要给补偿都行。可一谈到需要挪走这棵老槐树，他们立马蹦起高来，死活不答应。理由很简单，这是他们老祖宗留下来的东西，是这个村几百年历史的见证。说这些年来，村子之所以顺风顺水，多亏这棵老槐树的保佑。"孙成清把从群众那里听到的话，又讲给陈来电听。

"愚昧无知。这晴天一身土、雨天一身泥的路，还没有走够是咋的？全乡老少爷们儿集钱来给他们修路，他们倒还在这里讲条件，真是……"陈来电气得才要骂出声，忽又觉得不妥一下打住了。

"唉，村里的事，上年纪的老人都上心。他就是不搬，你也没法儿。听说他们还提着个破锣轮流值班呢！"郭大生提醒了一下。

"几百号人真的去上访了，还真是个麻烦事。这样吧，准备两套方案，先尽量地去做工作，实在不行就绕过去。"

"上级要我们超常规地干好工作，又要我们不能出现上访。这不是把咱闷铁锅里煎熬吗？"郭大生和孙成清看工作人员出去了，便朝着陈来电倒苦水。

"陈书记，下去是求爷爷告奶奶，好话不知道讲了多少堆，到最后还不是老榆木疙瘩，一点儿裂缝也没有。要我看就得像咱刚才分析的那样，把活硬摁给村里，让村干部对付他们，把奖励标准提高点。重赏之下，必有勇夫，让他们缠磨去吧。真出了事，由他们顶着，咱也不担啥责任，顶多写个检查完事！"

"理论上是这么个事，可真出了事，那还不是一根绳上拴的蚂蚱，蹦不了你，也跑不了我。我马上找赵书记汇报，挪老槐树的事你再最后努力一把，实在不行就先扔着。老百姓惹不起，工程也等不起呀！"陈来电苦笑了一下。

俗话说，天有不测风云，人有旦夕祸福。正当陈来电、宋程坤等沉浸在即将开工的喜悦中时，模范村的那棵老槐树竟惹出了难以收拾的乱子……

模范村位于一个高高的埠子上。大块的石头垒地基，小块的石头摞成墙。屋前、屋后，门楼、院墙，全都是石头砌的。从古旧的建筑式样和风吹雨淋的样子，再加上村中那棵古槐，一看就是有着几百年历史的古村落。

明洪武年间，山西洪洞县老槐树底下，依圣旨，向东部地区分派移民。一拨拨的移民成群结队，摩肩接踵地聚拢在大槐树底下，按着朝廷的分派，向东走去。男的、女的、老的、少的，大家、小家。他们推着、背着、挎着所有的家当，朝着老槐树一步三回头地依依惜别。

他们知道，这一走就再也回不来了。留给他们最后一眼、让他们记一辈子的就是那棵高大挺拔、枝繁叶茂的老槐树。所以，他们对老槐树有一种难以割舍的情结。老槐树就是他们的根，看到老槐树就等于看到了自己的祖先。

　　一开始，移民大军浩浩荡荡地一路东进。他们披星戴月地走了一段路后，移民队伍就按朝廷旨意逐渐向东、向北、向南分流开来。他们越往前走，移民队伍就越少，土地也越荒凉，慢慢地分成了几股队伍奔向各自的目的地。

　　在一股移民队伍中，有一户姓莫的和姓范的，始终相互搀扶，相互照应，艰难前行。当他们走到半岛地区的栾山河边时，看到这里的山是葱郁的山，水是清澈的水，两家的男人就蹲在河边歇息了一会儿。看看走了好几个月的家人，一身疲惫，目光迷惘，再看看这水草茂盛的栾山河边，就想在这里住下。两人跟家人一商量，家人当然是求之不得。就这样，两家老的少的十几口便在这栾山河岸边扎下了。

　　不知哪一年，栾山河发了大水，将他们住的茅屋给冲走了。他们咬咬牙，就把家搬到一个高高的埠子上。这就是后来的模范村。

　　星移斗转，沧海桑田。几百年过去了，模范村也由当初的两户人家繁衍成为有着几百口子的村子。村里除去二十几户姓常、姓王的是水库搬迁户，其余的都姓莫、姓范。庄户人淳朴、憨厚，几百年来和睦相处像一大家子，心也就格外齐。

　　这条将要拓宽硬化的乡级路，从模范村旁拐了个大弯儿后，就到了出事的那个陡坡。在拐弯处，有一棵根深蒂固、枝叶茂盛的老槐树。据说就是祖先从山西大槐树底下来这里后，为纪念从山西大槐树下远走他乡而栽的，算来也有五六百多年的历史了。几百年来，全村的老少爷们都视这棵粗壮茂盛的槐树为"神树""仙树"。不管是谁家，不管有什么事，都会来槐树下祭拜祭拜。也别说，凡是来祭拜的，该顺的挺顺，不顺的也顺了。"红白喜事、早晚出行、起屋上梁、满月起名"真是无所不包、无所不能。也难怪一些老爷爷、老奶奶格外看重这棵老槐树。

　　前些日子，陡坡下发生校车相撞事故后，官方有官方的解释，民间有民间的说法。村里那些上了年纪的老人说此前下过一场大雨，下雨时一个炸雷落下，将老槐树上的一根树枝劈掉了。有些好事者跑出村外，透过茂密的枝叶，使劲瞧了瞧，树梢上确实有个让雷劈开的新茬口。为什么这么多年没发生过遭受雷击的现象？遭受雷击跟交通事故又怎能扯到一起来呢？那些上了年纪的老人想来想去，就把些事联系在一起了。说是风传要修这条路，修路就要把树除掉。树神、天神是一家。天神看不过眼去，就让雷公劈了树，再让神树使些法术，不再保佑那些想除掉树的人。自从大槐树遭雷击后，确实又发生过几次小的磕碰。这么一来，村里的说法就越说越多，越说越悬了。老少爷们儿听说修路倒是挺高兴，可听说还要把这棵祖宗栽的老槐树也除了，可就大不愿意了。道路拓宽要把老槐树除掉，那还了得！

莫老憨被免职后，又赶上扭着了脚，也正合他意，蹲家里大门不出二门不迈的。乡上指定范秀花主持村里的工作。陈来电去村里找过她几次，研究拓宽路的事。范秀花倒是挺配合工作，安排啥听啥，也尽心尽力地去办好。可就是在除掉或是挪走老槐树这事上，她没了什么招数。别说是除掉树，就是劈块树枝、砍块树皮也没半点商量的余地。不是范秀花不配合，而是村里的老少爷们儿不听嚷嚷。一说除树、挪树，门也没有。连续多日僵持在那儿，没有半点进展。

这天，陈来电和孙成清、郭大生拖着范秀花翻来覆去地商谈挪树的事，扯拉了好一顿，也没找出个好法来。孙成清分管施工，眼看着工程没有进展，心里也挺着急。他寡言少语，两眉恨不得蹙到一起。他知道模范村的老少爷们儿对这棵槐树的虔敬，更知道拓宽这条乡级路的重要，但二者必须有一方让步才行。权衡利弊，只有把树除掉才是唯一的办法。如果跟领导汇报，找个夜深人静的时候，悄悄地把树除掉，领导肯定不会答应。事已至此，唯有自己铤而走险，找几个帮手借夜深人静之际，先斩后奏地把树除掉，是打是罚认了就是了。想到这里，他暗暗咬牙，说干就干。退一步讲，就是村民发现了闹起来，那也是为了工作，不比这样干熬着强？

初冬的埠顶子上，寒气森森。夜沉沉的下半夜，就跟入了三九一样，贼冷贼冷的。伸手不见五指的荒岭野坡，漆黑一团。凛冽的西北风中偶尔传来几声野兽的叫声，给压抑的情绪又添了些愤懑的阴影。忽然，几个人影轻手轻脚地来到老槐树下，只见他们打着哑语似的手势，有条不紊地忙碌着。

正当他们拉开架式下手时，一束强光射来，随着一阵骤雨般的锣声和众人的吆喝声，忽啦啦地从村里聚拢过来了许多人，并且越聚越多。这时，莫怀强一个箭步冲上来，怒不可遏地喊叫："半夜三更来偷树，胆子贼大。快说，哪里的？"

买校车时，莫怀强虽然赚了几个小钱，却办了一件恶心到家了的事。全乡二十多辆校车，就模范村的校车出了交通事故。他有推不掉的责任。因为违着良心赚了老少爷们儿的钱，在村里的名声奇臭无比。全村人都在背后猛戳他的脊梁杆子。这几天，他听说村里安排人巡逻护树，就自告奋勇领着一帮人白天晚上轮着护树。这不歪打正着，真让他逮着偷挖树的了。

孙成清想趁晚上没人的时候，派人来个先斩后奏，把树挪走。到时骂也好、闹也好，只要不影响修路就行。没想到他们棋高一着，提前设了埋伏哨，"出师未捷身先死"，没逮住黄鼠狼反倒惹了一身骚。树没除掉，人却让人家逮了个现行，围在中间跟耍猴似的。

"偷什么树，修路嘛，这棵树碍事，就想挖走了事！"挪树的满不在乎地说。

"放你娘的狗臭屁，不揍你一顿，你是不老实。来人，把他们几个偷树的给我绑起来！"

"别误会，是乡上安排的。说是明天施工，趁晚上空大把树刨出来运走！"

"少给我耍嘴皮子，再不老实拳头伺候，开口乡上闭口乡上，乡上是你爹？说，哪村的？"

"你先别动手动脚，你也不用骂骂咧咧，别看是晚上来，那是白天没空。实话告诉你，我们就是奉了水利站的命令来的。要是不信，就打电话核实一下。"挪树的又解释。

"明明你来偷树，往水利站推卸责任就没事了？捉奸捉双，捉贼捉赃。我看你有啥好说的！"莫怀强得理不饶人。

"明人不说暗话，就是水利站安排的，你要咋地？"说着，也故意抢了一下手里闪着寒光的斧头。

莫怀强却不认头，凭着他养成的莽撞劲，上去就给那个人两耳光子，"说，谁安排的？乡水利站？堂堂水利站是政府部门，能干出这偷鸡摸狗的事来？狗杂碎，说也说不到点子上，硬给乡上栽赃，揍你个狗日的！"莫怀强也不知哪来的气，上去先夺下家伙，又一顿暴打。

那个人看阵势不对，终于没敢还手。

"哼！饼卷指头自咬自，自作自受。来人，管他谁指使的，先弄村委审审再说，不服就送派出所。人赃俱获，谁也跑不了。"莫怀强终于露脸了，逮住个理由先上去端了一脚后，又破口大骂一顿。

众人一听是水利站安排人挖的，又看到偷树人手里都拿着家伙，一个个面面相觑，不知如何应对。气头再大也不能抓乡上的人，万一抓错了咋整？

"先绑起来，偷树还偷出理来了？"莫怀强命令一块来护树的把这几个绑起来。

"你也别高兴得太早了，有理不怕势来压，人正不怕影子歪。今儿个先让你赚着，有哭爹叫娘的时候。"

"不服是吧？再嘟嘟囔囔撕烂你的嘴，提醒你们这帮偷树贼，这不是树，这是文物，六百多年前的文物。你们这叫破坏文物，懂吗？为了几个屁钱就顾头不顾腚地作践，进去待上两年就明白了！"

几个人一听是文物，立马吓得呆若木鸡。昨天傍晚，水利站还给敬了杯壮行酒，这一惊一乍的怎么成了破坏文物了呢？这不跟盗墓贼一样成罪人了？莫怀强一咋呼，几个人吃不准这事该如何收场，只得乖乖地听从摆布。

天还没亮，范秀花就被他们大呼小吃地喊了起来，听说是水利站安排来的，也是气不打一处来。昨天还在商谈怎么解决的事，这半夜三更地就安排人来挖掉。这不是欺负人吗？真不像是乡镇干部办的事呀！不过，她又想，胳膊拧不过大腿，反正是乡上在修路，也没必要计较这事。工程开工了，这事早晚得解决。老百姓是死活不让挪，到时候看他们怎么办吧！依范秀花的意思，让这几个人写了份事情经过和检查，签上名、摁上手印后就回去。莫怀强好不容易逮住活的，还没揍过瘾就放人，那哪儿行！他不管三七二十一，直接把人关在村委办公室里屋，他领着几个人拖了把椅子往门前一坐，坚决不放人。他悄悄地跟范秀花说，伙计们忙活了大半夜，得让他们交上点保证金再说，不行就送派出所，再不行就组织人上访。

天快亮的时候，孙成清没收到挖树人的任何消息，预感可能遇到麻烦了。他找了个人往模范村一打听，果不其然，派去的挖树人被村里人给抓住了。这可怎么办？思前想后，还是跟领导汇报一下，争取尽快把人救出来。

一大早，他把自作主张派人半夜挖树的事跟陈来电汇报了，要他让派出所出警，把被抓去的人放了。

他知道这事办拙了。为了避免矛盾激化，也为了不给乡上丢脸，他把责任全都揽了过来。为此，他一不做，二不休，摁倒葫芦撒了油，编了个理由说到外地看病去，找地方藏起来见不着人了。开弓没有回头箭。在施工的关键时候，他不但惹出这么大个乱子，而且还不辞而别撂下挑子走人了。

赵云瑞得知这事后，大吃一惊，怎么干出这样的事来，埋怨了一番后，也理解水利站的良苦用心。

事情出现了胶着状态，怎么办才好呢？他知道，此事处理得稍有莽撞，就有可能酿成大事件，必须冷静处置。唉！孙成清也是为了赶进度，才私下出了这么个下下策。本来使劲做做工作可以谈妥的事，这一下子做成了"夹生饭"，更难办了！他先安排派出所去模范村处理昨晚上发生的事，尽快把人放了；又安排齐奎升跟范秀花和莫怀强谈话，解释昨天晚上的事确实不是乡政府安排，消除群众对乡上的误解。同时也承诺，这段工程跟群众协商不好挪树的事就不开工。这样村里的群众也就放心了许多。

事情发展到结成疙瘩的这一步，他也是心里没底。怎么办？不能因为一棵树就影响整条道路的施工，但现实中就是出现了这么个局面。怎么办？到底怎么办？

俗话说，"待要拙，兄咎憨。待要巧，问三老。"碰上些难缠难绕的疙瘩，何不找些老党员、老干部聊聊，寻找个办法呢？从群众中来，到群众中去。对，找几个伙计聊聊。

他叫上鲁祥生和陈来电，先到那棵老槐树底下转了转，又去村里拖上莫老憨直奔程老大家里。

"赵书记好，领导们好！"程老大颇有礼貌。

"老程，遇到了个难题，把你跟莫老憨叫到一块儿，琢磨琢磨看怎么解决！"

"打柴问樵夫，驶船问艄公。赵书记是为老槐树的事吧？"程老大脱口而出。

"你咋知道的？"

"老牛肉有嚼头，老人言有听头。您能把撤职干部又拖这儿来，肯定有事！"程老大自信地说。

"是遇到个难题，你俩还有陈柱子不是咱乡的标杆人物吗？请你们琢磨琢磨，这事怎么办才好！"赵云瑞碰上难题就问计于民。

"又要工作，又怕上访。嘻！牵扯老百姓的事呀，真不好办！"

"老莫，当时发生校车相撞事故，别说在咱乡，就是在全县也是骇人听闻的重大事故。你想想，当时现场有多惨，社会舆论铺天盖地，在那种状况下该不该拿你是问？依当时的形势免去你的职务还是轻的，是不是这样？"

莫老憨点上颗烟，理解地点点头，"赵书记，你不是来家里看俺来嘛！俺知道您是来安慰安慰，俺记着您这个情！"

"老莫，昨晚上水利站派了几个人去挪那棵大槐树，一是一会儿半会儿也挪不了，二是也没跟村里商量好就贸然行事，造成现在被动局面。水利站的做法很不对。就这事，我也批评他们了。马力胜刚才来电话讲，村里的事处理好了。下一步该怎么办？是进是退，咱伙计们一块议议！嘻！在这火烧眉毛的关键时刻，孙成清'病'了，啥病不说心里也知道个大概。即使以后他'病'好了再来上班，再当这水利站站长也是不合适了。你得先有个把水利站的事拾起来的思想准备。特别是水利站分管施工的事，包括这棵老槐树挪不挪、往哪里挪，你得负起这个责，把事办好。听明白了吗？你还是个党员，得听党委的安排。如果工程因为这事再耽搁了，可就拿你是问，要是再受个警告处分什么的可划不来！"在这之前，鲁祥生和陈来电也不知道赵云瑞葫芦里到底卖的什么药，这才一下子恍然大悟。

莫老憨看看赵云瑞，又看看大家，有些哭笑不得，"嘻！人到暮年，花到落霜。这把子年纪，腿脚、脑子都不行了。再说啦，咱这有罪之人不但没遭罪，而且又要提拔重用？"

"姜老辣味大，人老经验多。九滚十八跌的你都过来了，还有什么办不了的？你的经验和能力大伙都认可，早就想给你安排个位置，一直没找着合适的。这回先让你负责道路拓宽硬化是再好不过的安排了，你也将功补过，恢复一下名誉嘛！辉煌一辈子了，别在这事上留下尾巴，多划不来。伙计们说，对不对？"赵云瑞一讲，大家频频点头。

"老程，你呢？有啥高招？别一讲政治就高谈阔论，一有难题就退得老远，关键时候该出点力了！"

"哎呀呀，赵书记，老莫既然接手了，就肯定有办法，你说呢，莫老憨？"

莫老憨仍是一言不发，嘿嘿嘿地苦笑。

赵云瑞耐得住性子，跟莫老憨聊些家长里短，了解些村里的情况。

"赵乡长，哎，赵书记，叫顺嘴了。"莫老憨有点不好意思。

"自己人叫啥都行，客气什么。"赵云瑞用探询的目光望着他。

"我想问个事。咱修的这条路，规划、设计能不能改改呢？"

"肯定能，只要能加快施工，保证道路畅通，怎么不能改！"赵云瑞知道莫老憨可能想出办法来了。

"唉！咱也不一定非拴在一棵树上吊死不行，树挪不动就不挪呗，为什么非挪树不行？"大家急切地盼着他往下说，"跟些目不识丁的老百姓较些什么劲！赵书记，县城里那条古街上不就有棵老槐树在路中间吗？不是挺好？又好看又不碍事。咱把这棵老槐树就放那儿，一根枝子也不动，而且还得花两个钱弄几根铁栏杆包起来。老少爷们儿就没有话说了吧。咱花个炸药钱，在右边的山坡放两炮，往里挖进个一两米，路不就宽出了一些，能过去车就行了呗！虽然是多花点炸药钱，修得也没有那么宽敞，可总比这样犟着强吧！"莫老憨慢条斯理地说。

一帮子人瞪大眼，怔怔地盯着莫老憨，仿佛是发现了新大陆，一下子豁然开朗。

"还成了上行下行的单行道了呢！哈哈，既保护了树木，又化解了矛盾，何乐而不为呢？"程老大大嘴一咧，也点头称赞。

"不拿油瓶手不腻，不管这事，谁又去操这烦人的闲心呢！"莫老憨还是像蚊子嗡嗡作响闷声闷气地说。

"对呀，咱怎么是些死牛蹄子一根筋，往个牛角尖里钻呢？这不是很好的办法？炸药，炸药花几个钱？老莫，为什么不早说？逼到这份儿上了才冒出几句来，金口玉言？还有什么高招，全都说出来！"赵云瑞半埋怨半喜悦地说。

"你这是准备让他当水利站站长了，他才肯出力。要不，他可是金口难开！"程老大连讽带刺地说。

"哎呀呀，快别说风凉话了。赵书记，俺都这把子年纪了，还干什么水利站站长，干不好不给你丢脸了呀！"

"事在人为，只要你拿出以前当村支部书记时的态度来，就一定能干好。刚才出的主意就很好！陈来电，听明白这个办法了吗？我同意这个方案，非常可行，你跟老莫顺着这个思路研究具体的施工方案就行，尽快把老槐树的事处理好。这样全线民事就都做好了，施工进度也会明显加快。封冻前完成拓宽工程就不成问题了。老莫，你一句话，帮着解决了个大问题呀！我代表党委、政府谢谢你了！"赵云瑞转身又对伙计们说，"我们是不虚此行！"

赵云瑞情恳意切，莫老憨心里热烘烘的。都到了这个份儿上了，哪有不干的道理？他仰起脸，望望连绵的群峰，大喊一声，"好！既然乡上这么信得过俺，咱也就不客气了。把老槐树放路中间虽然可行，但得真加上护栏，好好地保护住这棵老槐树。要不，老少爷们儿又要说我们政府的闲话了。"

"老伙计，肯定还有意料不到的事情，你就豁上身子出把力吧！"赵云瑞虔敬地紧紧握住莫老憨的双手。

鲁祥生和陈来电也对莫老憨敬重有加，别看这些老农没有文化，可他们的经验和办法有时不是年轻人能比得了的……

四十五

"张打油"是以臭嘴子闻名乡里。别看他整天头一句腔一句，着三不着俩地闲哑巴嘴，引不起伙计们多大兴趣，可顺嘴胡瞎咧咧的报刊费倒是引起了一致的共鸣。

这天，他又提起每年一次的报刊费用，一家人的情绪像在滚烫的油锅里泼进一瓢凉水那样，忽地掀起一屋热浪，群情激昂地议论上了。

"俺村去年订了三十一份报纸，你订了多少？"陈川问莫老憨。

"反正有这么一摞，早忘多少份了。党报党刊咱就不说了，什么工商啦，税务啦，公、检、法啦，还有什么质检、电力、农、林、水，再就是环境、质量监督、生态，数不过来了。你想想，哪个部门找下来，你能不订？都惹不起呀！这个部门几份，那个部门几份，最后一数，哪个村没有几十份报纸！多亏上级有文件不让乱摊派，要是没有文件约束约束，每个村呀，嘻！光让这报刊就给压趴了。你信不信？堆在办公室的报纸摞起来比人还高。"一直不愠不火的莫老憨总能看准问题的症结，不时地冒出精辟的金句来。

"程书记，上级卡得这么严，今年报纸不会再摊派了吧？"方承平起身关切地问道。

"兔子惹鹰——没事找事吗？订的时候就找你了，怕忘了吗？订报有瘾？"孙向前反问。

"不是，不是，顺便问问，这几年让摊派给吓怵了。刚才'张打油'一提起去年的报刊费就心惊肉跳的！"

"也用不着，蚂蚁搬家——早晚要下，是福不是祸，是祸躲不过。摊派下来就硬着头皮接着，不摊派了就算赚着。还没接到通知，急什么？"

"如果一个文件下来，不准强行摊派能省不少钱哩。那日子就好过多喽！"方承平憧憬地又跟上一句。

公对公的事，摆在明处，还能解释过去。还有一种现象，就是县直部门除去把征订任务压给乡镇，每个机关干部也分配了征订任务。这样一来，他们天天往村、企业里跑，像赶大集一样，三人一堆，两人一伙，在下边转悠，怎么着也得把上级分配的报刊任务完成。老实巴交的老百姓，哪里见过这么多见多识广又握有实权的公职人员，无奈之下，只得拿出钱把来人打发个高兴罢了。可他们心里的苦楚，又上哪里去说呢？

刘秋珊不愧为大学生，脑瓜特灵，对有些事物的反应还是比较快的。别人看不到的，她能观察到；别人想不到的，她能认识到。对乱哄哄的订报刊也有她自己的理解。她对陈来电说："陈乡长，我发现有个很特别的现象非常不好。怎么有些部门、单位总是跟群众过不去呢！"

"是呀，你说得很对，现在就是有些人拿公权力威风凛凛，假公济私。"陈来电愤愤不平。

刘秋珊掰着手指说："你看，为了孩子学习，学校有收费就不说了。派出所，好像是没有什么可收费的理由，就直接开上发票，挨村收治安费；工商所呢，每天赶集收地摊费，蹲在家里收年审费、办证费，老百姓卖个东西还收什么专营费；这财政所也是滴水不漏，一家人上上下下收的费呀、税呀都缴这儿了，还收什么票据费、账簿费；司法所本来帮着人家打官司，是正常的业务工作，却也要收什么法律咨询费、起草文书费等；就连打扫卫生的环卫所，也拿着个盖了章的白条子四处忙活着收卫生费；农技站更热闹，本来指导农业技术是工作范围内的事，也理直气壮地到村里收技术指导费、咨询服务费，还有供种劳务费，一样也不少；还有农机站，一年好几次的收农机查验费、挂牌费、年审费，一样也拉不下；广播站更是赶时髦，原先看电视什么费也没有，安装有线网络后，家家户户收起安装费来了，再后来又收起有线电视费来了，并且越收价码越高，让人觉着越是经济发展了，却越是有倒退了的感觉；林业站收的采伐押金不管多少，从没听说过退还的，名为押金，实为收费，不交押金，就不给你批采伐证；计生站一年收好几次透环费、查验费等，那更是家常便饭。我还听说，县里有些没有收费项目的部门，就直接拿着发票来找书记、找乡长伸手要经费，水利站收水费、兽医站收防疫费……唉！再加上咱们正常的集资提留，老百姓挣的那点钱够缴的吗？"

陈来电用异样的目光看了看刘秋珊，心想，这小姑娘心还真细呢，才来了一年不到就吃透了。了不得！他认同地点点头，忧虑地说："秋珊，你来这么短的时间，怎么知道得这么多？我干了这么些年，就像磨屋里的毛驴，光围着磨数印了，哪顾得上琢磨这些事！"

"是这样的，陈部长，我大学里的一个老师正在写一篇农村体制改革方面的论文，要我在农村帮着搜集整理部分相关案例。我平时就多留意了些，也根据老师的要求，从侧面了解了一些农村的实际情况。其实，还有些没有摸透。国家这么富裕，农村又这么贫穷，是不是有点不符合经济规律？反正是觉得不对劲。我们老师经常给各级领导讲课，如果中央领导知道了农村的这些事，说不定就会提到议事日程上来研究了。你说是不是？"

"秋珊，你说得对，有些事甚至比你知道的还要严重。乱集资、乱摊派不就是个典型的例子？这些收费收税的事，也不是一天两天了。不管什么事，只要一与钱沾上边，立刻就走了样。咱人微言轻，只能睁只眼闭只眼了。再就是你讲的这些，对外就不要多说了。现在这个社会，复杂得很，说不定啥时就会得罪人，懂吗？"

刘秋珊若有所思地点点头。不过，从她坚定的目光里可以看出，她一定还要给老师提供一些更翔实、更准确的案例。通过大学这个途径，尽快把农村的真实境地和老百姓的艰辛反映给中央，也尽一份力所能及的责任……

说什么来什么，真怪！

年底了，一些硬性的工作又开始往下压了。

"赵书记，宣传部开了报刊征订会，咱乡共分了三十五万的报刊征订任务，要求十天内把钱缴上。"鲁祥生和宣传委员王永强好不容易排上号汇报说。

"多少？三十五万？"一提到钱，赵云瑞脸一沉。

王永强勉强地点点头。

"去年的报刊费收齐了吗？还有多少尾巴"？

"七万多点没收上来，有些村实在收不上来！"王永强小心翼翼地生怕说错了。

"这次清收陈欠不是也包含这部分了？"

"是的，包含了，可也没收齐。"王永强解释说。

财政上进账的钱，都是一个萝卜一个坑。去年少收七万块钱的窟窿，肯定从别地方挪用堵上了。此刻，赵云瑞眉头又皱起来了。

"拆了东墙补西墙，年年都吃过头粮！捣鼓来捣鼓去，反正是猪头烂在锅里。"赵云瑞一脸无奈。

"就是。真没有好法子！"王永强也是一脸愁容。

"去年报刊费是多少？"赵云瑞又问。

"二十六万多。"

"今年一下子加了将近十万块钱？"

"这还是党报党刊，不包括那些部门单独安排的报纸。"王永强又解释。

"那些该订的党报党刊我知道，那些不属于党报党刊的有哪些？"

王永强苦笑了笑，没吱声。

"村里买校车，从老百姓手里又收了一茬钱，还没消停呢，这又要收报刊费。"赵云瑞知道这钱该收，可他们手里真的没有钱，收不上来怎么办？往年都是乡镇撮着底，垫上收不上来的钱把县里的任务完成再说。说白了，村子穷欠乡镇的可以，乡镇可不能欠县上的。

赵云瑞紧锁眉头，长长地喘了口气，说："别说是党报党刊，安排的什么工作不都得不折不扣地去完成？既然任务分下来了，啥也别说，先拿出个收缴方案来，再开党委会研究研究好不好？"赵云瑞嘱咐他俩把不属于党报党刊的报刊也逐一登记、粗略地算出来，不属于党报党刊的业务报纸到底有多少，心里也好有个数，然后再平摊到村里。

鲁祥生和王永强应答着转身离去。

赵云瑞想，县里是按每个村的大小、人口的多少，将党报党刊的征订任务，通过会议安排下来的。可如何往村里摊派，得好好琢磨一下。征订党报党刊是政治任务，咬着牙也得利利索索地完成。从群众手里收取征订党报党刊的费用，也是有明文规定，通过了"一事一议"后，就可以理直气壮地收取。可为难的是，这阵子县直部门走马灯似的又是电话联系，又是一趟趟下来，忙活着往乡镇摊派，比如说什么"晚报""早报"啦，什么市场导报、经济参考啦，还有什么新闻报、读书报、出版参考报、世纪经济报、信息报等，五花八门的报纸让你眼花缭乱、应接不暇。

他们也理解县直部门的苦楚。业务上级一个电话，一个口信，你能坐得住，怎么不得订个十份二十份的报纸？这样三下五除二的，不都摁到村里、摊到老百姓头上了？

不属于党报党刊范畴的业务报刊，让人大伤脑筋。不搭理他们吧，都是业务上级、主管部门，可不敢得罪他们；答应下来吧，又是一笔不小的数目。真难下决心，所以才让鲁祥生跟王永强粗略地算算，再上会研究。

李秘书匡算了下，这类报刊足有十几万。分配的党报党刊压力就够大的了，再加上这些，无异于雪上加霜。搭车往村里摊还是不摊，一下子难住了他。按说这是一项政治任务，有收费依据，没什么担心的。但从下面摸上来的情况，却不尽如人意。有些村干部对此也唉声叹气、畏难发愁，闲言碎语中出现了些不和谐的杂音。是的，人家也没有强迫你非订不可，只是下来打个招呼，可你能不订吗？退一步讲，你敢不订吗？凡是来打招呼的，都是握有一定权力的，哪一个也得罪不起呀！权衡再三，还得狠狠心，把业务部门的报刊任务塞进党报党刊里硬摊下去，群众哪里分得清这浩如烟海的各种报刊啊！就是知道，也得忍气吞声地认了。

放下锄头扛上锨，扔下扁担拿起镰。在农村，想按部就班地工作，那是做梦啃猪蹄，净想好事。

这不，刚忙活完修路，还没喘口气地又接上了催缴报刊费的工作。征订报刊的通知下了，在他们来说这活也是老生常谈。会干的干巧头，不会干的当木头。条件差的村就慢牛早套车，吱嘎着悠呗。没等乡上来人催，就在喇叭上招呼着收开了。

龙湾村有一百五十多户，在埠岭乡算是个中等村。在平时工作不多、压力不大的情况下，村班子还能说得过去；一旦碰到一些急、难、险的工作时，战斗力就明显不行了。这主要是"两委"班子不团结，"两张皮"现象严重。说白了，就是村支部书记和村主任尿不到一个壶里去，都想着自己说了算。牵扯到利益的时候，眼珠子都瞪得格外大，谁也不服气谁。唉！还是那句老话，都是"海选"惹的祸！

"今年任务估摸怎么样？"包村干部问朱明国。

"差不多吧。"没看到征订报刊通知时，朱明国还有点信心。

村里提前攒了两千多块钱，存银行有好几个月了，就等党报党刊任务分下来后，先垫上完成任务再说，说不定还能进入奖励的名次。

不看不知道，一看吓一跳。当拿出报刊分配通知一看时，立时傻眼了。扭筋拔力积攒下的这两千多块钱，比分配的任务竟差了一半。紧忙慢忙也完不成任务，热乎乎的身子一下子凉了半截。

"报刊任务一定得完成呀！"包村干部嘱咐朱明国。

"完成？你看，这又加了一半的任务，叫我怎么完成？"朱明国瞅着表格里的数字，气不打一处来。

包村干部笑了笑说："这不是秃子头上的虱子——明摆着。你光算党报党刊了，业务部门的报刊就不管了？哼！他们一个电话打给你，不比兔子蹿得还快，不订也得订。说白了，都是爷爷辈的，谁敢不订。打电话客气下那是礼貌，惹毛了随便难为一下不都得挨着！嘻！谁不订谁是嘴硬！"

"今年怎么这么多报刊费？"朱明国让他一解释，气是消了些，可又堆起一脸愁容。

"多？赵书记还筛选了一些呢！今年都多，就数额来讲，你还算少的，有几个大村都上万了，信不信？"

"哪个部门的也不少！说实在的，这些部门的做法，着实不应该，有能力办报，就有能力发行。靠这种手段，硬生生地往下摊任务，是关怀，还是啥，还得另说另道！"

"啊哟！一个屁大的村，一年的报刊费就好几千，也不知道这些人是怎么想的！看看里屋，去年发行的报刊都一摞摞地堆在那里，谁去看？这事也不知道中央知道不知道，我觉得这不是中央安排的。肯定是那些办报赚钱的人想出的招数，找到分管领导，一个会议、一个文件硬摊下来不就成了？你再看看订的这些报刊，送到村里来有几份是齐的。明明是日报都拖成月报；当时定了八份，可送来的是三份；还有些是打包送来，一送一大堆。报刊倒是不少，就是数不准。到头来苦的不都是咱们庄户人？不正之风！"朱明国越说越生气，把本来就有些破旧的茶壶一怒之下摔了出去。

包村干部心里也不舒服，有一肚子意见，胳膊拧不过大腿，有啥法？只好跟着长叹了口气，"伙计，有意见也理解，也可以提，但这报刊费还得收呀！"他们安慰了朱明国几句后，便到别的村催收报刊费去了。

村主任自始至终没搭上腔，一来他是"二把手"，二来是去年刚补选上，在这场合不宜多说。他看到包村干部走了后，便从兜里掏出几份订报的发票递给朱明国，"朱书记，俺表哥在法院，前些日子咱不是还找他办过事吗？他分了三十份报纸的任务，让人捎了三份报纸发票，让咱帮帮忙订上！"

"法院来人订了呀！好像是订了五份，还不包括乡上统一摊下来的任务呢！"

"也有来找我的，给顶回去了。可俺表哥找上门来了，再说，前些日子又给咱办过事，不订说不过去！"

"咱不是也给送礼了吗？一个村光订《人民法院报》就十好几份，群众来问，你怎么解释？不行，这就很多了，不能再订了。哪有一个村订十几份法院报的，群众知道了不骂死咱？"

"你手里不也有几张订报纸的收据吗？一块处理不就行了？行不行的也不差这几百块钱！"

"不行呀，伙计，乡上也有好些人，私下里来找我，也给顶回去了。再开口子，这活还有法干？"

"可我表哥都开了收据了，退也退不回去，总不能瞎他手里了吧！"

"我手里也还有好几个人要来订，也没敢答应！"

"可你已经安排了好几个人来订了，我不清楚？"

"清楚又怎么样！反正这也是工作，说不订就不订！"

"那我也不能自个掏钱订三份报纸吧？"

"那我也管不了这么多，已经照顾几个关系了，没法再照顾了。不行就退回去，爱咋地咋地！"朱明国以无法商量的口气回绝了村主任的恳求。

"朱明国，我可是群众选出来的村主任，签字权在我手里。觉得你是老书记，给你留了些面子。周围几个村的情况你也清楚，可都是村主任说了算。咱先说后不吵吵，别到时候弄得脸红脖子粗的！"村主任看来软的不行，就扔他几句硬邦邦的话。

"你别拿这事吓唬我，我吃的盐比你吃的饭还多。你上来三天两早晨的要咋？扯皮？别忘了，没有我，你这村主任的票数也过不了半！"朱明国反唇相讥。

村主任看他一点儿面子也不给，说出来的话还恶狠狠的，好像是谁欠他钱似的。"好！朱明国，你不仁，我也不义，你难为我，我也不是软柿子。我先把丑话说在前头，村里不管出了什么事，你去找你爹商量，老子可不伺候你了呀！先扔句话放这里，村里一切开支我不签字都是些擦屁股纸，不信咱走着瞧！"说完，狠狠地一摔门，转身而去。

虽然支部书记是村里的一把手，可大小账目必须得村主任签字下账，还有分配的党报党刊中也有搭车收费现象。村主任就是看准了这一软肋，才恶狠狠地扔给了朱明国两句。

村主任假装闲来无事，在村里串了几个门，跟几个说得着的亲戚邻居闲聊时，把这事给捅了出去。哦！这些年，村委整天吃吃喝喝的钱，原来是从群众手里收的。上级不允许这么做，是他们偷偷摸摸地搭车收的！这不是在变相地生夺活剥吗？这还了得！一传十，十传百，几天工夫，全村都知道了村里要搭车多收报刊费的事了。

朱明国安排了会计、妇女主任在村里转了几圈后，又是喇叭喊，又是让人叫，村民像是刚出窑的青砖，硬邦邦地敲不响。朱明国有些纳闷，原来收集资提留是有困难，但用点法子就摆平了。这几天收报刊费怎么这么费劲，怎么也推不动，眼看着十天的期限快要过去了，收了还不到十分之一，这怎么行呢？

他还蒙在鼓里，不知村主任在跟他较劲拉混套。一个槽拴不住两个叫驴。这是农村典型的"两张皮"现象。

四十六

随着西伯利亚冷空气的长驱直入，山里山外，灿烂的景致正一点点地枯萎衰败。

年底将至，农村的换届选举就要铺开了。随着《村民委员会组织法》在农村的落实，实行了几十年的"内定""两委"候选人的做法被彻底打破了，取而代之的是从年满十八周岁的村民中"海选"村干部。

不管男女老少，凡年满十八周岁的村民都有资格选举和被选举为村干部。村民现场投票，当场念票，一揭两瞪眼，谁票多谁当选。

充分发扬民主，用"海选"的形式推举村干部，把村里的能人、优秀人才推进村班子、推举为村主任，带领群众脱贫致富，这无疑是一条促进新农村的有效途径。在充分发扬民主的同时，如果没有框框，不加约束，难免良莠不齐、牛骥同槽。

三年一次的"两委""换届"，是农村不稳定的高发期。其间，信访部门来信来访也急剧增加。因此，到了这换届选举的关口，齐奎升格外关心陈柱子的选举，不是没有道理。

"老陈，这次换届没事吧？"齐奎升关切地问起马上要选举的事。

"你是说能不能选下来？"陈柱子反问。

"就是呀，生态科技园正进入关键时候，你可不能掉链子！"

"出水才看两腿泥，按以前的做法有乡上保驾是没得说。可现在的形势让人琢磨不透，连'坐地炮'都想这位置，谁能看准？"陈柱子戏谑地说。

"多做做群众工作，确保当选！"

"现在的老百姓是你能左右得了的？不组团去告你就算烧高香了，还指望他选你？"

"那也不能这样无动于衷，前阵子村情那么复杂！"齐奎升关切地说。

"你说'坐地炮'和'疤瘌眼'他们？俗话说得好，三年一巴掌，一巴掌三年。当时在气头上，又是半夜三更的，谁知道捆了他几巴掌，你说能抵几年吧？人正不怕影子歪，是孬是好让他们选呗！"

"看样子还是挺有把握的！"齐奎升放心地笑了笑。

"有句话不是说，瓜无滚圆，人无十全吗？咱就是咱，金銮殿能坐，胯布裆能钻，坦坦荡荡，顺其自然。选上就干，选不上就算！"

"看你得意的，马上就要选举了，又是党员，又是村干部，可不能老是把打人挂在嘴上！"

"你是公务员，是组织上的人，前怕狼后怕虎的。我怕啥？对待这些法律管不好的人，就得用家法。历朝历代不都是这样吗？"

"你就是满肚子情理，不怕也不能随便打人！"

"锅大勺有数，这不是摆平了吗？要不是那几巴掌，他们几个难让我安生，我还不知道他们那德性！"

"苗大庆跟魏石桥怎么样？选举也不会有问题吧？"

"魏石桥巴掌大个村好像没啥事，苗大庆就不敢说了。嘻！好吃的饭菜少不了盐，好听的话顶不了钱。跟老百姓处事得来真的、办实的，说大话、使小钱玩些虚的不行了！"

"你是说他这次换届也挺悬乎？"齐奎升又替苗大庆担起心来。

"党员素质还是高的，做做工作当选支部书记问题不大。'海选'村主任这事你比我更清楚，谁也左右不了局势，谁选上谁干！"

"是呀！当前形势就是这样，咱只有尽力而为！不过，你还要跟他俩多交流交流，争取连任！"

陈柱子瞅瞅落满灰的檩条，未置可否。

因为今年收费过多，为了完成任务，苗大庆使了些邪法子收费引起众人不满，这次选举能不能连任，恐怕是鼻孔喝水——够呛。伙计们又一遍遍地扒他耳朵上拣些刺挠话惹他，导致他肠胃一阵阵痉挛。

魏石桥更热闹，知道这阵子苗大庆心烦，专挑他的短板说事，气得他蹲村里上火、生闷气。

"人怕愣的，狗咬穷的。专拣老实人欺负不是？有本事跟陈柱子对打几句试试？揍不死你！"苗大庆咬着个牙根嘴犟。

"装疯卖傻吧，全乡都把钱缴齐了。你们这几个村是皇亲国戚还是铁帽子王？赵书记一旦单独找你谈话时，你不吓得拉一裤筒，也得尿一裤筒！"魏石桥觉得还不解恨，又雪上加霜地触碰了一下他的神经。

苗大庆暗暗叫苦，哪把壶不开他提哪把。昨天刚刚让赵书记批了一顿，心正虚着呢，竟被他一言中的猜着了！哎哟！人要是倒霉，喝口凉水恐怕也塞牙。

这阵子，"张打油"倒清闲了许多。各村都在忙着换届，他清楚自己扒几碗米饭，失去了竞选村主任的信心，再忙活也扶不了正，倒不如顺其自然继续干他的临时负责人罢了！他听说苗大庆选举形势严峻，有同病相怜的感觉，情不自禁地来安慰安慰他。

一到村委，看见苗大庆蹲那里一脸无奈的表情，"张打油"便诗兴大发，当场赋诗一首："寒风瑟瑟牛埠岭，村委换届要出名。海选涛声一阵阵，男女老少忙着争！"

"公鸡屎多，母鸡蛋多，你是顺口溜多！平时八抬大轿请不来，到这火上屋脊的时候怎么来了？还有这么大诗兴？"苗大庆勉为其难地咧咧嘴。

"嘻！越热越出汗，越冷越打战。比死人多了口气，心里憋得慌，找你解解闷！"

"这几天村里正在为'海选'造势拉选票，真是爹死娘嫁人——各人顾各人，热闹狠了！"

"是呀！我转了一圈，哪个村也都忙开了。瞪起眼来的就进村委，迷瞪瞪的就下台呗！"

"不是报刊费收的还差些吗？"

"早留好了，啥时缴都行！"

"不是瞎吹吧？收起来了怎么还不快缴上？"

"哼！这次'一事一议'的报刊费又没有奖励提成，早缴晚缴不一个样？忙啥！"

"好呀！平时工作稀松，关键时候没掉链子。怎么收得这么利索？不是村里又垫的钱吧？"

"张打油"往苗大庆身边靠靠，压低嗓门说："一年收了三四茬'一事一议'，我这不知道好歹的都觉着不好意思再上门跟些老少爷们儿要了。凭我的感觉，要是再这样没鼻子没脸地收，恐怕真有炸锅的可能。快年底了，差不多杀马靠槽了。在这节骨眼上，千万别再闹出动静来，所以就干脆不收了，把前几天包地剩下的两千多块钱，加上村后伐了几棵树，凑个八九不离十先放那里，啥时候逼急了啥时候缴呗！"

"有闲工夫了，溜这来了呀！"苗大庆脸上稍微有点悦色。

"也不全是。今天林业站来人调查村里伐树的事，我就躲开了。不就几棵树嘛，用得着大惊小怪的了！虽说虱子再小也是肉，可踩死个蚂蚁也硬要验个尸？何必那么认真！"

"哼，等那片树林伐完了，我看你怎么办！"

"到时候再说。"

"你不在家好好待着忙选举，怎么有清闲跑这来了？"

"俺村的工作那是雨后的青蛙——呱呱呱，没有任何问题！"

"你不怕换届选下来？"

"啥换届不换届的，选不下来！""张打油"自嘲地说。

"不能吧！是公开选举，一人一票，到时谁也保证不了自个儿，还是稳妥为好！"

"张打油"哭笑了笑，没有应答。

"噢！想起来了，你小子是村里的临时负责人，根本就没选上，怎么会选下来呢？这样你更得注意影响了，多为群众办事、办好事，为你多拉几张票，选举才有希望，是不是？"苗大庆还是苦口婆心地劝他。

"我知道自己够呛，也没拉选票心思，抬脚上你这里来看看。我觉得，咱俩是照猫画虎差不多的事！"

"可伙计们还推我，让继续干！"

"我以为咱同病相怜呢，看来你还想最后一搏呀！"

"谈不上一搏，要是选上，就善始善终呗！"

"俗话说，拔了毛的凤凰不如鸡。知道你这次换届恐怕是要裸退了。朋友一场嘛，想提前来给你些精神安慰。谁知你升满斗满，心比天大，行呀，哥们儿！"

"你是操心不见老，先把自个儿利索了再来慰问也不迟！"苗大庆反过来嘲讽他。

"哎呀！秤还有头高头低呢。咱办事水平也有目共睹，可就是票数老不过半，也不知咋整的！"

"地在人种，事在人为。既然干到这份儿上了，让人家抢了位子也是心有不甘！你没看村里的那些人，这户进那户出的，都在忙着拉选票。唉！家家有本难念的经呀！"说到这里，苗大庆也是一脸无助。

"也是，也是，你比我强。哎，看看墙上的标语口号，村里也有文化人？"

"'张打油'，你知道这是哪里？这是文化深厚的牛埠岭。你憋出来几句顺口溜，就闭眼摸豆子——没数了？"

"三两天后要'海选'，赶快拉票竞村干部。五服以里自家人，远亲近邻送盒烟！"

忽然，从村委办公室窗后传来一阵朗诵诗的声音，引起了"张打油"的注意，"咿？谁在朗诵诗？这穷巴巴的村也有会写诗的？不是你安排来以诗会友吧？"

苗大庆得意笑笑。

"这是哪路神仙跑我眼前来班门弄斧？"

"别误会，是村里的退休老师。不是拉选票嘛，闲来无事咂巴几句。"

"神了！在这方圆十几里咱是'诗仙'，怎么没听说过这人！"

"有，大有人在。村里好几个老师都会写诗。刚才就是苗三叔朗诵的吧，他正被人拖着挨家挨户拉选票呢！"

"把他喊来，我会会是哪路神仙。你以为这是种地呀，玩诗这么多年了，还没记着有赶上我这水平的呢？哼！羊群里怎么还跑出了个驴来了！"

"算了吧，你那东一榔头西一镢的也叫诗？往好里说就是些打油诗、顺口溜罢了。别自己不知道自己的小名！"

"牛埠岭村摆擂台，现场作诗谁敢来。出口便是诗一首，方圆十里谁不拜？"苗大庆一将军，正合"张打油"的脾性，他猛地站起来眼珠子一骨碌，未加思索就赋诗一首。

那个叫"苗三叔"的被苗大庆隔着后窗喊过来。站在窗外听清了屋里扯拉的意思，他也来了犟脾气，清瘦的高挑个儿往前一凑，"村前场院起尘烟，走街串巷热浪翻。人头攒动为啥事？明天就要选村官！"

"张打油"一听，这还了得，赶忙起身往透风的窗户外想一探究竟，正碰上苗三叔也往里伸头想看个明白。两人一下子碰了个面对面。近在咫尺，既有以诗会友的感觉，也有不甘下风的神态。

两人逼视着对峙了几眼，"张打油"憋不住了，"各村换届要海选，小人挡道耍手腕。送钱送物又许诺，再使伎俩跑村官！"看到出现的选举乱象，他气愤不已，不觉脱口和了一首。

苗三叔看"张打油"贴题了，正合他意，便又随口诌了首应答："走街串巷脸碰脸，唾沫星子飞满天。为了多拉一张票，你送啤酒我送烟。"

"张打油"可找着知音了，顾头不顾腚地从后窗户跳了出去："你一言来我一语，以诗会友话选举。换届乱象满天飞，要想公正立规矩！"

"大姑嫂子瘦老头，骑墙踏凳往前凑。全村空巷场院聚，村官一票等我投！"苗三叔把"海选"的情景描述得真贴切。

"张打油"来一首，苗三叔就和一首。他有些着急，这辈子就靠这打油诗才在埠岭乡一带有些影响力，要是在牛埠岭这里翻了船，那不是丢死人了？想到这里，他猛地往个土台子的最高处一站，居高临下地大手一挥："正义在胸笔在手，选个好人当领头。谁说村官纱帽小，老的少的六百口！"

苗三叔也不示弱："打鼓看点话听音，好像你是乡上人。换届乱象要不得，明天选举你坐镇？"

"老苗三叔要认准，咱俩都是庄稼人。以诗会友找个乐，谁当村官猜不准！"

苗三叔想，跟在他后面胡嚼嚼这没边没沿的诗，既没啥兴致，也压不住他，倒不如扬长避短把早先编的顺口溜跟他会会，说不准能唬住他呢。于是，清了清嗓子酝酿了些激情后，便声情并茂起来：

一夜雪花飞满天，
起来看看是传单。
好话说了无其数，
目的为了选村官。
跑一跑，踮一踮，
急红眼的单门蹿。
自吹自擂自抬自，
个个都是上八仙。
进门先叫好听的，
家长里短扒个遍。
苦苦哀求投一票，
承诺好事都给咱。
送宅地、包果园，
大事小事咱优先。
收集资，清欠款，
睁眼闭眼先不还。
走了东家串西家，
大街小巷走个遍。
见了长辈扶一把，
大爷大娘叫得甜。

431

好话扯上一大筐，
有说有笑又敬烟。
为了拉票进班子，
惯用伎俩玩给咱。
软硬兼施放狠话，
威胁利诱带离间。
平时眼里没群众，
此时表现真乞怜。
为的都是一张票，
不给面子就翻脸。
数一数，算一算，
票数能否过了半。
竞争激烈火药浓，
不行咬牙再加钱。
各种手段都使尽，
为的就是这一天。
寒冬腊月起大早，
披上棉袄去场院。
村里形成两大派，
怒目而视立两边。
八点选举还没到，
人头攒动一大片。
大眼小眼瞅票箱，
窃窃私语话人选。
八十老翁拄着棍，
小孩踩着大人肩。
高个后面仰起头，
矮个直往人空钻。
身体俏的爬上墙，
没本事的踩着砖。
众目睽睽选村长，
看谁放肆挑事端。
此刻村里空无人，

十室九空把门关。
栏里小猪忘了喂，
炉上水壶也烧干。
为的都是选村长，
神圣一票要当先。
乡上干部来到村，
还有司法和公安。
大小车辆排成队，
穿警服的围一圈。
黑色警棍拿在手，
还有摄像扛在肩。
怕有好人受蒙蔽，
也怕坏人挑事端。
腰不疼，腿不酸，
舌不涩，口不干。
上台宣讲为民间，
这样一站大半天。
抬手看看腕上表，
小针指向三点三。
领上票，把名签，
一颗良心不能偏。
任你说得天花坠，
我该咋填还咋填。
按着程序唱选票，
睽睽之下瞪了眼。
选不上的气青盖，
选上了的放了鞭。
叫声村官看明白，
村民水平不一般。
你想选上有酒喝，
还想吃得腚滚圆。
今天不管明天事，
群众诉求不去管。

当天和尚撞天钟，

稀里糊涂混三年。

群众心里也有数，

手腕伎俩能看穿。

私心杂念不能有，

心怀鬼胎不能选。

……

"张打油"看苗三叔还没有停下来的意思，就咧咧嘴告饶地赶快打手势让他打住，"哎哟哟哟哟！还有多少句没念呀？大年五更头一回，碰到你这肩膀上长胳膊的高手呀！你还会写叙事诗？跟我的《琵琶行》不相上下。朗诵也有一手，老当益壮呀！唉！牛埠岭还藏龙卧虎有文化人呢！农村选举就是这么一回事，你总结得非常到位，佩服！佩服！"

苗三叔仿佛还沉浸在抑扬顿挫的表情中不能自拔，而苗大庆看到嘴服心不服的"张打油"不觉抿嘴一笑，"诗人张，知道什么叫'山外有山，天外有天'了吗？知道牛埠岭的文化底蕴有多深了吧？"

"哎呀，苗大书记，原来是高手在民间呀！"

"哪里，哪里，苗三叔就是说了些选举当中的实话罢了！"苗大庆话锋一转，也跟着谦虚起来。

"对了，我今儿个来就是想找你扯些选举中的怪现象，攒了满肚子的话还没说，让这个苗三叔给抖了个底朝天。嘿！好形象呀，对这些事情刻画得简直是入木三分，只是还婉转了些。有些张不开口的事不提也好，免得给组织丢脸！""张打油"难得正儿八经地拉个家常。

"呃？你是说那些送钱送物拉选票的，还是村霸街痞靠淫威当上村干部的？嗐！这几年农村选举呀……乱象纷飞，一言难尽！"一提这事，苗大庆气不打一处来。

苗三叔听着有些变调，就往前靠拢了下，"喂！这位诗人，讲话可别含沙射影，一个篱笆三个桩，一个好汉三个帮。受人之托送条烟，拉张选票也没啥大惊小怪的嘛？外国不都这么做，况且烟酒不分家，谁还没个需要人手的时候？答应了的事就帮帮，还有三个户就走完了，回见呀！"

"像苗三叔这样的就好了，走门入户地介绍一下候选人，让群众心里也有个大概。可有些人就不是这样了，横行霸道，大施淫威，把个选举搞得乌烟瘴气！"苗大庆说。

"以我之见，政府不会不知道，只是还没轮着给这些人定规矩罢了。实话中说不中听，这几年农村选举，我怎么觉得有些失控。几个小人挡道就把这么一个神圣隆重的选举搞乱？还有没有正义？有没有法律？"

苗大庆望着"张打油"有些诧异，"你小子平时偷奸耍滑，几天不见，怎么政治觉悟忽然高了一大截？看问题不但刀刀见血，而且分析起来也头头是道。士别三日，刮目相看呀！"

"张打油"若有所思地说："别看咱选不上村干部，不过这乱糟糟的'海选'模式，早天晚天得改改。你想想，共产党的天下，还能让些赖皮子横行乡里？"

四十七

取消农业税的风声越刮越紧，让人听着心里比吃上顿香喷喷的猪头肉都舒服。

这阵子，乡里通过"一事一议"收取款项的工作也在忙不迭地进行。他们很清楚，一旦上边开了会，传达了文件，"一事一议"一扎住，你就是天王老子也不准再收了。纵使你有天大的本事，有上千条上万条的理由，那也顶不上中央的文件管用，也不能越过"乱收费"这敏感的"高压线"。

在老少爷们儿热切的企盼中，县里召开了关于农村税费改革会议，主要内容是取消农村的一切收费项目，明确提出对原先欠缴的各类税费也不再收取。

会议一开，不啻一颗耀眼的火球释放出灿烂的光芒，给黯淡无望的农村燃起灼热的光芒。

齐奎升从会场出来，四处找刘秋珊。他从人群费劲地挤到刘秋珊身边后，小声地说："秋珊，怎么文件上讲的事就跟你以前说的差不到哪里去，是不是你给老师提供的资料被中央看到了？要不怎么这么巧，有些内容说法跟你讲的如出一辙，我觉得这里面肯定有道道……"

刘秋珊微微一笑："农村本来就是这个样子，有什么大惊小怪的！中央出台个文件是对着全国说的，又不是单纯对着咱。再说就是对着咱，也是为老百姓说话，为老百姓办事，有啥不对的呀？"

"不管怎么说，在这事上你可是有先见之明，也算替老百姓说话，帮着办了件大好事吧。"两人会意地笑了笑。

这一消息传到农村后，多数群众不置一词，真正相信的人了了无几。"哼！养马打差，种地拿粮，几千年经历了多少个朝代、多少个皇帝，形成的皇粮国税不声不响地说免就免了？"

被誉为"讲政治"的陈柱子以一以贯之的思维推论，"哈哈，减免农业税这事嘛，恐怕又是一阵强台风吧，风雨之后见不见彩虹，还得另说另道。"有着"领袖范"的程老大，对此也将信将疑，很难一下子接受这突如其来的惊喜，乐滋滋地嘟囔，"骑着驴，夹着棍，高兴一阵是一阵。"

模范村那棵长了几百年的老槐树，虽被围上了护栏，但老的少的有事没事的还是愿意凑在树下天南地北地胡扯一通。这天晚饭后，几个上了年纪的男爷们儿就一手提溜着马扎，一手提溜着旱烟包子慢腾腾地凑到一块儿了。有的找个平点的地方一蹲，有的选个遮风的地方一站，先是掏出烟点上狠狠地抽上几口，然后再有痰没痰地干咳嗽几下后，便东一榔头西一蹶地侃上了。一会儿隋唐演义，一会儿四大名著，说完夏商周，再聊元明清。三皇五帝、后宫佳丽，大臣宰相、才子佳人，想哪就诌哪里。反正都是几百年、上千年前的事，又扯不着远亲近邻，就逐一数落，拿些历史典故和历史人物开涮起来。因为历史久远，各人的看法又不同，就众说纷纭。有时为个年代、为个情节争执得你刚我强，互不相让，给这偏僻的山旮旯倒也添了不少笑料和情趣。

不过连着好几天，他们没了谈古论今的兴致，倒围绕着眼前取消税费这事，争得脸红脖子粗。他们各持己见，互不相让。为了证明自己的高见，几乎要抢皮锤、下架子。说到家，就是不相信这等好事能落在老百姓头上！

莫老憨虽然当上了水利站站长，但仍是天天下班后回家，回家就憋在家里抽烟，一蹲就是三袋烟的工夫。听说了取消农业税的事后，他没表现出村民那种喜形于色的表情，异乎寻常地寻思了好久好久，深有感慨地扔下一句话："还是共产党圣明呀，知道下边的老百姓生活太苦，大降福祉，恩泽天下……"

这天，他也来到槐树底下，听着老少爷们儿在对取消农业税这事评头论足，不善开玩笑的他拉下脸来把眼一瞪："哼！把农业税取消就算捡棵参了，还想要补贴？吃着碗里看着锅里，有没有完？"莫老憨平时不多言语，可也按捺不住内心里的喜悦，顺口嘟噜出几句。他这一说不要紧，把沉闷的气氛一下子给掀了起来。

莫老犟是莫老憨的弟弟，因为生性倔犟要强，人家就借着他名字的谐音，给他起了个"莫老犟"的外号。莫老憨跟莫老犟性格大相径庭，一个温和厚重，一个逞强好犟，真是一母生百般——也有狐狸也有獾！说起这个莫老犟，也真是个有故事的人。单纯说他犟不行，犟出个花样来才算有本事。都说是观棋不语，可轮到他身上就不是那么回事了。别人在那里好好地下盘棋，他非凑上去帮着走几步不行。如果人家不按他的意思走，他就犟着将棋子捏在手里死活不拿出来，好端端的一盘棋让他一搅和，非乱套不可。更可气的是为了一盘棋的输赢，他能半夜三更地敲开门，硬把人家从炕上拖下来，重新摆开棋子来证明他的正确。外出赶集办事时，他都挨家逐户地走一圈，问有什么事要捎着办的。为了在老少爷们跟前显得有能力，他自己掏钱请人家吃饭，硬说是人家请的他，打肿脸充胖子，死要面子活受罪……

不是一家人，不进一家门。莫老憨前脚离开，莫老犟后脚就来到槐树下。还没等打个招呼就自说自道地对着几个"杠"友挑衅似的犟上了，"听说种地不要钱了，这事是真是假？这冷不丁地取消了农业税，是不是哄小孩？千万别高兴大了闪着腰！"

一个"杠子头"说："不是开会了吗？红口白牙说出来的还能再吞回去？你寻思跟你下棋一样，把老帅藏起来就赢了那样？"

"你少啰唆，你懂多少官场上的事？现在有些当官的可时兴跟形势了，一阵风刮过去后，恐怕是又该咋地咋地了！可别买个母鸡不下蛋、逮个猪崽不长膘，让咱们庄户人白欢喜一场！"莫老犟人还没坐下，便先声夺人亮出了自己的观点。

"会都开了，那还能假？"另一个"杠子头"懒散地说了句。

"你懂个屁！严禁大吃大喝的文件一年能发好几十份，一发发了好几十年，你看管住谁了？转上一圈不还是老样子，越吃越疯。

文件顶个屁用，还不是坟前烧报纸——净糊弄鬼！"莫老犟开始犟开了。

"可不是，每年乡上发到咱村里的红头文件也是一堆堆，摞起来足有筐子高，电视上、喇叭上成天也吆喝着严禁大吃大喝，到头来怎么来着，还不是外甥打灯笼——照旧（舅）。种地不要钱这事，哼！我看悬乎！"几个"杠友"不见就想，一见就杠上。

"也是也是，说得也在理。你想想这些年办的这些事，哪样不是虎头蛇尾，有始无终的。去年大张旗鼓栽葡萄，今年兴师动众发展蔬菜，听说明年要坚定不移地种桑养蚕，后年还没听说要干什么！哪有个长远谱，哪有个真事？一阵风刮过去就又拜拜了呗！"

"就是这么回事，牛口里的草，扯不出来。缴上去的钱，还再给你顶了账？想得美！"

"说真的，这么大个国家，这么多人口，一下子不要钱了，中央管钱的那个部门傻了是咋地？要不也是少根弦！嘿嘿嘿！八月十五种花生瞎胡闹不是？"

"你也别死犟，现在也不是以前糊弄人的年头了，你没看乡上，说修路就修路，说建学校就建学校，不挺认真办实事。再说啦，咱都是些穷得叮当响的庄户人，当官的糊弄咱有啥意思？"

"别听他们瞎咧咧了，不都是为了给自己脸上擦粉，要什么政绩。"

"都到什么年代了，也不至于睁着眼说瞎话呀！"

"不至于？不至于的事多了去了，大会小会地吆喝严禁送礼，你看刹住谁了？不但没刹住，而且越送越凶，以前提溜着小包小捆，现在是成车地拉。是不是这样？"

"莫老犟，别看你走南闯北经得多、见识广，犟起来一根筋似的，在这事可别逞能装明白！"

"装明白？这些年我就是靠这吃饽饽。别看咱犟，咱可是从历史方面得出的结论。你想想，好几千年了，哪朝哪代不都交'皇粮国税'？"

一堆"大明白"加一堆"杠子头"，围坐在槐树底下，脸红脖子粗地杠来杠去，谁也不服谁。也难怪这事，延续了好几千年的"皇粮国税"不声不响地取消了，不信是正常的，信就有点不正常了。

"虽说卖鱼的不管虾市。可这事谁不装心里，真叫人揪心，有动静总比没动静强吧？"

"我就纳闷，从上到下都认头了的'皇粮国税'，怎么说不收就不收了？难道好事真让咱这一辈赶上了！"

"对呀，我就钻闷葫芦里去了。国家这么大，哪来的钱往里搭？不靠谱！不靠谱呀！该干啥干啥去吧，别做梦啃猪蹄净想些好事！"莫老犟还是咬着个牙根犟。

"你跟中央文件犟个啥，有钱没钱那是国家的事。"

"这叫忧国忧民，哪像你们往炕上一倒，跟死猪一样呼噜起来没个完！"

"你除去犟，就是癞蛤蟆垫床腿——硬撑，跟你哥不是一个娘养的？非犟出个花来不行？"

"哎哎哎，隔着老远老远的些事，纠结死犟这些干啥？有好事咱受着，没好事咱挨着，皇帝不急太监急，几千年都熬过来了，你们在这瞎慌慌啥！"站在莫老犟一旁的莫二爷看他们有吵起来的架势，便赶快打个圆场把事压下。

"也是，也是，这么多年老祖宗们都熬过来了，咱们倒沉不住气了，文件一下，不就一目了然了？是骡子是马一溜不就知道了，纠结个啥呀！"

几个人吃饱了撑的，蹲在这老槐下嚼嚼些嘴官司……

在取消农业税这事上总结到位的当数陈柱子。很好对劲的几个村支书记又凑在了一块，陈柱子熊掌手朝着屁股上一拍就发表起高见来了："你听明白啦，咱得讲政治。这半年来，又是'一事一议'，又是什么'拉网行动'、车船税。这一茬接一茬地集资，忙了大半年。伙计们二寸目光看到啥了？前天俺村的计生罚款凑齐，摸黑了还逼着缴到了财政所。你猜怎么着？昨天一早就接到通知扎住口子，一律不准从群众手里再收一分钱了！你看这工作干得够不够调，瓷实不瓷实，是不是严丝合缝？这叫什么，这叫肩膀上长胳膊——高手啊！用孔老先生的话说，这叫先知先觉！用咱的话说，这叫'是官明白起民'！现在想想年后的'叫套会'和聚餐，怪不得那么热闹隆重，下着个大雪也海吃海喝，原来是醉翁之意不在酒，戏眼在这儿！半年前就布好了清收欠款这个局了，伙计们服不服？不服就是嘴硬！"一辈子没服过软的陈柱子在这事上算是心服口服了。

"陈书记，该收的收了，该缴的也缴了，这不快过年了，老党员、老干部走访，也是手打鼻子眼前过，走访军属的费用……"陈大凤没敢往下说。

"咱收的陈欠缴得是急点儿了，也多点儿了，也怪我瞎积极，没偷着截留些。可话又说回来，乡干部一直在后边盯着，不缴不行啊！"

"不让收钱了，这工作怎么干？有些活是一个萝卜一个坑，没有钱可不行。再说办公室只要开开门，油盐酱醋，吃喝拉撒的哪一样不花钱能行，大的不说，烧壶开水也得用电要钱？不让收钱，这花销从哪里来？总不能自己掏钱垫上吧？"陈大凤有些不理解。

"车到山前必有路。比咱急这事的有的是，怕啥！"

"陈书记，我总觉着不收集资提留这事不真，就跟做个梦似的！"

"对呀！你不是会唱《雾里看花》嘛！现在一家人就是这感觉，有点儿摸不着脉、找不着北！唉！先不管是真是假，也到了该关心关心老百姓的时候了！"

"张打油"听说不收"农业税"了后，先是歪扭扭地死犟着不信，灌进耳朵的多了就又半信半疑。当四处打听确凿无疑后，不仅诗兴大发，咬文嚼字地好一顿斟酌，赋诗一首："喜事传到埠岭乡，老少爷们放炮仗。百姓有了出头日，共产党是亲爹娘！"大家不懂什么诗呀词的，只是看到"张打油"抑扬顿挫的表情，就前仰后合地大笑了一阵。

"张书记，听说以后种地不要钱了，真事假事？"

"以诗为证，那还有假！""张打油"听到有人喊他"张书记"，情绪格外高涨。

"俺还听说以后种地还要给钱，这事不真吧？这要是真事的话，那他们不都傻大了！"

"哎，别看你是个娘们，知道事还不少呢。不收农业税这事基本上是和尚敲木鱼—梆梆的了；种地补钱这事，我看不清！可别造谣呀！"

"都是些好事怕啥！不过种地不要钱就是开大恩了，再补给咱钱是不是有点那个？他们说的这事俺信也不信，不过闲着也是闲着，没事瞎说呗！"

"你也别说是在瞎说，照这势头下去，保不准还真让你诸葛亮算卦——猜着了！嘿嘿嘿！"

"那以后真就不收钱了呗？"

"不收了，不收了！得罪人的事终于搁下了。"

"不敢不敢，不是让高兴逼的吗！嘿嘿嘿……""张打油"边往嘴里填着料豆边哑巴着边说。

平屯村的程老大听到这石破天惊的消息后，赶紧把几个对劲的招至麾下，胳膊往上一抡，放言高论起来："弟兄们，今天就不讲军事方面的事了，单就取消农业税这事谈谈感慨。当然，重要的是质疑下这事的可信度！"

"这半晌不夜地掉下个馅饼来，让咱庄户人吃，这可是从来没有过的事。这不是小傻也是大傻。"苗大庆毫不含糊地亮明了自己的观点。

"不是设了个什么圈套让咱钻？全国要是不收钱了，算算得损失多少？这个窟窿怎么补？"魏石桥也担忧地提出了自己的看法。

"我觉着这是闭着眼睛卖布——胡扯。刮过这阵风后，就又回到老路上，恢复原来的样了。"移民村陈川也凑上前顺着递上句。

"我也有同感，历朝历代都是往上缴钱纳粮，哪有往下分钱的。果真如此的话，那不是神经错乱了！"程老大的一个伙计说话更狠。

"正中下怀，知我者伙计们也。我总觉得这事不是这么简单！省里也好，国家也好，离咱大老远的咱不考虑，可乡里这日子怎么过？总不能天天撅着个腚让人踹吧！所以咱弟兄们也得讲政治，替乡里着想着想！"程老大对取消"农业税"也有质疑，但他想的更多的是下一步怎么运转。

这阵子，埠岭乡就像在快要燃尽的火盆里一下子泼上了桶汽油，瞬间蹿起了又高又旺的火苗，开炸了似的沸腾到了极点。听到取消"农业税"这个消息后，老的少的对这天降洪福又是磕头又是作揖，无不拍手叫好；有些腿脚麻利的跑到半山腰祖坟上烧香磕头放鞭炮，向祖先报喜，祈祷保佑平安；平屯村的王中先，厂子不大，效益也不好，因为开心高兴，请了个戏班子来村里连着演了两天戏。他们用山里人特有的方式尽情地表达着发自内心的喜悦，从心底里异口同声地称赞共产党好，共产党真英明。有些八九十岁的老爷爷，窝窝着掉了牙的嘴，口齿不清地大喊"毛主席万岁"。

陈柱子、苗大庆还有魏石桥常年以"政见不一"闻名乡里，在对取消"农业税"这事上竟罕见地统一，一致认同陈柱子对中央取消"农业税"给予的定位，认为这是"中国农业史上石破天惊的重大改革"，是"前无古人、后无来者，惊天地、泣鬼神的伟大壮举"。

正当老的少的都沉浸在这美滋滋的喜悦当中时，关于种地给补助的"谣言"又刮了起来，而且越刮越大、越刮越凶。把些没见过大世面的老百姓又给弄懵了。

"国家这是咋啦？手里到底有多少钱？你看看，跑了多少年的'绿皮车'虽说慢点，也不能说没就没了。换上这不冒烟的'白皮车'可倒快，眨眼跑远了，而且一趟接着一趟，一个劲地猛窜，也不知道累，是不是多跑多挣？不过这些'白皮车'好像通人性，知道白天上路，晚上歇着，还挺注意身体。"一个上了年纪的老爷爷说。

"国家有多少钱咱掐算不出来，可我听说他们急唠唠地跑大西南山里打山洞、修铁路去了，也不知道国家是咋想的！那个山洞可不是咱家里的地瓜井、姜井子那样小，从这头打进去那头出来，得有好几十里路。山洞还那个大呢，反正是全村人都进去也能装下！你说国家到底有多少钱，去忙活这花钱的买卖有啥用？不是电视上说的啥战略？国家战略！战略是啥？比黄金还贵的金属？"

"少扯咧些没用的吧，你怎么怀疑不要紧，国家有钱那是铁板上焊钉子，巴巴的，要不这'农业税'说不要就不要了！你掐头去尾算算，就算有五亿劳力，往里数每人减去三百元的话，国家得拿出多少钱来？不吓死你才怪呢！你俩刚才说的还是些皮毛哩，咱庄户人不懂、不知道的事多了去了。管那么多事干啥，把地种好了就行了呗！"又一个年纪稍轻些的爷爷开导着。

"还有个小道消息说上级明后年要搞什么'村村通'。什么叫'村村通'？"

"都说你是个'大明白'，连个'村村通'也解不开？不就是村村修条水泥路嘛，连这个也解不透还成天站街上晃来晃去的晃荡啥！"

"实话告诉你，下一步不光要'村村通'，说不准还要'户户通'哩，让我们赶上好时候了有什么办法！"

"下一步不光'户户通'，瞧好吧，凡是让老百姓高兴舒服的事，想啥有啥，要啥来啥。信不信？"

信不信也好，"杠"不"杠"也好，总之，压在老百姓头上几千年的"皇粮国税"是彻底地退出了历史舞台。

淳朴憨厚的庄户人哪里相信还会有这么多的好事噼里啪啦地硬往头上落，都认为是些砖场里点火—窑（谣）烟（言）。可事情往往就是这么不可思议，种地给补贴的事就像变戏法一样一下子又摆到了老百姓的面前……

四十八

春去春来，花落花开。

岁月如梭，一晃又是一个金秋十月，栾山湖的毛蟹正当顶盖肥。每年八月十五前后，是栾山湖最热闹的时候。养鱼的、养虾的、养蛤蜊的，买的、卖的，熙熙攘攘，摩肩接踵。让人合不拢嘴的还是那些养毛蟹的，心里更是开心。顶盖肥的毛蟹，煮熟后黄澄澄，香喷喷。别说吃了，一想起来就咽口水。

然而，令人生疑的是今年怎么没了往年热闹的场面，是没丰收？不是，风调雨顺毛蟹产量可高了。是提前下市了？也不是，季节正当时。那是什么原因呢？

正当赵云瑞摸不准毛蟹行市的时候，鲁祥生一把推开门，说："赵书记，刚才信访局来电话，栾山湖上游附近几个村的养殖户去省里上访了，让咱快去领人。"

"稳定压倒一切"这根弦，在赵云瑞脑海里时时绷得挺紧，生怕有什么闪失。可是天有不测风云。谨慎了再谨慎，小心了再小心，可还是发生了令人费解的上访事件。

"养殖户？他们去访什么？"赵云瑞眉头一皱。

"可能是供电所多收电费的事！"

"多收电费？不可能，绝对不可能！要么算错账了，要么是个人行为。堂堂的央企，国家电网，怎么会多收电费呢？"赵云瑞根本不信。

"赵书记，信访局是这么讲的，我也不信。可确实是去上访了，让咱赶快去做工作，把人领回来！"

"啥时走的？没发现苗头？"赵云瑞怀揣疑惑。

"听说闹嚷好些日子了，温柴道也提醒过我。不过，他们是告供电所多收电费的事，又不知内情，堂堂央企咱也不好干涉太多，就把事放下了！"鲁祥生无奈地说。

赵云瑞觉得事情有些蹊跷。

"县里的意见让信访局和咱一块去，一是做好劝回工作，二是快到年底了嘛，想法把上访的号消了，尽量把群体上访变成个人上访！"鲁祥生又解释。

赵云瑞更觉得纳闷。

"赵书记，人员挺多，又是牵扯民生的事，我带人去吧？"鲁祥生急迫地说。

"事已至此，也不必过于紧张。你就带几个人去省城接访！我到栾山湖养殖户那里去走一趟，从根上摸摸底，到底是出了什么事？真怪了，收了这么些年的电费，怎么突然就冒出这么大个疙瘩来呢？"赵云瑞还在琢磨着。

"好的，那我叫上齐奎升他们走了。"鲁祥生急匆匆地转身离去。

从信访局反馈回来的信息是因为电价问题引起上访的。电价都是明码标价统一定的，说白了都是公对公的事，能有什么问题？难道是单位故意多收电费？不可能，绝对不可能，堂堂央企怎么会在电价上做文章。煮饭要放米，办事要讲理。这冷不丁地蹦出个"电价事件"来，真的让人琢磨不透了！

赵云瑞叫上陈来电和刘秋珊，沿着堤顶路，朝栾山湖上游的养殖区一路疾驰。

举目远眺，只见湖面波光粼粼，水天一色。一条条渔船在明镜般的湖面上撒网捕鱼，展现出一派丰收景象。岸边比肩接踵、错落有致的一座座养殖大棚，非常显眼地进入了视线。噢！就是这儿了吧！

居住在沿岸的老百姓，利用这得天独厚的水源，在岸边建起养殖大棚，养鱼养虾。因为地处偏僻，条件又差，一家一户小规模养殖，效益可想而知。俗话说，家中腰缠万贯，水里无毛不算。言外之意，就是说养殖这个生意也不容易做。

顺着斜坡，三拐两拐地来到一处规模稍大些的养殖大棚。

赵云瑞看前面有人，从穿戴上知道是个搞养殖的，就走过去随便攀谈上了，"忙呀，师傅？"

养殖户射来警惕的目光。

"师傅贵姓？哪村的？"

"姓范，栾山村，咋啦？"姓范的师傅仍在用异样的目光瞅着。

"范师傅，我是咱乡上的，姓赵，走到这里，随便过来看看。今年养殖怎么样？赚钱吗？"

"哼？还赚钱？"姓范的怒气冲冲地回话。

"听说你们养殖场有人去省里上访了？为什么呀？"

"电费！"范师傅从牙缝里挤出两个字。

"电费？为个电费值得大动干戈地去上访？"

"哼！大动干戈？大动干戈也不一定管用！"范师傅待理不理地斜斜眼。

"范师傅，我是从乡委来的，就是想了解下你们为什么上访。"

"电费的事，电费收得不合理！"

"怎么不合理？没找供电所咨询一下？"

"咨询？你算老几呀去咨询，他难理你！"

"没到村里、乡里去问问，为啥不合理的？"

"村里？乡里？村里、乡里就是万能的？"

"哎，老师傅，别急，也别发牢骚。没到村里、乡上反映一下情况？"赵云瑞好奇地问。

"耗子钻进风箱里——两头受气。你们就是省油的灯？跟供电所还不是穿一条裤子！"

"范师傅，火气别那么大嘛，出去跑上一圈不还得回来解决？"

"我说伙计，看你说话也挺实在的，也就不扫你的兴了。不过，你觉得你真是万能的？实话告诉你，这事别说是你，就是县里也解决不了，对付老百姓你们是行家，可对付电老虎，你们恐怕也不行！"

"范师傅，别生气，咱慢慢聊嘛！俗话说，隔枝不打鸟。大事小事早晚还不都转回来？哎，范师傅，你怎么没去上访？"此时养殖户说得再不中听，赵云瑞也是耐着性子询问。

"这是受害人圈子里的事，打听那么多干啥？抓人吗？实话好说不好听，这回别说是抓人，就是打人枪毙人也不怕了！光天化日之下，比明抢明夺还恨人。不说啦，越说越上火！"

"范师傅，我今天来就是想了解下原因处理问题的，只有把问题摆出来，咱才能分析个对错，光这样生气也不是个办法！"

"俺们也有规矩，县里、乡上来人一律不说，怕你们一掺和对俺不利。刚才不是说了吗，你们是一个鼻孔喘气的，谁不知道护犊子！"

"范师傅，你这位老兄挺有意思，说的我可不愿意听，好像我们不讲理？"

"意思也差不多，反正是信不过。"范师傅显得理直气壮。

"范师傅，县里、乡里已经派人去省城了。明天也就回来了，就是天大的事也得公开，也得需要解决，有什么不能说的？我就是想了解一下问题的原因、如何解决。告供电所不外乎就是电的事吧！"

"看你挺实在的，也没啥恶意，就跟你露个实底。俺就是告供电所乱收费、多收费、瞎收费，这回是不把他们翻过来决不罢休！"范师傅还是咬牙切齿。

赵云瑞一惊，有这么悬乎？现在收电费都很规范，电脑操作，有可能出点差错，但也不至于惹这么大的乱子。难道政策上出问题了？他脑子里急速打着问号……

"你们以前没找过供电所？他们怎么解释的？"

"供电所是哪里？他说啥你听啥，他收多少你缴多少就行了呗，还有你说话的？"

"不至于这么严重吧，范师傅，你坐下，咱慢慢聊。供电所收电费还有猫腻？到底是怎么回事？"

"他们揣着明白装糊涂，专干些欺负老百姓的事！你说养鱼、养虾算个什么项目？你是乡上的，识文断字懂政策，比俺明白多了。你说养鱼养虾是什么项目？是工业项目还是农业项目？俺养了一辈子鱼，不知道自己是干什么的了！"

"地地道道的农业项目，没有啥争议的呀！"赵云瑞肯定地说。

"可你知道他们是怎么收费的？他们是按照工业用电来收的，一度电多要了好几毛钱！都是些穷庄户人，日子过得这么紧巴，他们就是理直气壮地说是工业项目，必须按工业用电来收！"

"你怎么知道是按工业用电收费的，不可能吧？"赵云瑞诧愕地睁大眼睛。

"不可能？不可能的事多了去了！以前确实是不知道，太相信他们，让他们糊弄了这么些年！"

"后来怎么知道的呢？"

"有一回，外地一个来拉鱼苗的客户在跟我们谈买鱼价格说到费用时，无意中说出供电部门收的电费，有工业用电和农业用电的说法，工业用电是每度七毛三，农业用电是每度五毛二，一度相差两毛一分钱。俺们就找出以前的缴费单子一看，上面写着每度电七毛三。后来找人咨询了一下，这些养殖场都属农业项目，该按农业用电来收才对，怎么按工业用电收？气得伙计们站在湖边咧开嗓子骂上了。当时要是收电费的人在场的话，一定会被当场撕个稀巴烂。"范师傅跺着脚狠狠地说。

"能有这事？不大可能吧！"赵云瑞始终不大相信会出现这样的事，心生疑虑。

"供电所办些伤天害理的事来，不是因庄户人好戏弄、好欺负？不是拿着国家的政策开玩笑？这些千刀万剐的！"

"你们弄准工业用电和农业用电的事了？不是盲目行动吧！"赵云瑞开始同情他们。

"盲目行动？这么多的养殖户，经营了这么长时间，缴了那么多的电费？谁心里没有本账，能差哪里去？真是欺负人欺负到头顶上了！这回不给个说法是不行了，众怒难犯，有他们好受的。"范师傅还是愤愤不平。

赵云瑞望着碧波微澜的湖水，深深地沉思。这到底是怎么回事？这些处在最底层的衣食父母本就生活艰辛，如果再乘人之危，日子岂不更难过？他不敢往下想。

"电力部门的钱就是这样挣来的？不行！到底是咋回事，得找他们问问，让他们给个说法！解释明白了还好说，要是含含糊糊打哈哈，那恐怕要出乱子。别忘了，这可是沾亲带故的七八个村，七大姑八大姨，舅子连着小叔子，远亲近邻一串通，上千口子人的事！不理出个头绪来恐怕不行！"

"你们找过他们没，他们是怎么答复的？"赵云瑞收回思绪，往前挪了挪又问。

"气就气在这里，他们说养殖场就是工厂，工厂用电就得按工业用电来收！为了从老百姓身上刮钱，净是睁着眼说瞎话！"

"养殖场应该是属于农业项目呀，怎么变成了工业项目了！"

"如果连养鱼、养虾都属于工业项目的话，那农业还有啥项目？种小麦、种玉米、种地瓜需要电吗？不需要电的话，还分什么工业用电和农业用电？到底什么才是农业用电？俺是些庄户人大老粗，啥也不懂，跟供电所问不出个子丑寅卯，只得上去问问！"

"怎么不到乡上去问呢？跑这么远，也不一定有什么结果！"赵云瑞眉头紧蹙。

"这是供电所胡来，跟乡上没关系，俺们每家出一个代表，到乡供电所咨询过。供电所信誓旦旦说收的就是工业用电，就是这个价。养殖户不服，又到县供电公司去咨询。县供电公司也说照工业用电的价格收是对的，没有什么异议。并且十分肯定地说，你们经营的就是工厂，工厂就得按工业用电收费。这样来来回回争执了好多个回合。有客户经常过来拉货，对俺们的遭遇也愤愤不平。都什么年头了，还在光天化日之下胡咧咧。客户把他们养殖场的收费单据复印了一份捎过来，我们都看了，收费单子一样，收费项目内容一样，可就是价格不一样。"

"后来呢？"赵云瑞觉得事情并不简单，催他快讲。

"到乡、县供电部门反映也没理出个一二，俺们才决定凑钱凑人到省里上访的。走到这一步是让他们逼的！俺寻思着，省里不能不过问。他们再怎么狡辩，这养鱼、养虾也算不上工业项目！再说，还有外地客户给提供的收电费的单子。他们都是一个系统的，证据握在手里，谁也赖不掉的！"

"你估计会有什么结果，是不是还得推下来？"

"不会推下来推给谁？推下来谁接着？谁也不敢接这档子烂事！非让他们自个儿烂手里不可！"

"哦？你怎么这么肯定？"

"纸里包不住火，是脓疮早晚要破头，扯淡的事早晚得有个说法！"

"从上到下抓乱收费的风声这么紧迫。他们怎么敢这样，是不是政策的事？"

449

"堂堂的国有企业，居然能做出这么龌龊的事来，都是养鱼，都是一样的收电费单据，人家怎么收的就是农业用电，我们收的怎么就是工业用电？这不是明睁眼漏地要钱？跟骗钱有什么两样？"范师傅越说越气。

"你这么大个养殖场，怎么没去上访？"原因弄清了，赵云瑞索性就着个凳子坐下，慢慢问他。

"我出钱了，还多凑了一百，今天有客户来拉鱼去不了。现在，我是豁出去谁也不怕了。这么大个公司怎么忍心朝着些穷庄户人下手呢，他爹他娘不是庄户地的？"

"这是咱乡的赵书记，他来就是想了解些真实情况，你尽管大胆地说！"陈来电听清了是告供电部门，心里一下子放松了下来。

"噢！赵书记，人一急，啥话也说出来了，原谅咱脾气不好。真是让他们气着了！"

"范师傅，你反映的问题很重要，作为乡里也是有责任的。这个责任不是说帮着供电部门打你们的马虎眼、多收电费，而是有责任帮着你们讨个说法。如果情况属实，咱可以把理争回来。今天，县里、乡里已经派人去省里了。有关部门肯定会给个说法，请你转告这些上访的乡亲们，下一步有什么事可以直接找我。咱们通过正常渠道，逐级向上反映情况。现在跟过去不同了，党中央最重视咱农民的事了，各级政府还不更有责任保护好你们的切身利益？如果说有责任，我也有责任，应该早过来看看你们，帮助你们把问题反映上去，也不至于出现这么大的被动局面。你说是不是，老伙计？"

"好好，谢谢赵书记！动静小了没人听、没人管，我们就是想把事弄大。真的，从去年我们就开始向供电所反映，也去找过县供电公司，他们根本不搭理我们。"

"老伙计，你说得挺在理，我很同情你们的遭遇，也很想帮助你们把理争回来。你告诉大家，咱心想往一块想，劲往一块使，事情办起来不就顺利了，对不对？"

"是呀，这不，他们一到省里上访，您立马就来了，看来还是到上边去出效果。"

"说得有道理，不过也有些过头。你们反映多收电费的事，虽然是电力部门的事，乡里管不着，但维护老百姓的利益却是我们的责任，有往上反映情况的权利。"

"谢谢书记同志，谢谢了，还是您了解老百姓的苦衷。"

"请你们选派几个代表，把有关的材料准备好，先跟电力部门沟通，达成协议更好；达不成协议，咱通过乡委这个渠道往上反映。我觉得你们提的要求很正当，事情肯定能解决！"

"书记同志，俺是庄户人，刚才说的有些粗鲁，别见笑！因为在这以前，没有一个人帮我们说话，也是没有办法的办法。这次回来后，保证不再外出了。这个我敢打包票，但您可要给我们撑腰，把事给反映上去！"

"好，谢谢你的理解。我会一抓到底地把事办好，有事直接找我好了！"

乡会议室里，罗县长、县政府督察室、县信访局、县经委、县供电公司及赵云瑞、鲁祥生等人就栾山湖养殖户反映供电所多收电费的问题召开专题会议。

罗县长清了清嗓子严肃地说："同志们！今天这个会议是根据县委主要领导的意见召开的，主要议题就是咱埠岭乡栾山湖沿岸一些养殖户反映他们多缴电费的事。据了解，这事他们从去年就开始反映，先是找供电所，后来又去县上找供电公司。在一直没有给出明确答复之后，酿成了这次大规模的越级上访事件。省里的领导有信访批示，对我们的工作是极不满意的。在对收缴电费问题进行查处的同时，还需要我们深刻反思，为什么简单问题变复杂了呢？为什么这么长时间没人管？我们都干什么去了？在全省造成了这么恶劣的影响。"罗县长停顿了一下又分析说，"这个问题我想应该分两个方面来说。一是埠岭乡委、乡政府要承担一部分责任，事情发生在你们埠岭乡，不管什么原因，你们是有责任的，属地管理嘛！另一个方面就是供电公司，这些群众从去年就连续上访，你们为什么不能给出一个明确的答复？为什么不及时汇报？而是一推再推，直到酿成这次信访事件。今天召开这个会议，一是对你们两个单位给予批评，希望认识到自己的错误和应当承担的责任；二是共同研究一下如何解决这个问题。对反映的工业用电和农业用电的问题，你们电力部门准备如何答复，需要拿出具体方案来。如果是因为权限问题答复不了，就抓紧时间按程序上报……"罗县长实事求是地对埠岭乡和供电公司提出了中肯批评，对发生的信访事件也作了客观分析。

赵云瑞在会上介绍了了解到的情况，"如果按照农业用电价格收费的话，每个养殖场每年可省下电费两万多元。有些养殖户在这里已经养了十几年，少的也有三五年。这些累计加起来，他们多付了四百多万元的电费。这是他们上访的主要原因。另外，因为其他地区的养殖业，已经明确了是属于农业用电，如果咱们的电力部门继续坚持属于工业用电的话，得拿出足够的证据来说明这个问题。解释不清又坚持按工业用电收费的话，下一步的上访恐怕还是难以避免。建议电力部门实事求是地纠正收费标准。同时，对以前的做法，也要有个端正态度，拿出具体行动来安抚养殖户。"

会场一阵沉默。

"王经理，说说你们的情况！"罗县长提醒县供电公司王经理，让他讲讲收缴电费的事情。

王经理抬头看看大家，语气缓慢低沉："好吧，这次突然形成的上访，根子确是因为对工业用电和农业用电的界定有异议引起的。这件事从去年下半年就有人来反映情况，一开始三两个人，慢慢地越来越多。他们先是到乡供电所，后又到县供电公司。当时，我们的一个副经理接待的，对这些老百姓反映的问题我们也曾反复研究过，因为牵扯时间太长，面又广，很难下决心解决。再就是有几个鱼饲料加工点和为养殖场供水、供冰的小企业，可以说是农业项目，也可以说是工业项目，一来二去，就都按工业用电收了。当时也没感到对与不对，现在看看，确实是有失公允。由于我们考虑问题不周引起了上访，造成了很不好的影响，给全县人民丢了脸。因此，在这里，我代表公司承认错误，诚恳表示歉意，并深刻反省，引以为戒，把后面该做的工作做好。"

"王经理，还是说说你们收的养殖场的电费是合理还是不合理吧！"罗县长提醒他。

"是呀，这次信访事件的导火索就是因为电费引起的。罗县长，栾山湖边建第一个养殖场的时候是在二十多年前。因为那时用电的项目都比较单一，虽然有工业用电、农业用电之分，却没有明确哪些是属于工业用电、哪些是属于农业用电。这些年下来，伴随着经济的发展，新上了一些企业，说实在的，讲它属于工业用电也行，属于农业用电也可。比如说，十多年前，他们新上的养殖场，虽然是养鱼养虾，但抽水、加温、制冰、冷藏等，我们当时就认为是工业用电。可时间长了，规模大了，产业的划分更加清晰明确了，但在收费的理念上还是继续沿用以前的收费模式和程序，坚持了二十多年的收费标准，谁也没认为有什么不对。现在，我们认为养殖用电确实属于农业用电，已经形成材料报到省里去了。请在座的各位领导放心，也请养殖户放心，肯定会给个满意的答复！"王经理把公司的态度、工作方案一下子亮了出来。大家长长地舒了口气。

"好，王经理讲得很好。云瑞，这阶段养殖场的稳定工作还要格外重视，配合电力部门抓好。"赵云瑞认真地点点头。

"王经理，虽然你们有了新的说法，但总归还没落实到位，抓紧跟上边对接，争取尽快按说的把事情办好。你们两个单位要随时沟通，让群众及时了解事情的进展。"罗县长最后总结的时候，其他几个部门也都表示积极配合，做好这项工作。

真心也好，违心也好，在县政府督查室的督查下，供电部门不情愿地掏出了四百多万拨到埠岭乡供电所，在机关干部和有关村委的协调帮助下，将多收的电费逐一退给了养殖户。应该说，电力部门态度的迅速转变，一下子化解了这次上访的矛盾。

此事过后，赵云瑞陷入深深的思考，市场经济确实推进了竞争，促进了繁荣。但是在国营和民营之间出现的利益冲突是有意还是无意？是否有公权和私权方面的利益之争？"电费事件"就是活生生的例子。想想这些，赵云瑞觉得老百姓过个好日子真的不容易……

四十九

"小康不小康，关键看老乡。"党中央对农民的关心是从骨子里透彻彻的关心，并且立说立行，立竿见影。

从栾山湖区迁出来的移民户，政府将给予政策性的困难补助。埠岭乡是个典型的库区移民乡，约有一半的村民是从栾山湖区搬迁出来的。他们听到这个消息能不高兴？

栾山湖在建拦水闸之前，就是一条宽敞的河流，叫栾山河。这条河夹在群山之间，曲折蜿蜒，水流不断。上游是连绵起伏的山脉，每年雨季来临，河水暴涨，冲向下游，给下游沿岸村庄造成极大的危害。雨季一过，栾山河又河床见底，居住在两岸的群众吃水又有困难。如果建一座拦河大坝，既能保证下游人民群众的生命财产不受损失，又能蓄水灌溉，保证大旱之年有水可用。经过反复勘查论证，县里组织水利工程大会战，在栾山河一处狭窄的地方建起蓄水坝，也就是栾山村前的这道拦河大坝。栾山湖也就由此诞生了。

为使栾山湖能最大限度地蓄水，就必须提高蓄水能力。这样处在栾山河岸的几十个村子就要搬迁。虽然是故土难离，但为了国家的需要，栾山河两岸的村民还是忍受艰辛，拖家带口地搬到其他地方。

当时就是在这样的背景下移民的。搬迁老百姓的生活艰辛，可想而知。因为种种原因，有的村被指定整体搬到一处，拨给几百亩荒岭薄地生产生活，像移民村、田横村、牛埠岭村；有的村被划分为十户、二十几户的归并到原先就有的行政村，像果园村、长街村，还有沟埠岭村等；也有部分库区移民户，根据个人意愿被零星安排到条件好些的村落了户；还有一部分移民户远走他乡，投亲靠友去了。在不到一年的时间里，几十个村几万人口都陆续地搬出了库区。

金窝银窝不如自己的老窝。这些在此祖祖辈辈居住了几十年、上百年的村民，一下子要离开，真有种生离死别的感觉。他们拖家带口，望着百年老屋，一步三回头，愁肠百结！

半个多世纪来，几辈子人了，他们靠着政府分得的这一亩半亩的山岭薄地艰难地维持着生计。当年，他们为建水库毫无怨言地抛家舍业、远离故土。党和政府没有忘记他们，企盼多年的愿望终于要实现了。老爷爷皱了几十年的眉头，终于舒展开了；掉了牙的老奶奶，脸上也笑出了酒窝，眼睛也笑出了月牙！

根据赵云瑞的安排，埠岭乡的库区移民统计、补助工作正有条不紊地往前推进。补助政策一出，那些从水库里搬出来的移民户大部分是欢天喜地、拍手叫好，一个劲地感谢党、感谢政府没有忘了他们。可在落实库区移民补助工作中，有一部分群众对上级出台的政策表示不满，埋怨的杂音越嚷越多……

哎！怪了，这是怎么回事？五六十年了，没有移民补助不也就这么过来了？盼星星，盼月亮，好不容易盼着有补助了反倒怨声一片，不满的情绪还在继续发酵，个别村还有人煽动上访。好几辈子都没有过的这等好事，本该欢天喜地才对，怎么出现了这意想不到的事呢？

各村把对库区移民政策的意见报到乡上来后，赵云瑞也大吃一惊。事关政策问题，他们也不敢表态，迅速报到了县里。县里对事也很重视，立即派人下来专题调研。

他们第一站就来到了移民最多的埠岭乡移民村。

"同志们，关于库区移民补助政策，在下边引起一些争议，县里对此很重视，主要领导安排我们下来搞个调研。参加今天这个会的有库区移民代表，还有接受库区移民村庄的代表以及小型水库移民户的代表等。今天，咱可以畅所欲言，有什么说什么，最后我们会把你们提的意见和建议整理出来汇报上去，大家看这样行不行？"主持人说完后本应是一片掌声，然而下边却出奇的安静，一股蔑视、愤恚的目光给会议蒙上了一层阴影。

"我先问一句，你是哪个单位的？说了算不？"移民村的陈志文站起来质问。

"我姓闫，是县委研究室的，是根据县委领导安排来征求意见的，你们对移民政策有什么看法、想法，我们都会记下来，如实地汇报上去！"

"玩笔杆子的秘书呀！这么大的事，连个县长、局长的衔都没来，也能来拍板定盘子？"

"我们不是来拍板定盘子的，是领导安排来征求你们对库区移民政策意见的！"

"噢！忙活了一顿，还是空喜欢呗？"

"不能这么说，现在不是来了吗？我们会把你们的诉求汇报上去，你们有什么意见尽管说！"

"也行吧！闹腾了这么些天，总算是有点动静了！来！谁先说？怎么哑巴了？别一天到晚背后叽叽喳喳，到场面上了就当缩头乌龟！谁先说？"陈志文扭头问一块来的。

"大家可以随便说，也可以派个代表说。一句话，你们感觉哪些方面有问题就说哪些，不带框子、不扣帽子，尽管放心说就是了！"闫主任引导他们。

陈志文看看都哑巴似的，"你们不说我说！闫主任，别看你年轻，长得也算是眉清目秀，但是不是真替群众说话还得看行动！我问你几个问题，你给解释一下行不？"

"当然行了！"闫主任掏出了本和笔。

"我问你，从栾山湖里搬迁出来的移民户有补助？"

"对呀！文件上不是清清楚楚写着吗？"

"噢！我再问你，为什么要给他们补助？"

"这不是明摆着的事，当年他们为建水库做出了牺牲。现在国家富裕了，拨出专项资金来补助一下他们的生活，体现党的温暖嘛！"

"好！我等的就是这句话。我问你，党的温暖有没有远近之分？都是库区移民，怎么有的人就有补助，有的人就没有呢？你们是根据啥政策出台的文件？都是从水洼子里爬出来的，还有亲娘养的后娘生的？"

"你是指哪一方面……"闫主任把眼一抬有些不解。

"闫主任，你是县里的大笔杆子，大小政策不都是你拿的主意？啥事不清楚？"

"哎，我说你这位同志，不要扯远了。你刚才讲的事，我确实不太明白，怎么会有的有补助，有的就没补助呢？"

"闫主任，你是当官的，又是识文断字的，咱可不要揣着明白装糊涂啊！我问你，从栾山湖搬迁的移民有补助，从柳平湖搬出来的移民怎么没有补助？难道他们真是后娘养的！"

"噢，我明白你的意思了，省里的文件是这样规定的，栾山湖是省里备案管理的水库，在补助范围之内；而柳平湖是县里管理的小型水库，不在补助范围，因此也就没有摸底统计！"

"照你这么个说法，党的温暖就给栾山湖的移民，柳平湖搬迁的移民就不给温暖了呗？"

"也不能这么说，只是文件是这样规定的！"

"闫主任，你一口一个文件，你觉得这文件定得合理不合理？"

"这文件是省里定的！"

"先别打岔，我问你，你觉得文件合理不合理？"

"这……这……有些内容值得商榷！"

"闫主任，商榷是谁？哪个单位？我不认识叫什么商榷的，你千万别拿商榷来吓唬我。"

"不是什么单位，商榷就是商量的意思嘛！"

"闫主任，我不管商榷还是商量，我就要你一句话，都是库区移民，怎么不是一样的政策？一张纸就把库区移民户给分成亲娘后娘了？这破烂文件到底谁定的？"

"文件是上级部门定的，主要是针对栾山湖的移民。如果咱们认为不合理，可以将你的意见反映上去！"

"我听个大概了，是不是省里的工程，国家就给补助；县里的工程，国家就不管了。是不是这样？"

"大体上是这么个意思吧！"

"让你这么一说，还真应验了'木有花梨紫檀，人分三六九等'这个俗语哩！难道栾山湖搬出来的移民都困难需要补助，而从柳平湖搬出来的移民没有困难不需要补助，是不是这样的意思？库区移民也有贵贱之分？"

"说重了，说重了，不能这样理解。"闫主任接上陈志文的话说。

"好像你们就是这么办的！我问你，这是中央的意思还是省里的意思？还是县里的意思？不是你们关起门来瞎编的这么个文件吧？这阵子我是烧香磕头，横算竖算，怎么就没掐算出你们捣弄出了这么个玩意来。说实话，这事可真不像共产党办的事？难怪这么多群众有意见，你就没觉出这些政策有问题！"

"库区移民的情况千差万别，也许我们了解掌握得不细。刚才你提的这个问题很有代表性，我们已经记下了。我们会把你们提的问题整理出来汇报上去，这一点请你放心！"

"这还差不多。不过，我琢磨着你们还是下到村里多走走多问问，听听老少爷们儿的意见。说白了，你们出台的这个文件跟库区移民的愿望差远去了。真要执行，哼，还不如不执行安稳！"

"陈川，闫主任下来了解库区移民补助工作。听说有的村对库区移民补助有意见，都是什么意见？刚才这位同志讲得挺好，你再说说呗！"陈来电跟陈川没有客气，上来就直奔主题。

"多啦，有的是意见！"陈川也不客气。

"到底是哪方面的事？下来收税收费有意见，这回不收税收费了，要发钱给你们了，可还是有意见！到底是拉的什么弦，唱的什么曲？"陈来电故意激他。

"陈书记，咱不是村干部嘛。牢骚多了，说咱不讲政治；可不替老少爷们儿说几句公道话，良心上又说不过去。这样行不，我领您去几家老党员那里，让他们说说这个补助的事儿，行不行？"

"行，就是想找几个德高望重的老党员、老干部，跟他们聊聊，摸个真实情况！"

"早就盼着上级来人了，有些事跟谁说呀？"陈川心存疑虑。

"库区移民补助会议开了之后，基层反应比较强烈。县里安排我们下来找部分当年从库区里搬出来的老人摸摸底，了解了解他们对这项工作有什么看法，摸点真实情况上来。你这个村是典型的库区移民村，所以先来你这里，有代表性嘛！"

"闫主任，俺这里是移民村不假，但真想要了解点儿情况，俺这里可没有代表性，您上沟埠岭村才能了解真事哩！他们那里更热闹！"

"噢，是吗？"

"要不咱就先找几个老党员了解下情况再说，隔天有时间再去沟埠岭看看！"

下了一场秋雨，坑坑洼洼的街上，水窝子一个连着一个，泥泞的路面找不到下脚的地方。

陈川头里领着，沿村里一条小胡同，拣着能落脚的地方，来到一户看着有些寒碜的老党员的家里。

"三叔，这是县里的闫主任，想来了解一下库区移民补助的事。您不是有些看法吗？有看法就说，没关系的！"

陈川又转过身来跟闫主任说："这是俺本家的三叔，他在水库里没搬出来的时候就当生产队长。别看八十多岁了，可耳不聋、眼不花的，对政治还挺关心！"

"大爷，您好，我是县委研究室的。县委领导安排我们来了解一下，您对库区移民补助有什么意见！"

"好好，共产党好，都大半辈子啦，还记得我们，真是好！"三叔沙哑着嗓子使劲夸着。

"别光说好，有些什么意见、看法？"

"没有，没有，这么好的事，怎么还有意见，没意见！"

"大爷，看您唉声叹气的，心里肯定有些话要说。没事的，有啥心里话敞开说吧！"闫主任轻言细语地动员。

"唉！十年九不遇的事，哪有那么正好。脚底踩上西瓜皮，滑到哪儿算哪儿吧！要是让我提点意见的话，就是这补助呀，补得晚了些。大半辈子了，该受的罪受过去了，人也都快走光了。唉！人有几个大半辈子？眼巴巴地盼着当年说过的话，能给些关照，可一直没盼到就走了。唉！他们屈呀！"说着，眼里挤出几滴浑浊的老泪。

"大爷，时间是挺长了，可也算是盼来了。这不，乡上正在摸底统计嘛，补助很快就会下来的！"

"知道，知道！哎，县上的领导，我问个事，不抓辫子吧？"

"您说，大爷，我们就是下来了解情况的，您放心说就是！"

"这这……这补助政策是……哪里出的？是乡里？还是县里？"大爷小心翼翼，生怕一句话没说着惹恼了来的干部。

"老爷爷，县里、乡里都没有能力办这么大的事，是上边发的文件！"刘秋珊甜甜地叫声"老爷爷"，大声重复了一下是上级发的文件。

"可是不得了！这么远又这么些年了，上级还记着咱老百姓，恩人呐！"

"大爷，这都是我们应该做的，不要有顾虑，有什么想法就说。"陈来电耐心地开导着。

"唉！事是些好事，要是再细密些就更好了。"

"您说的是……"刘秋珊拿起本本往前凑了凑认真地问道。

"我听他们回来嘀咕，说什么嫁出去的闺女有补助，娶进来的媳妇没有，这事真的还是假的？我觉得这一条不合适！你知道当年从水库里搬出了多少人吗？一万多户呀！谁家没有儿、没有女的？这事可牵扯着千家万户！别好事办坏了！"

"噢，对这一条有意见？"

"反正黄土都快埋到脖子了，也没啥怕的！要我说呀，这补助不补就算了，大半辈子了，真困难的日子也早熬过来了！要是补呢，就别那么多废话，闺女、媳妇一块补，手心手背都是肉，什么嫁出去、娶进来的，还分个三六九等？从库区里搬出来的，哪个不遭受了大半辈子折磨？"大爷拉下痛苦不堪的脸来，长长叹了一声。

"大爷，别急，您慢慢说！"陈来电觉得大爷没说完，就劝他稍歇歇。

"按您说的意思，嫁出去的闺女就穷，就需要补助；娶进来的媳妇就富，就不需要补助？这是哪家子的道理？省里定的？我不信！省里不会办些孩子把戏的事！哎，就算是省里定的政策，也是些戴着眼镜的书生关起门来瞎编的！凡在乡下蹲过的，老家是乡下的人，是不会办些嘴上没毛、办事不牢的事！"大爷越说越激动，气得嘴唇颤抖，稀疏花白的胡子也一个劲地往上翘。

"县领导呀，求求您捎个信回去给领导，这娶进来的媳妇顶着个家呀。这一顶就是几十年，凭什么不给她们补助？"老爷爷不舍气又缀上了句。

"大爷，您说的情况，我觉得挺有道理，我们记下了，会往上反映的！"

"陈书记，院子里来了好几十人，说是找乡上的主要领导。"李秘书说。陈来电分管移民补助，此时他更忙了。

"哪村的？"

"好像是沟埠岭村的！"

村东拴笼嘴，村西插舌头。移民村的事正挠头呢，这沟埠岭又来凑热闹了，不知这风要往哪刮？

"没问是什么事儿？"

"说是反映移民补助的。"

"不是正在统计嘛，急什么？看看去！"他一出门，正碰上孙向前领着459一帮人往屋里塞。

"陈乡长！"

"向前，来了这么多人，怎么回事儿？"陈来电有些不悦。

"陈书记，都是俺村的老少爷们儿。因为拦也拦不住，就一块儿跟来了。他们就是想找乡上的主要领导问问，移民补助为什么没有他们的份儿？"

一个叫老彪的村民挤上前来说："陈书记，是这样的。今天俺村里来的这几十个人，都不是库区移民户。俺老祖几百年前就来沟埠岭了，一辈接一辈忙活，积攒下了五六百亩山地，口粮田一个人将近三亩。生活虽然一般，但日子过得还行，年年有些余粮。可是修水库占去了几百亩，库区移民迁来俺村又分走了几百亩，就这样俺村的口粮田去了一多半。原来的人均三亩一下子变成了一亩多一点儿。当时，响应党的号召，为了国家，为了顾全大局，俺们也就认了。这次，听说只统计库区移民，给他们补助，俺们不在这补助范围之内，真不理解这是咋回事。当年受损失的是俺们，现在吃补助的却是他们，不知这是谁出的馊主意！平心而论，给库区移民些补助，俺们也没意见。像俺这样为库区移民拿出了好几百亩口粮田的村，也给些补助才是正路子。今天来，是先礼后兵，不行的话，就直接去省里。听说这个政策是省里定的，答复不了只好去北京了！陈书记，就这么个事，你先给个说法，最好给个痛快话！"这个老彪一点儿也不怵场，胡同里赶猪，直来直去把事挑明了。

当年建水库的时候，不是库区移民村的村庄，为了顾全大局，不讲任何条件地接纳了大量的移民户，腾出房子给他们住，匀出地来让他们种。在当时，真的做出了很大的牺牲，从生产、生活上努力提供一切便利。现在可好，政府只想到了当年库区移民的艰辛，而现在住在一个村却两种待遇，对坐地户的无私奉献却只字不提，这让他们感到莫大的委屈。

真是一波未平，一波又起。这移民村的事还没安顿下，沟埠岭又来添堵。提的问题不复杂，一听就明白，但与文件精神却相去甚远。陈来电稳了稳情绪说："省里的文件很具体，确实没有这一条款。知道你们这些村当年是做出了很大的牺牲，虽然同情你们，但……"

"那只有去上访喽！"老彪满不在乎地答道。

"有啥事好商量，有什么诉求可逐级往上反映！"

"哼！商量？反映？这些年老百姓的事，是商量、反映争来的？还不都是通过上访，让上边压着才办的！等您把这事反映上去，黄花菜也凉了！"

"你们村有这种现象，其他村也有吗？"

"有，都有！陈书记，俺村当时因为地多，就多分了些搬迁户过来。其他村有几户的，有十几户、二十几户的，总共十几个村吧，都是当时根据各村的情况分配的。"

"你们反映的事，比移民村反映的事还敏感。因为牵扯的范围更大、人更多，如果调整补助政策的话，那可就更复杂了，等于是把省里的政策全给推翻了。你们估摸着能行？"陈来电试探着问。

"他们没有别的意思，就是跟搬迁户一个标准，享受同样的补助。这几天，我也琢磨了一下，他们反映的也不是没有道理。虽然出台的文件没这一条，可现实是存在的。他们当时就是做出了贡献的，是实实在在的事。现在条件好了，发补助了，反而没他们的事儿，觉得是有些不合适。"孙向前看陈来电的情绪趋于缓和，便凑上前慢慢说了几句。

"你们就是要求也跟库区移民一样的补助标准？"

"就是，就是！他们有的，俺们也得有。陈书记，都是一个村的，当年都为建栾山湖出过力，为什么他们就该补助，俺们就不能？一个村子都几十年了，怎么忽然又分个里外了呢？"老彪不依不饶地发着牢骚。

"可这是省里出台的文件，谁敢随便更改？退一万步讲，就是能改，谁又能拿出这么多的补助款？唯有省里同意！"

那个叫老彪的说："陈书记，那不难为你了，俺回去自个儿想办法吧！"

五十

这段日子里，从栾山湖里搬迁出来的移民村、移民户，真像是鸡拿耗子猫打鸣、猴弹棉花狗拉车，全乱了套了。

当年的库区移民不仅仅是落户到埠岭乡，其他县、其他乡也都有。因为对移民补助有意见，这些人像是走亲那样来回串通，准备凑上百拉十来人去省里上访。他们深有体会，只要是上访，越往上走效果越好。一级有一级的权力，问题处理起来也就越麻利。你想想，省里定的政策，跑乡里、县里管个屁用。因此，他们暗地里选了个领头的，利用赶集走亲的机会，私下里串通好，等待时机到省里上访。

乡里知道他们这段时间活动频繁，有不稳定迹象。赵云瑞特别安排机关干部深入到村、到户了解情况做工作，但这帮人属松散型的，又分布在周围乡镇，三三两两，从表面上看不出有走出去的迹象。他们就尽可能地挨村挨户靠上做工作。补助政策是上级定的，他们怎么解释劝说都显得苍白无力，只有尽可能地安抚、积极反映情况。

这天晚上，赵云瑞看陈来电心事重重，便对他说："来电，你也别把这些事硬装心里，农村工作就是这个样子。如果各项工作都顺风顺水了，还要我们干什么？兵来将挡，水来土掩。突发事件会随时碰上，只要咱尽心尽力地把事考虑周全、把事办好就是了。"

陈来电默默地点点头。

"我也看明白了，沟埠岭村不弄出点动静来是不算完，说不定也有人在琢磨我们，咱尽上力量做好防范就是了。走！反正睡不着觉，躺在床上也难受，倒不如出去看看埠岭乡的夜景，让山风吹吹，清醒清醒头脑，再顺便捋捋把栾山湖建个什么风格的文化旅游区。北京方面过几天说不定就会来人，咱再琢磨琢磨怎么把项目落下。哎！上访压力大，招商引资压力更大呀！"赵云瑞亲自开车，拉着陈来电，两人没有目标地上了路。

山区的夜晚异常宁静。平时就人烟稀少的丘陵山区，又是夜深人静的半夜时分，赵云瑞把车开得随心所欲。俩人从家中老人的身体、家属的工作到孩子的学习无话不谈，半点不像是上下级之间的谈话，倒像是一对无话不谈的铁哥们那样融洽。

车窗灌进来的带着丝丝秋意的山风，梳理着一些浑浊不清的思绪。萤火虫在汽车的灯光区内横冲直撞，就像片片雪花在夜色中魔术般地忽隐忽现；从路边的草丛中偶尔传来几声蛐蛐的叫声，给这寂静的夜晚添了些美妙的遐想；黢黑的夜色，拦不住山野、松林间散发出的清香，令人陶醉；连绵的群峰，在蒙蒙眬眬夜色的掩映下，显得沉稳静谧又巍峨壮观。

栾山湖周边的田野里，生长着许多个品种的蟋蟀。

一开春，幼小的蟋蟀在肉眼看不见的地方悄然无声地破壳而出，眨眼间，像是变戏法似的从石缝里、土堆下和散发着潮湿、霉味的水沟旁、草丛中不起眼的角落里钻了出来。尤其是到了晚上，几乎是满山遍野的一片鸣叫，悠扬短促，此起彼伏，像是在举行一台精美的吹打乐比赛。

这些一个样子又不一个样子的蟋蟀跟其他小精灵一样，随着春暖花开的季节，小心翼翼地来到这陌生的世界上，努力地睁大眼睛以怯弱的身子适应着这白天黑夜、风吹雨淋的环境。在父母呵护下，慢慢地学会觅食、生长、嬉戏。它们知道自己在这个世界上的生活短暂，便忙不迭地觅食生长，忙不迭地繁衍后代，享受着短暂的美妙生活。

蟋蟀又叫蛐蛐，各地随处可见，说来是一种极其普通的昆虫。但在栾山湖周边，蟋蟀家族却有着无与伦比的优势，可能是栾山湖周边地区特殊地理位置和气候温润的原因，南方的、北方的众多蟋蟀品种都汇集于此生息繁衍。越是夜阑人静的时候，它们越是起劲地扯斗、对咬、鸣叫。给这闭塞的乡野添了不少情趣。

在这众多的蟋蟀品种中，以竹蛉、宝塔蛉、油葫芦、金钟、大黄蛉、电报蛉、马蛉、山仙子、扎嘴和紫竹蛉最有特点。每当夜幕降临，它们就钻出栖息处，用长长的敏感触角警觉地维护着自己的地盘，随时准备与偷袭领地的雄性蟋蟀咬斗。

深秋的夜晚，是蟋蟀最为活跃的时候。听着各种蟋蟀不同的叫声，是雄性蟋蟀为占领地、争雌性撕咬发出的尖叫声。竹蛉的颜色有些淡绿，接近竹子，它的叫声也有跟竹子折断发出的声音一样，清脆、急促；电报蛉的叫声更是神奇，不同于其他蟋蟀的样子，张着两只黑黑的小翅膀正面朝前地磨蹭，跟发电报那样"嘀嘀嘀"地发出急促、美妙的声音；扎嘴、马蛉、小黄蛉触角很长，后腿特别有力，发出的声音就像吹口哨一样高昂流畅；山仙子、紫竹蛉还有宝塔蛉颜色不同，大小也不一样，但叫声却跟唱歌一样，既颤音紧凑又美妙悠扬，给人一种赏心悦目催人奋进的感觉。

赵云瑞和陈来电迎着从湖面刮来的阵阵秋风，听着周围蟋蟀此起彼伏的叫声，思路敞开了许多……

借着微弱的车灯，两人隐约的发现前面有几个人影在摸黑走动，从走路的架势上看，不像是走亲戚，倒像是赶夜路办急事的。在这黑咕隆咚的上路上，又前不靠村后不靠店的，顺便问问，能捎上一段路也是为群众办点事。

"喂，伙计，半夜三更去哪里？"赵云瑞缓缓停下车，又摇下玻璃问。

"去沟埠岭，黑咕隆咚走岔路了，您是不是也去沟埠岭的？"夜行人反问。

赵云瑞和陈来电大吃一惊。全乡六七十个村，说哪个村也不怕，就怕提到沟埠岭村，因为这几天沟埠岭的有些群众在捣鼓事。凭着直觉，两人预感走夜道的人极可能与上访有关。因为移民村组织去省里就是晚上走的。

赵云瑞马上接话："我们也是走错路了，是不是直着往前走，还是前面拐弯儿？你们哪个村的？"

"俺不是这个乡的，这不是有人给了二百块钱，让来沟埠岭凑一块去上访嘛！路倒不远，可得拐几个山口，以前没走过，这半夜三更也不知哪到哪啦！您要是去沟埠岭，能捎俺们一块走吗？这黑灯瞎火的也好有个照应。"

"好好，反正是走糊涂了，天还大早，坐下抽根烟歇会儿！"真是巧，赵云瑞下车时，看到司机小刘放在方向盘旁的一盒香烟顺手抄起，不想在这荒草野坡的土路上竟然派上了用场。

"哎，好烟，又有车，做生意的吧？啥生意？"夜行人一边点烟，一边打量着车，煞有介事地问。

"小买卖，一年下来也就赚个几十万块钱。这年头钱不好挣。"

"一年都赚几十万了还小买卖，寒碜人呀。俺忙活一年，地里收多少就赚多少，地里不收，俺就不赚。"夜行人一听碰上大老板了，便自己作践自己发着牢骚。

赵云瑞看他们的戒备心消除了，便有意往正题上引。他假装老板的样子，

"昨天接了个电话，让明天早起到沟埠岭集合，也不知道来干什么！"

"库区移民补助的事儿，准备一早去省里！"另一个夜行人抢着回话。

"移民村不是去乡上反映了吗？听说县里也派下人来了解了。"赵云瑞套他话问。

"你们光知道挣大钱，不管这些鸡毛蒜皮。上次访的是库区移民补助不匀和的事，这次上访是想扩大补助圈子。两口子分家，各人顾各人。不是一回事儿！"

"来！再点上根烟。扩大圈子是啥意思？听不懂！"赵云瑞为了把事抠细，又递上一根烟。

"从库区里搬出来的移民户，都给补助，一年六百，连补二十年，算算每人一万多块钱，真不少！可原先的老住户当时也是拨出了一半的土地和房屋给他们住，也做了贡献、做了牺牲了，怎么就没有补助呢？这事你说气人不气人？政府机关怎么还办出这样的事来？"夜行人真认为他俩是做买卖的了。

"噢，是这样。明天一早就走？从哪找的车？听说租车挺贵的！"

"不敢天亮，摸黑就走。好像是从邻乡租的车吧，价格不低，低了人家不来！"

"为什么？"

"这不是明摆着，乡上安排派出所和交管所跟拉客的车早都打招呼了。谁租给上访的车用，谁就是支持上访，谁就没有好果子吃。随便找个借口，给你吊销了驾驶执照，不就眼里抹石灰白瞎了！这几辆车都是从外面找的，偷着跑，有钱能使鬼推磨嘛！"

"还有哪些人去呀？"

"那可多了，附近乡镇每村最少出两个，俺俩就来了。要是访下来，有补助了，能得到好处；访不下来，也没吃亏，他们给这个数！"夜行人把食指和中指往赵云瑞眼前一伸。

这时，两辆散发着汽油味的面包车，从他们身边颠簸着呼呼地开了过去，掀起来的尘土将他们严严实实地淹没了。

当尘土散去后，赵云瑞又问："像沟埠岭的群众每人得交多少钱就可以不去？"

"要求全部参加，村里能人组织的。确实有事不能去的，每人必须交上一百元。不过都还是愿意去，为了赚补助嘛！"

"也够狠的，值得这么横吗？不就是个上访吗？有什么了不起的？"陈来电插嘴说。

"不是狠不狠的事儿，是这事儿必须得办好。否则，过了这个村就没那个店了。已经等了五十多年了，再不趁机会把政策给争取下来，还要再等五十年？估摸着这次肯定成功！"

"村里为啥不先去乡上看看？劳民又伤财的！"

"听说他们去过了，什么也答复不了，净整些不咸不淡的说法。人家移民村的上访，都快有结果了。我们这还没走出去呢！"

"哎，这么多人，组织又这么严密，是孙向前组织的，还是……"赵云瑞好不容易逮住这么个机会，想方设法地想通过交谈，摸清这次上访的组织者和具体方案。

"孙向前？哼！俺虽然不是沟埠岭村的，可也知道沟埠岭的事。有个叫老彪的人组织的，可能还有个村主任在后头出着点子。哎，是不是该走了？刚才过去的车就是拉咱的，跟着走肯定没错。搭您个便车行不？"夜行人又问。

"不巧呀，刚才接到了个电话，俺有急事得往回拐个大弯。天还早，您往前走，再往左一拐，过个丁字路口就到了。天亮见吧！"赵云瑞跟陈来电起身坐进车子后疾驶而去。

"来电，天快亮了，事不宜迟，赶快给马力胜打电话，组织民警到高速路口把车截住，千万不能让他们走出去。再给办公室下通知，全体机关干部五点门前集合，全都到沟埠岭村挨个靠上做工作。再就是让齐奎升和马力胜负责，把那个叫老彪的找出来，单独谈话，把上访压下。"赵云瑞一边加着油门，一边安排拦访事宜。

"孙向前吗？我是赵云瑞，你村有上访的，你知不知道？"当睡眼惺忪的孙向前突然接到书记打来的电话，一下子清醒了许多，他一翻身子爬起来。

"什么？村里有上访的？没听说啊！"

"根据掌握的信息，现在你村口就有两辆面包车。村里有个叫老彪的正组织他们坐车去上访。你赶紧过去做好工作，千万不能让他们走出去！"

孙向前从窗户往外瞅瞅，天还没亮，用力听听，街上也没啥动静。不过赵书记说的还能有假？先遛一趟再说。想到这儿，他赶紧穿上衣服摸着黑出了门。他边走边想，谁有这么大的能力不漏风声地组织上访呢？鼻孔里生豆芽，怪事一桩。

村子不大，点根烟就能走个来回。黑咕隆咚的村子啥动静也没有。这又让孙向前放下心来。落到身上的秋凉，不禁让人打个寒战，也促使他加快了脚步。当他纳闷地走到村西树林时，老远看到两辆汽车歪歪斜斜地爬上公路了。坏了，还真有人上访！看来，赵书记掌握的情况是真的。怎么办？撵是撺不上了，只能把刚才看到的情况赶快跟赵书记说说。

眼睁睁地看着村里的群众背着自己走了，孙向前心里也挺窝囊，耷拉着脑袋往家里走。刚进家门，后窗突然被拍得"啪啪"直响。"老孙，快起来，快起来，有急事！村里有上访的，知不知道？"

"也是才知道！"他一听是齐奎升的声音。

"你怎么还在家里睡觉？赶快拦住他们？"齐奎升急呼呼地催他。

"看见他们坐车走了，撺又撺不上，我就给赵书记把事说了。"孙向前有些沮丧。

"那就按第二套方案了。走，上车快走，一块儿去高速路口堵，派出所的人全都集中在那里。接到通知紧赶慢赶，还是来晚了。这些人组织得也够严密的！"

从沟埠岭到高速路口，有好几十里山路，虽说是心急如焚，但在这崎岖的山路上也只能是一点一点地往前挪，比步行快不到哪里去。

"老孙，没叫上村主任一块儿？"

"急三火四也不知道真假，就没叫他！"

"你分析一下，是谁组织的这次上访，怎么一点儿风声都没有？"

"风声是有，总不能天天不睡盯着他们吧？前些天，我不是跟您汇报过，谁知道他们会这么快。至于谁组织的，一会儿见着他们不就一目了然了！"

"哎，你村里一半是库区移民户，一半是原村住户？"

"是的，我就是库区移民。当时跟着俺爹娘往外搬迁，还记得清清楚楚哩。"

"村主任是库区移民户，还是原村住户？"

"原村的！你说是他组织的？"孙向前一怔，"能发动两大车人上访，还背着我，在村里没有个三拳两脚是组织不起来的。是不是李运财组织的？这段时间，他和老彪表现得挺活跃，再说这几天他的电话特别多。表面上看着挺老实，真是知人知面不知心。他是怕我知道了，给他拦下。上级的政策又不是对着你沟埠岭来的，人家能享受的，咱也能享受；人家享受不到的，你就是怎么上访不也是瞎忙？又是租车，又是雇人，还要耽误农活，哪头合适呢？咱就不知道他是怎么想的！唉……"孙向前边分析边发着牢骚。

因为提前掌握了内情，赵云瑞率领十几个民警和几十个机关干部早早地来到高速入口处等着。他们本准备组织人员去村里做工作，但发现已经来不及了。如果是在半道上截住，在狭窄的山路上，车根本没法掉头。因为惊慌失措酿成交通事故那不更麻烦？因此，最后他们选择守在高速路入口处，一来他们必须停车取卡，二来从乡里来的干部、民警抄近道有足够的时间赶到。

当一切安排妥当后，赵云瑞不忘让齐奎升去沟埠岭村观察情况。如果上访的还没走，就当即拦住，争取给后援一些组织的时间；如果发现车走了，就紧随其后，跟紧盯紧，防备从其他路走出去。

面包车在凸凹不平的山路上时快时慢。齐奎升和孙向前远远地跟在车后。他们也有打算，假如这些上访者发现了前面有警察堵在那里，要调头转道的话，他正好把车挡住。必要时，宁愿受到处分或是撤职，也要强硬出手，决不能眼睁睁地让上访车辆从自己眼皮子底下溜走。

当东方天际露出淡淡的鱼肚白时，两辆面包车赶到高速公路口准备上高速。正当他们乐滋滋地舒了口气时，忽然隐蔽在树丛中的警车往前一开一下子挡在了面包车的前面。几个民警跳下车将面包车团团围住。车上的人都大眼贼碰上仓老鼠——大眼瞪小眼了。

在民警的强行指挥下，两辆面包车极不情愿地挪到了高速路口一侧的停车位上。车上的人犹如惊弓之鸟，惊慌失措地望着表情严肃的警察，知道坏事了。他们面面相觑，说什么呢，打也好、罚也好，认了吧！

村主任一看这阵势，脑子也懵了，眼也傻了。不但上访没戏了，他这幕后组织者也暴露无遗。事已至此，只有破罐子破摔。唉？他跟老彪悄悄地嘱咐了几句后，就呆呆地坐在那里，一言不发。

村主任叫李运财，是沟埠岭村的原住户，以他为首的这部分群众认为，当年他们为栾山湖移民搬迁也出了力，也该有补助。李运财看到孙向前对这事有些不积极，有时还站在乡上一边，替乡上说话，就悄悄地把老彪喊到家里面授机宜。山里的老百姓懂个啥？上访的劲头自不必说，有些人简直疯了一样，上蹿下跳地鼓动邻村、邻乡的也去上访。他们也有自己的想法，管它什么影响不影响，只要能把政策争取下就等于挖着个金猴子了！

其实，看似老百姓胡搅蛮缠不讲理，平心而论，他们也是最纯朴、最吃苦、最忍让的一个群体。当他们的利益受到侵害的时候，唯一抗争的手段，就是用千百年来流传下来的土办法——上访。从汉代就盛行"击鼓喊冤""拦轿递状"，不就是上访的前身？因为上访，才能反映问题，才有可能解决诉求。上访越凶，问题解决得就越顺利。这就是农村上访量居高不下的原因。如果有冤有屈，平平淡淡地蹲在家里等、靠、挨，谁也不会拿正眼看你一下。这就是当下农村不稳定的主要原因。虽然从上到下各级政府对这些"弱势群体"给予了极大关注，但处在最底层的老百姓，再怎么关心、关注，他们也是弱势群体。

李运财也看透了这点，认为通过正常渠道难以将政策争取下来，只有走上访这条途径，而且人越多越好，越往上越好，把事搅和得越大越能引起上级重视。经过几天的权衡，李运财便把上访的意图悄悄地安排给了老彪，由老彪在台前进进出出联络、组织人员，他在背后出谋划策。因为是秘密状态下组织的，所以乡上几乎没人知道，就连孙向前也被他们迷惑住了。要不是赵云瑞和陈来电偶遇，这事儿恐怕是又闹大了！

接下来的工作是乡镇的老套路，先是陈来电、孙向前径直来到第一辆面包车上。因为坐在这辆车上的都是些主谋人员。此时的李运财，坐在副驾驶位上脸红脖子粗，无地自容。

"老李，你这是准备上哪里去啊？组织这么多人外出也不打招呼，万一有什么意外可怎么办？"陈来电一上车就心平气和地说。

李运财没法回答陈来电的问话，脸上紫红的肌肉流露出难看的表情。

陈来电转身朝挤在车上的人说："如果没猜错的话，你们是为了库区移民补助往外走的吧！大家看看，咱乡里赵书记也来了，就在下面。我代表赵书记告诉大家，乡委比你们还着急。要是库区移民政策调整的话，咱乡得有一多半人受益。这样的好事儿，又有这么充分的理由，为什么不去争取呢？所以，请大家放心，咱们的想法是一样的，咱们的劲儿是往一块使的。不过，用这种上访的模式去，就太不应该了，对不对？"

这时，车内的紧张气氛有些松动。

陈来电转身朝李运财说："老李，别着急，有些事儿肯定不好说是不是？走，咱下去说，都是一个锅里摸勺子，还用得着这样兴师动众地往外跑了？"李运财挪动着笨拙的身子，不情愿地下了车，双腿不由自主地一颤一颤的，脸上的肌肉抽筋似的打着哆嗦。他低着头慢腾腾挪到了赵云瑞面前。

赵云瑞打量着李运财。他越是不说话，李运财越是浑身不自在，一会儿抓耳挠腮，一会儿长吁短叹。

"老李，是你组织他们去省里上访吗？"赵云瑞冷冰冰地问。

李运财看着实在躲不过了，只得认栽，他点了点头。

"你当村主任几年了？"

"快三年了。"

"你不知道上访要跟组织汇报吗？"

"知道。"李运财点点头。

"知道为什么不汇报？"

"怕……乡里不同意。"

"乡里不同意，就组织这么大个队伍去上访？还有邻乡邻村的，能力不小哇！"

　　李运财抬起头，偷偷地瞧了一眼。赵云瑞用冰冷的目光瞪着他，吓得他把脖子往里缩了缩，豆大的汗珠顺着后脑不停地往下淌。

　　李运财早已失去了刚才在副驾驶位上威风凛凛的神态。在众人的注视下，显得那么猥琐。

　　赵云端看他那架势，心里又生出一丝怜悯之心，"老李，你不用紧张，如实回答我的问话。我问你，你为什么不先到乡里、县里反映情况，而是组织这么多人偷偷摸摸地去上访？"

　　"前几天到乡里反映过情况了，俺知道这事乡上也说了不算。移民村上访反映补助的事，听说快办下来了。倒不如趁上边还没发文件，赶快把俺这里的情况也反映反映，一块把补助争取下来。"

　　"是库区以外的群众吗？"

　　"是，当时他们也为库区移民搬迁出了大力！"

　　"为老百姓办事，想法是好的，可办好事为什么不光明正大地去办呢？你想过没有，几十号人一下子到了省里去，会给我们乡里、县里造成多大的影响？车况又差，路上再发生个意外，你能担得起？"

　　"哎哎……没脑子，庄户人，也没文化，想不到那么多，就是想给库区外的老少爷们儿办点实事儿！"

　　"老李，你作为一个村干部，怎么连一般群众的素质都没有？你知道事情的后果吗？"

　　"知……道，知道错了！"李运财头上、脸上和脖子上全都是豆大的汗珠子。

　　"对你的处理下一步再研究。现在看你的表现如何，一是将这些上访人员迅速劝返，不准再去上访；二是将收起来的份子钱，一分不少地如数退给他们；三是跟孙向前同志配合好，做好外乡、外村上访群众的工作，提供方便把他们送回去；四是把群众的诉求形成书面材料，报到乡上，然后汇总上报。听明白了吗？这几项工作完成后，乡党委将根据你的表现再做研究。表现得好，免于除追究责任，不再处理；工作不力，表现不好，后果是严重的。明白我的话吗？"

　　"明白！明白！"李运财使劲点点头。

　　"明白就好，具体的工作由陈来电负责，多跟孙向前商量把事办好！"

　　"好好，我一定配合。"

李运财听明白了，只要把这伙人劝回去，就不追究责任了。

"你可以跟车上的人员说，乡上已根据全乡的实际情况写了专题报告，报到县上去了。前些天，陈来电也专程到县有关部门去汇报了你们村的实际情况。乡上是同情的，县上也是重视的，省里对此事也正在抓紧研究。我们要相信上级是真心实意为老百姓办事儿的，并不是你们想象中的上访就办，不上访就不办。狭隘的思想要不得的，知道不知道？"

"知道，知道，赵书记，您放心，我一定把这事儿办好。我能让他们来，就能让他们回去。请您放心。"李运财好像有了点精神。

这时，陈来电趁赵云瑞跟马力胜交代工作的空当，一把拖过孙向前和李运财，"老李，你傻呀你，省里的文件是朝着你来的？组织这么多人去，万一有个啥闪失，你能摆平？安安稳稳地蹲在家里等着多合算，这事全省都有。人家愿意咱就认了，人家去上访不替了咱了？要是反映的问题解决了，咱不也跟着沾光，还用得着这又偷又摸地去忙活？是咋地啦？真是傻乎乎的！"

李运财把眼皮往上一抬，听出陈来电的话是有些道道，也是为他好，心里暖烘烘的。

赵云瑞想，这件事暂时是压下了，但那些要求补助的老百姓愿意吗？仔细想想，他们提的诉求也并不是没有道理。如果确实是这么回事，就应该替他们积极地向上反映才对。再加把劲，通过正常渠道把老百姓的心声反映上去！

省里、县里对此伏彼起的声声民怨极为重视，重新组织人员深入反映强烈的库区移民县、移民乡镇和各种类型的移民村做了大量的调查研究，又走访了解了各类库区移民的实际困难。最终，结合中央精神，放宽了库区移民的补助政策，为库区移民做出了贡献的原住居民也同样享受库区移民补助政策，让他们真正感受到了党和政府的温暖。

五十一

这天，赵云瑞正在听取陈来屯关于处理污水淹地的汇报时，兽医站站长明学伟风风火火地一把推开门，"赵书记，有个急事跟您汇报一下。长街村猪场发生了口蹄疫，大小三十多头猪，全都传染上了。为了防止疫情扩散，县局领着武警战士来了，要求对染上口蹄疫的生猪全部射杀深埋。"

东屋起火，西屋冒烟。这还没安顿好环保的事，又碰上这棘手的口蹄疫，真是摁到葫芦瓢起来，哪个事闹心偏遇到哪个事。

口蹄疫是猪、羊、牛等家禽类动物最易感染的传染病。该病发病急、传播广、危害大，禽畜类一旦传染上，几乎治不好。因此，养殖户就怕禽畜传染上口蹄疫。

长街村有养猪的传统，有好多养猪户在村前村后、庄东庄西的空闲地建了猪场，有能力的养个三五十头、百十来头，能力差些、劳力少些的就养个十头二十头的。家家户户都以养猪为业，增加家庭收入。

"哦，这么严重？就按县局的意见办吧！需要我们做什么工作？"

"需要派出所配合一下。县局总共来了三五个人，人手不够，需要咱多去些人帮帮。因为养猪户……"明学伟话到嘴边，又停了下来。

"因为什么？你说！"赵云瑞担心稳定方面出问题，着急地问。

"赵书记，这几十头猪都快出栏了，得值好几万块钱。在这节骨眼上一下子射杀深埋，养猪户肯定不愿意。最好是多组织些人维持一下秩序，控制事态发生。"

疫情不同于别的，没有讨价还价的余地。同时，又牵扯到养猪户的利益，也很难让他们接受这个现实。工作难度肯定不小，是得引起重视。想到这里，他说："让陈来电安排机关干部靠上工作，确保万无一失，具体程序你们把握，好不好？"

"好，赵书记，情况紧急，我先去陪县局的人了。"明学伟说完，"啪"地把门带上，转眼消失在拐弯处。

这突然飞来的横祸，让养殖户猝不及防，不啻当头一棒。眼看着长膘了的肥猪，不但不让卖，而且眼睁睁地看着就地处死深埋，谁接受得了这个现实！

处置口蹄疫是畜牧部门的业务。作为乡镇，协助业务部门做好处置和稳定工作责无旁贷。

这个事牵扯老百姓的利益，确实敏感，处理不好真的会把事情闹大。赵云瑞想了想后，又打电话反复告诫陈来电和马力胜，慎重，慎重，一定要慎重，一定要把可能出现的意外考虑仔细，制定几套应对预案，防止事态扩大引发更多的矛盾。

陈来电和马力胜细细地掂量着赵书记一遍遍的嘱咐，觉得事情确实复杂，有必要尽快赶赴现场，维持秩序，确保畜牧部门处置工作顺顺当当。想着，两人急匆匆地带人来到长街村西的养猪场。

养猪场大门向南，县畜牧局工作人员、武警战士和派出所民警站在大门外的一边，静静地注视着猪场里边的动静。猪场的老板姓朱，二十多名员工，虎视眈眈地站在养猪场大门里边。从现场气氛上看，极其紧张，两军对垒，大有一触即发之势。

武警战士是协助畜牧部门执行命令，猪场老板和他的员工也是在保护自己的财产。陈来电和马力胜从来没遇到过这阵势，表面上镇定自若，可心里也是嘀嘀咕咕有些发慌，但肩负的责任促使他俩硬着头皮也得冲上去。

孙成松前头领着陈来电和马力胜踩着圈外软绵绵的猪粪，径直来到朱场长跟前。

"朱场长，先坐下，静静气！"陈来电和马力胜没话找话地走到姓朱的老板跟前，尽量消除紧张的情绪。

"朱场长，这是咱乡委副书记陈来电同志，这是派出所所长马力胜。他们过来跟你谈谈口蹄疫的事。来，坐下来谈！"孙成松介绍。

"你闪一边去，仨公俩母选着你了！成事不足，败事有余！"姓朱的场长根本没把孙成松放在眼里。

已经到了火上屋脊的时候了，马力胜往前挪了两步，"朱场长，别使气了，咱坐下来好好谈谈吧！"

"谈什么谈？有什么好谈的？你看手里抄的家伙是来谈事的？"朱场长毫不示弱。

"朱场长，稍冷静些，怎么没有谈的呢？畜牧局也是工作职责，不这样做不行呀！坐下，慢慢地谈谈吧！"

"都抄着家伙堵上门来了，还有什么好谈的？"

"朱场长，先冷静下，你看你也是上有老下有小的，先冷静冷静！不考虑自己，还不考虑他们？你可是一家之主！"陈来电看他身边有个抱孩子的女人气冲冲地站在那里，估计是他老婆，就用些家长里短的话感化他。

"冷静不下来，你们走了就冷静了！"朱场长仍是没煮熟的鸭子嘴，生硬生硬的。

"朱场长，咱一方面是公对公办事，一方面也是一家人，说话也不用那么冲。这么多的猪发生了口蹄疫，谁摊上心里也不是滋味……"陈来电克制住情绪和风细雨地做工作。

姓朱的抬头看看他，把头一扭，"哼！人还长个脚气来，猪长个脚气就不行了？咱不知道啥是口蹄疫！"

473

"朱场长，别使性子发脾气呀，牢骚一通还不是得坐下来面对现实！"陈来电拿出惯用的办法，死缠烂磨地做工作。

朱场长把身子一歪，"吃五谷杂粮哪有不生病的，人都生病不让猪生病，一辈子一辈子地下来出过啥事啦，用得着大惊小怪的了！"

"朱场长，猪场里的猪得了口蹄疫这事是千真万确，也没有异议。口蹄疫是烈性传染病，根据《动物防疫法》必须得处置。这事既然发生了，埋怨也好、发脾气也好，都解决不了问题。如果你发通脾气就把这事解决了，那你就尽管发，我们听着！"马力胜说完，朝站在不远处的武警战士望了望。

山区里的天，黑得早，望望远处的山峦，渐渐有些模糊了。吹来的阵阵秋风，夹杂着沉闷、压抑的凉意，让人有种恐慌、焦灼的感觉。

"朱场长，你看天也不早了，病猪早晚得处置。您的心情可以理解，可咱还得面对现实呀。口蹄疫是传染病你是知道的，如不迅速处理，全村、全乡养的猪也很快会被传染上。听说你后排养的猪还没传染上，不更得快些处置，一旦传染上损失不就更大了？"陈来电耐着性子跟他继续做工作。

陈来电的话，一下子戳着这个朱场长的软肋，愤懑、僵硬的脸上有了些松弛，恼怒的表情也有了些缓和。是呀，他后排还有好几十头猪，如果传染上不更惨了！这时，他的一个亲戚走过来趴到他耳朵旁私语了一通。

时间紧迫，畜牧局工作人员走到陈来电跟前，请示是否开始处置病死猪。

这时，马力胜异常紧张。他深深地理解那边群众的心情，也知道这些人极易触怒，万一出现锨镢一齐抢的话，事情可就闹大了。这时，他耳边又一遍遍响起赵书记的反复嘱咐，便不顾一切地走向那边的人群。

"大家好，我是咱乡派出所的马力胜。今天，乡委安排我们一块来配合畜牧局处置口蹄疫。伙计们也都看到了，那边站的武警战士就是奉命来处置病猪的。大伙也知道这些猪都传染上了口蹄疫，并且还在不断蔓延。如果不采取措施抓紧处置，那些没传染上的猪、牛、羊，恐怕也很快被传染上。希望你们能理解我们的工作，个别想不通的可到村委去谈谈。但决不能阻拦，谁出来阻拦，谁承担责任！再就是希望大伙往后退退，以免碰着伤着……"身着警服的马力胜一脸严肃又不厌其烦地劝告。

陈来电和孙成松也赶过来努力地劝说围观的群众赶快离开。

畜牧局和兽医站工作人员也靠拢过来从口蹄疫这方面反复地解释烈性传染的后果，要养猪户们回去采取措施，做好防范。

准备挖坑掩埋病死猪的挖掘机一直开到了现场，轰隆隆的发动机震耳欲聋，给现场增添了些焦灼、紧张的气氛。

村里的老少爷们儿和一些养猪户大都往后退去，但也有几个"愣头青"凑上前来，试图阻拦。机关干部按照定好的方案两人一组，靠上做工作，决不让他们靠近现场。

马力胜领着几个民警，围在朱场长身边反复说劝他不要激动，不要有过火行为。

在强大的压力下，现场开始松动，猪场的工人和围观的群众也慢慢地往后退去。武警战士也慢慢地向前挪动。

陈来电看时机已到，嘱咐工作人员开始行动。

天完全黑下来了。赵云瑞晚饭也没吃，一直等长街村的消息。当接到陈来电的电话说长街村病猪处置完了后，一直悬着的心才放了下来。他长长地舒了口气，心里添了些欣慰。

晚上，赵云瑞把北京张建军经理要来埠岭乡实地考察栾山湖投资项目的事又仔细地捋了一遍。因为满脑子里装着项目，天快亮时，才勉强闭了闭眼。蒙蒙眬眬中，一阵刺耳的电话铃声把他惊醒了。"赵书记，我是马力胜，有个紧急情况跟您汇报，昨天掩埋的病死猪晚上被人盗走了……"

赵云瑞一下子从睡梦中被惊醒。他知道，最近自上而下的食品安全大检查又开始了。上级对食品安全抓得很紧，越来越严的食品安全检查可不是闹着玩、随便应付得了的。在这非常时期出现了病死猪被盗事件，问题可就严重大了。如果这些带有口蹄疫病毒的病死猪流向市场、进入百姓餐桌的话，后果不堪设想。况且，这些病死猪的数量又这么大！

"报县局了吗？"赵云瑞越想越后怕。

"已经报了，刑侦人员正往这赶，很快就到了。局长陪着李县长也一会儿就到。"

"县里也知道了？"

"县局有规定，凡是重大案情第一时间必须汇报县委、县政府。"

"你是怎么知道的？"赵云瑞迟疑地问。

"是这样，赵书记，村里不是滥采乱伐树木严重嘛，派出所就加大了巡查力量，每天在主要道路上巡查。他们抓了个杀树的，连人带车往所里带，路过长街村西埋病死猪的地方时，一看昨天半夜刚埋好的地方，怎么忽然又被挖成了大坑，巡逻民警心生怀疑，便下到坑底一看，知道刚埋的病死猪被挖走了，便接着就报了案。"

"哦！你跟鲁祥生通个电话，就说我安排的，通知机关干部和兽医站的人半小时内全都赶往长街村病死猪掩埋现场。"

"好的，我马上打电话。"马力胜快速地应答。

"陈来电，我是赵云瑞，昨天长街村掩埋的病死猪被盗走了，知道吗？当时是怎么安排的？"赵云瑞有些恼怒，因为昨天再三嘱咐，一定把事考虑周全，最终还是出了纰漏。

陈来电一听，如五雷轰顶，迷迷糊糊的睡意一下子惊醒了大半。昨天，赵书记千叮咛万嘱咐，一定要把事考虑周全。自己满脑子是如何做好稳定、把病猪处死，怎么就没想到病死猪被盗这个环节呢？这些病死猪真要流入了市场……陈来电懊恼不已，前额上沁出了密密麻麻的汗珠。

"马上去现场。你通知孙成松也马上到现场，公安局刑侦人员马上就到了。"赵云瑞还是有些生气。

当赵云瑞他们赶到长街村时，其他人员也都陆续赶到了，一个个表情严肃地站在那里，寂然无声。

昨天在猪场前挖的一个大深坑，黑洞洞的啥也没有了。洞口依稀看清反复碾压的车轮印子，病死猪确实被盗了。

按说，病死猪被盗属刑事案件，公安局侦破就是了。但这属于一类传染病的病死猪，案件又发生在自己的管辖范围内，事情就不是那么简单了。由于工作上的疏忽大意，出现了这意想不到的事情，地方政府的责任……他越想越恼怒，越想越害怕。

李县长和公安局的车辆前后咬着脚开到现场，一直到了坑洼不平的大坑前。

乌洞洞的大深坑，就像是吞噬一切的恶魔，冒着丝丝凉气，露出狰狞淫威。李县长看了看现场，又向正在调查取证的公安人员了解了些情况。只见他眉头微皱，这么多的病死猪一旦上了餐桌，后果不堪设想，随即要求加紧侦破！

刑侦人员已各就各位，分别去村里、生猪交易市场、屠宰场等，沿着盗窃病死猪的必经之路，沿途寻找目击者和证人、查找有关线索。凡与病死猪有牵连业务的人，挨个谈话，了解昨晚的情况。鲁祥生和陈来电还有明学伟、孙成松一直靠在这儿，配合公安人员工作。

时间在一秒秒地往前挨，案件越是没有动静，他们心里越是火烧火燎的难熬……

"姓名？"公安人员不放过任何一个疑点，对所有与案件有关的人员都梳理了一遍。

"孙成松。"

"你是长街村的支部书记？"

"是。"孙成松稍一颤抖有些紧张。

"我们是公安局的，跟你了解一下昨晚上病死猪被盗的情况，要实事求是地回答问话，对你说的要负责任，知道吗？"

"知道，知道！"孙成松使劲点头。

"昨天晚上病死猪被盗这事，你当时知道不知道？"

"掩埋完都快半夜了，县里、乡上的人一块走的，回家就睡下了。还没睡实落的又被叫醒就过来了，跟演戏似的，啥也不知道。"

"你对昨天晚上病死猪被盗这事怎么看？估计是什么人干的？"

"估计不出来，真没寻思到还有人会有这么一手！"

"你好好琢磨下，估计这事是什么人干的？"

孙成松皱起眉头想了想，又伸头往门外瞅了一眼后，压低声音说："我觉得当事人的作案可能大吧！"

"为什么这么说呢？"

"昨天他们没闹腾，我就觉着有点儿蹊跷。从掩埋完到天亮也就几个小时的空当，能把几十头死猪挖出来运走，没有知根知底的人是办不了的！"孙成松认真地分析道。

其实，公安人员通过走访、调查和分析，早已把目标锁定在了那位姓朱的养殖户身上。为了不打草惊蛇，找到铁的人证物证，他们就挨门挨户地走访、了解情况。

天快晌午的时候，公安人员把姓朱的叫到了派出所审问。姓朱的来到派出所后，看到肃穆的阵势，早吓得浑身发抖了。心想，他们肯定是把事调查清楚了。就是调查不清楚，那几条警犬也会闻出味来的。完了，完了。这下子不承认是不行了。好汉不吃眼前亏，先别遭罪再说。

刑侦人员用冷峻的目光紧紧地锁住他，声色俱厉地问他昨晚上的行踪时，他一下子瘫倒在地上，乞穷酸相地告饶："我说，我说，是我干的……"

刑侦人员把案破了，但更关心的是病死猪的下落，"说，病死猪在哪儿? 快说！"

"在拖挂车上，准备拉走时看天快亮了，又看到路上有公安巡逻，就拉一个旮旯里藏起来，准备晚上出手，一头也没卖。"

捉贼捉赃。刑侦人员大声喝道："走，去现场。"押着姓朱的直奔山沟的旮旯里……

五十二

栾山湖也叫栾山水库，是以蓄水、灌溉为主的大型水库。平时蓄水七八亿立方米，遇上丰雨年份，蓄水可达十几亿立方米。

栾山湖下游建有几百米的拦水坝，也叫溢洪闸。在溢洪闸一侧有一个调节流量的溢洪洞。平时，下游的湖水就是从溢洪洞流出的。因为是半个多世纪前建的拦水坝，年久失修，已经成为病险水库，因而也就引起了各级政府的关注。每逢雨季来临，这里便成为防汛的重点。埠岭乡和栾山村更是成为防汛工作的重中之重。在栾山村前新上的铁矿项目，因为地处栾山湖岸边，也被县安检部门列为安全生产管理的重点单位。

按照节气来说，雨季早就过了。可不合时宜的秋雨却不知好歹地下个不停。栾山湖被灌得饱饱的。有时，浪借风势，越过警戒水位，拍打着病恹恹的堤岸。防汛形势越来越严峻。赵云瑞也是反复斟酌，科学调度，安排人员天天靠在村里处置突发情况。

党委副书记陈来电分管农业，深感今年的防汛不同以往。他重点安排王博平、刘秋珊包靠临近栾山湖边的几个村，重点是栾山村。因为这个村不但紧靠在堤坝边上，在坝底河床边上还住着不少住户，是防汛的重点

赵云瑞知道这个范寿亭越来越不像话了，一般人他看不在眼里，也支使不动他了。

王博平跟陈来电通了个电话后，就跟刘秋珊一起挨村巡查防汛工作。

两人骑着一辆摩托车，在崎岖泥泞的山道上艰难地行走。在一道山梁下面，发现被山洪冲垮的路面。王博平支好摩托车，挽起裤腿蹚到湍急的水流

试试后，然后转身跟刘秋珊相互搀扶着，艰难地蹚过哗啦啦的水流。平时，两人都是含情脉脉，喃喃细语。是湍急的水流、是爱情的渴望将他俩拥在了一起。此时，刘秋珊小鸟依人般地偎依在王博平宽厚的胸前，深情地望着他俊逸的脸庞。一股激情，一种冲动，涌上她渴望的面孔。此时，他俩享受着人生最幸福的时光……

如果不是汛情告急，他们会一直这样待下去。

再过个小山包，就是栾山村了。两人气喘吁吁地在泥泞的山路上艰难地爬坡过坎，争取天黑前赶到村里。赵书记专门叮嘱过，栾山村是防汛的重点，必须认真巡查。因此，两人不顾疲劳，冒雨前行。

山路越来越难走。不时有塌下来的泥石流冲毁挡住了难走的山路。汗水和雨水形成的水帘挂在眼睑上，挡住了前进的视线。两人使劲抹把脸，再往前挪几步。当赶到栾山村时，天快黑下来了。

李秘书正撕破嗓子地用电话下着紧急通知："喂，陈书记吗？我是小李，刚接到县里的通知，明后天还有大雨，栾山湖上游也开始泄洪了。县里要求一定做好防洪排涝工作。特别提醒在山坡、山沟里的村和沿栾山湖边上的村要昼夜派人值班，严防洪水、山体滑坡……"李秘书把预防涝灾的电话一个个打了下去。

整日泡在下面的包村干部本来就疲惫不堪。此时，一个个又强打精神地奔向指定的村子。

"陈书记，赵书记还特别嘱咐像栾山铁矿这样的企业，也要严查安全措施的落实。特别是在水位居高不下的时候，更容易诱发地质灾害！"李秘书又按赵云瑞的嘱咐专门打电话给陈来电，着重强调栾山湖铁矿的安全问题。

陈来电接到通知后，又重新调整人员，挨村落实防汛措施。王博平和刘秋珊刚到栾山村，陈来电明确指示他俩包靠栾山铁矿和栾山村，重点排查安全隐患。

这几年，因为预案做得好，每年的洪涝灾害都防范得挺好，没受多大损失，都暗暗庆幸。今年汛情形势严峻，伙计们深感压力比较大。尤其是栾山村，地处栾山湖堤坝下，还有些群众分散住在栾山河床，一旦泄洪，这些群众跑都没处跑。

陈来电转了几个有险情的村后，忙不迭地来到挂在心里的栾山村。

"喂，范书记吗？我是陈来电，你在哪里？我们到你这儿了，就在村前的大坝边上。"陈来电跟范寿亭联系。

"噢！陈书记呀，我……我在县城办点儿事，哎哎！一时半会儿回不去呢，有事吗？"范寿亭在电话里慢条斯理地打着嗝说。

"是这样，刚刚接到县里的通知，栾山湖水位已过警戒线了。明后天还有大雨，防洪形势非常严峻。你最好马上回来，组织力量动员住在河边的村民，搬到高处去！"

"噢！就这事？我当是啥大惊小怪的事呢！好啦，好啦！我办完事就往回赶，你就放心吧。哎，年年下雨，年年防汛，一年也没防着个汛！"范寿亭不耐烦地嘟囔着。

陈来电他们又沿着栾山湖大坝石阶下到沟底。仰头一看，好险的地势，偌大个湖泊就像是张着血盆大口的恶魔，随时会将人吞噬……

平时，只是听说这个村属于防洪排涝重点村，可来到河床一看，令人不寒而栗。洪水从山上下来是瞬间的事，住在坝底河床边上的群众往哪儿跑呀？看看慢慢漫过堤坝警戒水位的湖水，他心急如焚，脊梁上像爬进了许多虫子那样凉飕飕的。

阴暗的乌云，罩住一眼看不到边的山峦，就像传说中的怪物翻滚着扑了过来。眼看大雨又要扑来，范寿亭又不在家。汛情火急，陈来电当机立断，安排王博平和刘秋珊立即对住在大坝下游低洼处的村民逐一通知，动员他们立即搬到岸边高处去。

天气预报说，明后天还有大雨。可这天还没黑，就浓云密布，山雨欲来。陈来电看情形突变，时间又紧急，便又给范寿亭打电话让他赶紧回来，"喂！范寿亭吗？回来了没有？天阴得都罩住栾山湖了，今晚这场大雨恐怕是非下不行，都啥时候了，怎么还不回来？"他着急地问他。

"刚才不是说了吗？年年防汛也没防着个汛！一惊一乍的急啥急呢！"范寿亭反而还不耐烦地回话。

"范寿亭，你回来看看，头顶上的湖水都快往外溢出来了。大雨一下，不灌才怪呢！这么多村民住在山沟沟里，人命关天，你不急吗？现在我正式通知你，赶快回来，组织群众往高处搬！"陈来电提高嗓门，语速也明显加快了。

"陈书记，别一惊一乍的！这不往回赶嘛！我又不能长翅膀飞回来！路途远，道又不好走，赶回来也得个时辰。"

"范寿亭，我在跟你谈工作，请你端正态度，立即回来。如果出了事，你可要承担一切责任，这是党委安排的重点工作。"陈来电一改往日对他的尊重，严厉地告诫说。

"陈书记，你也别着急。我安排好防汛工作不就是了，放心好啦，没啥大事！"范寿亭一听陈来电发火了，也缓和了下口气，可还是满不在乎的口气。

陈来电跟王博平、刘秋珊又巡查了几处险工险段后，又转回到拦水坝上。看到在河床边上住的群众磨磨蹭蹭地不搬真是让人着急。"王博平，叫上村班子其他同志，下去挨家挨户动员，人命关天，就是拖也要把他们拖上岸。"

发现范寿亭还没回来，他撇开一切跟范寿亭吼上了："范寿亭，暴雨马上就要来了。你到底干什么去了？险情就在眼前，在群众最需要你的时候，你却不坚守岗位，你还是党员吗？你还是栾山村的支部书记吗？我代表党委政府再次郑重地通知你，必须立即赶回来，迅速安排人员逐户通知住在沟底的村民搬家，组织劳力准备防汛石料、木料，应对汛情。如果不听从安排，出现的一切后果由你负责，听懂了吗？"陈来电放下矜持，语气更加严厉。

范寿亭仍在电话里打着哈哈，一点儿也认识不到防汛的严峻形势。陈来电权力再大，也是隔枝不打鸟，很难把村里的劳力组织起来。万般无奈之下，他把范寿亭的态度和村里的情况一五一十跟赵云瑞做了汇报。正在各村检查防汛工作的赵云瑞得知这一情况，立即乘车赶往栾山村。路上，在电话里把范寿亭狠狠地骂了一顿，要求今晚甭说下雨就是下刀子也要赶回来，否则当场撤了他的职。

481

陈来电和王博平、刘秋珊他们不敢懈怠。因为栾山村险情最为严重，范寿亭又没在家。他们靠在栾山村一夜没睡，坝上坝下、村内村外来回巡查，随时查看险情。

半夜时分，预报的暴雨终于来了。随着一阵揪心的电闪雷鸣，麻秆似的大雨倾注而下，汛情越发严峻起来。

黎明时分，范寿亭开着他那辆破烂烂的浑身沾满泥浆的桑塔纳回到村里。他没回家，也怕跟陈来电见面，就借雨歇的短暂瞬间，不情愿地挪向大坝。他钻进大坝一侧拱桥底下，一边躲着雨，一边点上一支烟，闷闷不乐地揣摩着昨晚赵云瑞和陈来电对他的批评。

天刚放亮，陈来电又跟王博平、刘秋珊冒雨爬上大溢洪闸，查看水位和溢洪洞。湖内水位早已越过了警戒水位，并且还在不断地上涨，有漫过坝顶的可能。再看大坝一侧的溢洪洞，因年久失修，加之水流湍急，洞口已经岌岌可危。他们知道，溢洪洞一旦冲垮，山洪和蓄水会将溢洪洞越冲越大，洪水会像脱缰的野马冲向栾山河……

险情越来越严峻，组织人员上石料、挡门板显然是不行了。唯有通知村民赶快撤离。面对险情，王博平脚下像装了弹簧一样腾地弹起身子，飞一般往山下冲去。

浑浊的山洪夹杂着泥沙，汇集成了股股激流，翻滚着下泄。王博平一路狂奔，裂破嗓子地大声呼喊着，"乡亲们，赶快撤离，洪水就要来了……"

刘秋珊在岸上，看着王博平不要命地往河床底下跑，知道险情发生了。她没有犹豫，也撒腿往山下跑去。

"博平，注意安全！"陈来电的声音被呼啸的洪水淹没了。

这时，一脸漠然的范寿亭抽完了烟，慢腾腾地走了过来。他看看焦急万分的陈来电，还是无动于衷。

"范寿亭，大坝蓄水都漫顶了。沟底的群众还没撤完，人命关天，老百姓的死活你管不管？现在水位还没上来，赶快帮助他们转移到高处！快去呀！"陈来电毫不客气地冲着范寿亭吼叫着。他边吼着范寿亭，边往沟底的另一端跑。住在河边、沟底的老百姓，大都分散居住，险情就在眼前，多通知一户就减少一户的危险。他狂奔下去……

王博平踏着快要漫过腰身的浊水，一边狂喊，一边艰难地挨户查看。在一个紧靠沟底的户里，他猛然发现一个老大娘坐在炕上，根本不知道灾害就要降临。王博平看家中别无他人，便毫不犹豫地背起大娘，迎着激流往高处挪动。他喘着粗气把大娘交给站在浅水的刘秋珊后，转身又奔向远处，挨户查看。

居住在大坝下游河床底的几十户人家，你喊我、我喊你，扶老携幼，在越来越急的洪水中艰难前行。王博平已连续爬上爬下了三个来回，早已累得精疲力尽。当听到在沟底还有几户人家没上来时，他又毫不犹豫地转身冲进齐腰的激流中……

他脑子里只有一个念头，就是赶快把最下边的群众拉上来。他顾不得什么礼节了，一脚踹开柴门，大声呼喊："老乡，老乡，发大水了！赶快跑，赶快往上跑啊！"

山洪越来越大，已没到王博平的腰了。一股股激流掀起的浊浪迎面扑来，可他全然不顾，跟时间赛跑、跟洪水搏斗着。

人心都是肉长的。范寿亭受王博平的感染，也算是积极了一下，帮着王博平从水里拉拽上了几位村民……

漫过坝顶的湖水和滚滚山洪汇成湍急的激流，夹杂着浑浊的泥沙，倾泻而下，一浪高过一浪，势不可挡。激流形成的旋涡也越来越大、越来越急。山洪真的暴发了！

沟底下的木屋、大树和农具时隐时现，淹没在无情的浊浪中。

山洪倾泻，水位上涨。王博平拖着一位老大爷，在汹涌的浊流中艰难地挣扎，慢慢向岸边挪动。湍流越来越急，两人往岸边挪动的速度越来越慢。当王博平把老大爷一把推到岸边的石头上后，他却被一股急流掀翻、冲走、淹没了……

短短几秒钟，岸边的大人孩子眼睁睁地看着王博平被洪水吞没了。近乎空白的大脑，仿佛没了思维，不相信这瞬间发生的一切！

刘秋珊站在岸边，目睹了王博平被滚滚波涛淹没的情景。她沿着崎岖的沟壑拼命往下跑，她像是发疯了一样，边跑边喊着王博平的名字，跳跃着、飞奔着跟洪水赛跑。摔倒了，爬起来又跑；流血了也全然不顾，心里只有一个念头，那就是一定要追上，一定要……

然而，一条鲜活的生命就这样永远定格在了 26 岁的年龄上，不朽的英魂永远留在了他热爱着的埠岭山区！

无情的洪水，像是张着血盆大口的恶魔硬生生地将心爱的人拖入了阴阳相隔的另一个世界后，刘秋珊一下子昏厥过去……

几天后，在栾山湖堤坝下游三公里处的缓坡上，发现了王博平的遗体。全乡上下无不为王博平的壮举而感到骄傲、自豪，也为他的牺牲而痛惜、难过！

整个埠岭乡，都沉浸在悲恸、哀戚当中。许多当地群众，尤其是栾山村的老少爷们儿，悲痛欲绝，哀恸切切，一连好多天，都自发地去河边给王博平烧纸，愿他一路走好！

连日来，刘秋珊是悲不自胜，伤心欲绝，躺在床上不吃不喝，处在极度的悲戚中。李晓静和卢洪霞这几天放下所有工作，天天陪着她，劝慰她。然而，处在热恋中的心上人，眼睁睁地阴阳相隔，她哪里能接受这突如其来的打击，悲痛、思念的泪水都流干了……

赵云瑞心里最清楚，在这种情形下，说什么都苍白无力，悲切、难过和思念也一齐涌向他的心头。

五十三

自从铁矿在栾山村落地后，范寿亭瞅准了铁矿财大气粗，就用些小伎俩从矿上抠些钱花花。前几年穷得叮当响的时候，他见了凡人都不打腔，这回手里有钱了，他能瞧起谁？

乡上安排的工作不照面、不去干，村里的事也不管，再加上他那阴阳怪气的脾气，形单影只，里里外外没个看上的。老少爷们儿对他的意见也越来越大。

这几年他几乎是啥工作也不干。偶尔参加个会，也是敷衍了事。整天打着招商引资的旗号，利用从矿上抠到的钱，往县城跑。买了个小包包不是掖在胳肢窝里就是抓在手里，晃来晃去的，拿不着调了。在县城里跟一帮狐朋狗友每天海吃海喝，颇不得意……

这期间，鲁祥生、陈来电多次打电话也当面对他进行了批评。他是左耳朵进，右耳朵出，哼哼哈哈根本不当回事。赵云瑞也早就对范寿亭有些看法，想换掉他，可一直没找到合适的机会。当断不断，反受其乱。赵云瑞想了想，转身对李秘书说："把范文斌叫来。"

范文斌家是栾山村的，在乡供水站任副站长。个子不是很高，身材也偏瘦，眉清目秀。他工作认真扎实，不多言语，给人一种沉稳老练的印象。

这时，鲁祥生、陈来电走了进来，说："赵书记，这两年来，范寿亭基本上没干工作，利用铁矿给村里的补偿，买了辆桑塔纳，每天开着去县城里晃悠。像这样品行不端、私欲膨胀的人应该换掉。"鲁祥生说。

"还听说他跟社会上的痞子滚在一起，咱得引起重视呀！"陈来电也愤恨地说。

"我也听到反映了，鲁祥生，你代表党委找他谈话，先宣布撤销他的村党支部书记职务。同时安排财政所和经管站把村里的账封好拿回来，把收支的明细账查清，有什么事你处理就行。上边不是开会要求扫黑除恶、打霸治邪吗？拿他当典型。对待这样的人，不但不能太仁慈，还要从严处理，决不姑息迁就，还群众一个满意，还社会一个公道！"赵云瑞毫不迟疑地表态。

"赵书记，供水站有个副站长叫范文斌，是个党员，各方面都不错，家是栾山村，是不是让他回村主持工作。年底换届的时候……"鲁祥生建议道。

"不，乡委直接发文，撤销范寿亭的村党支部书记职务，任命范文斌为村党支部书记，一步到位，工作上不是更放得开手脚？"鲁祥生和陈来电高兴地点点头。

"花着集体的钱，办着自己的事，不务正业，吊儿郎当，这样的人还要他干什么？"

在重大问题上，赵云瑞毫不犹豫。他刚说完，李秘书领着范文斌也走了进来。

赵云瑞走上前跟范文斌握了握手，说："范文斌同志，你的情况，刚才鲁乡长介绍过了。根据工作需要，准备调整一下你的工作。具体情况由鲁乡长跟你谈，有什么困难和问题，直接找鲁乡长好不好？"

一头雾水的范文斌啥也不知道，怔怔地看着大家，不知如何回答。

鲁祥生把刚才研究的事情跟他和盘托出。范文斌知道供水站要改制。李秘书通知他说赵书记找他谈话，他估摸是安排人员分流的事，没想到是让他回村干党支部书记。

这些年，栾山村除了有几户养鱼养虾的多少挣了点钱，大部分老百姓仍然靠着那些山岭薄地来维持生活。再加上名目繁多的集资提留，村里穷得叮当响。三十年河东，三十年河西。自从铁矿来了后，这栾山村就不是以前的栾山村了，范寿亭也不是以前的范寿亭了。他狮子大开口，想尽一切办法，什么承包费、压路费、占地费、污染费等，从矿上抠了几十万块钱，车也开上了，头型也比以前规整了好多，成天不是往县城里跑，就是跟些不三不四的人胡吃海喝。也难怪范寿亭架子大，有钱了嘛，不显摆炫耀一下，好像浑身痒痒。自从认识了开矿的丁总以后，别说村里的老少爷们儿，就是乡上的干部来，他也没放在眼里。这回是让他撞枪口上了。

这天一早，鲁祥生给范寿亭打电话，让他在家等着，说有事找他。范寿亭不知情况有变，一个劲地说要去县里办事。鲁祥生疾言厉色地告诉他，不能走，必须在家等着。这范寿亭几年来头一次听到有人以这样的口气跟他说话，心里气嘟嘟的。

刚出村，看到拉矿石的车在路上飞奔，范寿亭随即掏出手机给丁总打电话："丁总，在矿上？"

"没有，我在外地出差，最近矿石价格不算太好，有些积压，出来联系个客户。"丁总在电话里说。

"噢！你的车又把出村路给压坏了，我正组织群众在抢修！你看怎么办？"

"前天刚修好，这几天没拉矿石怎么坏的？是矿上的车压坏的？"

"那还有谁的车？现在有二三十名群众在拉石渣填坑呢？抓紧时间回来处理一下，好不好？别等我把路挑成沟啊！"

"哪里的话，范书记，回去就找你。捎什么东西不？要不弄块好手机？"

"你看着办，我还得到县里去！"范寿亭说完，手往上一扬，手机盖"啪"的一声合上，傲慢的表情堆到了脸上……

鲁祥生打完电话，就带着纪检干事、财政所所长、经管站站长和范文斌一路疾驶，时间不长便到了栾山村了。

范寿亭抬腕看看表，往县里打了个电话，意思是保证中午赶过去吃饭。当他跟县城的哥们扯完了些闲话后，鲁祥生他们的车也到村口。远远往去，他正在大街上慢腾腾地往村委挪着步子。

车子一个急刹停了下来，车后扬起的一股尘土，忽地将范寿亭淹没在扬起的尘埃中。

"老范，上车，去村委。"鲁祥生怕他半路出岔要滑头，便摇下车窗，跟范寿亭打招呼要他一块走。他把手轻轻一摆，示意他们前头走，然后不紧不慢地拿捏着个架子慢腾腾地走回村委。

"什么事一大早就过来了？我约好中午请县里领导吃饭，耽误了你可得负责任！"范寿亭先声夺人。他边说着，边用块酒桌上使用过的餐巾，又是擦脸，又是抠鼻的瞎忙，根本没拿正眼看鲁祥生他们。

鲁祥生一脸严肃，说："范寿亭同志，你听着，根据乡党委研究决定，免去你栾山村党支部书记的职务，任命范文斌同志为栾山村党支部书记。从现在起，范文斌同志开始履行栾山村党支部书记职责。按照离任审计制度，由纪委牵头，财政所、经管站对你任职期间的账目进行离任审计。"

范寿亭从来没有类似经历，又是离任又是审计地，一时没反应过来。他先是毛了一阵子，稍一冷静反应过来后，鼻子又习惯地吭吭两声，"这是谁定的？党委、政府知不知道？"

鲁祥生朝他横眉怒目，"这是党委研究定的，怎么会不知道？"铿锵有力的声音，把范寿亭逼到一角。

范寿亭用直勾勾的目光盯着眼前发生的一切，不相信是真事，眼皮还在上下忽闪。

"范寿亭，再告诉你一遍，免去你栾山村党支部书记职务是乡党委研究决定的，听清楚了没有？不需要再重复了吧？"鲁祥生毫不客气地说。

"这……县里知道吗？"他手脚开始哆嗦，试图抓住根救命稻草，保住村党支部书记这个位子。

"免去你村党支部书记职务不需要跟县里汇报，乡党委有这个权力。"鲁祥生说完，理也没理他，转过身子对正在低着头的会计说，"你也一块配合好范寿亭的离任审计，把账目弄清楚，根据审计情况听候处理。听清楚了吗？好，现在开始对村里的账目进行封存。"

会计哪里见过这阵势，一脸惊恐的样子，吓得不住地点头。

"范文斌同志，从现在起，你就是栾山村的党支部书记。希望你大胆工作，团结带领村班子努力把工作干好、干出成绩，带领群众尽快脱贫致富。远的不用学，先学学果园村，你看看方承平是怎样带领群众发家致富的！"鲁祥生边说边扫了范寿亭一眼，意思是让他知道为啥免他的职。

范文斌表情严肃，郑重地点点头。

鲁祥生说完，又转身对姜恒春说："按照方案，你们可以工作了，先封账吧！范寿亭，把车钥匙交出来！"

这时，范寿亭有些回神，也有些急眼。事情来得太突然，没有半点防备，让他一下子手忙脚乱起来。正当他想上前争辩时，鲁祥生又转回身对他说："请把车钥匙交给范文斌。在审计期间，你不能外出，要好好配合审计，听明白了没有？"

范寿亭脑子早就乱了套了，慌慌得啥也听不进去了。

"范书记，范书记，抓了两条大鱼，丁总说是给你的。"人还没进来，声音早就传到屋里来了。

一个穿着矿工服的工人用塑料袋提着两条足有十多斤的大鲤鱼一头闯了进来，"范书记，这是丁总从外地打电话让我送来的。他说过几天一定来看你，那条路，前天我们刚修好，准备明天开始拉矿石，没压坏。你看……"进来的矿工不知屋里发生的事，正说得起劲。

范寿亭站在靠门的一边，动作僵硬，脸色煞白，不知如何是好。

矿工手里还提溜着扑棱扑棱的两条大鱼，看着一屋人严肃的表情，再看看耷拉着脑袋哭丧着脸的范寿亭，猛地觉着有些不对劲，进也不是，退也不是，木呆呆地站在那儿。倒是塑料袋子里的鱼，扑棱扑棱地直翻。不合时宜地"扑棱"声，让范寿亭脸上僵硬的表情更难看了。

范寿亭有气无力地皱皱眉头，摆了摆手，示意来人快出去。矿工迟疑地退出门外，寻思了一下后，把鱼往地上一扔，拔腿跑了。

此时，范寿亭好像彻底醒过来了，恬不知耻地问："鲁乡长，关于我免职的事，县里是什么意见？"范寿亭经常往县里跑，也认识几个县级领导，认为县领导会出来替他说话。

"县领导知道不知道我不清楚。我再重申一遍，免去你村党支部书记的职务，不需要县里知道，乡党委说了就算！你还有什么可说的？"

范寿亭一会儿坐下，一会儿又站起来，脸上开始冒出虚汗，几声勉强的干咳嗽，试图掩盖心虚胆怯。他慌恐的脑子里也在紧张地琢磨，是哪里出了纰漏？怎么一点儿风声没有，说免就被免了？看看他们坚决态度、威严的表情和有条不紊的阵势，肯定是有备而来，没有乡党委的尚方宝剑，他鲁祥生恐怕是没这个胆子！

"范寿亭，你还有什么要说的吗？如果没有，就按照刚才讲的开始交接。范会计，刚才讲的都听明白了吧？"

"听明白了。"范会计点点头。

"按工作组的要求，把账目全部封好，办理交接后带走。从今天开始，村里发生的一切经济往来，由范文斌同志负责。"鲁祥生又补充道。

"鲁乡长，铁矿这么大个项目，投产又这么……快，还需要我……"范寿亭看拿县里压不住，又想打感情牌。

"范寿亭同志，早知今日，何必当初呢？你已经不配做一个党支部书记了。不客气地讲，你连最普通的共产党员的标准都达不到，还怎么站在这个位置上工作？"鲁祥生不留情面地批评他。

"鲁乡长，咱认识这么多年了，你不帮着给找找赵书记，我……我准备点……"他试图最后一搏。

"范寿亭，你不要再在这里表现你的德性、肮脏的思想了。好好地配合审计工作，把问题彻底交代清楚，争取宽大处理就是照顾你了。"鲁祥生没给他一个喘口气的机会。

范寿亭看到从乡上来的人表情严肃地开始忙碌了，知道自己彻底完了，双腿不听使唤地越发哆嗦起来。

鲁祥生看看地上放着的两条鱼还在勉强地开着口喘气，就说："范寿亭，这是刚才矿上送给你的鱼，你带回去吧。这次，你要好好配合审计。表现得好，是一种结果；表现得不好，是另一种结果。不知道你听懂听不懂？"

范寿亭强打精神，说："知道，知道。"

"老姜，文斌，党委关于栾山村的人事调整安排完了。县里又来了几帮人，我得回去。这里的交接工作就交给你俩了，有什么事给我打电话。文斌，你在乡上工作多年，与各村的熟人也多，抓紧时间熟悉村里的工作，当务之急是怎么尽快地把'户户通'完成，把新农村建设、精准扶贫工作抓好、抓出成效来。虽然任命你为栾山村的党支部书记，但还有几个月就要换届了。这期间更需要把事情办好、办扎实，明白吗？"范文斌心领神会地点了点头。

鲁祥生一出门，站在村委院子里的范寿亭一步上前："鲁乡长，我这就啥也不是了？"

"还是党员！"

"你看，招商引资我可是出了大力，就这么不声不响地给撸下来……"

"你还想怎么地？还想要待遇？"

"不能说是要待遇，干了这些年，没有功劳也有苦劳，得有个说法！比喻说办个养老保险……"他声音低得几乎听不清楚。

"范寿亭，都是支部书记，有的准备提拔，有的被当场免职，你自个儿一定要弄清楚为什么！"

范寿亭可怜兮兮地哀求道："鲁乡长，你是不是跟赵书记说说，把我调乡里工作，哪怕干个一年半载的也行。就这样被免了，老婆孩子跟着没脸见人了……"

"范寿亭，你还知道要脸，早知道要脸还会到了这个地步？党委安排我来宣布免去你的村党支部书记职务，其余的事情没有安排。至于你提出到乡上工作，我可以把你的想法汇报上去，但你的要求恐怕难以实现。你得明白，你是为什么被免职的，你得明白你的所作所为带来了多么坏的影响。一把年纪了，别揣着明白装糊涂。回家好好反省吧！"鲁祥生说完，转身就走了，屋里老姜他们也按照分工紧张地忙碌起来。

范寿亭可怜虫般地站在院子里，苍白的脸上没有半点血色，哆嗦嗦的嘴唇早已没有了刚才的那些精气神儿。走也不是，站也不是。当他从门口看到会计正从橱子里往外搬账本时，脑海里一片空白，双腿一软，瘫倒在地上。不过，从他阴森森、直勾勾的眼神里，透出一股恶狠狠的杀气……

大约免去范寿亭村党支部书记职务半个月后的一天早晨，陈来电急匆匆地领着方承平敲开赵云瑞办公室的门，"赵书记，跟您汇报个事，果园村昨晚上发生了砍伐果树的事件，方承平家的三亩果树被人砍烂了。"陈来电气愤地说。

赵云瑞一怔，"怎么回事？"

"我听说后，过去看了看，真疼人！"

"你估计是谁砍的？"赵云瑞沉思了下问方承平。

方承平一脸愁容，委屈的眼睛里挤出了几滴眼泪，"前几年清收陈欠时，得罪过几户人家，他们一直心怀不满，估计就是他们几个干的。今早上去果园干活，发现果树全给砍了。栽的新品种，明年就该坐果了。这一下全完了……"说着，两手捂在脸上，混浊的泪水从粗糙的指缝中流了出来。

"报案了吗？让马力胜好好查查！"赵云瑞气不打一处来。

"捉贼捉赃，虽然也能猜出个大概，可当场又没抓住手腕子，不敢肯定。方承平说认了，不想把事弄大了！"

"不，这不仅仅是方承平个人的事，这是正义与邪恶的较量。现在不是正'打霸治邪'吗？只要作案，总会留下点蛛丝马迹，一定要全力以赴地把案破了，给社会一个交代，给村干部们一个安慰。"赵云瑞坚定地说。

陈来电点头答应着。

"如果不闻不问的话，不更助长了他们的嚣张气焰吗？真是可恶！"赵云瑞气愤地来回踱步。

"赵书记，方承平还有一个想法……"陈来电转头看看方承平。

"赵书记，俺……俺被老婆骂了一早上。我想来跟您说说，俺这村支部书记没法干了……俺不想干了！"说着，方承平低下了头。

"不想干了？砍几棵树就顶不住了？不干了，不正好中了人家的圈套吗？不正好被人家看你的笑话吗？"

"一年到头挣不回多少钱，还整天得罪人、挨些骂，怎么干呀？还是不干算了！"

"不干了？你还是党员吗？还听组织的吗？你说不干就不干了？"

"明年果树才坐果，这一砍又好几年又没收入了，日子真没法过了呀！"方承平边说边又用那双粗糙的手揉着不争气的眼睛。

平时，很难见赵云瑞发火。此时，他眼睛里仿佛冒出火花，手里的钢笔"咔嚓"一声，被折成了两截。他往桌上一扔，顺手抓起电话。

"马力胜，你在哪里？"

"赵书记，我跟县刑警队在查处一个案子。"马力胜的声音从电话那头传来。

"刚才，果园村来报了个案子，是偷砍果树的。最近还听到些反映，有的村干部家的草垛、房子被点火的，还有圈猪、羊圈给扔药的。这是极不正常的现象。我觉得这里面还有报复、恐吓的成分，是在跟我们叫板、威胁我们。如果不了了之的话，不但社会舆论对我们不利，村干部的积极性也会受到极大影响。你亲自靠上，把这些案子一块研究一下，光报案而破不了案是不行的，得办几起大的、有震慑力的，必要时就请县刑警大队帮帮。无论如何，得把案子破了。具体情况请你跟陈来电同志联系。"

方承平忧心忡忡地望着赵云瑞，有些激动，又有些忐忑地说："赵……赵书记，我……我……我不辞职了，豁出去了，继续干，让那些王八羔子先蹦跶几天！"

"对呀，这才像个男爷们儿！"

"宁可身凉，不可心冷。赵书记，就凭刚才说的我坚决干下去、坚决干好。哼！人争气，火争焰！为什么不干？凭什么让他们看笑话？干！别说您安排派出所破这个案子，就是破不了这个案子，我也坚决干好！"

"对呀，男爷们儿就要有个脾气嘛！人活一口气，佛争一炷香。越是困难的时候，越要有勇气，千万不能被眼前的这点挫折击垮，是不是？只要我们真心实意为老百姓着想，一心一意领着老百姓奔小康，我们的腰杆就能挺起来，老百姓就会拥护咱，工作才能干好，对不对？"陈来电和方承平，不住地点头……

"再告诉你个好消息，以后当村支部书记也要领工资了。这是天大的好事吧？以后就安下心来带领群众发家致富奔小康吧！"此时，赵云瑞的脸上露出了欣喜的表情。

方承平激动地点点头，心想，这些年党和政府是一个劲儿地关注农村，关心老百姓。有什么理由不去好好干？

不几天后，马力胜迈着轻盈的步子来到赵云瑞办公室。

"赵书记，跟您汇报下工作。在县刑警队的帮助下，连着破了几个大案，果园村果树被砍的案子也破了。你猜是谁干的？背后是谁支使的？"马力胜有些小得意。

赵云瑞一阵轻松，目不转睛地望着马力胜，仿佛要从他的眼睛里寻找出答案。马力胜扬起胳膊，朝栾山湖方向指了指。

"你说是栾山村？"赵云瑞瞪大眼睛问。

"对，范寿亭。"马力胜肯定地点点头。

五十四

　　一股股冷空气愈刮愈烈，将灰蒙蒙的天空搅和得天昏地暗。半岛地区的冬季，既没有北国白雪皑皑的壮丽，也没有南方温润葱郁的委婉。几天前还是满目青翠的景色眨眼间就由绿变黄，由黄变灰了。这是一年中最没色彩的季节。

　　天气越来越冷，眼看着又是一年过去了。这阵子老天也好像在跟人们的心情作对，阴沉沉的不见晴天。

　　种种迹象说明，中央抓民生、抓环保、抓安全是越来越狠了。这几天，赵云瑞也在思考着年前年后的重点工作。

　　让他天天绷着根弦、放心不下的就是企业的安全生产，都知道，安全无小事。稍一疏忽，就有可能酿成大事故，让人时时担着个心。

　　最近，上级为了抓安全，又明确了安全方面的责任，乡党委书记、乡长同是第一责任人。眼皮底下的栾山村铁矿，一味地追求产量，对安全制度右耳朵进、左耳朵出，根本装不进脑子。县、乡安检部门多次督促整改，虽然有动作，但收效甚微。

　　赵云瑞早就看透了这点，对铁矿的安全真是担心到家了。他知道，铁矿一旦发生事故，那可是要命的事故。

　　这天，天阴得出奇，昏暗的乌云在凛冽寒风的肆虐下，向栾山湖涌来。风助浪威，浪借风势，凶煞般地扑向岸边，扑向铁矿……

　　每逢天气变化，赵云瑞都会安排专人重点检查、调度有安全隐患的企业，防止因疏忽而酿成不可收拾的局面。

夜很深很深了，一阵紧似一阵狼嗥般的北风，夹杂着越来越大的雪花像打了强心剂一个劲儿地狂飙，没有半点歇息的意思。是压力过大，还是心事过多？原先有过的偏头痛又再度发作起来，赵云瑞用手一会儿挢挢麻木的头皮，一会儿又摁摁突突跳的太阳穴。实在忍受不住了，就从抽屉里找出几片止痛片吃下缓解缓解。本来就头痛难忍，不知啥时候，眼皮又一鼓一鼓地跳了起来，并且越跳越快，让人心烦意乱。

本来狂风肆虐，安全预防枕戈待旦。在这让人揪心的节骨眼上又头晕目眩、眼皮跳个不停。心里那个沮丧、烦躁无法用语言来描述。当头痛略有减轻时，右眼皮却还在不停地跳。本来眼皮跳是正常的生理疲劳表现，可在这狂风肆虐为安全担心的时候，眼皮一个劲儿地乱跳容易让人胡思乱想。

左眼跳财，右眼跳灾……不，不可能！唉唉！人呀，一旦遇上倒霉，喝口凉水也会塞牙缝……

眼皮还在一个劲儿地跳，头像迸裂了那样，不悦的心情也越来越烦躁。哎，这是咋啦？平时是没有这现象，莫非……真要应验民间说的……

右眼皮还在跳，并且跳动的频率更厉害了。听着窗外肆虐的狂风，复杂的思绪让他心神不定。人的第六感告诉他，一种不祥之兆正悄悄地降临……

正当赵云瑞翻来覆去地难以入眠时。突然，房门被"嗵嗵嗵"急速敲响，"赵书记，赵书记……铁矿出事了！"李秘书用变了调的声音恐慌地猛喊。

赵云瑞大脑忽地胀鼓起来，手脚不听使唤地爬起来，极度惶恐的眼里露出大祸临头的惊慌。"铁矿怎么啦？快说铁矿到底怎么啦？"赵云瑞两手扶住李秘书，两眼盯紧，急促地催他快说。

李秘书从慌乱的惊厥中恢复过来，"赵书记，铁矿……雷管爆炸，把井口炸塌了。丁矿长刚才来的电话，井下有十多名工人在作业，没上来……"

仿佛是暴雨中的霹雳闪电，一下子将他炸懵。赵云瑞眼前一黑，大脑"嗡"地失去知觉一般，搀扶李秘书的双手缓缓滑了下来。

眨眼工夫，赵云瑞从惊悸的晕眩中醒来，对李秘书说："快快，快让方战友跟县里汇报，请求支援。通知鲁祥生和陈来电组织人去现场！"躺在椅子上的赵云瑞，双手摁住头痛欲裂的太阳穴，艰难地从干渴的嗓子眼里挤出微弱的声音。

"刚才鲁乡长和企业一块跟县安检局汇报了，方战友送医院去了！"李秘书轻声告诉说。

"方战友怎么啦？"

"他听说矿井发生爆炸，一紧张昏倒了。医生说，可能是脑出血，现正找车送县医院！”

赵云瑞艰难地从椅子上爬起来，双眉蹙成个疙瘩，急促地安排说："快，快去铁矿救人！"

这不，怕啥来啥！整天叨叨着预防事故，事故到底还是来了。在这天寒地冻狂风肆虐的时候，十几条生命被堵在井下生死未卜，吊着的颗心难用语言来描述，真有生不如死的感觉。

漆黑一团的山道上，狂风肆虐。藏在乌云中的暴雪，终于撕破脸皮地砸了下来，借着凶怒的飙风镵向山峦、削到人们的脸上，将崎岖难走的山路挡得严严实实。

通往铁矿的山路斗折蛇行，曲折蜿蜒，再加上漫天风雪阻挡，一辆辆消防车、救护车和抢险车前后咬着尾巴赶往事故现场。

在这之前，也就是昨天晚上，十几名矿工在井下巷道打眼爆破、运送矿石。跟往常一样，没有异常现象。然而，灭顶之灾的透水正悄悄地向他们逼来。

铁矿本来就建在栾山湖附近，地下水位上升，水脉纵横交错。平时井下作业就水流不断。一股股水流从岩石缝中渗出，顺巷道汇集成水湾。矿上有专门的抽水设备，定时抽水。矿工每天都在头顶着水帘、脚踏着流水的环境下作业。时间一长，大家也就习以为常了，对巷道顶端水流增多的变化也没引起重视，只是加大了排水量。

随着栾山湖蓄水量的逐渐增多和巷道的延伸，从井顶和岩缝流出的水越来越大、越来越急。矿工发现问题后，曾向带班的领导汇报过，矿长也知道这事。但牵扯到停产，牵扯到投入，他们又犹豫了。这样一拖二拖地就拖了下来。昨天晚上，矿工就发现流出的水突然增多，就再次向分管矿长做了汇报。没得到答复后，他们只好继续打眼放炮。突然，一股水桶般的水流从刚刚爆破的石缝中喷涌而出，铺天盖地泻向巷道。矿工发现泉眼准备堵塞时，涌入巷道的水量明显加大，流速极快，水位急速上涨。还没等矿工反应过来采取措施时，水流更大，也更急了。巷道里的水眨眼间漫过施工段面而无法控制了。透水来得突然，且倾泻湍急，井下的电线线路也因连电造成短路，将存放在一个巷道的雷管点燃引爆，瞬间将3号井口炸塌。毫无准备的矿工在漆黑的巷道里惊慌失措，乱成一团。汹涌的湖水又无情地挡住了他们的退路……

井下透水严重，井口又被炸塌。井下人员联系不上。突如其来的事故，让井上的人慌乱纷纷，一时无计可施。井下矿工的安危揪揪着每一个人的心。

县委在第一时间接到事故发生的报告后，立即上报省有关部门。县委立刻成立了以郑伟毅书记任总指挥，罗立中副县长、赵云瑞为副总指挥的抢险指挥部，立即开展抢险。

井下的矿工跑向高处躲开了，还是被水堵在井底了？他们是在一条巷道里还是在分散在其他巷道里？这股透水是一股死水，还是通着栾山湖的活水？井口塌陷堵塞有多深？情形如何？一个个问题一下子摆在了大家的面前，让人焦急万分。一双双惊恐、焦灼的目光紧紧地盯着井口，等待、企盼着奇迹的出现……

一道道指令从指挥部下达到抢险组、救援组、后勤保障组。

"报告，井下电源因爆炸塌陷线路没电！"

"报告，跟井下联系的信号中断，联系不上，井下情况不明！"

"报告，通过其他渠道了解，他们可能在一个巷道施工，该巷道离透水巷道相隔不远！"

"报告，井下水位持续上涨，现有抽水机不够，需要调大马力抽水机！"

"报告……"

一道指令发出后，又一道道反馈回来。从了解到的情况来看，形势非常严峻。井下矿工的生命危在旦夕……

495

生命至上。人是第一位的，不管有多大困难，不管投入多大力量，救人没商量。这是共产党的最高目标，也是共产党不同于其他政党的理念所在、优势所在。

地下水位上涨井口坍塌堵得严严实实，井下人员联系不上，情况不明。拖一分钟，就多一分钟的危险。人命关天，怎么办？怎么办？到底怎么办？指挥部召集专家研究救援方案。省里来的专家对着绘制的矿井分布图认真研判，寻找最佳抢救方案；大功率抽水机和钻探装备，也源源不断地被运往现场。

加大抽水力度的大功率抽水机全速运转，确保水位下降；准备多套钻探设备，对可能有人的巷道同时开钻，以最快的速度将氧气、食物及医疗用品输送下去，最大限度地保障井下人员的生命安全；医护人员全力以赴制定救援方案，对井下矿工可能出现的伤病及不可预计的情况备有多套预案。指挥部的一道道指令发出后，各抢险组、救援组和后勤医疗保障组都按照分工，紧张而有序地行动起来。

参加抢险的人员分成几组，有负责抽水的，有负责接通照明和动力线路的，还有一组寻找各种方式尝试跟井下联系的，大家按照各自分工争分夺秒地忙碌着。虽然抽水机不停地运转，井下隐约可见的水位线几乎没有下降趋势。大家心里明白，水位越是没有下降，抢险形势就越发严峻。

井下矿工音信全无，生死未卜。多争取一秒，就会多增加一分生的希望。单靠这几台抽水机，啥时才能抽干井下的透水……

钻机全都安装完毕，并且进入开钻状态。只等指挥部一声令下。

然而，偌大个场区，井下巷道众多，矿工转移到了那条巷道不得而知。所有巷道全部钻探显然不现实，如果钻探到无人巷道又会耽搁时间。人的生命是有极限的，超过了最佳的救援时间也就失去了救援的意义……到底从那里开钻？此时，从各地赶来的专家也是万分揪心。时间不等人，他们彻夜不眠，反复研判，确定最科学的救援方案。

指挥部果断下达开钻命令，几台大马力钻机按指令分别在不同位置同时开钻，确保在最短的时间内打通地下巷道。与此同时，三台大马力抽水机开足了马力日夜不停地抽。水位不升，就意味着井下矿工的生命还有希望。

罗县长和赵云瑞站在矿井边上指挥救援。他俩也没有分工，不分昼夜、全力以赴地处置救援中的突发情况。

责任、压力导致心脏跳动加速，赵云瑞两眼发乌，两腿颤抖，脸上几乎没有血色。他打着吊瓶坚持在指挥部，谁劝说也不听。他知道，时间过去三四天了，如果再有三四天没有进展，井下矿工……他不敢想下去。

风助雪势，雪助风威，无情的狂风暴雪肆虐着，给救援蒙上了一层不祥的阴影。

矿工家属都来到矿上，来到井口。虽然有专门的接待人员做他们的工作，让他们宽心，可眼睁睁的事实摆在这儿，又怎么能让他们平静下来呢！

十多个矿工的家属，几十号人瘫倒在雪地里抽泣、哀号，凄惨惨地拖也拖不起来。他们心里都明白，井口通不开意味着什么。他们已听不进那些委婉的劝说和宽慰，他们没有耐心再等下去了；他们悲从中来，撕心裂肺地顿足捶胸；他们开始失去理智地地冲破人墙，冲向井口、冲向吃人的滚滚浊水……

因为铁矿处在紧靠栾山湖的岸边，矿井巷道横向延伸开采矿石时，未按操作规程胡乱开采，导致发生透水。桀骜不驯的地下水，瞬间涌入矿井……

计算钻杆长度，应该已经钻探到巷道了，可为什么没有回音呢？难道是研判有误？还是井下矿工……大家的心里都画了个沉甸甸的问号。

他们一遍遍地敲打钻杆，希望得到井下的回音，可满怀信心地敲打，得到的是死一般的沉寂。

正当他们一筹莫展的时候，井下隐约地传来敲打的回音。"活着！活着！他们还活着！"一时间整个矿区沸腾起来。

虽然不知道井下矿工的具体情况，但还有矿工在艰难地坚持着，实属不易。

什么高兴也不如人活着高兴。井下传来敲打的声音，鼓舞了大家的干劲。为了让井下的矿工兄弟尽快脱险，他们加快施工进度单往井下输送氧气，通过打通的管道给井下矿工送吃的、用的和一些药物。看似简单的互动，却一下子将在生死边缘上徘徊了多日的矿工兄弟拉了回来，让十几个撕心裂肺的家庭重获新生，让一直牵挂着的各级党委、政府放下心来。可是，可是还有几个矿工联系不上……

……

事情过后，赵云瑞跟罗县长私下里交谈时不无感慨地说："如果不是上级党委高度重视，采取果断措施调动全社会的力量进行救援，十几位矿工兄弟的生命就……"

"是啊是啊！从处置这起事故来看，更相信了还是共产党伟大这个道理！"两人遥望远山，思绪万千。

可能是铁矿发生爆炸事故带来的恐惧，也可能是省、市事故调查组彻夜工作的缘故，连日来，整个埠岭乡死气沉沉的，没了往日的生气。

从赵云瑞到每一个机关干部，都知道下一步将要发生的是什么。发生了这么大的安全事故，从县到乡再到企业，有再充分的理由辩解，也是苍白无力。血淋淋的事实摆在眼前，又有什么可说，又往哪里推卸责任呢？

县委成立由县纪委副书记耿春义为组长，检察院、安检局等单位组成的调查组来到埠岭乡，彻查事故原因，追究有关人员责任。

这个调查组，比上次校车事故来的那个调查组成员明显增多。他们来到后，立即进入程序，马不停蹄、夜以继日地查找资料、找人谈话。从招商引资开始，顺着这条线一层层地往下剥，谁招的项目？投资方是哪里的？有没有资质？用地手续齐不齐全？有没有安评、环评手续？谁分管安全？谁是直接责任人？平时安检措施落实得怎样？隐患处理及时不及时……凡是与铁矿、与事故有牵连、有瓜葛的，就是掘地三尺也得弄个明白。

虽说是初冬季节，可这场百年不遇的大雪不期而至，肆虐的严寒把人们的心情也带到冰雪世界。

这段时间，赵云瑞明显消瘦了。他明白，在自己管辖的区域上，发生了这么大的事故，纵有天大的理由也推脱不掉应担的责任。更何况他也没有推卸责任的想法，反而认为，如果能减轻同志们承担的责任，他甘愿接受组织上给的任何处分。除了接受调查组的询问、谈话，他不多说半句怨言、不发半句牢骚，把所有精力放在了工作上，一如既往地做好应做的工作。他知道，埠岭乡发生了这么大的事故，无论结果如何，作为一把手，不会再在这里工作了。因此，他利用这段时间该催就催一下，该收拢就收拢一下，尽量把工作安排妥当不留尾巴。有些事他特别上心，挤出时间跟铁路指挥部李指挥、周经理通了个电话，讲了好多感谢的话；到生态园苑向伟老板那里坐坐，聊了好一阵子生态科技园的发展规划，催促苑老板扩大发展规模；到园区几个化工企业转了转，嘱咐他们一定搞好安全生产；利用晚上的时间，他又到铁矿丁总那里交心地长谈，两人相互安慰，减轻内心的压力；他领着陈来电和刘秋珊到了王博平父母亲那里看望了一下老人，代表乡委、代表同事表达了心意，跟老人家掏心窝子地聊了好多好多；在这期间，他还去医院看望了方战友，工作是工作，友情是友情，不能因为工作上的失职而影响同事之间的友谊。

他知道在埠岭乡的时间不会很长了，尽量挤出时间力所能及地做着该做的一切……

在等待调查组调查结果期间，耿春义几次来埠岭乡看他。他了解赵云瑞的性格，纵有天大的冤屈，他也不会吐露半个字。此时此刻，他也无言以对，只能帮他宽宽心。

耿春义和赵云瑞信马由缰地来到栾山湖一处高地上极目远眺，桀骜不驯的栾山湖此时没了前些天狂傲的架势，像面硕大的镜子倒映着起伏的群山、茂盛的森林和飘起袅袅炊烟的村落。两人深深地呼吸着清新的空气，望着壮丽的群山、变黄变红的树林和静静的湖水，紧缩着双眉，无言以对……

"云瑞呀，农村的矛盾会层出不穷，你想想，几千年形成的陋习，在老百姓脑海里根深蒂固的。单靠一个文件、一个会议，靠我们的机关干部跑几趟就解决了？再说，老的矛盾解决了，新的矛盾又出现了，总是没有解决完的时候。农村呀，是篇大文章，需要我们好好地正视。好在中央一直重点关注'三农'问题！"耿春义感慨地说。

"是呀，耿书记，我也是在思考这个问题，为什么农村总是出问题？是政策出问题了，还是工作上出问题了，还是我们的方式方法出问题了？我想了很多。怎么才能减少、避免问题的发生，细细地想想，也有它一定的规律性。您看，那些邻里纠纷、婆媳关系问题等固然很多，但却是个体、少数，是可控的。牵扯到干群矛盾、土地延包、征地拆迁、村务管理，上指下派，一句话，就是国家、集体、个人和一些经济组织的矛盾交织在一起，处理起来头痛啊。您看这一次次群体事件的发生，是不是大多与政策有关？还有，我觉得农村就是块唐僧肉，是个部门都想咬一口。这些弱不禁风的老百姓哪里经得起这抽丝剥茧式的收费，他们心里能安生、平衡？再看看一些部门的工作作风，下来不是验收'升级达标'就是开展'评先树优'，真正帮着乡镇、帮着村里解决实际问题的有几个？乡镇的苦楚跟谁去说？上面千条线，下面一根针，乡镇每天收到的文件得有上百份，一年下来不计其数，拿着这些非常严肃的文件精神，让温饱都没解决好的农村去落实，农村能吃得消？老百姓能吃得消？乡镇能解决了？多亏了中央领导英明，一下子把几千年的'皇粮国税'给砍得干干净净；还不过瘾，还要对种地的农民再给些补贴。看来中央真吃透农村这个情了。"

"云瑞呀，你刚才讲的都是实情，农村的现实就是这样。前几年中央取消集资提留、种地给补助这事，让老百姓看到希望了。你看看如今，又是'户户通'，又是'精准扶贫'，还有一大堆让老百姓沾光的事。好呀，慢慢地会有更多更好的政策惠泽农民。农民的好时候到了。"

"是呀是呀，耿书记。不说别的，就看老百姓盖的屋、买的车吧，说明啥？不说明了党的政策好、老百姓挣钱劲头足？"此时，赵云瑞一扫多日的压抑，紧皱的双眉有了些舒展。

两人沿着栾山湖堤坝往前走着。

"农村的矛盾是多方面的，哪一个方面处理不好，也会酿成大事。就说这计划生育吧，传宗接代是他们的权利，尽量说服不要多生了就行了，为什么死死地�... 住多生一个就让人家不得安生呢？多亏中央调整了政策，要不得拿出多少精力来忙活这事！"耿春义对实行了几十年的计划生育颇多微词。

"还有这土地延包三十年。中央的政策是好的。为了稳定农村，让老百姓有地种。做法是对的，老百姓也拍手欢迎。可农村的现实并不是这样。中央要求延包三十年不变，可分到老百姓手里的口粮田，不知流转多少个轮回了，是不是不切实际？不切实际老百姓就有意见，就会上访。我觉着这也是农村不稳定的主要原因。"

耿春义眼睛一亮，"那你说怎么办才好呢？"

赵云瑞稍有局促，说："耿书记，我觉得中央的土地政策没有问题，分到老百姓手里一家一户的土地，前些年为解决温饱起到了很大作用，这些年老百姓的日子也过得自由自在。可随着大农业的发展，一家一户的农业经济就会影响机械化农业、科技化农业、规模化农业的发展了。"

耿春义望着睿智稳重的赵云瑞，心中一喜，"你认为呢？"

"中央的土地政策再灵活一些，动员老百姓把口粮田集中起来，入股成立农业合作社，规模化也有了，农业机械也有用武之地了，科技农业也就能实现了，还愁老百姓过不上好日子！"

耿春义沉思了下说："其实，中央土地延包三十年的目的不就是为让老百姓吃饱饭吗？如果走农村合作社这个模式，让老百姓吃得更饱更好，不是一个目的？我觉得你的想法很好，应该大胆地尝试。"

"好像是中央也提倡这种做法，有些地方也在摸索探讨。"赵云瑞点头应道。

"是呀是呀，虽然农村存在的矛盾很多，但前景光明。中央又这么关注'三农'，农村的小康时代就要到来了！"

两人就当前的农村现状和未来，谈了各自的感受，推心置腹地进行了一番"隆中对"。赵云瑞的表情舒展了许多。

在等待处理结果的日子里，整个埠岭乡都在眼巴巴地瞅着这一板子抡到谁身上。

好评头论足的陈柱子、程老大和"张打油"他们这个时候也不闲着，一个劲地猜测哪些人受到处分，给些怎样的处分，乡领导是不是要换人。

时间不长，县里的处理结果就下来了。根据调查结果，报请县委批准，县纪委给方战友免去经委主任职务处分；给鲁祥生免去乡党委副书记、乡长职务处分；给赵云瑞党内严重警告、免去乡党委书记职务处分，调离埠岭乡，另行安排工作。与招商引资、土地使用、安评、环评等工作相关的人员也都根据情节给予相应的处分……

关于铁矿透水事故的处分决定下来后，耿春义代表县委来宣布这一决定。赵云瑞虽然早有预料，可真正面对面地谈话时，还是有些惊惶、沮丧……

事情就是这么巧。耿春义在埠岭乡工作时招的铁矿项目，事故发生后又代表县委来宣读处分决定。谈完话后，赵云瑞简单地收拾了一下行囊，放到耿书记的车上，跟他一块回县城。是呀，跟埠岭乡、跟朝夕相处的同事感情再深，也必须得面对现实……

尾　声

冬天真的来了，而且来势凶猛。大雪覆盖着的山峦，起起伏伏地伸向天际。眨眼间，苍翠葱郁的山林没了往日的青绿，呈现出灰蒙蒙的凄凉，给人以渺茫、惆怅的感觉。

耿春义理解此时赵云瑞的心情，故意给他留些时间跟同志们告别。

赵云瑞转身望望站在大门口为他送行的同事，稍有犹豫后，走上前去与大家一一握手，强颜欢笑地打着招呼。看到一个个朝夕相处的同事、一张张熟悉的面孔，他黯然神伤，透骨酸心。多么好的同事啊，多想再跟他们继续一块工作。可惜……他不敢想下去。

他正要上车，突然又回过头来，隐忧的目光又扫视了一圈送行的人群。眉头微微一皱，但很快又恢复了平静，歉意地朝耿春义点点头，然后才坐上车……

车子驶出大院拐上马路时，从附近胡同里跑出来一群老老少少，把车拦了下来。

"这不是耿书记吗？不是说赵书记还在这儿工作吗？怎么说走就走了呢？"

"赵书记，您可是亲口对俺讲的，要在这儿起码干十年。怎么说走就走了呢？"

"赵书记，咱乡下也没啥好吃的，这不刚炒的瓜子还热乎呢，您装些回家吃吧！"

"这是留着过年的花生，是您引进的新品种，又香又脆，往里塞塞装车上吧！"

......

赵云瑞赶紧下车，望着这些见过面没见过面、认识不认识的老老少少，强忍住快要流出来的泪水，激动地握着他们的手，一个劲儿地道谢。他想，这哪里是一袋一筐的花生、苹果，这是群众对自己的认可呀，至少说自己还做了些群众满意的事！

围上来的群众越聚越多，把路堵得死死的。车子半天挪不动。耿春义看到这一幕，眼睛湿润。他赶紧下车，朝大家挥挥手："乡亲们，我是耿春义，离开埠岭乡时间也不长，有些是老相识了。今天，你们在这儿跟云瑞同志见个面、告个别，我觉得非常好，送的土特产品也不要太多，有点意思也就行了。我想，你们最关心的还是云瑞同志的工作吧？县委对赵云瑞同志的工作能力和水平是非常认可的。在这里我负责任地告诉大家，对赵云瑞同志的工作，组织上一定会安排好的，请大家放心好啦！"

赵云瑞忍着泪水，咬牙不让它流出来。看到这么多群众送行，他心里宽慰了许多。此时此刻，他还能说什么呢？

车子缓缓地动了起来，驶向山路。"耿书记，耽误点时间，想转个地方再走？"

"云瑞呀，让你坐我的车走就是这么个意思，陪你散散心，解解心里的苦闷！"

"去栾山村前的拦河闸看看吧！"赵云瑞恳求说。

到处是熟悉的埠岭、山林和村庄，只是被大雪覆盖着，露出依稀可见的轮廓。

"云瑞，在想什么呢？"

"耿书记，我在想乡镇的工作，酸甜苦辣啥也不缺。您不比我还清楚？"

"是呀，都是从乡镇过来的，哪能不清楚？不过，你有什么体会呢？"

"我？唉！满肚子的话，就像一锅粥似的，捏不成块、挤不成型，乱糟糟的，没个头绪！"

"我理解你现在的心情，乱哄哄地，但事已至此，只得接受这个现实了！"

赵云瑞默默地点点头。

"云瑞呀，给你撤职的处分，认可吗？"

"耿书记，我早就想过了，认可，没有半点牢骚。如果能减轻矿工家属痛苦的话，我心甘情愿！可惜，撤了职也减轻不了他们的痛苦……"

"对，就得有勇于承认错误、承担责任的态度！"耿春义点点头。

"耿书记，我没有把工作干好，辜负了您的培养。"

"不能这样说，只能说是个意外。"

"这也是因为能力和水平所限造成的。"赵云瑞努力反思。

"不，县里主要领导是有评价的，工作干得很好，非常出色。只是摊上这事了，没有办法。这是谁也不想看到的！"

"让您跟着操了这么多心，心里不好受！"

"你倒是掏出了心窝里的话，眼睁睁地看着这么多矿工救不上来，谁心里也不好受，难过呀。事已至此，也没办法。想开些，以后加倍工作来减轻些痛苦吧！"

赵云瑞思绪万千，心里想说的话有好多好多，可此时一句也说不出来，只有用感激的目光望着耿春义。

车子一加油门，爬上了坝顶。"耿书记，您再停下稍等我一会儿，我下趟河床底！"赵云瑞从包里掏出一叠烧纸，小心地折叠了几下，就踉跄着沿坡往下走去。

噢！这是王博平殉难的地方。耿春义恍然大悟，真是个有情有义的硬汉子……

赵云瑞心揣悲切，跌跌撞撞地来到河床王博平殉难处，燃起几刀纸，默默念叨，止不住的泪珠扑簌扑簌地撒在地上。是内疚歉意，还是悔恨难过？五味杂陈一起涌上心头。他泣不成声，"博平，我要走了。这一走，不知啥时回来，请原谅不能在这里陪伴你了。临走前来跟你打个招呼，但愿来世……"

范寿亭佝偻着身子从这路过，可能是被赵云瑞的举动所感染，也可能是人的本性唤醒了他那冷漠的心，走过来，蹲下身子帮着赵云瑞添把手。

车子又发动起来，慢慢地爬上坡，拐向通往铁矿的路。

"以后不会经常来了，再到铁矿看看吧。"耿春义小声劝慰。

赵云瑞一脸悲伤，似乎还没有从对王博平的思念中走出来。他难过地点点头，没说什么。

"要走了，过来看看，心里也就放下了！"耿春义以大哥的口吻安慰着。

车子很慢，又拐了个弯，铁矿就看见了。远远望去，已没了往日车水马龙、门庭若市的沸腾，看到的是一片萧条、荒凉，死一般的凄切景象。

矿难发生后，企业元气大伤，至今还在处理矿难善后工作。耿春义陪赵云瑞慢慢地走向让人伤心的井口……

赵云瑞站在矿井口，周围一片狼藉，一堆堆黑灰仿佛还在冒着丝丝青烟，向人们诉说什么……

赵云瑞不禁悲从中来。此刻，耿春义知道赵云瑞埋在心里的痛苦难以用语言表达，他只好站在一旁，默默地陪着他。

矿长丁力全早就没了往日的精神，胡子拉碴地站在一旁，满脸悔恨。赵云瑞跟他沉沉地握了握手。

这时，天又渐渐地阴了上来，开始飘落下雪花。

车子又缓慢地驶向山路。

行驶了一段拐过一个弯后，眼前一亮，一条宽敞的柏油马路进入视线。噢！到县埠路了。不多一会儿就该驶出埠岭界，离开工作几年的地方了，赵云瑞心里又升起别样的留恋之心。

雪越下越大。车子也由远而近慢慢驶来。透过车前飘落的雪花，看到前面路上好大一群人在那里像是等什么。

难道又是群体上访？不像。前面是韩岭村。这几年陈柱子领着群众赚了大钱，威信挺高，没啥矛盾！细细端详，分明就是不少人在这大雪天里站在路中间，黑压压的一片。

那为啥聚集了这么多人呢？两人正在纳闷，赵云瑞一眼看到了站在前面的"光头"，心里不觉一沉，一下子想起前几年第一天来上班时碰到的一幕。就是在这个地方，也是个下雪天，也是他……

车子缓缓停下。两人赶紧下车，向人群靠近，想问问发生了什么。

正当两人揣测着为啥在这漫天大雪里聚集了这么多人时，陈柱子一步挤出人群，一脸严肃的表情，"耿书记，我们不是群体上访，也不是来拦车喊冤的，是韩岭村七百多口老少爷们儿自发地来给赵书记举行欢送仪式的。耿书记，你看看全村七八百口子人，除去挪不动腿、出不了门的，老的少的都来了。我想，人越多越能表达我们的心意，越能说明一个问题，那就是赵书记在埠岭乡是问心无愧的。他要离开埠岭乡了，应该举行个仪式欢送一下。支部开会一说，这不，老的少的就都来了。人多怕被说成上访，就往回撵，可怎么撵也撵不回去。也好，人越多越说明赵书记在埠岭乡是干出业绩、留下了脚印的。耿书记，不管到啥时候，您永远是我们的老书记，赵乡长永远是我们的好乡长、好书记！"

"好，讲得好，你说出了广大群众的心声。功是功，过是过。不能因为过失就把成绩也抹掉，谢谢你们的理解！你说的也是我想表达的！"耿春义也有些激动。

这时，"光头"挤上前来激动地对赵云瑞说："赵书记，您头一次来埠岭乡时，是咱不知深浅地把您的车给拦下了。您明明知道俺在截道收费，不知深浅地蹲在车前跟您放赖，您不但没拿怪、放了俺一马，而且帮着俺村建起了工业小区，千方百计地让俺发家致富。赵书记，俺真是对不起您了。这回是陈书记通知老少爷们儿来这儿给您送行。别的咱甭说，就凭这几年为老少爷们儿做的这么多好事，俺服了，老少爷们儿也感动了。在这里我给您磕三个头！"说着，"扑腾"一下子跪在雪地上，"嘭、嘭、嘭"地连着磕了三下。

此刻，一张张淳朴、善良的面庞迎着漫天大雪涌上前来跟他道别。

半点儿思想准备也没有的赵云瑞，被老少爷们儿的善意所感染，一股激情涌上心头。克制，克制，一定要克制！可面对着蔼然可亲的乡亲们，不争气的眼泪还是流了下来。

此时此刻，纵有千言万语，也表达不了跟乡亲们的浓浓亲情。他眼里含着泪水快步向前，将"光头"拖起来，"谢谢，谢谢好兄弟……"他哽咽着说不下去了。

赵云瑞一抬头看到站在人群里的王秀清。他忽然想起在乡委跟同事们告别的时候觉得少了点什么，原来他是来这里为他送行。已经调走了的王秀清觉着到乡上去不合适，就早早地赶来韩岭村跟群众一起送他一程。赵云瑞抢走几步，上前握住王秀清的手无言以对，难过、自责、内疚的泪水顷刻间流了出来。多好的同志，要不是因为校车事故，不还是朝夕相处？此刻，他控制不住感情的闸门，呕心抽肠地流下了伤心的泪水……

车子被人群挡着，往前怎么也挪不动。一袋袋的花生、苹果、鸡蛋早就塞不进车里了，可群众还是拥挤着用力地往里塞。

性格刚烈、豪放不羁的陈柱子，此刻也被群众的举动感染了。眼里含着激动的泪水，默默地看着这眼前一幕，任凭他们尽情地表达着自己的心愿。

车子徐徐前行，送行的群众跟在车后久久不愿离去。耿春义和赵云瑞再三下车表达着谢意。

"云瑞呀，看到了吗，群众对你的工作是认可的。回去后，先好好歇歇，工作安排嘛，组织上会考虑的。以后不管到哪个岗位，不管干什么工作，一定还要像在埠岭乡时的态度这样，有一种精神，有一股闯劲！"

"记住了，耿书记，您放心，不管到哪里，不管干什么工作，一定干好，决不给您丢脸！"

此时此刻，赵云瑞这个刚硬的汉子难以自持，捂着双眼潸然泪下……

车子仍在漫天飞舞的雪中前行。虽然坡陡路滑，但它仿佛理解赵云瑞此时的心情，明显有力了、加快了。当路过坐落在山林间的一个村子时，两人似曾相识地多看了几眼，只见村前村后的房屋又升起袅袅炊烟。村前用石头条垒起的梯田旁，几只大的、小的山羊嚼着雪地里露出的枯叶，不时地"咩咩"地叫几声，似曾熟悉的旋律又回响在耳边。本是首优美抒情的情歌，此刻却有些如歌如泣，像是在叙说，又像是在倾诉，如同深沉的长调那样凄切婉转、连绵悠长。

透过车窗，两人恋恋不舍地看着一闪而过的那熟悉的山峦、熟悉的山村，还有那用褐色石头垒起的屋檐下挂着的一串串金黄色的玉米和一串串红扑扑的辣椒；阵阵山风吹来，仿佛又闻到了山林间的清香和深秋撒下种子的麦香，也唤起了对这山山水水难以割舍的浓浓眷恋。

车子继续缓缓地向前行驶，行驶，渐渐消失在越来越远的银色世界里……

后　记

　　寒暑易节，踏雪留痕。

　　历时六年，三易其稿，加之不计其数的大删小改，长篇小说《笃行大地》终于赶在 2021 年初春完稿收笔了。迎着惬意的春风，捧着厚厚的书稿，终于长长地舒了口气，一种不同于以往的轻松和兴奋之情油然而生。回味着《笃行大地》里的故事，享受着风轻云淡的美好时光，冥冥之中，是不是在给自己一个安慰、给读者一个惊喜呢！

　　这部 50 万字的现实主义农村题材的小说，虽然创作手法有些稚嫩，刻画的人物也有待商榷，但却是我苦心孤诣、搜索枯肠一笔一笔写出来的，尽可能地体现内容的真实性，让读者觉得一个个故事仿佛就在身边、就在眼前，就像亲身经历一样。

　　我没有什么"文学"经历，也没有什么"文凭"学历；既没有什么短篇、中篇发表，也没有什么散文、诗词见诸报端。如果说非要有什么，那就是从未示人的信笔涂鸦和曾有过的"作家梦"；如果说还要有什么，那就是生在农村、长在农村，并且在乡镇工作了多年有着非常熟悉的农村经历。这恐怕就是敢有"作家梦"、敢写《笃行大地》的底气和勇气吧。

　　创作《笃行大地》之前，我多次拜访熟悉农村工作的同事、好友，把自己经历的、身边发生的和听到的人和事尽可能原汁原味地记录下来。我也多次深入农村走访，了解农村的人、农村的事，并作了大量的笔记，形成了厚厚的一大本素材，列出了长长的创作提纲，为创作做了充分的准备。

　　动笔之初，情绪非常高涨，劲头十足。白天连着晚上，笔耕不辍，大有一发而不可收之势。随着情节的逐渐展开，创作中的各种矛盾也随之显现出来。由于文学功底欠缺、创作经验不足，创作过程中的困惑、纠葛也一直陪伴左右。写什么、怎么写，如何开篇、怎样收尾，起承转合是否顺畅、人物表现是否细腻、情节展现是否符合逻辑、前后呼应是否连贯等一起袭来，使我诚惶诚恐、压力巨大。初稿形成后，虽然一时有些沾沾自喜，仿佛大功告成一般。但静下心来细细品读之后，觉着文笔粗糙又缩手缩脚，没有把真实的农村现状写出来，没有把火热的农村生活写出来，完全不是自己想象中的作品，倒觉得有些不咸不淡、没滋没味。人物刻画、情节安排、情景描写、开篇与收尾等像是记流水账一样，平铺直叙，寡淡无味。既没有文学创作中的生花妙笔，也没有叙述故事中的跌宕起伏。一句话，仅仅是部"长文章"而已，根本谈不上什么好作品、优秀作品……

这样的作品能不能经得起读者的"检验"？扪心自问，自己到底是不是当"作家"的料？纠结、困惑在脑海里反复地缠扰，曾一度产生了放弃的念头，并且把手稿弃之乱书之中，不想也不愿多看一眼，唯恐触景生情、心生乱意。但生活中的鲜活人物、现实中的动人情节，特别是县、乡、村三级干部和广大群众日复一日、年复一年地为摆脱贫穷、建设新农村而呕心沥血、不辞辛劳的历历情景又时时闪现。他们没有星期天，没有节假日，更没有什么白天、晚上，几乎是二十四小时地连轴转；他们像头老牛、像只陀螺、像台不停歇的"永动机"，一直在工作，在忘我地工作；他们没有牢骚，没有怨言，面对不被理解的群众，把工作中的冤屈咽下又精神抖擞地出现在群众面前，兢兢业业帮助他们解决生产生活中的困难。他们的身影、那些感人的事迹像过电影一样不时地在我脑海里浮现，总也忘不掉、抹不去。看看外面日新月异、蒸蒸日上的变化，再看看生活在山里老百姓的贫困现状和艰辛的生存环境，一股无形的力量暗暗地、时时地在提醒、催促着自己一定要写，一定要坚持写下去，一定要把农村工作的真实情形和老百姓生存的艰辛真实地反映出来。沉淀思考了一段时间后，我又重新燃起了创作激情，催促着、激励着自己继续写下去。这样，差点半途而废的《笃行大地》又进入了再创作。

随着创作思路的一步步理顺、故事情节的逐渐清晰和人物形象的充实丰满，创作艰难地度过了困惑期后，缓慢地进入了快车道。经过了许多个不眠之夜的再创作和反复修改，终于完成了二稿。当画上最后一个标点符后，我心里放松了许多，长长地舒了一口气。一瞬间，心情兴奋异常，产生了魂飞天外、不能自持的情绪。但昙花一现的兴奋劲过去之后，心里又产生了一丝不安。作品能否达到出版社的出版要求？能否获得社会的认可？能否与读者产生共鸣？心里忐忑不安。之所以忐忑不安，一是因为就文学功底、创作水平而言，感到力不从心、底气不足，可能会让读者失望；二是有可能涉及一些政策的落实和社会上的一些敏感话题，触及某些部门的利益。因此，有可能受到埋怨、指责甚至训斥，引来口诛笔伐。好在自觉问心无愧，用艺术的手法宣传建设新农村的正能量，是一个作家的责任和义务。同时，更需要有一种敢作敢为、敢为人先的精神，才能让作品更真实、更有分量、更具吸引力。

《笃行大地》中的故事虽然进行了艺术加工，但都比较真实，其中的人和事在许多农村地区随处可见。如果能在部分读者，特别是从事过农村工作的读者中引起些许共鸣，更是求之不得了。

我深深地知道，文学创作的道路并不平坦，需要激情，需要毅力，更需要有深厚的文学功底。我在创作中，尽可能地还原农村里发生的人和事，尽可能地体现出半岛地区的风土人情、人文景观，尽可能地让读者了解、熟知一些农村、农民的生存环境。在这样的前提下，再努力进行艺术加工，力求作品完美，得到读者的认可，并且有"回味无穷"之感。

在本书的创作和出版过程中，《大公报》社长姜在忠先生为该书题写书名；中国作家协会原副主席黄亚洲先生为此书题词；著名作家、评论家蔡桂林对初稿中的"败笔"提出了中肯的建议，并欣然作序；中国文艺评论家协会理事杨宇全和潍坊市文联副主席、作家协会副主席陈雪梅同志提出了许多修改意见；知名作家张葆海同志给予极大的关注和具体指导；挚友吕海廷、寇虎彬为创作提供了大量的素材。在此，一并表示诚挚的感谢！

509

吴德刚

2021 年 8 月